谨以此书向在海南为中华民族伟大复兴而奋斗的先辈们致敬！

琼崖春秋（上）

吴亚荣 陈鸿远◎著

中国文史出版社

图书在版编目（CIP）数据

琼崖春秋：上下册 / 吴亚荣，陈鸿远著. -- 北京：中国文史出版社，2021.1

ISBN 978-7-5205-2765-1

Ⅰ. ①琼… Ⅱ. ①吴… ②陈… Ⅲ. ①革命斗争小说—中国—当代 Ⅳ. ①I247.5

中国版本图书馆CIP数据核字(2020)第257251号

责任编辑：卜伟欣

出版发行：**中国文史出版社**
社　　址：北京市海淀区西八里庄路69号院　　邮编：100142
电　　话：010—81136606　81136602　81136603（发行部）
传　　真：010—81136655
印　　装：廊坊市海涛印刷有限公司
经　　销：全国新华书店
开　　本：16开
印　　张：62
字　　数：915千
版　　次：2022年5月北京第1版
印　　次：2022年5月第1次印刷
定　　价：98.00元（上下册）

代序

一直想为解放海南的先烈们做点什么，于是，在繁忙的政务工作之余，我开始着手海南历史文化的挖掘，积极参与海南历史文化的研究工作。本着尊重历史、礼赞英雄的态度，经数十年披阅各类海南革命史方面的文献资料，走访无数革命前辈，数易其稿，不断修改完善，时至今日才将《琼崖春秋》呈献于读者面前。

本书是我多年的心血结晶，是为缅怀先烈、牢记历史之举。只有真正了解历史，才能坚定信仰，真正拥有美好的理想，胸怀崇高的情感，担负起建设自由贸易港、实现百年中国梦的重任。

海南岛是中国南海上的一颗明珠，资源丰富，四季常绿，热带风光明媚；海南岛是祖国的南大门，是南太平洋的咽喉、东南亚各国要冲之地，具有重要的军事战略意义。在这块宝地上，中国共产党率先创建了琼崖地方党组织，为了海南人民的翻身解放、为了中华民族的伟大复兴，领导和组织海南各族人民进行了长期艰苦卓绝的武装斗争，谱写了一篇孤岛奋战23年红旗不倒的壮丽史诗。

本书从四个时期，即琼崖人民反对封建专制和军阀统治时期、第一次国共合作至破裂及10年内战时期、日本侵略中国而使国共两党第二次合作全面抗战时期至解放战争时期，以春秋笔法真实而客观地记叙了琼崖革命发生、发展、壮大、成功以及艰苦奋斗的光辉历程，形象而生动地再现了海南人民不畏艰难困苦、不怕流血牺牲、前赴后继，高举革命红旗、团结战斗的历史画卷，是一部进行革命传统教育和爱国主义教育的生动教材。本书付梓出版，必将更加坚定广大干部群众的共产主义信念，激励人们继续发扬革命的光荣传统，艰苦创业、开拓进取，为建设美丽中国、谱写美丽海南篇章，为社会主义事业作出积极贡献。

琼崖革命作为中国新民主主义革命的组成部分，与新民主主义革命的基本规律和主要特征完全相同。但由于琼崖革命发生于琼州海峡南岸的海南岛，因而也具有一些鲜明个性，如“红旗不倒”“孤岛奋战”“冯白驹精神”“红色娘子军”“红毛暴动”“木船打军舰”等，都是新民主主义革命史上的奇迹。纵览全书，可以给读者以下启示：

（1）以冯白驹为首的琼崖共产党人，在敌人封锁围剿的残酷恶劣的斗争环境中，仍然坚定革命的理想信念，坚持斗争，保存革命火种，最终创造了“23年红旗不倒”的革命奇迹。特别是在国民党第二次“围剿”时期，冯白驹带领红军100多人在母瑞山坚持了8个多月艰苦卓绝的顽强斗争，经历常人难以忍受的痛苦，最后只剩下25人并突出重围，重新点燃琼崖革命燎原之火，这种坚定的理想信念弥足珍贵。

（2）海南人民是最可贵的。在琼崖革命斗争的全过程中，始终坚持走群众路线，赢得群众信赖，融入群众之中。海南虽有山，但山不高、林不深，靠山藏人很难，而有了群众的掩护，敌人来围剿，分不清谁是共产党，琼崖革命武装力量才得以奇迹般地保存下来。这也就是冯白驹用“山不藏人，人藏人”来解释琼崖革命胜利的原因。

琼崖革命是海南省历史文化的一块金字招牌。本书的创作出版，旨在全面梳理琼崖革命从萌芽到发展各时期的情况，再现琼崖从辛亥革命到海南解放这一波澜壮阔的历史过程。抛砖引玉，期待社会各界专家学者重视琼崖革命历史和精神的研究及宣传学习，能通过文艺创作、专题学习等多种手段，继承弘扬琼崖革命这笔宝贵的精神文化遗产。

是为序。

吴亚荣

2020.8.8

目录

楔 子

中国有个海南岛。

海南岛像一只硕大的金龟，龟头朝北，龟尾向南，浮游在碧波荡漾的南海之上，分外瞩目，令人敬仰。

古代神话传说，这只金龟乃是西天王母娘娘的宠物，长寿万年，法力无边。一日，王母娘娘在瑶池大摆神仙宴会，邀请众仙家赴宴。酒至半巡，神仙们兴致正浓。忽听得一阵阵的喊杀声和怒涛声，从神州之南方隐隐约约传来，大家停盏谛听，都想知道个究竟。王母娘娘便差遣二位神仙前往南方探视。二位神仙腾云驾雾，须臾到得南海上空，乃按落云头，探身往下一看，但见诸龙为争夺南海上的丰富资源而混战不休，杀声不断，搅得南海恶浪滔天，涛声动地，滔滔巨浪呼啸而来，漫过堤岸，淹没田园，毁坏渔村农舍，使得黎民百姓流离失所，无家可归。二位神仙返回瑶池如实禀告，王母娘娘听毕默然不语，两眼盯着身边那只金龟。她知道，只有这只金龟能镇风锁浪，有在碧波之中降伏恶魔的本事。为了拯救黎民危难和保护神州的丰富资源不受损失，王母娘娘忍痛割爱，乃遣金龟下凡，施展法力，镇住孽龙，平息波浪，使人民安居乐业。从此，这只金龟便永远镇守在祖国的南大门，护佑着神州大地的安宁，人们称这只镇海金龟为神龟。这只镇海神龟便是美丽富饶、充满神话色彩的南溟奇甸——海南岛。

海南岛古称珠崖，又名琼州、琼崖，面积 33920 平方公里，仅次于台湾而列为我国第二大岛。它北隔琼州海峡与雷州半岛遥遥相对；西临北部湾与越南相邻；东与菲律宾的吕宋岛相望；南与马来半岛、印度尼西亚等地相向。

此外，还有中沙、南沙、西沙诸群岛散布在祖国辽阔的南海之上，它们像一颗颗熠熠发光的宝珠，众星拱月般拱卫着海南岛，使海南岛这块金龟宝岛的地理位置显得十分重要。

很久很久以前，海南岛与祖国大陆连在一起，位置接近火山地震的交汇处，地壳十分活跃。早在一亿多年前，亚洲的东部发生了一系列大规模地壳运动，地下岩浆沿着地壳的破裂带不断侵入、喷出，逐渐形成了海南岛中南部高耸的五指山、黎母山等山地；后来，地壳又几经变化，海南岛的北部便与雷州半岛发生了断陷，伴随着大规模的海侵，整个琼雷断陷区变成了一片汪洋大海，琼州海峡由此形成。从此之后，海南岛成为孤悬海外、闻名遐迩的海外奇甸了。

据传海南岛在史前已经有人类活动，由于年代邈远，故而知之甚微。大约在唐虞时代，海南岛原为南交趾地；夏、商、周时为古扬州之域；春秋战国时称为儋耳地，直到秦朝统一中国后，才建立郡县制，海南岛开始归属于象郡外徼，成为中原的遥领之地。汉高祖刘邦时，由于连年征战，无暇南顾，使得海南岛废置多年，及至汉元鼎六年，才正式派遣伏波将军路博德和楼船将军杨仆率兵南下平定南越，继而登上海南岛，设置珠崖、儋耳两郡。汉元封元年置14县：瞫都、山南、玳瑁、珠崖、苟中、紫贝、临振、儋耳、乐罗、颜卢、永丰、须潮、九龙和至来。自此，海南岛正式归入中国版图。后来，因岛民不堪其役，以至反抗不断，加上汉朝与北方民族发生战争，海南岛再度脱离中国版图达100年之久，直至东汉光武帝刘秀时再派遣伏波将军马援率兵远征海南岛，恢复珠崖、儋耳两郡，海南岛又重回到中国。三国时期吴主孙权派遣中将军聂友率兵远征珠崖、儋耳两郡，从属于交州。两晋时代，珠崖、儋耳两郡共有16县。南北朝时期，天下纷乱，珠崖、儋耳两郡时置时废，先后从属于交州、越州和广州。隋朝统一中原后，隋文帝杨坚派遣谯国公冯宝之妻冼夫人过琼平叛，安抚百姓，统一国家，重置珠崖和临振两郡，共有10县，属扬州管辖。唐太宗李世民则撤郡设州，在海南岛设立崖州、儋州、临振州、万安州和琼州府，共辖22个县，拨归岭南节度使管辖。宋朝则把崖州并入琼州，领琼山、临高、会同、舍城、澄迈6县，而把崖州之名移至临振州，领宁远、吉阳2县；儋州领义伦、昌化、感恩3县；万安州领万安、陵水2县，琼州则升格为琼崖管制安抚司，总领海南各州县。元朝沿用旧制，但将海南改为湖广省管辖。明清两代则将琼州升格为琼州府，统辖琼州、儋州、万州、崖州和琼山、澄迈、临高、文昌、乐会、定安、会同、昌化、感恩、陵水等13县属，改隶为广东省管辖。虽然历史上各个朝代不断更迭，但是由于海南岛远离中原政治中心，孤悬海外，社会环境相对稳定，因此有“自古琼州无战事”之说。

可是到了近代，由于清政府的腐败和封建专制制度逐渐走向没落，加上外国列强环伺，异族入侵，导致清政府内政不修，外患迭至，国力衰微，民生凋敝，怨声载道，使一个好端端的神州大地，一步步地沦为半封建半殖民地社会，广大劳苦人民生活在水深火热之中，苦苦地挣扎于死亡线上……

正当中华民族面临生死存亡的攸关之际，以伟大的革命先行者孙中山先生为首的一批批先进的中国人，经过百折不挠的奋斗，进行了辛亥革命，推翻了统治中国二千多年来的封建帝王专制制度，建立了民主主义共和政体，使中华大地发生了巨大的变化。自此中国人民觉醒起来，在伟大的中国共产党领导下，团结一致，浴血奋战，铲除内乱外患，致力于中华民族的伟大复兴之路。

在这天崩地裂、风雷激荡般的历史大变革之中，琼崖这块金龟宝岛上曾经涌现出一批批辛亥革命的先驱、三民主义的斗士和无产阶级先锋战士等，他们积极投身这场波浪壮阔、悲壮激烈的革命斗争运动之中，演绎出一幕幕扣人心弦的故事，一曲曲回肠荡气的乐章，犹如黄钟大吕之响、柳瓦缶鸣之声，大气磅礴，奏响了时代的最强音，在历史的天空上回响着，激荡着……

第一篇

同盟会竖起反清旗帜　革命的潮水经略海南

清朝末年，由于封建帝王制度的没落与清朝反动统治者的腐朽，导致国势砧危，外族环伺，终被西方列强用坚船利炮轰开国门，使广大劳苦人民苦苦挣扎在水深火热之中。孤悬海外的琼崖也同样饱受着封建制度与殖民者的压迫和蹂躏，人民苦不堪言，怨声载道。

光绪某年秋月，天道无常，蓦然间海南岛上空黑云如墨，狂飙陡起，电光熊熊，雷声隆隆，大雨如注，洪水泛滥，灾民流离失所，哀鸿遍野，饿殍满地。继而连续两天发生了“天狗食日”的怪异现象，使白昼变成了黑夜，犹如末日来临。对于这种异常的天象，人们议论纷纷，都认为这是“上天发怒，国祚将亡，清朝王朝的气数将要尽了！”

有一天，一位民间老艺人带着年约16岁的女儿来到海口所城卖唱谋生。老艺人父女俩是定安人氏，家在南渡江畔，因天降暴雨，江水泛滥，田园淹没，生活无着，无奈才携带着一把自制的椰壳二胡来到海口所城卖唱。

海口所因地处南渡江入海口而得名。它北临琼州海峡，最初叫海口浦，是由南渡江洪潮冲积而形成的一块浦滩之地。宋代置过县儒学，元代设立南番兵营。由于海运发达，港口繁荣，海口浦又成为海南最大的贸易港口。明代因倭寇猖獗，安陆侯吴杰委托千户崇实兴用火山岩石筑起了海口城防敌。海口城墙周围550丈，高1丈6尺，阔1丈5尺，雉堞653垛，窝铺19座，称为海口所城，呈正方形，启东、西、南、北四座城门。海口原为海防军事驻地，清代康熙年间设立海关总口，成为全岛交通枢纽和对外贸易中心，全国沿海港口和东南亚等地都有商船往来。自从清政府在第二次鸦片战争中失败后，被迫与外国列强签订了丧权辱国的《天津条约》，琼州被辟为通商口岸，于是外国侵略者的魔爪伸进了海南岛。自此之后，各国列强纷至沓来，迫使清政府与之签订了一系列丧权辱国的不平等条约，海南岛沦为被奴役、被掠夺的半封建半殖民地。海口也被西方列强割划为通商口岸，各国领事馆陆续设立，变成一个世界自由市场，使海口成为帝国主义者掠夺琼岛资源、倾销外国产品的门户，故称为“琼州口”，但人们仍称其为“海口所”。

海口所城是一座畸形发展的商业城市。随着外国领事馆的设立，各式各样艺术风格的外国建筑也相继出现在海南岛，既有拜占庭式希腊式的，也有哥特式古罗马式的；既有俄罗斯古城堡式的，也有欧洲巴洛克式风格的；既有尖顶圆顶的，也有锥形顶金字塔顶的，奇形怪状，光怪陆离。

海口所城四牌楼街十字街头是海口最热闹的去处，它东接东门街，西连西门路，南通南门外，北贯北门庙，四通八达，人口稠密。此时但见人来人往，万头攒动，摩肩接踵，人声杂沓——有说书的、有卜卦的、有相面的、有杂耍的、亦有打拳卖膏药的，而更多的则是沿街乞讨的贫苦人民。老艺人父女俩就来到此处，开始卖唱。只见老艺人手里拿着自制的椰壳二胡，坐在一张破旧的板凳上，拉响二胡演奏了一段琼戏曲调开场之后，其女儿便亮开嗓子，唱开了流传在海南岛的古老民歌《十二月谣》：

正月来到正月正，没米煮饭只怨命，
他人有钱去游龙，侬家无钱在家蹲。
二月来到二月二，二月来了正春天，
亦味饲牛亦割草，替人做工顶利钱。
三月来到三月三，亦味砍柴亦味担，
为个还债乜都做，顾得裤来衣又无。
四月来到雨水下，田要拔草园要犁，
砍得青柴要烧炭，谁知无米也不醢。
五月来到五月五，又到割稻季时候，
人家众多工易做，侬家人单自己摸。

六月来到是田春，起早摸黑去做工，
官府收粮又逼税，苛捐杂税轮接轮。
七月秋来落大水，地主心安侬心乱，
官家仓满鸡鸭肥，侬饿肚肠有谁问。
八月来到迎中秋，满市月饼乐悠悠，
富家老少开饼会，侬屋无钱心里忧。
九月来到禾放标，地主逼债卖牛牯，
卖牛还债还不了，只好借钱买盐姜。
十月来到割稻春，富人粮足侬屋空，
交了租粮存冇谷，一年辛苦为人忙。
十一月到天下霜，贫苦百姓受困饿，
富人穿绸盖棉被，侬穿破衣遭天寒。
十二月来年月满，欠人钱债要清盘，
缸内不存过夜米，身上没有过日钱。

一曲方罢，喝彩声四起。老艺人父女俩在这里拉唱《十二月谣》，曲调哀怨忧伤，唱词凄凉悲苦，道出了广大劳苦人民一年到头遭受半封建半殖民地社会压迫和剥削的痛苦心声。人们听得入了迷，沉浸在歌谣的意境之中，很多人流下了伤心的泪水，仿佛那充满忧伤的唱词和哀怨的曲调犹然萦绕在心头，久久不愿离去。

这时，人丛中走出一位年约30岁的番客来，高声喝彩道："唱得好！"人们循声望去，看见番客身材魁梧，有着东南亚混血肤色，长相俊朗，直鼻梁、高棱眉、深眼窝，唇方口正，地阁轻盈，嘴唇上蓄有一刷浓密的胡须，两眼炯炯有神，给人一种风姿奇伟、襟怀磊落的感觉。他身穿灰鸽色燕尾西装，内罩白细纱洋棉衬衣，脖子上饰着黑色蝴蝶领结，头戴一顶深色南洋帽，脚穿一双驼色皮鞋，一副南洋富商装扮。他听了父女俩拉唱的民间歌谣后激动地说："唱得太好了，太动听了！"一边赞叹，一边朝老艺人父女俩走了过去，然后从衣兜里掏出10块银圆和100泰铢塞在父女俩手中，表示犒赏。

老艺人感激涕零，连声道谢。那女子带着几分腼腆神态，向番客深深地道了个万福。围观听唱的人们看见番客如此慷慨大方，也纷纷向卖唱的父女投去铜圆或者银币。

正当父女俩千恩万谢地准备捡起散落在地上的钱币时，一队头戴朱红缨帽，后脑勺上拖着一条又长又粗的辫子，身穿皂黑军服，身前身后缝着一块白布圈，上印有“兵”“勇”二字，手持刀枪的清兵巡逻队也凑过来看热闹，为首小军官骂骂咧咧地用军刀硬是拨开人群走了进来。他斜乜着眼睛瞪了老艺人一眼，旋后不怀好意地瞟着卖唱女子，嬉皮笑脸地说：“嘿！嘿！这妞儿生得好靓丽、好水嫩咧。”说毕，照着女子的粉腮上拧了一把。女子羞红着脸，眼眶含泪，委屈得低下了头。

老艺人瞧见清军官兵小头目心怀歹意，欺负女儿，便起身哀求道：“军爷大人，行行好，请放过侬家小女吧！”“老头儿，放明白点！”小头目见老艺人低声乞求，认为软弱可欺，毗眼叱咤道，继而随手推搡一下老艺人。

老艺人趔趔趄趄地往后退去，险些跌倒在地，乃气愤不过地骂了一句：“兵痞子。”小头目被骂之后，恼羞成怒，发狠道：“大胆刁民，妖言惑众，当街滋事，犯了王法。”骂毕伸手夺下老艺人的椰壳二胡，“咔嚓”一声摔在地上，又喝令兵丁上前驱散观众。人们瞧见这伙兵丁马弁如狼似虎，纷纷躲开，唯恐避之不及。

番客瞧见清军官兵恣意妄为，犹如凶神恶煞般围住老艺人拳脚交加，便挺身上前，厉声责问道：“请问军爷，为何在光天化日底下调戏良家女子？又缘何毒打老艺人？难道在自己的国度里卖艺谋生，也算是犯了王法吗？”“这……”清军小头目理屈词穷，无言以对，一时说不上来。他打量了番客一通，见其西装革履，衣着光鲜，弄不清是何方神圣，故不敢冒犯，乃虚声说：“你……你是何方客官？胆敢来管闲事！”“闲事？”番客一听清兵小头目把欺压民众说成闲事，一股怒火从心底腾起，呵斥道：“你们无端戏弄女子，心存歹念，还毒打老艺人，恶毒心肠，良心何在？天理何在？这不是把穷人逼到死亡线上吗？欺人太甚啊！”清军小头目在番客义正词严的指责下，收敛了非礼行为。此时，众人都向他们投去愤怒与鄙视的目光。

观众中一位读书人看见这帮官吏蛮横行凶的行为，轻声说道：“古人云，

‘国家将兴，必有祯祥；国家将亡，必有妖孽’。”他旋想起“天狗食日”，连续两天白昼变成黑夜的怪异现象，又不禁小声咒骂起来：“哼！社会如此黑暗，清朝如此不得人心，早就应该改朝换代啦！”

清军小头目见到民众人人侧目，个个怒容，知道众怒难犯，遂虚指老艺人父女道：“这回便宜了你们。”转后又瞵了番客一眼：“哼，走着瞧吧！”清兵一走，人们一下子欢呼起来，簇拥着番客，向他致敬。特别是老艺人父女俩，更是感恩不尽，称誉番客为“恩公”。

你道这位番客是何许人也？原来这位番客名叫林文英，字格兰，谱名林天泽，1873 年出生于泰国爱国华侨之家，祖籍海南文昌清澜港世坑村，其父亲林开伦是一位久居暹罗的爱国华侨，在泰国经商多年，蓄有家资，咸有爱国心。他目睹清朝政府统治下的祖国积弱贫困，人民大众受苦受难，而华侨在世界各地更是遭遇悲惨和欺负，乃矢志教子振兴祖国，牢记自己是炎黄子孙。林文英的亲生母亲是泰国人，他父亲担心其母子淡忘“唐山”，曾耐心教育儿子学习华文，学说海南话，并多次带他们返琼探亲问祖，培养儿子们的爱家、爱乡、爱国之情。林文英自幼受到父亲爱国思想的熏陶，又在华侨学校中接受中华传统文化教育，聪慧异常，热爱故土，胸怀大志。他喜好读书，通晓经史，擅长书法，谙熟诗词。在他刚懂事时，听说了荷兰人在东印度八打威惨杀了 20000 多名华侨；美国洛士丙冷埠一案，惨杀廖臣颂等 28 条人命，伤 15 人，焚烧铺房经济损失价值 14 万元。他不胜悲痛，深感祖国贫弱，华侨受欺，痛恨清政府的腐败无能，无力保护海外侨胞，开始萌发了反清思想和拯救祖国的愿望。他遵奉严父“勿忘唐山”之训，牢记自己家在唐山，根在海南，常随父还乡扫墓祭祖。

这次林文英从暹罗返梓看望在家的妻子陈妚大之后，来到海口所城最热闹的四排楼街头时，看见老艺人父女俩拉唱流传在海南岛的古老民歌《十二月谣》，触动爱国爱乡情怀，不由得驻足聆听，对家乡民众遭受清朝王朝的统治和压迫表示了愤慨与不满，因而挺身而出，指责那些清军兵勇胡作非为。

1903 年，林文英和六胞弟林天吉同渡东瀛，考入日本东京法政大学读书，同时探求救国之路。

第二篇

林文英回琼建同盟会　冯济民返乡办新民社

林文英、符树兰、瑞和等人来到华益学校董事室，找到了时任中国同盟会暹罗分会主盟人王斧军商议国事。

王斧军是海南府城人，生于1880年，谱名王家春，别名王釜、王斧，号斧军，又号玉父。早年就读于琼州府城雁峰书院，继入广州高等学堂读书，1901年转赴香港结交了民主革命志士陈少白、黄世仲、郑贯公等人，通过他们结识孙中山先生，遂加入中国同盟会，此后，王斧军便在香港创办了《民报》《少年报》《人报》等报刊，并担任主笔，竭力宣传民主革命，反对清朝皇朝的封建专制统治，影响甚大。由于他的言论激烈，各报股东们都劝他稍为缓和，以免影响营业，而王不为所动。随后，他又在这些报纸上增辟小说、戏剧等专栏，字里行间都含有反清思想，深受欢迎，于是报纸的销路更加宽广了。1907年，他远赴新加坡，担任《中兴日报》主笔。

清廷恼怒其言论，遂与马来西亚政府交涉拿办，王斧军不得不逃往泰国，与胡汉民之弟胡毅生等人创办了第一所华语学校——华益学校，担任中国同盟会暹罗分会主盟人，并兼任《华暹新报》主笔，与保皇党展开论战。

王斧军高身量、猿臂、蜂腰、长脸形，鬓角上染了一些风霜，他着一袭靛青色隐回字纹长衫，戴一副深度近视眼镜。

林文英看到王斧军紧锁双眉，脸有难色，乃自告奋勇要求返回琼崖组建同盟会支部。他说：“王斧兄，我多次回海南岛探亲，对家乡有所了解，还是让我回琼州组建同盟会支部吧！”

接着，旅居暹罗的琼籍同盟会员陈子臣也挺身而出，请求与林文英等人返回家乡参与组织中国同盟会琼州支部的工作。

王斧军见状很感动，他抬起头来，深情地望着林文英说："好，格兰兄，我以暹罗同盟会主盟人的身份，委派你与子臣二人回琼崖组织同盟会琼州支部，扩充革命团体，完成孙中山先生的托付吧！"

1909年初，林文英回到挽叻对河吞武里府顺财区的顺成木行，辞别父母亲。临行前，他与陈子臣有约在先，为了防止清廷驻外机构的暗探盯梢，两人分开行动，由林文英先行乘轮船返回琼崖。

可是，当林文英来到泰国京都曼谷准备动身去曼谷港口购买船票转道香港时，就被清廷驻曼谷领事馆的探子们侦悉了，他们似乎嗅到了什么，便暗中派了一名头戴瓜皮小帽的探子带着两名鹰犬尾随其后，并且与林文英同乘一艘轮船，但他却一丁点儿也没有察觉。

邮轮驶出了暹罗湾，绕了个大圈子，沿途经过马来半岛，驶入爪哇海，再转海道折向亚南巴斯群岛，继而经过塞腊散峡驶入达士海抵达沙捞越，然后沿着文莱、巴拉望岛和南沙群岛之间海域进入南华水道，航行在中国的南海之上，并从中沙和东沙群岛之间的水域向北驶去。

轮船昼夜航行。

白天，林文英站在舱面之上，观赏着祖国南海上的美丽风光；夜晚，他则徘徊在船舷之旁，陷入了对革命前景的憧憬。

祖国南海之上的风光是美丽而丰饶的。但见碧波浩渺的海天之间飘浮着一座座岛屿与珊瑚礁群，宛如一颗颗色彩璀璨的宝珠，镶嵌在蔚蓝色的天鹅绒之上，越发显得熠熠生辉。林文英看到祖国的幅员如此辽宽，如此美丽，又想到清朝政府如此黯弱与落后，不由得长长地喟然叹息。

邮轮经过4个昼夜的航行，进入了香港的维多利亚湾，停泊在湾仔港口码头边卸客。林文英提了行李上岸，准备先在一家旅店的客房住下，再打算去香港同盟会支部找陈少白等人联络。可是当他动身时，即被同船的暗探从中作梗，遭到港方警察的刁难，为了不暴露其他同志，林文英只得返回住处，于次日搭乘一艘英国籍"太古号"小型轮船回琼崖。

“太古号”轮船从香港经广州湾赤坎转入琼州海峡驶抵海口港，海口港口由于淤泥填塞，轮船不能靠岸，而是专靠驳船将旅客和货物转运上简易码头。那些从轮船上下来驳船的乘客，则要依照乘坐票号顺序跨过船桥，抓住下垂的大绳索把身子下降到约莫一层楼的距离，才能落到小船上。林文英按顺序排队从轮船上抓住大绳索下垂到小驳船，才由驳船驶向简易码头。上了岸，他把行李交给挑夫，自己跟在后面走路。

这时，轮船上的清廷暗探瞥见林文英上了岸，急忙向旁边的两个鹰犬丢了一下眼色，那两个鹰犬赶忙挤向前去，强行从大船上滑溜下驳船也上了岸，跟踪在林文英的后面。林文英猛转回头看见后面两个神色匆匆、形迹可疑的人，这才省悟到有暗探盯梢，情况有异。为了迅速摆脱暗探的跟踪，他寻思着办法，恰巧有一辆黄包车径直朝他拉过来，二话没说，便迅速上了车，挑夫也把行李一并放在车子上拉走。后面两个探子瞧见林文英坐上黄包车走了，也急匆匆地跃上另外一辆黄包车紧紧地追赶上去。

黄包车夫拉着林文英急急走了一程路，穿过了关上街，来到了福兴街口，再拐向海口所城朝外郊北边的天妃庙奔去。

天妃庙又称天后庙，庙内供奉着海运保护神——天妃娘娘。传说天妃娘娘是海南人的保护神，能化险为夷。黄包车夫将林文英拉到天妃庙前停下，刚下车，不料后面跟踪的那两个鹰犬也紧追而来，横在马路上挡住去路，立时就用黑布袋罩住林文英的头部准备押走。

黄包车夫见状，用两个手指含在嘴里打了一个呼哨，随着响亮清脆的呼哨声，“嗖”地从天妃庙旁的观音山上闪出一个健硕壮汉来，厉声喝道：“住手，大胆歹徒，青天白日里抢劫番客，待走哪里去？”这一声断喝，犹如晴天霹雳，吓得那两个清廷爪牙愣住了。只见眼前那条壮汉剑眉倒竖，圆睁环眼，满脸怒容，正拿眼睛逼视着他们呢，霎时吓得那两个家伙心虚胆怯起来。

那汉子长得身高体壮，威风凛凛。两个鹰犬见状，吓得矮了几分，乃虚声道：“你是谁？竟敢来妨碍朝廷公差！”“老子是专爱打抱不平的人，路见不平，拔刀相助嘞。”壮汉说罢，撩起身上长衫，双手叉腰，露出一袭武行短打夜行装来，好似一尊铁塔般往道上一站，挡住了那两个家伙的去路。

“啊！是三点会党。”鹰犬中的一个见到壮汉露出武行短打夜行装，立即警觉起来，暗暗叫苦，忙从腰间掏出短管火枪，发一声喊，气哼哼地骂道：“好小子，我等与你往日无冤、近日无仇。快让道，莫管闲事！他是乱党，我们奉朝廷之命从暹罗跟踪至此，正要抓去见官府哩。快快让路，不然就开枪啦！”说毕，举起枪来就要打壮汉。

说时迟，那时快。壮汉来个“开步剪腕”，冷不丁飞起一脚，正好踢中对方的右手腕，只听得“哎哟”一声，那人的铁疙瘩“呼”地脱手飞出好几米远，然后掉在路边的臭水沟里。大汉旋即又一个“白鹤亮翅”，反手锁住那家伙的咽喉结，不一刻工夫，那鹰犬便像一条癞皮狗似的两眼直翻，摊倒在地上。

另一个鹰犬瞟见这般光景，早已吓得魂飞天外，魄散九霄，脱口惊叫一声：“不好！”忙丢下林文英，拔腿转身就走。壮汉猛来个急转移步，挥动铁拳，一记重拳狠狠地砸在那家伙的太阳穴上，紧跟着又是一记连环脚，踹在心窝口，那家伙登时口吐鲜血，仰面倒地，昏死过去了。

壮汉三拳两脚打倒了清廷的鹰犬之后，急忙前来揭下罩在林文英头上的黑头罩，亲切地叫道：“先生，你受惊了！”

林文英对眼前发生的一切，既惊又喜，但对壮汉的侠义行为，非常感激，连声道谢说：“今日若不是壮士出手相助，则大事休矣！”壮汉忙说：“我们是前世有缘，今生相会。先生，都是自家人，不用谢，赶快跟我们跑吧！”说着，忙让那位黄包车夫拉起林文英飞也似的奔跑起来。

他们刚跑出一栏子路，后面警笛声大作。原来是那位戴瓜皮小帽的探子从暹罗跟踪林文英回琼，在码头支使两名鹰犬盯梢后，自己先去驻在海口所城里的巡警局报告情况，然后搬来巡逻队四处搜查，他们在天妃庙前看见那两名鹰犬倒在路上半死不活的，经过一番摆弄，两名鹰犬才慢慢地缓过气来。于是，将事情发生的经过讲述了一遍，所以，海口所城里的巡警和清军马步队便四处出动搜捕革命党人。

真是无巧不成书。这伙清军马步队哨官正是当年被林文英呵斥过的清军小头目，当他听说革命党人就是那位番客时，新仇旧恨一齐涌上心头，便带着人马把海口所城翻了个底儿朝天，在搜查不出林文英等人之后，便趁机向市民商家勒索了一些财物，才悻悻而去。

且说那位壮汉带着林文英摆脱清军的马队和巡警的追捕之后，气喘吁吁地沿着环海坊向水巷口以东而去，而后在长满椰树林带的海堤岸边停下脚步。

他们举目一望，但见椰林森森，树干挺立，羽叶舒展，宛如翠盖。那树上簇结果实累累，又大又圆，色彩斑斓。堤外碧水泛波，水鸟飞翔，清风徐来，令人心旷神怡。两人喘息方定，斜着身躯倚着椰树干歇息。是日，春色融融，暖和的太阳光线从摇曳的椰树羽状叶间透漏下来，洒落在他们的脸庞上，惬意极了。

林文英展开双臂搂抱着这象征着海南岛标志的椰子树，忽地想起了父亲在暹罗给他讲述的关于家乡椰子的神话来：

远古的时候，海南岛瘟疫四起，死了很多人。海龙王的第五个儿子知道了这个消息，万分焦急，因为岛上有一个叫阿旺的老爹，是他的救命恩人，而老爹的女儿小春则是他的心上人呢！他急得像什么似的，已经有七七四十九天不吃不喝了。一天，他正昏昏入睡，突然听到天上传来一个声音，好像是说："在海底龙宫那座镇海宝塔底下有九九八十一颗驱除瘟疫的椰子丸，只要吃了这些椰子丸，就可以变成九九八十一个椰子果，椰子果长起来就能驱除瘟疫了。"龙子在朦胧中听到这些话，猛然醒过来，才知道那是天神的指引。他来到镇海塔下，果然找到那些椰子丸。他把椰子丸全部吃掉了，蓦然间，龙子冲出水面，变成了九九八十一颗椰子果，随着海浪漂到了海南岛的沙滩上。这些椰子果着土生根，见风长芽，很快就长成参天大树，椰干是龙身，椰子壳上长着两只眼睛，一个鼻子，一张嘴巴，这张嘴巴就是椰子发芽的地方。

林文英想到这里，不由地轻声吃吃地笑起来，并将这则神话转述给壮汉听。那壮汉听罢，亦讲述了另外一则关于椰子果的传说：相传古代有个黎族部落头领为民除暴安良，被称为恩王。一次他除暴胜利归来，饮酒欢庆，疏于戒备，被仇敌所派遣的刺客所杀，并把他的头颅悬挂在树干上，通知敌方前来取首级。当敌人大队人马赶来时，树干突然升高，恩王头颅怒眼而视，敌人见状，万箭齐发，射向王头，可是树干却在不断地升高，吓得敌人惊惧地逃跑了。后来，树干变成高高的椰子树，箭杆变成羽箭状椰叶，恩王的头颅则变成圆圆的椰子果，椰壳上有三个油黑点，那就是恩王的两只眼睛和一张嘴巴。

壮汉说完，林文英乐呵呵地笑起来："我俩所讲述的神话和传说，都是冲着为拯救海南岛人民的受苦受难而来的，都是心甘情愿地为人民献身的。那么说，椰子树就是咱们琼人的英雄化身喽！"

"是啊！海南岛遍地都是椰子林，遍地都是英雄哩。"壮汉游目骋怀，接过话茬说道。

末了，林文英便问那壮汉："敢问壮士高姓大名，家住何处？何方人氏？"

那汉子笑吟吟地诵诗一首：

三点暗藏革命宗，入我洪门莫通风。
养成锐气复仇日，誓灭清朝一扫空。

"啊！三点会！"林文英旋即记起当年随同孙中山先生在广西镇南关举义时，曾经听过三合会首领黄明堂等人吟诵过此诗，不禁脱口说道，"三点即革命，革命即三点。"

壮汉听了林文英赞扬"三点会即革命"之后，很是高兴，其后便向林文英介绍起"三点会"在海南的一些基本情况来。

三点会的前身为天地会，是清初出现的反清复明民间秘密组织，该组织以"拜天为父，拜地为母"为准则，所以也称为"天地会"，其入会仪式有刀架脖、喝鸡血、跨火盆等。他们以"反清复明"为宗旨，屡次在东南沿海一带举行起义，在遭到清朝统治者的残酷镇压之后，即以三合会继续分散活动，曾经配合太平天国在广东、广西等地狠狠地打击清军，屡立奇勋。再后来，太平天国革命失败，广东高州、广州、潮州等地洪门兄弟来琼组织三点会，先后在琼山、文昌、定安、乐会、万宁等县活动。他们多于夜间二更后集会，地点也很秘密。三点会有联络暗号，如入室以鞋或屐为号，人站着或坐着鞋或屐尖向外，暗示有任务，外出行动；鞋或屐尖向内，说明无事。如外出相遇于饭店，放筷头向内者为自己人，可以打暗号对话等。三点会除了宣传反清主张之外，还组织会员们传授武术活动，随时为国家为民族效力。

接着，壮汉清了清喉咙，轻声唱起《三点会会歌》来：

“红旗飘飘，人马征召，革命起义，推翻清朝……”

壮汉自报家门：他名叫陈侠农，谱名家儒，字聘珍，文昌县新桥乡山柚村人，1878年出生于贫苦农民家庭，祖上均以务农为主。侠农自幼胸怀大志，聪敏好学，年方18岁考中廉生，后因家庭贫穷，辍学在家，以烧陶为业。邻村父老陈明善等惜其才华，认定他必成佳器，乃从祖堂中挤出款项，资助其赴穗考入两广师范学堂，攻读文史专科。在粤期间，陈侠农受孙中山先生民主革命思想影响，遂参加反清革命活动。1900年毕业后返乡创办“进取小学”，担任校长。因愤于清廷腐败，官凶吏恶，使百姓处于水深火热之中，感到非推翻清朝不足以图存。为此，陈侠农便以学校为阵地，在师生和农村青年中开展秘密活动。有一次，甘为清廷当走狗的文昌县知事周绍昌发觉陈侠农的反清活动，准备抓捕。侠农对这个鞑虏忠实爪牙恨之入骨，一天夜晚，他独闯县署，将一颗自制炸弹从窗口投入客厅，尔后飘然而去，可惜炸弹没有爆炸。周氏派人暗中查究，疑为侠农所为，倍加注意，派兵追捕，迫使陈侠农逃来海府一带避难，后来加入“三点会”，练拳习武，强健身体，待国家需要之时，好为国出力报效。

听完壮汉的讲述，林文英赞叹道：“志士，革命志士啊！”而后又问及为何出手相救之事。

陈侠农不假思索地说：“常言道：‘骨肉相连，心有灵犀’啊！是‘革命’二字把侬人的心联结在一起啦。”

“《论语》曰：‘同德则同心，同心则同志。’”林文英很欣赏地说，“‘革命’二字已经使多少志士仁人走到一起了，使他们的心与心联结在一块儿了。”

他们歇息之后，看看天色尚早，又继续沿着海堤边的椰林向深处走去。当下转过一条林木扶疏的小道，走过一座石板桥，桥下绿草茵茵，流水淙淙。过了小桥，来到一座古老的庙宇，林文英信眼一看，只见这座庙宇飞檐高翘，朱门绿窗，门上悬挂着一块匾额，上书“兄弟宫”三个字，字体飘逸隽永，犹如龙飞凤翥一般，传说是南宋海南名贤白玉蟾所题真迹。

陈侠农介绍说：“这兄弟宫就是三点会的秘密活动场所，也是琼州会党的联络地点。”

林文英跨进兄弟宫仔细观看，见到宫里基石上竖立几条粗壮的柱子，柱子刻有联语，柱子与中枋相交处的大小雀替、龙门雀替和骑马雀替饰有如意卷花草物与花芽子等图案，古朴雅致，清丽洒脱。林文英看了一会儿，觉得宫中敞荡光亮，陈设雅洁，人见心清，正是建立中国同盟会琼州分会的理想地点，乃开诚布公地对陈侠农说："我这次从暹罗回琼州，是遵照孙中山先生致函经略海南的指示组建琼州同盟会支部的，希望兄弟鼎力相助，共策完成革命伟业，不负重托。"

陈侠农表示，他将尽力而为，负责联络地方上进步人士和三点会党首领等人前来会商。

一连十天半月，陈侠农奔走于琼山、文昌等县，既认旧识，又结新朋，介绍了林学海、云昌瀛、吴攀桂、吴直夫、徐成章、徐天柄和王大章等人前来与林文英见面，交谈之下，志趣相投，大有相见恨晚之感，大家的革命热情很高涨，纷纷表示要求林文英主持成立中国同盟会琼州支部，领导海南进步人士和青年学生开展秘密反清革命斗争。

经过一段时间的酝酿与讨论，大家都认为琼崖建立同盟会支部的条件已经成熟，于是，林文英决定以陈侠农、林学海为助手，联络了一批进步人士在海口兄弟宫内成立了琼崖第一个资产阶级革命组织——中国同盟会琼州支部。

一天夜里，风清月朗，那些前来参加同盟会入盟仪式的人们，沐浴清风、身披月华、满怀激情地步入兄弟宫，等待着这庄严的时刻。

兄弟宫殿堂的案桌上早已点燃一对大红蜡烛，烛光照得满堂通红透亮，也照得每个入会革命者的心里亮堂堂的。

主盟人林文英首先讲述了孙中山先生的革命思想和同盟会的纲领：驱除鞑虏，恢复中华，创立民国，平均地权。

他郑重地把入盟书放在案桌上，然后要求大家仿照填写上自己的名字、籍贯、职业、介绍人、保证人，随后是主盟人填写上名字。

大家按照要求分别填写入盟书完毕，再举起右手，向主盟人林文英对面起立宣誓。陈侠农、林学海、云昌瀛、徐成章等人誓曰：

"吾等具愿书人，当天发誓，驱除鞑虏，恢复中华，平均地权，矢忠矢信，有始有卒，有谕此盟，任众处罚！”

誓毕，主盟人林文英也模仿在日本东京入盟时，传授同志间相见握手暗号与口号等，如问：“何处人？”

答曰：“汉人。”

问：“何物？”

答曰：“中国物。”

问：“何事？”

答曰：“天下事。”

手号的式样是握手的时候，用右手的中指轻轻地触对方的手心三次，表示“三民主义在心里”做为暗号；若是对方亦是同盟会员时，其必用上述口号问答，证明志同道合。

传授完毕，林文英又与大家一一行新式握手礼，表示亲密。最后，又做了一些训词式的讲话：“你们现在已是中国同盟会会员了，同盟会对你们要求如下：

一、在琼崖发展同盟会组织成员，扩大革命影响；二、做好筹备武装起事，策应两广的革命斗争；三、为挽救国家拯救人民，为中华民族复兴而奋斗，随时准备牺牲自己的生命。”

琼崖同盟会成立后，林文英分派同盟会会员潜伏到琼岛各县、市设立秘密联络点，大力发展和吸收社会进步人士参加同盟会组织，为海南岛的革命斗争运动奠定了基础。

话分两头，这里暂且按下同盟会一事不表。单说琼山县有一人名叫冯济民，乃金墩墟人，早年受业于两广学堂，因资用不继，转赴暹罗投奔族人冯裕源先生，得其资助，并经其介绍参加同盟会，归国后继续完成学业。济民常将同盟会报刊密赠予同乡好友，使同乡中多人参加同盟会。

冯济民每次与友人谈及国事，总是愤愤然，说道：“我国今日最主要的是搞好教育和实业两大端：一是改良教育，使其普及而开启民智；二是振兴实业，使其发达而民众富足。民既智而富，则国家安定而强盛矣！”因此，他在旅粤期间，邀集同乡冯熙周、陈得平、陈岛沧、陈定平、吴公侠、吴攀桂、陆京平、张韬、陈济川、梁秉枢、王培春、张竹友、陈宗昌等十八人为发起人，将“励志社”改为“新民社”，并以“改良教育、振兴实业”为名，秘密进行反清革命活动。大家推选冯济民为社长，冯熙周为副社长，陈岛沧负责组织宣传，陈得平负责军事筹划，吴公侠则负责筹措经费和枪械等。

继而新民社成员陆续返回琼崖，设址于琼山县金墩墟，以府城冯氏大宗祠为联络点，还在琼山县道统村设立活动中心，广招社员。

过不多久，新民社社员已经发展到100多人。

林文英得知冯济民、冯熙周等人回琼创办新民社，并以“改良教育、振兴实业”为名，秘密进行反清革命活动，准备相机起事的消息后，立即派陈侠农、林学海等人到府城冯氏宗祠进行联系。嗣后林文英亲自前往府城晤见冯济民，互相握手致礼。握手间两人互传手号，皆大笑。礼毕，又互相攀谈起来。

冯济民在谈话中得悉林文英是泰国华侨时，更加投契，便说起他早年受业广州时，资用不继，曾经到暹罗投奔族人冯裕源先生得其帮助，并经其介绍加入同盟会的情景。

林文英听罢，也接着说：“冯先生是暹罗同盟会支部主持人之一，当年孙中山先生赴暹鼓吹革命和筹备武装起义期间，冯曾慷慨捐资，荩筹输忠，贡献殊巨，同时，又派出专门人员负责照顾孙中山先生的生活、起居以及安全工作。”

说罢，林文英表示琼州同盟会虽然与新民社的名称不同，但是革命的目标相一致。因此，他提议双方应加强联络和亲密合作，以增强海南的反清革命力量，届时举行起义，夺取琼崖为革命据点，支援两广起义，然后再由南及北发展，推翻清朝帝制，创立中华民主共和国，共同完成恢复中华的目标。

常言道：世上没有不透风的墙。冯济民、冯熙周、陈岛沧等人组织新民社的消息，很快就风传到琼崖兵备道台刘永滇的耳里，立即引起了此公的警觉。这刘永滇是湖南人，乃是广西督军岑毓英之女婿，于清末宣统元年来琼任职，曾受过清政府所谓“新政”的影响，尝以“新政人士”自诩，对进步人士及革新派则采取怀柔手段，善于玩弄政治手腕。

当下刘永滇升堂，端坐在琼崖兵备道台大堂上，装作一副威镇海疆的官架样子。案桌的旁边坐着幕友郑南侯。刘永滇升堂后便将冯济民等人创办新民社一事咨询于幕友，郑南侯听毕，沉思有顷，不以为然地说道：“琼州四面环海，英雄无用武之地。济民辈，书生耳。俗云：‘秀才造反，三年不成’，其何能哉。”

刘永滇听了郑南侯之言，拊掌大笑，说道：“郑兄之言，正合吾意。刘某量这等书生如何翻了天哩？”接着，郑南侯又用手捏成拳头状，比喻道：“白脸书生闹事，犹如手握空拳而侈言革命，无异螳螂振臂，何足道哉，不须虑耳。”

“郑兄此喻极为精当。”刘永滇细眯着两只小眼睛，觉得幕友比喻极贴切，忍俊不禁，放声狂笑。尔后习惯用右手中指和无名指梳理着那几绺稀稀拉拉的胡须，流露出几分自负的神色，遂不以为然。

“不过，可不能让这些白脸书生们放任自流哟。”郑南侯又提醒道，“大人可差遣哨官与鄙人前去当面警告一下，以免他们鼓噪革命，蛊惑人心啊。”

“这当然，明天立即派人去警告这些书生们吧！”刘永滇说罢，便吩咐时任清军巡防营管带黄健生带马队前往。黄健生是澄迈县老城人，他心里虽然同情革命，但人在官场如同身在江湖，官身不由己，只得遵令前行，必要时则见机行事，搭救自己的同党之人。

越日，黄健生带领一队清军骑兵随同师爷郑南侯来到琼山县金墩墟，郑南侯高坐在马背上，手扬马鞭，高声叫道：“琼崖兵备道台刘大人有令，传冯济民、冯熙周诸位出来相见，本师爷奉命行事，有话奉告，赶快出来，不得有误，后果当自负嘞！”

二冯看见官府派兵前来，又听见传令其出来相见，知道事机泄露，不敢怠慢，忙从新民社里迎了出来，他们认得是师爷郑南侯，因而故作惊讶地问道：“师爷路过此地？是顺便路过，还是专程到此？着冯某人出来相见，有何赐教？在下洗耳恭听哩！”

郑南侯看见二冯出来，也不下马，坐在马背上趾高气扬地以鞭指着冯济民和冯熙周等人，当面警告道：“传刘大人将令，尔等聚众结社，心有不轨，希勿得轻举妄动；妄动者，咎当自取其祸也！还望好自为之。”说罢，他便和黄健生拨转马头，“驾驾驾”地带着清军马队扬长而去。

冯济民、冯熙周直愣愣地望着清军远去的背影，不禁连声唏嘘，只好返身回到新民社与众社员共商出处。大家寻思再三，认为事机既已泄露，终不可为，乃自行将新民社解散了。

解散后的新民社成员，有的加入了林文英领导的中国同盟会琼州支部，有的参加了海南民间反清组织“三点会”，也有的远赴港粤等地，投入了新的斗争之中。就这样，新民社的成员又成了联络和沟通琼崖同盟会和其他外围反清组织的牵线者，都投身到新的斗争行列之中去了。

这却是：辛亥前夜多险难，革命路上尽坎坷。

第三篇

革命志士广州举义帜　三民主义琼岛起风云

新民社解散后，琼崖同盟会员林学海虑及琼州同盟会支部在海口所城的危险处境，又想到府城不易卒取，而且一旦出事，琼州同盟会支部总机关将退无壁垒，危险性比较大。他审时度势，决定亲自奔赴山区进行考察。他先找到时任琼崖兵备道管带的黄健生。林学海与黄健生私交甚笃，谈话投机，知其“身在曹营心在汉”。黄在广州陆军小学时就参加了同盟会，暗中参与反对清朝皇朝的各种活动，时刻关注着形势的发展。这时，黄认为清廷气数已尽，识时务者为俊杰，因而对林学海的到来欣喜异常。林学海乃邀其回乡，决定筹设琼崖同盟会澄迈县支部，继而又邀集邑人王敬三、马家璧等人加盟。之后，琼山县长流人郑里铎亦邀同邑陈继虞、郑开俅、王静文等，利用香港同盟会分会工人叶铁汉之助，筹建同盟会琼山县支部。这样，海南先后出现了 3 个同盟会组织，形成三足鼎立之势。他们皆不服从同盟会琼州支部长林文英的领导，使林的工作很难开展，因此情绪很低落。

经过符树兰、云竹亭等人的鼓动，林文英决定重新返回琼崖。

但是，由于入秋以来南海气候已进入了多台风季节，南华水道波涛滚滚，恶浪滔天，航船停泊，商旅不行。林文英因之未能成行。

待到当年 11 月初，形势发生了变化。

4 月，广州爆发了同盟会武装起义，革命党人损失惨重，牺牲甚众。

参加广州起义的琼崖籍革命志士林文英、陈得平、陈继虞、冯熙周等人，以及华侨多人在盟友的协助下，躲藏于装载火炭的木船中离开广州，逃往香港；

而吴攀桂、李午天、郑里铎和黄健生等人则潜逃回琼崖，同行的还有翁鼎新、王敬三、徐天深、曾祥鹤诸琼籍人士。他们遁归海口后，推举府城巨室吴少农为同盟会首领，准备再度起事，吴攀桂还招致雷州亡命来琼的阿七哥等百数人，蛰伏在海口附近，相机起事。

是年10月10日，武昌新军革命党人举行武装起义。这年恰好是农历辛亥年，史称“辛亥革命”。

辛亥革命胜利的消息，像插上了翅膀般飞越崇山峻岭，飞越三江五湖，不久，全国便有三分之二的省份宣布独立，脱离清朝统治。至此，清朝皇朝已处于风雨飘摇之中，像一个行将就木的垂死老人，暮气沉沉、朝不虑夕了。

辛亥革命胜利的消息也飞越琼州海峡，传播到了孤悬海外的海南岛，霎时间，琼岛上掀起了三民主义的风云。

首先起来响应的是琼崖中学堂和琼山县雁峰中学堂的师生们，他们在琼崖中学堂堂长云昌瀛和雁峰中学堂进步教师王国宪等人的发动和组织之下，停课走出了校门，来到府城、海口的大街小巷里进行革命宣传、演说和游行。学生们手里拿着三角小旗子，一路上高呼：

“革命万岁！”

“三民主义万岁！”

继而，府城、海口的民众如潮水般涌向街头巷尾，高呼口号，拥戴革命。人人心花怒放，个个喜上眉梢，连老年人、妇女和孩子们都走上街头，欢欣鼓舞。人们拍着手、蹈着舞，欢笑着、跳跃着，情不自禁地载歌载舞，庆贺着中华民族得到新生。尔后朝琼崖中学堂和雁峰中学堂的师生们走去，向他们提问题、去疑惑。

琼崖中学堂和雁峰中学堂的师生们在向群众解疑去惑当中，不失时机地向他们深入浅出地宣传、解说和演讲。

琼崖中学堂堂长云昌瀛和雁峰中学堂的进步老师王国宪等人对三民主义做出了解释，使广大民众容易接受这些革命理想和道理。于是人群喁喁，奔走呼应，无论绅界学界、商界工界，听了三民主义的阐理，没有一个不喜形于色，仿佛是痴狂的样儿，人人拍手，个个腾欢，似乎已达到了沸点。他们皆行动起来仿照赶制武昌首义的十八星满地红旗帜和七彩小旗子，准备游行。

继而又四处张贴剪辫布告曰：

“自汉（汉口）起义，各省呼应之。凡我同胞，一律剪辫，除去胡尾，重振汉室。结辫丑制，乃世界之怪状，实行剪辫，刻不容缓也。”

那些蛰伏在海口附近相机起事的同盟会员吴少农、吴攀桂、李午天、郑里铎、黄健生、王梦云、柯有为、郑开俅等人，以及雷州亡命来琼的阿七哥等百数人，一个个像地下冒出来一样，组织起革命党人和民众队伍，高举起十八星满地红大旗，做好夺取府城的准备。

此时，琼州镇台府城楼上那面清朝黄色龙旗正在初冬的寒风中有气无力地摆动着，不时有几只乌鸦拍着翅膀，发出“呀呀呀”的叫声，从它的旁边飞掠而过，更是平添了些许凄凉的氛围。

琼州镇台府和琼崖兵备道里已乱作一团，镇台成聚听到辛亥革命的消息，惊骇得不得了。他惊惧地跌坐在大堂的太师椅上，两眼发直，像死鱼眼一般一动也不动，口中不停地喃喃着：“完了，完了，大清 260 多年的江山，这下子真的完蛋了……”

在琼崖兵备道台府里，兵备道台刘永滇也被革命的风声吓得惊慌失措，六神无主，当他又听说琼崖革命党人组织民众和学生准备进攻镇台府时，吓得满地躲藏，虏气不扬了。正在了无应对之际，幕僚班部里走出一位身穿宝蓝色马大褂来，厉声叫道：“古人云：‘江海尽失，势成坐亡。’而今革命党兴，清祚垂亡，天道縻常，一兴一废，自有定数，非人力所能也，乃天意使然耳。请大人三思吧！”

待众人回过头来看时，来者不是别人，正是师爷郑南侯。刘永滇忙向他问计道：“郑兄有何高见，以救危局？”

郑南侯说：“孟子曰，‘虽有智慧，不如乘势，虽有镃基，不如待时。’今清朝气数已尽，人心倾向革命，全国大势，四方沸腾，民众怨望封建帝王专制制度久矣。时不与我，‘识时务者为俊杰’。大人不如顺应历史潮流，顺应革命，换旗易帜，或许能保住琼崖地盘，似此乃不失为一时权宜之计矣！”

刘永滇听毕，惊吓得半晌儿作声不得，尔后乃故作镇静，心想：“革命风潮虽烈，但仅限于中国南方一隅，而北地大部分行省尚未行动，还掌握在满人手里。以鄙人观之，这皇清还有大半壁江山哩，到底鹿死谁手，尚未可知呢？嗯！当年长毛洪秀全闹太平天国，猖獗一时，最终落得身败名裂……”

郑南侯似乎窥透了刘永滇的欺人之谈的心思，劝告说：“此一时而非彼一时也。今之孙文非昔之洪秀全辈可比耳。况且吾辈今日处身于广东这个革命的‘火药桶’里，必须极端小心谨慎处事，否则‘火药桶’一触就会爆炸。吾等则死无葬身之地矣！”

“是啊！倘若刘大人犹豫不决，优柔寡断，则祸事不远矣！”站在一旁的巡防营管带黄健生见到有机可乘，也借势吓唬道。

刘永滇遭此惊吓，更觉丧气，寻思无计，乃似对人言又似自语地说道：“罢了！罢了！臣在琼州，山海阻隔，且吾辈生逢末世，都当了大清朝的亡国之臣啊！算啦！算啦！‘天下无不散的宴席，自古无不灭的帝家。’何况山高皇帝远，实在是顾不了许多啊！倘若再沉迷于这身旧朝服，恐怕连吾辈都不得好死矣！唉！好死不如赖活，罢了！罢了！半生功名尽付流水啦。”

刘永滇说罢，那白中泛黄的脸上肌肉不由自主地抽搐了几下，一对细眼不停地眨动着，下巴颏儿耷拉着的几绺稀稀疏疏的胡须仿佛也比前时掉落了许多，也觉得比昨天更是苍老多了。

接着，琼崖兵备道台刘永滇无可奈何地带领兵备道一班官员，来到府城城门谯楼上列队面朝北方，双手拱揖，口中喃喃地说：“皇上啊！势之所逼，饶臣等不忠不孝吧！”说毕，眼角缝隙里挤出几滴眼泪，哀号了一会儿。遂令人收起代表清朝皇朝的杏黄色龙旗。

事毕，才叫人找来一面十八星旗悬挂起来，由是投机取巧，摇身一变，变成了“革命党人”，对内称慕风归义，对外称为“琼崖观察使”，侈称“首义革命功勋”等而自夸。

这便是：琼岛风云连天起，革命声威动地来。

第四篇

遭殴打林格兰愤辞职　受委托王斧军暂主事

却说辛亥革命胜利传来，南方各省也纷纷揭竿而起，群起响应，宣布独立，脱离清朝王朝统治。广东省革命党人亦闻风而动，聚集在省议会局商议广东独立事宜，初时原属意两广总督张鸣岐。可张氏极为狡猾，采取两面派手段：明里表示同意，而暗地里却害怕革命党人秋后算账。因他是镇压广州起义的刽子手，双手沾满革命志士的鲜血。张鸣岐心有余悸，乃于夜间携款潜逃香港去了。于是，广东省各界人士遂举荐对革命有功劳的胡汉民为广东革命临时都督，陈炯明为副都督。

广东宣布独立，侈谈革命的琼崖观察使刘永滇看到清朝气数已尽，只好顺应历史潮流，宣布琼崖脱离清廷统治，自称为“琼崖临时都督”，鱼目混珠，假意革命。

当时，广东省临时都督胡汉民看到粤局甫定，立即召回好友王斧军，准备派其返回琼州，接收琼崖临时都督刘永滇之权力归还革命党人之手。

且说王斧军自在暹罗担任同盟会分会主盟人和兼任《华暹日报》期间，曾亲赴南洋及欧美各国，发动华侨捐资购械。1909 年 10 月，同盟会在香港成立南方支部，作为领导南方革命总机关，并决定发动新军在广州起义。1911 年 4 月的广州起义虽然遭到清兵的镇压而失败了，但是王斧军募款购械支持起义功劳不可湮没。时负责组织和指挥广州起义的香港同盟会南方支部长胡汉民逃往暹罗，最先寓居于王斧军主持的华益学校内。王斧军待之以诚，两人遂成为密友。因此，辛亥革命胜利后，胡汉民即召王回国，准备返琼接收政权。

王斧军应召回国后，先到广东督府诚谒胡汉民，以简放琼崖自请。

胡汉民默然神思，少顷，谓官制未定，姑待之。王斧军望着这位身穿长袍大褂，戴着一副深度眼镜，人号“尖如胡”，心有所悟，草上官制名为“琼崖临时行政总机关”，而称林格兰可当此任呈上，广东督府阅后采纳，乃委林文英为琼崖临时行政总机关民政长，王斧军为副民政长，两人联袂回琼接收政权。

再说林文英自从参加广州起义失败后潜赴香港转往南洋，辛亥革命胜利再返回广州。当他接到广东省临时督府的委任后，便与王斧军一同回到海南，在海口成立“琼崖临时行政总机关”，内设民政、军政、司法、财政、教育五部，以冯熙周、黄健生、云瀛桥、云光中、郑文波、王国宪、黄庭芝等人分别担任正副部长；以黄元漠、符朝宗为秘书处正副秘书。

琼崖临时行政总机关组建后，林文英认为政体革新，人民大众尚未了解，于是又将全琼崖划分为东、西两路，遣宣慰使巡行各县，宣慰人心与宣传孙中山先生的三民主义思想，使人心归附。经大家计议决定，以陈继虞为琼崖东路宣慰使，郑里铎为琼崖西路宣慰使。宣慰文大略曰：

晓渝吾琼州父老等：

昔清朝无道，帝制腐朽，政治黑暗，致使外族侵凌，列强瓜分，国家危如累卵，社稷倾于旦夕，人民苦不堪言矣！唯民众之盼望革命，不啻于大旱之望云霓焉？

今吾辈痛感于封建帝王制度之落后，乃决心推翻清朝鞑虏，建立共和民主政体，缔造繁荣富强之新中华，实现中华民族之伟大复兴。现值辛亥革命胜利，举国欢腾，革命烈火势如燎原遍及南北之际，广东省革命政府着即组建琼崖临时行政总机关，以林文英、王斧军等膺任琼政总机关正副民政长，回琼接管军政大权，主持新政，实行三民主义之政策。为此，着令陈继虞、郑里铎诸同志为琼崖东、西两路宣慰使，巡行琼岛各市、县，晓渝吾琼州父老，望宣慰到日，希各周听，归命新政。

此布。

琼崖临时行政总机关示

辛亥年十一月五日

郑里铎赴西路宣慰，仅至澄迈、临高而止；陈继虞宣慰东路各县之后，复取道昌感、儋州，遂由西路而归。

林格兰分派陈继虞、郑里铎为东、西两路宣慰使，巡行琼崖各市县，沿途宣慰军民，解释新政，使孙中山先生的民主革命的思想传遍天涯海角，妇孺皆知。

琼岛宣慰工作结束后，林格兰、王斧军着即移文知会琼崖临时都督刘永滇，限期将政权移交给琼崖临时行政总机关。刘氏则以未奉上级行文而婉拒交权，林、王等人不得已，乃回海口商议，决定将琼崖临时行政总机关从海口移来府城，便利于与刘永滇交涉权力之事。

林格兰、王斧军带着琼崖临时行政总机关人员从海口步行到府城，走上一段大慢坡，来到一处高地俯瞰府城，顿觉眼前豁然开朗：屋瓦连绵起伏，屋脊鳞次栉比，以琼州镇台府为中心的古建筑群，错落有致地坐落在南渡江边，抱珥山下，放眼望去，一座座楼台亭榭、一处处书院学堂、一幢幢庙宇牌坊都掩映在绿树红花之中，点饰在苍山碧水之间，真个是山川钟秀，琼台福地。

林格兰看了一会儿，连声赞叹不已。他想起民间中传闻的“飞梁之说”，便问身边的王斧军，王斧军一时也说不上来，又转向王国宪询问。

王国宪是海南清末民初著名学者和教育家，系博物君子，硕学通儒之人，他略为思索地说道：“传说汉代琼州府的官员决定在原州治所旧州扩建城池，征调大量的木材和石料到南渡江左岸边。不料一夜之间，大雨倾盆，江水猛涨，堆放在江边的木材等竟不翼而飞，负责营造城池的官员派人四处寻找，终于在抱珥山下找到了用于修造府衙的大木梁。后来根据堪舆先生的指点，谓此乃‘飞梁之说’之宝地，州府官员决定在此建造城池。”

“海南岛形似一只金龟，正符合‘龟吉于勺’的说法。”王国宪引经据典地说。

“是啊！我们琼州自古风物特异，人文荟萃，特别是明清两代更是人才辈出哟！”王国宪如数家珍似的说，“如明代礼部尚书兼文渊阁大学士丘濬，吏部尚书加太子太保廖纪，南京都察右佥都御史海瑞，右佥都御史、都察院左佥都御史邢宥，南京礼部尚书王弘海；清代探花郎张岳崧，大理寺正卿王映斗等；还有建威将军吴元猷，台湾总兵林宜华等。至今，府城大街小巷还遗留有许多古迹，有些街道的命名就大有来历。例如府城十三街的名称：北胜街、尚书街、马鞍街、道前街、南门街、学前街、靖南街、县前街、大前街、丁字街、北帝街、果行街、绣衣坊。从街道的名字中仍可窥出历史的痕迹。”

谈起这些历史掌故与传说，大家的兴趣更加浓郁，都提议到闻名遐迩的五公祠去看看，领略古人的风骨与精神。

五公祠是清代名臣雷琼兵备道台朱采于光绪十五年（1889）所创，奉祀唐代卫国公李赵德裕，宋代忠定公李纲、忠简公赵鼎、庄简公李光、忠简公胡铨等五公，这些历史名贤皆因遭到奸臣陷害而远贬来海南岛，他们在谪琼期间积极传播中原文化，对琼岛的文化发展和文明进步产生了巨大影响，因此，后人建祠来纪念他们的功德。

林文英、王斧军、王国宪等一行人来到五公祠，饶有兴趣地观看了园里的美丽景色，而后步入五公祠中的海南第一楼，观赏那一副副震人心魄的楹联。内有一副楹联是清代文昌县举人潘存所题，联曰：

唐嗟未造宋恨偏安天地几人才置诸海外；

道契前贤教兴后学乾坤有正气在此楼中。

众人观赏了一会儿，有感于怀，深为古人的忧国忧民所感染。继而又兴致勃勃地移步来到一处，观看广东学使徐琪所题：

于东坡外有此五贤自唐宋迄今公道千秋垂定论；

处南海中别为一郡望烟云所聚天涯万里有孤忠。

林格兰等人读罢联语，心潮澎湃，抚古追今，觉得五公英烈之气荡然而生，胸间顿然涌起一股深深的爱国爱乡之情怀。

某日，琼崖临时行政总机关民政长林格兰、副民政长王斧军，以及民政、军政、司法、财政、教育五部正副部长冯熙周、黄健生、云瀛桥、王国宪等人前往琼崖临时都督府知会刘永滇，洽谈关于接收琼崖政权问题。

刘永滇乃乖巧之人，善于见风转舵，随机应变，前些时候清政府宣布“预备宪政”，他自己曾标榜是个“革新派”人物；辛亥革命后，他又宣布海南独立，脱离清廷；如今他又以“革命功臣”自居，独揽琼崖军政大权。当听到有人报说琼崖临时行政总机关民政长林格兰等人要求会面时，便强作欢颜，脸上堆满了干笑，假惺惺地表示欢迎。

林格兰和王斧军走进琼崖临时都督府大厅，举目环视，但见大厅内六柱四横架，檩桢建造，斗拱相连，气势恢宏，每个檩桢两端均雕镂珍禽瑞兽，卷草花鸟，精致之极。中堂上悬挂一幅《江山万里图》，两边镶嵌着清代广东雷琼道台焦映汉撰写的一副名联，联语曰：

定安全之策坐镇琼山开乐会以会同官统府州县同僚独临高位；

澄迈往之怀清扬陵水佐文昌而昌化理合万儋崖诸邑共感恩波。

他们看了一会儿，暗暗赞赏联语中能嵌入琼崖 13 个县邑名而称绝妙。

落座后，林格兰就开门见山地说明来意，刘永滇一听，心里老大不愉快。他虽然身穿铁线纱硬领袍，外套马蹄袖箭衣，不过那块绣狮子从五品官衔的补服已经脱掉了，给人一种“虎死威还在，官丢架子存”的感觉。

刘永滇听了林格兰的说明后，故意岔开话题，说着客套话：“林先生多年跟随孙中山先生革命，走南闯北，足迹遍及南洋一带及日本等地，鄙人甚是仰慕与钦佩。”

“岂敢，岂敢！刘大人谬奖了。”林文英见到刘氏岔开话题，也顺应酬酢着说，“林某人也不过是千千万万革命者中的一走卒而已。”

“哪里，哪里！林先生过谦喽。”刘永滇说罢，又慢吞吞地举起茶敬茶：“诸位先生一路辛苦，请吧！”尔后又吩咐下人备厨。

饮茶间，刘氏唠叨起一些无关紧要的话儿来搪塞。

用茶罢，刘永滇装模作样地请林格兰、王斧军、王国宪、冯熙周、云瀛桥等一行到花厅里用餐。

花厅设在琼崖临时都督府的后花园中，乃是前朝历代知府的林苑。林文英、王斧军等人行至过道，再入花园，但见园中佳木扶疏、竹影摇风，花红叶绿，一派葱茏。园中曲径通幽，亭台迴榭，流水潺潺，甚是别致。林文英和王斧军看了一会儿，不觉间脱口赞道：“好园子。”然后又返回花厅，落座在已经摆好的餐桌周围的椅子上，抬头欣赏着花厅内的摆设。

这花厅的摆设着实让人耳目一新，那整块黄花梨木雕就的《六骏图》放置在客厅中间，给人一种精神向上的感奋；此外，还有仿制曾国藩的一副联语："水宽山远烟霞回，天淡云闲古今同"，又给人一种闲情逸趣的感觉，让客人看了，感到宽和。

酒菜端上来了。只见八仙桌上摆满山珍海味，一盘临高烧烤乳猪肉，还有黄麂肉、果子狸汤和油炸马鲛鱼、鲜蒸大红袍鱼等，热腾腾香喷喷的，香味扑鼻，吊人胃口。刘永滇满脸堆着笑容，殷勤地延请林文英、王斧军等人上坐。

刘永滇笑嘻嘻地夹起一块黄晶晶金灿灿的临高乳猪肉，像美食家一样品尝着，介绍道："临高乳猪是驰名的一道海南名菜呀！其'色同琥珀，又类真金，入口则消，壮若凌霄'。可谓'色、香、味、型'俱佳哩，也是逢年过节筵席宴会上必不可少的佳肴。来，来！大家请尝尝，不要见外啰。"

听了刘永滇的介绍，林文英和王斧军也动筷子夹了一块烧烤猪肉放进嘴里，一边咀嚼一边称赞："不错，烧乳猪皮脆肉嫩，清脆可口嘞。"

"好香，烧烤乳猪鲜美香浓，连骨都有味道哟。"

"这是黄麂肉，那是果子狸汤……"刘永滇笑容可掬地又指着第二道菜介绍起来："黄麂是小型的鹿，肉味鲜美；果子狸是狐狸中的上品，这种狐狸主要以食树上的果子为主而得名的。用它来熬汤，配以党参、杞子、淮山、红枣等中成药佐之，具有滋阴补肾、润肺治喘之功能，系山珍中一道名菜，其汤其肉清甜、细腻、爽口、留香，是稀有的山珍野味。"说罢，吩咐膳食员为林文英等人各盛了一大碗，让大家品尝。

众人见刘永滇热情有加，盛情难却，都放开食欲大吃起来。待到酒过三巡，菜过五味，林文英便向刘永滇提起移交琼崖军政权力的问题。

刘永滇一听，故作惊讶地说："这事关重大，还得上头行文通知哩。"

"难道广东都督府政不出门、令不能行吗？"林文英显得有些愤慨，从皮包里掏出胡汉民的委任状。

"这事还得请示……"

“不行，限定时间移交！”

“实是难以从命。”

“一定要服从广东都督胡先生展堂之令！”

林文英态度生硬起来。

“……”

两人在餐桌上争执起来，宴席不欢而散。

林格兰知会琼崖临时都督刘永滇限期移交政权后，返回到府城菜市场新设立的琼崖临时行政总机关住址，等待消息。

次日，琼崖临时行政总机关前面聚集着一群气势汹汹的人，自称是被强行驱逐出府城菜市场的小贩，他们冲击设在菜市场里的琼崖临时行政总机关，逢人便殴，遇物则砸，并将总机关的工作人员撵走，把办公物件砸得稀巴烂。

这时，林格兰刚好从外边回来，看见这帮人胡闹，甚是恼火，大声喝道：“这是琼崖临时行政总机关办公重地，不许乱来！”

小贩们转身看时，只见一位身材高大、一身番客打扮的汉子，圆睁着两只大眼睛，正在怒气冲冲地责问：“你们要干什么？”

他那浓密的胡须因为过度愤怒而倒竖起来。

小贩们见状，不由自主地倒退了几步。

就在这时，一个獐头鼠目的家伙又带来一班歹徒，他们手中挥舞着棍棒之类的器械，气焰嚣张之极，围住林格兰大吵大闹，扬言要寻殴琼崖临时行政总机关民政长等。

这家伙一看到林格兰，便破口大骂起来，叫嚷道：“你们这些乱党，把人家小贩们驱逐出菜市场，断了大伙儿的活路，我们跟你们拼命了！”

“对啊，断了我们的生活怎么过呢？”“不让我们卖菜讨生活怎么办哪！”“……”

众小贩在歹徒的煽惑下，你一句我一句，又闹哄哄乱糟糟地叫嚷起来了。

林格兰为人长厚，富于革命热情，却短于应变急智，见到这些小贩在歹徒的怂恿下继续作乱，不禁火冒三丈，怒斥道：“真是一伙自私自利、思想落后、不计国家民族大事而只图一己之利的刁民劣性，像这个样子何谈救国？

何能拯民？废物！”

“你骂人！”另一个满脸横肉的歹徒跳将起来，大声喊道：“这位就是革命党的头头，先揍他一顿吧！”说毕就挥拳对准林格兰砸来。

“打死他，打死这些扰乱天下的革命党头目。”那个獐头鼠目的家伙看见满脸横肉的歹徒动了手，也指使一些不明真相的小贩围住林格兰拳打脚踢起来。

立时，林格兰的脸上和身上多处受伤，鲜血顺着脸颊流淌下来，滴落在地上，染红了一大片。

许久之后，琼崖临时都督刘永滇才虚张声势地带兵前来解围，虽然驱散了这帮歹徒，但是林格兰已身受重伤矣！

林格兰遭到不明真相的殴打之后，心里很是恼怒，以为这些歹徒胆敢捣乱打人，必然是背后有人唆使，因而要求琼崖临时都督刘永滇查明真相，惩办凶手，处罚幕后操纵者。但是刘永滇虚假应付，故意拖延时间，日过一日，月过一月，使此事不了了之。

事后，林格兰明知是琼崖临时都督刘永滇暗中搞鬼，但一时又查无实据，难于证明，乃愤然辞职而去。

林格兰一离开琼崖，临时行政总机关各部部长料想事不可为，亦大半引去，各奔前程。

由于林格兰愤然离琼，致使琼崖临时行政总机关的工作处于半停顿状态。而后广东都督胡汉民又委托王斧军代理琼崖临时行政总机关民政长职务，郑里铎、陈继虞为副民政长。

事后，经琼崖中学堂堂长云昌瀛建议，王斧军遂将琼崖临时行政总机关搬迁出府城菜市场，移址于琼崖中学里办公，这样，又重新开始与琼崖临时都督刘永滇洽谈接管政权事宜。

琼崖中学堂的前身为琼台书院，在清代曾是琼州最高学府，科举年代称誉为“南溟杏坛一壮观”。它建成于清康熙四十九年（1710），创办人是分巡雷琼兵备道台焦映汉。焦映汉是陕西人，进士出身，注重教育，据说他带头捐奉白银600两建书院，并敬取明代琼籍大学士丘濬之号“琼台”为书院的名称，表示纪念，启迪来者。

琼崖临时行政总机关搬迁来琼崖中学堂办公之后，王斧军和陈继虞、郑里铎等人趁着余暇，重游了这座闻名海内外的琼台书院。行不几步远，首先映入眼帘的是魁星楼，此楼高二层，为砖木建筑，顶部是绿色琉璃瓦，在日光的映照下熠熠生辉。

王斧军指着魁星楼说："据星学家传说，魁星为28宿星之一，主文运哩。"

"是呀，自从琼台书院修建以来，便成为我们琼州人读书学习的最高学府哩。"陈继虞接过话来说，"在清代科举考试中，琼台学子金榜题名者就有探花张岳崧和进士谢宝、张日旻、黄河清、符其珍、梁必强、云茂琦、杨景山、韩锦云等20多人；还有举人潘存、唐焕章、杨歧山、许成德等100多人，可谓是文曲星高照咧。"

说到进士谢宝和张日旻，众人又想起了脍炙人口的《搜书院》的故事来：清朝康熙年间，琼台书院掌教谢宝先生的高足张日旻与一名镇名府婢女李英娘偶然相遇，互相倾慕。一天，李英娘忍受不了虐待，逃到琼台书院里找张日旻帮助，不料镇台派人来书院搜查。谢宝以书院乃儒学重地为由拒绝官兵内进。于是，镇台要谢宝到道台署论理。

谢宝巧设妙计，趁备轿前去道台署之机，将英娘藏于轿子底下，在途中将她放走，躲过一难。这故事被后人编写为戏剧，在海南广为流传，深受人们的喜爱。

又一日，王斧军带着陈继虞、郑里铎等来到琼崖临时都督府，一进来就打开天窗说亮话："刘公，前段时间林格兰先生因小贩殴打一事，了不断案，致其愤然去职。今王某人又奉广东胡都督汉民先生之命，代理琼崖临时行政总机关民政长职务，并限定日期归还琼崖政权于民众，是为所盼啊！"

"嗯，知道了。"刘永滇应答了一下，随后一反往日那般夸夸其谈的做法，把脸绷得紧紧的，不再多说一句话了。

王斧军问一句他就有口无心地应答一句，继而像木偶似的钉坐在虎皮太师椅上懒得动一动，今天他穿着靛青色长袍马褂，一副悠然自得的神态。不过，那条又粗又长的辫子已被盘结在头顶上，再用瓜皮帽给严严实实地盖住了。

王斧军和陈继虞、郑里铎眼见刘永滇这般装束很反感，但一想到自己是来商谈接收琼崖政权时，又强制压住心头的火气，耐下性子来与刘永滇继续商谈。

刘永滇狡猾异常，他细眯着眼睛，心说："这些革命党人手无寸铁，怎敢来硬的。"想到这里，他的嘴角上挂起一丝不易察觉到的得意，旋即又迅速消失了。

饮茶间，王斧军再次向刘永滇谈起接管政权之事。交谈之中，刘永滇却又天南地北地岔开话题，胡扯了一些不着边际的话语借以掩饰会谈中的实质问题。每当涉及关于移交琼崖政权时，刘永滇总故意闪烁其词："这事还得等待上头的公文行将下来再说吧。"

就这样，谈来谈去也没有什么进展。

王斧军本是一书生，毫无一点用兵的智慧，在交涉接管政权毫无结果的情况下，仅向琼崖都督府以每月领取 300 元的活动经费，借以维持琼崖临时行政总机关的日常开支与费用而已。

这正是：为保权位施诡计，岂料争来却下台。

第五篇

刘永滇称病荐范云梯　赵士槐领命任安抚使

话说王斧军代理琼崖临时行政总机关民政长之后，几经与琼崖临时都督刘永滇交涉接管政权不果，因而闷闷不乐。这里暂且按下不表。

且说自从刘永滇拒绝林格兰接管政权而造成小贩寻殴事件，继而又处心积虑地百般刁难王斧军后，原以为胜算在握，岂知天下事却也有些不可思议，非人力可逆转也。这刘永滇正自鸣得意之时，哪里知道革命党已来势汹汹，日甚一日，不可压制，定要他交出政权，否则将采取革命手段。此时他却又感到心虚发怵起来，担心有朝一日革命党人会找上门来与他算账。越往下想，眼皮越是跳动不停，知其不能久恋栈位，乃问计于幕友郑南侯，郑南侯佯思了许久，慢条斯理地说道："刘公何不学古人引疾辞爵，称病而去，可保无恙。"

刘永滇听毕，微闭双眼，捻了捻胡须说："此计甚好，事已至此，也只好这样了。"于是乃引咎辞职，遂举荐范云梯继之。

范云梯何许人也？

范云梯，字步月，广西永安州水窦村人，少时喜爱读书，常以北宋名臣范仲淹后人而自许，早年混迹军旅，在广西提督兼广西边防督办苏元春幕下参襄军机，曾经智救陆荣廷，先后任过儋州知州、万县知县、崖州知州、琼山县知县，在琼为官十多年，曾以"清官"自许。他在崖州兴教办学、教化黎庶，民众感其恩德，黎人以当时的崖州特产吉贝织布用手工缝制"万民衣"赠送给他。1909 年范云梯任崖州知事时，正值晚清末年，外国列强纷至沓来，瓜分神州。他来到崖州这块无毛之地，倍感荒凉。一天巡游至三亚湾，看见惊涛骇浪之中有一根石柱顶天立地，此石高约 7 米。据《山海经》神话传说它是共工怒而头触不周山，“天柱折地维绝”，一截飞落到这里独撑南天的。范云梯浮想联翩，心潮澎湃，感到大清王朝的兴亡与自己亦有责任。有感于此，乃挥毫题写“南天一柱”题刻于石柱之上。同时，他还另撰有一联曰：

有如此锦绣江山其恰称天南极地；

看将来文明气象居然为海上雄州。

观其联语，豪情万丈，似乎大有立志要力挽狂澜于既倒，誓为风雨飘摇的清朝王朝效犬马之劳。然而，这范云梯虽然有点才干，却生性忮刻，固守旧道，对辛亥革命没有包容之心，极端仇视革命党人。初时，范氏认为未经上司委任，坚不应允，后经刘永滇一番劝进，乃不客气了。其心腹随从李瞻淇叹息道：“大人之芳名从此难保了，只怕要多出事了！”

其后，范云梯代理琼崖兵备道职务。

继而，他急不可待地将他在儋州知州任内支持革命的前清进士、现因于监狱的王云清押解至府城枪决，这事造成琼人对其残暴行为极端不满。范云梯上任伊始，就枪决支持革命的前清进士王云清，其意完全在于借此举措来恐吓和威胁琼崖临时行政总机关代理民政长王斧军等人，并乘势企图压制民众。但是范氏这种高压手法，引起琼籍旅粤人士的不满。他们合力举荐时任广东都督府军务司副司长赵士槐为琼崖安抚使驱逐范云梯。

广东临时都督胡汉民得到琼籍旅粤人士的合力举荐，一时委决不下，乃派人去征求时任广东省谘议局议员王国宪先生，征得他的同意，遂委任赵士槐为琼崖安抚使。

赵士槐领命任琼崖安抚使之后，以琼崖原驻有巡防兵五营人马，因而虑及兵多增加地方负担，所以仅请调步兵一连人随行，并随带幕僚陈策、张运镒、黄健生、梁国一、陈宗舜等人一行回琼。抵达海口后，即以海口文昌会馆为琼崖安抚使公署，知会范云梯移交政权。

且说范云梯接到琼崖安抚使赵士槐的通知之后，不置可否，细眯着眼睛，假意派员表示欢迎。

这时，他装迷瞪僧地对来人说：“吾人尚未接到上级公文，回赵大人话，请稍候消息，容缓再行洽谈未迟。”

打发来者走后，范云梯接到原琼州镇台府镇台成聚的邀请，说是有要事相商。

成聚是满族人，为清廷皇室宗亲，乃一庸碌之徒。他是在康有为、梁启超等人发起维新运动之后，被慈禧太后差遣到南疆镇守这座宝岛的。

成聚镇守琼州多年，只有前次被辛亥革命的声威惊吓了一场，后来由于没有战事，整天饕餮美食，乐得自由自在，他心宽体胖，时常在后花园里与妻妾们赏花玩鸟，抚琴唱曲，过着养尊处优的贵族生活。

这时听得门子报说范道尹应邀到来，便匆忙来到会客厅见客。

“哎哟，贵客！贵客！”成聚看见范云梯到来，忙拱手作揖道。

范云梯受宠若惊，亦躬身致礼说道：“客气了，还望镇台大人见谅。”“哪里哪里，范老弟里面有请。”两人客套了一番，范云梯跟在成聚后面，走入客厅。

这客厅内布置得富丽堂皇，只见四面墙壁上挂满了明清两代名人的丹青墨宝，琳琅满目。厅内摆设着一套黄桃木雕镂的屏风，掩遮住闲人的视线。

范云梯随着成聚转过屏风，来到一处边厢内坐定，便秘密商谈起来。

成聚说：“这次请范贤弟到府上，还请赐教呗。”

范说：“今天下大乱，形势不妙，大清王朝气运不济，但还可以支撑一时，乱党在武昌起事后，推举黎元洪为军政府大都督，与朝廷分庭抗礼。现在袁世凯出山，挥兵南下镇压乱臣贼子，段祺瑞、冯国璋部已饮马长江，志在必得，鄙人愿为镇台大人效犬马之力。”

“好好，范老弟忠心可鉴，吾人心里领谢了。”成聚说罢，便招呼人来相陪。不一会儿，镇台府里的几名美妾也都出来作陪，并备下酒菜，好生招待。

成聚生得肥头大耳，胖圆脸盘，清虚虚的额头上盘着一条长辮子，颊下盘着肉褶，大腹便便，肥头鼓脑，活像一尊弥勒佛。他笑容可掬，亲自斟了满满的一碗烧酒，递与范云梯，然后自己也倒了一大碗，仰起头一饮而尽，说道：“吾人先干为敬，请！”然后又倒了一大碗，再与范云梯碰酒，随即一连灌了四五大碗，也毫无醉意。

这范云梯受此激赏，不禁忘形，睇见成聚接连喝得四五大碗烧酒，心说“好酒量！”他也捧起酒碗喝下三大碗，怎奈不禁酒力，三大碗烧酒下肚，直往上涌，满脸酡红，像涂上猩红的血浆似的，怪难看的。

成聚见范氏不胜酒力，忙支使仆人扶起范云梯，说道：“范老弟请歇息。”

范云梯见当面出丑，乃强打精神，摇摇手，说：“我……我没……没醉。”

嗣后，范氏把琼崖安抚使赵士槐派员送函，要求移交琼崖军政大权的事情，借着醉意讲了一遍。

成聚一听，惊得手中筷子掉在地上，胖乎乎的脸上不住地渗出一层薄薄的冷汗，求救似的问道：“这事可怎么办呢，范老弟？”

“这事好……好办……”范云梯借酒壮胆说，“中原逐鹿，鹿死谁手？尚……未……可知哩。”

“范老弟，这权力决不能交出呀！”

“当……当然，我……我采取缓兵之计，拖一时算一时，最后还得兵戎相见……啊！”范云梯已经烂醉如泥，昏昏欲睡。成聚见到范云梯已醉成这个样子，遂吩咐仆人收拾酒席，至晚再用马车载他回府安歇。不题。

且说，赵士槐和幕僚黄健生、梁国一、张运镒、陈策等人自到琼崖道尹公署照会范云梯说明来意，要求范氏限定时间答复关于移交琼崖军政权力的问题。但范氏听罢一味支支吾吾，答非所问，只是用好话哄骗应付过去。

赵士槐眼见范氏一时难于答复，开口道：“那我们再等待几天，希望尽快给出完满的答复！”说罢告辞。

琼崖安抚使赵士槐知会范云梯之后，耐心等待了一段时间，还没有见到任何表示，便决定带着幕僚们到府城走一遭，借此机会观察与踏勘府城附近的地形地貌和地理位置，为以后攻打琼州镇台府做好一手准备。

赵士槐，字孟乔，海南文昌县头苑横山村人，少年鸿志，负笈羊城，考入广东讲武堂，矢志修武，后又进入日本振武、士官两军校接受军事训练达 7 年之久，廷试赏武举人荣衔，授步兵协校职。任过广西提调，并参加中国同盟会，辛亥革命后，广东宣布独立，乃回粤任广东省都督府军务司副司长。

赵士槐一行人从海口步行到府城，途经攀丹村，便在两棵百年古榕树下歇脚。

攀丹村古称“番诞”，后遂取“攀登蟾宫，折取丹桂”之意，故名攀丹村。自宋代以来，名人辈出。仅明代就出了唐舟、唐亮、唐绢、唐鼎、唐胄、唐穆和黄显、黄宏宇等八名进士，可谓是琼州独一无二，而在全国也是较为罕见的事例。

赵士槐带着一班幕僚在攀丹村中的古榕树下歇乏，见到村中绿树婆娑，修竹扶疏，鸟语花香，不禁想起这个人文鼎盛，声名远播的文化名村来。出于对琼崖古代历史名贤的景仰之情，大家嚷着去看看名人的遗迹和胜景。

赵士槐经不住软缠硬泡，带着幕僚们观瞻了名贤故居以及古迹，然后又在村人的指引下来观看竹根泉，竹根井相传是唐胄所凿。

唐胄是攀丹村 8 位进士中最有威望的名贤，生于明朝宪宗成化七年，官至都察院右副都御史、布政使、南京户部右侍郎、北京户部右侍郎、左侍郎等职。他为官清廉，为政卓著。嘉靖十七年因抗疏逆鳞而被削职归里；尔后又获赦回京任职，被赠右都御史。唐胄著述甚多，主要有《正德琼台志》40 卷和《海琼摘稿》6 卷等传世。

赵士槐与幕僚们观看了竹根泉，缅怀先贤，心里产生了无限敬意。正好村妇前来挑水，众人便相拥而上，每人喝了一口水，既能解除口渴，又能感受到唐胄的为官爱民之情。

离开攀丹村，跨过青云桥，一路上大家有说有笑，心情愉悦。

沿途经过美舍河、像池和水田等，望着逶迤曲折的河流和波光粼粼的池塘，以及阡陌交错的自然景色，这使赵士槐与幕僚们这些农家子弟出身的人倍感亲切快慰和心旷神怡，也更加坚定了他们要为孙中山先生的三民主义而奋斗的决心，同时更加增强了为国家民族而献身的精神。

大家沿途观赏了名贤古迹和自然景观，兴趣更加浓郁，一边谈古论今一边放开步伐，不觉间来到了五公祠。

赵士槐与幕僚们观看了一会儿，便径往府城而去。

到得府城外围，众幕僚踏勘了府城的地形地貌。府城城墙高丈余，均用青石红砖加红土和石灰混凝筑垒，坚实牢固，城墙上筑有城垛、箭台、瞭望台和指挥楼等。

众人又绕城察看一会儿，见到东、西、南三座城门上筑有箭楼，楼上皆布置有军事设施以及报警设备等，戒备森严，易守难攻。

赵士槐一行绕城察看一周，见到府城墙高坚固，兵马守备甚严，不由得吃了一惊，心里暗暗佩服这范云梯着实有点才干。

入得城来，大家在城中逛了一会儿，但见百业萧条，门可罗雀，一派死气沉沉的景象。那一队队清兵，肩扛长枪，腰挎大刀，仍是神气十足地在街道上巡逻。赵士槐望着这些如狼似虎的兵丁们，心中升腾起怒火，但一想到此行的使命，又将火气强行压抑下去。

一行人来到琼崖道尹府，呈上名刺，求见范云梯。范氏接过名刺，见机明快，决定来个虚应故事，便传令俞许请进。

赵士槐一行步入琼崖道尹府，一眼瞥见范云梯高坐在大堂之上，此公生得体貌魁伟，语音洪亮，态度傲慢而骄横，奸猾异常，平日里圣贤其貌，盗贼其心，以行其欺世盗名之技。赵士槐看了，感觉到范氏厚貌深心，是一个不易对付的人，更增添了厌恶心理。

范云梯瞧见赵士槐一行，不经意地瞟了一眼说道："赵大人，回乡辛苦了。"

"服务乡梓，正是赵某人的心愿。"赵士槐顺口答道。

"赵大人打算回乡如何服务桑梓？"范云梯一听说赵士槐回乡服务乡梓，心里一咯噔，马上就如滚油浇心起来，试探着问道。

赵士槐开诚布公，将这次回琼的舆情从头到尾复述了一遍，然后要求范云梯交出军政权。

范云梯灵滑异常，听了赵士槐的直述后，夫子自道说："范某在琼为官十多载，谊同桑梓，愿以忠言相告，今天下之势，尚未归属，在下不过只是奉公行事，还是暂且等待上头发话为好哩。要否，请耐心静候几时，听候行止。"

赵士槐觉察到范云梯毫无诚意可言，心鄙其人，便告辞退了出来。

回到海口，当即召集陈策、陈宗舜、林学海、黄健生、陈光辉、张运镒、梁秉枢、徐成章、陈侠农、云茂伦、梁国一、吴直夫、陈岛沧、叶英峰、李午天等人讨论，决定采取强硬手段接收琼崖军政权力。

会后，赵士槐又派人潜入府城去通知老同盟会员王梦云、柯有为、郑开俫等人为内应。

王梦云是琼山县遵都图儒文村人，三代荣封“通奉大夫”。在广州读书时经朱执信介绍加入同盟会，积极支持革命。他接到赵士槐派人来通知，即与柯有为、郑开俫等人在府城开展革命活动。后来，因事泄密，为范云梯所悉，遂派兵加强警戒，并下令守城士兵以沙包堵住城门工事，各街道巷口也增派兵力把守，做好战备。

看来，范云梯已有意与革命党为敌而拒绝移交琼崖军政权力了，他不但暗中调兵遣将，而且构筑守城工事，准备与琼崖安抚使公署对抗到底。

赵士槐看到这种情况，为了避免流血事件，再次与幕僚们商讨计策，问大家有否条件争取用和平手段去解决问题……

话音未了，只见幕僚黄健生自告奋勇，说他愿意单刀赴会，前往原琼崖临时都督刘永滇处劝说，企望刘氏再说服范云梯转交政权。

黄健生是澄迈县老城人，早年就在广州黄埔陆军小学秘密参加了同盟会组织，后来分派回琼崖清军统领刘永滇部充任军事教官，继任管带。他在琼崖清军中任职期间，因与王敬三、马家璧等组建澄迈县同盟会支部，还与四方山会党结纳，被刘永滇以“乱党”罪名派人缉捕，黄健生潜遁羊城，投奔赵士槐入幕。

黄健生来到府城，打听刘永滇去职后寓居红城湖畔以种花养鸟钓鱼为娱乐，自诩“烟波钓徒”，便亲自来见刘永滇。

红城湖地处府城的东北位置，积水面积有一百余亩地，湖水清凌凌的，倒映天光云影，湖面上田田绿荷，随风翻动；湖畔长满芦苇，此时芦花正在抽穗，白茫茫一片，宛若雪花。黄健生抬头看时，但见田田荷叶，花事已尽，败蓬飘零，好在满眼芦花，恰似银流苏；又有数十株高大的三角枫树霜叶正重，层层红染，夕阳将红城湖水灌成一片金汤。

他来到刘永滇寓住的湖边庐舍，举目欣赏着红城湖畔的荷叶芦花枫叶，兴趣浓郁。

刘永滇望见旧友来访，忙不迭地迎入草堂，假装感慨地说：“健生兄弟，多年不见，日夜思念，是什么风把你吹来的？”

“大人恩义，健生没齿难忘，一有机会，必来相见。”黄健生应对着说。

茶毕，黄健生说明此行的来意。刘永滇装作为难的样子，叹息道：“岂不闻上官如虎、下官如狗乎？刘某已是等闲置废之人，恐怕难于说服范云梯啊！”

“刘大人，范云梯是您老推荐才当上琼崖兵备道尹的呀！”黄健生想起刘氏装病去职的事。

“彼一时此一时也，人心莫测啊。”刘永滇虚伪地应酬道，接着又把话题一转，“这样吧，待我找个机会跟范云梯谈谈，倘若他一味冥顽不化，那你就约定革命党人来攻城，刘某愿为内应，捉拿这厮法办吧！”

“好，一言为定。那就不打扰了，我先回去转告赵安抚使，专候大人佳音啦！”黄健生被刘永滇的一番鬼话迷惑，信以为真，满心欢喜，忙抱拳作揖告辞。

刘永滇也客套了一句：“恕不奉送喽。”

待黄健生一走，他旋即对其背影唾了一口液，恶狠狠地骂道：“呸！似尔这等革命乱党分子，竟然找到鄙人的草舍来了。哼！简直是痴心妄想！”

他骂罢，苦思计策，不经意间顺手在木几上拿起一套线装本《三国演义》翻了一回，当他看到“吕温侯濮阳城破曹操”一节时，眼睛一亮，乃自言自语道：“我何不学古人唱一出《濮阳城》，让那些乱臣贼子的革命党人也尝尝我刘某人用计的厉害！”

说毕，那张泛黄的脸上升腾起一股洋洋自得的神色，塌阔的嘴角边儿也微微露出一丝不易察觉的奸笑，但很快就消失得无影无踪了。

这才是：虚与委蛇计中计，与虎谋皮难上难。

第六篇

革命党人攻打镇台府　逊清余孽出击攀丹村

赵士槐经过多次与琼崖兵备道尹范云梯交涉接收政权失败后，乃决定采取武力强行接管的手段。他当即召集幕僚陈策、张运镒、梁国一、黄健生等人商议，成立炸弹队和敢死队，并组织学生军，兵分两路从南门和东门发起攻击，攻打琼崖镇台府，实行武装夺取政权。

赵士槐用眼光环视了一下众人，说道："我未回琼之前，原以为琼崖已驻有巡防兵五营人马，故考虑到兵多增加地方负担，所以仅请调一个步兵连随行。岂料这姓范的诡计多端，千方百计阻挠我们接管，不肯交权。大家说说，我们应该怎么办？"

陈策抢着说："俗话说'人怕打，鬼怕骂'，不下强硬手段打这帮家伙，是不会乖乖地交出琼崖权力的！"

"对，一定要打！"众人也一致表态。

"好！我们就是要用武力来夺取政权，决定攻打琼州镇台府。"赵士槐听从大家的意见，然后用信赖的眼神注视着陈策、张运镒、黄健生、梁国一、陈侠农、叶英峰等，欲言又止。

陈策会意，第一个站起来请战："算我一个，让我任炸弹队长！"

"我也算一个，志愿当敢死队长！"一直沉默不语的张运镒也"嚯"地站起来报名。

"算我一个！我参加炸弹队！"

"我参加敢死队！"

陈侠农、梁国一、黄忠、叶英峰等青年也争着报名，纷纷请战。

赵士槐看到众人争相请战，乃大喜，随后又对陈策和张运镒道：“你们俩一个是广东黄埔水师工业学堂的学生，一个是广东黄埔陆军小学堂的学员，都学过军事知识，可谓英雄有用武之地了。”

确定了炸弹队和敢死队人员后，赵士槐又找来李午天和徐成章等人，对他们说：“由于我们兵力薄弱，有必要组织学生军参加攻打府城，助威助阵，以壮大革命之声势。”李午天、徐成章两人领命而去。之后，赵又派员潜入府城联络革命党人王梦云、郑开俅、柯有为等人为内应。

不说赵士槐派李、徐如何组织学生军，只说琼崖兵备道尹范云梯探知革命党人欲以武力接管政权的消息后，两颗绿豆眼珠骨碌碌地翻转，而后眉头一皱，一条毒计随之而生：何不借一借刘永滇这块牌子来与革命党人虚与委蛇，诓骗革命党人来攻城而击垮他们呢？

他分析了双方的军事力量，对比之下，他认为革命党人只不过是一群没有受过军事训练的乌合之众，而他的手中则掌握着五营训练有素的巡防兵，且府城兵精粮足，武器精良，凭城固守，进可以攻，退可以守，何虑之有？

计谋既生，范云梯立刻去找刘永滇，共同设计骗局。

再说刘永滇虽说是称病去职，却尚未离开琼崖，而是寓居于府城附近的红城湖畔的草堂里，过着“烟波钓徒”的生活，平日里以种花饲鸟钓鱼为娱，暗地里则是眼观六路、耳听八方，静观时局的变化，再定夺去留之事。当下听说范云梯登门拜访，心想这姓范的也真是“无事不登三宝殿。今日来访，又有事相求了”。于是，从内屋转出草堂，与范氏寒暄一会儿。

范云梯急不可待地说：“刘公，范某人有要事相商。”

“好，好的。”刘永滇见说有要事相访，便引领范云梯来到草堂外边的一间雅致的草亭内坐定，而后吩咐下人摆上工夫茶，一边品茗赏景一边密商对策。

常言道：急惊风偏遇慢郎中。这范云梯是个急性子，偏遇上刘永滇这个慢性子。只见范云梯的屁股刚落座，顾不得观看湖光水色，欣赏枫影芦花，便按捺不住毛躁性子，随即把他的奸谋一股脑儿地抖了出来。

刘永滇神清气闲，眼睛眯成一条线，装模作样地用右手轻轻地梳理着那绺稀稀拉拉的山羊须，乃慢悠悠地恭听范云梯继续说道：“刘公，咱两人一个唱红脸，一个唱白脸，共同来导演一出三国《濮阳城》老戏，你不妨学富户田氏下诈降书，诓骗赵某来取府城，在下则学吕奉先伏兵城中，单待曹孟德进入城内，放火堵城。哼！待到那时节，我范某人派兵将这些革命党人团团围住，一网打尽，谅他纵然是曹孟德再世、孙武子重生，也绝难逃出我们之手哩！”

“此计大妙！范贤弟怀抱经天纬地之才，何惧区区一群强徒耳？所想正与刘某人不谋而合呢。”刘永滇听完了范云梯的计策后啧啧称赞道。旋即又想起前些日子黄健生劝说的事，以及他从《三国演义》中看到濮阳城富户田氏，下书诈降骗曹操入城被吕布杀败的故事，复述了一遍。

范云梯经刘永滇这么一称赞，不禁飘飘然起来，献媚地说：“不妨向您老吹吹牛，小子自少习文练武，还没有用武之地呢。这些强盗，以范某视之，不过是一群乌合之众，有何难事？待范某人将这些乱党驱除，那时再来与恩师在红城湖边把酒临风，共赏红城湖的芦花枫影美景吧！”

“那好吧！你先回去做好准备，我将计就计，尔后修书一封，诓骗他们来钻圈套。”刘永滇抑制不住心头的狂喜，一边说着，一边送客。

他返回身后，叫人笔墨伺候，然后铺开信笺，手握狼毫小毛笔，运气于腕，不一会儿，宣纸上显现出几行蝇头小楷来：

赵大人钧鉴：

昔者黄健生曾亲临草舍，晓以大义，鄙人经劝说范云梯归顺革命，交出琼崖军政权力，应天顺民。孰料范氏顽固透顶，反对革命，鄙人愿联络旧部以为内应，擒拿范氏归案也。宜当即日来洽谈。

切切

愚：刘永滇拜上

辛亥年冬月巳日

赵士槐得到刘永滇的密函，仔细阅毕，看不出疑窦之处，再交与幕僚黄健生等人查阅，即日便集合队伍准备出发。恰在此时，万宁、陵水两县的革命党人刘中珸、陈文斋、周士英、林显让、严椿等30多人也从100里开外的东南部赶来协助，大家在阵前相会，欢喜至极。

接着，琼崖中学堂和雁峰中学堂的学生军也在徐成章、李午天等人的组织和带领下赶来助阵。赵士槐看见各路人马齐集海口，高兴地做了简短的讲话，然后挥手下令出发。

200多人“呼啦”一声排成整齐的队伍，迈着矫健的步伐前进。队伍以军乐队为先导，由陈光辉持头旗，赵士槐率领幕僚黄健生、梁国一、陈侠农、云茂伦、陈岛沧、林学海、吴直夫、符朝宗、梁秉枢、韩柳州等人居中；陈策、张运镒、黄忠、阿七哥等华侨炸弹队和敢死队紧随其后，步兵连紧跟在后。走在最后面的是学生军。

是日，皎然日出，风狂如箭。队伍浩浩荡荡地从海口向府城行进。军乐队吹奏着《革命军进行曲》和法国大革命时期的《凡尔赛进行曲》。那些从南洋带回国的西洋乐器有洋鼓、铜号等，经过军乐队这么点击和吹奏，发出铿锵有力而又嘹亮的声响，应和着队伍行进的步伐，引得附近村民和沿途路人皆以争睹为快。

人们眼见革命党人皆穿着整齐笔直的西装，戴着眼镜，拄着手杖，足蹬着锃亮的皮鞋，俨然一派南洋番客的装束，真个是英姿焕发，风采照人，精神抖擞，勇气百倍。民众背后称之为“番勇”。

队伍行进到红坎坡时，远远望见大校场上布满了巡防营的官兵，他们荷枪实弹，如临大敌。当赵士槐带领队伍越走越近时，这些穿着清朝黑色军服，身后镶有“兵”“勇”二字的士兵横眉竖目，凶相毕露，举起枪来大声吆喝道：“来人听着，奉范大人将令，停止前进！再进一步就开枪啦！”

这时，又有一个小头目军官拔出毛瑟手枪，准备鸣枪示警。幕僚黄健生见了，疾步趋前，急忙制止，并晓以利害，劝说官兵们不要死心塌地为清廷卖命，要留点后路等话。黄健生早年在琼崖兵备道台刘永滇手下任教官和管带，与巡防营官兵们比较厮熟，旋后经黄健生这么一说，巡防营小头目便同意放行。

赵士槐率领队伍通过巡防营游动哨位的拦阻后，径直来到府城大门前时，但见城门四处洞开，当下却不见刘永滇有任何内应的动静，大家疑心有诈，所以不敢贸然入城，乃轻声叫骂起来：

“贼杀才，躲藏到哪里去了！”

“这家伙诓骗我们了！”

“不要上他的当！”

“当心有诈！”

且说刘永滇和范云梯坐镇在敌楼上，严密地注视着革命党人的行动，当看见赵士槐等人来到府城外扎住阵脚，不肯轻易进入城里时，心知阴谋败露，诈计落空，乃急令紧闭城门，陈兵于城垛之上，做好防守的准备。赵士槐眼看这般阵势，担心一旦攻打西门，敌人居高临下，自己势必吃亏，因此乃率领队伍绕过五公祠，转向东门，同时命令陈策带炸弹队攻击南门。

陈策得令后，带领黄忠、叶英峰、阿七哥等几个人箭步冲到南门，掷放炸弹，随着“轰轰轰”的几声爆炸，震得城墙一阵阵地颤动，直吓得守城的清兵心惊胆战，连声呼叫起来：“不好了，革命党攻打镇台府了！”

趁着敌人慌乱之际，张运镒率领敢死队员扛着云梯架在防护河上，然后箭一般冲过去，继而竖起竹梯，迅速登城。这时，赵士槐也命令步兵连举枪瞄准城上敌人，掩护敢死队员攀城。学生军则分成几路，擂鼓攻城。

范云梯站在敌楼上，满脸杀气挥动着驳壳枪，命令士兵们开枪射击，只听得枪声“噼啪噼啪”地响成一片，子弹“啾啾啾”“嗞嗞嗞”地从革命党人的头顶上呼啸而过，打得地下尘土飞扬，树上枝叶飞舞。

此时，校场上的巡防营士兵听到枪声，也从侧背包抄过来，赵士槐见状急忙分兵反击，敌兵抵挡不住纷纷逃入城中。

赵士槐看到敌人溃败，满以为攻城有望，胜券在握，便一个劲地指挥革命党人和步兵连及学生军攻城。

怎料到范云梯使用的是“拖刀计”，假装失败，诱使革命党人攻城，然后再寻机相杀。斯时，范氏看见赵部全力攻城，满以为革命党人又中了他的诡计，因而奸笑了几声，对部下几位军校头目说：“嘿嘿，我以为赵某人留学东洋学习军事，有多大的本事哩，原来不过也是混蛋一个！”

说罢，命令士兵调转枪口，朝着登城的敢死队员猛烈开枪射击，子弹像雨点般倾泻下来，击中了个别攀登上城垛的敢死队员，从高高的城墙上跌落下来，非死即伤。继而下令挠钩手钩起竹梯，用长柄大刀破坏。而后下令士兵们如此这般地实现他的所谓“拖刀计”。

这边厢，赵士槐指挥着革命党人攻打镇台府正战得欢，猛地瞧见一股股清兵从府城的侧翼逶迤而来，不由得大吃一惊，这才省悟得是范云梯施的诡计，忙命令敢死队长张运镒率领敢死队员停止登城。继而又唤过步兵连过来对付这股敌人。

步兵连得令后，立即调转头来迅速铺开，卧倒在场地里向从府城侧翼而来的敌人开枪射击，随着一排排枪声响起，冲在前面的敌兵应声倒下一片，后面的敌人看见，也不敢再往前冲锋了，只好伏在地上举枪互相对射。只见得这边一排子弹射过去，那边一排子弹射过来，枪声“噼里啪啦”地爆响着，好不热闹。

攻城的革命党人见到步兵连将侧翼之敌挡住，也振作精神，把一颗颗自制炸弹投掷过去，炸弹滚落在城门外接二连三地爆炸，腾起一股股浓密的烟雾，窜上半空。但是，由于自制的炸弹威力不大，没有太大的杀伤力，所以对城门未能造成大的损坏。就这样，敌我双方从巳时战至未时，相持不下。

范云梯坐镇在城楼上观战，看到革命党人的弹药消耗得差不多了，便挥动驳壳枪，恶狠狠地叫喊道：“打死他们，打死这些乱党！”城上的逊清士兵们一听见范氏声嘶力竭的号叫，亦“乒乒乓乓”地放枪，一排排子弹“嗤嗤嗤”地打在城墙根下的尘土上，窜起一条条白烟，飞起一柱柱尘埃，随风乱舞，甚是吓人。

那些缺乏军事训练的琼崖、雁峰中学堂的学生军，瞅见这般光景，又见敌人的子弹像雨点般射击下来，惊慌得胡乱碰撞，失去秩序，有的饮弹倒毙，有的身受重伤，有的惊怵逃命。一时间，学生军的队伍开始躁动起来。

赵士槐见状，忙令李午天等人带领学生军先行退出战场，转向攀丹村一带撤退，尔后又命步兵连且战且退，掩护队伍撤离战场。

范云梯瞧见学生军死的死、伤的伤、逃的逃，自以得计，乃洋洋自得，把那双贼眼骨碌碌地翻转着，心想：“这回非把这些乱党赶尽杀绝不可！”

随即喝令几百名士兵从南门和北门分别杀出，包抄革命党人。

刚刚撤退不远的学生军瞅见一队队清军余孽追杀上来，都惊慌地四处逃窜。赵士槐立即命令陈侠农、梁秉枢、陈岛沧等和万宁、陵水刘中焐、陈文斋等带领革命党人配合步兵连将敌人顶住，双方又在东校场的野地里混战起来。这时，琼崖中学堂和雁峰中学堂的学生军邱海云、陈继虞、王鸣亚、吴道南、张良栋等也返身赶回来助战，他们手持棍棒在徐成章的率领下加入战斗行列。

陈侠农举起大刀首先与敌军交手，一个敌兵举枪与之应战，枪来刀往，拼死相搏，陈侠农大喝一声，手起刀落，敌人身首异处。

又一名敌兵举枪欲射击，徐成章一闪而至，用木棒从敌人背后猛击，将敌击倒，陈侠农捷步上前，补上一刀，结果了敌兵的性命。

混战中，陵水县同盟会首领刘中焐则举着驳壳枪，见敌就放，接连击毙了几名清兵余孽。

陈继虞、吴道南、张良栋和王鸣亚等人也挥舞着刀枪棍棒与敌人对阵，两下里枪来刀往，你来我去，杀得难解难分。正危急间，黄和如、韩柳州又从斜刺里杀出，向敌人猛捅一标枪，穿透了两名敌兵的胸脯……

在刀光剑影里，革命党人杀得正起劲，不料另一股清朝官兵蜂拥上来。赵士槐看到三面受敌，难以抵敌，为避免伤亡，忙下令队伍退走。

队伍刚转移到五公祠一带，冷不防一排枪响，伏在此地的敌人向革命党人开枪射击，幕僚林学海饮弹倒地而亡，士兵也有多人受伤或倒毙，赵士槐情知危急，说声“不好”，急忙带领着队伍一直撤退到攀丹村才停了下来。

琼崖兵备道尹范云梯眼见革命党人虽然退走，但锋芒甚健，为了彻底把革命党人击垮，又暗令一部分兵勇迂回包抄，威胁赵部的后路，继而督促几路兵马，分途出击攀丹村。

赵士槐和部分幕僚带领队伍撤退到攀丹村，喘息未定，又报说清军分路击来，大家都很愤怒，又很慌张，纷纷跳起来，提枪操刀，抓棍捻棒，准备与清军再拼杀一场。这时，攀丹村的缙绅耆老慌忙走过来，皆劝说此地乃古贤名胜之地，勿以刀兵相扰。继而又去说项范云梯了。

且说缙绅耆老们到得村外，望见一队队兵勇杀气腾腾地冲过来，“噼里啪啦”地乱放枪，有几个胆子小的，吓得转身往回跑；也有个别胆壮的硬着头皮，原想指望劝说几句，又觉得“秀才遇到兵，有理说不清”，于是只得眼睁睁地任由他们窜犯攀丹村而干着急着。

清兵涌入攀丹村与革命党人搏杀一阵，渐渐地革命党人孤力乏，抵抗不住清军的猛攻。赵士槐自感兵力薄弱，料想到久战非为良策，乃带领队伍再从攀丹村向文昌铺前方向撤退而去。

赵士槐率领攻城队伍撤退之后，幕僚云茂伦因在奔走中迷失方向，被敌人追至水田中昏倒，幸而手中无械，被俘后只割掉耳朵放回；陈光辉则在慌乱中把大旗扔掉，奔回新渠村躲藏，一段时间都不敢出入。

黄健生、梁国一、张运镒等被敌人追到南渡江边，眼见得前有江河阻挡，后有追兵紧迫，只好纵身跃入寒冷刺骨的南渡江中泅游到对岸，才得走脱。而陈策、黄忠、叶英峰、阿七哥等人则且战且走，黄、叶和阿七哥在战斗中拼命夺路始得逃走。

陈策脚部在战斗中被枪弹击伤，血流如注，但仍忍着剧痛一步一拐到麻场锡仔村外的水田边，被一群清兵发现追上来。陈策看到情况危险，脚部又受了伤，情急之下乃跳进稻田旁边的一处长满杂草的水沟里藏身。

水沟旁长满密密匝匝的野菠萝，长长的叶子上长着刺儿，很是吓人，也很是隐蔽。当这些兵勇连呼带吆地追赶到水田边时，登时不见了人影，觉得奇怪，便瞪着眼睛四下寻找。躲在水沟草丛中的陈策屏息静气，任由清兵大呼小叫，动也不动一下。

“看见你啦，快出来吧！”

“小子，你跑不了的，赶快出来。”

“哼！不出来就开枪啦！”

清兵们乱搜乱叫诈唬了一会儿，还是没有动静。一个满腮胡须的小头目用竹竿插入水沟里，搅得水沟里“哗啦哗啦”乱响。就在这时，突地“呼哧”一声，从野菠萝丛中窜出一条胳膊般粗的大蛇，张开血盆般大口，吐着火信子般的长舌头向清兵扑来，吓得兵勇们大惊失色，纷纷走避。清兵迷信，以为冬日见蛇不吉祥，乃悻悻撤走了。

且说范云梯击败革命党人后，又派兵在府城中大肆搜查和逮捕革命党人，把个府城闹得天昏地暗，人心惶惶，不得安宁。柯有为瞧见敌兵到来，慌忙退入其兄的道士堂里，恰巧道堂中正在做法事，他便迅速穿起道士长袍，戴上道冠，乔装道士蒙混在其间，躲过一劫；王梦云则急中生智，逃入东门内蛋巷王氏本家的新娘子房中藏匿，当敌兵来搜查时，看到主家摆开喜宴，吹动唢呐，价天震响，热热闹闹的，且嘉宾众多，辨认不出要抓捕的人，因而王梦云也避免了清兵的搜捕，幸免于难。

范云梯派兵搜捕不到革命党人之后，余怒未消，遂迁怒于府城中的市民与学生。于是，又派出大批兵勇四下搜查，直闹得满城风雨，无辜平民被捉走，不问青红皂白即被杀掉；有的清兵乘乱打劫，掠夺民众财物；有的借机敲诈勒索，强行牟取钱财；有的乘势作恶，劫掠和奸污民家妻女。一时间，把个古老文明的琼州府古城搞得乌烟瘴气，人们遭此劫数，敢怒不敢言，背后以“范屠夫”称之。

范氏虽有点才干，但在历史潮流汹涌澎湃之际，未能把握大局，乃妄图为挽救腐朽的封建制度而竭尽心智，虽说是一时得势，然而其逆潮流而动，为琼崖革命党人所不齿。

这正是：阻挡潮流胜亦耻，顺应大势败犹荣。

第七篇

古襄勤过琼逐“范屠夫”　邓仲元督办治猪笼仔

话说赵士槐率兵攻打琼州府失利后，带领队伍撤回文昌县铺前一带休整。之后，赵士槐与众人商议决计守海口，使陈侠农率敢死队取海口炮台为犄角，并就地筹粮饷，然而商民不与，乃请王国宪代控于广东督府，督府以赵士槐不洽舆情，调省述职。以黄明堂代领军事，区金均为民政长专理民事，而黄、区却未到琼崖任职而作罢。

古应芬，字襄勤、号香芹，广东省番禺人，1902 年考中秀才，1904 年与胡汉民、汪精卫、朱执信等考入日本法政大学学习，在东京参加同盟会。1907 年毕业回国后受聘为广东法政学堂编纂，广东省谘议局秘书。期间积极参加革命活动，组织民军，准备起事，与胡汉民一道参加辛亥革命，被胡援引为亲信人物。广东都督府成立，古襄勤出任琼崖镇守使。

古襄勤既为胡汉民的心腹亲信，他接受胡的任命之后，带领李福隆等一班人马过琼崖，驻扎在海口所城，广招革命党人商讨驱逐“范屠夫”。

琼人有了依靠，欢呼雀跃，争相投奔，不出几天，琼崖革命党人又齐集在五色旗下，这五色旗寓着汉、蒙、藏、满、回等五族共和的含义。

古襄勤生就容貌修伟，颇有雄纠气象，且精通文墨，向负盛气，素性耿直。当下听了琼崖革命党人叙述赵士槐等人攻打琼州镇台府的兵败经过之后，不禁恼怒起来，定要与范云梯一见高低，因而忙召集手下一班人马商讨对策。

李福隆劝说：“现在民国肇造，清帝尚未退位，而范云梯在琼崖居官十数年，尚能掌握琼军，且有计谋，兼有根基。我等初到琼崖，不谙岛情，余以为不如以政治攻势手段，大张榜示，传檄全岛，造成民主共和制度之声威，收服人心，然后再兴兵攻打未迟。”

古襄勤听了李福隆的一番阐述，也觉得言之有理，乃准予照办。

当晚，古襄勤凝神静思，大笔一挥，立时草就了一篇布告，大略如下：

琼崖绥靖处布告

为布告事，照得辛亥革命，举国响应，南方十八省宣布脱离清廷，清朝王朝统治业已呈土崩瓦解之势，行将覆没。而琼崖亦已顺应革命，及时反正，本应与革命党人切实合作，实现民主。讵料琼崖兵备道尹范氏云梯，却旧态复萌，反对革命，倒行逆施，且变本加厉，对革命党人以及广大进步民众采取镇压屠杀等手段，罪恶滔天，罄竹难书也。

本绥靖处依照中华民国临时政府孙大总统颁布之法令及训示，本职来琼吊民伐罪，绥靖地方，当所紧急之关头，应就带领广大民众起来驱逐绰号“范屠夫”者范氏云梯出琼崖，并清除一切反对革命的封建残渣余孽，还政于民，实现民主共和之思想。特定自布告之日起，所有反对革命之怙恶不悛者，皆在扫除之列；而敌人军队中进步官兵，决不妄加杀戮，如有主动起来击杀“范屠夫”者，必有重赏，携枪械出降者也有奖励，而有加入革命队伍者表示欢迎。倘若执迷不悟，城破之日，决不轻恕。唯恐或未周知，令行布告，仰全琼崖军民一体知照。

此布

琼崖绥靖处处长：古应芬

副处长：李福隆

中华民国元年二月二十日

次日，李福隆带领一批随从遍贴布告和标语，甚至把标语和传单贴到府城的大街小巷，撒落在旮旯里，大造民国共和政治之声威，情势汹汹，犹如风驰潮涌，势不可挡。直把个刘永滇惊吓得胆战心惊，神色惶惶，忙携眷收拾细软，乘着夜色偷偷地溜掉了。

却说范云梯自从打败革命党人之后，得意之极，自以为胜券在握，稳操政事了。不料舒心的日子还没过上几天，烦恼的事情又接踵而来，把“范屠夫”搅扰得茶饭无心、坐卧不宁起来。

原来，这位恃才自负的范大人，豪情万丈，似乎大有立志要力挽狂澜于既倒，誓为风雨飘摇的清朝王朝效犬马之劳。当他得知刘永滇溜走后，心情亦更加烦躁，连骂刘是“胆小鬼”，继而又骂古襄勤依仗革命势力欺负人。范云梯骂罢，猛想到南方虽然成立了中华民国临时政府，但是，北方大部省份还掌握在清廷手里，而且北洋军头子袁世凯带领的新军实力雄厚，足以与孙中山、黄兴的民军抗衡，因此，他乃决定与古襄勤一决雄雌，顽抗到底。

可是，“范屠夫”哪里知道，其时全国的形势已经发生了逆转。

且说范云梯准备抗拒的消息传至琼崖绥靖处，这下子可激怒了古襄勤！他厉声叫骂起来：“这‘范屠夫’不知好歹，真乃是螳臂当车，不自量力耳！”骂毕，忙召集副手李福隆等人起兵攻打府城，夺取政权。

经布置停当，先派细作潜入府城四处游说范云梯掌握的军队，使其军心涣散，不再听从范氏调动；再派员与潜伏府城内的同盟会党联络，里应外合。

旬日后，探事人返回报告说：“府城守军已经发生变化，大部分官兵倾向革命，不愿跟随‘范屠夫’顽固到底。”接着又有人报：“城内民众已经组织起来了，一俟攻城，可为内助也。”

古襄勤听完报告，大喜过望，叫道：“驱逐‘范屠夫’的机会来到了！”

随后，他带领人马会合琼崖革命党人，高举着中华民国的五色星条旗帜，浩浩荡荡地开往府城而去。

到得府城，古襄勤即令队伍攻击，刹那间，枪声响成一片。

范云梯忙下令应战，但此时已非彼时，官兵们已厌倦了战事，都想留个后路，皆不愿与革命党人刀兵相见；又见城中民众涌动如潮，势不可挡。“范屠夫”始知军心已变，事不可为，乃带领亲随兵士上城顽抗一番。

古襄勤率领队伍来到城下，望见敌人顽抗者寥寥无几，遂起兵猛攻，清军余孽无心恋战，发一声喊乃尽行散去。古襄勤挥众猛捶敌阵，攻入府城，直趋琼州镇台府，生擒镇台成聚。

范云梯眼见得大势已去，无可挽回，惊慌中化装成小贩，带着小妾周郁文及其亲随李瞻淇逃遁而去了。

1912年2月12日，清朝摄政王载沣和裕隆太后在袁世凯等人压迫下宣布清朝皇帝宣统逊位，历时276年的清王朝正式结束。自此，中国历史上统治2000多年的封建帝王制度被推翻了。

陈发檀等人援笔立就一篇《琼州改设行省理由书》。

因这篇文章脍炙人口，时人争相传诵，故作者不妨特别转录于下，供读家一阅。《琼州改设行省理由书》云：

琼州一岛，孤悬海外，面积10万平方里，人口200万，位置在北纬18度22分，东瞰小吕宋，西连东京湾，南接安南，北倚雷州半岛，四面港口，星罗棋布。南有榆林、三亚之险，北有铺前海口之固，东有清澜、博鳌，西有洋浦、英潮，贸易船舶之所辐辏，商贾货物之所云集，山珍海错之所麟屯，此海疆之要区，南方之屏障也。只以行政区划，隶属广东，位为外府，政府既轻视之，居民自安于苟简，有形势之险要，不知固守，有天然之富源，不知利用，为法国所垂涎，胁清廷订不割让他国之条约，引起各国所注意，所以学者政治家，或旅行、或探险，纷至沓来，不绝于道，而国人尚懵懵然也。夫以中国之广，仅有琼州及台湾两大岛。台湾已割让于日本，则琼州之势孤矣。倘亦为外国所占领，靡特人民受蹂躏之祸，牵一发而动全身，神州大陆，将受严重之影响，此同人所以有改省之议也。其改省理由有五，试缕析为诸先生陈之。

其一，巩固海防，琼州宜改设行省也。夫琼州位置极南，为南洋之门户，大西洋舰队东来，必经之地，昔日俄战争之际，巴尔梯克舰队，经过琼州，固国人共见共闻，而榆林、三亚两港，正当其冲，盖其港之广袤，能容巨舰，可避暴风，而外有诸小岛环之，为天然之海军根据地，虽德之基尔，日之佐世保，莫是过也。我国海军诸港，如旅顺威海胶州湾、广州湾等，次第租借于外国，所余无几，倘再舍此而不顾，后患可胜言哉。今我国海军，纵一时不能与列强争胜，仅有此根据地，乃委弃之，岂其国家之大计，琼州改设行省，榆林、三亚筑为军港，海防始无虞耳。

其二，启发财源，琼州宜改设行省也。我国蕴藏富源，虽各省皆有，而不及琼州，以矿产言，凡金、银、铜、锡、铝等矿，无一不有，且皆丰富，以林产言，其枷楠、沉香、树胶、椰子等树木，各省所用，至其他坚实林材，不可悉数；以农产言，土地肥沃，物无不宜，谷类固不必言，即甘蔗、芭蕉、菠萝等作物，遍地原野；以海产言，鱼盐之堆积海滨，处处可见，珊瑚、玳瑁等物，不胜枚举。总之琼州一岛，动、植、矿三界，极其富裕，祗以地广人稀，交通不便，故至今尚待开发耳。民国成立，振兴实业，至为急务，倘不可改设行省，则有实业无由发达矣。

其三，文化政策，琼州宜改设行省也。琼州本汉黎杂处，黎在中心，汉居外围。黎之风俗、语言、习惯，一切与汉异。黎有生熟之分，生黎犷悍，熟黎驯良，要之皆上古之苗裔，文化最低之种族也，自古迄今，为汉族之患，生黎无甚，自古政治家，献平黎之策者，指不胜屈。综其大要，不外开道路以通之，招熟黎以抚之，立州县以治之，设学校以教之，则生黎亦可驯良，而与汉族同化矣。今五族共和，断无歧视上古苗裔之理，与其歧视，而为子孙之忧，何如同化而收指臂之助，此文化政策，宜施于黎者也。琼州居民，普通教育，尚未普及，又限于一府，不得设立大学，及各种高等学校，以海防之要地，而无高等教育之人才，以策保卫，安望其不危乎？故推行文化政策，非改设行省不为功。

其四，移民政策，琼州宜改设行省也。夫移民政策有二，即国内移民，国外移民是也。广州等府，以人口过剧，生计困难，移住外国者，实繁有徒。

我以国力不振，外人对我侨民，得设种种条例，以苛虐之，其惨状有不堪言者，今我有地利而不自启发，至流居异域，使外人以牛马畜之，甚可耻也。

然此非国外移民之不必要，盖依我国之现状，莫如国内移民为善策耳何也。

琼州人口稀少，世所共知，倘改设行省，从事地利之启发，则人口过剧之地，自必强负而至，资金源源流入，人各有业，生计裕如，谁不视此为乐土，肯甘流于异域，为外人奴隶乎？

其五，便利行政，琼州宜改设行省也。琼州之地理、语言、风俗与各府不同，先言地理，自琼至省，海道有千百里之遥，由省至琼，有鞭长莫及之势，地方情形，长官不能周知，长官命令，朝夕不能至，其不便一也；次言语言，风俗既与各府不同，合而为二，行政区划分配，必不得当，其不便二也。倘改设行省，自无此二弊。

以上五项，理由既如所陈矣，抑尚闻之，在唐贞观五年，置都府于琼州，是改省之议，乃遵古制也，又在清季，张之洞、岑春煊先后督粤，皆力主琼州改省，清人因循且，而琼州以地位之重要，尚思有所改革，况民国成立，百百设施，在在发愤，有为之时代乎！用掬至诚，乞诸先生赞成琼州改设行省，琼州幸甚！民国幸甚！

1913年1月8日，北京政府公布《划一现行各省地方行政官厅组织令》等，规定地方官厅由省、县两级改为省、道、县三级。

省设民政长、道设观察使（道尹）、县设县知事。广东省设六道，其中有琼崖道。广东都督兼民政长胡汉民与回乡省亲的梁士诒商讨琼崖改设行省之事，胡拟于琼州先设镇守使，为海南改省张本，以便作为改设行省的准备。

琼崖镇守使不在地方官厅之列，显然是与北京政府官厅制度不同，实际是民国初年海南改省之动议的衍生物。意为先设镇守使这个过渡性机构，为海南建省预先做好安排，奠定基础。

是年3月上旬，邓铿率领部属及随员渡海担任琼崖镇守使署之职。邓到任后，鼎新革故，致力于交通垦殖、开发利源、移兵为工、建设国防等项。琼崖镇守使署设有军务科长陈国伦、实业科长、内务科长、教育科长、军需科长等。

邓铿，字仲元，广东省梅县丙村人，广东将牟学校第四期毕业，参加过黄花岗起义，失败后匿居香港，继续从事革命活动。辛亥革命胜利后，广东成立革命政府，他帮助胡汉民、陈炯明整编军队，担任广东都督府陆军司长，不久因都督府改制，改任广东都督府参谋长。

邓铿时年27岁，年轻有为，颇有抱负，上任伊始，准备开发琼崖和加强保卫祖国的南大门。他带去一班参谋和幕僚人员以及陆军马永平、邓拔的两个步兵团驻琼。第一步计划把原来的旧防营、师船全部遣散，一切重新布置。

接着，邓铿发布《琼崖镇守使条例》，共有21条之多。镇守使权力极大，甚至袁世凯所鼓吹的“军民分治”，在琼崖已改为“军民合治”了。可见琼崖为海疆要地，情势与内地迥异也。

邓铿刚到任不久，就进行清除贪暴、严禁烟赌等，并派员到海口的新兴街调查“猪仔栏”事宜。

自清政府在第二次鸦片战争中失败之后，畏敌如虎，先后与英、法等帝国主义侵略者签订丧权辱国的《天津条约》和《北京条约》，其中有规定琼州为增开的通商口岸之一，之后，外国列强的魔爪便伸进了琼崖。他们除了进行残酷的经济掠夺之外，还利用狡诈方法、狠毒手段，把各地方的劳苦人民，诱骗到他们的殖民属地去垦荒掘矿，开辟资源，任意奴役。

早先在清朝封建统治者的残酷压榨下，中国人民终年劳苦，不得一饱，因而很多人失业无依，生活陷入了绝境。这样便为帝国主义者诱骗苦力工人提供了条件。无知者一旦被其欺骗，落入他们的圈套，就如堕入陷阱，先去人身自由，好像“猪仔”圈在栏里一样，任由他们摆布和奴役，无可奈何。这样的罪恶场所被人叫作“猪仔栏”。

清代光绪年间，琼崖海口关部前，以及新兴街一带，就有几处“猪仔栏”。有个名叫阿六的家伙，原是广州湾赤坎地方上的二流子，天主教徒，曾在赤坎干尽了坏事，站不住脚，才逃避来海口的。

他在琼岛漂荡了一段时间后，便靠流氓手段，拉帮结派，起初当了海口的轿夫把头。又由于他是天主教徒，择机结识了当时驻海口的法国领事。那时候，法国正在安南、非洲等处殖民地垦荒开矿，缺少劳力，法国领事就利用他，在海口专搞欺骗苦力工人，干着残害同胞的罪恶勾当，人称“猪仔头”。有了法国领事撑腰，阿六就在海口关部前和新兴街开设了几间所谓“小客栈”，作为“招收”各地工人住宿的地方。他利用各地流氓恶棍、地痞无赖等用花言巧语，无耻地吹捧帝国主义，胡诌什么国外的生活如何如何的好，使一些不明真相的青壮年人被骗到海口来，然后被关进“小客栈”，成为“猪仔栏”里的“猪仔”，不得自由。等待船期一到，就被绑架上船，送他们到预定的地方去了。

有一次，定安县一胡姓青年，被骗来海口新兴街一间“猪仔栏”里，其父亲闻知后赶来海口，找到阿六要人，却被阿六蛮横拒绝。胡老头请人说情，愿意出钱赎人，他也置之不理。胡老头万般无奈之下，遂向琼山县知县王恩章控告此事。王恩章知道阿六是法国领事的狗腿子，得罪了阿六，法国领事一定出来干涉，他虽然同情胡老头，但又不敢得罪阿六，只好对胡老头好言相劝，敷衍一会儿，搪塞了事。结果这个姓胡青年被绑架上船，送到国外，一去不复回了。

当时清朝官吏害怕洋人，凡有平民与教徒发生纠纷事件，他们不敢得罪洋人，一般都是袒护教徒，压制百姓，生怕酿成涉外案件，保不住自己的乌纱帽。因此，阿六的罪恶勾当，虽经人民多次揭露告发，他们也不予理睬，致使一批批青壮年被骗进“猪仔栏”，用船载往南洋一带，再卖于英国、法国、荷兰属各殖民地，因水土恶劣，工作特苦，待遇又极其苛刻，往往身死异地而无法自拔，凡此种种，俗谓之为“卖猪仔”。

是年6月，邓铿派员到海口关部前和新兴街一带调查“猪仔栏”头目阿六的罪恶，立即将这个家伙逮捕押送至府城监狱里审讯、再判处死刑。阿六不服，邓铿气咻咻地指着他的鼻子恨恨地骂道：“你这个无恶不作的洋奴才，胆敢依仗洋人之势来残害自己的同胞，你的良心安到哪里去了？你还是中国人吗？我非宰了你这猪狗不如的败类！”次日，阿六的靠山法国驻海口领事闻讯后，急忙坐上大轿赶到府城镇守使公署，要求面见邓铿，保释阿六。邓愈加气恼，不予接见，只传话给法国领事，说是同意释放阿六，请领事先行回去，阿六随后就到。

法国领事听了传话，信以为真，表示满意，阿六更为高兴。然而邓铿却自有一番计策，他对押送阿六的士兵如此这般地吩咐一番，乐得士兵们眉开眼笑，连称妙策。

士兵来到府城监狱里解出阿六，假意客气地对他说：“邓大人吩咐，你可以出狱了。”接着押解其去见邓铿。阿六以为有法国领事来交涉放他出来，心里越发得意，趾高气扬，更不把邓放在眼里，因而口口声声要找邓铿论理，并扬言要向上状告。

邓铿心鄙其人，因见其来论理，怒不可遏，叱咤道：“你有何理！还要上告？”

"我既无理，你又如何无罪释放？"阿六有恃无恐，老厚脸皮不识羞耻地反问一句。

邓铿听毕，气得不得了，用手"啪"的一拍，把公署案桌上的铁笔筒震得颤动，那支催命判官朱笔刚好从笔筒中跳了出来。他暗暗地骂道："贼杀才，尔等为虎作伥，残害同胞，天理不容，该杀！"随即拿起朱笔在阿六的名字上画个朱红的 ×，对士兵们喝道："真是望乡台上打锣鼓——不知死活的鬼，送他上路去！"

士兵听见邓大人的吆喝，立即上前拽着吓得面如土色的"猪仔头"阿六推进轿子里，齐声说道："听候邓大人吩咐，送你回老家去！"轿夫抬着阿六来到了城外的三里亭附近的大校场停了下来，押送阿六的士兵，按照邓铿的密令，从轿子里把阿六拉出来，在大校场一角的刑场上就地枪决。这个无恶不作的法国狗腿子就这样完蛋了。

事后，邓铿又派员到海口等地，把中华民国政府饬外交部《禁绝贩卖"猪仔"保护华侨令》的布告四处张贴。民众见状欢声雷动，拍手称快，争先恐后地高声读起来：

兹据荷属侨民曹运郎等，呈请禁止贩卖"猪仔"，及保护华侨名节，查海疆各省，奸人拐贩"猪仔"，陷人涂炭，曩在清朝，熟视无睹，致使被难同胞，穷而无告。今民国既立，亟应拯救以尊人权，保全团体，又侨民散尽各岛，工商自给者，实系有徒，屡被外人欺凌，含辛茹苦，挚爱宗邦。今民国人民，同享自由幸福，何忍侨民向隅，不为援手。如今广东都督，严行禁止"猪仔"出口，合亟行令仰该部，妥筹杜绝贩卖，及保护侨民办法，务使博爱平等之义，实力推行云。

人们读着禁绝贩卖"猪仔"保护华侨法令，奔走相告，大快人心，皆盛赞邓镇守使年轻有为。又有某日，邓铿访悉海口得胜沙有船行营此，遂大怒，派员将船行封闭，严惩人贩子 4 名，释放出被卖者 500 多人，被遣送回高、雷、钦、廉原籍。驻海口德、法领事提出抗议，并要求赔偿，遭到邓铿严词拒绝。

胡汉民、陈炯明起初都对邓铿这样处理此案，表示惊愕不安，认为这班毛头小伙子少不更事，外人招募华工是有条约关系的，事前不请示，就冒失处理，将会惹起交涉，那不是自找麻烦吗？因而颇有不满之意。后来知道此案了结，并未惹起什么外交麻烦端到他们头上来，而且海口两领事都被撤换了，便又常常谈起琼崖镇守使这班小伙子是初生牛犊不畏虎，敢作敢为。

琼人闻之拍手称快，称赞说："邓镇守使怒打'猪仔头'。"至是，邓铿整治"猪仔头"的美名遍播琼岛。自此，那些依靠帝国主义者撑腰而横行数十年之久的"猪仔栏"彻底结束了。

这正是：千年帝制已过去，一朝民主从今始。

第八篇

林文英奉谕任支部长　陈子臣鼎助建国民党

1912年8月，中国同盟会改组为国民党，林文英被委任为琼州交通部部长，并受孙中山委托组建琼州国民党支部。于是，林文英返回海南改组琼崖同盟会支部为琼州国民党支部，设址于海口潮州会馆，与林文英同行的还有琼籍革命党人陈子臣等人。

陈子臣早年就读于府城琼台书院，后赴南洋，在暹罗一带积极参加反清革命活动，旋为王斧军赏识，加入中国同盟会暹罗支部组织，并与林文英先后从泰国返琼崖组建同盟会琼州支部，继后赴香港前往南洋各埠随同王斧军筹款支持广州起义。辛亥革命胜利后，陈子臣又辗转广东一带投身民军，在邹鲁等民军首领麾下任参赞军事。

中华民国临时政府成立之后，陈子臣回到广东都督府担任宣传等。迨至国民党成立，他又随同林文英返回琼崖。

林文英、陈子臣等人在海口所城组建琼州国民党支部之后，由林文英担任支部长，陈子臣任副支部长，陈侠农任秘书，郑里铎、陈继虞、张良栋等人分管琼州国民党支部党务。

某日，林文英、陈子臣、陈侠农、陈继虞、郑里铎等人前往琼崖镇守使公署会见邓铿。交谈中，林文英和陈子臣称赞邓铿敢于虎口拔牙，禁绝贩卖“猪仔”，为海南人民做了一桩好事，功德无量。

邓铿听了众人的褒扬，乐呵呵地拊掌大笑，说他只不过是果敢地实行孙中山先生的指令而已。旋后邓氏又说起海南改省一事，大家听罢，神情为之振奋。

正在谈笑间，省里来了一道公文，邓铿阅罢，对大家说道："是省府要各道、县里遴选俊才，增补省议员名额，为即将召开的中华民国第一届国会选举议员事宜。"

当日，邓铿即推荐陈继虞为广东省议员候选人，赴省会广州议事。

却说林文英为了进一步宣传三民主义思想，在海口市西门外街（即今新民西路 139 号）一座鸽笼式的楼上，创办了海南第一份革命报纸——《琼岛日报》。林文英任社长、陈侠农任副社长兼总编辑，郑里铎、陈宏猷、翁桂清等人担任编辑。

《琼岛日报》创办初期设备相当简陋，仅有 1 架 6 度印刷机及 2 号、4 号两种铅字，且残缺不全。仅有合同工二三个人，每日印四五份 4 开纸张小报，而且半售半赠。白天，林文英一有空闲便奔忙于大街小巷之中，一边采访新闻资料，一边向广大民众做宣传工作。夜间则伏案写稿，有时通宵达旦，也毫无倦意。

为了真实反映市民生活和民间疾苦，林文英经常深入到海府地区采访撰写新闻材料。在采访过程中，他了解到许许多多不为人知的历史掌故、人文胜景和风土人情，都一一记述下来，然后刊登在《琼岛日报》之上，既增长人们的知识，又给后人留下弥足珍贵的文史资料。

林文英踏访了府城的七井八巷十三街之后，一日，来到匹瑾教会学校附近采访，这时，只见一位中年妇女从学校出来，她瞅了瞅林文英，急忙止住了脚步，尔后再上下打量了一会儿，睁着惊愕的眼睛叫了一声："恩公！"说罢下跪叩恩，林文英见状立时用手扶起来，惊问道："你是……"

"恩公，你曾经救助过侬与爹呀！"中年女人说罢，娟秀的脸庞上淌下了两行滚热的泪水。

"哦！哦！"林文英似乎被眼前的情景弄糊涂了，一时竟想不起来。

中年女人见到林文英神情疑惑的样子，便深情地说："12 年前，我和爹爹在海口四排楼街卖唱谋生，被清兵欺负，幸得恩公挺身而出援手相救，并赠予银圆和泰铢，使我们父女俩渡过难关。恩公的大恩大德我终生不忘，铭记在心，想不到今日在此与恩公相逢。恩公在上，请受弱女子一拜！”

“哦！我记起来啦！”经中年女人一提醒，林文英想起来了，他笑着说：“那年是你父女俩在海口四排楼街唱《十二月谣》，是吧？”

中年女人一听，点头称是，而后眼泪又像断线的珍珠般止不住地流下来了。接着，讲述起她的身世与别后情况来：“侬家原是定安县人氏，出身于琼戏世家。自那年南渡江水泛滥成灾之后，侬和爹爹流离失所，辗转来到海府一带靠卖唱为生，并得遇恩公。后来爹爹过世，侬举目无亲，难以继续卖艺，便嫁给府城的一个穷工人为妻。可是过后不久，丈夫便因劳累过度而积劳病逝。侬自叹命运多舛，感到人生渺茫，有天来到美舍河边准备了却此生，恰巧被匹瑾教会学校美籍女教师周罗以女士相救，并且收留下来，当了学校中的杂务工，苟且偷生。”

林文英听完了中年女人的叙述，心有感触地说：“我们的民族受苦受难太深重了，我们的兄弟姊妹受委屈亦太多了。看来，辛亥革命仅仅只是推翻了一个封建王朝，要想改变社会的落后之面貌，还要经过一个艰难困苦的历程。”

中年女人即时止住了泪珠，静静地听着，时而睁大迷茫的眼睛，时而发出惊叹的声音。

“我们的革命，不但要改造社会，而且要使中华民族富强起来，让人民大众过上幸福的生活。”林文英继续说，“改造社会的第一步，首先要改良教育，启发民智，促进社会的文明与进步等等。”随后，林文英又向她询及匹瑾教会学校的情况。

待到中年女人一一作答后，林文英便提出让其儿子林树全和侄子林树文转学到匹瑾学校读书的要求。中年女人心存感激，满口答应，并说愿为林文英照料儿子和侄子，报答恩情。

之后，林文英又在琼崖镇守使邓铿的支持下，在海口商会会馆创办工商夜校。他白天编报，夜间兼任夜校教师，通过教学宣传民主思想，进行反封建的民主革命教育。

工商夜校的学员们都是以商民为主，其次为工人和市民，他们白天劳作及经营生意，夜晚则来到会馆里学习文化。

林文英知识渊博，善于讲故事或注重“启发式”教育，将复杂的问题深入浅出地讲解出来。他在黑板上写上“民”字的画通出头，乃解释说：“‘民’字出头，表示‘中华民国’将有出头之日。”

接着，他又在黑板上写上“商民”二字，然后便给大家讲述“商人”的起源。

公元前1600年至公元前1111年的商朝晚期，由于统治阶级的腐败和商纣王的残暴，周武王举兵夺取了天下，建立了周期。商王朝灭亡后，商族人成了周朝的奴隶。周武王姬发把商遗民分给各诸侯国，由于商族原是贵族，习惯过着养尊处优的生活，因而身无长技，一下子变为贱民，又被剥夺了土地和特权，无力赡养家眷，只好走南闯北，劳碌奔波，以做买卖为主要职业。而周朝人则重视农业，鄙视生意人，认为买卖只是借交易获取别人劳动的成果，是士农工商最后一等。在周人的心目中，做买卖的人就是商人。

自此以后，中国人便称生意人为“商人”，也叫“商民”。

林文英讲完了“商人”的起源后，继而又说道：“今日的商人已与旧日不同，不只是养家糊口，而是眼界开阔的一族，他们悉心支持孙中山先生的革命伟业，建功甚伟。今后，我们的商人更应该自觉支持革命，改造中国的落后面貌，做一个既有文化知识，又有爱国精神的商人，这是我们创办工商夜校的目的与宗旨。”

时间过得真快，倏逾兼旬，正当林文英等人倾心办《琼岛日报》与工商夜校之际，从上海传来了一桩惊动全国的谋杀案，民国历史又从这里拐弯了。

宋教仁被刺案的真相在《琼岛日报》上转载刊登出来后，很快就销售一空。人们争相阅报，对袁世凯的丑恶行径表示了极大的愤慨，纷纷进行谴责。

林文英看见《琼岛日报》在民众中起着这么大的作用，高兴极了，说道：“我们的报纸已经深入人心了。”

陈侠农、郑里铎、翁桂清等人听了也会心地笑起来。

1913年4月8日，中华民国第一届国会在北京召开。林文英、王斧军和陈侠农等琼籍人士远赴北京参加国会活动，在众议院会议上，林文英、陈侠农以多数票分别当选为众议院议员和候补议员。

4月26日，袁世凯试图以“善后大借款”来扩充军队，准备彻底消灭南方革命党人，不经参、众两院通过，擅自派出因受宋案牵连而称病告假的内阁总理赵秉钧，偕同外交总长陆征祥、财政总长周学熙等人，偷偷摸摸地溜进了位于北京东交民巷的汇丰银行，不声不响地与英、法、德、俄、日五国银行团签订了《善后大借款》合同，举债2500万英镑，年利5厘，以盐税作为抵押。

全国闻之大哗。在北京的参议院和众议院议员们更是人声啧啧，言辞激烈。

袁世凯对林文英怀恨在心，蓄意谋害，并暗中派员监视，逼得林文英东躲西藏，转后又匿于寓居在北京的盟友王斧军的寓所里。寻思着潜出北京的计策。

这正是：从来忠臣不惜命，愿将热血报国家。

第九篇

奉密旨陈世华布暗探　遭拘捕林格兰洒碧血

却说林文英在北京出席“国会”期间，因拒绝了袁世凯的拉拢，并同袁氏进行了面对面的斗争，使之暴跳如雷，决心对林文英暗下毒手，逼使林文英躲避到寓居在北京的盟友家中。

林文英想到袁世凯已四处密布侦探搜捕他，不免踌躇起来。恰在这时，同在北京的众议院候补议员陈侠农，冒险给他送来购买好的从北京开往上海的火车票，劝其赶快逃出京城，免遭不测。林文英心急智生，把刚刚想好的妙计端了出来，陈侠农听毕，表示此计可行，当下返回寓所不题。

林文英按计而行，只见他身穿西装，打着领结，一身阔绰的样子进入了胭脂巷，负责监视的几名探子也尾随其后，紧追不舍。

胭脂巷是旧北京城里的一条老巷，这里因集结着妓院而闻名。林文英一踏入胭脂巷，即被一群打扮得花枝招展的春楼女子拥簇着，鸨母走过来说：“客官要哪位？”林文英朝着跟踪而来的几位暗探向鸨母努努嘴说道：“后面还有几位朋友，叫几位丽姝好生照顾。”说罢，从衣兜里掏出钱付款，便携着一名年轻女子转身捷步进入厢间去了。

入得包厢间，林文英并不就寝，该女子大感诧异，忙问其故。

林文英开诚地说：“我非狎客，本想请妹子助我一把，未知肯否？”女子愈加不解，林又说：“我想请妹子帮助潜出京城，转赴南方。”说着便把自己的处境讲述了一遍。女子听了很受感动，答应了林文英的要求，当即带着他悄悄走出包厢，来到厨房，让老厨娘想法助其一把。那女子与老厨娘是小同乡，答应帮忙。于是便叫林文英乔扮成挑夫，随同老厨娘到市场上买菜，躲开了暗探的监视。

林文英妙计脱险之后，立即赶往车站，恰好有一班开往上海的火车，他便迅速上了火车前往上海。

1914年春，林文英返回海南继续办报。由于《琼岛日报》已被新任琼崖绥靖督办陈世华封闭，林文英便将报名改为《琼华日报》，报址迁移至南门街（今博爱南路），不久，陈侠农也从北京回来协助林文英办报。

在办报的过程中，为解决经费困难，林文英结识了海口商会会长陈家富先生，取得他以及海外琼籍华侨的资助，购买了全套香港新字粒和印刷机，版面扩大为对开一大张。

陈家富系海口海甸二庙人，是一位富有爱国心和有正义感的商人。清光绪三十年（1904），海口商人在海口南门内街（今海口市博爱路）15号成立海口商会，提出“剔除内弊，考察外情”的目标，维护和发展民族工商业，系海口最早的商会。他被推举出任海口商会第一任会长。他主持商会时，在园里创办“养子堂”，雇有奶妈、保姆数人，收容弃婴，养有几年后，便无条件送给想收养子女的居民。宣统二年（1910），天主教在海口开办“育婴堂”后，“养子堂”才停办。他亦积极支持革命，在海外经商时曾经资助孙中山，得到孙中山先生的赞许。当林文英回琼办报经费遭到困难时，又经过孙中山先生的书信介绍，才结识了陈家富，并得到了他的支持和资助，与海外琼籍华侨一起资助林文英购买了设备，《琼华日报》才得以重新与读者见面。

林文英以《琼华日报》为阵地开展宣传工作，报纸以其鲜明的政治色彩和倾向受到海南广大民众的欢迎，发行量达2000多份。

这一头痛快，那一头却像炸开了锅。这时的琼崖自从镇守使邓铿弃职逃往香港后，继之而来的是新任广东督军龙济光的部将、钦州人陈世华担任琼崖绥靖督办。

《琼华日报》似犀利的匕首般刺中袁政府的要害，使袁世凯恼恨交加，下旨定要龙济光对林文英“非捕而杀之不可”。

从这个时候起，一条阴谋的黑线就像蜘蛛网一样，在海府地区秘密地散布开来。

1914年3月27日，袁世凯授意广东都督龙济光逮捕林文英。龙济光接旨后便亲自来琼敦促其爪牙、琼崖绥靖督办陈世华秘密逮捕林文英、陈侠农和陈家富等人。

龙济光何许人也？

龙氏乃云南省蒙自人，彝族，出生于红河外犒吾卡和那埂的封建土司家庭。龙济光早年与其胞兄龙觐光操办团练，组织乡勇，形成一大地方势力。后被清廷收编，担任广西、云南一带边防军协统，曾率领军队协同陆荣廷镇压孙中山、黄兴等人领导的镇南关起义有功，升任广西提督。张鸣岐督桂时，赏其忠诚，待张任粤督后，遂奏请朝廷调龙济光入粤，以镇统名义驻粤协防。辛亥革命后，经粤督陈炯明改编，削弱其兵力。袁世凯窃取辛亥革命果实后，龙济光见风转舵，转而投靠袁氏得以升任广东护军副使，继后又乘机起兵赶走陈炯明，自任广东督军。

龙济光投靠袁氏之后，死心塌地效忠主子。当他得到袁世凯授意其对林文英“非捕而杀之不可”的密旨时，即行秘抵海南，受到陈世华的盛情款待。

龙济光生得腰粗体壮，肥头大脸，浓眉恶眼，长着茄子似的鼻子，两边连鬓须长得又浓又黑，而嘴唇上却刻意留一刷硬如野兽鬃毛般的胡须，又刺又直，活像个阎罗。但他却身着黑色云纱绸缎短褂，脚穿便鞋，不知底细的人，还以为他是一位信佛修道的阔佬呢。

当龙济光穿着便服出现在烛光摇曳的宴会时，并不怎么引起宾客们的注意，特别是那些作陪的名媛太太们，连眼睛也没有抬一下，只顾着与其他男宾谈笑风生，暗送秋波。

陈世华见众女宾冷落了龙大人，生怕怪罪，心里很着急，忙举起酒杯，提高嗓门说：“诸位女士，敝人介绍一下，这位便是广东督军兼民政长龙将军，大家欢迎！”

“哎呀，大人恕罪，真是有眼不识泰山呀。”一位打扮得妖里妖气、花枝招展的中年女人听说对面那位长相粗俗的人就是广东督军龙济光时，惊讶地上前去献媚奉承，那娇滴滴的声浪，顿时把个冷落气氛闹得活跃起来了。

“龙大人，为你驾临琼崖而干杯！”

“为龙大人马到成功而干杯！”

“干杯！”“干杯！”

众宾争相举杯向龙济光祝贺，特别是那些女宾更是热情有加，和当初的高傲态度相比，简直是来了个360度的变化。

龙济光望着这情景，满心高兴，奏曲侑酒，喝得痛快，不时地发出浪荡的笑声。

陈世华再次举起酒杯：“龙大人难得来琼一游，包管吃得满意，玩得开心，睡得舒服。”

“痛快，对酒当歌，人生几何……”龙济光摇头晃脑地吟起曹操的诗来，而后不禁想起自己在刀兵丛中拼拼杀杀了大半生，从没有感到这么欢快过，几杯烈酒下肚，也真的有点醉意朦胧了。

他口齿不清，舌头僵硬地扯开破铜锣似的嗓门说道：“好……好……吃好喝好玩好，来……来……一醉……方休！”

当晚，龙济光就寝在琼崖督办公署后面的官舍里，并安排那位交际界的中年女人来陪夜。中年女人原是风花雪月中人，当晚把个龙大人修理得服服帖帖，魂销骨酥，直到翌日晌午才爬将起来。

龙济光临走前又对陈世华交代道：“袁大总统已下圣旨，‘非捕而杀之不可’。这样一来，既可去掉袁公的心头恨，又可斩断孙中山伸向琼崖和海外侨胞的一臂。”

龙济光交代完毕，又叮嘱了一句：“记住，林文英曾经在广西镇南关亲自开炮打过我部人马，你且记上这一箭之仇，乘此机会，与龙某一并清算罢了。”

陈世华听了，忙不迭地应承道：“那当然喽！”

龙济光走后，琼崖绥靖督办陈世华立即派出鹰犬密探等四处侦察林文英、陈家富等人的行踪以及《琼华日报》报社的地址，然后撒开罗网，张开魔爪，暗暗地向林文英扑来。

3月29日下午，林文英安排完工作后，便去府城进行采访，并顺路看望在匹瑾教会学校读书的儿子林树全和侄子林树文。林文英身穿白色西装，戴一顶黑礼帽，腋下夹着皮包，他来到匹瑾学校看望了儿子和侄子之后，又到府城一家戏院看粤剧，并以看戏来掩护与革命党人的联络。当时革命党人谈弼廷就坐在林文英的后排。戏还未演完，忽有几名穿着便衣的汉子闯进戏院，不由分说便将林文英强行押走。

原来琼崖绥靖督办陈世华已奉袁世凯密旨，暗中布下密探，当探知林文英来府城采访时，便着便衣前去逮捕了。

陈世华既逮捕了林文英，又暗令参谋长陈子楷通过密布的侦探，查获了《琼华日报》（《琼岛日报》短暂停刊后复刊更名）报社地址，然后带兵捣毁了报馆以及一应设备，并拘捕了陈家富以及报社里的印刷工等。

陈家富被琼崖绥靖督办陈世华拘留后，引起海口商会的强烈反对，商民纷纷抗议，要求立即释放。陈世华担心事情闹大，便出面向商民用好话哄骗了一通，打发走人。继而，又要商会办理担保手续，索取足额担保金才肯放人。海口商会被迫接受苛刻条件，经过多方筹措，才凑齐了金额，将陈家富以及报社里的印刷工人赎出来。陈家富一出牢狱，就四处走动求援，希望拯救林文英，但是奔走多日，仍然没有结果，陈家富因之愤然成疾。

龙济光得知林文英被捕后，欣喜若狂，与此同时又下令陈世华派兵抓捕陈侠农。幸亏谈弼廷骑马赶回海口报信，与陈侠农一起转移秘密文件。情危之下，陈侠农从报社小门逃出，连夜奔文昌去了。时乡人陈宗逊已于日前从香港返回故里潭牛市圯，惊悉事变，便以重金租赁帆船偕同陈侠农偷渡广州，再转赴香港，才幸免于难，但陈家老宅却被文昌县知事派兵烧毁殆尽。

再说林文英被捕后，起初被关押在琼山县监房里，后来又改押琼州道台署监狱。

琼崖绥靖督办陈世华一伙为了掩人耳目，假意粉饰民主，将林文英押上法庭进行审判。当林文英昂然走上法庭时，执法长潘玉荣为之一惊，故意问道："犯人何处人氏，所犯何罪，如实报来。倘若不服，大刑伺候。"

林文英昂首傲视，高声道："本人不是犯人，乃是文昌县清澜港世坑村人氏，侨居暹罗，出于救国拯民之诚，回琼办报，开启民智，宣扬民主，何罪之有？"

"你回琼崖办报，宣扬乱党思想，犯上作乱，难道不知罪吗？"执法长拿惊堂木重重地敲着案桌说道。

“法官先生，我办报是为了宣传爱国思想，揭露卖国阴谋，难道爱国也有罪吗？”林文英理正词严地责问道。

“这……这……”法官一时答不上来，支吾着说，“你既是无罪，且说来听听，本执法长可视情节轻重，再行定罪。”

林文英理直气壮地说道：“法官先生，我作为一个海外赤子，亦是中华民族的子孙，看到自己的祖国被外族侵凌与欺负，看到广大劳动人民遭受压迫与剥削，以及家乡的父老生活在水深火热之中能够无动于衷吗？难道作为一个有良心的中国人看在眼里，不会激起强烈的爱国热忱吗？正是我有了一颗赤忱的爱国之心，才不计身家性命，千里迢迢从南洋回国，用自己的绵薄力量，包括自己的生命来为祖国的生存、发展和繁荣而斗争啊！”

林文英在法庭上正气凛然，慷慨陈词，满座皆惊。他厉声问道:“法官先生，爱国难道有罪吗？”

执法长潘玉荣面对林文英的严厉责问，无言以对，当庭宣布无罪释放。但是琼崖绥靖督办陈世华一伙却奉袁世凯旨意，定要强加给林文英以死罪，因此，再次将林文英押上法庭判决，并强加以“蓄谋图琼”的莫须有罪名。

林文英大义凛然，严词痛斥：“……好一个袁世凯，为了扩充军队用来对付革命党人，竟然不顾国人的反对，派赵秉钧与外交总长陆征祥、财政部部长周学熙以盐税和海关税来担保，与英、法、德、日、俄五国银行签订了2500万英镑的‘善后’大借款协定；继又在外蒙古问题上，与俄国签订丧权辱国的《中俄声明》，无形中已经承认外蒙古的所谓‘宗主权’和自治权。这样的所谓‘总统’，难道国人还让他继续当权卖国，继续祸国殃民下去吗？”

执法长潘玉荣被林文英的爱国情怀所感染，羞愧交加，只得休庭。

在真理面前，陈世华等一伙被林文英义正词严地驳斥得瞠目结舌，理屈词穷，只得将林文英重新押回监狱看守。

在监狱中，林文英悲愤万分，回想起自己毕生为国家为民族的富强和进步而奔走呼号，而今却身陷囹圄，被一伙卖国求荣、欺世盗名的奸贼横加诬罪而置于死地时，不禁悲愤，在狱中写下一首七律诗，诗曰：

七日议员半死生，维持国事讲和平。

而后及今皆已矣，只因党祸不平鸣。

兄弟阋墙皆如此，强邻虎视心不惊。

黑幕之中难达白，叮咛寄语我南溟。

林文英写完诗，胸中的悲愤似乎释放了许多，心情也渐渐地平复下来，便倒头睡在稻草铺成的地板上，昏昏沉沉地睡去了。

次日一早，狱卒打开监仓，发现了墙上的题诗，立刻报告了监狱长，监狱长即叫文案员抄录下来，送往陈世华那儿。陈看了一会儿，既惊又惧，诗中字字含愤，句句泣血。他想：此诗倘若流转出去，必将招致琼人的义愤。因而，陈世华怀着恐惧的心情，反复思虑，仍不得要领。偏在这时，广东提督龙济光又奉了袁世凯的密令，定要尽快处决林文英。

陈世华接到密令后，忙找来监狱长密商，要其在夜间秘密处决林文英。

监狱长是前清狱吏，比较迷信，提议在“午时三刻”行刑。

“古人为何要在‘午时三刻’行刑？”陈世华不解地问道。

监狱长解答道：“古时候的人认为，一天之中太阳挂在天堂中央，午时三刻是地面上阴影最短的时候，这在古代人看来是一天当中阳气最盛之际，可以抑制鬼魂不敢出现。这当是古人习惯在‘午时三刻’行刑的最主要原因。”他认为杀人是“阴事”，无论被杀的人是否罪有应得，鬼魂总是会来纠缠判决的法官或监斩的官吏或行刑的刽子手以及和他被处死有关联的人员，所以，提议在“午时三刻”行刑。

听罢监狱长讲述的行刑必在“午时三刻”之说，陈世华心想：“若是在‘午时三刻’行刑，必定招致琼人物议，甚或引起革命党人劫法场之虞，还是夜间执刑吧！”

4 月 2 日夜，陈世华一伙做贼心虚，迫不及待地将林文英押往府城第一公园（即今府城文化宫）秘密杀害。

是夜，月色惨淡，阴风悲泣。黑暗中只听得狱警紧张地操作枪栓的声音和狱吏们的低话声，像一群魔鬼在黑夜里行恶。

林文英看到这伙恶魔如此卑劣，乃仰头大笑，鄙夷地说：“你们这伙靦颜事虏、做人鹰犬，专事镇压革命的魔鬼，终究逃不了历史的惩罚！”

他那傲然的笑声，在黑沉沉的夜空久久地回响着、震撼着……

役员被其凛然正气所震慑，稍会，才问林文英道：“你还有何话要说？”林文英朗高声朗读诗一首：

溘然长逝去悠悠，竟把头颅换自由。

我不负人人负我，愿将铁血灌神州。

朗罢诗，林文英告诉役员：“吾死于国，嘱家人勿以为痛。”

临刑前，林文英昂首自若地面对刽子手们的枪口，随着几声罪恶的枪声，林文英身中数弹，壮烈就义。一道英魂飞上云天，化作碧血。

悲哉！痛哉！这位海南辛亥革命先驱就这样倒在袁政府罪恶的枪口之下，时年 42 岁。

林文英殉难后，琼崖绥靖督办陈世华下令不准林家收尸，并派兵看守，借以恐吓民众。只有那位被林文英救助过的中年女子不畏强暴，冒险而来，抚尸痛哭。后来，烈士遗体为匹瑾教会学校的美籍女教师周罗以女士收葬于海口教地。

林文英因反对袁世凯复辟而遭杀害的消息传出后，琼崖人民万分悲痛，同盟会员、海南乡土戏剧作家吴发风怀着对林文英的崇敬之情，连夜编写出《林格兰殉义》剧本。当时，海南十多个大戏班和木偶小戏班的乡土艺人，把《林格兰殉义》一剧演遍了琼岛各地。

林文英烈士墓围石匾上刻着“格兰烈士千古”“疾风知劲草”“琼岛霜痕”等题词。

后来，国民政府又接受琼籍华侨云竹亭、冯尔如、郭巨川、钟衍林等 500 余人的建议和捐款，在林文英烈士殉难之处建立纪念碑和纪念亭（现在府城工人文化宫大门右侧），纪念碑高达 7 米，基座立于 5 级台阶的方形平台上。碑的正面敷白色瓷片，印有林文英烈士的遗像及生平传略。其三面均铺设雪白的大理石。碑体上方四面镌刻着“林文英烈士殉难处”“浩气长存”的碑题。

纪念碑的左侧建一座“林文英烈士纪念亭”，寄托着海南人民和海外华侨对林文英烈士——这位琼崖辛亥革命先驱的无限哀思和深切悼念。

嗣后，参议院议长林森在《林文英叙文一》中称赞道，林格兰先生为民族主义，奔走尽瘁十余年，迄于光复，成功不居。为推翻帝制，缔造民国自觉献身的革命精神，值得后人永远铭记。他虽然含冤死去，但他的英名却长留人间。

烈士家乡的人民为了纪念林文英先生，把世坑村改名为“格兰村”。

这正是：琼崖先烈铸铁血，海南志士擎义旗。

第十篇

陈侠农赴沪担起重任　梁典章旅粤晤胡汉民

冯熙周受任为琼崖革命军总司令后，乃请准以李英山为副总司令，冯连山为参谋长，三人联袂回琼，抵府城，夜宿靖南街萧宅，不慎行踪被琼崖军阀所察觉，次日即派兵将萧宅包围，李英山、冯连山等人被捕杀害。冯熙周恰好当天早上有事外出，幸免于难。

冯氏逃离险境后，直奔岭脚市召集同乡冯福巡和徐成章等人相商。经多方搜集始得民间枪支20余条，图谋起事，旋又被琼崖绥靖督办公署稽查长辜琼林发觉，公署派兵到冯家，将其父母掳去为人质。冯熙周遂潜往香港与陈得平、吴公侠等人商议，叹道："今未起事，而锐气已丧，吾之无能耳。"言讫连声叹息。

陈得平安慰说："事之成败，因所逆料，唯军帅既易，道署自释尊翁媪无疑。自救之道，莫善于此，愿熟思之。"

冯熙周听了劝慰，良久才说："吾方寸已乱，不知所可，果若如此，司令一职当属聘珍可也。"

于是，冯熙周遂向广东省革命军请求解除其职务，并举荐时任中华革命党琼崖分部部长陈侠农继其缺。

陈侠农受到冯熙周的举荐，乃与时任广东省议员的梁典章引荐去面晤胡汉民。梁典章是文昌县人，早年在文昌县立蔚文中学堂读书，受业于名儒文焕章门下，深受其爱国思想的影响，积极参加革命活动，被选为广东省议员。路上他向陈侠农介绍了胡汉民的履历生平。

胡汉民，字展堂，广东省番禺县人，早年留学日本，老同盟会员，曾任中国同盟会机关报《民报》编辑，传播三民主义和反清革命思想，建功甚伟。1907 年至新加坡主持《中兴日报》，同保皇派进行论战，后旋至香港担任同盟会南方总支部长，参加组织和领导黄花岗起义。辛亥革命后被推为广东临时都督，旋赴南京担任中华民国临时政府秘书长。1914 年随同孙中山先生赴日本组织中华革命党，这时奉命返回广东组织和领导中华革命党讨伐袁世凯的军事斗争。

二人不知不觉间来到胡的寓所。胡汉民见陈侠农身材魁梧、文武兼备，感到十分满意，便与之共商琼崖讨袁大计。

胡汉民高兴地说："冯熙周推举你，说明你完全挑得起这副重担，扛得起琼崖讨袁军的正义大旗。"

陈侠农满怀信心地表示："决不辜负胡先生的重托。"

胡汉民当即任命陈侠农为琼崖讨袁军农总司令，陈侠农转赴香港与琼籍革命党人陈得平、吴公侠、陈宗舜等人密商，成立琼崖讨袁军总司令部驻香港联络站，推举陈得平、吴公侠为负责人。继后又派员分别赴泰国、新加坡、马六甲等地区组织了海外的讨袁联络站，筹措经费，购置枪支弹药，以予支持海南的讨伐袁世凯和驱逐龙济光的武装斗争。泰国联络站设在琼州会馆，由王开刚、陈星五、罗正焕、詹访仙等人负责；新加坡联络站设在同文书报社，由吴直夫、王公傅等负责；马六甲联络站设在同乡会，由郭巨川、郭镜澄等人负责。待到海外的各地讨袁机构组织就绪，陈侠农便偕同陈宗舜动身返回海南岛，准备筹建琼崖讨袁农军总司令部。

没几天，陈侠农和陈宗舜先后从香港乘轮船回到海南，随即召集梁国一、梁英、陈炜章、符廷芳等人商议，由陈宗舜接替吴直夫担任国民党琼崖分部副部长兼琼崖讨袁军总司令部军需处长，负责讨袁军枪械粮饷与党部活动经费的筹措。以陈得平任参谋长，梁国一为副官长，梁英为秘书长，又以陈策广结人缘，驻港担任联络工作。他们首先与广东省琼籍议员梁典章密商，决定在海口某旅店密设讨袁军总司令部临时办事处，开展讨袁斗争运动。接着，陈侠农、陈宗舜又携带吴公侠的亲笔信到琼山演丰吴家，找其胞弟吴佩三取出家藏的 4 支驳壳枪。

紧接着，琼山、文昌两县的革命青年徐成章、梁秉枢、熊受天、张孟祺、徐天柄、洪泰初、许世福、符邦深、陈继虞等人皆来依附，一时人才济济。徐成章、陈继虞等人表示：坚决拥护三民主义革命，打倒袁世凯，恢复共和政体。

望着纷纷来参加讨袁斗争的革命青年，陈侠农心情非常激动，他看到群情激昂，热情高涨，高兴之极，连声说道："欢迎大家，欢迎青年人参加革命，参加海南的讨袁驱龙斗争运动。"说罢，陈侠农走上前与大家一一握手，鼓励他们坚决与袁世凯的北洋政府斗争到底。

随后，陈侠农与大家共商讨袁事宜，决定在琼山与文昌交界的白石溪设立琼崖讨袁农军总机关，以种植与饲养作为掩护，并在文昌县潭牛墟圮陈宗舜家、抱罗市圮林家、白延市和南阳市乡村以及琼山县树德乡等地分设联络站，这样就形成了一个以白石溪为中心的海内外讨袁军事机构联络点。

白石溪位于琼山、文昌两县交界处，因溪中有白色巨石而得名。

这里山林幽静，人烟稀少，是琼崖讨袁农军的理想活动天地。陈侠农将琼崖讨袁军事机关设置在白石溪之后，便加紧进行军事训练，做好战斗准备。

100 多名讨袁军官兵在白石溪畔的空旷草坡上，分成数队进行操练，有的练拳对打，有的练习单刀或双刀，有的舞红缨枪，还有的在演习枪法，真是刀枪闪亮，喊声震天，龙腾虎跃。旷地上，一个个彪形大汉裸着上身，正全神贯注地练拳，那健壮的躯体上凸显出一块块肉茧，正运气使劲，徐疾有致，回旋来往，甚是雄壮。

琼崖讨袁农军总司令陈侠农带着梁国一、梁秉枢、徐成章、洪泰初等来到练兵场上，看见农军士兵们热火朝天的练兵干劲，高兴之极，也加入演练。只见他们舒展手脚，长拳阔马，时而如猛虎下山，时而似猴子摘桃，时而像白鹤掠翅，一个姿势接着一个姿势地按照南拳的套路演练着。"嗨嗨嗨"的吼叫声震天动地，山撼岳摇。

陈侠农盘腿打了一套通天拳后兴犹未尽，又从兵器架上操起一柄大刀舞将起来，忽前忽后，忽左忽右，快如闪电，矫若飞猿，只见一道道白光裹着阵阵厉风，亮闪闪冷飕飕的，众人见状，齐声喝彩。

徐成章也抓起一条红缨枪“唰唰唰”地使将起来，前挑后拨，上下翻动，飘飘如梨花飞舞，闪闪似电影吐光，威猛异常。博得农军战士们一片赞叹声。

大家操练了一会儿，又朝射击场走去。农军枪支不多，且这些枪械都是琼崖讨袁农军总部设在海外的联络机构偷运回来的，因而仅用来操练瞄准等军事常识，射击时则又以火药枪代替，免得浪费子弹。陈侠农和梁国一、徐成章、梁秉枢、洪泰初等来到射击场，观看农军的射击表演，很是高兴，他们也从农军士兵手中接过枪来练习瞄准，射击一回，勉励大家好好练习杀敌本领，多杀敌人。

其后，琼崖讨袁农军总司令部成立，下设参谋、总务、军需、秘书等处，分别由梁国一、徐成章、梁秉枢、洪泰初、陈继虞、刘信初、梁英、张良栋等人负责相关事宜。

琼崖讨袁农军组织健全后，继而又接到海外讨袁组织汇回的军事经费和暗中运回的枪械弹药，为讨袁军开展军事斗争打下了基础。

不久，琼崖讨袁军总机关接到香港方面革命党人转来的情报，说是袁世凯爪牙、原文昌县知事周绍昌返回琼崖活动，准备发起拥袁行动，竭力反对革命。陈侠农得悉后，立即派人探其行踪，寻机袭击。

这正是：先备弓弩射獐鹿，早有猎物送上来。

第十一篇

九林铺徐成章击逆贼　抱罗墟梁秉枢袭警察

1913年某月，琼崖讨袁军总机关接到香港讨袁军联络站送来的情报，获悉袁世凯爪牙、原文昌县知事周绍昌奉着他的老上司，被袁世凯封为振武上将军、一等公爵加郡王衔的广东将军龙济光之命，返回海南进行反革命活动，并运回鸦片烟膏数千两作为其活动经费的消息。琼崖讨袁农军总司令陈侠农立即派人前往侦察，探其行踪。根据侦察得来的情报，得知周绍昌回海口后要返回老家文昌县。陈侠农和徐成章、梁秉枢等人分析情况，决定率领部分讨袁农军精悍行动小组来到周绍昌必经之道——大致坡附近的九林铺伏击逆贼。

九林铺位于文昌县大致坡附近，是海口、府城经琼山与文昌两县交界的主要交通要道上的一个小铺子，人来人往，比较热闹。九林铺有卖茶饭的，有卖杂货的，也有供过往客人歇脚的客店。因此，行人至此必定坐下吃杯茶水歇息，或者吃顿饭才好上路。

陈侠农仔细地观察了九林铺的地势后，决定派徐成章带领四名精悍人员，化装成农民潜入九林铺相机行动。

徐成章，原名天宗，字惠如，1892年生，琼山县演丰乡东寨港畔昌城村人，出生于贫苦农民家庭。祖父是私塾先生，父亲虽长年在南洋出卖苦力打工，却也难以维持生计。徐成章少年时在演丰初小读书，以优异成绩考入县立肇新高等小学。后因不满意一些教员昏庸无能，便结交有志青年，掀起剪发风潮，触怒校长，被以“乱党”论罪，拟行开除学籍，后由其他教员劝说方止。1909年，他与村里同宗兄长徐天柄和梁秉枢等爱国青年一起，加入琼山演丰乡进步人士组织的“励志社”。他们以研究学术为名，秘密开展“反清”宣传活动，在群众中有一定的影响。同年，林文英、陈子臣在海口成立了琼崖第一个同盟会支部，徐成章、梁秉枢等进步青年参加了同盟会，成天奔走于府城与演丰两地之间，宣传“反清”革命思想，发展同盟会会员。

辛亥革命后徐成章等人组织学生军，配合琼崖安抚使赵士槐部攻打琼州镇台府，失利后，徐成章将解散的学生军改组为宣传队、剪辫队和识字班，在琼崖各地积极开展宣传活动。此后，徐成章又赴广州加入学生北伐军，参加南方军北上南京，拥戴孙中山先生的南京临时革命政府。旋后入广东军事讲习所受训，后因经济拮据，便离校去泰国，帮助其父售咖啡茶点。在南洋期间，他广泛地接触华工，了解到帝国主义、资本家对劳动人民的压榨，深受教育。1913 年，徐成章从南洋回国参加了陈侠农领导的琼崖讨袁农军，成为一名骨干分子。

徐成章中等稍高身材，矫健灵活，两道剑眉底下有一双炯炯有神的眼睛，语言不多，喜爱思考。当他接受了任务后，带着 3 名讨袁军化装成青年农民赶集的样子，每人暗藏短枪进入九林铺，尔后与陈侠农带领的一路人马到九林铺集中，寻一处茶摊假装喝茶聊天，耐心等待敌人的到来。

且说周绍昌带着 6 名卫兵，大摇大摆从海口一往望文昌而来。

周氏瘦驴不倒架，坐在一乘轿子里，由 4 名轿夫轮流抬着，前后各有 3 名卫兵护卫，前拥后簇，甚是威风。

这天是夏尾秋头时节，因昨天夜里下了一场大雨，空气中充满凉意。周绍昌一路上心情特别好，不时地撩起轿帘左瞧瞧，右看看，精神来了还哼上几句琼戏。

离文昌县城还有 10 多里路，前面出现了三岔路口，路旁有铺仔，铺店一角竖起一面旗子，一个写着斗大的“酒”字的旗帜在风中不停地摆动，还时不时传来喧闹声。周绍昌坐在轿子里看了一会儿，想起了九林铺仔的茶摊饭店，饥肠也咕噜地响起来，他忙催促轿夫赶路：“快点，快到九林铺仔茶饭店里吃饱喝足以后，再进文城吧！”说罢，坐下轿子又“吱吱呀呀”地颤响起来。

走到九林铺时，日近傍午，周绍昌下了轿子，带着 6 名护兵趾高气扬地向九林铺走去，旁若无人，大声吆喝道："喂，来2只文昌鸡，白斩的。""哎，来啦！"店主一眼瞅见是前任县太爷前来光顾，眉开眼笑，一阵风似的飘到周绍昌面前，讨好地说："小人恭迎县太爷光临寒舍。"周绍昌听了耳顺心顺，满心高兴地说："店家，你店里经营的是正宗的文昌鸡吧。"店主献媚地说："当然是正宗文昌鸡喽，谁人敢与县太爷开玩笑哩。"

周绍昌虽是吃过无数只文昌鸡，但却说不上个子丑寅卯来，所以乘着吃兴问："那么说与鄙人听听。"

店主便说起文昌鸡的来历：这文昌鸡也叫玉葵鸡，与别地不同。据说清朝光绪年间，文昌县潭牛地区天赐村有数棵大榕树，树上结满金黄色的果子，果籽掉在地上被鸡啄吃。要宰杀吃用之前，将鸡笼圈半个月，再用花生饼、椰子饼或椰丝、蕃茨、大米饭等饲料喂养，同时把鸡放置在安静避光的地方，让其"心宽体肥"，高营养催肥，可使文昌鸡肉质肥脆可口。除此以外，它又离不开鸡醋。有句话说，文昌的白斩鸡没有鸡醋，美味减一半。文昌鸡醋味酸而不腻，香而微甜，其以醇厚而味鲜的末醋、糟醋等有名的酸醋为原料，佐以姜泥、蒜头、香菜、味精、熟花生油和鸡汤等混合制成蘸食的配料。喜欢酸辣的人，还可以在醋中加上少许橘子汁和辣椒。这样，可以大大增加白斩鸡的美味，吃后口齿留香。

店主刚介绍完毕，伙计已端上两大盘白斩鸡摆上桌子，散发出香喷喷的诱人香味。周绍昌听完店主关于文昌鸡的介绍，食欲大振，又闻到扑鼻而来的香味，吃瘾难耐，也顾不得吃相，忙伸手抓起一条鸡腿往盛佐料的瓷碟子里来回翻动，蘸足醋料，津津有味地大口咀嚼起来，只见那油糊糊黄蜡蜡的鸡油顺着嘴角流涎下来，滴落在那身贵重的细纱丝绸大马褂上，周绍昌却全然不顾。

周绍昌吃饱喝足后，便躺在凉椅上纳凉。剩下的菜肴让护兵和轿夫吃用。

再说陈侠农带领徐成章、梁秉枢等精干人员化装成当地农民，正坐在九林铺对面的一间茶店里喝茶聊天，看见一顶轿子在6名护兵的护送下从海口方面而来，转入饭店。陈侠农料定是周绍昌，乃支使一名精干人员前往察看，得到证实。

就在这时，周绍昌又开始上路了。陈侠农等人在茶店里左等右等也不见其他两路人员到达，心里很焦急，但是时间紧迫，机不可失，于是，他向徐成章使眼色示意袭击。

徐成章倏地从腰间抽出短枪，带着3名农军士兵旋风般冲到店旁，朝坐在轿子里的周绍昌“砰砰砰”一阵猛击，当场击毙周绍昌，并打死两名护兵。剩下的4名护兵惊恐万状，逃窜到不远处的树林子里，凭借着大树负隅顽抗，对射之中有讨袁军一战士陈某牺牲，陈侠农和徐成章也受了轻伤，另一名战士莫某身受重伤。经过一小时的激战，又击毙了两名卫兵，余敌逃走。

这次袭击打死了作恶多端的袁氏死党周绍昌和4名护兵，缴获长枪4支，子弹数百发，鸦片烟膏4大箩。陈侠农当即下令放火焚毁了烟膏，然后撤走。

哪知陈侠农、徐成章等人架着身受重伤的莫某撤走到半道中，又被闻讯赶来的敌三江墟警察半路拦阻，敌众我寡，陈侠农和徐成章一边开枪射击，一边退走，敌人也呐喊着紧追不放，情势十分危急。

定安籍莫姓战士看到这情景，挣脱徐成章的搀扶，夺过一条长枪向冲上来的警察射击，掩护陈侠农等人突围。结果莫姓战士被敌人抓住，送到三江墟警察所里严刑拷打，但其坚强不屈，终英勇就义。

琼崖讨袁农军在文昌县九林铺饭店击毙琼崖反动头目周绍昌之事，打击了敌人的嚣张气焰，大长了民众的志气，使人们看到了革命的希望。

事后，陈侠农、徐成章、梁秉枢等人返回琼文交界的白石溪，稍事休息，一边养伤，一边派侦察人员外出活动，侦探敌情。

一天，陈侠农独自来到白石溪畔，坐在林荫下的大石头上，聚精会神地阅读《中华革命党宣言》手册。读到精妙处，时而击节赞叹，时而朗声大笑，惊得林间的小鸟不住地鸣叫跳跃，偷眼瞅着他的快乐劲儿。

这时，派到文昌县抱罗一带侦察活动的许世福、符邦深等人回来了，他们和梁秉枢一起来到白石溪边，看见总司令陈侠农正坐在流水淙淙的溪边的大石头上读书，便放轻脚步，悄悄地来到陈侠农身旁，报告了侦察情况：“抱罗墟上新近建了一间警察所，这些警察人员都是反动气焰很嚣张的家伙，每逢墟上赶集，他们便出来敲诈勒索民财，有的甚至引诱和调戏妇女，民愤很大，但都敢怒不敢言，人们希望革命党来收拾这些家伙。”

陈侠农听了汇报，表示要狠狠打击抱罗那些反动气焰十分嚣张、鱼肉百姓的警察。经讨论，决定将偷袭抱罗墟警察所的任务交给梁秉枢等人。梁秉枢接受任务后，便率领许世福、符邦深、温道楷等从白石溪、白延和潭牛3路向抱罗墟进发。

梁秉枢，原名安洲，字境清，又名拱汉，原籍琼山县演海镇成美村人。少年时在演丰墟新民学校读书，因当时封建宗族歧视华侨学生，在他幼小的心灵中开始萌发对封建宗族制度的不满，自此形成了反叛性格。该校教师冯千里极具民主革命思想，常以进步思想灌输学生。梁秉枢在学校里接受反帝反封建的思想教育，进步很快，倾向革命，逐渐增强了推翻清廷的决心和信心。1910年由冯千里介绍加入同盟会，投身辛亥革命运动。并且与冯千里、吴佩三、徐天柄、徐成章等人一起秘密组织爱国青年参与倒清运动。辛亥革命后，梁秉枢参加攻打琼州镇台府，后又与林文英、冯千里、徐成章等办党务于海口，组织学生宣传队、打公队、剪辫队，反对妇女束足，剪除长辫子，破除封建迷信等。袁世凯窃国盗权后，梁秉枢受到通缉，不得不逃亡海外，在泰国得到国民党驻暹罗支部负责人肖佛成的支持与帮助，被派到新加坡、马六甲和泰国各地宣传倒袁救国及筹款工作。1914年春又从南洋返回琼崖，参加由陈侠农领导的海南讨袁驱龙斗争运动。

这天，梁秉枢受命率领许世福、符邦深、温道楷等人分成3路来到抱罗墟，只见抱罗墟上赶集的人们熙熙攘攘，热热闹闹。有挑椰子的，有挑大米的，有挑番薯芋头的，也有买猪崽和鸡鸭鹅的，人们呼五吆六，讨价还价。梁秉枢和许世福、符邦深、熊受天等人化装成赶集的农民，暗带短枪，随着赶集的人流混入抱罗墟，然后寻找一处茶肆坐下来，一面喝茶一面商议计策。继而，梁秉枢又前往墟上和警察所踏探一遍，才回到茶肆里，确定采取突然袭击的方法，以迅雷不及掩耳之势解决敌人。

大家商量停当，便分头行动，梁秉枢身高体壮，皮肤微黑，穿着藏青色粗布旧衣服，头戴圆顶竹笠，挑着一担糖糕，左手扣一小铜锣，一面敲响小铜锣一面大声叫卖：“买糖糕哟，买糖果喽……有花生糖芝麻糖椰子糖的，一文钱买一个，一人吃呦一人想呀，明日想吃寻不着哟……”他故意用那抑扬顿挫的挑货郎的独特叫卖声，一声短一声长地在警察所的门前吆喝着，好引起参加袭击抱罗墟警察所的讨袁军行动组的注意。

时当初冬季节，天气变化无常，无风即雨。当梁秉枢挑着糖糕担子在抱罗墟警察所门前假装转悠叫卖时，天上恰巧下起雨来。

只见赶集的人们被雨水淋得像落汤鸡一般，浑身湿透，冷得打战，有的挤进铺子里，有的钻入茶肆间，也有的奔向警察所的屋檐下避雨。

他见机行事，借口雨水会淋坏糖糕，赶紧挑着担子直往警察所里走去。守在警察所门口的岗哨望见一个挑货郎径直闯入，举起枪来拦阻，指着门口的警示牌子高声念道："警所重地，闲人免进！"

梁秉枢指着糖糕担子，装作怏求的样子，连声说："望老总行行好吧，让小的进去躲避躲避雨吧，免得雨水淋坏糖糕呀！"说着，掏出几块香喷喷的花生芝麻糖糕往哨兵手里塞。岗哨闻着那香气扑入鼻蕾的糖糕，涎水直流，挂上笑脸："好说。"便拿起糖糕大口大口地咀嚼起来，称赞道："果真是好糖糕，满口生香哩！"

听到称赞声，梁秉枢心生一计，故意高声说："这么好的糖糕，叫雨水淋坏多可惜，不如送给警察所各个兄弟尝尝鲜，半卖半送好了。"话音刚落，那些在警察所里赌博的警员一齐放下牌九赌具，相拥而出，争着伸手往货郎担子里抓起糖糕抢吃起来，不一会儿，一担糖糕被这些饿狼般的警察抢得精光。

梁秉枢见状，便趁此时机缠住警察讨糖糕钱。有一名满脸胡须，长着一对蝎子眼的家伙破口大骂道："要什么钱，你不是说过要把糖糕孝敬给咱爷们吗？"另一个乜斜着眼冲着梁秉枢吼叫："赔你娘的，拿几块糖糕来哄爷们，还不快滚出去！"说着动手掴了梁秉枢一巴掌。

梁秉枢假装气愤，拿起小铜锣"叮叮叮"地敲打起来，扯开嗓门叫嚷道："来人呀，警察吃糖糕不给钱，反而动手打人哪！"话音刚落，猛地从门外跳进 3 个汉子，提枪指着众警察喝道："都不许动！"其中 3 个警察欲摸枪，即被开枪击毙。

这 3 个汉子便是许世福、符邦深、温道楷。他们在警察所外面来回走动，等候暗号。当听到梁秉枢发出“叮叮叮”的小铜锣急促声响时，立即一跃而入，将敌击毙，并缴获一批枪支弹药。

袭击得手后，梁秉枢带着许世福、符邦深、温道楷等人向琼山县树德头村撤去。是时，琼崖镇守使黄志桓惊闻事变，立即调遣张运镒率兵追击，一直追到半途中才和农军相遇，双方接火，袁军击伤两名农军战士，并捕去温道楷。后来经陈侠农派员与张交涉才放还。此事为黄志桓所悉，转调张运镒往三亚任正规军连长职务，理由是防止张运镒与陈侠农等人纠缠在一起。

不久，陈侠农任命洪泰初为琼崖讨袁农军东路筹饷员，前往文昌县白延告等地筹饷筹械。白延是粮饷枪械俱足的地区，洪泰初在白延筹饷措械时，因与迈仍村保皇派林姓族人头目林照颁（又名少州）发生矛盾，文昌县名儒文焕章和黄元谟作左右袒，后来黄元谟被人刺杀，遂引发事端。

白延林姓聚族而居，门户殷实，人口众多，为文昌之甲族，尝因薄物细故，与比邻龃龉，势同水火，互不相容。时陈侠农亲自往文昌县会文市组设自治会，林姓不得参加，遂以拒绝筹募饷械来报复。林少州诬控洪泰初“排挤林姓”，于是写信给南洋林姓兄弟捐款购械，大办民团与之对抗。洪泰初则联合10余姓，与林姓械斗，互有焚杀，乃挑起姓族纠纷。林少州还勾结文昌县知事将陈侠农和洪泰初驱逐出了县境。

陈侠农和洪泰初回到白石溪琼崖讨袁农军总部机关后，与徐成章、梁国一、梁秉枢、符廷芳、许世福、符邦深、刘信初、陈继虞等人会商。大家认为：为了当前形势的需要，决定将琼山、文昌两县的武装力量建立起来，成立一支武装部队，准备对敌作战。

1915年初，琼崖讨袁农军总部机构下设参谋、总务、秘书3个处。梁国一、徐成章负责参谋处；梁秉枢、熊受天负责总务处；符廷芳负责秘书处；吴佩三、张孟麒、徐天德负责白石溪讨袁农军机关总部。

继而，陈侠农又派员南下万宁、陵水地区与刘中珸、刘中造、陈文斋、陈翼甫、吴道南、黄更朱等人联系，调动万陵人民起义军开赴琼文地区，协同琼山、文昌的讨袁农军打击袁军。

2月中旬，琼文讨袁农军和万陵农军联合对敌作战，击败袁军。后来，林姓民团与琼崖镇守使黄志桓部勾结进攻白石溪，打败琼崖讨袁农军，逼使陈侠农将队伍撤往琼山县的山水村一带，为了更好地开展全琼崖的讨袁斗争运动，陈侠农分别派员到定安、昌感等地区组织讨袁力量。刘信初、陈继虞等人则到定安县，秘密联络革命党人，开展讨袁斗争，他们在定安的翰林、岭口一带积极活动，声势日甚一日。

昌感人张良栋返回家乡后，在墩头村秘密联络青年学生开展民主革命活动，亲自策划，发动组织。他深入墟镇和农村宣传发动群众参加讨袁斗争。同时，张良栋还注意做上层人士的工作，常到罗带、十所一带村庄去说服争取唐学思、陈有庆等人士携带枪支和人员等参加农军，后来发展为西路讨袁农军，张良栋担任司令。

此外，还有临高县人王贻堃等人在家乡组织民军，掀起讨袁斗争高潮，为日后的革命斗争播下了火种。

这正是：讨袁斗争起海南，驱龙运动震琼州。

第十二篇

刘中琣献策农军南下　钟启桢出谋黎兵助威

话说琼崖讨袁农军在琼文地区与龙济光部将、琼崖镇守使黄志桓多次交锋，损失甚大。为了避敌锋芒，总司令陈侠农率领部队转移到琼山、文昌交界的山水村暂且休整。

这时，正值倒春寒天气，北风正刮得紧。琼崖讨袁农军官兵们身上衣着单薄，挡不住凛冽的寒流冷气，冷得浑身瑟瑟发抖。又兼之给养匮乏，大家又饥又饿，面临着饥寒交迫的重重困境。陈侠农对此一筹莫展，心情很是沉重。

斯时，从外面侦察回来的徐成章、梁秉枢、梁国一等人，瞧见陈总司令披着一件旧大衣，在寒风中逡巡思考，便走过来劝其回到屋子里暖暖身子，再召开军事会议集思广益，想办法摆脱目前的困难处境。陈侠农点头称是，便转身进入屋里。房东大爷正在燃起一塘炭火，大家一边烤火一边通报情况，始得悉袁军凭借着优势兵力，正在向农军驻地山水村一带压迫过来。

形势严酷，迫使琼崖革命党人不得不重新做出估计和调整讨袁斗争的战略部署。

当晚，琼崖讨袁农军总司令陈侠农在山水村召开军事会议。参加会议的有琼山、文昌、万宁、陵水等县的讨袁农军首领梁国一、徐成章、梁秉枢、符廷芳、陈继虞、刘信初、洪泰初、刘中琣、刘中造、陈文斋等人。

会上，陈侠农就当前的敌我军事态势作了分析，将农军所面临的困境作了说明，希望大家出谋献策，解决问题。

众人听了，皆因想不出善策而默然无语，面面相觑。

忽有一人朗声说道：“我有一策，但未知合众意否？”

大家定神一看，说话人二十七八岁的年纪，瘦高个子，面相俊秀，眉宇间藏有一股英气。他身穿灰青色对襟唐装，腰挎驳壳枪，显得精明强干，稳重老练。

你道此人是谁？

他就是刘中珸，乃是陵水县桥仔村人，早年在琼崖中学堂读书时加入同盟会，曾参加过赵士槐领导的琼崖革命党人攻打琼州镇台府，后潜回家乡组织人民起义军，占领陵水县城，建立了海南辛亥革命史上第一个革命政权，影响很大。后来陈侠农组建琼崖讨袁农军，为了便于指挥，刘中珸奉命带领万陵民军赴琼文地区，配合作战。因讨袁农军与琼崖镇守使黄志桓部激战多次，遭受挫折而转兵琼山县树德山水村一带休整。

刘中珸看到琼崖讨袁农军生活困难，衣着单薄，处境极为危险，脑子里思考着农军南下占领万宁、陵水、崖县，然后再北上攻占全琼的作战计划。

刘中珸站起身来，用不徐不疾的声调说：“目前，全国讨袁运动正处于萌动之中，而袁世凯又檄令袁军四处防范。如果我们琼崖讨袁军能够坚持斗争下去，必然会迎接全国反袁运动高潮的到来。所以，我建议眼下琼崖讨袁农军宜应先将队伍转移到袁军力量薄弱的琼岛南部地区去发展，先占领万宁、陵水、三亚、崖县等作为我们的革命根据地，再转而挥兵北上攻取乐会、琼东、加积、文昌、定安等县市，逐渐由南及北向海府地区推进，直到占领全琼崖。”

刘中珸这一关于琼崖讨袁农军南下的策略一经说出，众人连声称之为“妙策”。刘信初、王鸣亚、陈继虞等人与刘中珸交往甚笃，知其胸有韬略，更是主张采纳。

会后，陈侠农命令徐成章、梁秉枢率领琼山讨袁农军开到白延市与文昌讨袁农军会合，做好主力南下的准备工作。

1915 年 2 月下旬，琼崖讨袁农军开拔到白延墟一带集中完毕。陈侠农任命梁国一为前敌指挥、徐成章为参谋率军南下。以刘中珸、陈文斋等人领导的万陵农军为先头部队，琼文农军随后跟进。

部队昼伏夜行，马摘响铃，秘密行进，途经文昌、琼东、乐会等县境，然后进入万宁县的和乐、后安等墟镇，再折向海边港汊偏僻地段，从东山岭山麓绕开万州城向南前进。夜半时分，队伍抵达铜鼓岭脚下的太阳河岸边。

铜鼓岭位于万宁县城之南面，紧偎太阳河北岸，岭不高，但怪石嶙峋，嵯峨突兀，被誉为“小南山”。岭上建有一座庙宇，俗称“铜鼓庙”。

琼崖讨袁农军总司令陈侠农率部队来到铜鼓岭山脚下歇息一会儿，自己便带着徐成章、梁国一、梁秉枢和刘中琣、陈文斋等人来到太阳河北岸观察，只听得河流发出“哗啦啦”的响声，还有对岸黑漆漆的树林中传来猫头鹰凄厉的鸣叫声，令人怵然。

到了后半夜，下弦月慢慢地升起来了，像一把镰刀挂在天边，月色倒映在太阳河流动的水面上，粼粼闪光，摇晃不定，不时惊动栖宿在河岸边的水鸟，拍打翅膀掠着水面飞鸣而去。

大家站在太阳河北岸上，望着夜色苍茫中的河流久久出神，思考着如何渡河的问题。

“夜里有船摆渡吗？”陈侠农从思考中回过神来，向站在身边的刘中琣和陈文斋问道。

万宁民军首领陈文斋是冯家村陈宅人，比较熟悉太阳河的水况，乃抢先答道：“夜间情况复杂，艄公傍晚时将渡船沉入河底，回家去了。”有顷又说，“太阳河夜间虽然没有船只摆渡，但我对这一带的河道比较熟悉，可以踏勘浅水河道蹚过去。”

陈文斋叫来陈翼甫、吴道南、黄更朱 3 个青年人，吩咐他们负责下水勘测水道，三人少年时代在万宁县万阳书院里读书时，经常往返于城乡之间，甚为熟悉这一段河道水况，因此，向导着队伍蹚水过河去。官兵们跳进水中，大家手拉着手蹚过齐脖子深的河道。

时值春寒料峭，河水冷浸浸寒冰冰的，人们到达对岸后，便在河滩上生火取暖。直待到晨鸡报晓三遍后，琼崖讨袁农军才经过合山开往三水铺仔安营扎寨。

三水铺仔东边紧靠合山、太阳，西面毗连兴隆，南与陵水县贡举接壤，北隔太阳河，地形复杂，素有“陵水管不到，万州管不了”之称。它曾鼎盛于明末清初，到清朝末年，已经衰落，仅剩有十来间小店铺，故人们管它叫“三水铺仔”。三水铺仔附近有三四棵阔叶古榕，横柯上蔽，在昼犹昏，一根根粗大的气根垂到地下，伸进土里，长成一片大榕林。榕树上栖憩着飞禽幽鸟，嬉戏鸣唱，清幽极了。榕荫下一间船型大草房里，琼崖农军总司令陈侠农正集中琼山、文昌、万宁、陵水等县农军骨干召开军事会议，讨论琼崖农军如何打开南下军事行动的局面问题。

大家认为，袁军在万宁县城虽然驻有一个连的兵力，但是在兴隆却驻有兴隆抚黎局士兵200多人，如果去争取他们顺应革命，联合对敌，将会对袁军构成很大威胁，因此，不如派人去兴隆说项钟启桢归顺革命，分化敌人营垒，这样一来，既可壮大革命势力，又可削弱袁军的应援力量。

会后，陈翼甫因与钟家有姻亲关系，被派往兴隆充当说客，临走前，他非要拉上吴道南、黄更朱同行。他们沿着通往兴隆去的荒路野径，一路走一路说着钟启桢的逸事趣闻：

钟启桢原是礼纪村钟宅，相传祖上是客家人。他世袭其叔父钟仁宠当上兴隆抚黎局团总之后，曾率兵参加镇压万宁的反清组织“三点会”首领郑鸿名和黄家清、黄家熙兄弟等人领导的农民起义，后又率领抚黎局士兵在万城击退广东湛江海匪谢桂初、梁儒初等，并且顺揽州事，名曰州牧。辛亥革命后，钟启桢即率部回兴隆，乐得做一方霸主去了。

陈翼甫与吴道南、黄更朱讲完了钟启桢的逸事趣闻后，便攒步紧走一程路，近午的时候，他们来到一处小山包，一边歇息一边举眼眺望着群山环绕的兴隆。

兴隆位于万宁，一面濒临万宁、陵水两地接壤之处，一面濒临南海，三面环山，太阳河穿山越岭而来，将兴隆分为东西两地。这里人烟稀少，山林茂盛，走兽出没其间，且交通闭塞，居住着黎族人家。相传清朝乾隆年间，有一位冯姓官员辞官后来此居住，垦荒耕种，附近黎民也纷纷效仿，自此渐渐热闹起来，黎族百姓也纷纷拿来土特产品到这里摆摊，人来人往，热闹非凡。这位官员见了这般热闹场面，便欣欣然地说道：“噫！生意兴隆矣！”兴隆因而得名。

陈冀甫、吴道南、黄更朱在山包上歇息了一会儿，便朝着山下走去，来到一处平坦处，便是兴隆抚黎局（设址在内田村即今兴隆华侨农场第十队）了。他们信眼一看，这抚黎局衙建造得确实有气派，一座三进院，厅堂中有六柱四横架，檩桢构造，雕梁画栋，富丽堂皇。大厅中挂着两副仿制冯宫保手书“巨手擎天”“有越锁伦”的匾额，借以炫耀其叔父钟仁宠当年协助冯子材过琼抚黎有功的旧事：

那是清朝同治五年（1866），兴隆附近长沙峒陈中清、陈中明兄弟为反抗官府的横征暴敛和豪绅恶霸的欺压，召集黎众数百人聚啸山林，声势甚烈。当时除万城之外，各地村庄都被骚扰。他们人多势众，多次将来剿之官军打败。广东提督和琼崖道尹刘道名亦曾督兵进剿，但毫不奏效。

光绪十二年（1885），陈中清、陈中明兄弟率领黎众侵入定安县。他们对封建官吏极端仇恨，除了戮杀官吏外，还掳去清大理寺曾任奉天学政的王向导之妹。王向导闻知不胜悲愤，立即上奏清廷，请求平息黎乱。光绪皇帝即檄令“钦差臣太子少保督办全琼军务”钦州冯子材率兵过琼平黎。

冯子材是抗法名将，曾在广西镇南关大败法国军队，并乘胜收复了越南的谅山，威震中外。得檄后，他亲自率黑旗军3000人马过琼，然后分兵两路：一路从儋县入五指山区，一路从万州直捣兴隆附近的长沙黎峒。黑旗军纪律严明，不扰民众，驻兵校场坡。初时冯军进兵，因长沙黎峒地处群山环抱之中，地势险要，且黎民勇敢剽悍，出没林间行踪飘忽，健走如飞。

鉴于黎区山林茂密，官军人地两生，冯军眼望着莽莽苍苍的高山空余叹息，无功而返。于是改变策略，转而物色当地能人，以佐戎机。这时，恰适御任万州知州李先平路过嘉积市，顺便进谒冯子材，冯即以此意征询。李遂面荐庆云图礼纪村乡绅钟仁宠，谓其可助咨询，并说钟系新科拔元，在兴隆设教有年，谙悉黎情。冯子材返抵万州，邀钟商谈，随即任命钟仁宠为剿黎军佐，并令招地方新兵一营交钟直接指挥，协助进剿。

时有万州保定村大地主朱元华（拔贡）欲为其子朱齐禄谋取进身之路，资助冯子材剿黎军饷3000元，冯也用朱齐禄从征。朱绰号“白肚监生”，拙于文墨，但颇有胆略，随冯军出征，直入黎区，斩杀甚众，所到之处，庐舍为废墟，尸横遍野。官军直入五指山腹地，谓之“十八峒”。冯子材在五指山上刻有“手擘南荒”四字而回，以纪其功。

却说钟仁宠受任之后，积极进剿，稍有斩获，后来看到大军虽然深入长沙黎峒，端其巢穴，然而黎众首领未除，黎乱仍未根绝，遂计划从黎峒内部用计，使其生变。

他在兴隆召开当地乡绅会议，查悉庆云图南门老梁村梁运宣常往返于黎村做买卖，并与陈中明等结为兄弟；另有庆云图白水塘村符鸿善常在长沙黎峒教书，颇有心计，很得陈中明的信任；还有石幕堂村人陈开廉与陈氏兄弟有翁婿之交，关系密切，遂密告于冯子材。冯即差钟仁宠来石幕堂村找陈氏族长，连哄带骗，强迫陈氏族长找回陈开廉，准其将功赎罪，否则便是朝廷钦犯，还威胁说要奏请光绪帝下旨封陈氏宗祠。陈氏族长听毕慌忙派人寻回陈开廉，以开除族籍为要挟，逼使其充当内应。

陈开廉见过钟仁宠后，钟要他返回长沙黎峒与梁运宣、符鸿善等人密谋，设法将陈中明等杀死，立功赎罪。陈开廉按计行事，匆匆返回暗中与梁、符等联络，并拉拢陈中明的亲兵黄亚判，要其见机行事，刺杀二陈，报官领赏。

梁运宣、符鸿善、陈开廉和黄亚判等人密谋后，就将情报告知钟仁宠，约定旧历十月十五日夜间，钟仁宠派兵伏于长沙黎峒附近，一听枪声，就带队一拥而入，里应外合，入峒进剿。计议之后，冯子材于9月带兵到达兴隆，钟仁宠请示冯宫保同意派钟则圣（钟启桢之父）带兵200多人，埋伏在长沙黎峒陈中明营盘附近候机进剿。

是日黄昏，陈开廉极力怂恿陈中明杀猪宰牛，大摆宴席痛饮一场。至晚，峒里大部分黎兵烂醉如泥，陈开廉见时机已到，就借口查岗，趁机拿起饭团，一边吃一边将饭粒塞进火药枪引线孔中，然后发出暗号。埋伏在寨外的黑旗军听到暗号涌入村中，黎民慌乱之中拿起火药枪来射击，哪知引线孔中已塞满饭粒，火药枪失去作用。旋即被黑旗军斩杀大半。

此时黎峒营盘中有一妇女外出取水，见沟里水呈浑浊状，疑有人夜里到此，遂报告陈中明，陈氏醉后叫来符鸿善问计。符便假意指手画脚说如何防守阻敌。随后，他拿自己的大袖遮脸，以眼睛示意黄亚判，黄便乘机从袖下向陈中明放了一枪，将其杀死。

黎众见首领被杀，一哄而散，四处逃命，长沙峒自此成了“无人村”。

继而陈中清所居之黎峒，钟仁宠也同样使王凤龙（黎族）买通陈氏门婿黄开信等谋杀了陈中清，使陈中清所率黎众亦告溃散。钟仁宠进兵黎区，驻守番阳，一面进剿，一面招抚，不久黎乱遂告平息。

事后，冯子材为钟仁宠、朱齐禄和陈开廉请功，委任钟仁宠为海南抚黎局团董，领兵 270 名驻扎兴隆，专管黎事；朱齐禄受赐三四十个工田；其余梁运宣、符鸿善和黄亚判等获重赏。

平黎结束后，冯子材班师回朝，船队途经万宁境内的大洲岛时，但见群鸟盘空飞鸣，旋转呈“塔”状于岩洞之上，甚觉奇异，乃询问当地渔民，始知是名贵药品燕窝产地，于是，冯子材选派数十名勇士，架梯爬进岩洞之中采摘燕窝，回朝进献给慈禧太后与光绪皇帝，遂使万州燕窝成为朝廷贡品，名扬天下。

陈、吴、黄看了一会儿，觉得钟家构建的豪宅比万州府衙更加壮观，方才相信民众中流传的钟家盘剥黎民的口实。陈翼甫向门卫递上书札，烦请通报。不大会儿，兴隆抚黎局的秘书沈运光出来见礼。

他们一见沈秘书，分外欣喜。

你道为何？这沈运光原是合山地区多文村沈宅人，早年因其弟沈运明在三水铺仔与钟启桢的兴隆抚黎局士兵发生矛盾，沈运明武功高强，将黎兵打得大败，并且缴获了几条枪支。钟启桢恼怒之极，派兵抓捕不果，乃把沈运光抓来兴隆抚黎局禁闭。恰有上头公文下来，钟启桢应对不了，遂让沈运光作文应付，钟氏爱其才，揽延为上客，委为秘书。

陈翼甫、吴道南和沈运光是合山老乡，老乡见老乡，感到分外亲切。当沈运光得知他们此行的原委后，便引荐他们去面见钟启桢。三人随同沈秘书穿过大厅，进入二道门，转过屏风来到第三进大院里见到了钟团总，施礼毕，陈翼甫说明了来意。

钟启桢是个大块头，身材高大，长脸膛，粗眉毛，大眼睛，正耷拉着眼皮手拿一杆长烟枪，由一名女子侍候着划火点燃大烟吞云吐雾。他将烟气都吸入腹中，闭眼不语，倚榻而卧，呼吸气息响如雷鸣，很是吓人。过了一会儿，但见烟氲从口中腾腾喷出，如云雾密布，满屋烟雾氤氲，仿佛住在云雾当中，很久才散去，尔后才伸起懒腰，大呼痛快。当钟氏睇见做说客的人是3个年轻人时，心有不悦，显出一副爱理不理的神态。

陈翼甫和吴道南、黄更朱瞟见钟启桢态度傲慢，担心一时难于说服这位老于官场的油滑头，于是决定采取讲述革命道理，分析天下大势的方法入手，乃用孙中山先生的三民主义革命学说来影响其思想变化。

一番大事剖析，钟氏的态度急转。又经过多次沟通，打消了钟氏的顾虑，遂同意加入革命队伍。钟启桢、钟孟君兄弟加入革命队伍后，又与刘中珸、陈文斋、陈翼甫、吴道南、黄更朱，以及钟启瑛、钟启琇、黄慈钊等人分别到礼纪、兴隆、牛漏等地发动黎汉民众4000多人参加了琼崖讨袁农军，使讨袁农军的军事力量迅速壮大，成为海南讨袁驱龙斗争运动中重要的军事力量之一。

继而，琼崖讨袁农军总司令陈侠农、前敌指挥梁国一、参谋徐成章等人又亲自前往兴隆面见钟启桢、钟孟君兄弟，讨论攻打万宁州城的军事部署。

钟启桢早年顺揽过万州州事，对万州县城城防略知一二。他皱了皱眉头，思虑了一会儿，对大家说道："万州城地处平川地带，城墙坚固，易守难攻。不妨先派人潜入城池，暗中笼络门人。一路预先埋伏在南门外的树林里，伺机行动；一路主攻西门，里应外合，万州城指日可破也！"

陈侠农等人听罢钟启桢的计策，大喜，尔后等待择日出兵，图个吉利。

3月初，南风习习，吹得那面讨袁大旗猎猎作响。琼崖讨袁农军在兴隆抚黎局大校场上举行择日出兵仪式。但见钟启桢头缠黄巾，身穿道袍，点香燃烛，双膝跪地与众人滴血于酒碗中对天盟誓，然后仰脖子一饮而尽，立誓要共同讨伐袁贼，绝无二志。

誓毕，总司令陈侠农分拨人马，下令出兵。

一路由刘中珸、刘中造、陈文斋、陈翼甫等人率领，乘船走水路从太阳河上游顺流而下，先行埋伏在万城南门外的密林之中，待机而动；一路由陈侠农、梁国一、徐成章、梁秉枢、吴道南等人走旱路，从三水铺仔经合山渡河抵达校场坡，先占演武亭、社稷场等。另外派遣钟启桢、钟孟君和钟启琇、黄慈钊等人率领的兴隆抚黎局火枪队以及义民等助攻德化门。

酉牌时分，天刚擦黑，攻打西门的琼崖讨袁农军发起了进攻，海螺号和牛角号“呜呜呜”地响起来了，农军高举枪刀，拿着梭镖，像一股怒潮卷向万州城楼。守在谯楼上的袁军流动哨兵望见黑压压的人潮猛扑而来，知道大事不好，一边捶鼓报警，一边胡乱放枪。

急骤的枪声混合着“咚咚咚”的鼓声交织在一起，传入万宁县知事公署里，登时吓得县知事胡熹惊恐万状，面如土色，全身筛糠般颤抖起来。别看这家伙平日里威风八面，鱼肉百姓，此时却没了主见，急得团团转。倒是师爷还有点能耐，叫人给胡熹脱掉长马大褂，换上长衫，戴上毡帽，乔装成商人的模样，乘乱潜出拱北门逃遁而去。

那些衙门里的公差杂役见此情景，一哄而散，各寻生路而去。只有那位袁军连长杨锦隆不服气，骂骂咧咧地提起枪，爬上城楼，命令袁军士兵凭城抵抗，一时间，“乒乒乓乓”的枪声炒爆豆般地响起来。

琼崖讨袁农军冒着敌人的枪林弹雨向前冲去，前面的战士被击倒了，后面的跨过战友的尸体向前冲去，一直冲到万州城下的护城河边。

钟启桢带领兴隆抚黎局士兵排成一字长蛇阵，举枪向城上的袁军射击。黎族士兵用的都是长锚火铳枪，把破旧的犁头铁砸碎成铁砂粒状塞进枪管里，点燃枪筒里的火药，火铳喷发后带着铁砂发出一道道火龙射向敌阵，那散开的铁砂粒犹如一团团火雨在敌群中开花，“噼噼啪啪”地爆响着，飞溅的铁砂粒钉入袁军的皮肉里，疼得呼爹唤娘，满地打滚，没有被打着的已吓得魂飞魄散，屁滚尿流。黑夜里，只见一道道火花闪闪烁烁，明明灭灭，煞是壮观。

趁这当儿，总司令陈侠农一声令下，士兵们抬来长梯架在护城河上，让攻城的勇士们一跃而过，直冲到城墙根下，继而竖起云梯架在城墙之上，士兵们攀缘而上。在闪烁明灭的火光中，勇士们身背大刀迅速往上攀登，附蚁而上，奋勇登城。眼见得农军勇士们就要攀登上城垛了，狡猾的敌人忽地用锋利的梭镖或长枪瞄准登城的农军士兵狠力刺去，然后挑在半空中再抛下去，而后伸出挠钩将梯子钩上来。紧接着，守城的袁军迅速举枪对准爬城的讨袁军战士猛烈射击，弹丸如蝗虫般乱飞乱舞，农军纷纷中弹倒毙，损失不小。

陈侠农看到攻城失利，暴跳如雷，高声叫骂敌人。正在此时，他猛想起钟启桢的计谋，立即叫前敌总指挥梁国一派人去联络刘中琣等突袭南门，梁国一便派熟悉地形的吴道南前往镇南门传达命令。

且说埋伏在南门外边密林里的另一路讨袁农军，听到西门那边传来激烈的枪声，刘中琣、刘中造、陈文斋、陈翼甫等人摩拳擦掌，心里痒痒的，恨不得也冲上去，但是没有总司令传令，只好隐忍着。

这时林子外面传来夜莺叫声，他们也回应了几声。原来是前敌指挥梁国一看到西门一时难以攻下，忙令吴道南来到南门外向刘中琣等传达突袭南门的命令。

刘中琣、刘中造、陈文斋、陈翼甫等人接到攻击命令后，立即摸到城墙下，架起云梯迅速登上城垛，突入城中，与事先潜入州城的人员联系，里应外合，然后打开南门，让伏兵涌入，再举起火把为号，表示得手。

陈侠农、梁国一、徐成章和钟启桢等人望见城中火光骤起，也指挥农军奋力攻打德化门。袁军见状，知道南门已被农军打破，无心恋战，遂弃城逃走了。

万州城克复后，民众欢欣鼓舞，庆祝胜利。他们作歌赞曰：

革命军跟孙中山，

直直首阵打入城，

色水衣衫显威风，

这是农军做的事情。

手操炸弹打入城。

是夜，万州城内热闹非凡，人们高举着灯笼火把，照耀得城里通明。琼崖讨袁农军和居民们欢庆胜利，军民联欢，举行庆祝活动，人们载歌载舞，通宵达旦。那些高举着的火把上下飞舞着，远远望去，宛如一条条火龙，映照着南国的夜空，绚丽多彩……

这正是：南下农军初得胜，远征义民立新功。

第十三篇

征天涯陈侠农挥金戈　战海角王鸣亚跨战马

且说琼崖讨袁农军攻占万宁县城后，出榜安民。第二天，总司令陈侠农任命钟启桢为万宁县临时县知事，署理县事，并留下钟启瑛、钟启琇、黄慈钊等民军骨干协助守城。陈侠农、梁国一、徐成章、梁秉枢、洪泰初和刘中珸、刘中造、陈文斋等人则率领部分万陵义民随同大部队乘胜进军，远征天涯海角。

琼崖讨袁农军连夜行军，途经礼纪、莲花、九曲岭，半夜时分来到石梅湾边的乌石陈村驿站，队伍稍事休息。

时值晨鸡报晓，突然刮起了大风，海岸上青皮（梅）林带被风吹得“哗啦哗啦”地鸣响着，顷刻间，乌云涌合，电闪雷鸣，倾盆大雨骤然降落下来。众人大惊，忙问其故，刘中珸解释说每到凌晨鸡叫时必下一次雨，叫作鸡啼雨。刘中珸向陈总司令请战，让他趁着鸡啼雨的掩护，带领万陵义军袭击关隘，好让大部队顺利通过。陈侠农答应了他的请求，刘中珸和从弟刘中造等人立即带领本部人马，冒着鸡啼雨迅速向牛岭关隘进发。

牛岭关隘地势十分险要，是万宁通往陵水的唯一驿道，岭上建有关隘，有“一夫当关、万夫莫开”之险。牛岭关隘上连高耸入云的铜铁岭，下接波涛滚滚的大海，素有“铁岭铜关”之誉。

当刘中珸、刘中造、陈文斋等人带领万陵民军借着雨幕，沿着仅有的一条逼逼仄仄的石头铺就的古道靠近关隘时，驻守关隘的敌兵还在蒙头睡觉。刘中珸指挥士兵们一拥而入，消灭了守关的敌人，一举夺取关隘。及至天明，雷雨已朝东北方向移去，云破日出，霞光万道。探马飞骑向总司令陈侠农报捷，农军一阵欢呼，拔营而起，继续向陵水进军。

琼崖讨袁农军顺利通过牛岭关隘之后，又马不停蹄地向南挺进，兵锋一直逼近陵水县城。

陵水县位于琼岛东南部，两面临海，东北面与万宁县交界，南面与崖县的三亚港一带相邻，是汉、黎、回等民族杂居之地。时陵水县守军兵力薄弱，仅有少数巡警队，及兼有民团协助，由于陵水县民团武装曾遭受过万陵人民起义军的沉重打击，当风闻琼崖讨袁农军向陵城逼近时，陵水县知事早已悄悄溜掉了，剩下20多名巡警队员成了瓮中之鳖，只好缴枪投降。于是，陈侠农率部兵不血刃地进入陵水县城，受到当地黎、汉族民众的夹道欢迎。

克复陵水县城后，琼崖讨袁农军声威大振，陈侠农顺从民意，遂委当地一名黎族首领刘某出任陵水县知事，并留下刘中造帮助守城，然后又马不停蹄挥师南征，直下新村港、英州，转后在藤桥等地宿营。

藤桥是个小墟市，处于陵水与崖县交界处，有一条河叫藤桥河，由东河、西河汇入大海。琼崖讨袁农军宿营藤桥后，陈侠农、梁国一、徐成章、梁秉枢和刘中造等人找到当地老人了解风物情况。一位白发苍苍的老者说，相传藤桥河水是从五指山流下来的，山洪暴发时把海水弄浑了，海龙王很恼怒，一天，玉帝驾临南海，听了海龙王的状告，唯恐大海变脏变浑了，于是决定堵港。他令二头神牛下凡，自己举起神剑，砍去铁炉港旁的琼南岭角的一小段，让神牛拖着山岭往藤桥去堵住河口。神牛大力士拖着山岭走到中途，被一凡人发现，指着神牛大声呼叫，这神牛被人一指点，失去神功，两头神牛大力士变成两块大石，山岭则变成了小岛。石头叫姐妹石，这岛叫牛蜞岛。

老者说完，哈哈大笑起来说道："看来琼崖讨袁农军又要创造神话了。"

陈侠农听了很高兴，说："大爷，我们琼崖讨袁军不但要创造新的神话，而且要改造琼崖的不合理现状呢？"

老者一听，连声说道："孙中山先生不只是人主，亦是神仙喽，他比天皇玉帝还厉害，能够扭转乾坤，改天换地啊！"

送走了老者，陈侠农和徐成章、梁国一、梁秉枢、刘中造、陈文斋、吴道南等人商议着进兵三亚。陈侠农说："三亚驻有南海军杨锦隆部一个连的部队及盐警队30多人。连长就是文昌县头苑区造福乡上僚村人，名叫张运镒。”

“张运镒？”徐成章和梁秉枢等人听说袁军连长是和他们一道跟随赵士槐攻打过琼州镇台府，还与他们在九林铺打过交手，不由得失声惊叫起来：“啊！是他？真是他……”

“对，正是他！他就是张运镒！”陈侠农知道他们不明就里，便将事情经过讲出来：

张运镒又名张运镒，自从辛亥革命初年跟随琼崖安抚使赵士槐从广东回琼，参加攻打琼州镇台府失利之后，返回省城进入陆军速成学校习武，毕业后供职于杨锦隆部任排长，继升连长，初时驻防文昌，曾率兵追捕袭击抱罗墟的革命党人，并捕去温道楷，后经交涉放还。此事为琼崖镇守使黄志桓察疑，但碍于赵士槐之面，遂调来驻防三亚。张运镒利用军职之便利，秘密发展“三合会”成员80余人，还与琼崖讨袁农军取得联系，秘密参与讨袁驱龙斗争。

这次琼崖讨袁农军远征天涯海角，正是陈侠农想暗中联络张运镒起事的。

陈侠农带着徐成章、梁国一、梁秉枢以及策反人员先到榆林找个落脚地点，然后再派代表到三亚策反张运镒率部起义。

他们一行人来到榆林，找一客栈作为接头地点，再派代表去三亚与张运镒联络，随后徐成章、梁国一、梁秉枢等潜入三亚接头。

徐成章、梁国一、梁秉枢等潜行到三亚港口一带侦察地形地物，了解敌军情况。

三亚港又名临川港，是琼崖南部最大的通商港口，隋代已成为渔盐自然港。渔船在港上停泊，桅樯如林，渔民们把一箩筐一箩筐的渔货搬运上简易木栈，转卖给鱼贩子。鱼类有马鲛鱼、金枪鱼、大红袍、小红袍、金线鱼、刀鱼、带鱼、飞鱼，以及鱿鱼、章鱼、乌贼、龙虾等海产品，种类繁多，应有尽有。港面上小艇往来穿梭，渔民们载着海货，忙个不停，形成了独特的水上街市景观。

徐成章、梁秉枢、梁国一等人浏览三亚渔港一带的水上街市景色，又举眼眺望着由南向北的大会岭、虎豹岭和金鸡岭，这三座山岭虽然不是很高，但山容秀美，云集雾合，遮护着三亚港。台风季节，来自各地的船只都在这里避风停泊。

徐、梁等人看了一会儿，便进入一间茶肆，刚坐下，就听到茶客中有人说：“革命党有人去三亚策动张连长起事，讵料张连长有事请假，以连副代理，致使派去的代表被扣留了。”

三人听罢，暗暗吃了一惊，但一时真假难辨，忙起身离开茶肆，回到榆林落脚地点找陈侠农，但陈已事先离去。三人在归途中遇到了张部排长姜飞，交谈中，他知道了徐成章等人的意图，便主动向他们商谈，说他部下岑峰和梁某两位班长都有革命的倾向，于是即写信给徐成章、梁秉枢、梁国一携带信件前往三亚，亲自交与岑、梁二人。他们转回三亚，找到岑、梁二人进行革命思想工作，说服他们同意内应，举行起义。

岑、梁二人还告诉他们：“三亚的驻军原分三处防守，盐警队驻在盐知事衙门，即三亚对面的一个小岛上。防军一个排驻在河边炮楼，两个排和连部驻在另一处。其力量分散，有利于进攻。”徐成章、梁秉枢、梁国一与岑、梁二班长约定凌晨4时开始行动。

徐和梁等人返回琼崖讨袁农军驻地，把侦察情况向总司令陈侠农作了汇报。

陈侠农听了侦察情况，随即做了战斗部署，决定分兵两队：一队由陈侠农、梁国一、刘中珸等人率领进攻袁军的两个排和连部；一队由徐成章、梁秉枢等人率领装扮成渔民船队，摸黑开进三亚港进袭盐警队，并约定待到凌晨时分再行动。琼崖讨袁农军分拨已定，陈侠农率兵先行出发，至晚到达三亚外围。

夜幕降临，三亚港边渐渐泛起朦胧的雾霭，将港口笼罩住了。陈侠农率领琼崖讨袁农军悄悄进入三亚港附近，在炮楼周围坡地上的茅草丛中埋伏下来，等待内应暗号。一直待到下半夜，只见碉堡上火光闪了三闪，讨袁军也学着夜莺叫了三声作为回应。碉堡上的吊桥放下来了，陈侠农把驳壳枪一挥，对埋伏的讨袁军战士们悄声说：“快上去，冲过桥去！”

埋伏在总司令身旁的琼文农军首领梁国一、洪泰初等人和万陵农军刘中珸、陈文斋、吴道南、陈翼甫、黄更朱等人一跃而起，率部箭一般地冲进碉堡，与姜飞、梁某等人里应外合，以迅雷不及掩耳之势一举夺下了敌人碉堡。碉堡里的袁军士兵睡得像死猪似的，姜飞将他们一个个从梦乡中踢醒，然后集中起来看管。

再说徐成章和梁秉枢等人率领一支农军装扮成渔民船队，在凌晨之际，借着海港上朦朦胧胧的晨雾掩护，迅速发起攻击。早有准备的袁军班长岑峰听到枪声，立刻率领部下顺应革命，将反动军官击毙，余下的纷纷向讨袁军投降。盐警队亦逃之夭夭，三亚战事迅速解决。次日，陈侠农又把起义投诚过来的人员收编为琼崖讨袁农军第一支队，以姜飞为第一支队长，岑峰为第一队长，梁某为第二队长，另一名班长为第三队长。

三亚虽然夺下，但是却走漏了盐知事。陈侠农等人正嗟叹之际，忽有群众报告说，在三亚盐知事署地下埋藏有子弹数箱，结果如数挖出。继而，又由群众引导将藏匿在乡下的三亚盐知事及其秘书、科长等三人逮捕归案。这盐知事自到任后横征暴敛，增加盐税十余项之多，人民恨之入骨。陈侠农随即张贴出安民告示，取消了苛征盐税，民众欢欣鼓舞。那些过去曾受剥削得厉害的群众，一时怒火填膺，纵火将盐知事衙门焚烧，以表示盐民们对官吏的愤怒与仇恨。

收复了三亚，陈侠农又派陈文斋、刘中琣等人与活跃在崖县一带的革命党人王鸣亚取得联系。王鸣亚与陈、刘等人在琼崖中学堂是老同学，又是同盟会员，他们通过王氏家人，很快得到王鸣亚的消息。

王鸣亚原名天章，字赞生，别号平夫，黎族，崖县羊兰妙山村人。其父王泽池，晚清廪生，以医为业，颇有名望。王鸣亚在琼崖中学堂读书时，阅览了许多进步书籍，又接触进步同学陈继虞、陈文斋、刘中琣、邱海云等人，受到中山先生民主革命思想的影响，参加琼崖同盟会组织，致力于反清革命，受到清廷爪牙的通缉，乃逃亡日本，后经友人介绍认识了孙中山先生，旋后奉孙中山先生之命回琼与陈文斋、刘中琣、刘中造等人组织民军，活跃在琼岛的南部地区，声势甚烈。

崖州自古为不毛之地，蛮荒之乡，散居着汉、黎、苗、回族等同胞。其中居在这里的回族大多是以波斯、阿拉伯人为主体的外籍穆斯林（俗称“番人”），主要从事捕渔业，恪守伊斯兰教义、教规，念经礼拜，不供祖先，不吃猪肉。在此之前的宋代初，有越南占族因避战乱，举家驾舟而来的，他们信奉伊斯兰教，主要定居在三亚羊栏；也有回族先民在航海中或被劫掠，或被台风袭击，落籍海南三亚、陵水一带的。他们饱受官府的欺凌与压迫，富于反抗精神，一经王鸣亚发动，纷纷携带猎枪、长矛、弓弩、刀械等兵器起来反抗官府的压迫与剥削。

王鸣亚得到琼崖讨袁农军攻克三亚的信息后，立马抵达三亚村家中面见刘中珸和陈文斋。老同学别后相逢，欢颜道故。刘中珸开言道："平夫兄，多时不见，一向可好？"

"多蒙仁兄指教，小弟始步上三民主义革命之路，幸甚，幸甚！"王鸣亚也寒暄道。

刘中珸接着说："兄弟此来，主要是奉了琼崖讨袁农军总司令陈侠农之将令，与平夫兄联络，希望兄等发动民众帮助农军攻取崖州城，完成南下作战计划。"王鸣亚听毕，随即问道："何时行动？""且待我等禀告陈总司令之后，伺机再行动。"刘中珸答道。

"甚好！甚好！小弟就盼望这一天哩。"王鸣亚兴奋地说。

待王鸣亚见过琼崖讨袁农军总司令陈侠农，接受了任务，心情振奋，他飞身跨上战马，紧勒缰绳，那匹浑身溜黑的战马后蹄直立，前蹄悬空，"咴咴咴"地嘶鸣着，然后双蹄一落地，犹如出弦的箭一般向前飞驰而去，渐渐地消失在人们的视野里。

大家举眼望着王鸣亚策马纵骑的英姿，无不赞叹道："天涯海角闹国民革命，还须借重此黎仔啊！"

单说王鸣亚得令之后，飞马驰往天涯海角一带，在黎村苗寨回寮等发动少数民族群众拿起猎枪、弓箭、梭镖等器械来协助琼崖讨袁农军，只听得村村寨寨里锣鼓齐响，螺号长鸣，一时间反袁驱龙的斗争声势震天动地，撼山动岳，响遍天涯海角……

陈侠农得到消息，欣喜之极，在三亚休整了一些时日后，又整装出征了。队伍顶着骄阳，冒着酷暑，沿着荒无人烟的天涯古道逶迤行进。当来到下马岭时，但见此地削崖陡壁，下有汪洋大海，荒滩上布满大大小小的岩石，仅有一条羊肠小道弯弯曲曲逼逼仄仄通过，险峻之极。

陈侠农看见人疲马乏，行军进程缓慢，他为了鼓舞士气，乃下马与士兵们一起徒步行军。他还给大家讲述了孙中山先生为救国救民，四海奔波、百折不挠的斗争故事，勉励将士们努力奋斗，为推翻独夫民贼袁世凯的反动统治、实现三民主义而征战。将士们倍受鼓舞，振作精神越过了下马岭。

过了下马岭，已是海阔天空，只见沙滩上兀立苍崖巨砾，磊磊其间，有几块巨石上刻有“天涯”“海判南天”“南天一柱”等字样，清晰醒目，给海山雅境平添几分古意。

陈侠农遥指耸立于烟波之中的天涯石说：“这些都是女娲补天的遗石啊！望诸公如补天之石，在国家危亡之际，挺身救国，拯吾民于水火之中！”

琼崖讨袁农军将士们听罢陈总司令的讲述，受到鼓励，大家再次神情振奋，忘却了连日征途上的劳苦，疾步前进，于当天与前来协助的王鸣亚及其黎、苗、回等少数民族同胞群众会合在一起。

黎、苗、回族同胞头缠帜巾，上身赤裸，下身裹以布衩，彪形体壮，剽悍异常，他们手里拿着铁叉、梭镖和弓弩等原始武器前来助战。这些黎、苗、回族民众在王鸣亚的带领下前来迎接琼崖讨袁农军，大家欢聚在天涯海角，有的跳起欢快的黎族打猎舞，有的唱起高亢的苗族山歌，皆尽情狂欢。

琼文农军和万陵义民也与黎、苗、回族等少数民族群众在一起尽情欢歌，顿时把连日征战的疲劳抛到九霄云外去了。

王鸣亚向陈总司令介绍了当地的民俗风情之后，又约略讲述了崖州城的沿革以及设防情况：

崖州城三面环山，一面临海，雄踞一方，为琼崖四州之一。

崖州建城始于南宋绍定六年，初用土砖筑成，开东、西、南 3 个城门；元代在城池上建谯楼；明代以砖石加厚城墙，修整了原 3 个城门，并分别在 3 个城门上各建一座谯楼，加砌护身雉堞 1071 个，设铺 20 个，以便军人轮哨守城。还在城墙外开挖壕沟护城。直至清代，崖州城不断的修建，已建成城墙四周长度约 2270 米，高约 8 米，城内面积约有 1282 平方米，建设形式是搞“三通、四漏、七转、八角”。从城东到古城，再到城西，东门街、臭油街、城内中街、牌坊街、仓后街等街市商铺林立，人流如织。

陈侠农听罢王鸣亚的介绍，觉得崖州城虽然坚固，但袁军城防空虚，不足为虑，当即下令进兵。琼崖讨袁农军与当地黎苗民众合力一处，声势浩大，所向披靡，不时便到达崖州城下。是时正值中午，烈日当空，暑气逼人。农军官兵们隔着护城壕沟举眼望去，但见城楼上旗帜不整，死气沉沉，军士寥寥，兵无斗志，似乎是一座死城。

原来是琼崖讨袁农军征战天涯海角的声威所致。

这崖州知事原是个无用庸人，平日里只是一味作威作福。当讨袁军兵锋直逼崖州城下的消息传来时，吓得闻风丧胆，逃匿乡下，城中军民大乱，守敌纷纷丢下枪械四处逃窜，仅剩下30多名巡警守城，且人人惊魂，个个丧胆，哪里还有心恋战，只待望风即降哩！

且说琼崖讨袁农军兵临崖州城下，眼见得城上毫无动静，总司令陈侠农甚觉诧异，忙叫王鸣亚过来商议，鸣亚便策马驰至城门，朝城上大声呼喊："城上守军听着，你们已被包围了，快投降吧！"

不消片刻，城上响起一片喧哗声，几个穿着黑警服的人一字儿排列在城门楼上，看见王鸣亚单枪匹马前来招降，也大声回应着："知事已经逃走了，我等情愿投降！"说毕，竖起白衫衣代降旗，表示乞降。

当天下午，琼崖讨袁农军总司令陈侠农和前敌指挥梁国一，以及徐成章、梁秉枢、符廷芳、刘中琣、王鸣亚、陈文斋、吴道南、陈冀甫、黄更朱等人率领琼山、文昌、万宁、陵水、三亚的讨袁农军排成整齐的队伍，徐徐进入崖州城。进城后，讨袁农军纪律严明，秋毫无犯，受到崖州各族人民的热烈欢迎和拥护。继而，陈侠农也顺从民情，委任当地一名前清举人郑某某为崖县知事，署理诸事。

越日，琼崖讨袁农军正在校场出操，只见那位逃往黎村乡下藏匿的崖州知事，垂头丧气，面无人色，被乡民抓获五花大绑后送回公审。由于此公平日欺压黎民，鱼肉百姓，恶贯满盈，民愤极大，被愤怒的人们投入河中活活溺死。

至此，琼崖讨袁农军完成了南下作战计划。总司令陈侠农下令稍息休整，补充兵员，充实军事，再图北进。拟先取嘉积，后取琼文，然后挥兵再图占领海府，直至克复整个海南岛。

崖州城既已克复，且安定了琼南社会秩序，诸事安排完毕，大家正在商议回兵之策，忽听得一阵急骤的马蹄声响起，众人正惊愕间，只见一个青年骑手滚鞍下马，满头冒汗，气喘吁吁，一时竟惶急慌张得说不出话来，不知又出了什么事？

这正是：方喜初战才得胜，谁料局势又变故。

第十四篇

琼文农军复战椰林寨　万陵义民再克万州城

且说琼崖讨袁农军征战天涯海角，完成南下作战计划之后，总司令陈侠农正与众人商议回兵北上之策，忽见一骑快马已然来到，从马上跳下一名青年骑手，满头冒汗，气喘吁吁地说道："……报告总司令，袁……袁军……已调兵南……南下万宁了，钟团总派我来……来请求总……总司令回兵救援……"说毕，忙从内衣兜里取出一封求救信递上。

陈侠农接过信函撕开后急忙往下看，只见求救信中就这么几句话：

陈总司令：

事甚急矣。前几日在万州兵败逃往嘉积之袁军又重整旗鼓，今日乘我军主力南征之际，纠集兵力反扑而来，万望回师救援则个！

切切！

钟启桢字

即日

这万宁县临时知事钟启桢得到袁军重整旗鼓、杀气腾腾地向万城卷土重来的消息，不胜惶急，忙与守军首领钟孟君、钟启瑛、钟启琇、黄慈钊等一干人与兴隆抚黎局士兵凭城据险固守，奈因兵员过少，恐有失守，乃修书一封，派出快马飞骑奔来崖州城向琼崖讨袁农军总司令陈侠农告急。

陈侠农阅罢钟启桢的告急文书，乃对众人说："袁军乘我部主力远在天涯，故派兵反攻万州城，情势甚急，须提兵返回救之。"遂留下王鸣亚守崖州，琼文、万陵农军诸主力则回救万宁以及北上作战。

当琼崖讨袁农军主力返回万宁与陵水之贡举、莲花一带时，又有一骑飞马来报，说是袁军已破万州城，钟团总率部撤退兴隆一带。

败报传来，陈侠农只好带领农军前往兴隆与钟启桢所部相会，再作计较。

时间日夜不停地流逝着，转瞬间又到了春残夏初时节。这个时候，正是端阳节将近，万宁县一带家家户户洒黄姜酒、插菖蒲、挂艾叶等驱邪避瘴之物，并用绑粽子和赛龙舟的民间风俗活动来纪念我国战国时代的伟大爱国主义诗人屈原。除此以外，万宁县南一带的北坡、环城、东沃和礼纪的合山等地，还盛行着端阳节放风筝的民俗活动。

琼崖讨袁农军经过讨论和研究，决定将队伍分成两路作战：一路由陈侠农、梁国一、徐成章、梁秉枢、洪泰初等人率领的琼文讨袁军绕过万州城北上进攻嘉积市附近的椰子寨；一路由刘中璿、刘中造、陈文斋、吴道南、陈冀甫、黄更朱等人领导的万陵讨袁农军协同钟启桢、钟孟君兄弟的兴隆抚黎局士兵，以及钟启瑛、钟启琇、黄慈钊等带领的黎汉义民再夺万州城。经过众首领再三计议，确定利用一年一度的端阳节放风筝民俗活动来智取万州城。

计议已定，两头行动。先说琼文讨袁农军在陈侠农、梁国一、徐成章、梁秉枢等人的率领下先行出发，绕过万宁县城直插东山岭脚下。琼文农军经过大半天的急行军，始到达嘉积市的外围，部队在万泉河南畔椰子寨附近的村庄扎下营寨，单等万陵讨袁农军夺取万宁县城后，才一道攻占椰子寨，尔后合兵攻取嘉积市。

端阳节这天，天气晴朗，南风阵阵，白云飘飘，正是放飞风筝的好天气。万宁农军化装成放风筝的民众，在陈文斋、吴道南、陈冀甫、黄更朱等人的带领下，扛着一架大型风筝来到万城西郊的校场坡，加入万州的民间传统放风筝竞赛会。而刘中璿、刘中造和钟启桢、钟孟君、钟启琇、黄慈钊等人则率部乔装成看热闹的群众，混杂在人流中，从四面八方汇集到校场坡候令行动。

放风筝开始了。万宁民军在陈文斋的指挥下，各司其位，送风筝的送风筝，撑竹绳的撑竹绳，各自都做好准备工作。只见陈文斋手拿着一面红色三角“令”字旗子，挥动了几下，众人得令，随即架竖起那只大风筝，用长条竹竿顶托起来。大风筝铲满风力，迎风腾飞而起，恰似大鹏展翅扶摇直上，刹那间，竟将撑风筝绳子打头站的陈冀甫吊上空中，且愈升愈高，人群中发出一片惊叹声，都为他揪心。他却沉着镇定，不慌不忙地在空中来了个鹞鹰翻身，翻了几个筋斗才落在地上，毫无损伤，博得观众一阵阵的掌声和欢呼声。

陈冀甫刚松开竹绳子，那脱手而出的风筝绳“锵然”一响，倏地把撑第二站的吴道南也高高悬起。人们见状，也不禁发出赞叹声。同样地，吴道南也不慌不忙在空中翻了几个筋斗降落在地，站立如松。观众见此情景，再次响起热烈的掌声和欢呼声，对万宁人这种别具一格的高空翻筋斗技巧交口称赞。

转瞬间，风筝愈升愈高，风力也愈来愈大，接二连三地将放风筝撑绳子的健儿们一个又一个地吊上天空，一个又一个地翻身落下来，煞是好看。渐渐地大风筝升到了一定的高度，那一阵阵清扬悦耳的风筝笛声从天上飘落下来，灌入人们的耳鼓，令人神驰意往，心旷神怡。

五月端阳节放风筝的民俗风情亦引诱得驻守万州城的士兵们一个个伸长脖子贪婪地看着、叫着、乐着，忘乎所以，全然放松了警惕，懈怠了戒备。正当守军看得如痴如醉、如癫如狂的时候，刘中琣觉得时机已到，忙伸出二节手指含在嘴里打了个响亮的呼哨——发出行动的暗号。陈文斋、吴道南、陈翼甫等人即将牵引风筝的竹绳子迅速拧断，只见那只大风筝蓦然间失去了控制力，在空中摇摇晃晃飘飞了一会儿，忽地来了个倒栽葱，头部向下尾部向上，“呼剌剌”地直朝万州城内栽落下来。

“大风筝断绳了，快追呀！”

“大风筝飘走了。”

“大风筝栽落在城内啦，大家快帮忙抬回来吧！”

陈文斋、吴道南、陈冀甫、黄更朱等人一边假借着追赶风筝，一边大喊大叫示意万陵讨袁军乘机混进城里去。

那些化装成看热闹的农军们也大声应和着，“呼啦”地一齐朝着万州城涌去。守卫城门的军士被弄得糊涂了，还以为真是民众们追赶风筝呢，所以不加拦阻，任其拥进城内去了。

斯时，正在乔装看热闹的刘中琣、刘中造、钟启桢、钟孟君、钟启琇、黄慈钊等人眼看攻城机会已到，都不约而同地亮出身藏的武器，率领万陵讨袁农军和兴隆抚黎局的士兵分头攻打西、南两座城门。眨眼之间，放风筝的、看热闹的、闲逛的都像变戏法儿似的摇身一变，全都变成了讨袁农军，惊惧得袁军官兵们个个都傻了眼，半晌里回不过神儿来。

此时，袁军连长正躺在太师椅上闭目养神，悠然自得，口中哼唱着粤剧《稽文龙》的唱段：

乌云遮天日无光，杀声震天响，急马奔驰忙。

贼镇台，乱遣兵马违王法，一发难收自遭殃。

纵有雄兵千百万，欲擒文龙难上难……

正在唱到洋洋得意之处，猛地听得万宁城内外响起了激烈的枪声和喊杀声，惊慌得一脚踢翻了太师椅，跳将起来，急忙掏出毛瑟手枪爬上谯楼，喝令士兵们拼死守住城池。袁军士兵们得令后勉强振作精神，凭借着精良的武器装备，朝那些奋勇攻城的万陵讨袁农军疯狂开枪射击，子弹像雨点泻下，打死打伤农军多人，一时遏住了讨袁农军的猛烈攻势。袁军连长见状，愈加高兴，大声叫道："弟兄们，给我狠狠地打，打死这些乱党！大家听着，打死乱党有赏！"说毕，喝令军需抬来白花花的光洋犒军，借以驱使贪财的士兵为其卖命。

这时，钟启桢、钟孟君兄弟正指挥兴隆抚黎局的黎族士兵用火枪排射，但是火铳枪白天里没有多大作用，因此，攻城的农军士兵纷纷被敌人的来复枪击退，西路攻城主将钟孟君也负伤退下。眼看攻城就要受挫，在此危险关头，陵水县的农军首领之一刘中造率领部队及时赶到，展开强大的攻势，才挽回了败局。

攻城战斗从巳时战至午时。太阳升高后，万宁城附近的车头村青年王定华也带领村民赶来助战，他们手中拿着大刀、梭镖、锄头、扁担、木棒等器械前来，喊杀之声此起彼落，不绝于耳。讨袁农军望见附近民众自动支援，大受鼓舞，精神振奋，愈加猛烈攻城，顿时把敌人的凶焰压了下去。

紧接着，刘中珸也乘机向城中袁军士兵喊话，发起政治攻势："城中军民人等，大家听清楚，活捉袁军首酋者重赏，杀敌军官者获中赏，缴获敌人一支枪者赏光洋5块，主动缴枪者一律不杀！""士兵们，希望你们要认清形势，不要为当官的卖命啦！”

这种政治攻势果然起了作用，城中袁军士兵们立时躁动起来，有的停止了射击，还有的干脆扔下枪支，偷偷地开溜了。

也就在这个时候，假装追赶风筝而混入万州城中的万宁农军首领陈文斋、吴道南、陈翼甫和黄更朱等人，听到城外刘中珸的喊话，也赶紧开始行动。他们身藏短刀，腰插短枪，带着十几名农军和反正来的警员朝镇南门走去。当靠近城门时，陈文斋、吴道南、陈冀甫、黄更朱和几名警员大步流星地走上前去，逼近守卫城门的袁军士兵。守卫城门的士兵看到有人向他逼近，“哗啦”一声拉开了枪栓，指着陈文斋、吴道南和陈翼甫等人喝道：“站住！你们是干什么的？”

“干什么？瞎了狗眼啦！”吴道南一面怒骂，一面掏出假证件喝道，“城中已混入了革命党，我们奉令负责巡查呢。”说罢，又指了指旁边的几名穿着黑色警服之人。

正闹间，一名袁军班长走过来，问了几句话，刚要伸手接过证件查看，陈文斋用海南话作了暗示，吴道南即向陈冀甫和黄更朱递了个眼色，他们俩眼明手快，迅速掣刀在手，架在这个家伙的脖子上，厉声喝道：“不许动，我们是革命党！”

“啊，革命党！”袁军班长瞅见明晃晃冷飕飕的锋利短刀，顿时惊得呆若木鸡，脸如土色，只得乖乖地在陈冀甫等人的押解下，打开了镇南城门，让刘中珸等人率领陵水农军冲进城中来。

陈文斋、吴道南、陈冀甫、黄更朱、钟启琇等万宁农军首领等人看到刘中珸等陵水农军已冲进万宁县城内，又和他们一起合兵追杀袁军去了。

袁军连长正在城西德化门谯楼上督战，望见镇南门已为农军攻破，惊恐万状，跌跌撞撞地从城楼上溜下来，收拾残兵，如丧家之犬，一溜烟似的从拱北门逃之夭夭。

攻克了万宁县城之后，刘中珸、陈文斋等人将收缴来的枪支弹药装备了万陵讨袁农军，又按照琼崖讨袁农军的北上作战计划，马不停蹄地出发，再留下钟启桢、钟孟君以及钟启琇、黄慈钊等原班人马守卫万宁城。

再说陈侠农、梁国一、徐成章、梁秉枢、洪泰初等人带领琼文讨袁农军驻扎在万泉河南岸椰子寨附近，到了端阳节那天，万泉河两岸村庄的民众都来到河畔观看龙舟比赛，但见人山人海，万头攒动，热闹非常。

民间传说，海南岛本来没有万泉河，这一带的人们安居乐业，生活美好，后来忽然来了一群魔怪，兴风作浪，残害百姓。

事情惊动了天上的“七仙女”，她们大施神通，使地下冒出万道泉水，汇集成一条大河，冲走了妖魔鬼怪，也滋润了两岸的良田沃野，使人们又重新过上了美满幸福的生活。后来，人们为了感谢为民除害造福人间的“七仙女”，把这条河叫作“万泉河”。

每年的端阳节，万泉河两岸的人们都要在河上举行“赛龙夺锦”的划龙舟活动，盛会空前。

琼崖讨袁农军总司令陈侠农决定在端阳节乘势占领椰子寨，准备与北上的万陵讨袁农军合兵一处，再行夺取嘉积市。当日午后，琼文农军趁着椰子寨的地方缙绅到万泉河畔观看赛龙舟之机，一举占领了椰子寨。

椰子寨地处万泉河中游南岸，白石岭北麓，依山傍水，地势险要，水陆交通十分便利，是嘉积市的西南门户和屏障，又是通向乐会、定安的交通要道。椰子寨长有一排排茂密伟岸的椰子树林，遍布于椰子寨之中，那羽箭状般的椰叶在风中摇曳低吟，椰影婆娑，蓊郁葳蕤，凉爽怡人。

琼文农军因长途跋涉，且逢夏季天气炎热，酷暑难耐，士兵们多有疲劳，便放松了戒备，倚靠在椰子树下歇息片刻，等待万陵农军到来一道向嘉积挺进。谁曾料到，那些从万宁失败后逃窜而来的袁军残部亦窜进椰子寨，与琼文农军不期而遇，双方发生了战斗。农军在毫不防备的情况下与袁军激战了半天，各有伤亡。琼崖讨袁农军总司令部秘书处长符廷芳在遭遇战中不幸牺牲。情况于琼文农军十分不利，很是危急。

且说万陵农军在刘中琣、刘中造和陈文斋、吴道南、陈冀甫等人的率领下，尾随逃窜嘉积的袁军，一路上连走带跑追击着。当他们追赶到万泉河的椰子寨时，听到前面传来激烈的枪声，猜想是琼文农军与逃窜之敌短兵相接，救兵如救火，万陵农军加紧了行军强度，飞兵驰援。在到达椰子寨外围时发起攻击。袁军腹背受敌，惊慌失措，夺路逃往嘉积而去。

陈侠农考虑到袁军残部逃入嘉积市，使嘉积守敌有了准备，且嘉积城墙坚固，又有万泉河之险阻，不宜强攻，遂放弃了攻取嘉积市的计划，转而绕道向琼东县进发，以图打乱袁军固守嘉积之策。继而，陈侠农又命刘中珸、吴道南、陈冀甫等人带领万陵农军从椰子寨抄近路渡过万泉河，转入定安的岭口、翰林一带活动，配合刘信初等人率领的定安讨袁农军牵制敌军兵力，借以减少嘉积袁军增援琼东，减轻敌人对琼文讨袁农军的军事压力。

部署停当，陈侠农和梁国一、徐成章、梁秉枢、洪泰初等人率领琼文讨袁农军即向琼东县进发。行至途中，又获知敌人已从文昌、定安、嘉积等县市调来大批援军，分成几路进行反扑。琼崖讨袁农军总司令陈侠农考虑到需要保存实力，避免与敌军死拼硬斗，遂率领琼文讨袁农军撤离琼东县境，旋而开往定安县翰林山区一带休整，然后与刘中珸、陈文斋和刘信初等人所部会合，以待形势变化，进而再图海府地区。

这正是：本想挥师进海府，怎奈损兵入翰林。

第十五篇

陈继虞奉令琼山招兵　陈侠农文焕章勇就义

话说驹光如驶，倏忽间又过半年，已近新正。云南护国战争爆发的消息传到了海南，为了响应云南护国斗争运动，琼崖讨袁农军奉命改称为“琼崖讨袁护国军”，分设为4个支队，各自筹募成立如下：

第一支队司令：陈侠农

第二支队司令：陈继虞

第三支队司令：王鸣亚

第四支队司令：邱海云

陈继虞任琼崖讨袁护国军第二支队司令后，衔命转赴琼山县招兵买马，扩充兵员。

陈继虞，字昭尧，琼山县谭文镇蛟头村人，幼年启蒙于村中私塾，稍长进家乡永盛小学就读，天资聪敏，记性甚好，能把《三字经》和《幼学琼林》背得滚瓜烂熟。后考入琼台书院读书，立志把读书与强身结合起来，因此，他有意挑选高难险的体育项目来锻炼自己的意志和毅力，遂成为学堂中体育成绩最好的一个，并获得过不少奖章和奖状。当时，琼崖中学堂堂长云昌瀛和一些进步老师都是同盟会员，陈继虞深受影响，在云校长的介绍下，加入同盟会，积极投入民主革命斗争之中。后来陈继虞参加广州黄花岗起义，失败后转赴香港跟随邓铿等革命党人发动惠州起义，响应辛亥革命。广东独立后，陈继虞返回琼崖准备组织起义，因清吏琼崖兵备道台刘永滇应时反正而作罢。陈继虞遂与林文英、王斧军、郑里铎等人巡行各县，宣传革命，安定地方秩序。

陈继虞看见这么多人加入中华革命党，心中喜极，说道："民众起来之日，正是袁贼灭亡之时。我们的讨袁驱龙斗争运动将更加蓬勃发展了。"

琼崖讨袁护国军司令陈继虞、中华革命党琼州同盟支会郑里铎等人，皆在琼山县山水村一带活动，声势浩大，轰轰烈烈，不久即被袁军察觉。敌人侦知琼崖讨袁护国军和中华革命党主要领导人陈继虞、郑里铎均在山水村活动，便集中"济字军"精锐部队向山水村猛扑过来，一时间，把数千讨龙军队伍压缩在狭窄的山水村周围村子里，处境非常危险。而"济字军"自恃在军事上的优势，先用火炮轰击，而后发起整连整营人马的冲击。

当袁军第一冲击波席卷过来时，琼崖讨袁护国军司令陈继虞发出杀敌命令，这时，守卫在山水村周围的琼崖讨袁护国军和万陵讨袁护国军，凭借着地形地物举枪瞄准敌人，然后一齐放枪射击，霎时，只听得"乒乒乓乓""噼噼啪啪"的枪声和喊杀声交织在一起，山鸣谷应，如千军万马在怒吼。龙军骑兵纷纷中弹落马，人唤马嘶，蒙头转向，往回便逃。敌人一时弄不清村子里究竟埋伏了多少人马，吓得放慢了进攻势头。

"济字军"迟疑地观望了一会儿，又鼓噪着步兵猫着腰向前冲锋，还一边开枪射击一边呐喊壮胆，子弹一排又一排射过来，像数不清的蝗虫乱飞乱撞，打在山坡上和田野里窜起一团团尘埃，腾起一串串水花，煞是激烈吓人。

琼崖讨袁护国军士兵多是寻常百姓，而且多为文盲，加上平时缺乏训练，军事素质比较差，又是初次参加战斗，不免心慌意乱。当他们望见敌方阵营严整，步步逼近时，有的人产生了畏惧心理，情绪紧张，还有的人做了逃跑的准备，士气徒然跌落下来。

正在危险之际，刘中琣、刘中造、陈文斋和陈冀甫、吴道南等人带领万陵讨袁护国军向敌人来个反冲锋，只见人人奋勇，个人争先，犹如一股飙风般卷向"济字军"，迅猛异常。敌军一时不防备民军这一招，看见对手怒目圆睁，决死而战的气概，顿时惊慌失措，望后便退，前队冲垮后队，辙乱旗靡，互相践踏，死伤无数，只顾自个儿夺路逃命，哪顾得队形乱与不乱。陈继虞素知刘中琣善战；也鼓舞士气，尔后一马当先，率领琼崖讨袁护国军乘势掩杀过去，刀斩斧劈，好像削瓜切菜一般，见一个，杀一个，见两个，杀一双。

只杀得龙军人人丧胆，个个惊心，那些逃命不及的兵士，不是折腰，便是断臂，死伤惨重，尸横遍野。

琼崖讨袁护国军和万陵讨袁护国军正杀得兴起，忽地听得一阵炮响，遥见一队袁军旋风般杀来，旌旗上绣着一个斗大的“黄”字。陈继虞望了片刻，忙对刘中珸说：“此系琼崖镇守使黄志桓的旗号，有可能是这厮带兵来救援了，不可贪战，快撤吧！”刘中珸听罢说：“这厮勇猛之极，乃是龙军中一员健将，切不可轻敌也！”说罢，各率队伍撤离战场，退回山水村固守候敌。

黄志桓，字植生，广西钦州黄宅屯人，壮族，1915 年任琼崖镇守使，年方 30 岁，骄蹇暴戾，纵兵焚惊，琼人深恨之。但此公粗通文墨，曾在五公祠里题一联曰：

五贤系两代，兴衰报国投荒，唐宋迄今留正气；

一身睹万民，憔悴筹边弭乱，冰渊夙夜凛遗规。

黄志桓提兵来援，暂时稳住了“济字军”崩溃之势，重整阵容，随后架起火炮，朝着山水村猛烈轰击。只听得“轰”“轰”“轰”的连续爆炸声，见到火光闪烁，浓烟腾空，弹片、碎石、砂土铺天盖地地砸向固守山水村的琼崖讨龙民军阵地。炮弹放得越来越猛，护国军伤亡人数也越来越多。忽地“扑拓”一声，一颗炸弹落在离陈继虞不远的地方爆炸，继而又“豁刺”一声，再来了一颗炸弹。刘中珸看见陈继虞处境危险，忙叫人拽下去躲避炮火，然后带领部队占据村前的山坡制高点，准备压制住正面进攻之敌。

果然炮火一停，敌人步兵又开始进攻了，他们猫着腰，弓着身，多次企图冲进山水村，均遭到刘中珸率部阻击而未得逞。黄志桓骑在黄膘马上往来冲突，指挥作战，当他看见士兵们被护国军阻击而倒退回来时，气得大声嚎叫，怒火冲天，两只鼓暴眼直溜溜地转动了一会儿，忽地遥见山水村前面一片荒坡上，长满了密密麻麻的茅草丛，正在随风一起一伏地摇摆着。他的眼神落在枯草地上，便心生一计，遂叫士兵们放火点燃山坡上的茅草，企图把护国军悉数烧死。敌人带来火种，四处点燃。霎时间，祝融肆虐，带来火兵火卒，烈焰腾腾，黑烟滚滚，风助火势，火借风威，风紧火急，草木皆着，熊熊大火一直烧至刘中珸等人的身边，可怜数百名护国军行将成为火烧鬼了。刘中琣、刘中造、陈翼甫、吴道南等人也被烈火团团包围住，眼看就要葬身火海。天可怜见，正在性命攸关时刻，突然间狂风陡起，飞沙走石，天空乌云密布，电鞭闪烁，雷声轰鸣，顷刻间一场大雨飘然而至，如同倾盆瓢泼一般，尽将大火浇灭。众人认为这是天助护国军，无不欢呼之至。

正在纵火行凶的袁军望见这般情景，无不惊骇。忽地袁军头顶上方火光闪烁，闪电像一条条浑身带火的赤链蛇般掠过天空，一个个落地雷轰然炸响，电光乱舞，炫人眼目。少顷，袁军头上“落落”的响起一声声震耳欲聋的霹雳，天空像是碎裂了，发出难闻的烧焦味儿。众人惊悸之余，旋即循炸雷声响望去，但见那面绣着斗大的“黄”字旗遭到雷击之后，被天火烧得只剩下一片片残碎布片，随风散落，好像一只只黑蝙蝠似的四处飘飞。

黄志桓见状大惊失色，认为袁军犯下天条，天地不容，乃至于此，遂下令将猛力进攻的阵法改为重兵围困的做法，妄图把护国军困死在山水村里。

此时，被围困在山水村中的琼崖讨袁护国军，暂且得一时之喘息，一边加固防御工事，一边做好长期固守的准备。陈继虞、郑里铎和刘中琣、刘中造、陈文斋、吴道南、陈翼甫等人趁着战斗间歇，清点伤亡人数，损失过半。他们望着前后左右躺满了战友的尸骸，心里感伤，双眼布满了泪水。

琼崖讨袁护国军和万陵讨袁护国军在山水村坚持战斗了7昼夜，后来因弹尽粮绝，伤亡太大，再待下去必致全部覆灭。因此，护国军司令陈继虞、副司令王鸣亚和万宁、陵水两县讨袁护国军首领刘中琣、陈文斋，及中华革命党琼州分部部长郑里铎等人商定，为了避开敌人锋芒，保存力量，琼崖讨袁护国军和万陵讨袁护国军决定分头突围，再图进取。于是，刘信初和刘中琣、陈文斋等人带领一部先行突围至定安，以图与陈侠农部会合，重新部署军事。

岂料部队退至定安岭口时，又陷入龙部“济字军”的重重包围之中，好似天罗地网一般，一阵攻击，枪丸如雨点射来，许多人都做了沙场之鬼，结果队伍被打散了。后来，刘信初、吴道南等人几经辗转才找到陈侠农的部队，在定安翰林山区一带坚持斗争；刘中琣、刘中造和陈文斋、陈翼甫、黄更朱等率领残部转战了十几天，最后才返回万陵边界一线活动，并在桥仔村设立营盘，坚持讨龙斗争。

万陵讨袁护国军突出重围后，琼山县山水村里的琼州讨袁护国军坚持了好一阵，也冲破了敌人的层层围困，待到摆脱袁军的追击之后，但见数千人马死的死，伤的伤，逃的逃，几乎损失殆尽。琼州讨袁护国军副司令王鸣亚见到民军遭到了如此惨重的损折，队伍所剩无几了，不觉黯然神伤，嗟叹不已："哎！咱们好不容易发展到几千人马，转瞬间又被袁军包围打击，三停损失二停，岂不气恼！能不痛心？"

"岂不闻'胜败乃兵家之常事'乎？成败关键在于顺应潮流，取得民心啊！"中华革命党琼州分部部长郑里铎说道，"古人云：'正义之师，必有天助。'天意有在，只要我们高举堂堂正正之正义旗帜，专做吊民伐罪、为民请命之事，就不怕天意无归哩。"

"是啊！"郑里铎的弟弟郑里镇接过话说道，"若不是天助我民军，如何忽然天降大雨浇灭大火？又如何天火烧毁黄志桓之旗帜？你说怪不怪哉？"

"呀！这是我们有目共睹的怪事哩，天理昭昭，袁世凯机关算尽，必不好死！此乃善有善报，恶有恶报，不是不报，时刻未到。"

最后，陈继虞感慨地说道："想当年，孙中山先生凭借着百折不挠的意志，四海奔波，呼吁革命，屡败屡起，上应天命，下顺人情，终于取得人心，一举推翻了统治中国两千多年的封建帝王制度，立下不世之功，彪炳史册。他功成身退后，仍为国家谋求发展，为民族追求进步，天下为公，这是何等高尚的精神与品德啊！而袁世凯虽然也有压迫清朝皇室退位之功，但是一旦坐上总统宝座之后，便实行家天下，采取独裁统治，倒行逆施，阻挡进步，违反人心，强奸民意，利令智昏，妄图称帝，必然引起天怒人怨，定会为历史潮流所淘汰。君子落得为君子，小人终归是小人。两相比较，孙中山先生将成为历史上的巨人；袁世凯则沦为人民的罪人。大浪淘沙，真假毕现哩！"

"孟子曰：'得道多助，失道寡助……'"

不久，琼崖镇守使黄志桓果被琼人控告其纵兵焚掠而离琼去职，其后调往广东，担任钦廉镇守使职务。后来，黄氏经过一段反思，遂随机应变，阵前反戈，率兵驱龙，为琼人所谅解。这是后话，这里暂且按下不表。

这正是：善恶到头终有报，只争来早与来迟。

第十六篇

翰林释兵陈侠农受刑　白延起祸文焕章遇害

琼崖讨袁护国军总司令陈侠农接到广东省省长朱庆兰的调停命令之后，将被袁军打散的队伍重新集中起来开往定安翰林墟等待编遣。

当陈总司令宣布这一消息时，琼崖讨袁护国军官兵们都兴奋得欢呼起来。他们唱啊，跳啊，笑啊！那兴高采烈的心情和兴奋的神态，仿佛要通过忘情的欢乐方式，一下子释放出来。

黎族士兵乘兴跳起了他们的传统舞蹈《平安舞》，但见舞者身躯平直，两脚踩碎步前进，双方在左右腰侧前后摆动，双膝向左右两侧时弯时立，每两步后，第三步双足并立，反复循环，它深含着黎族人民对幸福生活的渴望与追求。

舞毕，众人又围成一圈圈坐下来，唱起了一首首海南民谣和山歌：一个当过苦力的农军战士带头唱了一首《做苦工》：

卖身做工真艰苦，日头晒红又晒黑。
父母无钱赎我回，忍气吞声做人奴。
天公下雨勿下大，莫淋我湿无衣换。
只有单衣和单裤，穿又怕湿脱怕寒。
日头红红照山脚，一日拾柴一日挑。
汗水淋漓手流血，主人还骂懒拾柴。
柴房堆满又种田，日干三刻无点闲。
苦死累死也要干，做工抵债苦命人。

刚唱罢，即触动了众人的苦情，于是，又一个站起来开唱一首唤作《清贫》的海南民歌来：

财主肚饱侬肚空，忍饥受寒都挨呆。
欠钱欠债逼卖子，子孙穷得大空囊。
做工抵债苦无比，不知苦到哪一年。
同胞姐妹相拆散，同床夫妻迫分离。
我家清贫没有年，替人挑担惨过猪。
没条好衣没张裤，借把米来无锅煮。
地主酒醉笑眯眯，我饿我寒鸡笼边。
长吁短叹怨苦命，鸡见可怜陪我哭。

这时，一位从马来西亚回来的文昌籍战士，回想起他早年去番受苦受难的情景，也不禁泪花飞流，他用沙哑的声调唱了一首《去番》的民谣：

狗仔汪汪后山坡，姑强担粑看兄哥。
亲戚朋友来满屋，一齐送哥去南洋。
十岁离开爹与娘，随人谋生去南洋。
金山银山难讨到，白发苍苍回文昌。
只求落叶能归根，只求尸骨葬故乡。

这个刚唱罢，又有一人亮开嗓子唱起四首《想做官》的歌谣来：

一

想做官人世上多，人不做官被看低。
苏秦横遭嫂白眼，买臣妻骂不堪提。

二

生人要做官大大，作了老爹势头大。
出门坐轿入骑马，威风凛凛扬声名。

三

不做官人想做官，做官的想做大大。
官大钱多有权势，官小钱少无威名。

四

大官把势压小官，小官仗势欺大妈。

从来百姓吃官苦。锤子打凿凿打柴。

那边的人刚唱罢，这边的人又唱道：

凤凰落毛变成鸡，虎落平阳狗看低。

运去黄金变成铁，势失官鞋变草鞋。

……

山歌此起彼落，大家唱了一首又一首，直唱到红日沉落西山，月亮从东边升起来。

第二天，琼崖讨袁护国军集合在翰林墟附近的石碌岗主神庙前宽阔的场地上进行编遣，宣布解散。

翰林释兵后，燕雀恋土，鸿鹄高飞，人各有志，万宁、陵水、崖县一带的讨袁护国军调回兴隆后，黎族士兵各回原籍，其余一部由姜飞带领开往原地听候改编；琼文籍青年则由徐成章、梁秉枢、梁国一、洪泰初、熊受天、梁英、文朝韬等人带领返回琼文地区，谋求发展。后来有的人离开琼崖转赴广州或者外地求学，也有的辗转考取云南讲武堂习武报国，还有大部分人都参加了陈继虞领导的琼崖讨袁护国军。

原琼崖讨袁护国军官兵们得知陈侠农北上赴京参加国会活动被捕，十分气愤，梁国一离开琼崖，千里迢迢远赴北京城，为陈侠农横遭罹祸而四处奔走，呼号求救，然而也没有结果。陈侠农临刑之日，梁国一以诗当哭云："伤今吊古余生恨，烈士含冤志未酬。"梁、陈生死之交，由此可见。

1917年农历四月，陈侠农在北京被北洋政府处于绞刑。行刑之时，随行的陈贻书想起林格兰先生之惨剧又在陈侠农身上重演，不觉痛哭流涕，将陈侠农衣冠整理清洁，让其穿戴。陈侠农见状，平静地对陈贻书说："你勿为我悲也！为正义而死，死得其所，后人总会记得的。"

陈侠农说毕，换上一套新衣裳，昂首挺胸，铁骨铮铮，浩然正气。行刑官告诉他："业经最高法院根据乡人材料指控，判处你犯有'聚众械斗罪'，此案判决你死刑。当已收到判决书？"

陈侠农慨然答曰："收到。但这案件纯粹是诬蔑构陷罪。吾辈是举行讨伐窃国大盗袁世凯的斗争，对国家对民族是有大功劳的。吾辈舍命奋斗，为的是救国拯民，为的是替国家行事，难道说这是有罪的吗？你们执行的是哪个国家的法律呀？"

行刑官哑然无语。稍过片时，只是问："现奉上官令，今日执行死刑。你对家属如何处分事件，可缮书代为转交。"

陈侠农正色道："我一生崇拜孙中山先生的三民主义学说，崇尚自由民主，不惜身家性命，早已置生死于度外，并随时准备为之献身！今袁世凯已一命归天，吾心愿矣！然则死而无怨矣！但愿家人节哀，不为我而悲痛也！"说罢，昂首挺胸走到绞刑架前。

行刑人将陈侠农牵到绞刑台左绞绳下铁盖上，面南站立。另一位行刑人反接两手，缠缚全身并折绳环结，陈侠农神色自若，延颈就环，英勇就义，时年 39 岁，遗骸由随行的陈贻书先生收殓，葬于浙江义庄。

真乃是：军阀变脸功成罪，反袁壮士赴阴曹。

陈侠农为人慷慨，仗义疏财，平生不治私产，身后萧条，遗下老母、妻子以及二子一女，生活十分困难。时在日本留学的陈宗逊写信给胞弟陈懿初接济陈家老小，并携带烈士遗孤陈修瑄、陈修璠赴马来西亚抚养。长男修瑄毕业于星州师范学校，后成家立业，次男修璠在返回广州读书时，不幸病故。

后来国民政府奠都南京，胡汉民、孙科、吴铁城等人联名呈请中央明令褒扬，追晋陈侠农为陆军中将，以表勋劳，永垂不朽。这是后话。

却说陈侠农被害之后，白延地区保皇派势力又勾结和贿赂文昌县知事胡熹，逮捕了支持陈侠农的名儒文焕章。文焕章系文昌县蔚文中学国文教员，其先祖文天瑞为南宋左丞相信国公文天祥从弟，随兄起兵抗元失败后流落海南，卜居万宁县后安曲冲，其后子孙藩昌。后来文氏四房迁往文昌县南坡村，为文姓居住文昌之始祖。焕章先生学问渊源，精通经史，擅长诗文，好言经世，平生讲学，尊民权，黜专制，适孙中山先生倡导革命，推翻清廷，文焕章从尊崇而支持之。袁世凯称帝复辟时，文焕章在文昌蔚文中学执教，主张罢学以抗议，并说道："宁为鲁仲连，勿做章垣衍"，"纵令拿破仑复生吾国，亦决不能易解帝制也”等语，公开抨击袁世凯称帝。

当时会文白延林姓与各姓械斗，互相攻击，焚杀殃及甚广，文焕章支持陈侠农，被各姓公推为领袖，同林姓辩争化解。后为林姓族人林少州等人所忌恨，其村中通往白延墟之桥被林姓族人强行拆除，不许进入白延。待到陈侠农上京遇害后，林姓族人林阶平带领驻扎白延贵德祠的龙军向非林姓村庄奸淫掠劫，杀人放火，造成地方大流血的惨状。文焕章目睹惨情，怒火填膺，便将龙军惨杀人民，以及林姓族人林阶平等为非作歹的情况，写成讼词向社会告白，引起林少州等人的不满，遂将焕章先生在反对袁世凯称帝时的言语进行收集构陷，诬控其为“暗设机关为匪参谋”等。帝制爪牙文昌县知事胡熹不问青红皂白，便派兵逮捕了文焕章先生，押往便民市桥头行刑。

文焕章毫无畏惧，正气凛然，视死如归，他高声朗朗地吟诵了乃祖从兄南宋左丞相信国公文天祥的《正气歌》：

天地有正气，杂然赋流形。下则为河岳，上则为日星。
於人曰浩然，沛乎塞苍冥。皇路当清夷，含和吐明庭。
时穷节乃见，一一垂丹青。在齐太史简，在晋董狐笔。
在秦张良椎，在汉苏武节。为严将军头，为嵇侍中血。
为张睢阳齿，为颜常山舌。或为辽东帽，清操厉冰雪。
或为出师表，鬼神泣壮烈。或为渡江楫，慷慨吞胡羯。
或为击贼笏，逆竖头破裂。是气所磅礴，凛冽万古存。
当其贯日月，生死安足论。地维赖以立，天柱赖以尊。
三纲实系命，道义为之根。嗟予遘阳九，隶也实不力。
楚囚缨其冠，传车送穷北。鼎镬甘如饴，求之不可得。
阴房阗鬼火，春院闭天黑。牛骥同一皂，鸡栖凤凰食。
一朝蒙雾露，分作沟中瘠。如此再寒暑，百疠自辟易。
哀哉沮洳场，为我安乐国。岂有他缪巧，阴阳不能贼。
顾此耿耿存，仰视浮云白。悠悠我心悲，苍天曷有极。
哲人日已远，典刑在夙昔。风檐展书读，古道照颜色.

文焕章吟罢《正气歌》，然后昂首挺胸地登上木材堆上说：“胡贼捕我未曾设供，不知按我何罪，我死必为厉鬼报仇也……”

言未毕，一阵枪响，文焕章倒在帝制余孽的枪口下，含冤而去。

事后，林少州、林阶平、林开存等人又引来龙军捕杀白延地区的革命青年，以及参加琼崖讨袁护国军的退伍人员，致使文昌县的革命志士、进步青年纷纷四处逃难，有的逃往外县投靠亲戚，有的远走两广，还有的亡命南洋一带。

文焕章先生被杀害，文氏一门株连甚广，其子文鸿恩、文华定、文华宙以及堂兄弟文朝笏、文朝籍、文朝笋，从弟文乃武等人，连同乡中进步青年杨永仁、洪世扬、孟敏、符昭骞等相继买棹南下，逃往南洋马来西亚一带避难。而后其子文鸿恩与堂弟文朝籍、文乃武，以及杨永仁、洪世扬、孟敏、符昭骞等人转赴云南考入云南讲武堂第十二期习武报国，毕业后转赴广东追随孙中山先生的民主革命，参加护法、平叛、东征、北伐、抗日等战争，文华宙也考取了黄埔学校，后赴法国陆军大学深造。文朝籍、文鸿恩和文华宙叔侄三人在日后的奋斗中，均成为国民党的高级将领。

文家叔侄荣膺将军后，在香港手刃了仇人胡熹，先后返回乡里昭雪忠魂，并特意宴请白延地区的开明人士，以及各姓父老兄弟临宴助兴。林姓族人因林少州构陷诬告杀害了文焕章先生，播下了文、林两个姓族难解之隙而顾虑重重。但文家叔侄兄弟胸怀宽阔，除了彻底谴责清算主谋杀手之外，与其他林姓兄弟通融共饮，团结一致，以模范表率来结束文、林两姓家族的历史上的深仇大恨和姓族隔阂，为白延地区姓族团结谱写了新的篇章。

7月间，云南护国军第二军总司令李烈钧率领部队从广西入粤，准备进入江西，在韶关源潭一带遭到龙济光部振武军的阻击，引发战争。正在此时，忽有一支军队也从广西突入粤境，乘机攻入三水，直指穗城，把个龙氏包围在广州的观音山督军府中，顿使“龙王”成了瓮中之鳖，罐中泥鳅。

此公为谁？乃陆荣廷也。

陆氏率领随员进驻肇庆后，遂以武力威迫龙济光下台。龙氏感到势单力孤，知道自己的胳膊拧不过大腿，乃转而向陆荣廷摇尾乞怜，说是看在亲家的情分上，给他一条活路。

陆氏默许其请，遂上报给北京政府，段祺瑞虽有心保龙而力不足，却密电龙济光要他在“万不得已时可以退守琼崖，保全实力，待机反扑”。

当年10月中旬，斗败的龙济光为桂系陆荣廷所逼，只好挂了个琼崖矿产督办的头衔，带领三旅人马灰溜溜地渡海蜷伏在琼崖，将息经年，睥睨时局，未忘卷土重来。

单说龙济光来琼一事，也足以可笑哩！龙某乃一介赳赳武夫，素乏矿学，如何办矿？况且琼崖地僻，更难任事，因而龙济光此来不外为震慑革命党人之计耳！为此，龙氏以该部振武军20000多人分扼琼崖各县要地，疯狂地镇压革命党人，打击进步力量。

徐成章、梁秉枢等琼山革命青年从报纸上得到陈侠农在北京被杀害的消息，悲痛万分，其后为形势所逼离开琼崖，转赴广州去南洋避难，再后来都分别考上云南讲武堂习武第十二、十五期，走上了从军报国的道路。

1917年4月，北京政局发生了“府院之争”，先是总统黎元洪罢免了国务总理段祺瑞的职务，继之是“辫子军”大帅张勋借口调停率兵进入北京，以武力逼走黎元洪，然后抬出逊清末代皇帝宣统重登帝位，大搞封建复辟，一时闹得乌烟瘴气，沉渣泛起。

远在琼崖的龙济光，也趁机与张勋遥相响应，大肆追查逮捕革命党人。

龙军在镇压了琼山、文昌、定安一带活动的琼崖讨袁护国军陈继虞、刘信初等部之后，又分兵数路南下进攻活动在崖县的王鸣亚部，继而又大肆追查万宁、陵水两县的革命党人，迫使刚当了一个多月的万宁县知事吴道南以及县警政局警官陈翼甫、黄更朱等丢职逃匿乡下，后来吴、陈、黄三人亡命南洋，恰值云南讲武堂派员赴南洋宣慰华侨，招考华侨生员，吴道南报考云南讲武堂第十二期步兵科，陈翼甫、黄更朱则考上了云南法政学堂。

试想，龙氏乃一乱世小魔王，何以肆无忌惮，猖狂至此？

原来此公善于观风察色，及时攀附。当时万宁县城驻有龙济光振武军一排人马，以龙椿为县长，欺压民众，引起万宁革命党人蔡凤翱等人的愤恨。

蔡凤翱乃北坡保定人，字乐天，清末廪生，广东法政学堂毕业，后参加中华革命党，因见龙军单弱，往见兴隆抚黎局团总钟启桢，说明形势，陈述情由，钟启桢爽快地应允下来，遂招集四五百名黎众，挟弓带箭，杂以火药枪，从兴隆向万州城杀奔而来。不料天公不作美，当天下了一场大雨，兴隆抚黎局火药被淋湿，土枪不能用，仅以弓箭乱射。守兵见状，将城门关闭，利用城楼之旧有火药炮，燃之一轰，声如巨雷，弹丸如雨，惊得黎众大惊失色，作兽散状。

之后，龙椿为了拔除兴隆抚黎局团总钟启桢这枚眼中钉，肉中刺，便假意写了一封言词溢美的信函，派人送到兴隆诓骗钟氏到万宁县衙门外杀掉了。蔡凤翻则逃逸他方。

不久，龙军便集中力量围攻刘中瑶领导的陵水讨袁护国军，并将其压迫在万陵边界地区的沿海靠山一条狭长的地带里。这一带以桥仔村为大本营，西面紧傍着横亘百里的高山峻岭，直通万宁、陵水、保亭腹地群山，向东居高临下俯视着万宁沿海一带，控扼着数百个乡村；向南毗邻大海，民军粮草装备多由此海上水路运输进入。桥仔村大本营指挥部就设在关帝庙里，大本营雄踞于山脉出入口，控制着由万宁进入陵水的交通要冲，是进可攻退可守的理想根据地。

刘中瑶领导的讨龙军主要分布在石梅、加摄和东营一线，以刘中造为司令，首领有林显让、严大佐、叶方善以及黄德祯、黄德祺兄弟的黎民武装。

陵水讨龙民军为了保卫桥仔大本营，在战前已充分动员民众傍山依水挖战壕，筑工事，遍布刺篱鹿角等。龙军每次进攻人数虽众，但处于不利地形，被埋伏的民军一阵痛打，不是丢尸而去，便是到处挨打，十分狼狈。敌人多次失败后，恼羞成怒，抬来大炮，远远地向着民军开炮狂轰，还强行驱逐附近村民，沿村设寨，派重兵扼守，断绝交通，妄图困死和饿死民军，甚至不惜重金收买地痞流氓为奸细，混进桥仔村大本营搞暗杀放火，扰乱军心民心。敌人虽然数次轮番攻伐，但终未能进入根据地一步。

一天晚上，刘中瑶派出的侦探人员回报，说是杨锦棠准备带一连精锐马队兵勇，趁黎明前黑暗时分偷袭桥仔村大本营，随后配合大军进攻。刘中瑶当即决定半途设伏，并分兵包抄，踹敌人前哨要塞东渥墟，乃命林显让、叶方善等各率数百人到东渥港南岸埋伏，专候杨军半渡而击之。另派一纪姓首领率主力一部沿山路星夜抄敌之后，以截击溃退之敌和趁敌营空虚突击敌之据点。当夜无事，直待到次日黎明时分，月黑风高，海潮正在涨涌，敌首脑杨锦棠命骑兵队先行，步兵随后，匆匆朝桥仔村大本营杀来。及至东渥港北岸，正好潮水涨与岸平，敌人催军涉水行进，正渡到半途，突然南岸枪声骤起，弹丸如飞蝗射来，已有一批人中弹落水。马队见状，急忙掉头而退，反而冲动步军，马嘶人唤，敌军队形顿时大乱。突然“嗖”的一声，一颗子弹飞来击落杨锦棠的军帽，惊得这家伙魂飞魄散，继而其坐骑也中了一弹，马跳人惊，杨氏惊惶落马掉进水中，由护兵扶起，夺马往后逃跑。

正在惊魂方定之际，又闻得东渥方向枪声大作，乃派人哨探，不一会儿，探马回报说是东渥据点已被义民拔掉。杨锦棠情知不妙，害怕义民截住归路，遂带领残兵往万城方向奔窜，一路上想起帽子被打掉、险些命丧黄泉的情景，乃大叫：“衰衰衰。”自此打消了进攻民军的念头。

后来，龙济光部旅长马存发由岛西南直下崖县、三亚，镇压了王鸣亚领导的讨龙义军后，又转而北上陵水击垮黄德祯、黄德祺兄弟的黎民武装，于是东营失守，牛岭关隘洞开，老马军沿着海边一带村庄烧杀掳劫而来。此时，万城守军也由北向南推进，使民军腹背受敌，被迫分散兵力在各个隘口与敌人展开激烈的争夺战。敌人用人海战术，步步推进，不分昼夜地轮番进攻。在数十倍敌人优势兵力的围攻之下，民军伤亡惨重，而且弹粮已绝，难于坚持下去，刘中琣、刘中造等人乃决定分路突围。

陵水民军撤出桥仔村后，老马军攻入大本营，并纵恿士兵们大肆掠劫数天，刘家房屋尽行被毁，民房也多被焚烧，百姓财物被洗劫一空，那些来不及撤走的老孺妇幼无一幸免于难。

刘中琣突围出来后，藏在邻村寡妇陈刘氏家中，躲过一劫。不久远赴香港，继奉孙中山先生密令，转赴上海中华革命党总事务所接受新任务，并由孙中山先生介绍进入南京法政大学专修几个月，旋后赴日本入早稻田大学政治经济科学习。其旧部则由从弟刘中造收集带领转移到外线活动，为陈继虞所部收编，其后都投身到讨伐琼崖地方军阀的斗争之中了。

且说这年，台湾总督府专卖局事务官池田幸甚到海南岛考察，在海口会见了日本商人胜间田善作，两人还提出了赶在欧美前趁早“开发”海南岛的设想。经胜间田善作的介绍，池田幸甚还会见了龙济光的弟弟、海南岛的实际控制者龙裕光。此后，日本驻台湾总督明石元二郎令池田幸甚组织调查小组，对海南岛的资源状况进行全面调查，并制订了一系列侵略海南岛的开发计划。嗣后，池田也乘此机会，利用汉奸谭国之结识粤籍奸商何瑞年等人，何瑞年是广东香山县人，被日本政府收买后，他为虎作伥，帮助日本政府步步推进侵掠西沙群岛资源的计划。何瑞年出面向北京北洋政府内政部呈文，谎报股东、资本及承垦计划，请求批准设立“琼崖西沙群岛实业有限公司”，并由该公司集资承领西沙群岛大小屿15处，开办垦殖与渔业。何氏与日人相互勾结，使尽狡猾手段，骗取了批文，再次打通广东省署，获取证照。然后转手给日本政府成立的“南兴实业公司”。日人企图通过对海南岛的经济进行渗透和扩大侵略，窃占西沙群岛，组织200多名日工偷挖西沙磷矿，进行经济掠夺，并在西沙海面抢劫我国渔民粮食和物资。

然而，日伪公司关键的承垦证书还需要取得管辖西沙群岛的崖县政府的核实。1922年2月，崖县县长孙毓斌派出该县公民大会执行委员陈明华、协同“琼崖西沙群岛实业有限公司”经理陈介叔前往勘测，为颁发承垦证明向崖县政府作报告。陈明华是崖县人，勘测期间的耳闻目睹使他警觉起来，通过明察暗访，搜集证据，洞悉了日本人勾结中国奸商的阴谋。陈明华以调查及目击事实，义正词严地揭露了日本人的阴谋，发出了呈请政府撤销“琼崖西沙群岛实业有限公司”的呼声：委员见闻所及，不忍缄默，用敢直陈，应请呈省署将原案注销，俾日人无从施其伎俩，地方幸甚！国家幸甚！在这事关国家利益的大是大非面前，崖县县长孙毓斌也迅速呈报广东省署，恳请彻底查明，撤销成案，与此同时，民间爱国人士也多方奔走，唤起民众共同保卫西沙。

斯时，曾直接参与“公车上书”的清朝时期举人林缵统在痛失爱子、卧病之日仍心系西沙，常奔走于琼崖各县，并越海赴广东沿海各县，倡导国人开发西沙，建议八方支援，爱国人士还编写了《西沙惨剧》进行公演，引起民众的广泛关注。

一石激起千层浪，崖县爱国青年张启经、吉采、吉章简、麦上椿、黄敦复、麦上玺、邢福麟、邢国玺、秦匡洲、李福海、陈英才、罗业新、林泉、黎茂荣、黎茂萱、黎毓璜、黎毓章、何绍沅、梁志刚、王大宣、陈世训、郑绍仁、韦大康等率先响应，立即行动起来联合琼崖进步青年，散发揭露日本人丑恶行径的报告传单，举行集会，发表演说，正式拉开了西沙抗日斗争的序幕。

为了扩大舆论的声势，争取社会各界的支持，24名意气风发的崖县爱国青年满怀一腔热血，以“琼崖公民代表”的名义，联名发表《琼崖公民对西沙群岛沦亡宣言书》，概因是一篇好文，特抄录在此。宣言书曰：

窃以为山河破碎，壮士兴悲；天下兴亡，匹夫有责。乃者倭奴，觊觎我西沙群岛，设立实业公司。利用汉奸，出名顶替，以开矿为名，行图谋之计，实行经济灭国之手段，剥我皮肤。日本侵略政策，路人皆知；奸商狼狈为奸，实同揖盗。近云日兵百余，前往西沙。如非日资，何为拱手授人以柄？西沙落入日人之手，则琼崖海权随之尽失，琼崖且随之偕亡。琼崖亡，则我国南方舆图，能不为之改邑乎？呜呼！国破家亡，于斯联兆。痛主权丧失，力竭我海内父老兄弟姐妹，忠贞报国，共图挽救。恳政府惩办国奸，以警将来，是诚中国之幸也。若政府仍听奸言，不顾民意，则我琼崖公民誓死肉搏西沙，血飞琼州，争主权以万难，还山河于一发，是半生期许之志，愿与同胞共勖者也。

《琼崖公民对西沙群岛沦亡宣言书》遂引发舆论谴责，迫使琼崖当局出面干涉，日人被迫撤销其“实业公司”，从西沙滚回去了。

这便是：无知小丑祸琼政，有识名士争国威。

第十七篇

驱逐龙贼桂军入南溟　抵制日货学生闹海府

1918年11月8日，北京政府段祺瑞任命龙济光为两广巡阅使，取代陆荣廷，并令其进攻护法军的后方，袭占广州。龙济光受命后于12月10日宣誓就职，速后率领振武军20000人马，分兵3路乘船渡过琼州海峡，北上进犯广东，企图扰乱广东军政府的后方。

龙济光率部渡过海峡后，即从雷州半岛之徐闻、海康一线进攻，兵锋上颇为顺利，连克恩平、开平等县城，四邑岌岌可危。此时，新任广东督军莫荣新原系桂军师长，听到龙军来犯，一时手忙脚乱起来，他急忙调兵遣将，任命钦廉镇守使沈鸿英为广东护国军第三路总司令，率其12营人马在廉江、化州一线阻击龙军；任命原高雷镇守使林虎为第二军司令，率12营开往恩平一线；任命督军署参谋长刘志陆为第三军司令，省警务处处长魏邦平为第四路军司令，后来又加上李根源所率驻粤滇军，使讨龙军骤增兵力，声威大振。

龙济光使其先头部队司令李嘉白与讨龙军作战，但连战连败，尔后逃得不知去向。继后经龙济光率部自往抵至雷州境内与桂军鏖战数次，起先颇为顺利，转而竟为所困。龙军势成孤立，尚抵死不退，眼见受困垓心，无从脱险，龙氏焦急万分，苦守数日，没奈何激励亲随士卒数千人，冒险突出重围，总算钻得一条生路，遂向南逃遁而去。其余众数千人马留守雷州，暂作苦守待援之状，自己驰向广州湾，检点随从兵卒，只剩下千把人马，乃仰天叹息道："吾龙某人半生驰骋，一世英雄，不想今日竟然兵败于此，始信天道有凭乎？"叹息毕，硬着头皮向广州湾驻法领事请求通过。

广州湾在雷州北面，濒临南海，于清朝光绪二十四年间被法国人据为租借地，地方政治全由法人主持。龙济光率部撤到广州湾，如欲过境，必向法人通融方可通过。龙氏当下备下文书，咨商法方领事，得其允许。按照国际公法通例，外人入境，不能携带武装，须将军械先行缴出，然后放行。龙济光迫于无奈，只得俯首依令，吩咐部下悉数缴械，由法领事查明属实，乃许通过。龙军得以生路，奔还琼崖，稍事休息，龙济光乃将所有残军交给其胞弟龙裕光管领，守着琼崖。他却乘海道轮船直赴天津，径往北京执政府段祺瑞求救去了。

哪知道龙济光一走，留守在雷州的余部，受到极力围攻，苦撑不住，最后落得援尽力竭，出降粤军。

南方政府以龙济光经此穷蹙大败，乃决定乘势翦灭，遂令原高雷镇使兼广东护国第二军司令林虎，指挥黄明堂、黄志桓、沈鸿英等部人马，分兵3路渡海过琼，向儋州、临高、澄迈3县登陆，攻击龙军残部。

为了响应滇桂粤联军打击龙逆，驱逐龙军出琼崖，时在粤省供职的陈继虞被广东军政府任命为琼崖讨龙军第五军第一统领兼第二队司令，随同回琼的还有原万宁县同盟会长、1917年赴粤东考入纺织工业学校读书的陈永蔚等人返琼，组织民军讨伐龙逆。并以郑开俅、王敬三、马家璧等众游于临高、澄迈两县之间，以摇惑龙军，使其不得倾全力来与联军作战。

是时，滇桂粤联军乘海进攻琼崖。时龙济光胞弟龙裕光方安排守备，鼓众效力，哪知琼州警卫军第三十七营长杨锦棠，忽然反变，竟对龙裕光宣布独立，并且与粤军联络，引敌入境，先据琼东、乐会两县城，继占万宁、陵水各县，然后分兵攻文昌、定安，直逼琼山。龙军虽然尽力抵抗，怎奈粤军势力甚大，加上琼崖民军助阵，龙军节节失败，实难招架。且琼州只是一座孤岛，守兵寥寥，这样5日失一城，10日失两县，哪能经得许多失陷？

龙军一败于光村，再败于白马井，骁将李易标负伤，全线即行溃散。沈鸿英等部追逐其主力，至海口附近，围而缴械。恰适北洋政府派遣“海深”“海忻”二舰载援军约一旅人马运载至海口港登陆始毕，而那些北洋兵经多日海上折腾，眩晕未复，登陆后随街头坐卧，人枪枕藉，哪有精神打仗？待沈鸿英等率部骤入，北洋军措手不及，尽收其械。此役俘获北军，以沈部最多，但其军律亦最坏，沿途剽掠，物无不取，商民损失以海口最重，儋县经澄迈至海口次之。

时有儋县之莪蔓港，位于光村与白马井之间，港中有居民千余户，以渔为业，渔船大者，装置旧式大炮及步枪共二三百支，足以自卫。这时龙军300多人，企图逃入渔港驻守。港民以败兵来意不善，拒绝其进驻港口。龙军大怒，发兵围攻数日之久，势彼危急。恰巧联军救兵及时赶至，内外夹攻，一举将其歼灭。

再说龙军离琼后，接踵而来的是桂军入琼。这年冬，军政府恢复琼崖镇守使制，以黄志桓复任之，使其搜剿龙军之残余。而以沈鸿英部为协防，黄明堂为道尹。当时有雷州匪首李福隆、石角三、李宝光等率领三四百众，自澄迈玉包港登陆，窜至金江，县知事吓得先行逃命，防军排长冯增金稍鸣枪示警后亦逃遁而去。商民遂扶老携幼纷纷涉江避贼。继之，贼自午间入市，逐户搜索，屠杀鸡猪，大恣啖饮。黄昏后渡江宿于南岸，凌晨从容拔队向加乐坡尾方向而去。越日，沈鸿英遣陈继虞随团长韩凤彩至金江询问贼情，然后由贼之去路追击，及于西昌、屯昌一带，李、石等不支，只好乞降。韩团督带赴海口进行收编，使其驻扎于大庙。

至此，北京政府始宣告息兵，广东军政府亦通令休战，所有各地民军，则一律奉命解散。

陈继虞在琼讨逆数月，军政府嘉其功劳，授予“五等文虎奖章加少将衔”，并以“沉毅勇敢”四字褒奖。

且说五四运动一声惊雷，唤醒了沉睡的大地。这场由北京青年引发的反帝爱国运动，即从北京扩展到全国，然后波及海南岛，爱国运动犹如干柴遇上烈火，立即燃起熊熊的烈焰。

5月7日，琼崖海府地区进步学生接到了来自北京学生联合会的通电，当日中午，琼崖、琼山、华美、匹瑾中学和琼山师范等学校的学生在琼崖中学礼堂集会。学生代表郑兰积在会上宣读北京学生联合会的通电，决定8日上午到海口游行示威，声援北京学生的爱国行动。

8日上午，上千名学生从府城列队向海口进发，每个人都穿着白色斜纹布制服，头戴弯舌帽。一路走一路高喊口号："打倒日本帝国主义！""誓死收回青岛！""惩办卖国贼曹汝霖、陆宗舆、章宗祥！""废除亡国的21条！"当游行队伍至日本人开的商店前时，学生们都会高呼口号："打倒日本帝国主义！""还我山东青岛！"吓得那些日本人赶紧关了门。

18日，海南中等学校在琼崖中学召开学生代表大会，成立"琼崖十三属学生联合会"（简称学联会），作为琼崖五四运动的最高领导机关。大会推选琼海中学校长钟衍林为学联会理事长，学生代表王文明、杨善集、陈垂斌、罗文淹、符传范等人为常务理事，周士第、詹行铙、叶文龙等学生为干事。

学联成立后，为了发动民众投入斗争，立即开展追悼郭钦光的活动。郭钦光是海南文昌县人，北京大学国文预科的学生，他带病参加北京的五四示威游行和火烧赵家楼，遭到反动军警的毒打致重伤，于5月7日不治身亡。郭钦光之死，激起全国学生的公愤，北京及全国各地学生都为他举行隆重的追悼大会，作为反帝反军阀宣传的一项重要内容。

5月20日，在学联会的主持下，府城、海口各校学生在五公祠举行了追悼郭钦光大会。各校学生代表纷纷登台演讲，声讨帝国主义的侵略行径和反动军阀的卖国行为。会后，杨善集、王文明等学生领袖率领1000多名学生走上街头示威游行，一路上高呼口号，捣毁日货。

为使"五四"爱国运动更加广泛发展，杨善集领导学联会开展各种宣传活动，他亲自带领宣传队深入到海口市的大街小巷和市郊农村中去宣传。他在演说中列举了大量的历史事实，控诉帝国主义对中国进行政治、军事、经济和文化侵略的罪行，从鸦片战争讲到八国联军，从日本帝国与袁世凯签订"二十一条"卖国条约讲到巴黎和会中国外交的失败，使听者无不感动。

同时，杨善集、王文明还和郑兰积、王钦俊等进步学生发起组织了一个剧团，到各地巡回演出。演出琼崖戏剧家吴发凤的《爱国女秋瑾》《林格兰就义》《蔡锷出京》《大义灭亲》《破除旧礼教》《爱情与黄金》等反帝反封建进步剧目，其内容新颖，形象生动，深受广大群众的欢迎。

杨善集还以学联会的名义，通知各地学生会组织宣传队，采用演讲、演剧、散发传单和张贴标语等方式，广泛宣传进步思想。海府地区的宣传十分活跃，在各条街道搭起宣传台，标语贴遍大街小巷。

五四运动深入发展，反帝斗争日益高涨。6月以后，琼崖的反帝爱国运动进入抵制日货为中心的阶段，发起成立了“抵制日货总会”，由王文明担任总会长、杨善集任宣传股长。总会还专门组织了检查日货宣传队和纠察队，由杨善集直接指挥。其主要任务是：广泛宣传抵制日货的意义；封锁海关，检查各商埠码头的货物出入口，加强治安巡逻，维持社会秩序；监督各商行店铺执行抵制日货的各种规定。

杨善集还亲自带领宣传队和纠察队到海口、府城、嘉积和文昌等市县，向各商号宣传，劝告老板们不要购买、销售日货；对原有日货登记封存，等待处理；对私藏购销日货、破坏运动者，进行打击。

当时，海口市的“中兴商店”“和美行”等，由于不听劝阻，继续销售日货，被群众围困及至倒闭。比如在海口开办“健寿堂”“岳阳堂”的日本人胜间田善作父子拒绝登记日货，且暗中勾结英国海军军官和一些奸商继续大规模走私，破坏运动，引起群众的愤慨。

王文明、杨善集、周士第、冯平等“抵制日货总会”骨干分子当即发动100多名学生、工人和市民包围其住宅20余天，日夜轮流值班，严加封锁，吓得胜间田父子心惊胆战，寝食不安，不可终日。

与此同时，杨善集还与抵制日货总会其他领导人一起，组织宣传队和纠察队在海口市大庙举办“日货样品展览会”，帮助群众识别日货，加以抵制。群众纷纷揭发不法奸商私藏日货暗中销售的不法行为，并将自己所购的日货交给宣传队处理。一时间，海口海滨沙滩的日货堆积成山，焚烧日货的大火终日不熄。这次抵制日货运动，沉重地打击了日本帝国主义者的嚣张气焰，增强了民族的自信心。运动很快席卷全琼，由学生运动扩展到工人、农民和其他各界的民众，大家纷纷起来抵制日货。

海府地区抵制日货的爱国风潮掀起后，引起广东当局的恐惧，广东督军莫荣新、省长翟汪就电令各地，略录下来：

琼崖黄镇守使：近因青岛问题发生，全国愤激，连日来省城各学校男女学生列队巡行街市，提倡抵制日货……乃有不法棍徒借端纠众掠夺财物扰害商民，实属妄谬之极，除严饬军警认真弹压查禁外，诚恐此风传，人民易滋误会，相率效尤，应由各地文武予为防范，如果此等扰乱举动，应即派队严加弹压，毋任滋事，以维治安，并由各镇转各县一体遵昭。

琼崖镇守使黄志桓接到广东督军莫荣新、省长翟汪的电令，派出军警用武力镇压学生运动，而桂军尤甚。桂军沈鸿英部如狼似虎，手持长枪，枪尖上好了寒光闪闪的刺刀，恶煞煞凶狠狠的样子，如临大敌。

这沈鸿英乃绿林出身，生性霸悍，匪气十足。只见他全副武装，佩戴指挥刀，骑在一匹栗色高头大马上，趾高气扬。

他手里扬着非洲鳄鱼皮鞭指着学生高声喝道：“尔等学生理应坐在书斋学堂内习课，‘两耳不闻窗外事，一心只读圣贤书’，为什么要走上街头，纠众闹事，做出这等捣乱社会治安和影响社会秩序之举动乎？”王文明、杨善集、冯平、周士第、叶文龙、陈垂斌、罗文淹等琼崖学联会人员，认得此公便是钦廉镇守使兼广东护国军第三路总司令沈鸿英，统以为“护国军”理应是“护国爱民”之军队，乃齐声应道：“我等是琼崖联合会负责人员，因日人强占我国青岛一事，怀有爱国热忱，不甘后人，召集同学示威游行，以期唤醒民众，爱国护国，不至于被外族侵占而亡国亡种也……”“国家大事自有政府料理，尔等学子宜应埋头读书，不问政治才是正理。”“国家多难，强邻环伺，生民涂炭，民族遭灾，我等虽是学生，但‘国家兴亡，人人有责’。故而也决不敢甘心后人。”王文明等人答道。

沈鸿英听得不耐烦了，叱咤道：“国家兴亡，关你等学生屁事？不准你们在大街小巷纠众闹事，妨害社会秩序。上头有令，本职例行公事，容不得尔等放刁撒野，都给我滚回去吧！”军警们一闻此话，一拥上前，持枪挥棒，实施强行压制手段，拦阻学生的爱国行动。学生们瞧见军警弹压，愤怒之极，当即拾起地上的砖瓦，掷在军警头上，砸着者头破血流，鼻青脸肿，未击中者抱头鼠窜，狼狈之极。

沈鸿英眼见得学生们不服管制，竟敢于投石伤人，直气得脸上青一阵，白一阵，乃厉声喝道：“快与我将闹事学生首领拿下惩罚！”众军警一见沈鸿英发了狠，便大出打手，“乒乒乓乓”放起一阵枪来。但学生们并没有被吓倒，他们在王文明、杨善集、冯平等人带领下勇敢地冲上前去扯住军警的枪械兵器，统是不让。只听得学生们一声喊“打”，一阵拳头朝军警劈头盖脸攒去，被打的军警顿时鼻青脸肿，桂军士兵怒火中烧，举起枪尖向学生们捅去。好在学生眼明手快，身子灵活，腾挪闪躲，避免了一场流血事件。正在这时，琼崖中学校长钟衍林及时赶到，劝说学生们返回学校。

且说琼崖学联会负责人王文明、杨善集等人回校后，带领学生们坚持斗争，他们跑到大街小巷进行宣传演讲、散发传单、涂写标语、演时装白话琼剧等。一些原来奉命镇压学生爱国行动的军警，后来也为学生们的爱国行动所感动，拒绝执行当局的命令。当学生游行宣传时，往往敷衍了事。

“五四”爱国运动在琼崖地区取得了一定的成效，既揭露了帝国主义者的侵略面目，又促进了人民群众的觉醒；同时也使得王文明、杨善集、冯平、周士第、罗文淹等一批琼崖青年在这次爱国运动中得到锻炼与洗礼。

这正是：琼岛学潮起轩波，革命青年受锻炼。

第十八篇

海南义民大战李根源　琼崖乡勇恶斗蔡炳寰

话说琼崖镇守使黄志桓奉广东督军莫荣新、省长翟汪之电令，派出桂军弹压琼崖爱国学生运动，深得日本人胜间田善作的赞赏。为了表示谢意，特地在海口博爱路胜间商行他的家里摆设宴席，邀请黄志桓、沈鸿英等人赴宴。

胜间田善作乃是日本静冈县人，生于1874年。1896年受雇于一位英国商人前来海南岛从事动植物标本采集工作。1909年他不再受雇于英国人，而是在海口开办了名为“健寿堂”的药店，主要从事药品、杂货生意。此后，他的事业迅速发展，商行活动范围也日益扩大，在澄迈的金江、琼东的嘉积等地设有分店，还在各地有13个办事处，主要业务是把药材、毛线针织品、棉布等日本商品输到海南岛，同时把琼岛所产的天然蚕丝向日本输出；胜间田家族还在海口郊区——原白沙乡君尧村西边开办农场，在琼东县的乌场设有水产收购站，在屯昌设有天然丝制品厂。

从1896年起，胜间田善作利用在海南岛从事动植物标本工作和开商行之便，为日本收集情报，充当“哨探”。如1908年雇用当地中国人绘制了海南岛全图，并交给一位日本人带回国内；1920年又把他在海南岛20多年实地探查测量的结果和对当地人的访问材料，携往日本国内，交给日本有关研究者。此外，胜间田善作还怀揣海南岛地图奔走于日本各政府机关之间，呼吁日本政府重视海南，开发南方。

胜间田善作先后100多次来往于日本与海南岛之间，作为商人，他实际上已堕落为日军侵琼的向导和特务。

胜间田善作五短身材，长相龌龊，配上尖刀眉，阴阳眼，剑峰鼻，给人一种奸宄的感觉。他身穿着黛色细丝绸缎和服，脚板上仸着高足桥式木屐，走起路来木屐碰击光溜溜的地板砖上，发出一连串“踏踏踢踢”的响声，既杂碎又刺耳，令人听了心烦。他一见黄志桓、沈鸿英等人应邀到来，瘦猴脸上硬是挤起难得一见的笑意，裂开满是金牙的大嘴巴，学着中国人旧礼节，双手抱拳作揖，用流利的中国话连声说：“稀客，稀客！欢迎两位将军光临，鄙人感到荣幸之极。”

黄志桓、沈鸿英等人也还礼说：“胜间田先生，多有打扰啦。”“哪里！哪里！难得两位将军亲临寒舍，蓬荜增辉，给鄙人足够面子喽。”

黄、沈两个“嗯嗯”了几声，信眼一睇胜间田氏的房屋。见是一座不东不西不伦不类的建筑物，既有西方欧罗巴式建筑风格，也有东方古典式样，又糅合了东瀛幕府时代的建筑样子，应该说是大杂烩哩。

两个看了一会儿，觉得这座建筑物怪怪的，正像眼前这位阴阳怪气的日本人一样可笑，心里头暗暗地骂道：“这个东洋人怪考究的。”

洋楼内的摆设则又是地道的中国式艺术，有各类明清式家具和摆玩，壁间厨柜内摆设各式瓷器、青铜器、珐琅、玛瑙、水晶、宝石等；墙上悬挂着中国书画，有中堂、立轴、横批、扇面等各种各样款式；书法有篆书、隶书、魏体、行书、楷书、草书等多种书体咸备；中国画则有青碧山水、古典山水、泼墨山水和写真人物、写意人物以及工笔花鸟、没骨花卉等各类艺术手法。除此以外，还有一批黎族、苗族的针织品、刺绣、蜡染等诸如此类，一应俱全，俨然一座中国艺术与文物博物院。

沈鸿英和黄志桓二人虽说是军人，却也略通文墨，对于书画摆玩颇有鉴赏能力。当他们踏入胜间田氏的豪宅之后，竟被豪宅里琳琅满目的书画艺术及文物吸引住了眼球。

他俩逐一地观摩着、欣赏着，不觉间心里感慨系之。

黄志桓颇有民族血性，当他看到中国这么多珍贵书画和艺术瑰宝都落入外国人手中时，感到十分痛心，不由得心底下腾起了波浪……

他想到日本野心勃勃，自从中日甲午战争之后，日本迫使腐败无能的清朝割地赔款，并霸占我国领土台湾及澎湖列岛，赔偿军费白银二亿两。继而对我国虎视眈眈，有妄想进犯我中华、灭亡我民族的可能性。而一如胜间田家族的这些所谓商人，既搜刮和掠夺着中华的珍贵艺术瑰宝，又偷偷地搜集海南岛的情报和材料，以达到其不可告人的目的。想到这里，黄志桓深深地喟然叹息着。

沈鸿英问道："黄兄何故叹息？"

"想我煌煌中华、泱泱大国，纵然有五千年的辉煌历史，竟想不到到了近代，却不及东洋之一弹丸岛国矣！"黄志桓轻声说。

"是啊！沈某也有同感哩。"沈鸿英说。

"这……"黄志桓还未开口，已见胜间田善作走了进来，邀请他俩入座饮茶。来到客厅，他俩人在一处矮几案上落座，只见茶具和食具又是全套日本式的。黄志桓饮罢茶，心里有事，不想与日人闲聊，便告辞出来，但却被胜间田氏强行留住。

胜间田善作勉为留客，甚是不快。未几，摆上宴席，胜间田善作殷勤劝酒，沈鸿英等人，杯盏交错，猜拳行令，统是侑酒皆欢。

唯独黄志桓心里有事，闷闷不乐。

1919年秋琼崖道尹黄明堂，镇守使黄志桓俱免，以沈鸿英为琼崖镇守使。自此，黄志桓赴香港做起寓公来，从此不涉足政治，直到死去，再也不出山了。

说起这沈鸿英的来头，也是非同小可之辈。

沈鸿英是广东省恩平县人，青年时代投身绿林，活动于广西柳州城等地。民国初年投靠广西督军陆荣廷，历任钦廉镇守使、广东护国军第三军总司令兼琼崖镇守使等职。他行伍出身，是个野心勃勃的武夫，自从拥兵入琼之后，专横跋扈，意气自豪，侈然自大，做好盘踞琼崖，拥兵自雄，企图当"海南王"。

且说沈氏盘踞琼崖之后，对琼崖人民专横跋扈，横加镇压和剥削，早就惹恼了一条好汉陈继虞，他极力抵制和反对沈氏虐待琼岛民众的高压政策。

刚从江西南昌讲武学校毕业返琼的徐天柄，也参加了粤军义勇军第五路军司令陈继虞领导的民军。

自从琼崖各县之民军协助配合联军将龙军驱逐出琼岛后，新任琼崖镇守使沈鸿英患民军势大，下令强行解散。陈继虞言于沈鸿英，乃允准编为一营，以郑开俅为营长，隶属沈军，指定驻防嘉积。这回陈继虞秘密赴嘉积约见了郑开俅，直陈起兵驱桂之事。郑部原属于琼崖民军，经陈继虞一说，毅然决然宣布脱离沈部。

沈鸿英闻报大怒，驱兵攻打嘉积。陈继虞、郑开俅、徐天柄等举兵抵挡，几经酣战，兵力不衍，势单力孤，渐渐不支，乃率部向南退却，一直撤退到万宁县境，为东路义勇军司令陈永蔚率部前来接应，方才站稳阵脚，组织义勇军活动于万宁、陵水一带。

为了继续扩大驱桂军事力量，陈继虞、郑开俅、徐天柄等又率部南下陵水、崖县一带扩充力量，以王鸣亚为粤军义勇第五路军副司令，起兵共同驱逐桂军。黎、汉族农民拿着梭镖、红缨枪、弓箭、尖刀、大刀、双刀和长矛等冷兵器，参加义勇军，使义勇军从原来的三千人发展到一万多人，声势日炽，威震全琼。

一日，义军首领陈继虞与王鸣亚在军中议事，忽报东路义勇军司令陈永蔚死讯，二人大吃一惊，号泣不已。

原来陈永蔚随同陈继虞率部脱离了沈鸿英部桂军之后，南下万宁、陵水一带建立根据地。为了扩大驱桂军事力量，陈继虞任命陈永蔚为东路义勇军第五路司令，组织民众驱逐盘踞在琼崖的桂系军阀沈鸿英部的军事斗争。

沈鸿英忌恨陈永蔚，必欲除之而后快，于是心生一计，派人伪用义勇军第五路司令陈继虞的名义，坚邀陈永蔚前往万宁县大茂墟商量要事。陈永蔚信以为真，单骑赴会，即被沈氏埋伏刀兵杀害，抛尸河边，后被冯家村陈氏兄弟找回尸骸埋葬。

沈氏杀害了东路义勇军司令陈永蔚后，认为万宁靖定，心下一乐，乃在邑从的拥簇下游览了被誉为“海南第一山”的东山岭。

东山岭坐落于万宁县城之东两公里处，海拔一百八十四米。相传在远古时候，该岭是南海中的一座仙山，又称“小瀛山”。斯山三峰争奇，直逼苍穹，天设笔架，又称“笔架山”或“纪功山”。

沈鸿英及其邑从一干人及至登上半山腰，举目四望，但见怪石嶙峋，奇峰突兀，千姿百态，山中有洞，洞中有天，山路回环，曲径通幽。迨到通天道石门，迎面有一块巨型岩石上写有“东山耸翠”四个大字。

他们通过逼仄的石径，步出一线天，来到两块巨石前面，抬头一看，但见石壁上都是宋、元、明、清年代流传下来的刻石，镌刻着“海南第一山”“南天斗宿”“云壁凌霄”“雄峙南天”“地拔奇观”“奇甸岱宗”“海甸奇峙”等。

沈鸿英左看看右瞧瞧，突发奇思，假装斯文地对邑从说道：“此山古代叫‘纪功山’，今称东山岭，无论是古今名号，山皆是亮丽名字，一则纪功流传于世；二则东山再起。噫！吾辈亦当学古代名流，留一墨迹传世也。”

邑从听了沈鸿英的话，皆谄媚道：“总司令在琼崖角逐群雄，剿抚匪患，功勋盖世，到此一游，宜当刻石纪功而归，定能东山再起，坐拥海南，当一回‘海南王’，过一把瘾头，岂不快哉？”

沈鸿英听了一番奉承话，耳顺心顺，好像吃了蜜糖一般，甜滋滋的，好不快活！他捋了捋小胡须，搜肠刮肚地想了一会儿，但也想不出个屁字来，只好对邑从说：“沈某人近来皆因军务缠身，疏远文墨，你们帮忙寻觅寻觅佳句则个。”

一邑从脑瓜子机灵，便放眼向摩崖石刻扫瞄一番，看到一处石刻，喜不自禁地对沈鸿英献媚道：“有了！有了！总司令，那边有一处叫‘东山耸翠’，您何不来个‘叠彩奇踪’。”

沈鸿英听罢，哈哈大笑，乐不可支，乃请人代笔，遂在东山岭一块大石壁上题写“叠彩奇踪”四个楷体大字，落款为：广东护国第三路军总司令兼琼崖镇守使沈鸿英，1919年。旋又题写“三多”，然后命石工镌刻于峭壁之上，以示永久纪念也。

同年冬，桂军沈鸿英部因粤滇军李烈钧与李根源两部发生矛盾，广东督军莫荣新急电沈鸿英回师广东，桂军从此离开了琼崖，“海南王”的美梦终成泡影。

却说李根源南下广州后，被推为“驻粤滇军总司令”，司令部设在广州旧将军衙门。李部滇军分驻韶州、广州和粤汉铁路沿线，以韶州为主要基地训军和扩军。1919年6月间，驻粤滇军扩充至14000多人，人数居当时驻粤各军人数之首，而这时的李根源则倾向于桂系，有脱离滇军系统的趋势。此事为云南督军唐继尧所悉，乃运用各种手段加强对驻粤滇军的争夺和控制。李根源升任李天保、朱培德为靖国军第六军第三师正副师长，杨益谦为第二十旅旅长，大力培植亲信；唐继尧派其弟唐陈继虞去广东联络滇军军官，李天保与唐继尧有所接触，即被李根源免职，唐继尧趁机任命原云南讲武学校校长郑开文为第三师师长，以牵制李根源。

但是李根源却将郑开文调任岭南道尹，而将岭南道尹杨晋调任第三师师长，强化自己的力量。这样便触怒了唐继尧，当即解除李根源的职务，旋改派其为滇军代表，宣布驻粤滇军收归云南管辖，就近由军政府参谋长李烈钧指挥。

李根源表面上遵命解职，暗中却与亲信将校密谋反抗，并且得到桂系的支持，广东督军莫荣新也通电挽留。因此，双方之间愈演愈烈，导致驻粤滇军分裂，最后以兵戎相见。李烈钧以巡视为名，率驻广州滇军警卫团秘密向粤北方向前进，准备会合驻防粤北的滇军杨益谦、鲁子材、盛荣超等3部人马对抗桂系和李根源。莫荣新闻知后紧急动员，以沈鸿英为前线总指挥，邱渭南为前敌总司令，联合李根源的部分滇军，扼守要道，拦阻李烈钧的滇军。于是，双方在粤北一带发生武力冲突，互有胜负。后来经西南军务院岑春煊出面调解，并提出李烈钧部移师援湘，李根源部移防海南岛而作罢了。

两李罢兵后，西南军务院委任李根源为海疆军督办，其部统称为“海疆军”。李根源移防之日，桂系表示愿意资助经费100万圆，并派沈鸿英等部护送回滇驱逐唐继尧。但李根源未能接受，而是表示愿意率兵过琼驻防。

1920年3月，李根源部第三师杨晋部第二旅旅长赵德裕率部约4500余人马入驻琼崖。

李根源，字印泉，云南省腾冲县人，早年留学日本，在陆军士官学校第六学期学习军事，其间加入孙中山先生领导的中国同盟会。回滇参与创办同盟会云南支部机关刊物《云南》杂志，转后担任筹建创办云南进武堂监督兼步兵科教官，旋任云南讲武学校总办兼校长，为培养军事人才作出了贡献。辛亥革命爆发后，李根源与唐继尧、蔡锷等在云南昆明举行“重九”起义，宣布脱离清政府统治。此后又参加了反袁运动，待袁世凯倒台后，李根源接受北京政府的任命赴西安就任陕西省省长，仅任职三个月即因北京“府院之争”的牵连，被陕西督军陈树藩软禁半年之久。回京后，他意气消沉，由是组织政学会，倾向桂系，因而又被岑春煊邀请下肇庆，在广州遂被卷进了新的一场争斗之中。李根源南下广州之时，正是桂系夺取张开儒兵权之际，唐继尧正好以李根源取代张开儒，委为驻粤滇军总司令，参加讨伐龙济光之战。不久李根源又受命为“粤赣湘边防军务督办”，率领驻粤滇军急赴韶关，驱逐依附北方势力的江西督军陈光远部将、云南镇守使吴鸿昌为攻粤军总司令的战争。

李根源在韶关开办两期韶关讲武学校，培养了不少学生，亦使李氏声名远播。李氏控制驻粤滇军和桂系亲密合作，将驻粤滇军司令部设在广州旧将军府衙门。受命为“粤赣湘边防军务督办”后，再设督办公署，控制粤北地区再进行扩军，此举遂引起云南都督唐继尧的极大不满，以致通电解除了李根源的职务，改由李烈钧接替，李根源部则改称为“海疆军”，转后移兵渡海驻防海南岛。

海疆军移驻海南岛后，又以琼崖为基地，不断扩充军队，并在海口郊区海田一带招兵买马，海田仔前来当兵入伍，很快使海疆军扩展至13000多人马。海田仔多为高州、廉州、雷州等籍，及海康、徐闻、湛江等海北流民，民风霸悍，逞顽斗狠，良莠杂陈。且所据之处均系海港滩涂、地咸贫瘠的不毛之地，生计维艰，糊口困难，因而大部分人转而当兵谋生。

李根源在琼崖招得万余人马之后，原想重整旗鼓，再振雄风。时值李福隆等众，贼性未解，窜入琼地见屋便烧，逢人便杀，村子十屋九空。海口商民患之，诉于琼崖镇守使赵德裕，密令滇军包围而歼之，唯贼首李福隆事前赴香港幸免。怎料天意不与，海疆军手下这些刚招募来的海田仔，全无军纪可言，因见众贼已歼，亦乘隙生事，反将附近村庄洗劫一空，激起民愤，筹集枪械，擂鼓敲锣，誓与海疆军决战一场。

李根源接报大为吃惊，遂引军前来，登高一望，但见义民如蚁如蝼，漫山遍野，喊声震天，杀声撼地，汹涌而来。李根源望见海南义民奋勇杀来，也喝令军士杀将去，两下里刀兵相交，枪矛并举，拼搏起来。枪对枪，刀对刀，“砰砰砰”“乓乓乓”，杀得天昏地暗，日月无光，前面的倒下去，后面的冲上来，直杀得尸横遍野，血流成河，至晚方才罢战而去。

且说这年初，时在云南讲武堂第十二期习武的琼籍青年徐成章，因参加云南声援五四运动而被拘捕，云南军校当局未待其毕业即行遣返回海南。他看到琼岛竟没有一份报纸阅看，新闻全无所知，因此，当知道林干城和陈阜民在海口合办《琼崖旬报》只出版几期便停刊的消息，即集合同志，招募股份，拟在海口重刊《琼崖旬报》，借以宣传“五四”爱国运动和传播新文化。后来他经过努力，报纸终于在海口出刊。报纸既介绍和宣传进步思想，同时又揭露了海疆军屠戮琼崖人民的滔天罪行，鼓动民众的斗争。

是年，也就是1920年，发生“驱桂战争”，以“粤人治粤”相号召，继后命令援闽粤军陈炯明、许崇智两部从福建回师广东，驱逐盘踞在粤境的桂系军阀陆荣廷部、广东督军莫荣新部。

莫荣新得到粤军回师的消息，急令驻防海南岛的海疆军渡海离琼，驰赴广东东江河源一带布防，充当桂系军阀的炮灰，抗拒粤军回粤。

海疆军与粤军拒战1个月，遂以全线失败而告终，李根源被迫逃亡香港，自此退出军界，其后转而从事文化教育，颇有诗名。

又说海疆军遭到惨败后，其残余部队交给张桂鉴接管。张以参谋长名义收拾残局，又与梁说等人将海疆军易名为“护法滇军”，迎请张开儒担任司令。然而，粤军方面既恨这支军队助桂为恶，又惧滇军日后坐大为患。于是，粤军总司令陈炯明以迅雷不及掩耳之势，一举将滇军包围缴械，全部改编由原滇军第四师师长朱培德率领。自后，朱培德带领这支滇军在孙中山先生麾下驰骋疆场，南征北战。

李根源离开琼崖后，留琼滇军仅有第二旅旅长兼琼崖镇守使赵德裕部蔡炳寰部一个团兵力，有八九百人分驻琼岛各县。自桂军西窜之后，蔡氏势孤力单，不得已而依附粤军，以求自保。

话说正当粤军回师之际，陈继虞受粤军总司令陈炯明之派返回琼崖，连同刚从云南陆军讲武堂结业回琼崖的徐成章和王鸣亚、黄健生等早年参加讨袁驱龙的革命志士以及琼山人陈阜民等，召集乡勇起义，尔后潜入郑开俅营密谋驱逐滇军。时滇军连长周联辉发觉有异图，即被陈继虞等人击杀，乃扩编为3营人马，除郑开俅原任营长之外，又以王敬三、马家璧担任营长，然后又以3营民军独立响应广东发出的“粤人治粤”口号。是时所有琼崖民军以及土匪蜂起景从，足见民气之盛。继后，陈继虞率领军民南下陵水、崖县之间扼守牛岭，倡议“琼人治琼”，以求得与粤军提倡“粤人治粤”相应和。

时滇军第二旅旅长兼琼崖镇守使赵德裕令该部蔡炳寰团攻击陈继虞民军，双方抗拒旬月之久。迨至东江之战，桂军大败，李根源部随之西走，遂令赵德裕撤出琼崖，赵德裕与师长兼琼崖道尹杨晋先行。说起来有趣，当赵德裕离琼过香港时，行李中有李根源大批书籍，琼人有恶意附岑春煊者，借故指责其盗窃五公祠存书而截留之。李根源在其所著《雪生年录》，唯盛称与琼绅士交往之乐，自咎无善政以慰安琼，无一语及截留书籍者，似乎胸中绝无蒂芥，世称为有谋略者，殆非虚传乎。

及是杨、赵诸人一走，各县县知事多为李根源旧人，皆惧怕而相随弃职去。

蔡炳寰眼见得势孤人单，也调所部集中琼城海口间需船渡雷待发。陈继虞乘虚率领民军回驻嘉积一带，各县民军相与响应，且所在占县城，大举筹饷，或县知事自为，或委他人为之，全琼形势骚动，时大小首领有王鸣亚、邱海云、李午天、王贻堃等十多人。

陈继虞率众袭击澄迈县金江之后，又于8月3日挥戈直指定安县城。战前，陈继虞决定智取，预先派一小部分短枪兵佯装成“贩米客”，藏枪潜入定城，观察敌军动静，做好内应，并暗地里命赶集的乡下人趁早回家。当天午后，民军队长陈文秀带领20名精兵携带短枪，悄悄来到定安城南门下，当即发起攻击。守城的几个县卫兵慌忙从城门上放枪，打伤陈文秀腿部，民军当即猛烈还击。

这时，潜伏在城内的民军也相机开枪，时守城的卫兵听见枪声，慌忙退走。民军的前头兵便趁机冲入城门，在城内居民的指引下，活像尖刀似的直插县府衙门。定安县长梁廷怀惊闻枪声，率领县兵连惊慌逃窜，逃至高良村，打算渡过南渡江北逃海府，时适雨季，河水暴涨，梁廷怀只好叫船夫拼两船为一船，勉强渡江北逃海府。

此时，陈继虞率领300多人趁势攻城。守城的一个姓程的团长慑于民军的声威，领着六七十名兵士不战而逃奔往府城去了。

陈继虞命令王鸣亚、李树英、李志平和王敬三等人率部进入定安县城，告示安民，稳定人心。

8月7日，滇军乃以李朝阳率部攻打定城，经过二日二夜激战，统被民军击溃，无奈何便灰溜溜地逃回海府。

战后，陈继虞寄书招其各部乡勇相继入定安，拥有4000之众，枪械装备有七九、六八、单响、毛瑟、长瞄、双筒、机枪等达数千支。一时间军威大振，乃收编为义勇军第四路军，其余各县乡勇则编为10多个支队。其编序如下：

总司令：陈继虞

副司令：王鸣亚

参谋长：徐成章

副官长：黄健生

秘书长：吴季海

筹饷总局长：王大鹏

第一支队长：王鸣亚（兼）

第二支队长：邱海云

第三支队长：李午天

第四支队长：王贻堃

第五支队长：王敬三

第六支队长：李志平

第七支队长：李树英

第八支队长：陈阜民

10月14日，陈继虞率领义勇军兵分三路，一齐向海府地区推进，扬言要将滇军蔡炳寰部逐出琼崖。当队伍抵达十字坡、丁村、石塔、白马等一带时，蔡氏声言已归顺粤军暂且不离琼，要求谈判防地并派琼山李树标、万宁李伯南为代表来面见陈继虞，陈继虞许之，乃委黄健生和王鸣亚、邱海云、吴季海4人为谈判代表，赶赴海口会商防地。

在会商防地时，因各有争执而散。待王鸣亚等人回报于陈继虞，陈恼怒至极，遂下令攻打府城。使徐成章率郑开俅为主力攻击东门，王鸣亚率两支队伍攻打西门，吸引滇军主力；另遣王贻堃率领一支队猛攻南门，堵敌之包抄；余为预备队。

滇军蔡部原驻城外者见义勇军倾力来攻，退入城中备战，再作计较。团长蔡炳寰偕各营长登城观战，因见民军人数虽众，却是临时组合，且武器简陋，未能发挥作用，乃暗中窃笑，遂令出城反击。

于是，滇军麾众齐出，几似疯狗一般，逢人便噬，遇人便杀，遂冲乱了义勇军的阵脚，当场伤亡百多人，义军惊慌，不战败走。此时攻击东门的郑开俅部骤然受到滇军压迫，首先勒马率众遽退；其次西南二门之兵亦退走。陈继虞遂收集各支队且战且退，一直退到定安县城。诸首领或而谓言曰："我军临时凑合，未经训练，宜其不能攻城也。今退屯于此，城小而坚，兵多无用，不如分之为二，挑选精锐者守城，余则据守城外，敌如攻城，须内外兼顾，彼兵寡而力分，攻不得志，当自退耳，退而乘之，不亦善乎！"陈继虞听罢以为然，乃选郑开俅、李午天两部守城，其他由义勇军副司令王鸣亚指挥，环敌而守，连营数十里，严阵以待。

越日，滇军蔡炳寰团2000多人，由李伯南引导，追逐义勇军进入定安县境，在白芒、潭榄、南珠、乞丐寮和下洋坡安营扎寨，形成三面包围定安县城之势，然后猛力攻之。

定安县城墙围长592丈，高1丈6尺，厚1丈6尺，垛堞1192个，城坚且固，一面濒临南渡江，义勇军凭险固守。起初，蔡军欺守城义军兵怯，直扑城下，发起猛烈攻击，其势甚烈。然守城军民在郑开俅、李午天的统率下，闭门固守，沉着应战，白天城堞守兵如林，夜间守城灯火通明，攻城滇军屡攻屡却，稍有所惮。

蔡炳寰军指挥部设在潭榄村冼夫人庙，每天早晚发起攻城，都被义军击退。蔡军又制作天梯，采取攀城攻法，但也被民军用长钩挠梯，将其击败。蔡军鉴于地面攻城屡遭失败，便改为挖掘地道攻城的方法。

11月3日，蔡炳寰增调工兵进入靠近城墙的南珠村，进行挖掘地道。但这一行动当即被义勇军发觉，陈继虞同王鸣亚、王敬三带兵从西门和南门出城，准备包抄歼击蔡军有生力量。但蔡军驻扎民房里，义勇军不忍打伤民众之仗。蔡军因而得以苟安。

后来，蔡军在靠近城墙孙家杰家后屋东房，挖了一条直通城墙的地道，次日拂晓，他们用一口棺材装了炸药搬进地道，“轰”的一声巨响，城垣炸塌了七堞，蔡军接着发起冲锋。义勇军正在惊慌失措之间，陈继虞立即赶赴现场，端起机枪扫射，蔡军纷纷倒地，终被机枪火力压了下去。大约经过3小时的激战之后，义勇军重新用石块、沙包堵住缺口，严加防守。蔡军连续攻城失利，士气十分低落。

恰在此时，有定安县兵连的一个班长姓庞，民军攻占定安城时同梁县长逃往海府，投入蔡炳寰军，并当上了机关枪手。他想起了原先在定城与一个名叫莫姑莲的女子有交情，并打听得姑莲跟随部分居民避难在深田村，便跑到那里同她寻欢作乐。

这一对苟且男女，多年不逢，原以为“佳人已属沙吒列，从此萧郎是路人”。谁知天公作合，居然还有堕欢重拾、破镜再圆的日子，心中如何不喜？庞某瞧见昔日情人形神虽是徐娘半老，但风韵犹存，两下相见，孤男寡女，犹如干柴遇烈火，撩起旧情，免不了一番颠鸾倒凤，鱼水同欢之乐。

一阵云雨过后，枕边情话，卿卿我我。转后，庞某和姑莲便议论起定安城的战事来。庞某唉声叹气：“真讨厌，净打败仗，看来要消灭义勇军不容易呀！”“你懂什么？光是打打杀杀！却不知道义军正在从南渡江里秘密运送粮食呢，要是断了运粮河道，他们不就完了？”姑莲娇声娇气地斥责道。

“有这等事？”庞某大梦初醒。

“那还有假？”姑莲柳眉倒竖。

庞某喜极，赶紧爬起来披衣往回走，马上把义勇军运粮之事报告滇军。蔡炳寰一听大喜道：“天使此女人助我军破敌耶！”

说毕，立即派庞某带着机枪手来到南渡江边在瓦灶洋架起枪，对准临近南渡江的城垣。不久，果然发现义军在江上运送粮食，并用绳子悄悄吊入城内。庞某及同伙见了，立即开枪射击，在城墙上吊粮的义军营长王光贵和一名士兵不幸中弹从城上掉下来。紧接着，蔡军又从定城对岸的射钗、马坡两处截断了义军的运粮通道。从此义军粮草不能应济。定安城里原有的黄豆、番薯、杂粮、粉丝等，凡是能吃的都吃光了，连守城照明用的煤油也用完了。义勇军生活陷入困境，无法坚持下去了。

于是，总司令陈继虞饬令各部："粮食不继，难以固守。"

就这样，民军占据定城3个多月来，在同蔡军作战18天后，于11月14日夜间由陈继虞率领从北城门撤出。继而据守城外之义军亦被滇军猛力攻击，不能与城中呼应，致使作战历经18昼夜，最后因粮弹垂绝，乃弃城突围，退守嘉积。

15日上午，蔡军开进定安城，迫使居民上街表示欢迎。但蔡军对曾经支持过义军的居民早已恨之入骨，当即命令其部属开枪射击，又指使"海田仔"持刀杀戮，当场打死50多人，100多人被杀伤。城内民众的恐惧声、叫喊声和哀号声遍及大街小巷。滇军进城后，蔡炳寰还准其军队放纵3天。滇军官兵大肆掠劫居民财物，奸污妇女，把个定安县城搞得乌烟瘴气，洗劫一空。

经过这一场恶斗，双方互有损失，义勇军各支队兵士途中散去不少。

滇军亦有伤亡，亦亟待休整，因此不暇追击。

当时滇军蔡部有一连长叫李神州，作战甚是勇敢，陈继虞使人厚待之，早先陈继虞进攻琼城时，滇军出击，李神州则率全连乘机投入义军，被陈继虞擢升为特务营长，故陈继虞所部自琼城退定安，迨安定被攻，城外义军作战之救应，又由定安退嘉积，皆得力于李神州营之掩护为多，得以退守乐会县一带，义军转战于乐会县，并举兵攻取了乐城，乃委任琼山人陈世荣为县长。

这陈世荣不曾出名，缘何当得乐会县长呢？

原来陈世荣乃清代光绪丙子年间廪生，曾远赴北京大学读书，做过民政部主事，后返回家乡创办实业，积有家资，以求实业救国。时有县邑陈继虞率兵1000多人驻扎于琼山县美仁乡涵泳村，开始时村民对情况不明，惊慌外逃。但当看到民军纪律严明、秋毫无犯时，又陆续归来。村中富户陈世荣了解到陈继虞所部民军粮食、器械两缺，便慷慨解囊资助以大量粮食、枪支等，解救了民军的燃眉之急。陈继虞深为感激，无以回报，所以当民军攻下乐会县城时，遂委陈世荣为县长。

陈继虞起兵讨伐滇军，起初奉令于陈炯明，郑里铎得知后，极力沮遏，使其隶属邹鲁，陈继虞及其部众皆反对。郑里铎和陈继虞是多年至交，生死朋友，他亲自前往嘉积解释分析粤军内部漳州派系之情形，并说是琼人冯裕芳、吴直夫等为陈炯明之亲信首要；继而还讲述了邹鲁与孙中山先生之关系，始使众人幡然醒悟，怡然接受。

不久，滇军南下乐会县进击义勇军，事为义民侦得，归报陈继虞。陈继虞与众首领商议，徐成章献计说："敌人倍道而来，当以逸待劳中途邀击之，最为有效。"众人听毕，皆表示赞同。越日，徐成章率领陈阜民、王敬三及一分队精干人马星夜出发，黎明前抵定安、乐会两县交界之山丘地带，决定在敌人必经之要道崎岖山道两旁伏击。

近午时分，滇军一个营在李伯南的带领下，大摇大摆地开过来了。徐成章用手掌卷成两个圆圈圈，权当望远镜观察敌人，观看了一会儿，而后用手肘轻轻地碰一下陈阜民和王敬三，悄声交代道："你们俩带领队伍伏在山路两侧，专候敌军全部钻入了伏击圈后，再拦腰打他个措手不及。我率领一部抄到敌人后面堵截，使敌人三面受攻，定可歼敌于中道。明白吗？"

"明白！"陈阜民和王敬三答道。

徐成章分一部交与陈阜民，一部分与王敬三，自己则带领一个小队。3路人马分拨已定，徐便率领小分队迂回抄袭。可是刚走不远，突地响起了一阵枪声，大家感到诧异，不知道发生了什么事？原来义勇军在寻找埋伏点时，一名士兵冷不防踩入正在打圆圈等待猎取食物的一条大蟒蛇圈里，被蟒蛇死死地缠住不放。这条蟒蛇足有成年人的大腿般粗细，张开血盆大口吞食这名战士。正在这时，另一名义军心急忘智，举枪将蟒蛇击毙，虽是在蛇口下救下同伴，但枪声惊动了敌人，滇军乃循着枪声偷袭过来。义勇军仓促应战，旋即溃散。好在另外两路义军及时赶来援助，才使敌人不敢贸然行进。

待了片刻，滇军重新布置人马行进，刚好与徐成章的小分队相遇，更不打话，开枪射击，子弹像雨点般泼将过来，中弹者纷纷倒地。义军枪械陋劣，而且军事素质低劣，一经接仗，即呈败势，反将后面的队伍冲乱了。徐成章见状，立即改变打法，迅速将前头的小分队向后撤退，会合后面部队顶住滇军。敌人讨不到便宜，愈加有气，自恃武器装备上占优势，遂以整排整连人马反复攻阵，结果被义军排枪齐齐射击，丢下尸骇无数，狼狈而退。这样激战了一昼夜，敌我双方互有伤亡，乃各自鸣金收军。

滇军失利后，乃到处张贴通缉布告，通缉陈继虞、王鸣亚、徐成章、邱海云、李午天、王敬三、陈阜民等人。

后来，滇军抓不到徐成章，又探知徐父刚从泰国回乡省亲，便派兵到琼山县演丰乡，将刚从南洋归里的徐父开积及两位堂兄抓去为人质。

又说儋县城郊民众信堪舆者之言，谓城渠流水方向不利居住。

经多次商请，改凿水道，皆为城中人所拒，乃由此暗衔仇恨，会同滇军集中，驻儋者惊惶悉去，土匪四起，而乡民亦乘机谋报，风声甚紧。县知事李治惶遽，不知所措，深夜遁去。黎明时分，乡民乘间蜂拥而入，所至焚杀，土匪亦而大恣劫掠，城中人逃不及者，死伤有七八百人，城遂毁废。

是年9月，粤军既克服广州，孙中山先生偕同廖仲恺、林森等人从上海乘兵舰抵广州，重建护法政府，就任海陆军大元帅。当时，驻粤各地桂军西走，蔡炳寰所部滇军亦遵令北调，由粤军混成旅旅长邓本殷部接防琼崖。陈继虞、王鸣亚等部义勇军尚无所属，遂为邓本殷部收编为广东警备队第十九统领部，陈继虞为统领，王鸣亚为帮统，徐成章为副官。此后，徐父与两位堂兄始得释放。

其时，吴直夫因陈继虞背陈炯明而附邹鲁，非常痛恨，阴谋夺其众而去，于是进谗说：“陈继虞此人反复无常，初属竞帅，后投邹鲁，难以驾驭，久后终必为琼崖一大患也。”邓本殷深以为然，即行免去陈继虞、王鸣亚、徐成章等人的职务，以吴直夫为统领，令其移兵过海驻扎东江。未久，改调陈继虞为乌石盐场知事，王鸣亚为崖县抚黎局长。

而后琼崖道尹、镇守使制俱废，改设善后处，以邓本殷为琼崖善后处处长，统理全琼军民两政。

这正是：琼崖干戈不了日，斯民端望义师来。

第十九篇

邓本殷割据高廉雷琼　陈继虞鏖战乐万陵崖

邓本殷是广西省钦州人，早年追随陈炯明，先后任过低级军职，后又随同陈氏拥戴北洋政府。邓任陈部第四支队司令，辖有3营人马，参加援闽战争。1920年孙中山先生再次南下护法，粤军回师驱桂，邓氏随军入粤，升任旅长。1921年援桂战争爆发，邓奉陈令驻防钦州、灵山、廉州一带，以警戒广西之南宁、横县、玉林方面的桂系部队，并掩护粤军进入桂境，参与肃清桂军陆荣廷的残余势力；1922年初，邓本殷率部入琼兼领琼崖善后处长。陈炯明叛乱后，邓本殷助纣为虐，乘乱割据广东南路，自称"高州、廉州、雷州、罗定、阳江、琼州等八属联军"总指挥，并获北京政府授予将军府植威将军、陆军中将加上将军衔。他拥兵称雄，自霸一方，还与退守东江一线的陈炯明部将林虎、洪兆麟、林举等遥相呼应，互为犄角来对抗广东革命政府，遂衍生出另一个封建军阀割据势力。

接着，邓本殷大力扩编军队，并提拔亲信，以团长陈凤起升任旅长，参谋长林敬三改任统领，邓承荪任善后处参谋长。还设立筹饷局，使琼山县长吴安邦兼领，别使邓承荪与秘书长陈丹书主持之。

邓本殷盘踞琼崖后，恣意搜刮民脂民膏，苛捐杂税纷至沓来，名目多达200多种，如田亩捐每亩收银七圆，房屋捐每屋收银1圆3角，人头捐每丁收银1圆等，据推算一年间剥削近1000万圆。除此之外，尤其恶毒的是大开赌禁、贩卖鸦片、出售枪械等，各县遍设赌局，凡山铺票、花会、番摊以及诸色杂赌，无一不备，人争趋赴，如醉如狂，百业荒废，盗匪四起。这尤不算，他还标卖军职官爵，公开拍卖排长、连长、营长和县长等职。排长索价六七百圆，连长索价2000圆，横行乡曲间矣。邓本殷就是这样以层出不穷的手段，榨取琼崖人民的血汗钱。

邓本殷虞革命党人为患，使琼山县长吴安邦与澄迈县长蔡邦献各兼统领职，搜集地方民枪，成立部队，并令旅长陈凤起大举清乡。

陈凤起天性暴戾，嗜杀成性，人们背地骂之为“雷公二”。其参谋长陈岳东尤甚，所至之处，人人震惊，皆谓“活阎罗”来了，万无生理，在若干里外，乡民得知，即拔足狂奔，呼喊：“活阎罗来，快走！”村舍顿时逃匿一空，走避不及者，辄被士兵乱枪射杀，借口搜捕乱党，劫掠财物，焚烧屋宇，受祸之惨，以澄迈、儋县、文昌3县为最。

有崖县罗步云据崖县西部之抱岁等数村落，自称统领，与建国军司令王鸣亚相抗。王鸣亚闻报大怒，自督队伍前往攻击，亦相持不下。邓部旅长邓承荪闻之，使参谋长王鸿铙为指挥，率领李午天旅南下。李旅驻陵水，王鸿铙至崖县，击败王鸣亚，招抚罗步云，后又吞并其众，逐去罗步云。接着，邓本殷委派其心腹王鸿铙为崖县县长。王鸣亚得知后，又带兵进攻崖城，经二次反复交战，王鸿铙见势不妙，便从港门搭乘帆船逃走了。

1923年，陈继虞奉调返回琼崖担任三亚盐场知事。

且说儋县新英港有一妇女为邓军陈凤起部驻防士兵奸杀，港民公愤，将其士兵殴毙。连长卢进朝阴图报复，寻故与港民冲突，他却向驻白马井之营部告急。营长黄玉书倾营而来，分兵先包围港外，防堵逃逸，自率一部冲杀入港，所到之处，放火烧杀，港民奔突逃命，伤亡枕藉，其侥幸免者，逃匿于南岸诸村。事为陈凤起所闻，至营部使黄玉书购线索人导入南岸诸村搜捕。获男女计30人，其中留下妇女2名，责以重金取赎外，其余28人，连同线索人及其家属，悉数枪决，其残酷无人性如此。

陈继虞任三亚盐知事后，睹邓本殷祸害琼崖，痛心之极，因与崖县抚黎局长王鸣亚说：“昔之龙济光、李根源、沈鸿英等虽是军阀，而殃民之事，尚有所不为。今邓贼则无所不为，纵容部属，琼人死于非命者，不可胜计，琼人处此水深火热之中，日夜望救。吾辈岂可坐视而不管乎？”于是，王鸣亚起兵于崖县，而陈继虞辞去盐知事北归，再面晤孙中山先生，历数邓本殷祸琼之罪状。孙中山先生听罢说道："邓氏祸琼，当组织民众讨伐之。"遂委任陈继虞为琼崖讨贼军司令。陈继虞奉孙中山先生之令回琼讨贼，随行的还有同乡陈鸿章等人。

他们一潜回琼崖即去琼文一带寻找旧部，不久找到了定安县人刘信初，琼山县人郑翠东，乐会县人黎海江、李香浓等组织琼崖讨贼军，讨伐邓氏。

一日，邓本殷探知陈继虞部民军驻地，亲自提兵来剿。两军对阵，邓本殷骑一匹浑身炭黑蹄边生有白色团毛名唤"踢雪乌骓马"，趾高气扬，跃马扬威地来到阵前，手里拿马鞭，遥指陈继虞骂道："不识时务之'贼黑奴'，何必死心塌地跟随孙大炮卖气力呢？请你悉听邓某劝告，放下枪械，诚心归顺，免你一死，否则大兵到此，尔等无葬身之地矣。"陈继虞也纵马出阵，高声对骂了一通："邓贼！中山先生待尔等不薄，何故反主？甘当背主事贼、做忘恩负义之人乎？"邓本殷原是个没耐性的人，哪里经得住陈继虞的叫骂，顿时气塞胸间，好大一会儿才缓过气来，命令道："弟兄们，给我狠狠地杀！替老子出出这口恶气！"邓军势大，且武器精良，统用德国人制造的毛瑟GeW71线膛枪，只听得"乒乒乓乓""噼噼啪啪"一阵乱响，打得民军阵地上尘土飞扬，树叶乱落。民军使用的大都是滑膛枪，射出去的子弹像醉汉一般，既打不远又打不准；有的还使用燧火枪，打一枪填塞一次黑火药。战不多时，民军溃败。陈继虞只得带领残部 20 多人血战得以突出重围。

时有儋县港口镇驻军连长韩江魁，设计诱骗澄迈县民军首领马家璧，马家璧逆其诈，亦自备。既至，韩遂向之攻击，马部不支，且战且西走，马家璧中弹，死于海头号附近。未几，韩江魁因事路过经澄迈，马部侦知，也被狙毙于途次。

再说陈继虞带领琼崖讨贼民军残部 20 多人，从文昌县乘船南下万宁龙滚的山钦湾登岸，当地豪绅地主看风使舵，装成拥护民军的样子，如福山村的陈丹桂、陈周万，大祯村的何世明，乐礼村的陈华山，岭后村的陈世臣、陈开宛等皆到山钦海滨迎接陈继虞，表示支持民军。

陈继虞为了视察地形地势，以他们当向导，带领队伍进入万宁县龙滚地区，远远地望见一座大山，挡住去路，峻岭横空，山势险峻，危崖如削，蜿蜿蜒蜒的约有百里。陈继虞等人惊异之余，乡导官告诉说：“此山叫作六连岭。”“六连岭，好名称呀！”“六连岭还有神话传说哩。”“那就说来听吧！”听了乡导官讲述关于六连岭的传说之后，陈继虞很高兴。接着，乡导官带着陈继虞等人来到六连岭北麓的田头、上城、加荣、加索、常树朗、门场磉、南牛等一带村庄视察地形，决定在六连岭北麓建立琼崖讨贼民军根据地。

陈继虞率部在六连岭安营扎寨以后，立即派部属到全琼各地去组织民军，向农民捐粮派款，购买枪支子弹等。继而派郑翠东、黎海江、李香浓等人到端熙墟召开龙滚地区的寮图、典图、港图等图总暨地方豪绅会议，与会的有图总李泽民，豪绅郭平卿、陈烈卿、符集斋、陈世臣、陈开宛等10多人。会上宣传组建琼崖讨贼民军的目的是打倒军阀，并提出农民支持民军捐饷的规定，一般的农户每户至少摊派5圆光洋，殷户每户摊派50圆光洋。

经过几个月在各地筹集军饷，添置武器，招兵买马，琼崖讨贼民军不断地发展起来。

1924年，民军已发展到1000多人，仅龙滚地区参加民军的就有200多人。这时，陈继虞在乐会县红砖岭火烟塘设立琼崖讨贼民军司令部。司令部下辖8个支队。兹录如下：

第一支队长：（佚名）

第二支队长：刘信初

第三支队长：冯增金

第四支队长：冯萍

第五支队长：曾家泰

第六支队长：宋东山

第七支队长：（佚名）

第八支队长：（佚名）

其中第三支队冯增金部、第四支队冯萍部分驻在乐会县内地和火烟槽塘；第七、第八支队驻在万泉河边的阳江、石壁一带山区。

第一支队、第二支队刘信初部、五支队曾家泰部和第六支队宋东山等部，则分驻在六连岭附近的青田、大群、南牛等村庄。

陈继虞重整旗鼓不久，消息一传开，军阀邓本殷就派旅长陈凤起率领一个旅的兵力，打着“清乡”“清匪”的旗号，全面围攻民军。当时，由于民军力量分散，武器简陋，战斗力弱，虽然经过多次作战，但仍没有打破受困局面。

1924年2月，琼崖讨贼民军司令部转移到六连岭北麓的门场磉村。司令部随员有40多人，携带短枪20多支、长枪10多支。

一天，陈继虞与众首领来到六连岭北麓山脚下，举眼眺望，但见峰连耸翠，势如奔马，烟雾缭绕，乃喜之不胜，亲手在一块巨石上题写“陈继虞民军大本营”八个大字，并叫人勒石凿碑存世。

这时，邓本殷增兵海南岛，妄图消灭民军，派旅长黄文龄率领一旅人马过琼，会同陈凤起部分路进攻琼崖民军，并采取“分兵邀击，各个击破”的战术，首先向驻扎在乐会县境内的民军第三支队冯增金部和第四支队冯萍部进击。两冯率部苦战，与邓军搏杀多日，因弹药匮乏而退却。邓军得胜，步步进逼，兵锋所向，民军苦撑不住，再退向万泉河边会合第七、第八支队凭险固守。

邓军紧追不舍，直追赶到万泉河边，驱兵占领渡口，准备渡河。须臾，陈凤起和黄文龄两将也策马来到河边观望了一会儿，但见河岸陡峭，流水湍急，时有几只水鸟掠飞其间，一派肃然。两人望了一会儿，即令军士渡河。船行至河心，艄公们趁着邓军不防备，齐声发喊，“扑通”一声跃入滔滔洪波之中，潜游而去。邓军登时傻了眼，待到回过神来，举枪朝着艄公的影子“噼里啪啦”一阵射击，打得水花飞溅，惊吓得适才自由翻腾掠飞的水鸟没命地“嘎嘎嘎”地鸣叫，转忽不见了。

却说退守到对岸凭险固守的民军第四支队冯萍和第三支队冯增金两部，以及第七、第八支队的部队，正隐伏在山林丛中候敌多时，看见邓军船至河心，没人撑船，有的船只滴溜溜地在河心漩涡中打转；有的船只失去控制，像箭一般朝河流中的石头撞去，顿时船只破碎，船上人员跌落入滔滔滚滚的万泉河中溺毙。剩下的又成了民军的活靶子，都跟随河神、河伯去了。

陈凤起和黄文龄见了大惊，立即下令兵士们架起轻重火器，“嗒嗒嗒”“卜卜卜”地朝着对岸倾泻弹药，只打得树林中的枝杈断落，残叶飘飞，一片狼藉，乃悻悻收兵回去。

敌人一退走，民军士兵们高兴地欢呼起来。第三支队长冯增金和第四支队长冯萍更是兴高采烈，奔走相告：“邓军败啦！邓军败逃啦！”陈继虞接到捷报，欣喜之极，亲自率领随员飞驰到万泉河边与第三、四、七、八支队的民军战士们共庆胜利，鼓舞军心。

战事才罢，悲歌又起。却说陈继虞率部退到六连岭之后，又转战于陵水、崖县一带与敌人激战多次，声威大振。后来皆因弹药消耗过大，为了改善军事装备，坚持与敌人作斗争，决定在六连岭山麓门场磉村设立兵工厂，制造土枪、子弹、手榴弹、地雷、土炮等武器。

六连岭原本是一个幽静僻壤地带，峰回路转，谷窈林冥，岫屿回环，烟云缭绕，别有天地。满山遍野草木荫深，虫声嘈杂，丛莽塞径，老樾蔽天。陈继虞在这里设立兵工厂后，广招兵工技术工人，土法上马，制造武器弹药。

5月9日这天，琼崖讨贼民军总司令陈继虞来到门场磉军械厂，自己动手制造土地雷，这些土法制造地雷用的是硝酸、坡麻碳细末、硫黄等物质，有石雷、铁雷、瓷雷、椰子雷等。陈继虞在制作地雷时，右手不慎撞上了地雷引信，只听得“轰”的一声巨响，试验场地上顿时尘土四溅，浓烟弥漫，陈继虞被土地雷的爆炸气浪掀倒在地，昏死过去。待到众人赶到现场时，但见他已被炸成重伤，右眼被炸瞎，右颚被炸碎，血肉模糊，满脸是血，面目全非，已经奄奄一息了。

琼崖民军首领陈继虞亲自研制地雷失慎炸成重伤，当时因缺医少药，医治非常困难，加上邓本殷的大兵压境，进剿甚急，陈继虞被抬着转移到万宁县的山区石头寮鸭塘一带，众人心急火燎，四处延医治伤，仍不见好转。

6月间，民军第二支队长刘信初为了给陈继虞治伤，带领亲兵到嘉积市，找美国福音医院基督教牧师兼医生冯卓支给陈继虞治伤，冯卓支是代表美帝国主义和军阀政府利益的人物，哪里肯给陈继虞治伤？刘信初再三劝说无果后，立时火冒三丈，拔出随身携带的一柄明晃晃的利刃，朝冯卓支身上连扎几刀，当场杀死了冯卓支。

这事件震动很大，美帝国主义打着“保护美国侨民”的幌子，派出两艘军舰到海口港游弋逞威。邓本殷为了向美帝国主义者讨好，旋派出陈凤起率一旅人马围剿嘉积市。但其未赴嘉积前，已预先买了毛笔300余支，以备捕人枪毙时写令之需，他发狠地向部下说：“非杀同这笔数一样多，决不放手！”迨至嘉积后，居民已逃避一空，日夜宿于山中。陈凤起则派兵四处搜捕，一遇人民，无论良莠，必遭逮捕，刻已捕有五六十人，第一天就枪毙无辜群众30多人，几天之内嘉积市及附近100多人被杀害，还纵火烧毁民房100多间，并向琼东县人民勒索光洋40万圆，抵偿冯卓支之死。

邓本殷的暴行更加激起了琼崖人民的强烈反对，先是知识分子群起而攻之。1924年6月，琼崖留省学会集会声讨邓本殷，发出文告历数其罪状：

邓本殷……抵琼之日，立即公开烟赌，以吸吾人膏血。继则假借清乡，而肆行焚杀……暴民之吏，莫此为甚！数载以来，筹款勒捐，层剥不止，苛敛无穷。嗟呜，我们家室，他们掠之，我们田地，彼将夺之。家室者，安身之所也。田地者，衣食之资也。彼则欲将一夺而空，何殊置我们300万余生命于死地。

文告在历数其罪行后，号召人民群起反抗：

“琼人！岂是木石，死字临头，应谋所以图存……与其垂手而待毙，何若奋斗以求生？同人等，及国内外同乡，现已筹有相当对待办法，正在分头进行；此獠不去，誓不干休。”

但是，邓本殷并不因为人民的反对而停止倒行逆施之举，依然肆无忌惮地勾结帝国主义，干着见不得人的勾当。

其时，背叛革命的粤军首领陈炯明，被拥护孙中山先生的联军击败，退出广州，盘踞东江，养精蓄锐，并勾结北洋军阀段祺瑞，企图卷土重来，进攻广州。邓本殷为配合这一行动，扩编军队，充实军火，拟从南路向广州合击。久已觊觎海南岛的美帝国主义者，看准了这一态势，主动提出将传教士冯卓支案的赔款由40万银圆改为20000银圆，并付出3000万美元取得在海南岛开采矿业、修路建港、开发商埠等特权。邓本殷为了取得美帝国主义的支持，以达到其“扑灭革命、割据一方、称雄琼崖”的目的，应诺了美方的要求，阴谋伙同北洋军阀的代表杨志澄、广东军阀陈炯明的代表邓伯伟等，拟于日内在海口同美方代表签订协约。

但是，这种出卖主权的行径，其后果的严重性早有前车之鉴，邓本殷不能不有所顾忌，于是，他密谋生造出一股谣言，谓革命政府拟同美国签约以海南矿产换取美方3000万美元。

此谣言既可嫁祸于人，又可打击革命政府，可谓一箭双雕。此谣言一经传出，琼岛舆论哗然。

海府地区知识界首先发出了“唤起民众，挽救琼崖”的号召。全琼由学生而至各业纷纷行动起来，组成“琼崖各界反对卖琼委员会”，由钟衍林等上书革命政府，要求孙中山先生收回“以主权换取美元”的成命。

未几，孙中山先生复函，揭穿这一谣言，指出：“弹丸止于洼地，流言止于智者！琼崖同胞必能善辨是非，识破这一诡计。”他在复函中以恳切的言辞表白道：“文之爱国，何敢后人！”

邓本殷的鬼蜮伎俩被揭露后，琼崖人民义愤填膺。知识分子们痛心疾首，奔走相告。琼崖学联会号召学生代表开会议定，派出代表前往香港通电全国，揭露邓本殷的卖国行径。消息传到广东各地后，琼崖旅省士民召开大会，决定组织“反对借款救亡团”，通电全国，谴责美帝国主义的侵略阴谋，并声讨邓本殷媚美卖琼的罪行，揭露他“佯借发展实业之名，实则以之作为推翻广东革命政府的军费”。呼吁全国同胞“务祈万众一条心，抵死力争，毋使琼崖300万同胞沦为美利坚帝国主义之奴隶”。

广东农民协会向美国农民呼吁，制止美帝国主义的侵略行径。

上海、武汉等地人民亦奋起谴责美帝国主义，声讨邓本殷。琼崖人民在全国人民的支持下，罢课、罢市、罢工，掀起了一股强劲的护岛风潮。

又说琼崖民军总司令陈继虞因伤势过重，医治无效在石寮鸭塘牺牲，时年35岁。临终前嘱咐：“勠力杀贼，为党为国。”国民革命军入琼之后，不多久，国民政府拨款将陈继虞迁葬于府城五公祠西侧攀丹山。同年11月在广州大佛寺图书馆举行“五等文虎章、陆军少将陈公陈继虞追悼会”。

这正是：志业未竟身先死，长使后人空叹惜。

第二十篇

陈公培传播马列主义　王大鹏创办农工职校

陈公培，原名吴善基，曾用名吴明，湖南省长沙人。1901 年出生，其父亲曾参加过孙中山先生领导的辛亥革命。陈公培 1918 年入南京金陵大学农学院，1919 年受到五四运动的影响，毅然放弃学业，转入北京法文专修馆，肄业后参加李大钊等人发起组织的工读互助团，他宣布脱离家庭，不要姓名，取“无名氏”的谐音“吴名世”，后又叫吴明。1920 年春来到上海，开始接触马克思主义，曾在《民国日报》副刊上发表《与奴才作奴才的奴才》《我们应当做什么工？》《欲望与道德》等文章与新诗歌，宣传马克思关于资本主义社会矛盾和阶级斗争的观点。这年 6 月，陈独秀、施存统、俞秀松、李汉俊和陈公培等人在上海老渔阳里 2 号陈独秀的寓所里开会，商量决定建立共产主义的政党。后来，陈公培远赴法国勤工俭学，与赵世炎、李立三等组织勤工俭学会、劳动学会、团结组织工人和为勤工俭学学生争取教育平等。1921 年初，陈公培和张申府、赵世炎等五人组成巴黎共产主义小组，是最早的中共党员之一，因参加占领法国里昂中法大学的斗争被捕，于 10 月中旬与蔡和森、李立三、张昆北等 104 人被押送出境。11 月回到上海，曾在青年团临时中央工作。时与赵世炎等进行密切联系，讨论成立旅欧共产主义青年团（即少年共产党）等问题。次年秋，陈公培离开上海来到海南岛，在琼崖传播马克思主义，系琼崖共产党最早的播种者。

罗汉，湖南浏阳人，毕业于北京大学，后赴法国勤工俭学，社会主义青年团员，后经陈公培介绍参加中国共产党。

鲁易，又名鲁其昌，湖南省常德人，留学日本，1920年赴法国勤工俭学，后经陈公培介绍加入中国共产党。

李实，湖南省长沙人，早年毕业于北京大学，后赴法国勤工俭学。经陈公培介绍加入了中国共产党。

陈公培和罗汉、鲁易、李实等人均系法国勤工俭学学生，1921年秋他们在法国里昂中法大学事件中被法国政府拘捕遣送回国，然后受党中央的委派来到海南岛开展革命活动。他们到琼崖之后，初时在琼山、海口、琼东等地以教书为掩护进行地下工作，很快地同已在琼崖的中共早期党员毛孟屏和从云南讲武堂习武归来的进步青年徐成章以及徐天柄、王器民等相结合。

当时，琼崖局势紊乱，军阀邓本殷与广东陈炯明遥相呼应，打击进步人士，并封闭了《琼崖旬报》。徐成章在探索救国真理中感到国民党所领导的革命斗争前途十分渺茫，遂产生了"自觉、忏悔、牺牲、奋斗"的心理，从此开始重新思考如何去寻找与探索新的救国之道。

一天夜晚，和风骀荡，明月朗照，星光璀璨，撩人心思。在这夜色怡人的静谧晚间，陈公培和罗汉、鲁易、李实等邀约毛孟屏和徐成章以及徐天柄、王器民等来到他们的寓所聊天。几个年轻人聚集在一起，对着如此曼妙的夜色，彻夜长谈，不知疲倦。

徐成章在谈及自己在琼崖参加林文英创建的同盟会、陈侠农领导的讨袁农军，继而又远赴云南讲武堂习武，尔后返琼参加陈继虞的琼州民军等情况，而后谈起他在琼崖办报的感想，但是，总是感到报国无门，仿佛空负了一腔热血，一番豪情，故而感到十分感慨与苦闷。

接着，徐天柄、王器民等也讲述了军阀邓本殷统治下的琼崖情况和现状后，感慨万端，然后把眼光投向陈公培和罗汉、鲁易、李实等人，想倾听他们对社会潮流世界走势的论断，乃齐声问道："怎么样才能拯救中国呢？"

陈公培戴一副玳瑁镶边眼镜，西装革履，梳着分头，风度翩翩，潇洒倜傥。他学识渊博，思想活跃，眼界开阔，侃侃开谈：我们究竟怎样才能拯救中国？中国应该走什么样的道路？对于这个问题，自从辛亥革命推翻清朝帝王制度之后，中国的知识分子都在探讨这个问题，并出现了两种思潮：一种是主张模仿欧美等国家的资本主义发展道路；一种是坚持走马克思主义的无产阶级革命道路。这两种道路究竟哪一条更符合中国的国情？这就要看哪一条道路是先进的，哪一条道路是落后的？还要经过历史的不断磨砺和考验，才能证明是否正确！徐成章、徐天柄、王器民等人屏息静气地听着。

继而，陈公培讲述了马克思与恩格斯的故事，还讲述了共产主义的来源：卡尔·马克思出生在普鲁士莱茵河省特里尔城一个律师的家庭。他先进入波恩大学和柏林大学法律系攻读法学，主要是研究历史和哲学，荣获哲学博士学位。曾任《莱茵报》编辑，转后迁居法国，并发表《〈黑格尔哲学批判〉导言》等文章，阐明了如何消灭私有制度，实现人类的解放，并指出只有无产阶级才是实现人类解放的革命力量。这些观点表明马克思立场已经从唯心主义转向唯物主义，从革命民主主义转向了共产主义。后来，马克思和恩格斯在巴黎会见，并肩战斗终生。马克思因从事革命活动被驱逐出法国，迁居比利时，他们合写了《德意志意识形态》一书，进一步批判了青年黑格尔学派主观唯心主义，揭露德国“真正的社会主义”的假面目。此后，马克思和恩格斯应共产主义者同盟第二次代表大会的委托，起草了同盟者的纲领，即著名的《共产党宣言》，成为全世界各国无产阶级革命行动的指南。继后写作经济学巨著《资本论》，对资本主义生产方式作了科学的分析，揭示了资本主义经济运动规律，揭露资本家剥削工人的秘密和社会主义的必然胜利，从而把社会主义学说置于科学基础之上。19 世纪五六十年代初，欧洲工人运动开始出现新高潮，英国伦敦成立了工人协会（即第一国际）。马克思参加了第一国际的创建，并起草了宣言、章程和许多重要文件，为国际制定了斗争纲领，斗争策略和组织原则，通过国际指导各国工人运动，支持各国被压迫民族解放运动；领导了国际内部反对工联主义、普鲁东主义、拉萨尔和巴枯宁主义的斗争。1872 年 3 月 18 日，法国巴黎工人举行武装起义，建立了人类历史上第一个无产阶级政权——巴黎公社。马克思高度评价了巴黎无产阶级的革命首创精神。

公社失败后，他写了《法兰西内战》一书，总结了公社的经验，确立了无产阶级革命和无产阶级专政的学说。在同年 9 月举行的国际工人协会代表会议上，马克思和恩格斯强调了组织工人阶级的独立政党对于保证革命胜利的必要性。

继而，鲁易也对他们讲了列宁、斯大林的故事，并且介绍了苏联的十月革命以及布尔塞维克和共产党的性质。他讲述了列宁的斗争历程：列宁出生于俄国辛比尔斯克，1887 年进入喀山大学法律系学习，开始从事反对沙皇专制制度和传播马克思主义的革命活动。1893 年移居圣彼得堡。1895 年秋，他联合圣彼得堡所有马克思主义小组，创立圣彼得堡工人阶级解放协会，它是俄国无产阶级政党的萌芽。同年 12 月，列宁被捕入狱；1895 年 2 月被流放到西伯利亚东部。1899 年写成《俄国资本主义的发展》，阐明了俄国发生革命的必然性，论述了马克思主义政治经济学关于市场、再生产和危机的理论，从思想上给自由主义民粹派以有力打击。1900 年 7 月出国，在国外创办马克思主义者的第一张全俄政治报纸《火星报》，为在俄国建立新型无产阶级政党作思想上和组织上的准备。同年 12 月发表《对华战争》，站在无产阶级国际主义立场上，揭露和谴责沙皇俄国对中国的侵略罪行，表现了对中国人民革命斗争的深切同情。1903 年，在俄国社会民主工党第二次代表大会上，列宁参与起草的国际共产主义运动史上第一个以争取无产阶级专政为基本任务的党纲获得通过，在这次大会上因建党组织上的尖锐分歧，形成以列宁为首的布尔什维克（多数派）和以马尔托夫为首的孟什维克（少数派）。1905 年俄国第一次资产民主革命爆发后，列宁从国外回到圣彼得堡，直接领导了革命斗争。起义失败后，列宁再度出国，在国外为聚集、团结、教育布尔什维克干部做了大量工作。1912 年，列宁领导了在布拉格举行的党的第六次代表会议，把孟什维克取消派清除出党。

1914 年 7 月第一次世界大战爆发，列宁提出“变帝国主义战争为国内战争”的革命口号，论证了马克思主义关于战争与和平、关于无产阶级革命理论与策略的问题。1915 年第一次明确提出了社会主义革命首先在少数甚至在单一个国家获得胜利的重要结论。

1917 年俄国二月革命推翻沙皇专制制度，列宁从瑞士回到彼得格勒，明确地提出从资产阶级革命过渡到社会主义革命的方针，并领导布尔什维克党为夺取政权展开了多方面的工作。随着革命形势的急剧发展，列宁在九月制定了武装起义的具体计划，并领导起义。

1917 年俄历十月二十五日（公历 11 月 7 日），伟大的十月革命取得胜利。次日，列宁在全俄第二次苏维埃代表大会上宣布和平法令和土地法令，当选为第一届苏维埃政府即人民委员会主席。之后，列宁领导了苏维埃政权废除地主和资本家的私有制度，镇压被推翻的剥削阶级的反抗，摧毁资产阶级旧政府机构和建立新的无产阶级国家机构，组织社会主义建设。

1918 年至 1920 年，列宁领导全国人民粉碎了帝国主义国家的武装干涉和地主资产阶级的反革命叛乱，消灭了白俄罗斯匪军，结束国内战争。列宁使国家步入恢复国民经济和进行社会主义建设的轨道。1920 年 12 月，列宁在全俄苏维埃第八次代表大会上提出电气化计划，强调必须使国民经济转到现代化大生产的技术基础上，这样大大地提高了社会生产力。1921 年又提出用新经济政策代替战时共产主义政策，发展商品经济。

…………

陈公培、鲁易等向徐成章、徐天柄、王器民等人讲述了马克思主义后，又介绍了列宁领导十月革命和共产主义的理论以及共产党的性质，使他们对共产党组织有了更多的认识。

尔后，陈公培用铿锵有力的口吻说道：“只有共产党才能救中国，只有马克思主义才是救国救民的真理！”

徐成章等人听了，心中仿佛点亮了一盏明灯，感到透亮透亮的。

1922 年上半年，琼崖社会主义青年团组织成立，由罗汉担任琼崖共产主义青年团支部书记。

青年团组织成立后，广泛联络进步青年，积极开展活动，初步传播马克思主义的基本观点，给正在兴起的思想解放运动注入了崭新的内容。徐成章在其主办的《琼崖旬报》上撰文说道：“鲁君从欧洲回来，对于世界近来的形势非常明了，能介绍欧洲最近的社会主义学说，给琼人研究……”

接着，徐成章邀请陈公培和罗汉、鲁易、李实等人担任《琼崖旬报》编辑，在报上介绍马克思《资本论》和“欧洲的社会主义学说”，开始点燃琼崖革命的火种。

嗣后，罗汉等人为了便于开展宣传共产主义学说，便向徐成章了解琼崖的文化教育氛围等基本情况。

“琼崖海府地区设有多所学校，乃海南之政治、经济、文化中心，文人士子比较集中，但它也是军阀统治的重灾区，稍有不慎，便招来杀身之祸。”徐成章说罢，又想了想说道：“还有嘉积镇最具有文化氛围，乃为琼崖新兴之第二大市镇，那里得海外风气之先，华侨也相对多，因而创办学校也多，比如有琼东中学、东路中学、北帝庙小学。此外，还有国外传教士也办了一所基督教学校，所以就有先进的思想扎根的土壤。嘉积镇有琼东、乐会两个县邑，民众思想基础比较好，知识分子也比较活跃，如有学生领袖王文明、杨善集等，还有一个鼎鼎大名的琼东县开明县长王大鹏！”

“王大鹏？”

“嗯！他是个留学日本的学生，其知识渊博、思想新锐、敢作敢为，是一个富有传奇色彩的人物哩。”

“那我就去拜访他，好吗？”

“好！”徐成章表示赞成，继而写了一封介绍信，让罗汉带给王大鹏。

王大鹏，字云程，1885 年出生于海南琼东县龙阁村一户殷实人家。1911 年考取琼台书院。在书院里除了努力学习科学知识外，还积极参加孙中山先生领导的反清革命活动。1914 年以优秀成绩考入广东书院，继而考取了官费生赴日本留学。他在日本留学期间，除了按照规定研读法律、哲学和经济学等课程以外，还重点研究了明治维新以来日本社会的经济和政治状况，以图借鉴外国经验来改造中国社会。1919 年我国爆发了伟大的五四运动，时在日本的王大鹏也积极参加中国留学生的集会，并发表通电，对日本侵占我国山东权益表示强烈的愤慨与抗议。1920 年，他学成归国，曾参加陈继虞领导的民军，并担任总军需。1921 年王大鹏以出众的才华和声望当选琼东县县长。

王大鹏生得身高体壮，宽额长脸，浓眉大眼，留分头，蓄小胡子，严肃威武。在民选县长任内，他看到嘉积城镇建设规模与经济发展极不相称，于是，他决定先以破旧立新、发展交通、整治嘉积市政着手，采取加宽街道、截弯取直的方针，一下子扩建了13条街道，并独出心裁，将5条主要街道分别命名为“嘉祥”“积庆”“新民”“纪纲”“元亨”，意在开创“嘉积新纪元”。

不久，徐成章也应琼东县长王大鹏之邀请，就任琼东县第一小学义务体育教员。转后，徐成章辞去职务，乃致力于办报工作。他与冯平、王器民等人在海口筹办《琼岛日报》和《琼崖旬报》，进行新文化、新思想宣传。4月《琼崖旬报》正式出版发行。该报还明确提出以“改造琼崖”为宗旨，积极介绍欧洲社会主义学说，“鼓吹革命，反对封建，反对土豪欺压贫苦百姓，宣传破除迷信，提倡男女平等和婚姻自由”等，继后，徐成章会同海口艺人吴发凤发起改良琼剧，以宣传改革封建旧社会的陋习，鼓吹宣传妇女放脚、男子剪辫子等一系列进步活动等。

1922年夏，罗汉来到嘉积市，持徐成章的介绍信会琼东县长王大鹏。王大鹏热情地迎接了这位来自远方的陌生朋友，并设宴款待。席间，他仔细打量了罗汉，见其身材瘦高，长方形的脸庞上长条眉、大眼睛，一架夹鼻近视眼镜架在笔直的鼻梁上，配上一张有棱有角的嘴巴，显得落落拓拓、不拘小节。

王大鹏审视了一会儿，心说：“此乃奇异之士也。”

且说陈公培和罗汉、鲁易、李实等人在琼崖站稳了脚跟之后，立即与琼崖著名学生运动领袖杨善集、王文明等人取得联系，并在嘉积一带开展革命活动。同年秋，经陈公培请示中共中央同意，吸收罗汉、鲁易、王文明、徐成章、徐天柄、严凤仪、王器民、王大鹏等10多名先进分子入党，加强了中国共产党在琼崖党组织的活动力量。自此，共产党的革命火种逐渐在海南岛这块金龟宝地上点燃了。

不久，为了培养工农革命骨干，罗汉和杨善集、王文明等研究决定筹办一所专门招收工人和农民入学的学校，一边学军事、学政治，一边以学手工艺来做掩护，名叫“嘉积农工职业学校”。他们的设想得到琼东县长王大鹏的赞许和全力支持，并带着罗汉、王文明等人经过一番踏勘，遂选定将嘉积镇北门的一间关帝庙里作为校舍。

这年11月，嘉积农工职业学校领导机构组成。领导机构设董事长和校务会，王大鹏兼任学校董事长，罗汉任校长，王文明任教务主任，陈公培兼授国文课。

办校之初，由于庙宇房院破旧，校舍不够用，且经费又无着落，王大鹏为了解决办学资金不足的困难，除了向社会各界募集资金外，他甚至变卖了自己家里10多亩田地和准备盖房子的木材，筹集到2000多块光洋捐献给嘉积农工职业学校，解了燃眉之急。继而，王文明和罗汉等人持着王大鹏县长的亲笔信远渡重洋，前往马来西亚及新加坡等地发动乐会、琼东两县籍同乡华侨进行募捐，得到侨胞们的热心赞助，从而修整了庙宇，盖起了一间能容纳200多人的校舍，并购买了教学用品。这样，嘉积农工职业学校便在1923年初步落成了。校门拱顶上由陈公培书写的“嘉积农工职业学校”，拱门两侧的柱子上写着“劳工神圣”“男女平等”。

1923年秋，嘉积农工职业学校正式招收学生。

第一期学员有：王庆琼、陈敦朝、黄英、王茂山、翁建章、蔡昌启、胡克明、吴用精、王德三、罗其芬、符福仁、姜正、周文朝、薛正蒲、孔公仲、李定坚、严英、曾如颜、王世昌、余业产等五十余名。这些学员大都是来自琼东、乐会两县的进步青年。

第二期学员来自全琼各县市，分别为：

乐会县：全启秀、翁国仲、符汉、何致海、冯诗德、莫如喜；

琼东县：符传权、符邦和、孙岩、林少奇、黎彦芳、张鼎程；

万宁县：冯勋、冯清川、蔡凤才、陈鸿博、何琼海、李美沙、林春熙、林树启、王开宏、谢树德、李运炳；

陵水县：严明达、温才猷、黎国忠、郑伯惠、林洪祥、陈光华；

琼山县：冯家茂、冯川富、冯以标；

文昌县：王植三；

定安县：洪家孝、全家鹏、穆子代、王世谦、林绍奇；

儋县：董子良、蔡绍西；

崖县：张开泰、陈保甲、詹行城、陈绍恩等人。

嘉积农工职业学校设有藤工、木工、染织等专业，学制一年半，采取半工半读的方法，即半天读书半天劳动。学校还开设有政治课，教授给学生社会发展史和时事等知识；劳动课可以学习木材加工、藤竹编织、瓜果种植和柑橘栽培等。除此以外，学员们一面学习科学技术，一面进行操作训练。学校上专业课并不多，多数时间是给学员们讲授时事政治。所以，名义上是职业学校，实际上是推行新文化运动，秘密传播马克思列宁主义的基地。

每逢星月交辉、风和气清之夜，学员们便集中在一起开展文娱活动，他们唱歌、跳舞、讲故事，排练文艺节目，校长罗汉教学员们学唱由法国巴黎公社鲍狄埃作词、狄盖特作曲的《国际歌》。

当时，学校还广泛流传“锄头不拿起，人人都饿死”的口号。

校园里到处张贴着革命标语；图书馆里陈列着各种进步报刊与书籍；课堂上学员们系统地接受马克思主义理论教育。

1924年2月，嘉积农工职业学校才正式开学，开学后不久，陈公培、罗汉、鲁易、李实等人皆离琼回广州去了。陈公培、罗汉到达广州之后，即投入黄埔军校习武，继后，参加东征北伐。这是后话，不表。

1924年5月，杨善集被选送到苏联莫斯科东方劳动者共产主义大学。不纠结，王文明也就读上海大学社会系，系统接受马克思主义教育。王、杨等人刚离开琼崖后不久，军阀邓本殷和嘉积商团团长何清雅，以及由民军沦落为土匪头子的刘信初等一伙土豪劣绅狼狈为奸，于是年7月间秘密下令通缉罗汉、王文明、杨善集等40名“赤化”分子。由于罗汉、王文明、杨善集、符节等已在群众中打下了良好的基础，群众对革命者进行了严密的掩护，通缉令遂成了一纸空文。

《琼崖旬报》乃是徐成章与符节、冯平、王器民等人一起在海口创办，于1921年4月7日正式发行。斯时，琼崖局势紊乱，邓本殷与逃往东江的陈炯明遥相呼应，极力反对国民革命运动，打击进步人士，并封闭了《琼崖旬报》。1923年初，徐成章到广州，在孙中山的直接领导下，担任湘粤桂联军支队参谋长。

紧接着，琼崖又有一大批进步青年学生如叶文龙、李爱春、陈垂斌、何毅、周逸、罗文淹、郭儒灏、冯平等人，或者远赴上海、北京求学，或者就近在广州读书，日后都成为海南历史上的风云人物。

这正是：革命种子已播下，惊雷春笋欲抽芽。

第二十一篇

国民革命军南征琼岛　新三民主义传遍天涯

话说1924年秋，北京政局发生政变，此时，盘踞在粤西南的军阀邓本殷也在广东南路割据拥兵称雄，霸占一方，自称为“高州、廉州、雷州、罗定、阳江、琼州八属”联军总指挥。时有邓本殷部邓承荪兵驻高雷，与各方有所联络，有人向邓本殷告密，说是邓承荪与新桂系李宗仁结盟为兄弟，意向不明。

邓本殷衔恨不已，暗使从弟邓觉初贿邓承荪亲信连长岑某图之，乃假名军事会议，召邓承荪返海口。岑某在私寓陪侍其吸鸦片烟，待深夜以手枪击毙之。参谋长王鸿铙在军中闻讯，急引所部远走广西郁林，宣布脱离邓本殷，称为邓承荪报仇。后经国民革命军第四军军长李济深遣人招抚，改编该部为国民革命军新编第九旅，王鸿铙担任旅长。

不意广东局势方顺，东江兵锋迭起。经过第一次东征逃往闽粤边境的叛军陈炯明部死灰复燃，纠集四千叛军卷土重来。接着，陈炯明又勾结北洋军阀政府，并联结盘踞在粤西南高州、廉州、雷州、琼州八属的军阀邓本殷，起兵犯境，还与占据粤北一带的桂军沈鸿英部数万人马互相呼应，兵分三路夹攻广州，企图颠覆刚刚建立起来的广州国民革命政府。

邓军至雷州，吕春荣与申葆藩合兵攻陷化州县，南路讨贼军黄明堂部退廉州，邓部与吕春荣出电白，进攻阳江，军声所播，罗定、阳春两地大惊。

邓本殷为牵制东征军前进，又分三路窥视广州，邓氏自任左路军指挥官，陈德春任中路军指挥官，苏廷有任右路军指挥官，连陷罗定、云浮、新兴、恩平、台山等县。邓氏之左路军迫近江门，守军第十师师长陈铭枢告急于国民政府。

国民政府乃委任朱培德为南征军总指挥，分别以陈铭枢部为第一路军，王钧部为第二路军，戴戟部为第三路军，俞作柏部为第四路军，陈章甫部为右侧支队等会攻南路。

9月，国民政府为了彻底消灭陈炯明和邓本殷的反动势力，统一广东，建立巩固革命根据地，决定举行第二次东征。东征军分为3个纵队：第一纵队以何应钦为纵队长；第二纵队以李济深为纵队长；第三纵队以程潜为纵队长。10月，东征军由蒋介石为总指挥，连下惠州、海丰、陆丰、紫金、河源、五华、潮汕，至11月彻底打垮了叛军陈炯明所部，收复了粤东一带。

1925年11月，南征军总指挥先是第三军军长朱德培，后来改任第四军军长李济深为南征军总指挥。12月，广州国民政府军事委员会决议，委派李济深率部渡海南征邓本殷。李济深率领该部第十师陈铭枢部、第十二师梁鸿林部，向四邑三埠前进。在李济深的指挥下，第四军于7日乘势直捣阳江；谁料第十二师师长梁鸿林听说副军长梁鸿楷被蒋介石扣留后愤而叛变，在单水口一带转过枪口来打第十师，李济深急调该部独立旅张发奎部加入南征行列。张发奎率领独立旅轻装前进，3天后到达阳江，刚好遇上已与南征军激战3昼夜的叛军溃逃，张发奎率部一阵猛打猛攻，叛军抵挡不住，纷纷夺路逃走。李济深前来探望独立旅官兵，鉴于原第十二师师长梁鸿林叛变，决定将独立旅扩编为第十二师，由陈可钰任师长，张发奎任副师长。

继而，南征军总指挥官李济深下令各路继续前进，南征军于20日攻克高州，29日攻占合浦。紧接着，桂军俞作柏师先入击敌，邓部退守钦廉，俞作柏与戴戟师合击，很快攻破钦州；时桂军胡宗铎部沿桂边截堵，邓氏残部退往雷州。南征军挥兵南下，迅速打败了所谓“八属”军阀邓本殷，逼得邓氏率领残余力量退守海南岛，妄图凭借琼州海峡这道天险来对抗国民革命军。

邓本殷退守琼崖之后，惊魂未定，慌忙远上北京求援，北洋军阀政府派遣“广南”“镇东”两艘兵舰，驶到琼州海峡游弋示威，妄图借此恫吓革命军渡海。

不久，邓本殷返回琼崖，忙召集前敌总指挥陈凤起，旅长黄文龄、黄星杏、何家谷等将领商讨加强防卫固守海南计策。众将皆因新近失败，统无斗志，萎靡不振，耷拉着脑袋，仿佛斗败的公鸡，无精打采。

邓氏见了，愈加发急，举眼朝众将环视了一圈，骂道："自古云'养兵千日，用兵一时'，难道你们都不想为邓某人效力吗？"骂罢，他把眼光投向旅长陈凤起。

"琼崖有琼州海峡这道天然防线，又有北京政府派来军舰保卫，固若金汤，革命军怎么也过不了海呀！"外号"雷公二"的前敌总指挥陈凤起会意，立起身来，哂笑着说。

陈凤起指着墙上挂的一张破旧地图，夸夸其谈道："琼崖孤悬海外，面积10万平方里，人口300万，仅次于台湾，岛上风光独特，物产丰富，古人称誉为'海外桃源'。要兵有兵，要粮有粮，足可固守呢。诸君何必过虑，琼州海峡向称天堑，不易飞渡。假设革命军冒死乘帆而来，我部则守候海岸线之上，待其半渡而发兵一击，便可一举成功……"

未等陈凤起说完，邓本殷心中的愁云仿佛顷刻吹散，欢喜得不得了，急忙打断话，连声叫道："好！好啊！革命军过不了海！我要的就是这句话哩！"旅长黄文龄等人明知这是陈凤起在糊弄邓本殷，盲目乐观，但当看见主帅高兴时，也只好恭维了一番。黄星杏、何家谷两位旅长见了，也奉承了几句作罢。

话休絮繁。却说这年12月底，国民政府决定跨海南征琼崖，以李济深为南征军总指挥，陈铭枢为前线总指挥官，并调来第十二师各部加强南路军事，向海南岛进攻。

1926年1月，南路攻琼部队由第四军第十一师陈济棠部、第十二师张发奎部和第十三师徐景塘部云瀛桥团及王鸿铙新编第九旅组成，自雷州半岛分三路乘船强渡琼州海峡，南征海南岛。

前线总指挥官陈铭枢对先遣军和别动队王鸿铙、叶春霖、刘金甫等人说："国民革命军准备跨海征战海南岛了，你们作为革命军的先头部队，先偷渡过琼州海峡，首先突破邓贼的海上防线。作为本军的先遣部队，鄙人代表国民革命军南征军李总指挥，祝贺你们顺利登陆成功，并代表国民革命军全体将士，向大家致以亲切的问候和良好的祝愿！""坚决完成任务，保证胜利登陆！"新编第九旅旅长王鸿铙信心百倍，也代表先遣部队向前线总指挥官陈铭枢做了保证。

“好，预祝你们登陆成功。”陈铭枢说罢，亲自将一面国民革命军青天白日满地红军旗授予王鸿铙。

王鸿铙庄重地接过军旗，带领先遣军全体官兵向革命军旗帜举手宣誓：

革命军人，举手宣誓，矢志矢勇，一心一德，为党而生，为国赴死……

1月16日，正值北风劲吹，天时人和俱备，国民革命军南征军开始跨海征战海南岛了。首先以王鸿铙的先遣军和别动队叶春霖、刘金甫两个团偷渡琼州海峡，南征军船队驶抵中流，适逢风大浪涌，帆船颠簸起来，犹如摇篮一般，摇摇晃晃，惊得船上官兵统是骇然，听天由命了。好在先遣军指挥官王鸿铙是员健将，临危不惧，端坐船头，手提信号灯，静定自若，始使官兵们心神安定下来。船队驶过中流，帆船借着风势，全速前进，犹如脱缰绳之野马，奔驰向前，将近破晓时，南征军先遣军和别动队船只已经接近琼崖西部海岸线，王鸿铙一声令下，将士们发一声喊，鼓噪前进，争先抢滩，一阵枪炮齐发，击溃了守军，终于在琼岛西北部的临高县一带登陆成功。

1月17日夜晚，琼州海峡上刮起了强劲的东北风，烟波荡荡，巨浪悠悠，那矗立的水墙有数米高，旋即徒然一声跌入浪头，轰然作响。国民革命军南征军在第四军参谋长邓演存、第十二师副师长张发奎、参谋长李汉魂、党代表王文明、政治部主任廖乾五等人带领下，分乘100多艘大鸡眼帆船从雷州半岛外罗港渡海，向海南岛的文昌县铺前港进发。

大鸡眼帆船鼓满呼呼的东北风，踩浪前进。张发奎、廖乾五、李汉魂、朱晖日、黄琪翔与王文明等人乘坐的是一艘拖驳火轮船。

大家站在指挥船的船头之上，全神贯注地观察着海上状况。但见海面上一片漆黑，宇宙间仿佛化为一团混沌，连海与天的分界线都消失在茫茫的黑暗之中，耳畔只听得海上风鼓浪涌，翻腾起伏的波涛声。

经过大半夜的航行，南征军将士们在颠簸的航行之中出现晕船现象，有的头疼得厉害，坐也不是站也不是；有的迷迷糊糊昏睡不醒；有的“哇哇”地呕吐，连胆汁都吐出来了。张发奎等人见到将士们的样子，担心影响战事，不禁担忧起来。

当船队驶近琼州海峡中流时，忽地听得海面上传来了一阵阵凄厉的警笛声，在黑咕隆咚的海空上回响着，鬼哭狼嚎一般，令人怵然。张发奎和王文明等人立即警觉起来，说：“有敌情，北军的巡逻兵舰，提高警惕，做好战斗准备！”“弟兄们！赶快振作起来，敌人舰艇来了，快快做好战斗准备！”

一听说有敌情，晕船的将士们不知怎的“嗯”地一下子跃了起来，仿佛晕船的现象全然消失了，他们操枪的操枪，拿刀的拿刀，各就各位，做好战斗准备。

凌晨时分，南征军船队驶至急水门水域，船体更加剧烈地摇晃着，大有沉船之险象。艄公迷信，忙向放置在船头的航海保护神像顶头礼拜起来，口中念念有词，不外是祈求平安无事、顺利航行等话。拜罢，艄公继续撑舵行船，船过急水门，将士们的身体状态渐渐地得到了恢复。

不大一会儿，在影影绰绰之中辨别出是海岸线，不知谁高兴地在黑暗中叫喊：“海南岛到啦！海南岛到啦！”

“啊！海南岛！海南岛！”战士们一听到这振奋人心的声音，顿时来了精神，努力挣扎着站起来也高声地叫喊着。

第十二师副师长张发奎见到这情景，忧虑之心烟消云散，他把大盖帽往后一推，立即发出命令：

“各船指战员注意，海南岛已经到了，大家做好登陆准备！”

大家听了张副师长的命令，又感到精神抖擞、斗志昂扬了。

拂晓前，南征军船队靠近海岸，战士们一跃而起，如猛虎般抢上海滩，胜利登陆，并发起了总攻，很快打垮了敌人，占领了铺前港以及前沿海岸线阵地。接着，第十二师黄琪翔团和第十三师云瀛桥团遂分兵向海口府城及文昌县城前进，云瀛桥团行至锦山，邓部稍作抵抗，即行败退，部分溃兵由海道逃往雷廉者，为续进南征军第十师陈铭枢部所俘虏，余众则逃向定安县岭门一带，又被第十二师一部及时赶到，只好举手乞降。继而督赴儋县与新编第九旅合并编为三十四团，以王鸿铙为团长，隶属第十二师。

与此同时，南征军第十一师陈济棠部也于临高县一线登陆，未见敌踪。试想，国民革命军自雷州分兵3路渡海攻琼，分别向文昌铺前、澄迈、临高、儋县同时登陆，海岸线之长达三四百公里，纵使邓本殷部作困兽之斗，而东西不能兼顾，且邓氏自高州、雷州、廉州之溃败后，慑于革命之声威，势穷心怯，先逃往香港，所遗部众皆成了群羊无首，乏人指挥，故而速败。

18日，张发奎指挥黄琪翔和云瀛桥两个团攻下了文昌县的锦山、湖山和琼山的三江之后，又挥兵直指府城，把个自称为“高州、廉州、雷州、罗定、阳江、琼州八属联军”总指挥邓本殷吓得魂飞魄散，只顾自己逃命要紧，连夜乘日本舰只“司马懿”号逃离琼崖。随即由敌总指挥陈凤起收拾残部3000余人马退缩府城、海口妄图固守。

20日，国民革命军南征军继续进击，敌旅长黄文龄投降。余部黄星杏、何家谷两旅则仓皇向嘉积、临高等地逃命。是日，革命军占领府城、海口。陈凤起率领残兵败将一路向南逃窜。这时，琼崖别动军王鸣亚自得陈继虞之众，声势复振，即与邱海云等人配合渡海之革命军追击邓本殷残部，数天内即将邓军完全肃清，广东革命根据地终告统一。

国民革命军南征军第十二师肃清了邓军残部之后，列队进入海府地区，官兵们精神抖擞，斗志昂扬，肩扛着枪，迈着整齐的步伐，口中唱着《爱民歌》：

三军个个仔细听，行军先要爱百姓；
贼匪害了百姓们，全靠官兵来解救。
百姓被贼吃了苦，全靠官兵来作主。
第一扎营不要懒，莫去人家取门板；
莫折民房搬砖石，莫踏田禾坏田产。
莫打民间鸭与鸡，莫借民间锅与碗；
莫派民夫来挖壕，莫到民家去打馆。
筑墙莫挖街前路，砍柴莫砍坟上树；
挑水莫挑有鱼塘，凡事却要让一步。
第二行路要端详，夜夜总要支帐房；
莫进城市占店铺，莫向乡民借村庄。
人有小事莫喧哗，人不躲路莫挤他。
无钱莫扯路边草，无钱莫吃便宜茶；

更有一句要紧话，切莫掳人当民夫。
一人被掳挑担去，一家号哭不安居；
娘哭子来眼也肿，妻哭夫来泪也枯。
从中地保又诈钱，分派各门并各乡；
有夫派夫无派钱，牵了骡马又牵猪。
鸡飞狗走都吓倒，塘里吓死几条鱼。
第三号令要严明，兵勇不许乱出门；
走出门来就学坏，总之百姓来受苦。
或走大家讹钱久，或走小家调妇人；
邀些地痞做伙计，买些烧酒来喝醉。
逢着百姓就要打，遇着庄稼就发气；
可怜百姓打出血，吃了大亏不敢说。
生怕老总不自在，还要出钱去赔罪；
要得百姓稍安静，先要兵勇听号令。
陆军不许乱出营，水军不许岸上行；
在家皆是做良民，出来当兵也是人。

第十二师进入海南后，部队驻守在府城及海口一带进行休整，师司令部设在府城一间大庙里。不久，军部委任张发奎为第十二师师长，朱晖日为副师长。

第十二师新编第三十四团原是邓本殷残余改编而成，经参谋长兼团长许志锐选拔干部，更番训练，军容为之一新。许志锐兼理地方绥靖事务，自晨至夕，虽然甚繁剧，但却不倦态。经过艰苦训练，遂使新编第三十四团成为能征惯战的部队。

2月5日，琼崖各界人士为了庆祝国民革命军跨海南征战的胜利，在海口召开公民大会，有二三千人参加。人们高唱着《三民主义革命歌》，其歌词曰：

黄花岗上草青青，赤血洗净中华魂；
民族民权与民生，三民主义革命军。
赤血洗净中华魂，白日照耀青天明；

民族民权与民生，三民主义革命军。

白日照耀青天明，中华民族勃然兴；

民族民权与民生，三民主义革命军。

中华民族勃然兴，民权分配遍全民；

民族民权与民生，三民主义革命军。

民权分配遍全民，打破阶级救全民；

民族民权与民生，三民主义革命军。

打破阶级救全民，协作共享乐太平；

民族民权与民生，三民主义革命军。

协作共享乐太平，被压民族大同盟；

民族民权与民生，三民主义革命军。

被压民族大同盟，万众同德更同心；

民族民权与民生，三民主义革命军。

万众同德更同心，天下为公大通行；

民族民权与民生，三民主义革命军。

前进前进更前进，愿为主义作牺牲；

民族民权与民生，三民主义革命军。

《三民主义革命军》歌声雄壮、嘹亮，响彻云霄，旋即荡漾在每个与会者的心里，并传遍海南的天涯海角……

会上，第十二师师长张发奎在大会上讲话，张氏个子不高，身体结实，面色红润光亮，性格开朗，热情诚挚，声如洪钟，说话时喜欢两手叉腰，激动时还爱把大盖帽向脑后推去。

他亮开嗓门说道："琼崖的同志们、父老们：我们的国民革命军渡琼打败与消灭了军阀邓本殷，打倒和扫荡了统治与压迫在你们头上的封建残渣余孽，实行了孙中山先生的三民主义政策。什么叫作三民主义呢？三民主义就是孙中山先生提出的革命的纲领。希望你们遵循孙中山先生的遗训，认真贯彻执行先总理的政策方针，切实做好民主革命工作，在三民主义革命学说的指导下，把琼崖的国民革命运动轰轰烈烈地开展起来！"

会后提出废除苛捐杂税，铲除奸商，禁绝烟赌，肃清土匪，铲除土豪劣绅，严办邓贼走狗，严办贪官污吏，清查逆产等 8 条建议。

同日，琼崖临时行政委员会成立，由国民革命军第四军政治部主任、共产党员张善鸣为主任、邓演存为委员。

其后，国民党琼崖特别委员会在海口成立，直隶国民党中央党部。

不久，国民党中央党部委派张难先担任国民党琼崖特别委员会主任委员，兼任琼崖行政委员。办公地点设在海口大街会昌铺（今中山路）。张拥护“联俄、联共、扶助农工”的新三民主义政策，大力任用共产党员、革命青年和左派人士，与共产党人真诚合作，领导全琼国民党党务和行政工作，还任用一批进步人士当县长。对于原任助邓为虐者亦概予免究，以昭示国民革命政策之宽大。

紧接着，国民党海口党部成立，办公地址设在海口新兴街德育学校隔壁（现新华北路十三号），国民党琼崖特别党部、海口市党部相继成立后，许多共产党员按照中国共产党第三次全国代表大会关于“共产党员以个人资格加入国民党的同时，保持共产党在组织上、政治上独立的跨党决定”，可以进入国民党党部工作，并担任一些重要职务，促成了琼崖国共两党的合作。自此，标志着琼崖革命统一战线的形成，有力地推动了国民革命运动向前发展，全岛革命形势一派大好。

1 月 28 日，国民革命军南征军总指挥李济深向广州军事委员会发电报告了此役的概况和战果：

一、我军克复琼州，经已电呈；二、邓逆仅以只身乘商船“司马懿号”逃走，残敌向各属消散；三、号令各部分区肃清散军；四、敌舰五艘除“广南”一舰在逃未获外，余均为我军收复；五、敌遗下制弹厂制枪厂各一所，库存机器材料甚多；六、此役总获枪万余条，并获子弹数十万发，军用品待算。

且说国民革命军收复海南岛之后，中国共产党为了适应国民革命形势发展的需要，由广东区委书记陈延年组织在国民革命军渡琼时或渡琼后从上海、广州等地先后调派 200 余名干部来琼。这些进步青年先后回到琼崖集中于海口大街关帝庙，等候统一安排分配到各个方面去开展工作。

府城是许多重点学校所在地和海南新文化运动中心。这里的学生接受新思想、新文化比较早，接受马克思主义思想也比较快。广东省立第六师范（简称六师）就是其中的一个。随着国民革命的胜利，六师改变了面貌，由北京大学毕业的进步学生云卓章担任校长，陈垂斌任教务长，罗文淹为训育主任。他们向学生宣传革命思想，进行爱国新文化教育。六师附设中学班，招收中学生。在这里就读的有梁慧贞、钟慧英、钟慧聪、谢琼香（谢飞）、邢慧学、陈秋若、蔡秀姬、王秀莲、谢琼华、冯爱嫒等女学生。

为了更好地向学生们灌输共产主义思想，六师经常请琼崖著名的共产党人王文明、冯平等人来校讲课。他们向师生们分析了国内外的革命形势，以及俄国十月革命胜利的经验、中国革命的方向和目标……这些报告，既深刻又透彻，很有感染力。

课后，冯平到女生宿舍看望学生们，大家都知道冯平是很有学问的人，又刚从苏联留学回来，都很高兴地围着他说："冯先生，你给我们讲讲俄国十月革命的故事吧。"

"好吧！给你们讲一讲。"冯平愉快地答道。

"俄国的十月革命是发生在俄历十月而得名。说的是第一次世界大战结束之后，俄国革命形势迅速成熟。1917 年俄国二月革命推翻了沙皇专制制度，俄国出现了资产阶级临时政府和工农兵代表苏维埃两个政权的局面。同年 4 月，列宁回国发动新的革命，提出俄国应从资产阶级过渡到无产阶级社会主义革命的任务。继而，列宁发动工人群众和革命士兵进行示威，反对临时政府的反动政策，岂料掌握苏维埃领导权的孟什维克和社会革命党与临时政府合流，镇压群众的示威。于是，以列宁为首的布尔塞维克党召开了第二次会议，确定了武装起义的方针，彼得堡和莫斯科的苏维埃转向布尔塞维克方面，通过了列宁的武装起义决议，当年十月，彼得堡工人和士兵举行起义，占领首都各重要据点，并于次日深夜攻占临时政府所在地——冬宫。当日晚上，全俄苏维埃第二次代表大会宣布全部政权归苏维埃，次日通过《和平法令》和《土地法令》，成立以列宁为首的苏维埃政府。到第二年的 3 月，全国各地相继建立了苏维埃政权。革命的胜利和第一个无产阶级专政的社会主义国家的建立，对俄国和世界历史进程产生了重大和深远的影响。"

谢飞等人听完冯平讲述俄国十月革命的故事，兴奋地说道："十月革命给我们送来了马克思列宁主义，给我们改造世界指明了方向，我们要发动广大工农群众起来进行革命斗争。"

冯平拍着谢飞瘦削的肩膀说："好啊！你们都是我的小妹妹，妹妹要跟大哥闹革命，推翻旧制度，建设新社会，我支持你们！"

不久，国民党政治顾问鲍罗廷将军也到六师给学生们作报告。他的全名叫作米哈伊尔·马尔科维奇·鲍罗廷，1903 年参加俄国社会民主工党，1919 年出席第三国际第一次代表大会，后参加第三国际工作。1923 年来中国，担任第三国际驻华代表、苏联驻广东革命政府代表，并被聘任为国民党政府政治顾问，帮助改组国民党，促进中国国民党和中国共产党的友好合作。

他和学生们一起座谈，鼓励学生要勇于革命，推翻一切压迫和剥削阶级，实现工农掌握政权，为共产主义的壮丽图景和远大理想而奋斗。

是年 2 月初，中国共产党琼崖特别党支部在海口成立，罗汉担任中共琼崖特别党支部书记，委员有王文明、冯平、李爱春、何毅、符向一、柯嘉予、陈公仁。

中共琼崖特别支部成立后，以战斗的姿态开展工作，利用国共合作的形势，以共产党员罗文淹、陈公仁担任《琼崖民国日报》正副社长职务，大造革命舆论，大力宣传马克思主义，以及宣传孙中山先生的"联俄、联共、扶助农工"新三民主义的三大政策，并通过各种渠道扩大发行当时流行的革命刊物《向导》《中国青年》《少年先锋》《犁头》等；继后琼崖各种进步书籍和报刊也像雨后春笋般创办起来，如钟衍林主办的《路灯》、陈文光主编的《扫把》、琼崖农工商学界联合会主办的《群众》《环球报》和《现代青年》等。除此以外，琼崖还刊印了《共产主义 ABC》《共产主义问答》《马克思主义入门》《人类社会进化史》《唯物史观》和《新人生观》等革命理论书籍。这些革命报刊和书籍，对于马克思列宁主义的深入传播，对于共产党的思想建设和组织建设，以及动员人民群众投入革命斗争起到了重要的作用。

接着，中国共产党琼崖特别支部又通过国民党琼崖特别委员会的名义，首先成立了琼崖农工商学各界联合会，为巩固国民革命的联合战线而开展工作。不久，全国总工会特派员曹俊升来琼，恢复琼崖总工会，广东省总工会特派员林平及黎竞民为负责人；同时，广东省农民协会琼崖办事处也宣布成立，以冯平为办事处主任，何毅为书记，符向一为委员。而后广东省妇女解放协会琼崖分会由陈三华、陈玉婵等充实和领导。

琼崖女共产党员陈玉婵，是琼山县旧州美岭村人，生于1899年，7岁丧父，母亲带她到府城在美国人办的基督教学校“匹瑾女校”当杂工，母女俩相依为命，她长到十多岁时，出落得亭亭玉立，苗条秀丽，又聪明伶俐，讨人喜爱。校里有位好心教师便向女校建议，接纳陈玉婵为该校半工半读学生，自此她一边读书一边帮助母亲干活，并以优异成绩先后取得小学和中学的毕业文凭，被匹瑾女校聘为小学部数学和英语教师。稍后，她又投考广东省立工业专科学校机织科学习。在广州，她追求进步，投入革命斗争的洪流之中，并光荣地加入中国共产党。在工作中她与冯平结识，俩人志同道合，经过革命的磨炼，成为恋人。他们互相勉励，以革命事业为重，决心先搞好革命工作，然后再成家不迟。

3月，琼崖学联会进行改组，通过学联会积极组织领导学生开展各种革命活动，掀起了声势浩大的择师运动，赶走了反动保守的琼山中学校长王政，由冯裕江代之。

琼崖国民党党部派遣李爱春、陈玉婵、李泽瀛等人来到琼山县，发展新党员。在发展国民党党员的同时，暗地里大力发展共青团和共产党组织，并指导工人、青年、妇女各界革命运动。

李爱春，琼山县豆藤土箩村人，早年结识徐成章，受到进步思想的影响，初考入广东省第六师范，后进入广东大学预科就读，并加入中国共产党。当时，琼山县城的男子第一高级小学和女子第一高级小学都办得很有名气。为了利用这一阵地宣传革命理论，李爱春和吴江滋分别去两校兼课。李爱春在男一高小授《三民主义》课。他知识渊博，革命理论水平高，分析问题精辟，平易近人，沉着老练持重，学生们对其敬重有加。其中有一位女学生孙宝珊，作文和书写都很好，思想活跃敏捷，追求个性解放。她的这些优点很快被李爱春发现，称她是“难得的女才子”，并着力加以培养，期望成为妇女革命骨干。

孙宝珊也敬慕他的才干，暗中下决心以他为榜样进行革命，而后开始萌发爱慕之情。他也欣赏孙宝珊，耐心地引导与鼓励孙宝珊走上革命道路。孙家旧传统观念比较浓厚，特别是她的外祖母和母亲，一时思想不通，但孙宝珊却敢于冲破旧观念，冲出旧风俗，终于与李爱春走在了一起。

李爱春与孙宝珊喜爱读书，他们的书架上除了摆放马克思、恩格斯的《共产党宣言》、马克思的《资本论》、陈独秀主编的《新青年》，有《琼崖评论》《少年先锋》之外，还摆着许多古今中外文学书籍，如中国古典文学《三国演义》《水浒传》《西游记》《聊斋志异》《官场现形记》《忠义说岳全传》和外国的文学作品《牛虻》《茶花女》《恰尔德·哈罗德游记》《普希金诗集》《红与黑》《基度山恩仇记》《希腊古神话》《伊索寓言》等书籍。

有一次，李爱春在读了《希腊古神话》之后，深为普罗米修斯因盗取火种给人类而勇于献身的精神击节长叹。孙宝珊见他如此痴迷，问道："是何等书叫你如此感动而慨叹呢？""我在看一本《古希腊神话》的书，正为一名叫作普罗米修斯的神之献身精神而感动哩。"李爱春说道，"普罗米修斯是古希腊神话中造福于人类的伟大的神，他曾违抗宙斯禁令，盗取天火送给人类，还给人类传授各种技艺与知识，因此触怒了宙斯，被锁在高加索山顶的崖岩之上，每天遭受神鹰啄食肝脏，夜间伤口愈合，天明神鹰复来。但他宁肯遭受折磨之苦，却坚贞不屈，直至被希腊大英雄赫拉克勒斯将神鹰射死，始获得解放，重返奥林匹斯山。后来，英国浪漫主义诗人雪莱根据这个传说，写成诗剧《解放的普罗米修斯》，在世界流传甚广啊！我们共产党人就是要像普罗米修斯一样，为人类谋求幸福而献身哩。"

孙宝珊听完李爱春讲述普罗米修斯的故事后，激动极了，她脱口而出说："春哥，我看你就是那种为琼崖人民盗取革命火种而宁愿牺牲自己幸福和生命的人吧！"

"革命是那种滚雷趟火、出生入死的战斗生活。为了实现共产主义理想而斗争，我甘愿献出自己的幸福，包括爱情和生命。"李爱春说罢，吟起了匈牙利革命诗人裴多菲的名诗：

生命诚可贵，爱情价更高。

若为自由故，两者皆可抛。

吟诵罢，他又用毛笔端端正正地誊写在宣纸之上，然后赠送给孙宝珊。孙宝珊双手捧着那妍丽精到的蝇头小楷，爱不释手，连声说道："春哥，写得太好了！太好了！""那我就把它装裱起来，挂在房里陪伴着你，好不好？""那是敢情好极啦！我天天看见它，就好比天天看见你一样嘛。"

一次，李爱春和孙宝珊下乡工作，亲眼看到乡下的抢婚陋习：男方带着一群壮汉冲进寡妇家中，挥手剪断寡妇绑在腰头的裤带，使得该妇女只好双手兜着裤子而失去反抗之力，乖乖地被男方带来的壮汉抢了抬起就走。而女方的内弟、内侄等则挥棍棒与彼方对垒，双方均打得鼻青脸肿、头破血流才作罢。

孙宝珊很为女人抱不平。李爱春说："我们搞无产阶级革命，就是要革除一切不合理的封建主义余毒和不合理的旧风陋俗。"

5月，国民党琼山县党部的筹备工作顺利结束，李爱春、陈安国、陈玉婵、王绍儒、吴江滋、吴国鼎、何春帆等人被选为县党部委员，李爱春担任常务委员兼管组织工作（书记长）。

却说5月19日，第十二师师长张发奎率领该部三十五团缪培南部、三十六团黄琪翔部将士登船离开海南岛去参加北伐战争，第三十四团许志锐部却暂时留守琼崖，由许志锐任琼崖警备司令。

10月10日，北伐军攻克武汉三镇，消息传到琼崖，人民群众大为欣慰，除各自乘汽车燃放鞭炮以庆祝外，又于10月27日、28日在海口大同戏院两次召开琼崖各界群众庆祝北伐胜利大会，其盛况前所未有。

29日上午11时，琼山县党部又召集各界团体第三次在府城北门大操场举行庆祝大会，到会者有六七千人，由琼山县党部代表李爱春任主席，吴江滋作记录，宣布开会理由后，先请国民党琼崖行政委员张难先和警备司令许志锐等人演说，阐述了北伐胜利是民众的胜利，民众应同心协力去援助国民革命军，把国内一切军阀及国际帝国主义完全打倒，统一中国，解放中华民族。庆祝大会刚结束，倾盆大雨降临，但是群众仍然坚持冒雨列队游行，高呼：

"北伐胜利万岁！"

“打倒军阀！”

“打倒反赤势力！”

“打倒帝国主义！”

游行者周身淋湿，毫无畏缩，声状如雷，观者感动，民气沸腾。

当晚，群众提灯游行，五光十色，十分迷人，绵延十里，一目无涯。

游行后又在原地拍演游艺，万头攒动，人声鼎腾，歌声嘹亮，掌声震天，群情奋起，实为空前热烈。

不久，第三十四团许志锐部调往北伐前线，改由第三十三团驻防海南，由团长黄镇球兼任琼崖警备司令。

这正是：民主风云连天起，革命声威动地来。

第二十二篇

王文明建立琼崖地委　杨善集指导工农运动

话说国民革命军第四军李济深部第十师、第十二师及第十三师一部跨海南征，打败了盘踞琼崖的军阀邓本殷之后，从此，海南岛的国民革命运动才轰轰烈烈地开展起来了。

未久，在国民革命军第四军第十二师张发奎部担任政治部主任的廖乾五去职，由党代表王文明兼任主持政治部工作。在王文明的领导下，国民党海口市党部在永乐街建立。

王文明，字钦甫，乐会县第四区（今琼海阳江镇）益良村人，早年在琼崖中学堂读书，成绩优异，被推选为学生会副会长，1919 年五四运动爆发，参加领导琼崖五四运动；1921 年秋，王文明从琼崖中学毕业，应聘到琼东县双庙高(现属琼海市塔洋)小学校担任校长。他利用学校这一阵地，从教育着手，向学生们灌输科学文化知识，破除封建迷信等落后思想。他在学校门前挂着一个写有“大启文明”四字的牌子，表明自己办学的宗旨。他除了向学生们讲授文化知识，同时还讲授科学民主的道理。他的教学方式与过去旧的一套不一样，深受学生们的欢迎。1922 年秋，王文明与郭儒灏、许侠夫、陈垂斌、黄昌炜等琼籍进步青年考进上海大学社会系，上海大学是国共两党合作的产物，实际上是共产党领导下进行活动的一所革命大学。瞿秋白、邓中夏、萧楚女、恽代英等共产党人都曾在这里任教。王文明接受马克思主义思想理论教育，参加了中国共产党；1925 年 10 月国共合作，王文明受中共广东区委委派以个人名义跨党形式加入国民党，并担任国民革命军第四军第十二师党代表。1926年1月随军渡海讨伐军阀邓本殷，光复海南岛。

王文明中等个子，身材单薄，脸部上阔下稍尖，鼻高眼深有神，态度和蔼，性格开朗，原则性较强。他身穿青灰色国民革命军军装，经常深入织造业、制革业、窑业、炭业、印刷业、竹器业、油业、糖果业、席包业、椰壳业等行业的工人群众之中，了解民间疾苦，宣传社会平等，传播马克思主义和共产党的先进思想。

他在水泥工会办夜校，自编教材，亲自授课。工人很喜欢他讲课，称赞“这个眉清目秀的文弱书生举止有风度，说话通俗易懂”。

总工会成立那天，会场上公开挂着马克思、恩格斯、列宁的画像和中国共产党的斧头镰刀旗帜，王文明、罗汉等人分别到会发表讲话。

工人们不断地高喊：

“打倒帝国主义！”

“打倒封建军阀！”

“团结起来，争取自由和解放！”

嗣后，中共琼崖特别支部为了认真贯彻执行中国共产党第四次全国代表大会的决议，在广泛组织民族革命运动、工人运动、农民运动、青年运动的斗争中，加强党的领导作用，极其重视党、团的建设与发展工作，派遣党团员深入到城乡、机关、学校、团体等单位去发动群众，开展革命斗争。经过一段时间的工作，这些市县先后都成立了党支部，兹抄录下来：

中共海口总工会党支部书记：林平

中共琼崖东路特别党支部书记：雷永铨

中共琼崖仲恺农工学校党支部书记：符世梁

中共广东省第六师范党团支部书记：陈垂斌

中共文昌县党支部书记：周逸

中共万宁县党支部书记：符光东

中共定安县党支部书记：冯东明

中共临高县党支部书记：冯道南

中共陵水县党支部书记：黄振士

中共儋县党支部书记：林海波

另外，还有中共琼东县农民协会筹备办事处党支部、中共琼东中学党支部、中共琼东嘉积镇党支部和中共乐会县农训所党支部、中共乐会县立中学党支部等。

随着革命统一战线的形成，工农群众运动的发展，马克思主义的进一步传播，党的组织的建立和发展，建立统一领导全琼革命活动的中国共产党地方组织的时机已臻成熟。

1926 年初夏，国民党右派炮制的整理党务案出台后，在国民革命军中的共产党员难于立足。当时，罗汉、王文明不再继续担任国民革命军中的职务，但仍以国民党琼崖特别委员会成员身份进行活动，在组织工农运动的同时，亦积极进行筹建中国共产党的琼崖地方组织机构的工作。

这年夏，王文明和罗汉、何毅、冯平、林平、周逸、陈垂斌、罗文淹、陈德华等共产党人集中在海口新华北路“聚益号”店铺，与海口盐商邱爵一的长子“少东家”邱秉衡会面。

邱秉衡生得眉清目秀，乃一富家翩翩少年，早期就读于琼台中学，仗义疏财，广交朋友，经常邀请同学，尤其是那些受五四运动启蒙思想影响较大的进步分子，例如杨善集、王文明、冯平、许侠夫、陈垂斌、陈德华等人到邱家祖宅聚会。

邱家祖宅位于海口竹林村（今海口市解放路龙华区竹林里 131 号），因四周围长满密密麻麻青翠欲滴的竹林而得名。邱家祖宅坐南向北，建于1919年，是一座四合院，二进三间，东西有厢房，典型的海南仿古民居建筑，门匾上写有“燕翼诒谋”四个字。此四字出自《诗经 · 文王有声》上的“诒厥孙谋，以燕子翼”，原意是指把家国大业、创业大计留给后人，像燕子那样爱护和扶助子孙。祖宅庭院当中植有几棵粗大的糖胶树，枝繁叶茂，绿荫亭亭如盖，冬暖夏凉，环境清静别致，方便安全。因其家人很少在此居住，给邱秉衡与同学们聚会提供了方便。在会面中，王文明向邱秉衡介绍了一些革命情况，并请求这位“少东家”暂且借用邱家老屋来做他们活动的场所。邱秉衡同情革命，倾向进步，向往新民主主义革命理想，遂满口爽快地答应下来。

这年6月，中共两广区委为了加强对琼崖建党工作的指导，派遣特派员杨善集回海南指导建党工作。

这杨善集可是个富有传奇色彩的人物。

杨善集，字义甫，笔名杨白，1900年2月出生于琼东县福田墟（今琼海市潭门村）井堪村的一个农民家里。父亲杨维颐是晚清秀才。杨善集是个独生子，他从小天资聪颖，勤奋好学，在学校各科学习成绩优异，深受师友们的喜爱。1915年考进琼崖最高学府——琼崖中学读书。在学校里，他除了攻读规定的课程外，还涉猎了各种进步书籍，探索人生道路。他深受辛亥革命及护法战争的影响，经常邀集同学王文明、陈维扬等组织青年观摩会，会员们每周撰写一篇有关爱国文章相互传阅，讨论有关革命救国问题。

1919年爆发的五四运动，像一声春雷震荡了海南岛，激发青年学生的爱国热情。杨善集四处奔走，积极发动学生参加斗争。在学联会的领导下，海府地区各校学生上街游行示威，抵制日货，声震全琼。旋后，五四运动从城市发展到农村，由爱国运动发展到新文化运动，他都是运动的领导人之一。自琼崖中学堂毕业后，杨善集被聘为小学教员。1922年被琼东县县长王大鹏聘请为县立第一高等小学校长，他积极整顿校风，除了领导学生参加新文化运动之外，还帮助县长推行教育新学制、破除迷信、建设公路、整顿社会治安等新政。因此，引起学校里的守旧派和社会上的反动势力的妒忌，他们勾结在一起煽动部分盲从学生罢课闹风潮，诬蔑他勾结官府霸占学校，误人子弟。幸而不久真相大白，盲从学生很快觉悟，从而平息了这场风波。

同年5月，杨善集辞退校长职务，考取了广东公路工程学校。那时，中国共产党刚诞生不久。广州是革命策源地，他为了探求革命真理，在革命新环境中，利用一切机会阅读《共产党宣言》《列宁传》《新青年》《劳动》《广东群报》等书籍报刊，接受马克思主义理论教育，并积极参加各种社会活动。

1923年，杨善集参加广州的社会主义青年团外围组织“新学生社”，不久被吸收为社会主义青年团员。越年他同洪剑雄等成立“海外学社”，出版会刊《觉觉》杂志。接着又和徐成章、周士第等人组织“琼崖革命同志会”，出版会刊《新琼崖评论》，杨善集担任该会刊书记。他在这些刊物上发表了大量文章，积极传播马克思主义，探讨、研究改造社会问题，并运用马克思主义的立场观点，旗帜鲜明、针锋相对地批判当时思想战线上存在的改良主义、无政府主义等反马克思主义思潮。特别是他在《觉觉》上与琼崖留沪学生陈骏业的“品学与政治”问题上的反复辩论，他批评陈骏业的社会改良主义的错误观点，对琼崖青年学生的影响很大。

1924 年 5 月，杨善集以优异的成绩毕业于广东公路工程学校，为党组织所重视，决定选送他到苏联莫斯科东方大学学习。

莫斯科东方大学是一所培养东方各国被压迫民族革命者的学校，有中国学员，也有从朝鲜、越南、蒙古来的学员。行前，杨善集在上海逗留一段时间进修俄语，并便抓紧时机与琼崖学生和朋友联系，指导王文明、黄昌炜等组织“琼崖新青年社”，以此作为琼崖青年革命活动中心。10 月，杨善集抵达莫斯科后，就投入紧张的学习生活中。

东方大学的课程包括《十月革命史》《俄共（布）党史》《世界革命史》《工人运动史》《政治经济学》等。他认真地阅读马列著作和革命理论书籍，详细做笔记、写心得体会，思想进步很快，当年 11 月 30 日，他与冯平等被中国共产党旅莫支部吸收入党，他们的入党介绍人是陈乔年和刘伯坚。1925 年 2 月，根据共产国际的通知，杨善集与聂荣臻、叶挺、冯平等被派去苏联红军学校中国班学习军事，为中国共产党日后掌握军事武装作好准备。

红军学校设在莫斯科城里，学员们经常到野外演习，地点是莫斯科郊外的森林。全体学员同红军一样，一律住帐篷，一个班一个帐篷，每个人发一块草垫子、一块床单、一条毯子。军事学校要求很严格，训练也很紧张。经常在野外进行军事演习，学习战术与技术，有时也要实弹射击打靶子。白天与晚上还要轮流站岗放哨，过的完全是正规红军的生活。军事学校的教官全部是从红军各军部队抽调而来，是苏联国内战争时期各个战场上将军级别的红军高级指挥官。因而杨善集、冯平等人在苏联红军学校里所受到的军事、政治，尤其是马列主义理论的教育和熏陶非常深厚。

1925 年，中国爆发了“五卅”运动，根据共产国际的决议，莫斯科红军学校中国班的学员分批回国支持国内革命。同年 8 月，杨善集与熊雄、王一飞、冯平等20多人奉命回国工作，由王一飞带队离开莫斯科，乘火车到海参崴等候回国的轮船；8月中旬他们买了海参崴到上海的船票，化装成学生的模样上船，于9月上旬到达上海。他们在上海分散住进旅馆，以后按约定的时间到中共中央报到。在上海停留了约一个星期，杨善集、冯平和聂荣臻等12人被分配到南方工作，乘轮船到了广州，受到中共广东区委领导陈延年和周恩来等人的接见。先是出任宣传部部长，10月任共青团广州地委书记，12月调任共青团广东区委书记。

一天，杨善集正整装待发，邮差送来一封从海南岛琼东县寄来的家书。他看见父亲那熟悉的笔迹，猛然想起因为忙碌，已经好久没有给家里写信了。他拆开信封拿信来阅读，果然是父亲来信责备他。自从他去苏联留学和回国后在广州工作以来，一直没有回家探亲。此刻，他读着父亲的来信，倍觉要使自己的家庭跟上时代的前进步伐，应该让家人来到广州开开眼界。他想，现在广州办有农讲所和短期训练，如果父亲、妻子能来学习并参加革命工作该有多好啊！但他知道父亲的脾气，非用激将法是不会轻易来穗的。于是他在复信中写道："全广东青年，全广东民众，群情激昂地投入北伐战争的准备。儿子要以身作则，先国后家，先公后私。等到打倒北洋军阀，革命成功，琼东县铺上了铁路，火车通到家乡福田墟时，我再回家看望父母妻子……"

果然，他父亲收到信后勃然大怒，并将信上的话告诉儿媳。杨善集的妻子是个纯朴的农村妇女，结婚几年，两口子感情好，生有一女杨琼玉。她想不到丈夫就这样不顾老父和妻室。她暗自思量，是不是丈夫留学回来做官变了心？一怒之下，她就把祖宗神位牌子和香炉等统统搬到家翁面前，并摔个粉碎！因为这件事翁媳两个吵了一场。杨老先生下决心去广州，把儿子叫回来。

杨善集知道父亲不日即到广州，他便请老朋友、时任省港罢工纠察队总指挥徐成章出面，要他"如此这般"地代替他先去迎接父亲。徐成章带着杨善集的锦囊妙计，把杨老先生接到留省学会寓所，说道："杨老先生，杨善集一早就陪同周恩来到黄埔军官学校去了，他委托我来迎接您……"

杨维颐打断他的话问道："你说的周恩来先生是黄埔军校的政治部主任，他就是率领学生军东征大败军阀陈炯明的那位周恩来先生吗？"

徐成章答道："对对，一点不错，就是他。"接着便一五一十地介绍说："周恩来很重视杨善集，常常帮助他解决广东青年运动中的问题，所以一年来广东青年运动有很大的发展……"

杨维颐听到儿子在这么个了不起的人物手下工作，感到非常放心，心里对儿子的那股怨气顿时烟消云散。

徐成章发现杨父的情绪有了变化，便乘机说道："杨善集临走叫我和你讲三件事，如果老先生答应了，他就回来接先生；如果不答应的话，这里他放下50圆盘费，请老先生拿了做路费回家去。"

"三件乜事？"杨父急着追问。

徐说："第一件，他要父亲破除迷信，相信科学，今后不要再当风水先生。"

杨老先生欣然允诺："儿子革命，老子也不该落后呀，从此我不做那等事了。"

徐成章接着讲："第二件，他说父亲既来了广州，不妨到革命学校学点马列主义，改造旧头脑，学习新思想。"

杨父听了面露难色，过了一会儿，才慢慢地说："我七老八十的人了，还能读书？"

徐成章笑吟吟答道："杨老先生有所不知，眼下到广州来寻求真理的人，有男有女，有老有少。杨善集常说：'革命不分先后，不分老少，只要思想进步，年老也可以做很多革命工作嘛。'"

杨父听说后，也高兴地答应了。

"第三件，他希望父亲学习结束回家乡要宣传革命道理，做唤醒民众的工作。"徐成章又继续说道。

杨老先生听毕也满口答应了下来。

接着，徐成章立刻通知杨善集，杨善集知道父亲思想转变，心里有说不出的高兴，即时赶来和父亲见面……

杨父回到老家以后，即向儿媳妇讲了杨善集的三个条件，杨林氏听了满心欢喜，立即起程去广州。杨善集对她说："听说你把祖宗位牌和香炉都打碎了，做得对，但也不全对。这样做是不能解决问题的。我们要吸取辛亥革命失败的教训，做许多实际工作，唤醒民众。所以我叫你出来要做工，不是当太太。我当书记也是做革命工作，不是当官。我每月只有6圆生活费，不能养一个太太不干活。你说对吗？”

杨林氏频频点头称是。从此，她在杨善集的教育下，从一个目不识丁的饱受封建思想束缚的农村妇女，慢慢成长为一个坚强的革命战士。

且说杨善集回海南与王文明会合后，并同各县党的主要干部进行了联络，先后在府城、海口、嘉积举办短期党员训练班，培养了一批党的骨干分子，为召开全琼第一次党代表大会做好酝酿工作。

这时，建立党的地方组织领导机构已是水到渠成了。但是，召开党代会必须有一较为隐蔽的去处，最后大家想到了邱家祖宅。

大家来到竹林村，但见村里翠色笼烟，绿荫蔽日，鸟语啁啾，悦耳动听。那一行行的翠竹，一簇簇的修篁，昂然挺立，撑起一片清凉天地。

村边小桥流水，曲径通幽，景色宜人。大家在进行革命活动，或者在召开秘密会议时，往往采取乘凉的方法，以及讲故事、打麻雀、打天九牌等方法，以掩人耳目。

不知情的人还以为他们都是邱家生意道上的客户呢。

1926年6月，中国共产党琼崖第一次代表大会在海口竹林里131号邱宅大院召开。参加会议的代表有王文明、罗文淹、冯平、周逸、李爱春、许侠夫、何赵德裕、陈垂斌、黄昌炜、陈三华（女）、罗汉等十几人，他们代表着全琼崖的240多名中国共产党党员。中共广东区委特派员杨善集出席会议并进行指导工作，王文明主持会议。

大会上，杨善集传达了中国共产党第四次全国代表大会的精神和中共广东区委关于建立中共琼崖地方党组织的指示。

会议分析了全国和琼崖的革命形势，认为琼崖党组织在政治上巩固和扩大革命统一战线，决定“党部机关与人民合作”的联合战线，以谋除去党部行政与人民间的隔膜，决定巩固“国民的联合战线”政策，促进各县党部切实帮助与组织各种人民团体，再加以农工商学大联合，以巩固后方基础。同时根据党的“四大”提出有关于共产党在民族革命中的领导作用，认为党组织在国民党琼崖特别委员会和各市、县党部中，要认真贯彻执行“党在国民党中工作的政策”，即在国民党内部反对右派而与左派结合密切的联盟，竭力支持左派反对右派的斗争。会议号召党员要站在民族革命斗争的前列，带领人民群众将革命进行到底。

会议通过选举产生了中国共产党琼崖地方委员会领导机构。中共琼崖地委的成立，翻开了琼崖革命斗争史新的一页，它标志着海南人民在中国共产党的领导下进入了一个崭新的历史阶段，从此，各族人民在党的指导下，为实现共产主义理想而进行着艰苦卓绝、不屈不挠的斗争。

后人萧国镗有诗赞曰：

海口竹林根据地，琼崖革命新篇章。
召开一大筹宏业，组建地委扛大旗。
统战范围应扩大，武装斗争务加强。
高才济济安排定，覆地翻天日月长。

会议中，杨善集见王大鹏成天忙着阅书和起草文件，不时还哼上几句琼戏，整天乐呵呵的，便笑着问道：“为何当不成县太爷还如此乐观？”

王大鹏答道：“当县太爷时是孤身奋斗，现在是在党的怀抱里工作，我怎能不痛快哩。”一席话，把大家都逗乐了。

会议期间还有一段趣事。参加这次会议的革命者有不少人携带夫人前来。在封建社会里，妇女遭受的压迫深重，很多妇女只有姓氏，连取个名字的权利都没有。

王大鹏倡议说，要解救广大妇女于水火，要组织她们参加革命斗争，首先要让每个女人有个堂堂正正的名字。大家一齐赞同，并让王大鹏首先给杨夫人起名。

他略一思索说道：“琼崖学联主席陈安国同志的夫人叫林一文，杨善集同志是我们琼崖党组织的负责人，他的夫人当然是我们琼崖的第一夫人了。我看杨林氏取名‘林一人’。这个大名笔画少，也好记好认。”

杨善集也说：“王县长的夫人我取妇女力量浩大如江流汇集之义，就叫‘何十川’吧。”

在海口指导工作期间，杨善集把妻子接到身边，筹钱把妻子送到府城女子学校上学，亲自写上“林一人”3个字。并重新解释了“林一人”这个名字的含义：“这个名字好记易写，意思是要你做一个真正的人，与男人平等的一个人，为妇女谋求解放的一个人。”林一人听罢点头，表示对这个名字十分满意。

7月，中国共产主义青年团中国社会主义青年团琼崖地方委员会也在海口成立。

8月初，《现代青年》旬刊在琼崖发行，宗旨是指导青年学生运动和指导琼崖文化运动。

却说从这年的下半年起，琼崖国民党右派分子步蒋介石的后尘，接连挑起限制共产党，排挤革命派，破坏工农运动的事件，比如撤销《琼崖民国日报》中的中共党员所担任的职务，任命极右分子吴国鼎接任社长；组织所谓“孙文主义青年团”，在学生中制造混乱和破坏海口市总工会，分裂工人运动；逼走国民党左派张难先，张任琼崖行政委员、国民党琼崖特别党部主任委员期间，同共产党密切合作，支持工农革命，为国民党右派所不容。国民党右派为达到其罪恶目的，进行造谣中伤，诬陷坑害，说张在琼崖任职期间，搜刮人民钱财达10万块光洋，迫使张难先离琼去职。并撤换各市县的一些左派县长和县党部书记长，以及学校校长。

中共琼崖地委对国民党反动派的挑衅进行了斗争，特别是海口市工人运动方面斗争尤为激烈。国民党反动派对海口的革命风暴深感恐惧和不安。

时间过得飞快，转瞬间又到了1927年。这年春，中共琼崖地委书记王文明为了培训出大批农运干部去领导农民运动，在全琼各县普遍办起农民协会训练所的基础上，在海口高州会馆创办了琼崖高级农民军事政治训练所，由琼崖地委直接领导，冯平担任军事主委，政治主任由周逸担任，党支部书记为陈国梁。不久陈国梁调走，改由王文源接任。军事课实际由冯建农负责。农训所第一期学员共有32人，其中琼东、乐会、万宁等县的16人是该县农训所的首届毕业生，他们是为进一步深造而来的。这期训练班计划进行为期3个月以军事为主的学习，所以学员都带来枪支。枪支存放在国民党第三十三团机枪连驻地——高州会馆里，每天操练时再去领取。

冯平领着大家唱着当时流传的一首《农友歌》：

（领）霹雳一声震乾坤呐，（合）震乾坤呐，

（领）打倒土豪与劣绅呐，（合）打倒土豪与劣绅呐。

（领）往日穷人矮三寸呐，（合）穷人矮三寸呐，

（领）如今是顶天立地的人呐！（合）如今是顶天立地的人呐！

（领）天下的农友要翻身呐，（合）要翻身呐！

（领）自己当家做主人呐，（合）自己当家做主人呐！

（领）一切权利归农会呀，（合）权利归农会呀！

（领）共产党是我们引路的人呐，（合）共产党是我们引路的人呐！

（领）粗黑的手哇掌大印呐，（合）掌大印呐！

（领）共产党旗帜照人心呐，（合）共产党旗帜照人心呐！

（领）梭镖梭镖握得紧呐，（合）梭镖握得紧呐！

（领）坚决革命向前进呐，（合）坚决革命向前进呐！

……

《农友歌》的歌声响亮、豪迈、有力、强烈，歌声在海府地区的上空回响着，尔后渐渐地向四周扩散开去……

且说王文明任中共琼崖地委书记以来，便积极发展党员和组织活动，他时常来到省立第六师范（琼台）学校发表演讲。王的口才很好，他讲述马克思、恩格斯创立共产主义的学说，讲述列宁领导的俄国十月革命胜利，还讲述孙中山先生的"联俄、联共、扶助农工"的新三民主义政策，使学生们听得入了迷。其中有一位叫邢慧学的女学生被他的演讲才能深深地打动了。

邢慧学是文昌县文教乡水吼村人，人长得美丽，能歌善舞，是一个敢于抗封建压迫的女子，后被誉为"琼崖红色革命的五朵金花"之一。

她本有一段包办婚姻，但结婚不久她就从夫家出逃到府城求学，那年，22岁的她考入广东省立第六师范学校读书，积极参加学生运动，并加入共产党。毕业后担任六师团支部委员。在这里，她认识了王文明，并主动找到王文明谈革命、谈理想、谈心事。但他们还来不及开始这段感情，邢慧学便被派回

文昌县担任党团联合支部委员，继任国民党文昌县党部妇女部长等职务。

后来，邢慧学从文昌调到中共琼崖地方委员会工作，王文明热情接待了这位新女性。由于邢慧学能力出众，很快当选为琼崖妇女委员会主任、中共琼崖特委委员，次年还被选为中共广东省委委员。在工作中，王文明与邢慧学朝夕相处，互相了解，互相爱慕，日久生情，当她得知王文明的妻子不久前不幸病故，在老家留下两个未成年的孩子，而他则强忍着极大的痛楚，以革命事业为重，孤身一人到处奔波，过着苦行僧般的生活时，邢慧学很受感动，并表示深深的同情，从而处处关心王文明。正月的一天，王文明与邢慧学订下终身，不久两位互相倾慕的革命同志结为伴侣。

王文明与邢慧学的婚事办得虽然简单，但是大家还是来闹洞房。

伴娘陈玉婵劝大家早点休息，有人向她做了个鬼脸，然后悄悄地问道："婵姐，什么时候轮到我们吃你与冯平同志的喜糖呢？""还早着呢，过一段时间再说吧！"陈玉婵大大方方地说道，然后瞟了冯平一眼。

冯平身材魁梧，留短发，穿留俄时的苏联红军军装，脚穿马靴，威武雄伟，俨然一名标准的军人。他听了大家的逗笑，不好意思地笑了。

却说星移斗转，转眼间已到了初夏时节。4 月 3 日，琼崖各界在海口英山举行庆祝北伐胜利大会。会上，国共两党的代表都在大会上讲话，国民党琼崖军政方面的有第三十三团团长、琼崖警备司令黄镇球，参谋长叶肇，副团长黄其桢、李济源，营长李洁之，指导员云桜等人；共产党方面的代表有中共琼崖地委书记王文明，军事部长冯平，组织部长陈垂斌，宣传部长许侠夫，工人部长何赵德裕，妇女部长陈三华等人；共青团地委书记黄昌炜，组织部长罗文淹、青年部长陈垂斌、妇女部长陈玉婵；海口总工会负责人何万桂、林平、洪钟、陈安国等人；大家在大会上发表讲话，都一致赞扬国民政府为完成孙中山先生之遗愿，挥兵北伐，以志在打倒北洋军阀，打倒帝国主义，建立三民主义的新中国等。

继而，参加大会的工农兵一起唱起《国民革命歌》：

打倒列强，打倒列强！

除军阀，除军阀！

努力国民革命，努力国民革命！

齐奋斗，齐奋斗！

工农学兵，大联合，大联合！

打倒帝国主义，打倒帝国主义！

……

接着又唱起《工农兵联合起来》：

工农兵联合起来向前进！

我们向前进！

工农兵联合起来向前进！

我们向前进！

……

庆祝大会场面空前，真是旌旗蔽空，锣鼓喧天，万众欢腾，十分热闹。

会后，约有2000人列队由海口往府城进行庆祝游行，然后向国民党琼崖警备司令部献旗祝贺。

这些游行队伍分成两条长龙齐头并进：一队打着青天白日旗，为国民党所领导的；一队打着斧头镰刀旗，为共产党所领导的。彼此貌合神离，毫无团结气氛，谁也不肯让谁先行，好似仇人一样，弄得民众非常诧异。国民党琼崖警备司令部曾派人告诫双方领导人，要严守秩序，不得滋生事端。因此沿途没有发生吵闹和打架的事情。但也有人已经由此意识到国共两党的合作是不巩固的，有分歧的，两党有可能要发生分裂，甚至互相火并，导致成仇。

当时，他们只估计到国民党右派会发动政变，却没有料到会来得那么快，更没有估计到它的严重性，思想准备也不够。原来上海、广州已经发生事变，因琼崖孤悬海外，消息闭塞，他们尚不知晓。

这正是：琼崖国共生裂痕，惊天巨变在眼前。

第二十三篇

暗操屠刀黄镇球翻脸　密送指示孙成达遇险

话说1927年4月20日，国民党LY派（西山会议派）琼崖头目徐天琛组织海口工会（黄色工会）数百人游行示威，他们来到府城国民党第三十三团团部请愿，要求取缔共产党对海口总工会的领导。

国民党第三十三团团长兼琼崖警备司令黄镇球看到来者甚众，担心控制不了局面，乃满面堆笑地接见了海口总工会负责人何万桂与林平等，好言抚慰打发工人群众回去。

黄镇球，字剑昂，1898年生于广东梅县。1911年入广东陆军小学习武，曾加入了中国同盟会，1914年入湖北第二预备保定军校，参加讨袁运动；1919年毕业于保定军官学校第十二期，随后回广东参加护法、平叛、东征、南征诸战争，历任连长、营长、参谋、团长、琼崖警备司令等职务，之后，随着蒋介石的叛变革命，形势急转而下，他陡露杀气，在琼崖也挥起屠刀杀害共产党人和工农群众革命分子，落得个臭名昭彰，令人齿寒。

当晚黄就召集第三十三团的校官七八人开会商议应付之策。黄首先向各人介绍这个消息，并请与会者各抒己见，以备采择。

由于琼崖是孤悬海上的岛屿，交通、通信都比较迟滞，各方面的信息不大灵通。这样大约过了4月半的光景，才从各种渠道传来一些零碎的消息，说是蒋介石已经确实在南京另设立中央党政机关，发号施令，并于4月12日发布“清党”运动，在上海市大肆逮捕共产党人，解散总工会，收缴工人纠察队的枪械，打死打伤很多人。各方闻讯，都很震动。武汉国民党中央和国民政府认为：这是破坏国共合作，摧残群众组织的反革命事变，乃下令罢免蒋介石的国民革命军总司令及所兼各职。过不了几天后又传说，广东军政当局李济深等也于4月15日在广州采取同蒋介石在上海一样的行动，捕杀了许多共产党人、工人、农民和青年学生等，弄得人心惶惶。但是确实情况还尚然不清楚。

4月19日，第三十三团第三营长陈公侠的堂弟陈公佩，由香港乘船来到琼崖，据说他是国民党广东省党部派来琼崖“视察党务”的。他将各地“清党反共”的情况，向黄镇球、叶肇作了通报，敦促黄、叶在琼崖地区也要迅速行动起来。

第二天，叶肇便分别秘密约见国民党海口党部、琼山县党部、文昌县党部、定安县党部、澄迈县党部和临高县党部的书记长前来商谈“清党”工作和布置反共问题。

话分两头。正在中共琼崖地委组织处于万分危急之际，亦合上苍有眼，天意佑护，竟牵引出一个关键人物来，及时拯救了琼崖地区的中国共产党组织，以至于不被国民党琼崖清党委员会一网打尽。

这个关键人物叫作孙成达，海南定安县雷鸣乡赤目坡村人，毕业于广东省立第六师范学校。1924年赴穗考取黄埔军校第二期受训，在广州受到共产党人周恩来、恽代英和徐成章等人的影响与引导，参加了中国共产党。1925年6月，在党的领导下，香港的海员、电车司机、印刷工人和广州的洋务工人举行了声势浩大的省港大罢工运动来声援上海的“五卅”运动。孙成达跟随徐成章参加省港罢工斗争，并担任省港罢工委员会工人纠察队教官，继任纠察队模范大队队长。

同年10月，孙成达返回琼崖参加农民运动。这位离别故土近两年的广东省农运特派员，如今归来时差点儿让乡亲们都认不出来了。他身穿军官制服，头戴高沿帽，腰佩指挥刀，好不威风！孙成达平易近人，态度和蔼，他一回到家乡就动员农民组建协会，创办平民学校，开展破除迷信活动，提倡男女平等。在他的组织和指导下，青年学生将本地寺庙里的木偶神像集中起来捣毁焚烧掉，将几千年以来封建社会愚弄民意的神像全部焚毁，深得广大群众的拥戴。在这些日子里，孙成达闻鸡起舞，坚持苦练功夫，人们见他在村边滚爬刺杀，跳过棘丛，跃过矮墙，甚是了得，于是童叟皆呼之为“飞将军”。自此，孙成达的“飞将军”之名在定安县传开了。旋后又接到中共广东区委通知，重返回广州在省港罢工委员会工作。

1927 年 4 月 15 日晚上，国民党反动军队包围了省港罢工委员会大楼，孙成达和五名罢工委员会领导人正在三楼上召开紧急会议，讨论对策。他们坐下不久，听到楼下有搜捕的吵闹声，在急促突围时，有两位同志先后从三楼跳下去，其中一位空手跳下去摔死，另一个抓着毯子跳下摔伤而被俘。孙成达急中生智，忙拿起两把雨伞撑开，双手撑着雨伞，从另一个窗口跳下去，好像降落伞般安全降落地上，然后迅速突围逃走，摆脱敌人的追踪，并找到中共广东区委领导人陈延年报告情况，陈延年当即把发生事变的过程写成密件，委派孙成达将情报挟带回海南岛，通知中共琼崖地委书记王文明等人迅速做好撤往农村的准备。

孙成达接受任务之后，一番化装乔扮，于 4 月 21 日乘上从广州开往海口的客船。他头戴一顶龟沿帽，身穿灰蓝色长大褂，脚蹬软底布鞋，斯斯文文大大咧咧的模样儿，看上去像一名走南闯北的商人。他把密件藏在罐装食品的盒子里，装进行李袋中，检视了一番后，才放心带着行李走进了轮船客舱里。

此际他的心潮也随着大海的波涛澎湃起来。他深知责任重大，身上维系着党的委托和琼崖党组织的命运，因之他保持沉着冷静的样子，时而探头仰望着天空的浮云，时而俯视着大海上翻滚的波浪，极力地抑制与掩饰那不平静的心绪，装作若无其事的样子，倚靠在轮船的靠椅背上，闭目养神。

恰在这时，轮船上一阵骚动，他睁眼一看，见到一个身套外褂的人也在船上转来转去，待到定神一看，不觉倒吸了一口冷气，此人正是海口黄色总工会头子邢觉非。原来，邢觉非也在广州接受了国民党当局的密令，要赶回海口通知捕杀共产党员，并且获知孙成达返琼的消息。

真是冤家路窄，两个代表着截然不同立场的密使，竟然鬼使神差般不期相遇，居然同时都挤在一条客船上。幸好，邢觉非对孙成达只知其名而未见其面，孙成达却对这个反动家伙早就认识了，因此，孙成达迅速做好心理准备，思考着对付的方法。

邢觉非一双鼠眼滴溜溜地翻转视看着船上每一个乘客，当他走到孙成达跟前时站住了脚，打量了片刻，然后问道：

“客官，你认识孙成达吗？”

“认识，认识！”孙成达坦然回答，然后反问一句：“先生找孙成达有事吗？”

“我有事要拜托，你……”

“我是他的朋友，他就搭随后那只船！”孙成达灵机一动，指着后边的一只船说道。

“呵……呵……打扰了……”邢觉非看不出破绽，悻悻离去。

午后，客船慢慢靠近海口码头，旅客们拾点行李陆续上岸。港岸上出现几个鬼头鬼脑的稽查人员，这是驻守琼崖的国民党军三十三团参谋长叶肇得到当局信息而派出缉捕孙成达的走狗。他们瞅着每个上岸的客人的面孔，拦住旅客盘问点什么。当孙成达不慌不忙地走下客船时，就有人凑过来审问道：

“你看见一个叫孙成达的人吗？”

“他就在后面客舱里。”

孙成达说罢，与稽查人员擦肩而过。可是愚蠢的敌人还在查问孙成达呢。

且不说孙成达脱险后如何找到中共琼崖地委组织通报情况之事，只说海口总工会头子邢觉非在客舱上查找不出孙成达之后，便于当天下午赶到府城琼崖警备司令部，向黄镇球、叶肇等人传达了国民党广东省当局关于“清党”的秘密命令。

当晚，国民党第三十三团长、琼崖警备司令黄镇球，参谋长叶肇立即召集全团的校官和几个政治指导员到警备司令部开会，商讨有关“清党”问题，并请国民党广东省党部派来琼崖地区视察党务的陈公佩出席会议，介绍各地“清党”的情况。

团政治指导员说：“‘清党’的含义，只能是将参加了国民党和我们合作不来的共产党员清除出去而已。而不是借‘清党’之名制造白色恐怖，自残手足的。所以我们行事要慎重，千万不要人云亦云，人干亦干，造成难以补偿的损失。”

李洁之则坚持己见，极力争论道：“我绝不同意搞什么‘清党’运动，尤其反对拘捕与残害共产党人，以及他们所组织领导的各种群众团体的负责人，去摧残优秀的革命人物，损伤国家元气，危害国家前途。”

再说孙成达躲过国民党稽查人员后，来到海口，由于他这几年多在广州，对海口的情况有点生疏，因而不知道琼崖地委在哪里？只好在中山街上来回走动着，希望偶然遇见相识的人员。他走着走着，忽然眼睛一亮，果然遇见两张熟悉面孔，他立刻迎上去，认出此二人原来是他们在广州召开同盟会议时熟识的陈垂斌和郭儒灏。

陈、郭二人也认出了孙成达，他们意外相遇，喜不自禁，但由于情况紧急，孙成达来不及寒暄，忙将情况悄声告诉他俩人说：“蒋介石叛变革命了，国民党右派正在‘清党’，上海、广州等地已经开始屠杀共产党人了。广东区委书记陈延年同志让我回琼通知琼崖地委马上撤出海府地区，转移到农村去，千万要保存住琼崖革命的火种，让革命的薪火一代代传下去啊！”

陈垂斌和郭儒灏听罢，带着孙成达来到琼崖高级军事政治训练所，会见了中共琼崖地委书记王文明以及琼崖地委委员周逸、陈德华等人。

王文明紧紧地抓住孙成达的双手，感激得说不出话来，只是一个劲地轻声叫道：“太好了……太及时了……”

紧接着，孙成达把密藏在罐装食品盒子里的密件取出来，然后郑重地交给王文明，说道：“王书记，这是广东区委发出的关于撤离城市、应付事变的紧急指示，请你按照上级指示布置行动，刻不容缓！”

王文明双手接过广东区委的紧急指示，激动得声音有点发颤：

“谢谢你，孙成达同志，是你在琼崖党组织的生死存亡之关键的时刻，冒着生命危险及时传递上级的秘密指示，拯救了琼崖革命，挽救了琼崖党组织。感谢你为琼崖革命做出了不可磨灭的重大贡献，琼崖人民不会忘记你的功劳……永远不会忘记的……”

这正是：无端狂徒生恶念，天佑党人转危安。

第二十四篇

黄镇球下令清党反共　王文明遵示撤退农村

话说4月21日夜晚，天空乌云滚滚，电光闪闪，雷声轰轰。

紧接着，一场瓢泼大雨骤然降临，使本来已经漆黑如墨的夜色更加阴森恐怖。大雨好像发狂似的倾泻着，把个海府地区包裹得严严实实，时不时穹窿之上炸雷连声鸣响，仿佛一切的一切都笼罩在暴风雨和挟裹于滚滚雷声中。

不过，透过迷迷茫茫的雨幕，借着电光天火的瞬间光影，倒可以看得见国民党琼崖清党委员会驻地那座城堡式建筑物的窗口，偶尔露出的一线昏黄的灯火，仿佛鬼火一般恍恍惚惚。斯时，国民党琼崖警备司令兼琼崖清党委员会主席黄镇球正处在高度亢奋之中，他连夜与参谋长叶肇等人布置"清党"反共行动，并下达了抓捕共产党人和进步分子的命令。

22日凌晨，但见一辆辆警车呼啸而过，一队队军警倾巢出动，在国民党琼崖党部的配合以及海口黄色工会头子邢觉非等指点下，先后包抄了琼崖总工会、农民协会办事处、农民训练所和工人纠察队，抓捕了不少共产党员和倾向革命的积极分子。

由于时间紧迫，中共琼崖地委因仓促间来不及通知海府地区的共产党员和革命群众撤离险境，因此大部分人都在睡梦之中被国民党右派分子举起屠刀疯狂屠杀或者逮捕。府城的大街小巷布满了荷枪实弹的士兵，凶神恶煞的反动军警横冲直撞，抓人杀人，白色恐怖笼罩着千家万户。

一路反动军警包围了琼山县国民党党部驻地马相庙，抓捕中共琼崖地委委员李爱春不果，后在原琼山县国民党部的右派人物王苏民的引领下，闯进李爱春妻子孙宝珊的娘家府城曹宅，将李爱春逮捕。李爱春机警地与抓捕人员说理争吵一阵，以此告知家里人，好让他们逃跑。那些士兵连外衣也不让他穿，只让李爱春穿着内衫内裤，光着脚就被押走了，关押在府城东门警备司令部附近的房子里。

另一路反动军警由黄色工会的工贼带路，直扑琼山县妇女解放协会住地城隍庙。这天早上，琼山县妇女解放协会主任陈玉婵和执行委员陈秋若、陈国盈等三人刚刚起床，交通员许国栋就急急忙忙赶到城隍庙，向陈玉婵报告事变的消息，但为时已晚，许国栋刚刚转身离开，一队荷枪实弹如狼似虎似的军警已经包围了城隍庙，白色工会的工贼王苏民指着陈玉婵对军警说："戴眼镜的那个就是琼崖女共党头目陈玉婵。"军警们听毕一拥而上围住她，就这样陈玉婵不幸被捕了。

继而，一批军警又包围了琼山中学。时琼崖学联会会长、琼山县国民党党部常委兼青年部部长陈安国和陈之华、陈玉莲、黄广意等人正在学校里分析当前局势，即被反动军警抓去关押在东门王氏祠堂里。王文尧、陈其美闻悉后，冒险到王氏祖祠探望陈安国，他俩瞧见看守的只有二三个士兵，便劝他抓紧时机逃走。

陈安国却毫不在乎地说："问题不大，国共还是合作的，矛盾是暂时的，几天后就会无事了。逃出去，那不是当逃兵吗？我不走！"

与此同时，负责海口清党反共的第三十三团机枪连也包围了设立在海口高州会馆的琼崖高级农民军事政治训练所，以及设在东边的琼崖农民协会训练所和西边的琼崖农民协会办事处、琼崖地委办公处等。时任琼崖地委委员陈德华正在高州会馆里销毁党组织的秘密文件，同志们通知他尽快离开，他却说："你们先离开吧，我一个人留下来，我是搞组织工作的，很少露面，敌人可能不认识我，我留下将文件处理妥善后再走。"就在他刚处理完秘密文件时，敌人拥进高州会馆，不仅逮捕了陈德华，还有琼崖高级农民军事政治训练所党支部书记王文源和学员邢燕如、王纪、李鼎新、吴邦康等 25 人。紧接着，又从农民协会办事处将吴飞熊、陈开松、符和鸣等人押到农训所。

天亮后，国民党琼崖清党委员会主席黄镇球来到海口，亲自指挥军队包围国民党琼崖特别党部、海口市党部、琼崖总工会、海口市总工会等机关，以及各界民众团体驻地，解除了纠察队武装，逮捕了国民党琼崖特别党部成员符国光和市党部委员林平、朱润川等，还有吴清坤、何乃桂、谭荣光等一批共产党人。在中共琼崖地委组织部工作的洪钟，因不知情况变化，走进来找王文明，结果也被守候在这里的反动军警抓捕了。

且说李爱春被捕后，囚禁于国民党警备司令部驻地府城东门的一间屋子里。第二天一早，他的妻子孙宝珊来探监，李爱春趁机将钥匙交给她，转托她的舅舅立即打开他的那只皮箱子，将箱子里面的党内文件及资料拿出来烧掉，保住了党的秘密。

敌人又将李爱春秘密解押到五公祠监禁，严刑逼供，但李爱春坚贞不屈，守口如瓶。敌人暴跳如雷地吼道："琼崖地委的领导人王文明他们都在哪里？快……快说出来？"

"领导人就是共产党，只不过他们是在战斗的岗位上，你们想抓他们吗？简直是痴人说梦！"李爱春斩钉截铁地说。

"嗯，你还嘴硬！"敌人恼羞成怒对李爱春拳打脚踢，还施行毒刑，用铁丝捆住他的脚趾倒吊在屋梁上，用尽一切酷刑来折磨。

那个姓王的可耻叛徒也走出来，做贼心虚又带着挖苦的口吻说："春哥，常言道：'识时务者为俊杰。'你爱春不爱命，如果你命都没有了还爱什么春呢？"

李爱春挣扎着负重刑的身子，冲着那叛徒痛骂道："住口，可耻的叛徒，我爱春也爱命，但绝不像你那样贪生怕死当叛徒，共产党员在革命需要的时候，连宝贵的生命也舍得献出来，这就叫作视死如归！"

那叛徒被驳得哑口无言，灰溜溜地走了。

再说敌人抓捕了琼山县妇女解放协会主任陈玉婵之后，国民党琼崖警备司令兼琼崖清党委员会主席黄镇球欣喜若狂，他看见陈玉婵又年轻又漂亮，而且有文化，是琼山县"学识广博的女秀才"，心里顿生邪念：若得此女子为妻妾，则吾心愿足矣！他的心思被部下窥破了，最初陈玉婵和吴寿英、冯超3人关在东门王氏祠堂的一间小房子里，不久，又以危险人物之名将陈玉婵、吴寿英2人押到旧政府原登记局的房子里囚禁。敌人先是引诱道："只要你不再参加群众活动，声明退出共产党组织，愿意当黄司令的太太，就可以出去享乐，住楼房、坐轿车、乘花轿，任意选择。你还年轻，要学会享受人生的幸福，哎！来日方长呢。"

面对敌人的利诱，陈玉婵丝毫不为所动，她冷笑地说："请勿看错人！享受荣华富贵的生活我不要，我要的是为共产主义奋斗终生，闹革命、求解放，是我这一生的目标。要我当黄镇球的太太嘛，除非日头从西边出来！"

敌人软的不行，又来硬的一套，那些家伙对陈玉婵施行了皮肉酷刑，边打边问："你要不要共产主义？嫁不嫁黄司令？"

陈玉婵大义凛然地说："我情愿为人类最壮丽的共产主义事业而赴死，至死不渝！"

在敌人的威胁利诱和严刑拷打失败之后，李爱春、陈玉婵、陈安国、林平、林基、洪钟被敌人转移到五公祠监禁。

夏夜里，更深人静，四周寂寥，女监房里黑黝黝的，成群的蚊子"嗡嗡"地乱飞乱舞，扰得陈玉婵难以入眠。她拖着蹒跚的步履，踱至铁窗前，抬头眺望着窗外深邃的夜空，瞧见了横悬天宇上的银河，还瞧见了银河两岸的牛郎织女星，想起了民间神话故事，也不禁想起了她心爱的冯平……

5月26日深夜，敌人对李爱春、陈玉婵、陈安国、林平、林基、洪钟等6人下毒手了，他们被五花大绑后牵到五公祠后面米铺村的偏僻地方，再施用各种酷刑，拿熨斗熨身，以竹签扎指甲，很多人被熨得皮开肉绽，被扎得鲜血淋漓，甚至疼得昏死过去。

当惨无人道的敌人对陈玉婵施行酷刑后，用铁线将她的脖子勒紧，一边勒一边问："哼！你答应不答应？嫁不嫁给黄司令？"

陈玉婵以仇恨的眼睛盯着刽子手，"呸"的一声："回去告诉黄镇球，让他死了这条心吧！哼！"说罢闭口不言，怒目而视。

敌人吼叫道："哼！不当太太，不想享乐，那就叫你去见阎罗王吧……"

最后，发狂的敌人用铁线条将李爱春、陈玉婵、陈安国、林平、林基、洪钟等6人活活勒死，抛弃在五公祠附近的一个深坑里掩埋了。

呜呼！这些为了无产阶级的事业视死如归的革命烈士，以他们短暂的一生，殷红的热血，谱写了琼崖革命史上光辉的一页，光照千秋，激励后人。

却说中共琼崖地委书记王文明接过孙成达从广州带来的关于广东区委的指示信，仔仔细细地看了一会儿，只见寥寥写着几行钢笔字：

琼崖地委：

国民党右派背叛革命，在上海、江西、武汉、广州等地相继屠杀共产党人和人民群众，希望琼崖党组织要作好准备，不让敌人破坏党组织和获得党的文件，党、团负责人要离开；“红”的党员要暂时躲避起来，党的领导机关必要时撤出城市，一般工作人员和党员留在岗位上，即使被捕也不要惊慌。

中共广东区委

1927 年 4 月 20 日

在昏黄的煤油灯下，王文明和周逸、陈垂斌等人阅看了广东区委的指示之后，感到形势十分严重，情况万分危急，立即派郭儒灏、朱柳溪等人以及两位女同志分头通知在海府地区党组织的主要负责人，要他们暂时离开机关躲避，或潜伏候命。继而又安排冯平、林树芹、许侠夫、罗文淹等人撤离海府。冯平、林树芹等人撤退到临高、澄迈一带农村；许侠夫、罗文淹等人撤到文昌县。曹俊升等尚未公开暴露身份的同志，根据琼崖地委的指示，暂时留在海府地区坚持斗争。王文明安排停当，便与周逸、何毅、陈垂斌和邢学慧等人携带琼崖地委党组织的重要文件，连夜乘汽车及时撤往乐会县第四区阳江农村一带组织武装斗争去了。

中共琼崖地委书记王文明率领地委一班人前脚刚走，国民党琼崖警备司令黄镇球即下达了“清党反共”的命令，叶肇和黄色工会头目邢觉非等人也带领军警后脚跟到，结果却扑了个空。

叶肇登时傻了眼，气不打一处来，吼道：“饭桶！废物！”

骂毕狠狠地掴了邢觉非一记耳光，然后垂头丧气地回到府城司令部，向黄镇球报告说：“报告黄司令，共党琼崖头子王文明等人逃跑啦！”

“共党琼崖头子王文明等人是怎么逃跑的？”黄镇球不听则已，一听便怒火直往上冒，圆睁怒眼，板着脸吼道：“跑啦！你说说，怎么就轻易地跑啦？”

叶肇硬着头皮将情况复述了一遍，黄镇球听罢，把叶、邢等人臭骂了一顿，然后说道：“哼！即使刨地三尺，也要给我抓住共产党！赶紧搜捕去！”

“是！是！”叶、邢等立即振作精神，诺诺连声，退了出去。

再说王文明、陈垂斌、周逸、孙成达等一行人途经琼山县的本里湖村时，听说本里湖村与冯白驹的老家大山乡长泰村距离不远，而冯本人也刚刚从海口潜逃回家乡，便想派人去通知他。

事有凑巧，冯白驹也听人说王文明等琼崖地方委员会领导人路过邻村，然后撤回乐会县农村去，便赶到本里湖村见到了王文明等人。大家死里逃生，彼此相见之下，悲喜交集。

王文明说：“事变是国民党创造的白色恐怖，我们要将斗争继续下去，革命是一定会取得胜利的，只要我们坚定信心，依靠人民群众做好工作，领导群众斗争，我们就能够取得最后的胜利！”

接着，王文明向冯白驹了解海口事变情况。

冯白驹叙述道：“4 月 21 日那天，我从乡下回到海口。吃过午饭之后，来到琼崖农民协会办事处的客厅里翻阅报纸，当看到报道 4 月 15 日国民党军警已在广州抓共产党人的消息时，心中觉得有点奇怪，刚巧碰到农训所学员党支部书记，就是你的大哥王文源走进来，他简单地与我和王仲方讲了眼下的情况，并催促我们赶快离开。我们才走出农训所办事处几十步远，回头一看，眼见得大批军警已经把办事处给包围了。我心里一急，就加快脚步跑到郊区农民协会那里，打算找李爱春同志商量，顺便打听一些消息，知道海府地区正在抓捕共产党人和革命学生。于是，我就趁着清明节，买了一些香纸烛等祭品，在海口群上村人陈成柏母亲冼另转的掩护下，化装成去扫墓的群众，来到野外，乃乘机脱险，刚好返回到老家，就听说你们路过本里湖村，我就跑过来探望一下，不期而遇，真是天幸之事。”

王文明知道冯白驹在琼山县的群众基础较好，便提出应组织琼山县委，并指定冯白驹、陈秋辅、冯裕江三人组成县委，并以冯白驹为县委书记。之后，王文明说他明天要回乐会县农村去了，希望冯白驹回琼山后努力工作，加强联络。随后便继续赶路去了。

王文明等人撤退到他的家乡乐会县第四区之后，将琼崖地委领导机关也设在那里，继续领导着全琼崖人民反抗国民党反动派的屠杀政策，坚持无产阶级革命斗争。

乐会县第四区地处阳江石壁一带，属于半山区，西北紧偎百花岭，东南与阳江会山接壤，这里杂居着汉、黎、苗等民族。汉族人多数下南洋谋生，民风淳朴，肯接受先进文化和进步思想。当王文明带领中共琼崖地委机关部分工作人员撤到这里着手开辟农村革命根据地时，受到乡亲们的接纳和热情欢迎。他一回到家乡，顾不上歇息，便向乡亲们打听乐会、琼东二县和嘉积市等地的农民运动训练所，以及琼崖仲恺农工学校以及学员们的情况。

有人告诉他，自从国民党反动派在海府地区进行血腥屠杀共产党员和进步人士之后，嘉积市的反动分子李有新、梁振柏等人也开始对共产党员、青年团员和进步群众动手。在这危急关头，琼崖东路特别支部书记雷永铨立即召集在嘉积的党员开会研究对策，转后把琼崖仲恺农工学校全体师生撤离到琼东县第四区烟塘乡打雷村一带，连同当地农民自卫军共350人集中训练，到了第三天，他们准备进攻嘉积市打击国民党反动派的气焰。但是，由于轻敌疏忽，他们的行动计划被反动分子李有新、梁振柏等侦悉，这伙人遂带着大路墟和嘉积市的反动商团武装和驻扎嘉积的国民党军队采取突然袭击，农民自卫军和仲恺农工学校的师生遭到重大损失，死伤60多人，被捕数十人。

王文明听了琼东县农民自卫军以及嘉积仲恺农工学校的师生遭受重大损失时，连声嗟叹不已。接着，他又向乡亲们了解乐会县农民训练所的近况。

有人又把打听来的情况向他说："乐会县农训所在陈永芹、王绰余、雷永业等人的领导下，把该所办得很出色，深受学员们的欢迎。""后来呢？"王文明迫不及待地追问道。

"后来听说海府地区清党，陈永芹和军事教官陈芬年、王学伟等人率领该所学员迅速地撤离到乐会县第四区，随后又移动到万宁县内的军寮村一带，协同事先撤到那里的乐会县农民自卫军的武装骨干，乐会县中学校的师生和万宁县农训所的学员共200多人会合了。"

"好，好咧！只要我党能够保存这些革命武装力量，就有与国民党反动派讨还血债的本钱喽。”王文明听说陈永芹等人已经带领乐会县农训所的学员撤到乐万两县交界的山区时，心里一阵兴奋，苍白的脸上涨得通红，忽然咳喘咯出了血，随同王文明一起从海口逃回来的何毅、周逸、陈垂斌、孙成达等人看到王书记劳累得口吐鲜血，还带病坚持工作，心里感到不安，都来劝慰他休息片刻，但他坚决不答应，而是执拗地说：“小毛病，没关系。”

“王同志，你日夜操劳，拼命工作，积劳成疾，同志们心里有谱儿，也为你心疼，还是休息一会吧。”大家又再次劝他。

“我们琼崖党组织已经到了生死存亡的关头，上级把这副重担子交给侬人，侬人就要咬紧牙根，把这副重担子挑起来，责任是多么重大啊！你们说说，我王文明能睡得着吗？”说罢，又叫那人继续介绍乐万两县交界的风物风貌情况。

那人介绍说，乐万交界多为山岭，广袤百余里，尤其是万宁境内的六连岭，山势雄伟，连绵不断，其主脉从五指山逶迤来，余脉则伸延到乐会、琼中等县境，素有“万城屏障”之称。当年琼崖民军总司令陈继虞率领琼崖讨袁护国军攻打海口受到挫折时，曾带领余部几十人转移到六连岭附近坚持斗争。现在，乐会县农训所已经转移到六连岭一带与万宁县农训所会合，发展农民武装，准备反击敌人，用革命的武装反对国民党反动武装。

王文明听完介绍，连声称赞六连岭的地势和乐万两县农训所走武装斗争道路的正确性。他转身对孙成达说道：“孙同志，我谨代表琼崖地委委派你回定安县开展活动，想方设法与定安县党组织领导人徐成芳、洪卓英等同志联系召开党员和革命群众大会，号召人们继续革命，同时揭露和声讨蒋介石叛变革命，破坏孙中山先生的‘联俄、联共、扶助农工’新三民主义政策的罪行。”

孙成达说：“王书记，我坚决服从党组织的安排，完成党交给我的任务。”

“我相信你，好好干，日后再见！”王文明再次紧握着孙成达的双手，向他投去信任的眼光。

送走孙成达之后，王文明和何毅、陈垂斌、周逸、林树芹等人商量事务，讨论对策。讨论结果决定由王文明、何毅、陈垂斌等人前往六连岭山区一带组织领导和发动农民武装；林树芹等则转赴琼东与定安交界山区活动，深入农村进行发动和组织群众工作，并与孙成达互为联系，为日后发展农民武装斗争作好准备。

时隔不久，王文明的大哥王文源也从海口逃回乐会县第四区益良村，兄弟俩虎穴逃生，互相道贺，庆幸之余，王文源便将他逃回的经过和打听到的国民党在海府地区屠杀共产党人的情况复述了一遍。

事情是这样的。王文源担任琼崖高级农训所学员党支部书记期间，正逢国共两党分裂，国民党第三十三团机枪连包围了高州会馆，将农训所全体人员集中关押到一个大房间里，然后由国民党军的一个营部进驻农训所。敌人是想续办农训所来为他们服务。因为他们认为农训所这些从乡下来的农民老实巴交，只要用一套反动思想理论“洗洗脑子”就能为他们卖命。所以国民党琼崖清党委员会头目叶肇在对海府各校学生训话时，也要农训所的学员去，这样过了一个星期后，他们认为农训所学员的脑子被“洗”得差不多了，就派农训所的学员们到各县去为其“清党”，还发给每人15元生活费和车船免征证，以及领取生活费的证明。就在出发的前一天，王文源找到各县的农训所学员个别谈话，要求他们回到县里后，设法脱离反动派的控制，同党组织取得联系，继续参加革命，然后上山去打游击，不要为国民党反动派服务。就这样，王文源回到乐会县之后，乘机摆脱国民党的纠缠逃回老家。

接着，王文源又把在海府地区听来的有关国民党反动派屠杀共产党人的情况述说了一遍。

大家听罢，默默地向死难烈士致哀，心里充满着对国民党反动派的无比仇恨。正当众人沉浸在对先烈们无限悲恸之际，忽有内线人送来情报，说是驻扎嘉积和乐会县之敌准备来益良村搜捕王文明、王文源兄弟等人。

王文明接到情报后，举起拳头，声音洪亮地对大家说：“我们不能坐以待毙，国民党右派拿起屠刀来杀我们，我们也要拿起枪杆子跟敌人真刀实枪地干！誓当以牙还牙，以血还血，为牺牲的同志们报仇雪恨！走，我们到六连岭去与万宁、乐会两县农训所的同志们一起上山打游击，跟国民党反动派斗争到底，大造蒋介石的反！”

“好，走，现在我们就上六连岭去进行革命的武装斗争，以革命的武装反击反革命的武装！”陈垂斌、何毅、周逸和王文源等人异口同声地说。

“走，上六连岭去走武装斗争之路！”王文明大手一挥，坚定地说道。

这正是：官逼民反上梁山，民遭戕害走水泊。

第二十五篇

六连岭上呈现红彩云　军寮村边打响革命枪

话说1927年海府地区“4·22”事变发生后，消息传来，中共万宁县部委负责人欧赤大为骇然，当即与共青团万宁县委书记魏宗周、新任万城农民训练所长谢育才，以及杨树兴、陈文荣、官天民、熊侠、谢翰华、谢文川等共产党人磋商，然后派人通知远在县南礼纪农训所长黄更朱、军事教员陈翼甫；县北龙滚的农训所长李琼钺、何君焕以及政治教员陈克邱等人来万城集中，于晚间在万阳学宫（万城农训所）里商讨如何应对国共分裂之策略。

当天夜晚，天气又闷又热，黑夜里不时地传来犬的“狺狺狺”狂吠声。大家心头仿佛压上一块大石头，沉重得很。欧赤点燃了一支蜡烛，烛光发出微弱的光亮，照在众人一张张清瘦的脸庞上，显得特别精神。欧赤用愤慨而低沉的声调说道：“同志们！蒋介石已经背叛孙中山先生的‘联俄、联共、扶助农工’的新三民主义政策，国民党右派早已在上海、武汉、广州等地举起屠刀，向共产党员和工农革命群众开刀了，国共两党分裂了！现在国民党琼崖警备司令黄镇球也下令清党反共，在海府地区大肆逮捕和屠杀共产党人；琼东、乐会等县和嘉积市的国民党右派也开始搜捕共产党员，而万宁县国民党右派也正在磨刀霍霍，伺机对我们共产党人下毒手了！”

说罢，他双眼炯炯环视着大家，而后攥紧拳头，慷慨激昂地说：“同志们！新的斗争就要开始了！革命的风暴就要来了！我们要有思想准备，积极行动，想法把我们万城、礼纪和龙滚三处的农训所学员拉出来，切莫麻痹大意，坐以待毙，使我党组织遭受损失啊！”

大家听毕，愤愤然地骂道："蒋老贼利用国共两党合作打倒封建军阀后，却趁机篡军夺权，叛变革命，反对人民，没有好结果！"

但是骂归骂，骂不死人，大家都深谙此理。于是一致认为眼下局势恶劣，理应把万城、礼纪和龙滚三处的农训所学员拉到山区去，保存革命武装实力，再作长久计较。然而，路漫漫其修远兮，到底把队伍拉往何处？走向何方?

礼纪农民训练所长黄更朱和军事教员陈翼甫早年参加过海南讨袁驱龙斗争运动，因而他俩主张把队伍拉到当年琼崖讨袁农军驻营地礼纪一带。但是杨树兴、熊侠等人则提出反对意见说："万宁礼纪及陵水贡举、桥仔一带，有倾向国民党右派势力的钟启瑛、钟启琇和曾三省、刘中造等地方势力，一旦他们配合国民党军队攻击我们，那必将是四面受敌，难于立足的。"

众人争来议去，一时难以决定。

随后，杨树兴、谢育才和陈克邱等人提议道："万宁县北部有一座山叫六连岭，距万城镇约60里，方圆30余华里，支脉延伸至乐会、琼东、定安等县境，回旋余地较广。六连岭山麓下村庄成片，而且土地肥沃，物产丰富，连结北麓的乐会县阳江地区，是历代兵家必争之地。昔年曾有琼崖民军首领陈继虞部在此设立民军大本营，群众基础较好。我们能否把万城、礼纪、龙滚3处的农训所学员都拉到六连岭安营扎寨?"

"对！我们把农训所学员都拉到六连岭去！"魏宗周一拍大腿，表示同意。

"好咧！我们应当把队伍拉到六连岭去安营扎寨，进退皆宜。"龙滚农训所军事教员邢安、王绍平、何君焕等人也表示赞同。

"好啊！我们决定把党组织和万城、礼纪、龙滚三地的农训所学员皆撤往六连岭去吧！"中共万宁县部委书记欧赤拍板，一锤定音。

翌日，万城、礼纪、龙滚农民训练所长谢育才、黄更朱和李琼钺等人，乃借口以野外演习为名，向国民党万宁县政府请示，得到准许后，谢育才即时回报。欧赤认为机不可失，时不再来，立即传令中共万宁县党、团部委和县农会筹备处机关干部随同农民训练所学员一起紧急集合，于4月23日下午从万城的拱北门开出去。学员们沿途一边进行军事演习，一边朝北面开拔，傍晚时分，队伍抵达六连岭北麓的军寮村，受到军寮村党支部书记郭天亭等人的热烈欢迎。

六连岭位于万宁县北部，海拔558米，乃是五指山的余脉。其山势雄伟，巍峨壮观，丘壑纵横，秀水飞流，六峰连翠，从北向南依次为第一架、鼻谷架、三支香、石狗嘴、太师椅、茅尖顶。被誉为“连峰耸翠”，是古万州八景之一。

清代有一位诗人游览了六连岭，倍加赞赏，遂留下一首美妙诗章：

极目青山耸太清，连峰突兀翠相迎。
高擎碧落真难混，秀邑浓烟绘不成。
声闹禽飞常唤侣，林深兽走莫知名。
高低胜景看不厌，斗酒呼朋意尽倾。

根据神话传说，六连岭是一家6口人的化身。这一家人系父母、兄弟、姐妹6人，原居住在海边，靠捕鱼捞虾为生。他们一家勤劳善良，但因不堪渔霸的剥削与欺压，抛弃家园，远走他乡。可是，那渔霸却不肯放过他们一家，不管逃到哪里，渔霸也指使爪牙追到哪里……

正当一家6口人被追得走投无路，行将被抓住之际，忽地狂风大作，雷声轰鸣，天开地裂，风啸海腾，把渔霸和帮凶的爪牙统统扔进海里，并使之化为黑色礁石，成年累月在大海的风浪中挣扎，遭受风吹浪打的惩罚；而这一家6口人则化成六座高耸的山峰，直插云霄，宛若六位巨人手牵手、肩并肩地连接在一起，傲视人间，显示出不可战胜的力量。

当年，琼崖民军首领陈继虞曾经在此设立民军大本营，坚持民主革命武装斗争，影响深远。而今，中共万宁县部委书记欧赤和共青团万宁县部委书记魏宗周、广东省农民协会特派员杨树兴以及万城、礼纪、龙滚等农民训练所长谢育才、黄更朱、陈翼甫与熊侠、郭天亭、陈克邱等人带领中共万宁县党、团部委和县农会筹备处机关干部，以及万城、礼纪、龙滚三地的农民训练所学员100多人开拔到六连岭北麓山区军寮村驻营，并在附近的上城、田头、加荣等村庄发动群众，开展红色武装斗争。

六连岭山区的广大农民群众，长期以来饱受地主恶霸、土豪劣绅的压迫与剥削，加之土匪山贼的抢劫，使得民不聊生，过着水深火热的生活。因之，广大农民群众一经接触革命思想，就会爆发出反抗压迫与剥削的要求，踊跃报名参加革命斗争。他们就像传说中六连岭的化身，手牵着手、肩并着肩地连接在一起，团结在中国共产党领导下的武装革命斗争周围，点燃了琼崖工农武装革命斗争的星星之火，燎原起第一堆熊熊的冲天烈焰……

黎明的六连岭山区一片宁静，晨间的雾霭像一缕缕轻纱般地缭绕着、飘动着，时而飘浮过山梁，时而飘移到对面的山坡，旋后笼罩着远近的浅山、岗峦、河流和周围散落的村庄，显得静谧且神秘。

慢慢地，东方的天空上首先出现了一道道光亮，厚厚的云翳边缘线上呈暗绿状，下显粉红色，旋后成为一道光芒四射的金红色。当第一缕晨曦穿破云雾射向六连岭的时候，山顶上飘动的云霞变成了玫瑰色，又从玫瑰色变成紫红色，转瞬间又变成彤红色，继而变成五彩缤纷的彩云，绚丽异常。

人们眺望着六连岭之巅高高挂起的片片五彩斑斓的祥云，皆叹为观止。

这天早晨，朝霞灿烂，军号嘹亮。万城、礼纪和龙滚农民训练所的学员们在谢育才、黄更朱、陈翼甫、陈克邱、熊侠、郭天亭等的带领下，迎着晨曦，身披彩霞，沐浴在橙红色和玫瑰色交映的霞光之中。他们排成整齐的队列，迈着雄健的步伐，来到村前平坦的坡地上，照常进行军事训练。只听得学员们发出一阵阵“杀、杀、杀”的喊杀声，一阵高似一阵，一阵响过一阵，声声震山岳，阵阵冲云霄。

片刻，一轮红色的太阳挣脱万层云雾，从东边冉冉升起，现出它庞大的金身，放射出万道金光，映红了天空，映红了远近崔嵬的山峰，也映红了附近宽阔的大地。太阳光照耀得农训所学员手中的刀枪闪闪发光，分外炫目。

阳光中，万宁县农民训练所学员和新近参加武装斗争的农民自卫队上完军事操，便站成整齐的队伍，用琼戏曲调中的苦板唱腔，唱起了揭露蒋介石屠杀共产党、背叛革命的事件，唱词既悲伤又愤怒：

提出当今的环境，讲出苦情多含冤。

想当初，国共合作下命令，为谋求国家发展。

天下为公享太平，人人将自由平等。

谁料到，蒋介石他么贼形，忽然就起良心偏，

他屠杀农工革命，害许多性命牺牲。

作战不听党命令，军事独裁心残忍。

完全反三大政策，口号是打倒民生。

大家唱着唱着，起初是一百来号人唱，继而是几百人几千人跟着唱，不知什么时候人民群众越来越多，越聚越旺，千人万人地汇聚在一处唱了起来，声音由悲伤转而激昂，由激昂变为愤怒，由愤转为怒吼：

“打倒国民党反动派！”

“中国共产党万岁！”

随后，中国共产党万宁县部委便着手在六连岭建立革命根据地，成立了“万宁县肃清反革命委员会”，以杨树兴为主席，委员有谢育才、陈克邱、陈文荣、陈翼甫、魏宗周、刘兴汉等人。

六连岭革命根据地刚建立不久，乐会县农训所的100余学员也在陈永芹、王天俊等人的率领下，于5月10日撤退到军寮村，与早先撤退在此的万宁县农训所学员们联合在一起，这样，乐会、万宁两县的农军共有200多人了。

“欢迎乐会县农训所的革命同志到来！”

“欢迎陈永芹所长到来！”

“欢迎乐会县的同志们到来，共同创建六连岭革命根据地！”

六连岭山区一带的村庄都贴满了红红绿绿的标语，表示对乐会县农训所革命同志的热烈欢迎。杨树兴、谢育才等人握住陈永芹的双手，高兴地说：“欢迎呀，欢迎你这位黄埔生来给我们上好军事课，训练好我们的农民自卫队，拿起刀枪和国民党反动派干到底！”

5月11日，杨树兴在军寮村的榕树荫下与陈永芹等人谈话。

杨讲起他于1919年初到新加坡谋生，后返回家乡龙滚仁造村，1923年冬到广州时与广东省农民运动领袖彭湃相处月余，受到彭湃的影响，次年加入中国共产党，八月参加广州农民运动讲习所第二期学习，而后参加农民自卫军。1925年7月作为中共广东区委特派员回琼崖开展农民运动工作，先到省立十三中，后回万宁县立初级中学和戎庙高等学校，动员龙滚进步学生庄田、陈克邱、谢育才等组织学生运动，其后再回到龙滚组织农民运动，深入群众，访贫问苦，创办夜校，亲任教员，经过半年多时间的宣传与发动，龙滚、多格、文渊、上城、港北、后安、礼纪乃至全县大部分的农民协会相继成立。

1926年5月他同符光东、谢育才、李国民、叶虎等领导港北盐墩农会和盐农开展大罢工斗争，同时成立"万宁县援助罢工筹备处"，组织浩浩荡荡的队伍到盐墩支援罢工，逼使盐务局接受盐民的要求，驱逐了盐警吴春生、黄正顺等，坚持数月的罢工取得胜利，震动全琼。

1926年4月下旬，他与郭天亭一起策划，内应外合，夺得分界墟民团陈烈卿长短枪支28条和一批弹药。年底，主办分界农民运动训练所，培训了来自全县各地的70多位党团骨干和进步青年。

杨树兴刚刚讲完自己的历程，陈永芹听得入了神，心想："自己也与杨的经历差不了多少，都是去南洋谋生而后回广州参加革命，所不同的是自己在广州进入黄埔军校习武，而杨树兴则在广州农民运动讲习所学习……"

陈永芹正想自我介绍一番，忽然有一位手拿红缨枪的农训所学员，气喘吁吁地跑回来报告说，他们在通往乐会县交通要道设岗放哨，已抓住几位衣着整洁、不明身份的人。

"人在哪里？"

"已准备押送过来。"

"快去告诉他们，不准伤害来人一根汗毛！"

"知道了！"

"快去快来，不得有误！"杨树兴严肃地说。

"是！"农训所哨兵响亮地回答道。

大约过了一顿饭工夫，几名乐万两县农训所学员和农民协会会员手持大刀和红缨枪，带着五六名身穿浅蓝或土灰色唐装的人员到来，但见来人泰然自若，一副淡定从容的神态。

杨树兴和陈永芹看了一会儿，不禁异口同声地叫起来："这不是王书记、何委员、周委员和陈部长吗？你们虎口脱险，一路上辛苦了！"

"同志们辛苦了！"王文明赶紧拉着杨树兴、陈永芹、谢育才等人的手说。

"我们盼星星、盼月亮呀，可真的把王书记给盼来了！"杨树兴、谢育才等人亲切地呼喊起来。

王文明称赞说："你们是拿起枪杆子来进行革命武装斗争，并且建立了六连岭红色革命根据地，真是了不起呀！我们可以这样说，万宁革命斗争在海南的革命斗争史册应该是开篇章节，功勋不可湮没啊！"

继而，乐会、万宁两县农民运动训练所学员们，在中共琼崖地委书记王文明的主持下进行改编，成立了农民自卫军武装大队，下辖两个中队。陈永芹担任大队长，陈芬年、王学伟分别担任中队长。

万宁、乐会两县的农民训练所的学员们刚改编为一支武装大队完毕，驻扎在万宁县分界墟的国民党第三十三团黄镇球部两个排兵力，在分界墟反动武装民团陈烈卿部的配合下，由连长黄耀南率领向六连岭周围村庄进犯。

5 月 12 日，王文明和陈永芹、谢育才、陈翼甫等人研究行动方案，决定在军寮村附近的山岭或丘陵地带布置伏击，打退敌人的进攻。

近午的时候，只见国民党军和反动民团分兵数路向军寮村扑来，穿着青灰色军服戴着大檐帽的第三十三团官兵走在前头，而身穿蓝色或黑色便服的民团团丁则走在后面，敌军一边趾高气扬地说笑，一边大大咧咧地行进。近午的太阳毒辣辣的，像个火球悬挂在天上，空中没有一丝儿云彩，炽热得很，晒得敌人汗流浃背，大声嚷热。有的脱下帽子煽风，有的解开衣纽、敞开胸膛，队伍渐渐地松懈下来。

埋伏在军寮村前后左右各个山头的乐、万两县的农军武装大队以及农民标枪队，在王文明、陈永芹、王文源、陈垂斌和杨树兴、谢育才、陈翼甫、郭天亭等人指挥下，隐蔽在起伏的丘陵地带的山林或者灌木丛中，摩拳擦掌，严阵以待。大家把眼睛睁得大大的注视着山脚下被太阳晒得无精打采的敌人，做好痛击来犯之敌的准备。

日当正午，敌人已经进入农民自卫军的伏击圈，王文明下达杀敌命令，农军大队长陈永芹大喊一声："打敌人啊！"说毕，他首先举枪瞄准开火，随后埋伏在军寮村附近山山岭岭上的农民自卫军和赤卫队，也跟着呐喊起来，并开枪射击。霎时间，四下里猛烈的枪声像炒爆豆般响起来。敌军遭到这突如其来的打击，一时吓得胆战心惊，晕头转向，好像一群受了惊吓的野兽，拔开两腿循着原路往回逃命，乱糟糟嚷哄哄地跑着、叫着、骂着，各自只顾夺路，抱头逃窜。

这时，埋伏在军寮村山前山后田圯地尾的农民赤卫队手持梭镖、大刀、火铳，高举起鲜艳的红旗，燃放鞭炮，吹响牛角号和海螺号，真个是旌旗耀目，号角齐鸣，响声连连，山鸣谷应。与此同时，附近村庄的农民也拿着镰刀、锄头、木棒、扁担等农具从四面八方赶来参战，枪声与喊杀声此起彼落，如旋风，似海啸，在山谷中久久回响着。敌人望见漫山遍野都是愤怒的人潮，一边放枪壮胆，一边望而后退。农民自卫队看见敌军溃败了，便分路杀出，四处阻击，打得敌军落花流水大败而去。陈永芹带领农军紧追不舍，一直把来犯之敌逐出六连岭根据地。

六连岭一战，打击了敌人的疯狂气焰，使反动派再也不敢轻易进犯六连岭革命根据地了。

琼东县的国民党在嘉积商团和大路民团的配合下，于5月16日清早进犯驻扎官村的琼东县武装大队。这次偷袭行动由李有新、梁振柏为向导，涉过文岭溪，然后分为两路，一路偷袭官村，一路往礼昌奔来。敌人很快包围了官村祠堂，驻在该村的武装大队仓促应战。

由于这支武装队伍刚刚编好队，缺乏实战经验，损失很大，2人牺牲，10人受伤，19人被捕，敌人将被捕人员押到嘉积杀害于东门坡刑场。

临刑那天，共产党员符传汉向群众高声朗诵悲壮的就义歌：

今天被押刑场地，红土草青血淋漓。一挂我父受寒饥，二挂清华恩爱妻，三挂兄弟与同志，难跟传汉再相遇。

此刻是生离死别，传汉先为革命死。嘱我老父和爱妻，切悲伤保身体，劝声各革命同志，要立革命的壮志，只要坚持必胜利，琼岛定会飘红旗。

且说这年孟夏，也就是1927年5月底，中共广东区委派遣杨善集回海南加强琼崖革命斗争的领导。杨善集愉快地接受了这一光荣使命。他决心回到自己的家乡，与琼崖地委的同志们一道，领导广大人民群众，举起武装斗争的旗帜，把海南的革命斗争推向一个新的高潮。

在广州，他机警地逃脱了国民党特务的耳目，辗转香港而后登上开往海口的轮船。

杨善集站在甲板上，遥望着茫茫的大海，波涛滚滚，心潮逐浪，但见蓝黑色的海燕在浪涛翻腾的水面上掠翅飞翔，欢快地叫喊着，他不禁想起在苏联莫斯科东方大学学习时，最爱读被革命导师列宁称赞为“无产阶级革命文豪”的高尔基写作的散文诗《海燕》。于是，心里便默默地朗诵起来：

在苍茫的大海上，狂风卷集着乌云。在乌云和大海之间，海燕像黑色的闪电，在高傲地飞翔。

…………

杨善集在心里一口气朗诵完高尔基的散文诗《海燕》之后，心潮更加起伏，再一次在心底里呼喊道：“让暴风雨来得更猛烈些吧！”

他望着望着，激情涌动，无限感慨，心里说：“啊！‘革命’，这是一个多么崇高的字眼！它既需要像海燕般的革命乐观主义精神，更需要坚忍不拔的革命毅力。然而，革命的旅程正如大海航船，必须绕过重重暗礁，冲破层层骇浪，才能达到胜利的彼岸。当革命遭到挫折的时候，一个革命者，该怎么办？斗争！这是唯一的抉择。”

想到这里，他心随波涌，情随浪翻，内心充满着对革命的坚定的信念，恨不得身生双翅，飞向家乡海南岛。

刚到海口，杨善集即获悉消息：中共琼崖地委书记王文明为了应付当前险恶的环境，迎接新的斗争，已经按照上级指示撤往农村去了。因此，他在海口稍事停留，便化装成客商前往琼东、乐会两县一带寻找党组织。当他路过自己的家乡琼东县第四区福田墟井堪村时，许多亲友看见杨善集穿着一套华丽的西装，头戴白色南洋帽，举止大方，态度洒脱，彬彬有礼。乡人都以为杨善集闯荡南洋发了大财，忙向他道贺。

杨善集也假意酬酢，虚与应付，借口经商而掩护其秘密工作。他打听到王文明等人已转移到万宁县的六连岭，还打败过国民党驻琼部队三十三团黄镇球部两个排及其民团的进攻，声威大振。于是，他便立即前往六连岭与王文明等人相会，随其同行的还有夫人林一人和琼崖地委委员兼军事部长冯平等人。

时值盛夏，正是海南岛雷雨季节，但见天上风云际会，电光闪耀，雷声滚动，眼见一场暴风骤雨就要来到了！

杨善集、冯平等人日夜兼程，历尽艰险，于6月初来到六连岭北麓的军寮村，见到了中共琼崖地委书记王文明，委员陈垂斌、罗文淹、何毅、周逸和乐会、万宁两县农民自卫军大队长陈永芹和万宁县农军负责人杨树兴、谢育才、陈翼甫等人，大家劫后相逢，感慨万端。琼崖共产党经受了前所未有的腥风血雨的严峻考验后，王文明和杨善集两位老战友双手紧紧握在一起，四目相对，百感交集。

杨善集详细地倾听了王文明等人的汇报之后，即将自己怎样接受上级领导指示，怎样从香港潜回琼崖指导工作的情况向大家讲述了一遍。

尔后，杨善集高度赞扬了大家："同志们，你们首先拿起枪杆子，建立了六连岭红色革命根据地，并且打退了国民党反动派的进攻。了不起啊！我代表党组织向你们致以崇高的敬意！"

接着，杨善集从身上取出一面鲜红的大旗，上有锤子与镰刀图案，鲜艳夺目。他双手展开旗帜解释说："这是一面中国共产党党旗。制定旗式，全用红色，'取炎汉以火德很旺'之意，上面绣有黑色的斧子与镰刀图案。表示工人农民联盟，忠实地代表全国各族人民的意志，'一柄千锤百炼的斧头，一把披荆斩棘的镰刀'。同志们！这面红旗正是代表中国共产党领导下的琼崖革命武装斗争就从这里开始飘扬，然后向全岛发展壮大，直至最后夺取琼崖革命斗争的胜利！"

说毕，他又用旗杆将红旗挂好，双手紧紧地握着高举起来舞动了一会儿，提高语调："同志们！我们要将这面中国共产党的红色旗帜高高地举起来，直至争取最后的胜利，千万不要让它倒下去呀！"

大家听罢杨善集充满激情的讲话，心潮澎湃，激动不已，大家睁大着眼睛注视着这面鲜艳的红旗从六连岭根据地冉冉升起，纷纷地表示决心："我们一定要把红旗扛到底，坚决不让它倒下去！决不辜负党的期望，不辜负劳苦大众的期望，一定要把红旗插遍海南岛！"

这激昂的声音啊，久久地回响在六连岭上空，回响在万泉河之畔……

当时有民歌唱道：

六连岭上飘红旗，革命斗争开新天。

打倒土豪分田地，人民百姓喜安居。

6月，杨善集、王文明、冯平、陈永芹等人返回乐会县，并在第四区宝墩村李氏祠堂召开了中共琼崖地委紧急会议。

杨善集在会上传达了中共广东区委的指示，确定了当前的工作任务，尔后作了关于当前形势和任务的报告。他说："蒋介石发动'4·12'反革命政变，使我党蒙受重大损失，国共两党的统一战线已经破裂，国民党反动派已篡夺了部分革命果实，中国革命遭到了严重的挫折。今后要坚决地反对国民党新右派总头子蒋介石，拥戴孙中山先生的新三民主义政策。在我们琼崖，国民党反动派也向革命人民杀过来了，我们能束手待毙吗？不！我们必须敢于面对现实，适应新的环境，争取时局好转，迎接新的斗争。当前琼崖党的任务是：组织革命力量，建立革命武装，用红色的恐怖反对敌人的白色恐怖，以武装的革命反对武装的反革命，坚决镇压一切反革命分子，把敌人的嚣张气焰打下去，进而广泛发动群众，恢复农村工作，开展土地革命，建立革命政权……"

大家听了之后，群情激愤，纷纷谴责蒋介石背叛革命的罪行。

继而讨论了琼崖"4·22"流血事件的深刻教训，初步认识到掌握革命武装的必要性。

杨善集用通俗易懂的语言说："'秀才遇到兵，有理说不清。'反动派手里拿着刀枪，而我们手里却空空如也，这个道理是没法说的。因而，我们也要拿起刀枪，以刀对刀，以枪对枪，以血还血，以牙还牙，不要当书呆子！"

会议根据广东区委的指示和海南岛的实际情况，要求在政治上广泛揭露蒋介石叛变革命屠杀工农的罪行，继续宣传孙中山先生的新三民主义政策，并作出关于武装斗争和宣传、组织群众工作等问题的决议。

这次会议还作了如下决定：为了适应斗争需要，遵照中国共产党广东区委的指示，将"中国共产党琼崖地方委员会"改为"中国共产党琼崖特别委员会"。

特委书记：杨善集

常务委员：杨善集、王文明、陈垂斌

特委委员：冯平、陈永芹、许侠夫、陈垂斌、罗文淹、何毅、黄昌炜、周逸、杨树兴

会议还成立琼崖军事委员会和琼崖肃反委员会，由杨善集和王文明分别担任军委会和肃反委员会主席。

这次会议确定了琼崖中国共产党组织当前的中心任务，加速了党独立领导武装斗争的步伐。

6月会议以后，琼崖特委成员遂分赴各地指导工作。杨善集、陈垂斌留在中共琼崖特委机关工作，王文明赴定安县第七区分别指导乐会、万宁、定安的工作；许侠夫、罗文淹到文昌、琼山组织武装斗争；冯平、吴一清到西路的澄迈、临高、儋县等地指导工作；周逸等到琼东县加强领导。

自从6月会议以后，乐会县成为当时琼崖革命中心地区，特委书记兼军委主席杨善集指示陈永芹和王文源、王天骏等在乐会、万宁边境收编军寮村撤退回来的武装人员，组织了几个农民自卫军小分队，每队10人左右，由王天骏等人率领小分队逮捕和枪决了一些反动分子。继而，杨善集和陈永芹、卢胜、高人信等人也率领革命武装队伍袭击了中原团局和坡村、迈汤乡团，缴获枪械10余支，组成一支20多人的突击队。然后偷袭卜鳌港的警察局、盐务所，又缴获长短枪支10余条及一批财物。

王文源则率领12人组成的短枪队，配合40余人组成的龙江农民自卫军攻打石壁民团，缴枪数支。

琼山县是革命武装发展较快的地区之一。自从冯白驹秘密潜回琼山后，与陈秋辅、冯裕江组成中共琼山县委，由冯白驹担任书记，陈秋辅、冯裕江为县委员。他们从合群等乡抽调武装人员，组成了一支20多人的短枪队，由冯安全、陈大新率领袭击道崇民团和琼山县府征粮队，缴获枪械10多支。而后冯白驹还带领咸来、三江和道荣乡农民自卫军袭击琼山县兵连，声威大振。接着成立琼山县人民革命军一个中队，以冯建农为中队长，下辖两个小队，第一小队长为冯安全，第二小队长为林绍杰。

在文昌，许侠夫和罗文淹等人返回文北地区组织中共文昌县委，许侠夫为书记。并积极发动群众参军，成立了文昌县讨逆革命军，由谭明新任指挥，

许侠夫为党代表。一次，文昌县反动县长邢森洲亲自带领驻军一个排及县兵连向溪尾墟进犯，文昌讨逆革命军在数百名群众的配合下，利用有利地形埋伏迎战，一举将来犯之敌击败，毙伤敌人10余名，缴获枪械数十支。

王文明到达母瑞山东麓的定安县第七区指导工作后，与当地干部群众打成一片，并协助定安县成立党组织，开展武装斗争，领导定安县农民讨逆军开展活动，打击反动民团，同时，他也认识到：母瑞山连绵数百里，山高林密，地势险要，回旋余地较大，国民党反动派在那里统治力量比较薄弱，也是建立琼崖革命根据地的理想地区。

在中共琼崖特委的领导下，琼崖各县的武装斗争不断地发展和壮大起来了，在短短的两三个月里，全琼武装队伍已经发展到700多人，因此，琼崖特委书记兼军事委员会主席杨善集决定统一全琼革命武装队伍，改编为“琼崖讨逆革命军”，宣布成立琼崖讨逆革命军司令部，并决定成立各县为一路军。

琼崖讨逆革命军编序完成后，开始向国民党反动军队和民团发起反击与进攻，以反抗国民党反动派的血腥屠杀政策。从此，琼崖各县农村革命的声势日渐高涨起来。

有民歌唱道：

工农兵路三条，躲租去逃荒。
欠债去上吊，逃避抽工去坐牢。
哪条坏？哪条好？绝路我不走，
跟着共产党，扛起红旗闹革命。

这正是：六连岭上彩云生，树起红旗革命军。

第二十六篇

打椰子寨杨善集殉难　战嘉索坡陈永芹阵亡

9月上旬，中国共产党琼崖特委为了贯彻中央“八七”会议精神，在琼崖特委书记兼琼崖军委主席杨善集主持下，特委在乐会县第四区阳江墟附近宝墩村李家祠堂召开了一次军事会议。参加军事会议的有王文明、陈垂斌、冯平、陈永芹、王尧、王卓余、吴一清、陈翼甫、谢育才、姚国强、谭明新、许侠夫、柯嘉予、冯白驹、黄振士等人。

在会上，杨善集作了简短讲话，要求迅速恢复与发展党组织，广泛发动群众，建立武装队伍，镇压反革命分子，成立琼崖肃反委员会，作为公开政治领导，以王文明担任琼崖肃反委员会主席。

根据有关指示精神，到会的领导人一起认真总结了两个月来开展武装斗争的经验教训，决定发动全琼革命武装与人民群众于9月间举行一次规模较大的全琼崖武装总暴动。

会上大家具体讨论了9月武装总暴动的方案，确定以进攻海南东路重镇嘉积为重点，由杨善集、陈永芹率领的乐会、万宁两县的讨逆革命军，与由王文明率领的琼山、定安两县讨逆革命军协同作战。冯平则在西路统一组织指挥澄迈、临高、儋县3县的暴动；其余各县亦同时举行暴动，以互相策应。为了加强对这次暴动的领导，会议决定进一步充实琼崖军委机关，同时要求各县亦相应成立暴动委员会，各自指挥本县的暴动行动。

军事会议之后，杨善集和王文明、冯平、陈永芹等人研究敌人的动向，临近暴动前，他从敌方报纸上了解到国民党军队在琼崖的军事力量目前还相当强大，敌人后方安定，感到全琼统一暴动计划难于实现，因而立即召集琼崖特委委员开会研究，改变进攻嘉积市为进攻嘉积外围的椰子寨据点。

杨善集用毛笔蘸着墨汁在一张发黄的草纸上画了一张嘉积地形草图，然后又在距离嘉积西南方向画上一个小黑点。他指着小黑点对大家说："这是椰子寨，属于乐会县第二区归仁乡管辖，驻有敌人李文魁、梁振球部两个乡团，人马共40人，装备也比较强。椰子寨与嘉积市相距约10公里，位于万泉河畔，依山傍水，水陆交通十分便利，是嘉积市的西南门户和屏障。同时它又是我军从定安县第七区和乐会县第四区向嘉积出击的交通要道。因此，国民党反动派为了保卫嘉积的安全，早已派了两个乡团驻守此地，所以，我军非要把椰子寨据点拔掉不可，将敌人赶下万泉河去！"说罢，他谦虚地问大家有没有意见与新的见解。

当杨善集向他们征询有何意见与新见解时，大家都没有说出个所以然来。但只是知道放弃嘉积不打而攻打椰子寨，与上级的指示相悖，担心上头怪罪下来负不了责任。

最后，琼崖讨逆革命军副总司令陈永芹赞同说："对，我们一定要搬开椰子寨据点这块绊脚石！"

陈永芹是乐会县北山村人，少年时在美埇谷私塾读书，后随父去新加坡谋生，因父亲病逝而在异国他乡流落街头，靠干点杂活艰苦度日。1924年，中共广东区委派陈起贤等赴新加坡开展革命活动，陈永芹深受影响，积极参加活动，并发动同乡青年回国参加共产党领导的工农革命运动。次年，陈永芹也从新加坡回国，在广州经徐成章、周士第介绍加入广东革命政府陆海军大元帅府铁甲车队，转战广东各地镇压地主反动武装，支援工农革命运动。不久上海"五卅"惨案发生，中国共产党领导民众掀起了轰轰烈烈的反帝浪潮。继而，广州沙面租界工人举行大罢工，陈永芹和胞兄陈永光积极投入战斗行列，与广州各界群众置身于游行示威队伍之中。英帝国主义士兵对罢工工人进行弹压，陈永芹冒着枪林弹雨，奋不顾身地抢救受难的群众，并在斗争中迅速成长。同年9月，陈永芹被选送入黄埔军校第三期学习，分配到步兵队，经徐成章介绍参加了中国共产党。1926年夏，陈永芹从军校毕业，被派回琼崖工作，担任乐会县农民运动训练所军事训育主任。1927年4月蒋介石背叛革命，继后琼崖也开始国共分裂，陈永芹协同王绰余、雷永业，以及军事教官陈芬年、王学伟等迅速集中乐会县农训所学员撤到乐会县第四区，后又撤到乐会、万宁两县交界的军寮村，同乐会县农民自卫军的武装骨干、乐会中学的革命师生和万宁县农训所的学员会合。在王文明、何毅、陈垂斌等人的领导下，将队伍整编为一个武装大队，陈永芹担任大队长。

继后，陈永芹和王文明带领武装大队击退了进犯军寮村的国民党军队和反动民团，开始了以工农武装反抗国民党反动军队的斗争。

6月间，杨善集回琼担任特委书记兼军委主席，陈永芹为琼崖特委委员兼讨逆军副总司令等职务，成为杨善集的得力助手。

当杨善集听到陈永芹的赞同声时，不觉间回头望着这位老乡，久久地打量着，但见陈永芹穿着一身黄埔军校灰布军装，扎着一条大皮带，斜挎一把驳壳枪，显得精明强干而又稳健老练。

杨善集看了陈永芹一会儿，高兴地说："黄埔军校出身的革命军人果然不同凡响啊！"

陈永芹听了，双腿并拢，挺胸直腰，向杨善集行了一个标准的敬礼："我是革命军人，又是共产党员，坚决服从党的指导！"杨善集看着陈永芹的英武姿势，满意地笑了。

9月中旬，琼崖讨逆革命军总指挥部命令琼山讨逆革命军一个连迅即开往定安第七区，与王文明率领的定安革命军武装会合；乐会、万宁各一个连则赶赴特委机关驻地乐会县第四区阳江墟集中待命。同时决定总司令部的部队由杨善集、陈永芹指挥；王文明则指挥琼山、定安部队配合作战。总指挥部还下令派出部分兵力封锁附近道路，破坏三发岭桥与里草桥，阻止敌军从文昌、海府开往嘉积，还组织动员群众封锁道路，严禁挑食品上市。

9月21日中午，王文明在定安七区的马鞍岭书写一封信，命程丹山和王绍荫迅速把信送往乐会县第四区特委驻地交给杨善集，互相约定9月23日拂晓向椰子寨发起进攻。斯时，由于接连下了几天大雨，万泉河水暴涨，道路泥泞难走，特别是路上还要通过一段国民党控制很严的地区，完成任务很困难。

可是作为一个地下交通员，程丹山深知这封信的分量，接到任务后，他立即找来几个可靠的船工，顶着急流险滩强行渡过万泉河。登岸后，天又下起了滂沱大雨，程、王两人被大雨淋成落汤鸡，浑身发抖，嘴唇冷得发紫，即便如此，他们依然顶风冒雨踩着泥泞的道路往前疾走。在雨幕的掩护下，他们安全地越过敌人的控制区，进入安全地带。他俩忍着饥饿和疲劳，翻山越岭，跨沟过坎，好不容易到达马田村。此时天色已经落黑下来，他们在马田村吃过晚饭，天雨还是下个不停，屋外黑得伸手不见五指，无法再赶路，只好留宿在马田村里。第二天一早，程丹山和王绍荫连早饭也没吃就上路了。他们沿着偏僻的山路一直往琼崖特委驻地赶去，9 点钟左右，他们找到了琼崖特委书记杨善集，递交了信件。

杨善集接到信件阅毕，即于当天下午集合第一路军司令王尧、党代表王卓余部，第三路军司令陈翼甫、党代表谢育才部，两个县的讨逆革命军和武装群众共有 600 人。部队集结后，他做了简短的战斗动员，便与陈永芹一道带领部队从宝墩、岭脚向椰子寨方向进发，于次日黄昏时分入驻祖埇村，驻营候命；与此同时，王文明也率领队伍从定安出发到万泉河北岸，悄悄地宿营于椰子寨对面的丹村。

由于连日来天气突然发生了变化，一场台风不期而至，但见天上乌云翻滚，雷雨交加。到了下半夜，台风越刮越大，滂沱的大雨铺天盖地般倾注下来。雨，“哗哗哗”地下着；风，“呼呼呼”地刮着。指战员们也急得一夜没有合眼。为了不影响椰子寨作战计划，杨善集、陈永芹，以及营长王天骏和陈翼甫、谢育才等人带领队伍，顶着台风冒着骤雨出发，直向椰子寨奔去。为了隐蔽行踪，他们绕开村庄和交通要道，选择人迹罕见的山路迂回前进。

台风之夜，伸手不见五指，琼崖讨逆革命军战士们简直是在摸黑中前进，加上风刀雨箭猛射过来，打得人睁不开眼睛，脸上发麻。风在树梢上吹响起阵阵凄厉的呼啸声，刮得断枝残叶四处乱飞。雨水汇成激湍飞流，冲垮了道路，推倒了石头，狂风在咆哮，骤雨在倾泻，轰隆隆整个天地都在颤动，分不清是银河飞落人间，还是海水被抛到天上倒泼下来。前面的战士看不见后面的脸孔，后面的看不清前面的背影，只听得队伍行军时“沙沙沙”的脚步声和滂沱大雨的"哗哗哗"声。

风雨交加，风急雨骤，杨善集瘦弱的身躯已被大雨淋得周身湿透，经夜风一吹，冷得浑身打战，但他却从不哼一声，仍坚持走在队伍的前头，鼓励战士们继续前进：

"风，浴我之体；雨，浴我之身；烈风骤雨浴我之魂也……"

他那高昂响亮的声音，仿佛盖过暴风雨的声响，在夜空上震荡着，战士们也跟着高声朗诵起来。

陈永芹和王天骏都是乐会县人，他们虽然对椰子寨周围的道路十分熟悉，只是在风雨交加的夜色里，时常走岔道，加上道路泥泞，走一步滑一步，一不小心就摔跤，只好拄着木棍紧一步慢一步地走着。由于天气恶劣，雨天路滑，队伍无法按照作战计划按时于拂晓前赶到椰子寨了。

再说王文明率领定安、琼山两县的讨逆革命军进驻万泉河对岸的丹村之后，战士们个个摩拳擦掌，一宿没有睡觉，雄鸡刚刚唱过一遍，王文明和第四路军司令姚国强、党代表王会东，第六路军连长冯建农等人率领队伍冒着大风雨到达上游的河头渡口，再分乘 8 条船偷渡万泉河。由于台风带来大雨，万泉河水猛涨，水流湍急，木船驶至河中心时，被汹涌的河水颠来晃去，险象环生。经过一番努力，战士们才顺利地渡过了万泉河，在椰子寨上游的上园渡口登岸，并在附近埋伏下来，等待杨善集他们到来，共同行动。可是，约定作战时间已到，仍不见杨善集、陈永芹的部队赶到。这时天已放亮，为了避免影响作战计划，王文明当机立断下令部队向椰子寨先行发动攻击。战士们穿过密集伟岸的椰子树林，越过起伏不平的坡地跑步前进。

椰子寨呈曲尺形展开，东西长约 800 米，南北宽约 200 米，都是老街道。街道上用参差不齐的砖石头铺就，它是万泉河中游有名的墟市聚散地。"曲尺"的拐弯处，耸立着一座碉堡，守敌有 50 多人。由于夜来台风骤雨交加，敌军丝毫没有防备，而且大部分还在睡梦之中，只有二三个哨兵身披雨衣在碉堡周围像夜游神似的来来回回游动着。

王文明观察了椰子寨地形地貌和敌军的动静等情况之后，估计敌人还未知晓我军的行动，便下令队伍迅速接近碉堡，解决哨兵，冲入碉堡，将守敌一举消灭。姚、王、冯等人得令，立即带着战士们乘着雨幕的掩护猛扑上去，先行解决了游动哨兵，继而冲入碉堡里面，用枪指着酣睡中的反动乡团，大声喝道："不许动！举起手来！"乡团团董李文魁、梁振球在睡梦中被喝醒过来，吓得魂飞魄散，忙跪倒在地上哀求饶命。有的团丁突遭袭击，异常狼狈，抵挡不住，纷纷溃退。王文明即令冯安全率一个班追歼残敌，前面有河水挡住去路，4名残敌跳河逃命，冯安全连发数枪，全部击毙水中。

正在此时，杨善集、陈永芹也率领部队赶到，两支部队在椰子寨墟东门外胜利会师。

战斗结束后，附近各乡的农民群众，知悉共产党领导的革命军打垮了国民党反动军队和商团，解放了椰子寨，十分高兴，都扛着各种食品，纷纷赶来慰问。当天中午在墟上杀猪做饭，犒劳军队，军民共同欢庆椰子寨战斗的胜利。人们作歌谣唱道：

万泉河畔举刀枪，暴动烈火照天光。

吓坏地主狗豺狼，打得豪绅无处躲。

穷人有了共产党，不怕恶人再凶狂。

攻克椰子寨据点后，杨善集、王文明、陈永芹等琼崖特委和军委领导人当即分析当前局势，认为敌人决不会甘心失败，必然会从嘉积等处派兵前来反扑。因此，为了避敌锋芒，保存革命力量，王文明提出部队应立即撤离椰子寨，渡过万泉河进驻丹村，再作第二步考虑。

杨善集思维缜密，理论高超，口才雄健，有"演说家"之称，而且革命激情如风如火，战斗行动如雷如电。当下听罢，表示不同意："我们现在既然要发动全琼崖总暴动，贯彻执行党中央'八七'会议精神，而首战椰子寨旗开得胜，正是要乘胜攻打嘉积市。那么，如果嘉积的敌人向我扑来，岂不是正好与他们较量一场，鼓舞士气吗？"

于是，杨善集暂且不同意撤离椰子寨。

王文明则是一个实干家，他头脑清醒，深邃沉雄，处变不惊。平时沉默寡言，但临场发表见解，却是掷地有声。此刻，他见一时说服不了杨善集，他又去找陈永芹、谢育才等人，建议说："嘉积市驻扎的国民党军队实力雄厚，而且近在咫尺，如果敌人倾力反扑过来，我军难于应战，依本人的意见，不如从椰子寨撤退，避敌锐气，保存实力，以利再战。”

陈永芹听了建议，觉得很有理，便与杨善集相商，最后决定分兵行动：王文明率部先行渡河撤往丹村，迷惑嘉积方向的敌人；杨善集、陈永芹率领部队则分为两部分，一部分队伍继续留在椰子寨，做宣传发动群众工作，宣传我军的宗旨，积极发动群众起来斗争；一部分队伍开往嘉积方向的嘉索坡进行警戒。

部队分路行动之后，杨善集站立在椰子寨东头峒主庙附近那棵高大的枇杷树下，不失时机地向群众做宣传工作。他身穿灰色对襟唐装，头戴一顶南洋白色软木圆通帽，挥动着有力的手势，高声说道：“同志们，乡亲们，今天是中国共产党领导下的琼崖革命武装力量打跑了反动派的武装，占领了椰子寨，取得胜利。劳苦大众只有跟着共产党走，打倒蒋介石！打倒国民党反动派！我们才能过上好日子！”

群众听了，顿时都欢呼雀跃起来：“共产党万岁！”“工农革命万岁！”

且说敌军得知椰子寨失陷的消息后，惊恐万分。当天中午，驻扎在嘉积镇的国民党军黄镇球部第一营廖尊一部一个连兵力，以及嘉积商团队长颜植南带领二百多人马，分乘七八辆卡车，杀气腾腾地向椰子寨猛扑过来。

椰子寨离嘉积只有 30 里地，敌人说到就到。但他们非常狡猾，担心汽车马达声惊动了革命军，汽车到达万石土城铺仔时就停下来，再下车跑步朝嘉索坡方向奔袭而来。敌人还利用小山包和树林的掩护，向革命军设在春心园村康氏祠堂内的指挥部一步步逼近。当我军得到情报时，敌人已经逼近椰子寨附近的嘉索坡，情况十分危急。

正在椰子寨向群众做宣传和发动工作的杨善集，得到敌人反扑的报告，当即命令号兵吹响集结号，通知留守在椰子寨的部队集中迎敌，但因逆风过大，军号声传不出去，派人通知已经来不及了。

在这千钧一发之际，杨善集沉着地发出战斗命令，他果断带领琼崖讨逆革命军副总司令陈永芹、营长王天骏等人率领部队赶赴嘉索坡，迎击敌军。这时，椰子寨和嘉索坡附近的贫苦农民也行动起来，手持粉枪、长矛和棍棒等器械前来助战。

战斗打响后，杨善集和陈永芹亲自指挥作战，命令一支部队迎击正面之敌，另外两支部队从左右两翼夹攻。我军中路部队以猛烈火力把敌人压在一片平坦的稻田里，使敌军动弹不得，而两翼部队也打退敌人的多次冲锋。正当敌人再次发起进攻的时候，我左右两路部队杀向敌阵，打乱了敌人的部署，迫敌退却。敌人虽然遭到我军的猛烈打击，但他们依仗人多势众，装备优良，又重新纠集兵力，采取“正面佯攻，两翼包抄”的战术，发起进击。但在我军英勇顽强的抗击之下，敌人的进攻势头暂呈缓慢，出现了连续性的拉锯战。然而，由于敌军装备先进，几经较量，我方逐渐处于劣势，指挥部的山头终被敌军攻占。

傍晚时分，我军被挤压在万泉河畔的一条狭窄地带，处于三面受敌、一面背水的绝境。这时，闻讯由定安赶来支援的王文明的队伍，也因台风过后万泉河水猛涨，激流翻滚，小木船已无法重新渡过河来增援了。由于我军背水作战，又处于十分不利的位置，有不少战士先后饮弹阵亡，因而部队和群众的处境也越来越危险。鉴于这种情形，杨善集立即命令部队掩护群众设法撤离战场，由他带领少数人留下担负掩护，一些战士表示要留下来战斗，并劝杨善集先行撤退。但杨善集斩钉截铁地说：“大家快撤退，我来掩护！我有办法对付敌人。万一出现意外，为了革命，死了就算！革命者死一人，生百人，革命是向前发展的，是一定会成功的，共产主义是一定会实现的！”

许多战士和群众见到说服不了他，只好含着眼泪撤走了。

敌人看到我军开始撤退，就更加疯狂地压迫过来。稍后，杨善集指挥部队占领了一块叫作“双棺墓”坟场高地，利用有利地形顽强地坚持战斗。由于敌我力量差距过大，杨善集和其他留下担任掩护的战士已被敌人围困，旋即陷入了包围圈之中。杨善集只得蹲在一座荒岗墓地上继续指挥战斗，打击敌人。敌人认定他是个指挥人员，于是，敌嘉积商团队长颜植南和敌军连长廖尊一立即命令士兵们集中火力向这边射击，密集的子弹像雨点般倾泻过去，打得墓地上尘土飞扬，草木飘舞。但杨善集毫不惧色，继续举枪向敌人射击。忽然一颗子弹呼啸而至，将他的帽子打飞了，可他仍然沉着镇定，继续站在高处指挥战士们与敌军拼死血搏，直到子弹打完了，他刚要转身，即被敌人开枪击中头部，身负重伤，昏厥过去，倒卧在一块石碑旁边。当战士们把他扶起时，他挣扎着睁开眼，喉咙中发出微弱的声音：“不要……不要管我！同志们，杀呀……拼死杀……敌……人……”话还没说完，便英勇殉难，年仅27岁。

后人陈献芳赋诗二首赞曰：

其一

投笔从戎闹革命，党人风骨铁铮铮。

椰林寨里英魂缈，血写忠诚天地惊。

其二

光辉风范壮平生，英烈千秋照汗青。

革命自有后来者，海阔天高无限情！

陈永芹望见杨善集殉难，悲愤至极，他冒着枪林弹雨带领谢育才和陈翼甫及剩下的战士与敌人进行血搏，最后因弹尽而被敌人重重包围。敌人认识他是琼崖讨逆军副总司令，便蜂拥而上，企图生擒领赏。

陈永芹视死如归，捡起牺牲战友的步枪，从容地上好了刺刀与敌人展开了生死搏斗。只见他两眼圆睁，一声怒吼，双手紧握着一柄长枪，枪尖上刺刀闪亮，跃出高地，威风凛凛，犹如猛虎下山，扑向敌人，左冲右决，右冲左突，枪挑刀刺，一连刺杀了十余名敌兵，使敌人近身不得，敌兵见状，惊骇不已。

敌军连长廖尊一望见陈永芹勇冠三军，有万夫不当之勇，吓得不敢近前，站在老远的地方，高声叫喊道：“这是琼崖共匪副司令陈永芹，黄埔军校的高才生，刺杀功夫十分过硬，百十个人也近他不得呀！”

“那怎么办？”嘉积商团队长颜植南一时吓得傻了眼，问道。

“不要活口了，开枪射杀呀！”敌连长挥舞着手枪，声嘶力竭地喝令道。

“开枪射击！”敌军排长也重复地喊道。

敌军士兵急忙端起步枪，“噼里啪啦”一阵乱枪射击，子弹密如雨点，直朝陈永芹射去，陈永芹身中数十弹，仍直挺挺地站立着，直到敌人涌上来用刺刀连捅数刀，这才慢慢地向后倒下去，时年亦27岁。

后人肖国镗诗赞曰：

革命武装创始人，率兵暴动琼东城。

讨逆部队副司令，弹尽被围献一生。

杨善集和陈永芹相继牺牲后，指挥重任便落在营长王天骏身上，他遇事不慌，沉着地组织部队突围。他命令司号员吹起嘹亮的冲锋号，部队向强敌进行反冲击，一举突破了敌人的包围圈，旋后迅速指挥部队突围。在突围之中，王天骏胸部中了一弹受伤倒下，即被第三路军党代表谢育才命人背起救走，而陈翼甫则指挥部队断后，且战且退，终于走出了敌人的重围，由原路撤退回驻地。

杨善集牺牲的噩耗传出去后，全琼崖的革命群众和革命军的广大指战员万分悲恸。王文明含着眼泪悲伤地说道："前贤后哲，我们要踏着杨善集同志的血迹继续前进！"

当时，中共广东省委还不知道杨善集牺牲的消息，以至在10月15日的南方局和广东省委召开的联席会议上，还举他为中国共产党广东省委候补委员。后获悉，又于10月24日致函琼崖特委，表示最悲痛的哀悼。信中说道："得到你们的报告，知杨善集、陈永芹两同志因英勇奋斗，而死于敌人之手，省委谨代表全党同志致其最悲痛的敬礼！"

为了纪念杨善集同志，1928年中共琼崖特委还以他的名字命名成立了"杨善集县"。

杨善集、王文明、陈永芹等人率领的琼崖讨逆革命军打响了海南武装暴动第一枪，影响深远，意义重大，光辉的"9月23日"被正式定为琼崖工农革命武装诞生的日子。

新中国成立后，中共琼东县委、县政府在嘉积建立起杨善集烈士陵园，园中建有杨善集纪念室和纪念亭。

1963年，我国著名散文作家杨朔先生来海南视察时，曾亲谒杨善集烈士坟墓，为革命烈士的浩然正气所感动，即赋诗一首赞颂：

椰子寨前椰子香，万泉河畔旧战场。

临风一吊英灵墓，浩气山高水又长。

还有无名氏谒杨善集亭有感而作，诗曰：

青春热血如火星，唤醒工农子弟兵。
开创红军摧顽敌，缅怀烈士建斯亭。
亿民敬仰垂风范，百世流芳树典型。
万泉河畔长电处，伴君松柏永青青。

后人又有诗赞曰：

阔论兴亡进士夸，堪知杨善集志无涯。
琼东执教风波息，粤秀撰文章句华。
一载苏联求主义，两年军政战奸邪。
巨星陨落流光远，不朽丰碑烈士范。

这正是：工农此日举刀枪，革命今朝奠根基。

第二十七篇

张运镒渡海险遭不测　徐成章分界壮烈捐躯

说话1927年9月琼崖举行全岛暴动，由于中共琼崖特委书记兼军委主席杨善集、琼崖讨逆委员兼讨逆革命军副总司令陈永芹等人率领革命武装，在嘉索坡阻击国民党反动军队战斗中壮烈牺牲，使革命遭到严重挫折。在此情况之下，部队乃停止执行进攻嘉积的计划，撤回乐会县第四区休整。不久，王文明也率领部队开往乐会四区，代理主持中共琼崖特委的工作，挑起领导全琼革命斗争的重任。

10月下旬，中共中央南方局制订了一个《经营琼崖计划》，决定加强与扩大海南地区的武装暴动。其中一项是利用广东国民党内部派别第八路军总指挥李济深与第二方面军总指挥张发奎的矛盾，时任第二方面军参谋处长张运镒向张发奎建议，派他以第二方面军第四军名义到琼崖招兵，成立驻琼部队，然后将第十一军陈铭枢部第三十三团叶肇部调回广州。如果此项建议被接受即由张运镒招收我党团员、革命农民等成立部队，舍弃国民党第四军名义，而改为“工农革命军”，进行红色割据，占领琼崖。

诚然，中共南方局据此试图将3.4万平方公里的琼崖作为军事策源地，这一大胆的想法自然是聪明的。而张运镒最迟在11月初就清楚自己在《经营琼崖计划》中扮演的角色，但是他没有马上向张发奎提建议，因为这个时候时机还没有成熟，原因是第四军虽然回粤了，但还站不稳脚跟呢。

不久，盘踞广东的桂军黄绍竑部被派去潮汕地区阻击沿福建南下的南昌起义军了，继后李济深也被汪精卫拉去南京开会，于是张发奎不失时机地发动广州军事政变，控制了坐镇省垣的黄绍竑及桂军留守大本营的武装，占领了广州，接着挥师分赴东江、西江、北江，欲一鼓作气将桂军驱逐出粤境。

机会来了，一向沉默寡言的张运镒就在这时候，向雄心勃勃的张发奎提出了那个建议。当时，由于第四军急切需要扩充部队，张发奎正为兵源不足而发愁呢。张运镒的建议正合张发奎的心意，当即采纳并郑重其事地下了手谕，督促张运镒从速起程。

张运镒自从在琼崖参加讨袁运动斗争后，转赴广州，追随老上司赵士槐参加护法战争，曾担任广东香山护沙营营长，继升广东省揭阳县县长，粤军许崇智部旅长。北伐战争期间，张运镒出任第四军张发奎部第二十五师李汉魂部参谋长，后又升任张发奎的第二方面军参谋处长，先后参加了攻打汀泗桥、贺胜桥、武昌的第一期北伐和第二期北伐战争，为北伐战争的胜利作出了卓著的贡献。1926 年 10 月，张运镒在武汉参加了中国共产党，从此，他决心为共产主义奋斗终生。1927 年，蒋介石背叛革命，实行清党反共，屠杀共产党人。张运镒不顾个人安危，根据党的指示，继续留在国民党张发奎部队从事党的秘密工作。南昌起义前夕，南昌党组织曾派人与张运镒联系，要求派部队支援南昌起义。张运镒积极支持该师第七十三团团长周士第率领该部赴南昌参加武装起义。而张则根据党的指示，继续留在张发奎的部队从事秘密工作。南昌起义后，张运镒随张发奎回到了广州。

恰在这时，中共南方局制订了一个《经营琼崖计划》，计划之一是通过张运镒利用张发奎为了控制海南岛的心理，改派张运镒以第四军名义到琼崖招兵，成立部队驻守琼崖，之后便舍弃第四军名义，改为“工农革命军”。

张发奎望着这位个子不高，脸盘方正，多年追随他的同姓兄长张运镒说：“驻守琼崖的第三十三团团长黄镇球、参谋长叶肇和你我都在黄埔陆军小学时的同届同学，虽然黄团长已调省担任新职，但该团的军政事务主要由叶肇负责。我已托付他来照顾你。”

张运镒听了嘱咐，想到叶肇不只是与张长官同学，而且还是比较地道的同乡哩。旋想至此，便点了点头，表示感谢。

于是，张运镒怀里揣着张发奎的手谕，率领王运华团副等 800 人的部队赴琼接防。

张运镒带领随行队伍分乘两艘轮船从广州出发，在路上耽搁了一个礼拜，才抵达海口港码头。可是他哪里料到，在他出发路途之上，广州局势已发生了嬗变：先是张发奎发动驱逐桂系黄绍竑之政变；继而是中共广东省委书记张太雷和叶挺、叶剑英等人领导的广州起义，而后又是张发奎被迫下野……

此时海口驻军第三十三团副团长叶肇已被桂军收买，要抓捕属粤系的张运镒及其部队。因此，当张运镒带来的数百号人抵达海口港码头，由团副王运华上岸将张发奎的手谕交给叶肇时，他并没有把张的手谕当回事，而是假惺惺地派仪仗队吹军号列队欢迎，并派船接人上岸。结果张运镒从广州带来的数百人就这样轻而易举地让叶肇派人包围缴械了。

不过，张运镒到底是个深有谋略的人，他没有急于上岸，而是留在了船上观察动静，这为他逃离叶肇设下的阴谋陷阱赢得了宝贵的时间。

张运镒经过10年的人生历程和战争磨炼，人也变得很机警了，他能从错综复杂而又诡谲的政治风云之中感悟到这一点，所以他命王运华以团副的名义，借李福隆部一个连先行赴琼，自己则留在船上，以静观局势变化。当王运华率领的先头部队在海口一上岸，即被叶肇全部包围缴械，亦使中共南方局的《经营琼崖计划》化为泡影。

那天，叶部在海口的秀英港到钟楼一带密布岗哨，对上岸或出海的人员进行了严格搜查，声称一定要抓住张运镒。事有凑巧，当时在海口有一家文昌人开办的汇文书局，老板陈炳祥听到这个消息后，便悄悄地告诉了在书局里当主管的张运榜。张运榜与张运镒是同村同宗族兄弟，当下听到这个消息后，不禁大吃一惊。他赶紧去找堂弟张运昂商量营救办法，张运昂在海口泰昌隆旅店做“接水”工作，就是到秀英港外的大船上接送来往旅店的客人。因为跑多了，码头上的军警都认识他，他的船进出码头一般不会受到阻拦。张运榜给了张运昂30块光洋，叫他赶快租一艘船出码头去通知张运镒海口发生的情况，好让他赶快出走，逃离险境。

此时，待在船上的张运镒也心生疑窦：“为什么部队都快接完了，还没有看到接船的军官到来？”

他站在甲板上向海口方向张望着，但见一只船朝他驶来。原来是张运昂的船只顺利通过军警的关口，出海来到张运镒乘坐的轮船附近，他看到张运镒正在轮船的甲板上张望，便脱下衣服挥动起来，口中不停地喊："运镒哥！运镒哥……"张运镒定睛仔细辨认，才认出是堂弟张运昂，心中一阵狂喜，忙跳到张运昂的船上与他见面。张运昂便把海口的险情说了一遍，并立即让张运镒换了衣服，把他送上另一只开往广西北海的轮船上。

张运镒脱险后，先往越南潜赴香港，再辗转到上海找到党组织，与中共领导机关取得联系。而后张运镒根据党组织的指示再返回广东，找到时任广东海军司令陈策，他与陈策既是老乡又是老友，陈只知道张在北伐时是张发奎的部下，但不知道张已是共产党员了。于是，陈策为张运镒写了一封推荐信给广西省政府主席俞作柏，说是其老乡张运镒要到广西找事做，请俞多加帮助等语。张运镒拿着推荐信前往广西，取得了俞作柏的信任，被委为广西警备第四大队长职务。张运镒在广西站稳脚跟后，乃积极运动与支持俞家兄弟俞作柏、俞作豫通电反蒋。后来俞氏兄弟反蒋失败，张运镒带领部队与邓小平组织领导了"百色起义"，组建了中国工农红军第七军，张运镒担任红七军军长，从此走上了工农武装斗争的道路。此为后话，这里不表。

再说叶肇采取袭击手段将张运镒所部缴械后，把部队集中于海口、府城、嘉积等主要城市。还到处收编土匪、民团、商团建立联防队，委任嘉积商团团董何清雅为万宁县县长兼东路联防大队长，邱海云为西路联防大队长，莫如恕为中路联防大队长，以加强对琼崖的白色统治。

此时，中共南方局制订《经营琼崖计划》，利用国民党派系之间的矛盾，通过张发奎派遣张运镒回琼崖，趁机建设工农革命军的行动受到挫折之后，中共广东省委又委派中共广东省委常委杨殷来到琼崖指导工作。同时，决定调另一名琼崖籍军事领导人徐成章回琼崖加强军事领导，筹办广州湾与琼崖的海上交通站，并派刘明夏等来琼考察军事。此时，正是琼崖讨逆革命军举行全琼崖大暴动遭到严重挫折的关键时刻。

11 月上旬，琼崖特委为了进一步贯彻"八七"会议精神，传达南方局及广东省委的指示，在乐会县第四区阳江附近的白水礤村后荒坡上召开了中共琼崖特委第一次扩大会议。这次会议由中共广东省委常委杨殷传达了党中央的“八七”会议精神以及南方局与中共广东省委代理书记黄钊的指示：“必须在短期内完成全岛的暴动，粉碎敌人的联防计划，肃清全岛的反动势力。”

会议讨论和通过了《特委第一次扩大会议决议案》和《新的军事计划》，决定扩大武装斗争，建立乡村苏维埃政权、开展土地革命和建立革命根据地。会议改选充实了琼崖特委机构：

琼崖特委书记：王文明；

常委委员：王文明、陈垂斌、罗文淹；委员：冯平、何毅、王经撰、邢惠学（女）、符明经、许侠夫、谢育才；候补委员：冯白驹、魏宗周、孙成达。

徐成章和刘明夏等人出席了中共琼崖特委召开的扩大会议。会议还讨论通过了《新的军事计划》等。根据《新的军事计划》决定，将“琼崖讨逆革命军”改编为“琼崖工农革命军”，由冯平担任总司令，王文明为党代表。琼崖工农革命军总司令部下设东、中、西3路总指挥，分别由徐成章、严凤仪、冯平等人担任。

琼崖工农革命军东路军总指挥部辖3个营和另一个独立连。编序如下：

第一营营长：孙成达

副营长：郭天亭

第二营营长：谢育才

参谋长：何毅

党代表：林华

第三营营长：符南强

参谋长：周朝郁

独立连连长：陈保申

孙成达未到职，由郭天亭代理，率兵驻扎在万宁第四区军寮村；第二营驻兵六连岭；第三营驻在乐会县第四区；还有一个独立连连长陈保申部驻扎在陵水县。

11月中旬，徐成章在万宁县第四区军寮岭孤村召开了连级以上的军事干部会议，正式宣布成立东路军总指挥部，徐成章担任总指挥兼党代表，刘明夏任副总指挥，指挥部辖3个营。以第一营为先锋部队，该营辖3个连，第一连连长王尧，第二连连长符乔，第三连连长吴均南。徐成章总指挥代表特委将三面红色绣有斧头镰刀图案的战旗，分别授予第一营的三个连，鼓励战士们为了工人与农民等劳苦大众的解放事业而英勇战斗。

徐成章率领东路工农革命军在孤村誓师出发，仅用半天时间向万宁县和乐墟发起攻击，很快就打垮了敌人，缴获枪支弹药一批。首战告捷，士气高涨，继而攻下万宁县城，然后再挥师南下陵水，驰援陵水县农军。

当月23日拂晓，徐成章挥兵向牛岭关隘疾进，牛岭关隘驻有民团据险把守，易守难攻。24日，徐成章派一个班化装插入敌军营盘，后续部队紧跟前进，以迅雷不及掩耳之势生擒了民团团长姚平，革命军顺利地通过了牛岭隘口，向陵水县城挺进。继而在中共陵水县委书记黄振士、农军总指挥王昭夷所部的配合下，赶走国民党西路联防大队长兼陵水县长邱海云，攻占了陵水县城。

12月中旬，陵水县工农兵代表大会在陵城召开，宣布成立陵水县苏维埃政府，以王业熹为陵水县苏维埃政府主席。这是琼崖革命史第一个建立县级苏维埃政权的县份。苏维埃政府在全县首先废除苛捐杂税，实行“三七”减租，没收地主奸商浮财，分配给贫苦农民；再把地主的田契、书约、账簿、刑具等集中到陵城当众烧毁，宣布土地还家，还颁布了土地革命条例，在全县掀起了分配土地的热潮。紧接着，徐成章在陵城圣殿设立工农军事干部学校，训练和培训农民自卫军基干队，作为巩固及保卫陵水县苏维埃政权的骨干力量，起着带头作用。

1928年初，徐成章率兵指向三亚，打败了国民党崖县县长兼琼崖南路剿共总指挥王鸣亚的队伍，还一度攻破了王的老巢——三亚村，吓得王鸣亚慌忙乘船从海上逃命。从此，使万宁、陵水、榆林、三亚的红色根据地连成一片。

2月18日至21日，中国共产党琼崖第二次代表大会在乐会县第四区阳江墟圣娘庙里召开。有全岛各县县委书记、军队党代表和各方面党员代表共42人参加会议。中共广东省委派李源和黄雍两人来琼指导工作。李源在会议上作政治报告。

当时，广东省委受李立三的“左”倾盲动主义的影响，对琼崖地区的局势做出了不符合实际的判断，认为琼崖的工作虽有很大的发展与进步，“但仍有很多缺陷，仍没有坚决执行土地革命的政策”，“看不出真正武装暴动的情形”，仍是“旧式的军事投机办法”。

广东省委指示说：“琼崖客观的环境既然有充分发展暴动的可能，所以特委应有一个详细的计划，在短期内完成全岛的暴动，肃清全岛的反动势力。”“务要马上竭尽全力去发动群众的暴动，完成全岛的革命”，此项计划“应该至多在二个月内实现”。

接着，大会还作出决定，改选了中共琼崖特委机构，经广东省委指示，此时李源为特委书记，李源、黄雍和王文明、郭经绪、王绰余等五人为特委常委。但不久，李源和黄雍相继奉调离琼，再由王文明替代特委书记。

由于苏维埃区域的不断壮大，革命力量有了很大的发展，红军的一些领导人也受到“左”倾盲动主义的影响，以“左”的观点分析当前的革命形势，错误地估计了敌我力量，因而缺乏对实际情况的认识和分析，接连发出三封紧急信件，命令徐成章部回师万宁，配合谢育才、陈翼甫等部进攻万宁县城，还说出要“三个月打下海口”“进海口海天楼吃大包子”等盲目乐观的论调。

但是，徐成章认为特委热衷于进攻和夺取大城市的指示是不切合实际的，海南形势是敌强我弱，革命正处于低潮时期，因之将他的看法写成一份意见书，派人报告给琼崖特委，希望引起重视，改变错误命令未果。在此种情况下，他只好奉令回师北上，先与驻扎在礼纪争来营的蔡士英、章礼、陈翼甫等带领的农军会合，再准备配合驻扎在六连岭一带的第二营谢育才部，以及杨树兴、熊侠等人率领的万余农军来个“万宁县总暴动”。

岂料，由于暴动时间变更，派出的联络员途经太阳河北岸滨湖村时又被反动民团吴开东的巡探捕获。因此，徐成章和孙成达、郭天亭等接不到通知，便按原约定时间向万宁县城发起进攻，而谢育才部和杨树兴等人未能配合，几度攻城受挫，只好撤退。待到谢育才部、杨树兴等听见枪声率部匆忙上阵时，奈因徐成章所部已经退去，因此行动不一致，未能取胜。

1928 年 2 月初旬，徐成章率领东路红军北上途中，据万宁县第四区群众的报告说，驻守分界墟的反动民团头子陈烈卿部只有 75 人，有枪支 68 支，且战斗力较弱。

徐成章听罢，决定拿下敌人这个据点，充实我军武器弹药装备。

分界墟位于万宁县与乐会县的交界处，一墟归两县管辖。墟的南面属万宁县管辖，北面则隶属乐会县。墟上驻扎有国民党龙滚民团团董陈烈卿部。陈烈卿原是龙滚地区大地主，早期曾参加过陈继虞领导的琼崖讨贼民军，后来沦为龙滚地区臭名昭著的“山猫”（土匪）头为非作恶，横行乡里。而分界墟一带也是乐会县、万宁县两县边区人民开展革命斗争最活跃的地区，早在1926年3月，广东省农民运动特派员杨树兴、符光东、林诗谦等人在万宁县龙滚组织农民协会时，曾利用该民团参谋长郭天亭作为内应，一举捣毁了匪窝，夺取了长短枪28支来武装农民协会。还将陈烈卿和陈华山、陆天祥这3个恶霸地主戴上高帽子游街示众，而后押交万宁县政府囚禁，要求处决，以平民愤。但是县里一拖再拖，一直拖到琼崖发生“4·22”大屠杀之后，国民党琼崖警备司令黄镇球为了镇压这一地区人民的革命斗争，调来一个分队驻扎在此地，还在龙滚地区纠集了75名地痞流氓，发枪68支，委任陈烈卿为民团团董，七拼八凑起了分界墟民团。

陈对共产党人和革命群众怀有刻骨的仇恨，疯狂进行报复。他走到哪里，就烧杀抢劫到哪里，短短的时间里，就杀害了上千名共产党员和群众，得到国民党反动当局的赞赏，让他的民团接管分界墟的防务。

徐成章对这次的战斗投入9个连兵力，1000多人。具体的作战部署也是很严密：即以第一营副营长郭天亭亲自率领第一连王尧部、第二连符乔部和第三连吴均南部从分界墟南门进攻；以第四连、第五连从分界墟北门进攻；第六连、第七连、第八连则作为总预备队。还有万乐边区1000多名农民群众配合，向分界墟守敌发起猛烈的攻击。

2月4日早晨，战斗打响后，琼崖东路军总指挥徐成章身先士卒，亲临分界墟指挥作战。他骑着大红马往来驰骋在战场，时而在分界墟南门，时而在北门。他边指挥边宣传鼓动：“同志们，拿出征战万宁、陵水、崖县的劲头来！我们是工农革命军，我们一定要收拾陈烈卿这条恶狗，为民除害，用他的武器来壮大我们的武装力量！”战士们听了徐总指挥的鼓励，精神倍加感奋，百道猛力进攻，红军虽然人众，但枪支旧劣，子弹奇缺，除了从文昌县新调来第四连和第二连有些子弹之外，其余各连子弹都很少，且枪支型号不一，派不上用场。战士们举着步枪、大刀，以血肉之躯扑上前去，猛攻猛打，仍被敌人猛烈的火力顶了回去，伤亡很大，成批成批地倒在血泊里。许多被打伤的战士急速撕下衣襟包住伤口，止住了鲜血，又继续冲了上去。徐成章眼见得敌人据点喷射出来的恶毒火舌，使进攻的战士纷纷中弹，四处躺下密密麻麻的革命军战士的尸体，不由得怒火冲天，乃亲自跃马上前，指挥战斗。

副营长郭天亭看到敌人火力猛烈，心里起了疑窦："为什么这伙民团的火力这么强劲？是不是敌人暗中增加了援兵？"

想到这里，他立刻派出一位勇敢机智的突击手，在密集的火力掩护下，冲上去用手榴弹炸毁敌人侧翼的一个碉堡，抓到了一名团丁。由徐成章亲自审问，从团丁口供中方知国民党驻琼第三十三团为阻止东路红军北上，已于昨夜调来该团第一营陈见田部两个正规军连队增援分界墟守敌，敌人凭借着武器精良、弹药充足而据守碉堡进行顽抗。由于不熟悉敌情变化，革命军一味死拼硬打，致使伤亡惨重，大大地挫伤了革命军的有生力量。

待弄清楚了敌情变化之后，徐成章与郭天亭合计："敌人火力虽然强大，但我军人数居众，而且勇敢非凡，何不发挥我军之长攻击敌军之短呢？只要我军冲上去与敌人展开肉搏战，敌人的机关枪火力就会失去了作用。"

他们两人又与预备队指挥员碰头之后，当即传令预备队准备好手榴弹，插上刺刀，由驳壳枪排带头冲锋，杀入敌阵，与敌人短兵相接。同时，决定用炸弹掩护部队冲入街道，展开白刃格斗，以刺刀见红的肉搏战压倒敌人的嚣张气焰。

随着"嗒嗒嗒""嘀嘀嘀"的冲锋号响起，分界墟四周里喊声震天，杀声动地，工农红军战士们把一排排手榴弹投入敌阵，炸塌了一堵堵工事，趁着手榴弹爆炸的浓烟掩护，勇士们如猛虎般冲杀过去，挺起一把把寒光闪闪的刺刀与敌人展开了肉搏战。刹那间，刀枪的撞击声、战士的喊杀声和敌人的哭喊声交织混淆在一起，响彻长空。

徐成章跨上一匹红马，来回驰骋，亲身上阵指挥分界墟战斗，激战了大半个小时，一部分红军战士已经冲入分界墟街道，杀伤了大批敌军。他也急切地拍着战马跃向前阵，就近指挥战士们分头追杀残敌。

正当战事得手之时，由于徐成章骑在大红马上指挥战斗，目标太过于暴露，不幸被敌人暗放冷枪，“砰”的一颗流弹飞来击中其颈部，他感到一阵麻木，险些从马上掉下来，情势危急！第一营副营长郭天亭望见徐总指挥中弹了，遂冒着乱飞的弹雨，破墙而入，跑过去从马上抱下了徐成章。只见徐成章的颈部鲜血喷涌而出，殷红的鲜血染红了胸前的灰色军衣。郭天亭见状禁不住泪如泉涌，扑簌簌地滴落在徐总指挥的血衣上。他焦急地问道：“总指挥，你受伤了？伤得怎么样？”

“你……你……你快去指挥战斗，别管我！消灭敌人要紧！”徐成章挣扎着推开郭天亭的手，断断续续地说完这两句话，便昏了过去。郭天亭即时命人将徐总指挥抬下战场，他继续指挥战斗。

“给我杀陈烈卿呀！”

“收拾这条恶狗啊！”

郭天亭像一头发了怒的雄狮般一跃而起，率领工农革命军战士与敌人展开殊死拼杀。战士们听说徐总指挥负了重伤，愤怒之极，吼叫着勇猛地冲杀敌人，喊杀声淹没了分界墟……

徐成章被抬回军寮村临时总指挥部后，在郭天亭的家里延请医生进行抢救，由于其伤势过重，流血过多，且医药极为缺乏，一直处于昏迷状态。指战员们和万宁县委的领导人员谢育才以及乡亲们都团团围住他，悲恸落泪，从当天晚上一直守候到次日早晨。

郭天亭悲痛地紧握着徐成章的手哭喊：“徐总指挥呀！你醒醒吧，战士们都围在你的身边呀！你不能走，我们需要你，琼崖革命更需要你呀！”

一位年逾七旬的老阿婆用颤抖的双手抚摸着徐成章的额头，泪水不停地滴落在他的脸上，一边哭一边说：“孩子呀！你睁开眼睛让阿婆好好看看你。你不要忙着走，睁开眼睛看看阿婆，看看同志们吧！”

也许是慈母般的呼唤的缘故，徐成章慢慢地睁开了眼睛，嘴巴微微翕动，声音微弱地说：“你……你们要……要革命……到底……啊！”说着说着，他的嘴角抽搐了几下，然后头一歪偏向里面，永远闭上了双眼，时年36岁。

徐成章牺牲后，东路红军总指挥部和中共万宁县委在军寮村东北面小山坡上举行追悼会，并在红军副营长郭天亭的主持下，将其安葬在万宁县龙滚乐内军寮村东北面三墓岭南脚下，立碑为记。

后人肖国镗有诗赞曰：

东路红军声势大，收回陵水振军威。
苏维埃县首先建，将领英雄竖史碑。

又有后人填词一首《满庭芳·访徐成章将军故居》赞曰：

翠掩山庄，小川淙淙，堂上悬挂尊容。
激昂文字，候云助伏龙。
白石溪边运筹，染指袁宫。
赴羊城，指挥铁甲，护卫大总统。
倥偬援省港，匡扶劳工，凯旋建功。
琼崖风雷激，探戈平凶。
令旗指向陵亚，挽雕弓，剑吼西风。
东风恶，将星落，分界植劲松。

这便是：埋骨何须桑梓地，记君只必赤诚心。

第二十八篇

梁秉枢回琼任总指挥　王文明筹备建苏维埃

却说琼崖工农革命军东路军回师分界墟作战受到挫折，总指挥徐成章壮烈牺牲，第一营副营长郭天亭和连长冯建农等人带领余部转入母瑞山，与定安县委书记陈骏业领导的赤卫队会合，缩编为一个连兵力，由冯建农任连长，孙成达任指导员，开始了在母瑞山创建革命根据地的斗争。

这年春，中共广东省委指派梁秉枢回琼崖担任琼崖特委委员兼琼崖工农革命军东路军总指挥职务。

梁秉枢自海南讨袁驱龙斗争结束后，遂离开琼崖前往广州，其后考入云南讲武堂第十五期习武报国，毕业后回粤参加护法战争、驱贼平叛和东征北伐，在国民革命军第四军第十二师张发奎部任中校营长，由于武汉政府汪精卫反共，梁秉枢被迫离职转返广州，后得张发奎、黄琪翔器重，再回第四军任职，曾充任广州市公安局保安第二大队长、第四军警卫团上校团长等职，曾率部参加中国共产党领导的广州起义，在战斗中负伤，化装成商人脱险赴香港就医，伤愈后被中共广东省委派回琼崖工作。

梁秉枢接任琼崖工农革命军东路总指挥职务之后，忽报国民党琼崖南路剿共总指挥王鸣亚乘着革命军回师北上之机，率兵攻打驻守陵水、三亚等地的工农革命军张开泰部，张部寡不敌众，且战且走，最后被围在藤桥墟一带苦战待援。梁秉枢即率工农革命军一个营兵力配合陵水县一中队赤卫队前往援救，但援兵开到新村港时，前哨飞马报藤桥失守。

原来，梁秉枢带部队赶到陵水县新村港附近时，正遇着从三亚藤桥突围出来的红军第二营营长谢育才，谢向他报告说："琼崖特委认为徐成章同志生前提出攻占陵水、三亚和崖城等地区，建立陵崖大片的革命根据地的想法和意见是正确的，放弃三亚是不应该的。因此决定重新组织攻崖指挥部，并指定王昭夷为指挥，本人为参谋长。我与王文源接受命令后即带领第二营到达藤桥墟与王昭夷联系，但王根本不理睬特委的决定，拒不到任。不久，王鸣亚率部向藤桥进攻，夺取我方海上赤卫队帆船五只和船上的物资，继而进犯藤桥，我军坚守了一个多星期，奈因弹粮两缺，乃决定突围，我带领一连打先锋，成功突围出来。但是，敌人发觉后加大火力封锁，使后续部队无法冲出来。张开泰看到这种情况，又退回来从另一个方向突围，结果部队伤亡很大，仅剩下100人左右，临时编成一个连，由王文源、张开泰率领向保亭方向退入七弓，打算与王昭夷所部接洽，但至今尚未有任何消息。我带队突围后经英州到达陵水新村港，想不到在这里与总指挥不期相遇，真是喜出望外啊！"

听罢谢育才的述说，梁秉枢吃了一惊，忙派探事人前往保亭七弓打听消息。次晨探事人回来，连声痛骂王昭夷是一个大混蛋。

王昭夷，字舜东，生于清朝光绪二十年（1900），陵水县七弓峒什聘村人。其父王维昌是黎族峒主，保亭营抚黎局世袭团总，曾赴广州就读基督教会学校，是琼东南著名的黎族头人。王昭夷自小喜欢汉族文化，曾负笈陵城同仁学堂习读，接受教育。1917年转入嘉积基督教觉民学校读书。其父被陵城大商人重金收买杀害。他却忍仇饮恨，继续求学，后求学于府城华美中学。1922年王昭夷归里承袭其父总管之职，统率黎族武装。他长相英俊，年少自负，但心胸狭窄，为父报仇后，将凶手之头颅高挂于树干上示众。尔后进入广州高等师范学校读书，旋入黄埔军校第四期受训。北伐战争时期，他返里招兵买马，扩大武装，重握总管之权。1927年琼崖革命风起云涌，陵水县农民运动蓬勃发展。王昭夷接受堂妹朋友陈垂斌的指教，倾向革命，曾率部开赴港坡村，参加共产党领导的革命武装斗争。5月中旬，陵水县农民自卫军成立，以黎族峒主武装为主体，由王昭夷、吴中育分别任正副总指挥。为鼓励王氏革命积极性，经中共陵水县委陈哲夫的介绍，纳吴中育之妹、原陵水县女子学校校长、县妇女协会委员吴觉群为妾。此时，王昭夷热情颇高，曾率农军打退敌人对港坡村的围攻，并率所部三次进攻陵水县城，打败国民党陵水县长邱海云和民团总团长曾三省等部1000多兵马的反扑，为革命立下大功。可是，自从工农红军作战失利之后，他对革命前途失去了信心，带着300多名兵丁返回七弓峒什聘村，然后训练兵马，购买武器，扩充实力，采取“坐山观虎斗”的策略。

3月上旬，谢育才受命带领工农红军第二营赶到崖县藤桥与王昭夷联系攻崖事宜，王氏虚与委蛇。谢育才他们哪里知道，此时的国民党崖县县长、琼崖南路“剿共”总指挥王鸣亚，早已派其心腹吴礼海通过曾当王昭夷秘书的大土豪黄鼎芬挑拨离间，收买了王昭夷，让其积极配合反共。王鸣亚和王昭夷达成默契后，立即领兵向藤桥奔袭，包围了工农红军谢育才部。经数天的激战，谢育才率一连人马首先突围；而不知就里的中共崖县县委书记李茂文、副书记张良栋、革命军指挥王文源和连长张开泰率领红军突围后，决定带领剩余100多名战士向保亭方向退却，来到七弓峒王昭夷的家乡休整，准备相机行动，夺回藤桥。

3月19日，李茂文、张良栋和王文源、张开泰等人率部经过三天的艰苦跋涉，撤退到吊罗山七弓河边。王昭夷大要两面派手腕，先让其叔父王勋出面，组织黎胞敲锣打鼓，假装热烈欢迎，一面杀猪宰牛，铺张接待；一面派人与王鸣亚密谋策划，消灭革命军。

且说经过长途跋涉疲惫不堪的革命军指战员，对王昭夷的殷勤招待信赖无虞，完全放松了警惕性。当时，琼崖东路党的负责人陈垂斌曾派员前来与突围的红军联络，并同王昭夷商量反攻藤桥事宜，李茂文还将工农红军在万宁、陵水、崖县暴动失利的情况通告王昭夷，希望他出于革命需要，提供一些武器弹药和粮食给养，帮助解决困难，以便重新夺回藤桥。王昭夷掌握这些情况后，认为革命没有前途了，遂决心公开叛变革命。他要起了两面派手段，边假意满口答应边暗中在七弓河边秘密布置伏兵，待机大开杀戒。

王昭夷准备就绪后，即于次日前往几华里外的红军驻地，假惺惺地出面邀请中共崖县县委和红军等军政领导人前往赴宴。为尊重民族习惯，李茂文、张良栋、王文源、张开泰和王植三等几位领导人赴会。宴席上摆满了鱼肉，大家开怀畅饮，竟不料这是一场充满杀机的鸿门宴。此时，王家兵早已四周埋伏，单等王氏抛碗为号。由于李茂文等有所戒备，身佩短枪，不贪杯狂饮，王氏才不敢轻举妄动。

中午时分，李茂文等告辞返回驻地，正当蹚水过七弓河时，枪声骤然响起，王家兵及王鸣亚派来的30多名短枪队前堵后截，一齐向工农红军突然袭击，李茂文、张良栋等中弹倒在河中牺牲。红军指战员毫无戒备，有些在河里洗澡遇难，有些在酣睡中惊醒，仓促还击，但终因寡不敌众，100多名干部战士部分遇害于河中，部分被俘押到崖城集体枪杀。仅有王文源、张开泰和王植三等几个人脱险。

梁秉枢听了探事人的汇报，气得恨恨连声："王昭夷这个王八蛋，看老子抓住你非扒皮不可！"

"哼，王昭夷这个老狗，多行不义必自毙。"谢育才也骂道。

此时，梁秉枢奉命率一营负责收复藤桥后，在前进途中与王鸣亚部不期而遇，经过激烈战斗，将王部打败。稍后，王部又向梁部进攻，并煽动附近不明真相的黎民武装袭击红军。在这种情况下，梁秉枢用剿抚兼施的策略，在该地进行宣传和组织群众工作。

8月12日，琼崖第一次工农兵代表大会在乐会县第四区高朗村举行，宣布成立琼崖苏维埃政府。大会一致推选王文明为琼苏政府人民委员会主席，罗文淹任秘书长，王大鹏任琼崖苏维埃政府经济委员会主任；委员有陈玉侯、陈骏业、梁秉枢、陈业祝、黄善蕃、王克礼等人。

主席王文明在大会上发表讲话。他充满激情地说：

同志们、老乡们：

今天，我们的琼崖苏维埃政府在战火纷飞之中宣布成立了。这是中国共产党领导下的重大胜利，也是我们全琼崖劳苦大众的大喜事！

什么叫作"苏维埃"呢？苏维埃就是俄文COBGR的音译，意即会议或代表会议。俄国无产阶级在1907年至1909年革命时期创造和领导群众进行革命斗争的组织形式，它是俄国革命导师、伟大的马克思主义者列宁所发现、肯定和发展。十月革命后成为苏维埃社会主义联盟权力机关的名称，称为“工农兵代表苏维埃”。伟大的革命导师列宁领导的苏维埃政权废除了地主和资本家的私有制，镇压被推翻的剥削阶级的反抗，摧毁资产阶级旧政府机构和建立新的无产阶级国家机构，组织社会主义经济……

同志们！乡亲们！苏维埃政府是代表着大多数人民的根本利益，其目标是为了解救劳苦大众，乃至解放全人类，实现共产主义制度。我们的革命要以俄为师，以苏维埃为榜样，建立起工人、农民和士兵自己的政府，实现一切权力归苏维埃，也就是归属于‘苏维埃政权’。我们的事业是正确的，正确的事业是坚不可摧的！今天我们多年盼望的苏维埃政府，终于在隆隆的炮声之中诞生了……

乡亲们！从现在开始，你们就是光荣的苏维埃政府的一分子了，希望你们在中国共产党的领导之下，为捍卫我们的苏维埃政权而奋斗！为保卫我们的苏维埃政府而战斗！让一切反动派在我们面前发抖吧……

王文明充满激情的讲演，激起了人们一阵阵雷鸣般的掌声，经久不息。而后琼崖苏维埃政府主席王文明颁布了《临时土地法》《劳动法》《苏维埃组织法》等法令，以及《保护工商业条例》《惩治反革命条例》和《税收条例》等条例。《保护工商业条例》规定：保护和鼓励小商人到苏区贸易，互通有无，税收条例规定废除苛捐杂税。这些法令虽然还不完善，但基本上反映了人民的意志，代表人民的利益，受到广大人民的热烈拥护。这些条例的实施，对于活跃苏区人民的生产生活，团结苏区各阶层劳动人民，保卫和巩固苏区具有重要的意义。

琼崖苏维埃政府成立之后，参加大会的群众愉快地唱起《寥廓霜天响春雷》的歌谣：

中华大地临垂危，朝政腐败兵当匪。
官逼民反举义旗，寥廓霜天响春雷。
志士能人当传媒，传播马列入心扉。
劳工农友齐觉醒，组建工会与农会。
农会建起赤卫队，红旗招展壮军威。

地主老财逃命去，丧魂失魄头低垂。

红日东升尽朝晖，穷人当家笑微微。

减租减息砸枷锁，举觞相庆酒一杯。

春风送暖人心醉，自由农友燕双飞。

载歌载舞上夜校，明月高照彩云归。

风云变幻贼军回，回乡团凶狠千倍。

旦间美景又丧失，反复抗争心莫灰。

有党指挥民相随，红军英勇把敌追。

扭转乾坤定有日，摧毁敌阵闯宫闱。

矢志不渝斗敌魁，酣战犹斗千百回。

霜天过后春意暖，曙光初照闪光辉。

人们刚唱完一首，有人唱起另一首《建立苏维埃》民歌：

来！来！来！

工农兵呀快起来，

打倒国民党反动派，建立苏维埃政府，

我们大家快起来！

这边的人群刚刚唱罢，那边的人们又接着唱起来：

蜜蜂最爱百花开，贫人最爱苏维埃。

苏维埃是好政府，幸福源泉它引来。

男声唱了女声又紧接着唱起来：

不学田蟹两头走，跟苏维埃一条心。

千年铁树结了果，贫苦人民当家来。

末了，众人一齐唱起《前进歌》：

谁是革命主力军，我们工农兵。

工农和士兵，本是一家人。

工人无工做，农民无田耕，

自由受剥夺，血汗被吸尽，

受苦受难被压迫，要求解放干革命。

前进，前进！不怕流血和牺牲。

向着敌人去拼命，我们生死一条心。

前进！前进！

为了工农的解放，军阀豪绅要铲平。

工人愉快去上班，农民欢乐勤耕田。

消灭阶级无剥削，革命任务才完成。

欢乐的歌声此起彼落，响彻云霄，在万泉河的上空久久地回响……

7月间，中共广东省委派了省委候补常委、号称“广东四大农王”之一的黄学增来琼崖主持工作。但他在主观主义和“左”倾情绪支配下，对海南的革命斗争没有作深入与客观的调查了解，就主观武断地认为“琼崖工作过去太坏”，“琼崖特委对琼崖工作之指导，不但无斗争经验，并且无斗争勇气”。他还指责琼崖特委没有执行广东省委关于“实现琼崖全岛总暴动”“夺取琼崖全岛”的指示，认为“琼崖本来有机会可以夺取全琼的，但特委竟将机会轻轻放过”。黄学增没有看到当前敌强我弱的形势，以及琼崖红军在反“围剿”中失利而处于困难局面，就不切实际地认为：“我们绝对是有办法可以反攻，直至于消灭敌人。”他还片面地认为琼崖特委在“4·22”反革命事变后，没有及时把斗争中心从农村转移到城市的战略部署是错误的。因此，他主张把琼崖特委机关搬到城市去，以城市为党的工作中心，夺取琼崖的大城市——海口市。

接着，黄学增立即召开琼崖特委扩大会议，宣布对琼崖特委进行改组，由他担任特委书记，王文明改任特委常委，罗文淹为宣传委员，官天民为特委委员兼共青团琼崖特委书记。

8月初旬，国民党军第十师分部集中兵力向乐万苏区发动新的进攻，保卫乐万苏区的战斗打响了，红军战士和赤卫队员们勇敢奋起还击，战斗极为激烈。敌军凭借着兵精弹足，训练有素，很快就击败了红军和赤卫队，占领了乐会县第四区阳江墟，迫使琼崖特委机关向中平仔村转移。

8月中旬，敌军100多人进入大熏、高塘等村庄，兵锋直指中共琼崖特委机关驻地——中平仔村。当时红军及赤卫队有300余人，他们选择有利地形布置伏击，并搬来荔枝炮助战。荔枝炮是用海南岛坚硬出名的树种，木质硬如铁，古人称之为“铁树”的荔枝木制作而成的，它将在打击敌人的作战中发挥杀伤力与震慑力作用。

一天上午，敌军大摇大摆地向中平仔山区进犯。红军和赤卫队300多人已进入阵地，严阵以待。他们把摆放在阵地上的那几门荔枝炮伪装起来，炮口虎视眈眈地对准敌人。大家沉着地隐藏在战壕里、土堆后、树丛中，等待敌人全部进入埋伏圈。

“砰砰砰！”迎面山头上的红军和赤卫队突然放了一排枪，而后又扔出一排用玻璃瓶、牛奶罐等制成的土手榴弹，随着一阵阵“轰轰轰”的爆炸声，当即打死炸伤好多敌人。敌人遭此打击，连滚带爬地向后退了一程路，然后架起机关枪扫射，打得树林中枝叶飞舞，纷纷飘落。就在此时，敌人的背后突然响起了“噼里啪啦”的鞭炮声，敌人见情况不妙，想占领两侧高地，埋伏在两侧高地上的红军指战员和赤卫队员一齐向冲上来的敌人打出一排子弹，或扔出土手榴弹，或拉响了地雷。一时间枪声、爆炸声不绝于耳，此起彼落，山回谷应。

敌军摸不清真相，惊慌失措，鬼哭狼嚎地喊道：“不好啦！我们陷入共匪的包围圈啦！”

红军指挥员看见敌军乱成一团，立即下达命令：“开炮！”

“开炮！”“开炮！”战士们互相重复着喊道。

这时，待命已久的红军炮手王大邦和朱传恩等迅速点燃了荔枝炮导火线，只听得“轰轰轰”几声地动山摇的巨响，几条长长的火龙带着铁砂粒、铁片儿和碎铅块等像密集的飞蝗呼啸过去，喷射向敌群堆里，敌军倒下一大片，死的死，伤的伤，逃的逃，溃不成军。

敌军营长叶百川被荔枝炮的威力吓得晕头转向，仓皇带领残兵败将退去。

在打扫战场时，大家看到那些躺在地上的敌人尸体，有的断了手，有的折了脚，有的头颅被打碎了……每个尸体都是千疮百孔，密密麻麻的好似蜂巢一般，还有被火药燎烤过黑乎乎的痕迹。大家看罢，齐声夸赞荔枝炮的厉害。有人当场编出顺口溜叫作《荔枝炮显威力》，一边跳跃着一边放开嗓门唱道：

荔枝炮，呱呱叫，声响如雷山动摇，
火龙翻腾丧敌胆，破铜烂铁变飞镖，
一喷就是一大片，百十米里跑不掉，
死的死来伤的伤，鬼也哭来狼也嚎，
木炮打败铁机枪，红军战士放声笑。

11月8日，敌团长沈光汉亲率1700余人再次进攻乐会、万宁苏区，敌军强迫老百姓移户并村，以断绝与红军的联系，并迫使群众上山砍树开路，采取“搜山捉鸟”的方法，使红军的补给日益困难，且活动范围日益缩小，军事力量日益削弱。经过几个月的反“围剿”之后，红军遭受到严重的挫折，人们的心头上都笼罩着浓厚的阴霾。

琼崖红军反“围剿”失败后，琼崖特委机关撤退到乐万地区的六连岭山麓北边村庄一带。特委书记黄学增在六连岭加索村召开的干部大会上说：“现在革命失败，主要是因为工运工作和策反工作没有做好。现今策略要转变，从前革命是由城市到农村，现在要从农村到城市，今后要发展城市工作来开展工人的运动，由工人阶级领导革命。还要将党团领导机关都搬到海口去搞职业化，以公开职业作为掩护，以城市为中心来策动士兵暴动，通过夺取海口等城市达到夺取全琼的胜利。各县在城市的灰色党员回到各县去做城市工作。红了的党员，调到其他县或去南洋。军队化整为零，把枪支埋藏起来。”

王文明对黄学增错误地执行广东省委确定“以城市为工作中心”提出不同意见，但遭到黄的反驳，他指责王文明领导的琼崖特委“太无能力而且权力平日太过于集中”，并指出王文明与罗文淹两人要退出特委，王文明去当琼崖革委会主席，罗文淹必须离开琼崖。

12月初，黄学增和官天民等率领琼崖特委及青年团琼崖特委机关部分北撤，最初迁到琼山县，然后与琼山县委书记冯白驹商量帮助他们把机关进驻到海府地区。

黄学增对冯白驹说：“现在革命失败了，今后要发展城市工作，开展工人运动来领导革命斗争，因而特委机关要迁往海口和府城。希望你们帮助租房子，并选派女同志配合干部住家，以搞职业化来进行工作。”

冯白驹认为这是冒险的行动，思想有些抵触地说："党的领导机关搬进城市去，会削弱党对广大农民群众的工作，斗争就会得不到他们的配合，而且海口没有产业工人，其他工人也很少，只靠发动敌军士兵起来举行暴动取胜，是不容易的，一被敌人发觉，还有覆灭的危险啊！"

黄学增则充满自信地说："以'城市为中心'是苏联的经验，伟大的马克思主义者、世界革命的导师列宁不就是依靠开展士兵运动而攻打冬宫，取得无产阶级革命的胜利吗？这是上级的指示，谁也不能持反对意见！"

冯白驹对此虽有所感觉，但认识还不够，只好服从命令，让琼山县委其他同志帮助将琼崖特委机关迁到海府地区，秘密驻地有两处：一处是海口市振兴街 13 号（即今新华区办公地址），另一处是在府城西门外金花村吴宅。事后，在黄学增的指导下，共青团琼崖特委书记官天民一边在海口市秘密开展活动，一边对邻近的琼山、澄迈两县的工作做了新的安排，将冯白驹调任中共澄迈县委书记，由陈秋辅接任中共琼山县委书记职务。

再说琼崖苏维埃政府主席王文明、琼苏政府秘书长罗文淹和红军领导人梁秉枢等人留守乐会县苏区坚持反"围剿"斗争。在王大鹏的提议下，琼苏政府在乐会县文开橡胶园召开会议，决定坚持农村斗争，开创母瑞山革命根据地。

会议结束当晚，王文明、王大鹏、何毅、梁秉枢、陈翼甫、罗文淹、王业熹等人带领琼崖苏维埃政府直属机关及其附属单位军械厂、印刷厂、交通处、红军医院等随行人员，还有红军部队共计 600 余人，由梁秉枢率领部分红军在前头开路，陈翼甫率部断后，琼苏直属机关以及附属等单位人员居中，他们在夜色掩护下突破敌军的包围圈，逶迤而去。沿途粉碎敌人的前堵尾追，途经石墩岭横渡万泉河，然后沿着羊肠小道经石虎岭、马鞍岭等地，再沿着崎岖的山路进入母瑞山。

在掩护琼苏直属机关以及附属等单位人员突围时，红军参谋长陈翼甫率部断后，任务艰巨，危险性大。敌军发觉琼苏机关突围后，疯狂追击，尾随而来。陈翼甫指挥红军战士与猖狂至极的悍敌拼力血搏，身受重伤，无法随队行动，滞留在白石岭的山洞中隐蔽疗伤，由一名护理员留下照料。后来，陈翼甫伤口感染，护理员托人到嘉积市购买治疗枪伤的药，不料被反动医生探知内情，在购买第二副药剂时，被反动医生暗中做了手脚，渗入毒药，致使陈翼甫伤口严重恶化，不幸身亡。

这又是：琼崖革命多艰辛，无数先烈血染成。

第二十九篇

拒诱降冯平宁死不屈　受酷刑符节大义凛然

且说4月22日这天，琼崖工农红军总司令冯平在澄迈县的北芳村召开西路党政军干部扩大会议，讨论进一步扩大红军和打仗问题。参加会议的有西路党政负责人和各连干部60多人，琼崖工农红军政治部主任符节也从东路赶来出席会议。会议计划开9天，但是到第7天，敌人就来进犯了。

这天早晨，前来参加西路党政军干部扩大会议的人员刚刚落座，就从远处传来断断续续的枪声，传令兵走进会场向冯平报告说："有枪声，可能是大股敌人来进攻了。""是不是地方团丁搞鬼，燃放鞭炮扰乱，你再出去听一听。"冯平素来胆大心细，又叫传令兵出去一再探听情况。

传令兵侧耳辨听了一会儿，又连忙返回来报告说："冯司令，的确是重机枪声。"冯平听罢，赶紧从屋里出来，站在庭院上侧耳细听，只听得重机枪声"嗒嗒嗒……嗒嗒嗒"响个不停。冯平细细辨听了一会儿，对西路军副总指挥冯道南以及符节、王开礼、黄善藩、刘青云等人说："是敌人正规军打的枪。"然后他和西路军指挥员们走到村边高地树林里观察敌情。

原来，负责澄迈县"剿共"的国民党第十师蔡廷锴部第二十八团副团长陈国勋带领500多人，并纠集地方团丁1000多人配备轻重机枪，盲目地向红军驻地的村庄开枪射击。

冯平经过观察了解敌情后，安排参加会议的指挥员分头带领部队反击。他和符节带领100多名战士占领北芳村外高地迎击敌人。

不久，大股敌人向西路军指挥部驻地北芳村大举进犯。冯平和符节沉着镇定，为了更有效地打击敌人，命令部队就近歼敌。

当敌人来到距离阵地前沿只有三四十米时，战士们一齐猛烈开火，敌人猝不及防，被打倒一大片，其余的快速向后退去。

冯平和符节看见敌人被英勇的红军战士们打得落花流水，大败而去，兴奋地欢呼起来："同志们，打得好！消灭白匪军！"战士们听到总司令和政治部主任的欢呼声，也高兴地欢腾着："打倒反动军队，消灭白匪军！"

趁着敌军退却之际，冯平对连长蔡云霖命令道："蔡连长，你赶快带领全连战士在另一座山头上阻敌，保护群众渡河撤退。"蔡连长按冯司令的命令，率领全连战士与敌人作战，从早晨打到中午，打退敌人的多次进攻。后来敌人集中兵力攻击蔡连长的队伍，红军因寡不敌众，蔡连长也在战斗中英勇牺牲。

这时，一位叫蔡文华的女战士挺身站出来说："同志们，连长牺牲我指挥。跟我来，消灭白匪军，为连长报仇啊！"说着她带领 20 多名战士阻击敌人，从中午一直打到黄昏，打得敌人不敢再追击了。后来，蔡文华带着剩下的战士回到指挥部向冯司令报告，冯平紧紧地握住她的手，称赞说："打得好，蔡文华同志，你是好样的！"

第二天，敌人又重兵压境。冯平带领部队与来犯之敌激战之后，撤退到赤行岭，并在赤行岭召集军事会议，商议对策。冯平对大家说："现在敌强我弱，我们要采取避实打虚的战术，敌人重点进攻澄迈，我们要转战临高，攻打临高县城，转移敌人的目标。"

会议结束后，冯平和符节带领部队连夜行军，向临高进发。部队从夜间 10 时连续行军到次日 8 时，不巧在到达临高的东江碰上反动民团，这伙民团很顽固，看见红军到来，急忙开枪射击，阻止红军前进，冯平也命令战士们开枪还击，双方"乒乒乓乓"地打了起来。战斗持续到下午 2 点钟左右，虽然打伤反动民团 30 多人，但民团在路上用竹刺铁蒺藜等障碍物堵路和封住路口，使前进道路受到封锁。冯平和符节见前进无望，于是决定撤回澄迈县的下岭、北芳两个村子休息，吃了一点番薯当晚饭，再连夜行军转移到琼山县与澄迈县交界的儒万山，打算和琼山县的红军会合。当时琼山红军有 600 人，在儒万山区驻扎，但此时已经转移了，不知去向。西路红军便在儒万山住了下来。

可是部队刚住一天，第二天早上敌人的追兵又赶到儒万山一带，这样，红军又得乘夜回师澄迈，与敌人玩起“捉迷藏”来。

在此艰苦的岁月里，冯平和符节和部队战士同甘共苦，日夜行军，有时把自己的战马给伤病员乘坐，自己和大家跋山涉水，步行作战。他身穿粗布衣裳，脚穿草鞋，和战士一致，深受大家的爱戴。行军路上，冯平看见两位战士扛一支“长瞄枪”走路很辛苦，便走上前接过笨重的“长瞄土炮”扛在肩上，健步走了四五十华里路程，毫无倦色，战士们看了无不钦佩。

部队开到西昌、坡尾休整了10多天，敌人又尾追来了。一天早晨，驻扎在坡尾的红军战士们刚准备出操，突然枪声响起，部队发现敌人偷袭，立即还击，敌我双方展开激战两个小时，由于敌强我弱，红军放弃坡尾，撤退到西昌去了。

西昌位于澄迈县东南部，这里当年已经建立了苏维埃政权，因此，西昌县委领导机关都在这里。西路红军400多人集中在西昌后，红军指挥部重新部署防守，在主要路口挖战壕，插竹签，严阵以待。

5月25至26日，西路红军指挥部和西区县委在西昌庆云村联合召开了紧急会议。会议结束后再召开扩大干部会议，冯平在会上说：“蔡廷锴部纠集地方反动民团，集中力量向我西路红军疯狂进攻，企图将我军一网打尽。敌人西来，我们东去，向母瑞山进军。”他布置参加会议的指挥员们回去动员部队，迎接新的战斗。

会后部队驻扎在西昌地区仁教岭一带乡村。冯平、符节、王文宇、冯道南、黄善蕃和驳壳班6个警卫员住在仁教岭的山腰。

冯平、符节也住在草寮里。

当时，国民党白军四处张贴布告，写着“抓到琼崖共匪头冯平者赏1000光洋，抓到其他红军干部者赏500光洋，打死割首级者赏300光洋……”敌人的布告也曾起了一些作用，大地主家庭出身的原西昌苏维埃政府主席王明成，眼见国民党军队大兵压境，见利忘义，乃勾结其胞弟、原西昌区苏维埃的卜壳队长王明范叛变革命。王明成暗中叛逃到澄迈县金江镇串通敌军，并带着敌第二十八团副团长陈国勋二个营有五六百人，民团一二千人，从金江开来西昌向西路红军总指挥部驻地进攻。

5月27日夜间，敌军陈国勋部和民团开始包围仁教岭。

次日，天刚蒙蒙亮，叛徒王明成、王明范带着一路敌军从小路偷袭了冯平的住址。当敌人抵近草寮时，被冯平的警卫员发现，立即开枪报警。冯平、符节和战友们听到枪声，立即走出草寮，举枪向冲上来的敌人射击，边打边退。这时，跟随冯平的警卫员有的牺牲，有的被打散，冯平和符节决定分路撤离。冯平穿过一片三角枫林，避开了正面敌人，向山下走去，跑到山脚时，不慎踩在竹签上，鲜血直流，他忍着剧烈的疼痛，一拐一拐地继续往前走，鲜血一滴一滴洒在地上。他下山走过仁教下村的一片水田，准备从田边的小山丘突围出去，但因伤口流血过多，再也走不动了。就在这时，叛徒王明成带着一群敌军追赶过来，大呼小叫地吆喝："你跑不了啦，快投降吧！"冯平举枪瞄准敌人，但是扣动扳机枪不响了，原来子弹已经打光。敌军见状，大喜若狂，蜂拥上来，冯平落入了敌人的魔掌。

再说符节与冯平分头走开后，他带领一批剩余部队试图强行突围，经过多次拼杀，虽然打死了很多敌人，但由于敌我力量悬殊，红军队伍被打散了，符节只好撤退到一个山坳里。敌军紧追不放，随后包围上来。他见敌人步步逼近，就掷出最后一颗手榴弹，轰然一响，炸死了数名敌人。稍后，敌人又涌了上来，符节奋力与敌人进行搏斗，最后因力竭被俘。

由于原西路红军副参谋长、西昌区苏维埃政府主席王明成的叛变，致使西路红军和澄迈县党组织遭到摧残，红军力量遭到严重的损失，琼崖工农红军总司令兼西路军总指挥冯平和琼崖工农红军政治部主任符节被捕；红军一营100多名战士和澄迈县委书记黄瑞三被敌人杀害。王文宇、冯道南等人则按照党组织指示化整为零，分散潜伏到五指山腹地的琼中山区和黎族、苗族同胞一起，保存了革命的火种，并组织少数民族同胞伺机进行革命斗争。

冯平和符节被捕后的第二天，澄迈县城金江市到处张贴布告，写着醒目的大字："共匪头冯平被擒。"

这天正是金江墟集日，成千上万的人从四里八乡赶来，人们看到红军总司令冯平被捕的布告时，心情沉重，有的人掉了眼泪，有的人嗟叹不已。人们都在低声传说："冯平今日要押送到金江来了！"赶集的人一传十，十传百，百传千，都想亲眼看一看这位使敌人闻风丧胆的红军将领和人民英雄。

11 点多，人们听说"冯平来了！"便涌向金江河边，翘头张望。但见河对岸有 4 个国民党兵抬着冯平上船过河，后面跟着二十八团副团长陈国勋以及大批敌兵护船过河。待船过了河，敌兵抬着冯平上岸。人们这才看清楚，冯平被缚在交椅上，交椅两旁绑两根竹竿，由 4 名敌兵抬着走过街道。冯平毫不惧色，脸上还流露出激励的神情。他对站在路旁的群众大声说："父老兄弟们！感谢大家来看望我冯平。革命不怕死，怕死不革命！杀了我一个冯平，还有千万个冯平站起来！"

冯平早已把生死置之度外的英勇气概，感染了在场的群众，人们默默地目送着冯平通过金江市，进入"绅士局"的大院里，才悄悄地散去。

冯平和符节被送到澄迈县金江分置两处，敌人把冯平关押在一家土豪劣绅大院的石头房子里。这时，一位穿着灰蓝色中山装，戴一副黛黑色玳瑁镶边眼镜的人走进来，假意探望冯平。这人是谁？原来是国民党澄迈县长王光炜，他是冯平在中学读书时期的同学，曾经一起参加过学生运动，但是，两人的思想却大相径庭，当革命运动风云激荡之时，冯平毅然投身无产阶级革命；而王光炜则彷徨踌躇，后来王为了追求高官厚禄，投入了资产阶级营垒，两人就此分道扬镳。他受蔡廷锴的指令，借着来看望老同学的时机来到关押冯平的临时囚室，假惺惺地问候，先与冯平谈了一番往事，意欲通过叙旧来唤起冯平的同窗之情。然后劝说冯平放弃共产主义信仰，归顺国民党。

冯平义正词严地揭露了敌人的诱降阴谋，把这位老同学驳斥得抬不起头来："王光炜，你这个人向来只是关心自己，不顾别人的死活，想不到你现在居然关心起我的死活来啦！还记不记得我们在学校里曾读过南宋文天祥的《过零丁洋》诗中名句：'人生自古谁无死，留取丹心照汗青'？我自参加革命那天起，就抱定了这样的决心。"

最后，冯平严正声明说："王光炜，大路朝天，各走一边，你走你的独木桥，我走我的阳光道。请你不必多费口舌、白费心机了，请你回去吧！"

王光炜碰了一鼻子灰，羞愧万分，感到无地自容，乃悻悻而去。

冯平和符节被捕的消息传出来后，中共琼崖特委想方设法要营救冯平和符节。起初估计敌人会把他俩解送到海口，于是组织了一批人员带着长矛、梭镖、大刀等器械，在澄迈县通往海口的路段黄竹、白莲一带的甘蔗园两旁的山林里埋伏，等待押送冯、符两人路过时，冲出来劫持而走。并特别挑选了二三十名年轻力壮者，准备一旦劫持到冯平和符节就抬走。但是，狡猾的敌人也意识到了这一点，将原准备把冯平、符节押送往海口的计划取消了。同时还将关押他们的地方不断地更换，戒备森严，封锁消息，使中共地方组织的营救行动无法进行。

敌人在冯平、符节身上捞不到什么，决定将他们在原地杀害。

1928 年 7 月 4 日，敌人对琼崖工农红军司令冯平和工农红军政治部主任符节下毒手了。

上午 11 时行刑前，国民党军警抬着冯平和符节游街示众。

冯平举起戴手铐的双手，向街道两旁的父老乡亲们频频作揖，说道："乡亲父老们，老弟就是冯平，老弟为革命而死，在所不惜，老弟坚信有骨气的革命同胞，一定会革命到底，一定会实现共产主义！"

他们视死如归，大义凛然，昂首从容，脸上带着傲然的微笑，挥手向沿途成百上千的人民群众点头告别，然后高唱起《国际歌》：

起来，不愿做奴隶的人们，
起来，全世界受苦的人！
满腔的热血已经沸腾，
要为真理而斗争！
旧世界打个落花流水，
奴隶们起来，起来！
不要说我们一无所有，
我们要做天下的主人！
这是最后的斗争，
团结起来，到明天，

英特纳雄耐尔一定要实现。

这是最后的斗争，

团结起来，到明天，

英特纳雄耐尔就一定要实现。

……

行刑时，冯平和符节慷慨赴义，高呼：

“共产主义万岁！”

“中国共产党万岁！”

“红军万岁！”

……

后人肖国镗有诗赞曰：

革命人生不怕死，宣传主义唤庶民。

冯平被杀精神在，千万冯平又出师！

冯平的一生是革命的一生，他的生命虽然短暂，但却在海南革命历史上留下了浓墨重彩的一笔；他的革命精神一直鼓舞着海南岛人民坚持斗争。新中国成立后，为了纪念冯平烈士，澄迈县人民政府在金江镇烈士就义的地方修建了冯平、符节烈士纪念碑。文昌县人民政府把大昌乡命名为冯平乡。

1983年，文昌县人民政府修建冯平故居，故居里展览出冯平一生短暂但却是轰轰烈烈的革命业绩，供人们参观学习，作为海南省青少年爱国主义革命教育基地。

这正是：志士头颅为党落，好汉身躯与群裂。

第三十篇

吴道南府城主持军务　黄学增海口谋划兵运

吴道南，谱名吴振理，海南万宁县瑞云乡（今礼纪镇）冯家村人。1895年生，幼承庭训，考入琼山县雁峰中学堂读书。青少年时代就参加海南讨袁驱龙斗争运动，曾任过万宁县知事，后为军阀龙济光所逼，潜往新加坡，继而考入云南讲武堂第十二期习武，毕业后响应孙中山先生的护法运动，于1920年回粤参加讨伐桂系军阀陆荣廷部将广东督军莫荣新的战争，在时任广东讨贼军总指挥吴铁城麾下任职，随军率先进入广州，在广东护法军政府副官处供职。旋在粤军第一师邓铿部任连长，随军参加援桂作战和参加讨伐叛逆陈炯明之战，担任吴铁城部广东省警卫军营长。随后参加平息商团之乱和滇桂联军杨希闵、刘震寰之叛和东征之战，担任建国警卫军参谋、粤军独立第一旅参谋长，独立第一师参谋处长等职务。北伐战争爆发后，粤军独立第一师编入第六军程潜部第十七师，吴道南任第十七师邓彦华部参谋处长，后任第五军第十六师第四十六团团长，从珠江之滨一直打到大江南北，是北伐战争中的琼籍名将。

吴道南时年34岁，中等身材，体态微胖，白皙脸，微秃顶，仪表英伟，是一个睿智有谋略的人。他奉国民党第八路军总指挥陈济棠之命，率领独立第五旅一个团驻防海南。

吴道南接防琼崖军事防务之后，便带着该部第九团团长陈定平、副团长吴宗泰等人一起驱车巡视海府地区，然后来到位于西门街"参将衙"前的饶园（现新民西路北侧）拜会了南区地方善后委员会公署参谋长黄强和政务处长曾蹇。斯时，南区地方善后委员会正在撤销，筹备成立"琼崖实业专员公署"，以黄强为琼崖实业专员职务。

当晚，黄强在饶园设宴招待吴道南和陈定平一行。席间，黄强斟了满满一杯白兰地酒递给吴道南，他自己也倒满杯，站起来向吴敬酒。吴道南平时虽然烟酒不沾，但是为了热闹场面，也勉强举起酒杯来，仰头一饮而尽。

“祝贺吴旅长回乡清匪剿共，保境安民。”黄强高兴地说。

“为了桑梓安宁和社会安定，兄弟定然尽力而为。”吴道南也乘着酒兴说道。

接着，黄强向吴道南讲述了第十师蔡廷锴部过琼清匪剿共的情况，然后说道：“琼崖共产党特委书记王文明和琼崖红军军事委员会主席梁秉枢带130余人逃窜到母瑞山中的深山老林去了。”

吴道南听说梁秉枢又回琼崖了，心中腾起困惑和不解，说道：“梁拱汉（梁秉枢表字）难道真是共产党？据说他在广州担任张发奎部警卫团长时参加共产党暴动，负伤后潜往香港治伤，怎么又返回琼崖当上红军军委主席了呢？‘辞官不做去受苦’，真是不可理喻啊！”

“还有重要情况。”黄强又呷了一口酒说，“最近广东共党方面又委派了一名叫黄学增的人，重新来琼崖当巡视员，正在与琼崖新任共党琼崖特委书记官天民等人带领一批骨干分子混入海府地区开展士兵运动和工人运动哩。”

“嗯，真是自投罗网哩！”团长陈定平抢过话来说道。

接着，黄强从档案柜内拿出一份材料，这是一份根据原中共海口市委书记严鸿蛟叛变后提供的材料。他朗声念道：“黄学增，广东省遂溪县人，民国十二年加入社会主义青年团，继转为中共党员，民国十三年入广州第一届农民运动讲习所，曾任国民党中央农民部特派员前往花县指导农民运动。民国十四年任广东省农会执行委员会兼秘书长，同年秋任中共广东省区委农民运动委员，领导农民运动，与彭湃、阮啸仙、谭平山、周其鉴被誉为广东‘四大农王’。继任广东省农民协会南路办事处主任。民国十六年被选为中共广东省委候补委员，次年为广东省委委员、候补常委。民国十七年六月中旬，中共广东省委派黄学增来琼主持琼崖特委工作，并将琼崖特委机关迁入海府地区。”

“官天民，海南万宁县人，早年在广东省立十三中读书，民国十四年任后安小学校长，民国十五年加入社会主义青年团，继而转入中共党员，民国十六年担任市东党支部书记，万宁县团委书记，民国十七年任中共琼崖特委委员，继任青年团琼崖特委书记，民国十八年继任中共琼崖特委书记等职务。深受中共广东省委巡视员黄学增的器重。”

吴道南听完黄强念的材料，哈哈一笑，口出狂言道：“人言，‘天上雷公，地上海陆丰’。连在广东捣乱得很凶的海陆丰‘农王’彭湃等人，我们都能率兵平定，还怕黄学增这毛头小子不行？看来这小子必是海府撞上枪口上喽！”

“旅座说得是，说得是。哈哈……哈哈……”团长陈定平恭维道。

回到海口旅部驻地后，吴道南即派第九团陈定平部开赴各属驻防，以第九团第一营吴宗泰部驻扎嘉积，第二营洪世燊部驻万宁，第三营驻防琼山、定安。并命令团长陈定平派军警对海府地区加强监视和防范，务必要捣毁共产党琼崖特委机关，抓捕黄学增和官天民等要员。

再说中共琼崖特委机关迁入海府地区之后，屡遭挫折。这话应从头说起。

先是曾经担任中共中央最高负责人李立三，广州起义失败后，转任中共广东省委书记。他很赏识黄学增，并于1928年6月中旬派黄学增来琼崖特委主持工作。黄在主观主义和“左”倾情绪支配下，没有对海南的革命局势作深入和客观的调查了解，而是主观武断地认为“琼崖工作过去太坏”，并指责琼崖特委没有执行广东省委关于“实现琼崖全岛暴动”“夺取琼崖全岛”的指示，认为琼崖本来有机会可以夺取全琼的，但特委“竟将机会轻轻放过”。他还片面地认为琼崖特委在海南“4·22”反革命事变后及时把斗争中心转移到农村的战略部署是错误的。因此，主张立即把特委机关搬到城市，以城市为党的工作中心，然后夺取海口市。接着，黄学增宣布对琼崖特委进行改组，由他担任中共琼崖特委书记，并要求王文明和罗文淹退出特委，王文明担任琼崖革命委员会主席兼苏维埃政府主席，罗文淹调去省委，另行分配工作。

8月上旬，黄学增来到海口市整顿党组织，在海口市白沙乡三望村陆国宪家秘密召开党员会议，改选了中共琼崖海口市委员会，由严鸿蛟担任海口市委书记，云昌江、陆国宪任市委委员，潘子裕任交通员。同年11月29日，广东省委重新布置各路工作，指示南路应注意海口、北海两城市，一个月内将南路和琼崖两特委合并迁往海口，更名为“中国共产党广东省南区特别工作委员会”，由黄学增担任南委书记。

1929年初，中共琼崖特委在海口市召开扩大会议，参加会议的有澄迈、文昌、琼山、海口等市县的负责人。会议决定加强海口、嘉积、三亚和新村港的工作，农村以琼山、澄迈、文昌为党的工作中心区域。在特委、市委的领导下，海口市区以及郊区的党组织和革命斗争取得一定的恢复与发展，海府地区是国民党琼崖当局的统治中心，因而是控制比较严密的地区，中共琼崖特委领导机关在海府地区的频繁活动必然引起反动军警的注意。

是年2月13日，海口市委书记严鸿蛟前往东山开会，返回途中经市郊罗陈村时被敌人侦探抓捕，押回审讯，旋即投敌叛变，并向国民党海口市警察局供认了中共南区特委、海口市委机关的情况。18日晚上，严鸿蛟带着大批军警到海口市振兴街43号云氏公馆破坏了南区特委和海口市委机关，逮捕了市委委员云昌江。他怕人家认出其嘴脸，便用黑布袋罩住头脸部位，又引领敌人来到三亚街三角路陆家住宅将市委委员陆国宪抓捕。不久，云、陆两人被秘密杀害。海口市党组织遭到严重破坏。其中苏天春乘船逃往高州，谭荣光逃去暹罗，潘子裕潜赴香港。之后，敌人又破坏了府城西门外金花村吴宅的中共南区特委机关驻地，黄朝麟、陈大机、郭秀、陈龙氏等8人被捕牺牲。南区特委书记黄学增、青年团琼崖特委书记官天民等在广东省委开会，才幸免罹难。

不久，黄学增和官天民返回海口发现情况反常，便将情况报上去。5月25日，广东省委决定立即恢复中共琼崖特委，由官天民、黄善藩、冯世江、谢翰华、熊侠等5人组成新的琼崖特委机关，由官天民担任中共琼崖特委书记，黄学增则以巡视员身份指导，继续留在海府地区盲动地开展兵运和工运工作。

新的琼崖特委刚刚成立，便出现了《海口新民报》报馆工人自发组织起来进行罢工斗争，还有白沙门农民与警察的斗争，虽然群众情绪很高，但是却没有得到特委的及时指导，结果在敌人的镇压下很快失败了。自此，海府地区又处于白色恐怖之中。新任中共琼崖特委书记官天民和广东省委巡视员黄学增看到这种情况，觉得处境的确很是危险。因为他们都不是本地人，对海口郊区附近的乡村情况不太熟悉，因而一时无法深入到农村开展工作。为了隐蔽身份，他们便伪装成患者，悄悄地住进了美国人创办的福音医院里。

福音医院设在海口郊区盐灶村附近，是美国纽约长老会于清朝光绪十一年派来教师康兴利在琼州传教时兴建的。福音医院旁边有福音堂，作为传教士的栖居场所，福音堂内设立儿童识字班，其活动人员比较复杂。

7月间，黄学增和官天民以及琼崖特委宣运干部杨新培、学运干部及特委机关工作人员10多人一起住进了福音医院后，便装成病号躺在病榻上，他们认为这样就可以万无一失了，于是便开始谈论起工作来。

黄学增政治理论高超，每与大家谈论，滔滔不绝，似下坡走丸，他仍对城市士兵暴动和工人运动充满信心和希望。他为了论证其政治观点的正确性，常常从法国大革命时期的巴士底狱暴动讲到巴黎公社的成立；从俄国十月革命时海军阿芙乐尔号巡洋舰士兵起义炮击冬宫，协助工人和士兵攻占冬宫谈到列宁领导的苏维埃政权取得伟大胜利……

黄学增年轻气盛，满怀理想主义，他谙悉熟知马列著作与斗争理论，说起话来犹如江河倒悬，一发而不可收，侃侃而谈，犹如决堤之洪流：“十月革命一声炮响，给我们带来了马克思列宁主义……十月革命的成功，已经为我们树立了一个首先发动工人和士兵武装夺取政权的榜样，而我们琼崖共产党的某些人，却主张先在农村建立根据地、最后夺取城市的做法，明显是与伟大的革命导师列宁领导的苏俄革命所取得的成功经验相悖的。试想一想，若按照他们的做法，中国革命要等到何年何月才能获得成功？又将待到何时何日才能取得胜利？所以党中央和广东省委书记李立三同志要求我们学习十月革命胜利的经验，把党的工作中心放在城市，在城市开展工人和士兵运动，发动城市工人和士兵暴动，首先争取一省或数省的革命胜利，策应全国大革命运动高潮的到来。而我们琼崖更应该着力放在策动工人和士兵运动之上，争取发动海府地区的士兵和工人进行暴动，夺取海口、府城、嘉积等主要城市，然后再夺取琼崖革命的胜利，这叫作‘城市带动农村’，岂不是比以农村来包围城市来得快捷吗？”黄学增说，“可是，王文明等人主张以农村包围城市的做法，是学习毛泽东上井冈山的先例的，是严重的农民意识……”

官天民听毕黄学增的高谈大论，受到感染，情绪也激动起来，满怀憧憬地说：“我们要是都按照黄巡视员这样做的话，开辟出一条革命迅速成功的捷径，那么，琼崖革命的历史进程就可以缩短啦！”

“是啊！干革命也要讲方法，敢于闯新路，勇于走捷径嘛！”黄学增说，“现在琼崖敌人的军事力量比较薄弱，仅有吴道南部一个独立旅两个团的兵力，倘若我们加紧发动工人运动和策动士兵暴动，夺取琼崖是大有希望的……”

讵料隔墙有耳，住在福音医院病号房的黄学增和官天民正在谈论工作时，在隔壁房间里恰巧有一个国民党军官在留医。黄、官两人的谈论被这个国民党军官听到，当即向国民党驻军独立第五旅第九团团长陈定平密报情况。

陈定平得到情报后，立时向旅长吴道南报告情况，吴大喜过望，称赞道："陈团长，你立功的机会来了！要赶快布置抓捕黄学增和官天民的行动，不可走漏风声，动作要快，且要妥当，务必做到万无一失，一网打尽！否则唯你是问！”

“是！在下明白，坚决执行命令！”电话那头传来陈定平的声音。

吴道南放下电话，脸上露出得意的神色，说：“果然不出我之所料，这小子真的撞上我的枪口上喽！”

陈定平立即命令军队配合海府侦探队队长严鸿蛟带领的便衣警察，连夜将福音医院严严实实地包围起来进行搜捕。当场抓捕了广东省委巡视员黄学增、琼崖特委宣运干部杨新培、其他学运干部以及机关工作人员十几人。搜捕之中，恰逢官天民从外面回来，准备向黄学增汇报情况。当他看到情况有异常时，立即越墙逃跑。

这时，在福音医院外围担任警戒的军警发现有人跳墙逃走了，吹响警笛，军警们一边追赶一边开枪朝逃走的官天民射击，子弹满天飞，官天民英勇牺牲在通往海边的小路上。

破获了中共琼崖特委机关，逮捕了中共广东省委巡视员黄学增等10多人，陈定平欣喜若狂，连忙向吴道南报功。吴喜不自胜，忙邀来琼崖实业专员黄强一起连夜审讯黄学增等人。他们企图从黄学增嘴中得到中共琼崖领导人和广东省委领导人的名单以及活动场所，于是，先拿官职与金钱进行引诱和收买。

黄强装作很关心的样子对黄学增劝说道："黄先生，你是个聪明人，而且还很年轻，你走错了路啦！依我看啊！还是及早回过头来吧。我们什么都可以给你！你想要官有官，要钱有钱，要女人有女人。你快点说吧！你要什么职位？由你选择？怎么样？"

黄学增鄙夷地看了黄强一眼，冷冷淡淡地说："住口，哼！除了革命之外，我别无选择！"

"嗯！黄先生，鄙人相信你不是一个死心塌地为共匪卖命的人，你还年轻哩！希望年轻人能识相点儿，本人规劝你不要与政府作对了。眼前明摆着二条路：一条是荣华富贵，衣锦还乡；一条是命归黄泉，魂断他乡，是生是死，自己选择吧！"吴道南话中挟裹着威胁的口气说道。

"哼！收起你们那一套鬼把戏吧！自从我黄学增选择了参加革命的那一天起，就把生与死置之度外了，共产党人何曾惧死呢！"黄学增说。

黄强又引诱说："黄先生，不要死心眼儿了，你需要多少钱？开个数？我们尽力满足你的要求？"

黄学增听了，不屑一顾，神色威严地说道："哼，你们认为用那几个臭钱就可以降服我吗？告诉你，共产党的意志比钢铁还硬、比金子还强，真正的共产党人都是用特殊的材料铸造而成的，百金万银也动摇不了我们的革命意志！"

黄强仍不甘心，又说："你什么都不要，那你给我们写上一个'不'字，表明你不与共产党的事相关就行了嘛。"

"哼！休想……"黄学增说了一句，转后闭口不言，只是冷眼蔑视着敌人。

吴道南见黄学增一时没说什么，以为他思想已经动摇了，便叫那位告密军官拿来钢笔和纸张，让黄学增写悔过书。

"'大农王'，写你的悔过书吧，从你在广东闹农民运动写起，一直写到在琼崖落网……嘿嘿！"那位告密军官遵令拿起纸笔朝黄学增走去，无不嘲笑地说："'大农王'，你在广东已经失败了，这一次又栽在我们手里，想想看，哪一次你不是都栽在我们的手下呢？老老实实地写悔过书吧！嘿嘿……"

黄学增心里骂道："狗奴才，莫要威风，我要好好地教训教训你，看你还能威风到几时？”

他心里骂着，假装若无其事的样子接过钢笔，过了片刻，再也按捺不住满腔怒火，“霍”地跳将起来，手握钢笔猛然朝着那个军官的眼睛用力戳去，吼叫道：“我就这样要你的狗命！”

“哎呀！疼死我啦！”那军官连忙用手捂住流血的伤口，疼得像杀猪般的嚎叫起来，连声狂叫：“杀掉他！杀掉他！”

一群彪形大汉听到狂叫声，一拥上前按倒黄学增，夺下他手中的钢笔，然后对他施加酷刑，几个暴戾的狱卒将黄学增用绳索捆绑在老虎凳上，抡起铁棍一阵乱打，直直把黄学增的双腿打断才肯罢手，尔后用绳索缚绑在木板上抬进死牢里。

后来，吴道南去电广州征得国民党第八路军总指挥陈济棠的同意，遂于8月12日下令，将黄学增用木板抬到海口市郊的红坎坡刑场杀害了，死时年仅29岁。

后人陈仁兴有感于烈士的豪情壮志，作诗一首赞曰：

风华正茂奋长缨，壮士从来敢牺牲。

党内“左倾”曾为害，至今犹哭黄学增。

第三十一篇

琼州兵变洪世扬策反　海南忤蒋吴道南附桂

洪世扬，字步穿，海南文昌会文烟堆墟海棠村人，出生在华侨家庭，幼年在家乡读书，稍长随伯父去马来西亚就读，毕业后适逢云南都督唐继尧派员赴南洋一带宣慰华侨，并招收华籍青年回国学习军事，洪世扬和吴道南、文鸿恩、文朝籍、文乃武、孟敏、符昭骞、杨永仁、符岸坛、龙其婉等琼籍华侨青年数十人结伴回国考取云南讲武堂第十二期受训。后来又一起回粤参加护法、平叛、东征、北伐战争等。自后，洪世扬在国民党军队内部派系争斗中失意，便追随老上司徐景塘闲居香港。

洪世扬与吴道南系同乡同学，人情乡情弥笃。他奉徐景塘令从香港返回广东找到了吴道南，说明来意，共商策动琼州兵变的问题。洪世扬开门见山地说："道哥，徐军座派我来找你共谋反蒋大事。"

吴道南一听是"反蒋大事"，忙制止说："这不是捅了天吗？哎，这里不是说话之处……"说罢拉着洪世扬返回寓所。

两人一回到寓所，还未待落座，洪世扬又告诉吴道南说："俞作柏在广西南宁就任护党救国军南路总司令后，立即下令捉拿蒋介石派在桂军杨腾辉部第四十五师任中校政治部主任郑介民，郑得到这个消息，吓得逃往农村中花钱买了一担粪，抓起粪泥往脸上一抹，装成挑粪的老农夫，蒙混过关，然后给蒋介石打了报告。蒋得到报告立即下令免去俞作柏、李明瑞 2 人的职务，改由吕焕炎担任广西省政府主席兼第八路军副总指挥，吕又通过关系把李明瑞的心腹将领黄权挖走。而后委派三个师溯西江进入桂境，并亲自到梧州坐镇指挥。桂军将领杨腾辉、黄权阵前反水，来到梧州见到陈济棠，接受率兵进逼南宁的任务，将俞作柏逼去香港。俞作柏之弟俞作豫和李明瑞则率兵撤退到左右江一带集结。”

吴道南听毕洪世扬的讲述，表示同意反蒋附桂，他猛地拍桌子骂道：“国民党独断专横，排除异己，将北伐战争中有功之人也在排挤之列，而专门起用一些没有战功的谄媚之徒，令人委实不满，如今人心向背啊。呔！一切乱源，皆由此而生也。”

洪世扬睇见吴道南真的动了肝火，进一步煽动说：“道哥，徐军座派我来找你共商反蒋大计，策动兵变，摧毁亲蒋政权，夺回琼州军政大权，策应汪先生的‘护党救国’运动，岂不是好吗？”

吴道南细细想了一会儿，心里说：“粤桂战事又起，若是我们策动兵变成功，在琼州通电反蒋，宣布脱离广东的亲蒋派，实行海南独立自治，然后与桂省李宗仁、白崇禧、黄绍竑和粤军张发奎等人遥相呼应，互为犄角，无疑是对陈济棠构成很大的威胁啊！”

“这回他们是隔着黄河放牧——鞭长莫及啊！机会难得，千载难逢呀！”洪世扬更是热情激烈，挥动了一下手势，对吴道南说。

“道哥！此时不反，更待何时呢？”洪世扬问。

吴道南被洪世扬的激昂情绪所感染，十年往事兜上心来，他回想起自己从青少年时代就投身到讨袁、护法、平叛、东征、北伐诸战之中，出生入死，百战疆场，没有功劳也有苦劳，可他老蒋却要学汉高祖刘邦的故伎，“狡兔尽、走狗烹，飞鸟尽、良弓藏，敌国破、谋臣亡”，想将有功之臣一个个扳倒、摁掉、赶尽、杀绝……想着想着，不由得怒从心头起，猛地挥拳狠狠敲击在桌子上，震得茶壶杯子“叮当”作响，尔后一字一板地说道：“自古以来，君昏臣谏，君暴臣反。蒋介石用如此手段对待我们这些为国民革命出生忘死的将士，逼得我们不得不反啊！好，暂且不计成败利钝，干吧！”

“好吧，我回去策动吾弟洪世燊和老乡吴宗泰一道举兵反蒋附桂！”洪世扬说毕，起身与吴道南握手告别，互道珍重：“琼崖聚首，不见不散。”

12 月 17 日，洪世扬先行返回琼崖找到其弟洪世燊商谈。

洪氏兄弟久别重逢，不胜欢喜。洪世桑连声追问别后之情形。

洪世扬连连叹息道："我现在追随老长官徐景塘，备受老蒋冷落，委实不服……"

"那么哥哥回琼崖必有重任在身……"洪世桑知哥哥话中有话。

"对！我受徐长官托付回琼策动兵变，附桂反蒋，特意请我弟相助。"

"附桂反蒋……能行吗？"

"行！肯定能行！我已经在广州面商过吴道南将军，他叫我先行回琼崖跟你们商谈事宜，尔后再行返回海南。"

"好！我赞同！"洪世桑答应道。

接着，洪世扬又说服了文昌同乡吴宗泰，策动独立第二团两个营兵哗变，包围了独立第二团团部并扣留独立团团长陈定平，一举摧毁了琼崖的亲蒋派系的势力，复归于吴道南指挥。之后，洪世扬又派兵与琼崖实业专员黄强部发生冲突，强行收缴了琼崖实业专员公署的200多条枪支。此后，琼山的秀英炮台，文昌的潭牛、陈家坡以及澄迈县的金江镇等地，也相继发生缴枪事件，使地方民团组织无形中解体。琼州兵变发生，且团长都是海南人，被讥笑为"海南人自家挖自家人的墙脚"，一时传为丑闻。

琼州兵变的情报传到广州，第八路军总指挥陈济棠和海军第四舰队司令陈策等人大吃一惊。

却说琼州兵变成功，徐景塘等人大喜过望，额手称庆。而躲藏在香港的汪精卫得到徐的汇报，即以"中国国民党护党救国大同盟"名义，委任吴道南为"护党救国军"琼崖警备中将司令。

吴道南被汪精卫的改组派委为琼崖警备司令后，便将独立第二团扩编为守备旅，以洪世扬为旅长，吴宗泰为司令部参谋长兼守备旅第一团团长，洪世桑任第二团团长。继后，吴道南令人将李、白、黄和张等人联名通电讨蒋的电文作为布告，广为张贴。

这篇电文稿出自李汉魂的手笔，骈四俪六，写得亦庄亦谐，妙笔生花。兹约略录述如下：

蒋贼中正，背叛主义，摧毁革命，戮屠同志，荼毒生灵，实为总理之罪人，本党之蟊贼，民众之公敌，国民革命之败类。我第二中央执行监察委员会，不忍党国为蒋贼之一人所篡窃，国民革命为蒋贼一人所中断，爰于9月之间颁发宣言，激励全国革命民众及国民革命军将士，一致讨贼……

这篇反蒋布告贴遍海南岛各县市的十字街口，十分醒目。人们争相传阅，奔走相告，皆说这布告把蒋介石骂得狗血喷头，淋漓尽致，大快人心。因之，吴道南的名字立时好像一阵热风传遍了全琼岛。

继而，琼崖报刊争相登载报道，《海国半月刊》说是吴道南通电反蒋，琼崖独立，并颁令与国民党广东省政府和第八路军总指挥陈济棠脱离从属关系。如天尔在《我与海国》一文中回忆说，"1930年1月，吴道南在琼崖独立，陈策奉命调海军封锁琼崖，时局混乱……"

且说陈济棠得悉吴道南和洪世扬在琼州兵变，独立海南，深感不安，他急忙向蒋介石报告。此时的蒋介石正在中原用兵对付西北军冯玉祥和山西王阎锡山，得到琼州兵变的信息，气得直骂"娘希匹"。陈济棠本是个气宇深沉、手段圆滑的人物，便借此机会以广东任务繁重，兵员偏缺，军费自筹为由，请求蒋介石允许其扩编军队。得到蒋的许可之后，陈济棠便开始大力增加军队，借机扩充自己的势力。海军第四舰队司令陈策知道蒋介石允准陈济棠扩编军队，也趁机增加海军军费购买军舰，扩充海军陆战队，一下子就成立了两个海军陆战团，并把自己的胞弟陈籍调来担任陆战队第一团团长，族弟陈哲调任陆战队第二团团长；同时，还任用一批同乡如郑兰鹤任第一团第一营营长，王雄任第二营营长，陈光第任陆战队特务大队长，王茀林等任排长。

1930年1月12日，陈策以海军第四舰队参谋长陈鼎为指挥官，率领陆战队第一团陈哲部配合以虎门要塞守备营陈家炳部，乘中山舰及其他舰只从广西北海向琼崖进袭。陈鼎亲自率舰队开炮向文昌铺前守军轰击，陈哲则率部在临高县马袅港登陆后，直趋澄迈县之金江镇，便以电话招降吴道南，吴接到招降电话后，随即派出代表到金江讲和。为防他变，暗中使两个迫击炮连跟进金江。岂料陈哲也率队乘夜色掩护，正向府城急进，至美亭、白莲间之沙葛岭、昧爽时，由于大雾迷漫，一派白茫茫的，数里开外看不清景物。吴宗泰、洪世燊两部正在雾阵里向前推进，冷不防陆战队前卫营陈家炳部从小径突出，切断吴宗泰、洪世燊两部，首尾惊乱。吴、洪两部官兵已经过陈光第的策反，早有降意，哪里还有心思作战，便在团团浓雾中胡乱放了几枪，惊吓得夜间鸟雀“吱吱呀呀”地叫着乱飞乱逃。继而陈哲率陆战队第一团官兵赶至，将守备团包围缴械，再乘胜向海口港攻击。

再说琼崖警备司令吴道南接到海军陆战队的招降电话后，召开了海南军事会议，吴道南说：“目前形势变幻莫测，我等亦难以应对，如今第四舰队陈策部海军陆战队一个加强团来琼崖袭击我部，而广东陈铭枢省长也与我部联络，何去何从？孰是孰非？请大家商议，寻找出处？”

洪世扬抢先说：“陈筹硕不是已经与我们联系上了吗？”

“不行，陆战队诡计多端，明修栈道，暗度陈仓，表面上与我们谈判，暗地里却袭击我们的部队，迫使我们接受城下之盟。”吴宗泰说。

“如果我们与海军陆战队打起来，势必不利！”陈光第附和着。

吴宗泰气愤地骂道：“战事尚未展开，你先长了他人志气，灭了自家的威风……”

“这不是明摆着的嘛！”陈光第颇有诡计，亦甚狡猾，但有时粗疏，容易露底。

“陈策是怎么搞的？自己人打起自己人啦！”

“这陈策的一只脚不是被桂军沈鸿英打跛了吗？变成跛脚将军了，哼！还想回家乡抢地盘呢？”“哼！……”众人愤愤不平地你一句我一句说起来。

当晚，吴道南在守备团团部设席招待守备旅团、营级干部。席间，守备旅长洪世扬和陈光第频频举杯，轮流给参谋长吴宗泰灌酒，借机醉倒吴宗泰。

吴宗泰，又名正德，海南文昌县会文镇冯家村人，云南讲武堂第十五期炮兵科毕业，曾与吴道南一起在吴铁城部警卫军第一团梁英部任职，历任中尉排长、独立第一师上尉连长、第六军程潜部第十七师任少校参谋、独立团中校营长、新编第六军第十九师第四团长，参加过平叛、东征和北伐战争。转后跟随吴道南返回海南岛，担任独立旅营、团长，并兼任参谋长等职。吴宗泰与吴道南同姓同宗，情谊深厚，且秉性刚直，联袂同来，骞裳同去，不易为利益所诱惑而叛友，为洪、陈二人所妒忌。因此，洪世扬和陈光第只好借着敬酒之机将其灌醉，使吴道南失去得力臂助之手。

席间，吴道南烟酒不沾，只是应酬性地给大家举杯。这时，陈光第惺惺作态，阳为孝敬，阴布腹心，装着十分热情的样子，斟着满满的一杯酒走到吴道南跟前，皮笑肉不笑地说："司令，干杯呀！哥儿们都是云南讲武堂毕业的弟兄，带头给大家干杯酒呀！"陈光第说毕，仰起脖子"呼噜呼噜"地一饮而尽，然后故作高阳酒徒之状，口中唱着："今日有酒今日醉，管他明日是与非……"

唱罢，陈光第故意装作醉醺醺状态，摇摇晃晃步履蹒跚地离开酒席，飘然而去。

陈光第的戏谑，使吴道南恼怒不得，忍受也不是，只好心中苦笑，茫然地望着陈光第远去的背影，心里陡地升起一种莫名其妙的感觉。

散席后，吴道南在守备团团部就宿，团部面临海口港。入夜，海口港外涛声阵阵，寒风怒号，冷气冽冽。吴道南早已安然入睡。

但是，他的贴身卫士吴赞缙却久久难以入眠，辗转反侧，脑海里不时地浮现出陈光第和洪世扬的反常行动。他担心祸生梦寐，衅起幄帷，一种不祥之预兆，好似一道流星般袭上心头。

夜色深沉，万籁俱寂。唯有海口市长堤大钟楼上的钟声，重重地响了二三下，那悠悠的钟声，伴随着阵阵海涛声传来，又伴随着涛声而去，袅袅地消失在空旷的夜空之中。

突然，漆黑的夜空中升起三颗信号弹，继之而来的是轰轰的炮声以及守备团大院里的骚动声。吴道南被枪炮声惊醒，迅速从床头底下抽出那支伯格曼手枪，迅速趴在地上观察情况，他立刻判断出是腋下生祸，内部哗变所致。

贴身亲兵吴赞缙在黑暗里听到五公的动作，也从床铺上一跃而起，敏捷地从墙上摘下捷克斯洛伐克手提轻型机关枪，一下子蹿到楼下，与楼房下面另外几名警卫人员顶住门板，不让叛兵撞开楼门板冲进来。

此时，守备团楼房大门外响起了急骤的脚步声和嘈杂声，接踵而来的是响个不停的撞门声，还夹杂着"缴枪不杀""放下武器"的喝令声，一声比一声凶，一阵比一阵恶，甚是紧急。眼看着楼房门板即将被叛兵撞开，还瞥见几道手电筒的光束从门缝外面照射进来。吴赞缙见状，愤怒地端起机枪朝门外的光束“嘟嘟嘟”地扫射了一梭子弹，只听得门外的叛军“哎呀！哇呀！”地相继惨叫声。他趁机想将撞开的楼门板推正加固门闩。就在这当儿，门外也响起一阵枪声，打得松木门板如同蜂巢孔，子弹射穿门板击中吴赞缙的胸部，仆然倒地，汩汩的鲜血流淌满地。

吴赞缙中弹倒下后，惊得一名卫兵失声叫起来：“不好啦！中枪了……不要开枪了……我们交枪吧！”说毕随即打开门栓，只见一队身穿海军服装的陆战队官兵冲了进来，他们立即解除了楼房内警卫人员的武器。陆战队排长王茀林用手电筒草率地照射一通，看见出了人命，便交代了一番，即行退了出去，由守备团一个班看守现场。担任看守的一班人恰好是吴宗泰部一团班长李有志，以及士兵陈宏文、何德勤等人，他们瞧见有隙可乘，急忙登上二楼，将情况一说，扶起吴道南悄声道：“司令，时不可失，机不再来，我们带你赶快逃走吧！”

吴道南跟随李有志等人循着墙根隐进丛林，没入茫茫的夜色里，然后穿过茂密的椰子园林，来到海府公路旁拦车。天刚放亮，恰好有一辆汽车过来，陈宏文和何德勤跃上公路将车拦住，要求司机帮助他们逃离海府，前往万宁。

这位司机名叫宋昌，广东赤坑人，他曾经看见过吴道南张贴的反蒋布告，深为钦佩。当听罢他们说明吴司令的险情后，宋昌二话没说，当即表示愿意开车送他们去万宁避难。

吴道南在随从的护卫下登上了汽车，一再向司机宋昌表示感谢，连说救命之恩来日自当图报。

且说吴道南回到万宁县老家冯家村之后，忙叫其胞兄吴荆南、吴美南等组织乡村团丁进行警戒，以防不测。就这样，吴道南在乡下隐晦韬光过了好几个月后，他随身带着一位名叫黄花的女子，从桥海坡头港乘曹世昌的帆船潜赴广州湾，再转道亡命香港，他在香港跑马地寓居一段时间，过着一段赋闲的隐居生活，尔后再回粤谋职，重返军界。

这正是：钩心斗角腋下生，尔虞我诈窝中斗。

第三十二篇

设海军行营陈策巡边　散革命传单熊侠殉难

话说海军第四舰队司令陈策以平乱为名，派遣海军陆战队将附桂反蒋、独立琼崖的吴道南打败，然后分兵驻扎于海府、嘉积和三亚等地，并从广东调来海军第四舰队“中山”“飞鹰”“福安”“海琛”等舰只来海口港，在海南岛设立了海军行营。

陈策，字筹硕，谱名明堂；生于清光绪二十一年（1894），海南文昌县会文镇沙港村人。童年随父去南洋，后返回家乡读书，小学毕业后离乡赴穗入广东黄埔水师学堂学习，加入中国同盟会。辛亥革命后曾随赵士槐回琼参加攻打琼州镇台府。在讨伐袁世凯篡位称帝搞复辟的斗争中，他约同海军学校教官高宪长、同学李英杰、袁良骅等人密谋刺杀龙济光之兄龙觐光未遂，亡命香港。广东护法斗争期间，陈策和李福游等人劫夺“江大”舰驶向澳门，被澳门葡督诬为海盗监禁，后经孙中山先生原配夫人卢慕贞出面营救，称为“义子”。1922年6月，陈炯明叛变革命，炮轰总统府，妄图置孙中山先生于死地，幸而代秘书长林直勉和林树魏搀着化装成医生的孙中山先生出逃到珠江天字码头，被时任广东江防舰队司令陈策所救，然后登上“永丰”舰，遂转危为安，受到孙中山先生的嘉奖。1925年陈策任海军局顾问，继后任清党委员会委员兼海军第四舰队司令等职；1929年当选为国民党第四届中央执监委员会执行委员。

陈策担任琼崖警备司令之后，为了方便“剿匪”消息传递，即在嘉积等地架设电话，命令海军陆战队第一团驻扎在嘉积，主要进攻活动在琼东、乐会、万宁等县的苏区和东路红军，并着重“围剿”活动在母瑞山和琼东、乐会一带革命根据地的红军第一团陈海根部；海军第二团驻在澄迈县的金江，主要进攻西路的澄迈、临高、琼山苏区，“围剿”琼山县羊山革命根据地的红军第二团王文宇部；海军陆战队第三团驻在海府地区作为机动部队。

趁着掌握琼崖国民党军政大权之便，陈策带着参谋长陈鼎、团长陈籍等一班随员出巡琼崖南路琼东、乐会、万宁、陵水等县市。

他们一行巡边来到琼东县嘉积市，但见嘉积市风光旖旎，景色特异，且有海外华侨回乡在此建筑风味浓郁的南洋骑楼等，令人赏心悦目。

嘉积市位于海南东部，万泉河从市的一侧流淌而过，风景如画。

传说嘉积原名叫牛梯山，其山势地貌犹如一只水牛卧在万泉河畔，故得其名。牛梯山是座历史悠久的古城镇，自宋元以来就颇具规模。至明朝嘉靖年间，牛梯山为琼州府会同县积嘉都所辖。

时有当地人陈、王、李三姓商贾均感到牛梯山之名不雅，于是共同商量取名嘉靖年号的“嘉”字和积善的“积”字合起来，自此改称为“嘉积”。

陈策等人一行走在嘉积市的街衢之上，观赏嘉积市街道两旁的楼房铺面，兴致勃勃。跟随陈策多年的人都知道，他每到一处地方都想了解当地的历史文化和风土人情。

陈策抬眼望着嘉积市宽敞的街道和市容，连声称赞不已，尔后问参谋长陈鼎道：“听说嘉积自明代易名近400年来，仍旧处于非常落后状态，是谁使这座古镇焕发出新的风采呢？”

“是民国10年后才改变嘉积落后的面貌。”参谋长答道，“有一位民选县长在其任内看到嘉积市城镇建设规模与经济发展极其缓慢，于是，他决定先以破旧立新，发展交通，整治嘉积市政着手，采取加宽街道、截弯取直的方针，一下子扩建了13条街道，并独出心裁，将5条主要街道分别命名为‘嘉祥’‘积庆’‘新民’‘纪纲’和‘元享’，意在开创‘嘉积新纪元’。”

“这位县长是谁？”

“王大鹏。”“啊！王大鹏。”陈策不由得惊叫起来，然后叹息道，“王大鹏确实有才干，可惜……可惜被外国大胡子马克思的共产主义学说迷惑了。

在‘清党’时我曾经搭救过他一命，可是他仍然执迷不悟。听说他回琼崖之后曾担任过琼崖苏维埃政府副主席，再后来便下落不明了……”

“王大鹏在琼东一带与国军作战中被打死了！”

“唉！真可惜呀，浪费国家人才啊！”

“是啊！他要是坚持走三民主义道路，官可就做大喽！可惜呀……”

“不说了，还是说说别的吧。”陈策显得有些不耐烦了，打断话说。

近晌午时分，旅长陈籍乃低声对陈策说：“大哥，大概午餐备好了，回去就餐吧。”

“好吧！”陈策便随着弟弟来到嘉积市一家闻名遐迩的餐厅里。

“嘉积有乜风味啊！”参谋长陈鼎问店家道。

“有呀！嘉积鸭是琼岛一道出名的风味美食哩。”店家一边回答一边点头哈腰地介绍起来：“嘉积鸭学名叫‘鸳鸯鸭’，其形体扁平，红冠黄蹼，羽毛黑白相间，也有纯白色的。据传300多年前由华侨从马来西亚引进来的优良种鸭，故而俗称‘番鸭’。由于嘉积一带饲养番鸭的方法与其他地方殊异，鸭脯肉厚、皮薄、骨软、肉嫩、脂肪少，食之肥而不腻，营养价值高，因此，人们把嘉积鸭称为琼岛‘四道名菜’之一。”

“那就另外加一盘嘉积鸭让我们尝个够吧！”

大家刚刚坐下，跑堂的已经端上一盘嫩生生的嘉积鸭上桌来。

陈策指着白嫩嫩香喷喷的鸭肉说：“这白切番鸭肉呀，配以姜汁、蒜泥、辣椒、酸醋、葱花等佐料，其味极佳。”接着，跑堂的又摆上两盘番鸭肉，一盘板鸭，一盘烤鸭，芳香四溢，令人食欲大增。

在嘉积市歇息了一宿，陈策听取了驻扎此地的陆战队第一团汇报了军情，次日一早，便乘车前往乐会县治中原镇去了。

中原镇是著名的侨乡，有近万名海外乡亲分居马来西亚、泰国、缅甸、柬埔寨、印度尼西亚、美国、日本、澳大利亚和港澳等40多个国家和地区。乐会县开全岛民风之先，华侨从侨居国或地区寄回一些当地服饰，侨眷们男着西装，女穿大红大绿花色，成为当地一道亮丽的风景线。

在中原镇，陈策还顺便接见乐会县民团总团长陈贵苑，传达了清匪剿共的命令。陈贵苑拍着胸脯信誓旦旦地保证说：“坚决执行陈司令的命令，杜绝赤色分子在乐会县的活动，消弥匪患，维持地区的治安和社会秩序。”

“好！很好！”陈策很赞赏他的效忠。

陈策在乐会县部署了剿共任务后，一行人又向万宁县巡视而去。到得万宁县府，瞥见万宁县长周思谦恭候多时，便称许说：“周县长辛苦啦!”

周思谦点头哈腰地说：“司令一路辛苦了！”说毕，忙不迭地迎迓陈策进入府衙大院稍憩，其后吩咐摆设宴席，为陈策一行洗尘接风。

陈策看到八仙桌上摆着一盘拳头般大的黄灿灿红艳艳的大螃蟹，宛若一朵朵盛开的金黄色菊花，便问道：“这么大的螃蟹，是哪里产的？”

“是万宁小海港产的和乐蟹。这和乐蟹天不亮就从和乐港捉来的。它的特点是膏之丰满，肉之肥腴，香味扑鼻。”周县长解释说。

陈策说：“都说海南特产是临高乳猪、文昌白斩鸡、嘉积鸳鸯鸭、万宁东山羊，还没听说有和乐蟹呢？”

“真正的和乐蟹是在和乐港捕捉的。该港水急岸陡，冬天长满脂膏仁的螃蟹逆流上来产卵，只有肥的能爬上来，所以和乐港的蟹农们天不亮就等候逮肥蟹。”县长解释说。

陈策听得兴致盎然，伸手抓了一只硕大的肥蟹放到嘴边准备啖食，忽见螃蟹没了两个大螯钳，便不解地问道：“怎么这些蟹钳都没了？”周县长忙解释说：“据说从前有个绰号‘蟹公’的逮蟹大王，他逮了一只似头颅般大的螃蟹，不料被它的两只大螯钳咬伤死了。蟹农们很悲伤，以后每捉到和乐蟹都要摘掉它的两个大螯钳，以祭‘蟹公’。”

“哦！原来逮蟹也是有来历的。”陈策“哦”一声，便双手抓起螃蟹大啖起来。

饭后，陈策听完周县长的绥靖汇报后，又继续向南巡行。当来到一座高入云霄的大山前，随从告诉说：“这座山名叫牛岭，也叫分界岭，是万宁与陵水两县的分水岭。”正说着，只听得附近的山坳里飘来一阵阵悠悠扬扬的山歌声：

忆起民国十六年，陵水人民不可欺。

大刀长矛齐上阵，打仗不分男与女。

打土豪，分田地，万众一心齐奋起。

一切权力归农会，团结斗争得胜利。

……

起先是粗犷的男声，而后是甜脆的女音，时而高歌，时而低吟，声情并茂，动听之极。

陈策喜欢听唱山歌，忙叫司机停车，侧耳听了一阵，觉得这些山歌唱的都是歌颂与拥戴共产党的，但仍不禁动情地说："这些山歌，真好听啊！"

"可惜呀，连这些山歌都赤化透了，共产党真是可怕，无处不渗透啊！"陈策侧耳倾听了一会儿，而后深深地叹息道。

"我们已经进入黎境了。"司机说罢，用脚踏动油门，汽车吼叫着沿着蜿蜒曲折的崎岖公路爬过岭去。

车过牛岭，一行人向陵水奔驰而去……

一行人巡边后返回到海口，陈策正躺在安乐椅子上悠然自得地哼起几句琼戏，胞弟陈籍和陆战队营长郑兰鹤进来报告军情："近来我部不断有士兵哗变投共之事发生。前些时候，驻在琼东县长坡墟的特务营第四连，杀死连长吴镇疆，携械向红军投诚；驻定安县龙门一带我部两个排，还有驻文昌县迈号的一个排也先后投向红军……"

郑兰鹤还没有报告完，陈策就发火了："我是问你，现在还有没有投向共产党的？"

站在一旁的陈籍忙接话说："我部驻在澄迈县金江镇也有一个连与红军频繁接触，还有消息说我部驻海口的四个连也要起义……"

陈策不听则已，一听就暴怒起来，大骂道："哼！你们不是都说共匪逃到母瑞山的深山老林里去了吗？怎么又跑到我们的眼皮底下活动呢？"

"大哥，根据我们的侦察人员刺探的消息说，琼崖共党特委机关最近又派出一名特委委员到海口潜伏，准备策动工人和士兵暴乱。"陈籍又把他最近听来的情况一说。

陈策赶紧追问："哪个琼崖共匪特委？姓甚名谁？赶快报来！"

“此人一姓一名，叫作熊侠，是万宁县人。”陈籍一边说一边若有所思，片刻又继续说道，“嗯，我想起来啦！还有一个叫杨学哲的万宁人，听说此人刚从莫斯科军事学校留学回来，被共匪委为红军政委，尚未到职视事，也派到海口来搞什么‘士兵暴动’哩。”

“啊呀！这不是好比孙悟空钻进铁扇公主的肚子里来吗？”

陈策听了胞弟陈籍的报告，感到情况着实严重，便命令道：“你们一定要严加防范，莫让共党潜伏人员在海府地区滋生事端。要多派出侦探人员四处活动，务必将琼崖共党派来海府地区潜伏与策反人员捉拿归案，一网打尽！”

“是！”“明白！”鹄立一旁的陈籍和郑兰鹤不约而同地回答。

杨学哲，又名杨新培，1903年出生于万宁县后朗村，兄弟6人，他排行第三。8岁时跟随以行医为业的叔父生活，一边当药童，一边学文化。后入万宁县立高等小学读书，杨学哲读小学时，正值军阀混战，政治腐败，人民生活苦不堪言。他在学校结识了熊侠等一批进步学生，经常聚集在一起谈论国事，议论时政，对社会上和学校里的腐败现象深恶痛绝。杨学哲和熊侠等团结进步同学对不学无术的校长吴用章进行斗争，将其赶走。1925年，杨学哲又以优异成绩考进了万宁县立初级中学，在校期间，他用功读书，每次考试成绩都名列前茅，被誉为“后朗村后起之秀”。当时广东革命形势大好，国共两党合作，革命风潮席卷琼崖，杨树兴等共产党人在全县各地组织农民运动，杨学哲受到影响，决心投身革命，努力奋斗。这年冬，广东省立第六师范学校学生魏宗周等人回到家乡万宁，同陈文荣等人成立青年工作团，组织社会进步青年秘密到万宁中学开展活动，遭到校长陈怡黼的横加指责，引起学生的不满，杨学哲等人联名写文章、画漫画，揭露陈怡黼的反动行径，并带领学生游行示威，利用集市日上街张贴标语、散发传单，揭露帝国主义和封建军阀互相勾结，欺压人民的罪行。1926年1月，国民革命军过琼讨伐军阀邓本殷，琼岛各地农民运动蓬勃发展，杨树兴等同进步学生熊侠、杨学哲等建立秘密联系，响应琼崖学联的号召，领导学生掀起了反对反动校长陈怡黼的斗争，迫使其下台。杨学哲在斗争中表现出革命才华而成为学生运动的骨干，于同年参加了中国共产党。杨学哲被万宁县党组织推荐到广州黄埔陆军军管学校第六期学习。在军校期间，杨学哲如饥似渴地阅读进步书籍，探索革命真理，成为一位有革命觉悟的军人。1927年“4·12”事变后，黄埔军校的共产党员遭到追捕杀害。有一天，国民党右派军队包围了学校宿舍，搜捕进步学生，刚好杨学哲从宿舍里走出来。这伙人不认识杨学哲，便问道：“杨学哲在这里吧？”杨学哲随机应变，躲过了敌人的搜查，并按党的指示转移到东江。不久，杨学哲被党组织送往苏联学习。

1930年，杨学哲结束在苏联的学习，党组织派他回琼崖红军司令部工作。同年为适应形势发展需要，中国工农红军第二独立师在母瑞山成立，任命杨学哲为政治委员。但他任职前，琼崖特委派他到府城开展兵运工作。7月，杨学哲在大亚旅店不幸被捕。他在监狱中慷慨陈词，怒斥敌人，坚决与敌人作斗争，表现了一个共产党员铁骨铮铮的高贵品质，最后从容就义，时年仅27岁。

熊侠，原名熊有章，1902年8月生于万宁县大茂看天塘村一个农民家庭，早年在村中读私塾，后考入万宁县立高等小学。在学校里熊侠结识了杨学哲等一批进步学友，他们时常聚集在一起谈论国事，议论时政，对社会上的不平等现象极为不满。时任万宁县高等小学校长吴用章不学无术，靠投机钻营登上校长职位，对进步学生百般压制。熊侠和杨学哲等团结一批同学对其进行坚决斗争，将这个家伙赶下台。1925年，熊侠以优异成绩考入万宁县立初级中学。他喜欢读书，善于思考问题。当时正是国共合作进行国民革命之际，革命书籍在学校里广为流传。与此同时，杨树兴、符光东和林诗谦等已在全县各地广泛宣传革命，组织农民协会。熊侠和杨学哲、黄绍香、罗绣春、黄应麟、李文华等一批进步学生接受革命的思想，投身到革命中来，经常利用集墟日走上街头，发表演说，张贴标语，散发传单，演时装戏来揭露帝国主义和封建军阀的罪行，提高广大人民群众的政治觉悟和阶级觉悟。

1926年初，国民革命军过琼讨伐军阀邓本殷取得胜利，推动了琼崖农民运动、学生运动的蓬勃发展，熊侠和魏宗周等进步学生开展了驱逐反动校长陈怡黼的择师运动，并要求万宁县长陈赢罢免陈怡黼的校长职务，但遭到指责。继而陈怡黼以“闹事”为由，将熊侠、杨学哲、罗绣春、黄应麟、黄绍香、李文华、李文荣、李锦春、符朝瑞等10多名学生开除出校。熊侠等带领进步学生到国民党万宁县党部和县农民协会筹备会等处告状，得到杨树兴、陈文荣、符光东等人的同情和支持，并出面交涉，陈赢迫于形势，撤换了陈怡黼的校长职务，使被开除的学生重新返回学校学习。1927年初，熊侠参加中国共产党，并担任万中党支部书记。同年国民党琼崖当局发动“清党”运动，开始对共产党人和革命群众进行大屠杀，实行白色恐怖。熊侠离开学校跟随杨树兴、符光东、陈文荣、谢育才、潘霖等一起转移到六连岭山区，坚持革命活动。7月，中共万宁县委成立，熊侠当选为县委委员，分管宣传。1928年1月20日，国民党万宁县长何清雅和民团总团长吴越林纠集反动武装，向万宁县第三区进犯，制造了骇人听闻的盐敦、涛图、和乐、港北大惨案，激起了全县人民的义愤，各地群众纷纷派代表抵达中共万宁县委驻地水秧坑，要求县委带领他们为死难者报仇。县委召开全县支部书记联席会议，决定农历正月初七攻打县城。熊侠深入农村发动群众和作好组织工作。后来因交通员被捕，联络失当，攻打县城失利，但在政治上影响很大。同年秋，蔡廷锴率部来琼围剿红军，使革命力量遭到很大的损失。熊侠一家也受到残害，他为了不使妻子和3岁的女儿受到连累，含泪劝告妻子离家远逃，另谋生路。

这年，万宁县委书记潘霖调往琼东，由熊侠接任县委书记。当时琼崖革命处在低潮时期，万宁斗争环境十分险恶，县委分散到各地秘密活动。熊侠经常活动于后塘仔、后城、白沙坡一带，后又转移到周岭。一天，熊侠和从琼崖特委返回的魏宗周住在吴元璜家，不巧被敌人包围。紧急关头，熊侠忽然想起房子后墙壁上有一个用石头和泥巴堵住通往外面丛林的旧洞，于是便动手扒开，当敌人破门冲进来时，他俩已消失在茫茫的夜色里。

1929年夏，为了保存革命力量，经县委同意，魏宗周、陈克邱、文华农、谢志德、李春初等20人离开家乡转到香港或南洋一带；熊侠和杨树兴、谢文、王德波则留下来坚持革命斗争。他为了掩人耳目，转移目标，便于活动，便嘱咐魏宗周抵港后马上以熊侠名义写来家信，“消息”一经传开，对转移敌人的注意力起到一定的作用。

1930年熊侠出席了琼崖中国共产党第四次代表大会，当选为中共琼崖特委委员。7月，白区工作得到回恢复和发展，特委派他到海府地区从事兵运工作。

“双十节”那天，海府地区的群众和各界人士举行了规模盛大的示威游行，人们高举着长幅横额和标语牌子，一路上高喊口号：“坚决拥护孙中山先生的‘联俄、联共、扶助农工’的新三民主义政策！”“反对国民党的反人民的独裁政治！”“反对新军阀的统治！反对镇压民主自由！”

这时，熊侠和许志福混在游行队伍里，他们把事先绑在大腿里的革命传单松开，边走边散落，传单像一张张雪片般传到群众的手里，鼓舞民众，唤起了人们觉醒，起到很好的宣传作用。后来由于叛徒告密，熊侠不幸落入敌手。陈策对他软硬兼施，但熊侠在敌人面前坚贞不屈，怒斥国民党的反动罪行，最后被处以极刑。临刑时，熊侠昂首挺胸，沿途高呼：“打倒国民党反动派！”“打倒蒋介石！”“中国共产党万岁！”熊侠从容就义，年仅 28 岁。

这正是：烈士躯壳虽被戮，精神长存死犹生。

第三十三篇

风雨如晦王文明病逝　艰苦岁月冯白驹挑梁

母瑞山位于定安县南部，地处定安、万宁、乐会、琼东等县交界处，是五指山余脉向东北延伸的一座山岭。它东瞰琼崖重镇嘉积，北视定安县城，南眺乐会县中原镇，西望内洞山，还与六连岭山脉相连。母瑞山脚下不远处就是日夜奔腾不息的万泉河，像一条飘逸的白练带自西向东流去，流经嘉积、乐城，从博鳌注入大海。

母瑞山群峰起伏，悬崖峭壁，林木参天，直插云表。山上云遮雾障，气势雄伟，地势极为险要，易守难攻，是开展游击战的天然战场。

琼崖苏维埃政府主席王文明率领部分红军队伍进入母瑞山之后，首先在各道路要口构筑防御工事，严阵以待。嗣后，红军在母瑞山安营扎寨，发动部队和直属机关、附属单位工作人员进行生产自救，先后办起了 3 个农场，种上玉蜀黍、山兰、木薯等旱地作物，从而使粮食得以供应，生活条件逐渐好转起来，保证了红军在母瑞山上坚持斗争。

后来，由于敌人频繁进剿和长期严密封锁，加上敌军对母瑞山上的红军农场进行破坏，使红军战士与附属单位工作人员生活陷入困境。在粮食极端困难的情况下，战士们只好挖食那些迁移到外地的山民留下来的番薯充饥。但是因为人数太多，番薯很快就挖完了，于是，战士们又陷入了饥饿的境地。有的战士冒险下山摘椰子果腹，被敌人发觉开枪射杀而死；有的战士则砍山中的南椰树心或桄榔树心以及采野菜来充饥，可是野菜吃多了，体弱的人就会患痢疾。在艰难困苦的环境下，有 200 多人被饥饿和疾病夺去了生命。

嗣后，因琼崖国民党内部吴道南与陈策两派斗争激烈，其军队放松对母瑞山的围剿，遂使琼崖的形势好转起来。王文明和梁秉枢立即派人员下山积极联系那些失散战士，并将他们带上山来，红军人数不断增加。这样，琼崖苏维埃主席王文明决定将坚持在母瑞山上的红军扩编为独立团，全团包括后勤人员共有 130 多人。其编序如下：

独立团团长：梁秉枢

副团长：王文宇

第一营营长：陈海根

副营长：陈卓成

这红军独立团团长梁秉枢是云南讲武堂第十五期科班出身，有一定的军事素养，但也有军阀作风，不太爱护士兵，因而在士兵中威信不高，比不上副团长王文宇。王文宇原在国民党军队中当过连长，有实战经验，也较爱护士兵，有群众基础，跟敌人打仗时常是他指挥，并且常打胜仗，因此，红军士兵中流传着一句顺口溜，叫作“黑青不过梁秉枢，打仗不如王文宇”的说法。

母瑞山上的生活非常艰苦，一到秋冬季节，烟雨连绵，寒风凛冽，物资匮乏，饥寒交迫，战士们的生活更加困难了。再加上山区气候寒冷，空气潮湿，长年看不到一点阳光，山间积满了厚厚的落叶，味道难闻，特别是下雨天气，生活更是困难，住在山里的时间长了，容易得病。在这种条件下，红军战士和直属机关工作人员中又有不少人病倒，因缺医少药，很多病号活活地饿死或者病死了。

在这风雨如晦的环境下，琼崖苏维埃政府主席王文明也积劳成疾，患上了严重的肺结核病，有时通宵咳嗽，有时高烧不退。

在山上既没药物治疗，又没营养补充，王文明骨瘦如柴，身体极度虚弱。但他仍然抱着革命的乐观主义精神，鼓励大家坚持斗争到底。他住在简陋的草寮里，在其妻子邢惠学的扶助下，顶着木棍爬起来与同志们谈话。他常常引用英国浪漫主义诗人雪莱的一句名言：“冬天已经到来了，难道春天还远吗？”继而又说：“同志们！我们上山并不等于革命失败，全国革命形势还好，毛泽东和朱德同志领导的中国工农红军已经从井冈山向江西、福建等省一带扩大红军队伍了，并且建立了中华苏维埃政府，江西瑞金已成为中央苏区，红军还打破了蒋介石部署的几次大‘围剿’，中央红军取得了很大的胜利。琼崖的革命形势也会好起来的，我们要有信心把革命进行下去！”

一天，中共澄迈县委书记冯白驹翻山越岭来到母瑞山，找到琼崖苏维埃政府主席王文明，向他汇报了中共琼崖特委机关在海口被敌人严重破坏的情况。

王文明听完冯白驹的讲述，特别是讲到刚上任的中共琼崖特委书记官天民被国民党军警打死在路上，以及广东省巡视员黄学增被捕后坚贞不屈，最后被打断双腿，再用门板抬出去枪毙的情景时，心情极为悲痛，蜡黄的脸霎时变得苍白了，他深深地叹了口气，声音颤抖着说道："这是血的教训啊！这是党内教条主义在琼崖危害的结果呀！"

冯白驹也深有感触地说："我们党的不少优秀干部深受教条主义的毒害，白白地丧失了宝贵的生命，这是一个深刻的教训哩。"

"白驹，这事你看怎么办？"王文明抬起苍白而憔悴的脸庞，转过脸来问冯白驹："我看先召开各县代表联席会议，以便讨论研究重新建立琼崖特委领导机构和酌定今后的斗争方针政策吧！"

冯白驹思虑了一会儿，然后朗声回答道："好！我同意，就这么办！"

王文明听罢，向他投去赞赏和信任的目眼。

8月中旬，中国共产党琼崖特别委员会在定安县内洞山召开各县代表联席会议，除部分县委代表因环境险恶未能按时出席会议之外，参加这次会议的有琼崖苏维埃党团代表王文明，红军代表梁秉枢、冯国卿以及澄迈县委书记冯白驹、琼山县委代表张志军、冯安全、黎民、刘秋菊（女）、王业贵等，琼东县委代表符明经、定安县委代表王志超等十几个人。

王文明抱病主持会议。

会议通报了琼崖特委机关迁入海口被破坏的经过，并交流了各地的情况，同时还总结了特委机关两次迁往海口被敌人破坏的惨痛教训，严厉批评了党内教条主义的"以城市为中心"的严重错误。会议认为，国民党内部派系斗争十分激烈，士兵思想动摇，广大群众的革命情绪虽然受国民党重重压制的影响，但仍然潜藏着工农革命复兴的势头，这些都是有利于琼崖革命发展的客观形势。会议经过热烈讨论，通过了《各县代联会决议案》，确定了琼崖共产党当前应立足于农村，坚持以农村为基地，积极发动群众，实行土地革命，恢复和发展农村革命根据地；恢复和发展党的各级组织和苏维埃政权，扩大红军区域；发展和壮大工农红军和赤卫队，广泛地开展游击战争，积极打击敌人的斗争方针。

会议决定成立中国共产党琼崖特委临时委员会，会议选举王文明、冯白驹、陈一先、傅佑山、谢翰华、符明经、蒙汉强（女）、王志超等9人为中共琼崖临委委员，但没有选出特委书记，而是留待中共广东省委派领导同志来琼主持工作。后来广东省委许久都没有派领导同志来琼崖工作。于是，琼崖党、团特委于11月下旬召开了联席会议，决定王文明、冯白驹、傅佑山三人为琼崖特委常委，王文明任中共琼崖特委书记，由冯白驹主持特委工作。

冯白驹，谱名，学名继周，生于1903年6月7日，海南琼山县大山乡长泰村人。其父冯运熙是当地一名石匠，又是乡村有名望的拳师。冯白驹少时颇受其父的影响，富有正义感和积极进取精神。在琼山县立中学读书时，他倾向进步，参加学生运动；后来考取上海大夏大学预科，在上海读书期间，他受到进步思想熏陶，积极追求革命，并接触了一批先进学生和革命人士，还通过阅读《向导》等传播马列主义的读物，认识到只有通过无产阶级革命手段才能改变中国落后社会的道理，乃决心投身革命，为穷人的解放而斗争。1926年冯白驹返回琼崖，积极参与建立海口市郊农民协会，开展减租减息和反霸斗争，同年参加了中国共产党。1927年国共分裂，冯白驹接受中共琼崖特委书记王文明的指示，回到琼山县重组县委，并担任中共琼山县委书记，领导农民武装暴动，策应和促进了全琼的革命武装斗争。1929年临危受命为中共澄迈县委书记，重新恢复党组织和建立农民武装，有力地配合中共琼崖特委领导下的红军在母瑞山的斗争。及时向王文明汇报了中共特委机关在海口被国民党当局破坏的情报。自此，冯白驹受到王文明的赏识与器重，被增选为中共琼崖特委委员，在王文明重病在身无法坚持工作的情况下，经由王文明提议及会议一致通过，由冯白驹主持琼崖特委工作，挑起领导海南革命斗争的大梁。

冯白驹在艰苦岁月里挺身而出，勇担重任，毅然决然地担当起领导全琼崖革命的千斤担子，开始带领琼崖人民踏上漫长而艰苦的革命征程。

1930年1月17日，中共琼崖特委书记兼苏维埃政府主席王文明因病情恶化，在母瑞山不幸病逝，享年37岁。

当天，琼崖苏维埃政府为王文明的不幸逝世，发表了《告群众书》，全文照录如下：

在帝国主义国民党军阀摧残中国工农群众正在残酷的当中，全国军阀争夺地盘爆发，他们继续不断的强盗战争的时期，全琼崖以至全国的工农革命正在向前进展，琼崖工农群众的领袖，本政府的主席王文明同志，竟于1月17日逝世，使琼崖工农革命运动损失了一位强有力的领导者。这个凶耗传来，琼崖数百万的工农劳苦群众实在有了无限的悲痛。

王文明同志英勇奋斗坚决耐劳的精神，我们永远不会忘记。他曾领导着海口市工人群众反抗资本家的压迫和反动的工贼奋斗，他亲身领导琼崖数百万农民群众实行土地革命，肃清国民党军阀豪绅地主、资产阶级一切反动势力，他是琼崖苏维埃政权的创造者。他曾以“愈困难愈奋斗”的革命精神，鼓励工农劳苦群众和自勉。他这样英勇奋斗革命斗争的历史，早已深刻的印在琼崖群众的脑海里，成为琼崖数百万工农劳苦群众最爱护的领袖。

王文明同志的躯体虽然死去了，但他的精神永远存在，他的未竟之志，还遗下琼崖工农劳苦群众的身上担负起来！

工农劳苦群众们！我们勿要过于悲痛了，我们只有一致起来，继续他的未竟之志，打起万分的精神，一切帝国主义国民党军阀豪绅地主资产阶级的反动势力，夺取琼崖，完成工农革命，这才是我们王文明主席的严重意义。最后我们呼着：

继续王主席的精神奋斗！打倒帝国主义！打倒国民党军阀！推翻豪绅地主资产阶级的统治！准备群众武装暴动夺取琼崖！

中国革命成功万岁！

王主席逝世纪念万岁！

后人黄兴义赋诗3首盛赞王文明，诗曰：

其一

气壮山河驾云霄，马列主义剑出鞘。

红旗招展天欲晓，工农掀起南海潮。

其二

万泉河畔捣敌巢，母瑞山上显英豪。

文明殉难白驹起，不倒红旗举更高。

其三

誓保红旗永飘扬，求得海南全解放。

壮志未酬英名在，功勋不朽永流芳。

且说王文明逝世之后，由冯白驹接任中共琼崖特委书记职务，在严酷的斗争中脱颖而出，以其卓越的才能和胆识，高举起从先辈们手中接过的革命红旗，领导琼崖人民继续进行革命斗争。

是年底，冯白驹动身去香港向中共广东省委汇报琼崖革命斗争的情况。当时正值农历年关，人们在忙于过大年。冯白驹则趁着人们都忙于过春节之际，乔装成商人的样子，带着交通员阿发从定安县的母瑞山乘坐民船，从南渡江顺流而下直达海口，然后住进一家平民客栈里。这时，有位在客栈服务的人员觉得这位客官好生面熟，仔细一看，原来是共产党人冯白驹，他看到冯白驹整天这样在房子里，既不外出，又不做事，会引起人家的怀疑。

于是他向冯白驹提议说：“你们两个这样闲着无所事事，不如另外找一个朋友，连同你俩与我一共4人一起打骨牌度过时间，表面应付一下。”冯白驹不认识他，但觉得是个好主意，便表示同意。

就这样，他们边打牌边等待，一直等了3天，直至农历初四，冯白驹和交通员阿发才乘客轮抵达香港。

到达香港后，冯白驹向中共广东省委和南方局负责人罗登贤汇报了琼崖革命斗争的情况。接着，广东省委又安排他去上海向党中央汇报。冯白驹等人几经周折，沿途辗转几天之后，抵达上海黄浦港，然后与驻沪的党中央取得联系，被安排住在一幢几层楼的最顶一层，吃饭睡觉开会都在那里。

阳春三月，春潮奔涌。冯白驹离开上海回到广东省委驻地香港。在香港的几天时间里，省委的主要领导人对琼崖的工作又作了具体部署，一直在孤岛坚持奋战的冯白驹，第一次亲耳聆听党中央和省委的指示，心情十分激动，感到深受教益和启发之大。接受省委的指示后，冯白驹便从香港乘客船回到海南。客船在晚上八九点钟停靠海口港。上岸后，冯白驹仍然住进了那家平民客栈。上次接待过他的那位小伙计便把冯白驹带进三楼后边的一个小房中，压低声音对他说："你安心在这里住吧，我把门锁着。"

晚上，这位伙计又端来热腾腾的饭菜给他吃。冯白驹想起第一次投宿时，那个伙计建议他们"打骨牌"以掩人耳目的事，便奇怪地问："你为个乜要关照我？"

"我是海口郊区农会的，曾参加过你带领的海口郊区农民在反霸护田中斗赢了地主'活阎罗'吴为藩，我认得你是冯白驹同志。""哦！"冯白驹恍然大悟，然后把要回定安去的打算告诉他，希望得到帮助。小伙计点点头，第二天，小伙计不但为冯白驹买了车票，还周到地叫车直接开到客栈门口。

在开往定安县的车上，冯白驹心潮澎湃，回想起周恩来的指示和教诲，心里就像点上一盏航标灯，亮堂堂的，感到有巨人在做他的后盾，顿时增添了无穷的力量。他情不自禁地凝视着越来越近的母瑞山，心里有说不出的喜悦，仿佛是在说："母亲啊！您的儿子又回到您的怀抱啦。"冯白驹抬头凝视着母瑞山，但见山上呈现一派生机勃勃的春色，那方圆百余里的山山岭岭，林木葱茏，喷翠吐绿，充满浓郁的气息。特别是满山遍野的木棉花、杜鹃花、迎春花等都在迎风怒放，含苞吐蕾，争奇斗艳……

他望着望着，脑海中不由地闪现出一个关于母瑞山的传说来：

那是很久很久的时候，海南岛赤日炎炎，酷暑难当，田里的禾苗快要烧焦了，山上的树木也快要烤枯了，于是，有一位母亲化作了一泓潋滟的碧水，给人们带来了吉祥，带来了希望。因此，后人便将此山叫作母瑞山。如今，冯白驹也带来党中央和周恩来同志的指示，无异于给坚持在母瑞山上的红军和革命群众带来了新的希望。

4月间，正是鲜花开满母瑞山的时候，中共广东省委派邓发来琼崖指导工作，在邓发的帮助下，冯白驹在山上召开了全琼崖党的第四次代表大会。邓发代表省委在大会上作《关于当前斗争形势的任务》的报告。冯白驹传达了他到省委和中央汇报工作的情况，并传达了党中央会议精神和周恩来的指示。特委委员符明经代表特委作《关于特委工作的报告》。大会在极其热烈的气氛中讨论了开展“红五月”攻势、重建苏维埃政权、实行土地革命、成立红军独立师等琼崖急需解决的问题。会上正式选举冯白驹为中共琼崖特委书记，冯国卿、王志超为常委；冯白驹、冯国卿、王志超、黄振士、梁秉枢、陈骏业、林树芹、符明经、黄善蕃、熊侠、欧照汉、云逢南 12 人为特委委员。

会后，冯白驹亲自领导了全琼崖的“红五月”攻势，首战攻打定安县城。据侦察报告，5 月 1 日夜晚，在定城东门戏场演出马戏。根据情报，冯白驹和梁秉枢决定乘机袭击。4 月 29 日夜间，由独立团团长梁秉枢及定安县苏维埃政府主席徐树芳、营长陈海根带领红军一营战士和赤卫队员 300 多人，从定安县第五区出发，于次日深夜秘密到达离定安县城约五里地的莫村隐蔽，并事先派出短枪队员化装潜入县城，里应外合，一举袭击定安县城。

5 月 1 日夜晚，定安县城东门戏场上人头攒动，熙熙攘攘，好不热闹。这时，定安县长陈照秋在兵丁马弁的簇拥下出来观看马戏团表演。只见马戏场上挂起几盏明晃晃的汽灯，马戏团演员表演了马术、驯虎、耍猴等，而后又表演了一些魔术和滑稽节目，观众被马戏演员的滑稽表演逗得捧腹大笑。那些混进观众群中的红军短枪队员，也趁机挤入人群，向台前靠近，等待攻击时机。

当晚 9 时，攻击时间到了，红军独立团长梁秉枢率领一部分红军埋伏在附近潭榄坡为后卫，营长陈海根带领一部分兵力封锁定安县城南门的国民党环城联防队陈大汉部，孙成达则率领一支强有力的队伍攻打驻守县政府的县兵连陈醒清部。当红军战士趁机突入城门，直扑国民党定安县政府时，只见敌人因领取月饷后，有的嫖娼狎妓，有的开赌博彩，更多的在喝酒猜拳，醉醺醺的。

红军冲进来后，在衙门前打死县兵连长陈醒清和反动团董数名。

枪声惊动了在东门马戏场上的民众，顿时戏场秩序大乱，人们你拥我挤，乱成一团，敌县长及其随从人员见状，乘势逃走。

红军打开监狱，救出政治犯50多人，缴获步枪20余支，没收光洋1000多块，胜利返回母瑞山。可惜在下一次的战斗中，孙成达不幸牺牲，年仅25岁，琼崖特委为他哀悼七天。

经过攻打定安的胜利，红军又以第一营两个连兵力围攻琼东县旧村碉堡，在赤卫队员和民众的配合下，深夜用稻草洒上煤油和辣椒粉，然后用装沙包的木车掩护，将敌军碉堡团团包围起来，再在碉堡下面挖开一个地洞，点燃柴草，滚滚浓烟带着呛人的辣椒味直扑进敌人的据点，熏得守敌涕泪交流，直咳不停。这就是所谓“蒸团猪”，迫使敌人乖乖出来举枪投降。

继而，冯白驹又派出红军独立团副团长王文宇率领一部分人马，从母瑞山开赴琼崖西部的琼山、澄迈两县交界山区开展斗争，扩大红军队伍，恢复了羊山革命根据地，并乘胜进军澄迈县坡尾、西昌建立革命根据地。

在“红五月”攻势接二连三的胜利凯歌声中，琼崖特委为了适应斗争形势发展的需要，执行琼崖党的“四大”关于“建立红军独立师”的决议，决定在独立团的基础上统一建立各县红军和赤卫队。8月，中国工农红军独立师在母瑞山宣布成立。其第一号布告抄录如下：

红军第一独立师司令部布告

（1930年9月4日）

为布告事，现奉中国苏维埃第一次全国代表大会委任梁秉枢为红军第一师师长，杨学哲为政治委员，并给红军第一独立师司令部钤记一颗。

等因奉此，遵于本月4日宣布就职，启印视事。除将本师部队以及就职日期情形造表呈报外，合行布告，仰工农兵劳苦大众全体知照。

此布。

师长：梁秉枢　　政委：杨学哲

不久，琼崖特委得知杨学哲在海口市搞兵运时被敌人逮捕杀害，于是，政治委员改由陈振亚接任。直至九十月间，经中华苏维埃第一次全国代表大会筹备委员会命名为“中国工农红军第二独立师”。其编序如下：

独立师师长：梁秉枢

政治委员：陈振亚

参谋长：王天骏

政治部主任：潘霖

第一团团长：陈海根

政治委员：徐清夏

第二团团长：王文宇

政治委员：黄善藩

第三团团长：王天骏（兼）

政治委员：谢文川

琼崖红军第二独立师成立之后，又张贴出了第三号布告。兹抄录如下：

红军第二独立师司令部布告

（1930 年 10 月）

在现时中国革命斗争已经接近新的高潮，反动政治急剧走到崩溃死亡的形势下，国民党各系军阀以及一切的反动派，为着延长残喘的狗命，积极施行空前残酷的白色恐怖并继续的进攻苏维埃区域。丑类所到，任意屠杀，焚毁民房，抢掠财物，奸淫妇女，拘捕者则割头剖腹，火焚截身，种种肉刑，真的令人骇闻，虽 60 岁老妇、3 岁孩童都多被其害。

本师全体将士，为帮助群众除灾难谋解放，为帮助群众建立和巩固苏维埃政权而奋斗，誓必站在革命的前线，和工农兵士兵贫民群众行动起来，会合工农红军四种革命力量，举行武装暴动，消灭敌人的白色恐怖，保障和建立苏维埃政权。倘有非法之徒，甘心做敌人的侦探走狗，引导敌人进攻苏维埃区域及施行白色恐怖者，一经察觉，必严行惩办，决不姑宽。

此布！

师长：梁秉枢　政委：陈振亚

接着，琼崖苏维埃政府也召开了会议，选举新的领导机构，陈骏业任常务委员会主席，符明经、王业熹、何毅、梁秉枢、卢鸿景、王克礼、徐树芳、陈振亚、王大蔚、陈业祝、莫安全、邢性初、王健良、杨关盛、黄善藩、曾昌鸾、胡展、吴策勋、刘秋菊（女）等为委员。

为了便于指挥和统一领导红军，冯白驹指示红军师部随同琼崖特委和琼苏机关由母瑞山迁往琼东县第四区平坦一带地区，并以红军第一团活动于琼东、定安两县地区，打击敌人，巩固与扩大母瑞山和琼东革命根据地；红军第二团以琼山县羊山革命根据地为基础，活动于琼山、澄迈、临高等县交界地区，发展红军队伍，扩大苏维埃政权；红军第三团则以万宁六连岭为根据地，活动于乐会、万宁交界地区，进一步巩固与发展乐万地区革命根据地。不久，独立师政委陈振亚调任乐会县委书记，改由郑大礼接任。转后，红三团政委谢文川另调，转由冯甲接任政委。

这正是："左倾"路线才结祸，"肃反"事件又生灾。

第三十四篇

娘子军妙计诱敌上钩　匪团总拙谋自投罗网

话说中国工农红军第二独立师成立之后，随着革命形势的迅速发展，使富有光荣斗争传统的琼崖妇女的革命积极性空前高涨，她们纷纷要求参加红军，拿起刀枪杀敌人。

1931年3月26日，全琼崖工农兵第三次代表大会在万宁县六连岭北麓的加荣村召开，较好地鼓舞了广大青年妇女的革命热情，她们纷纷向县、区、乡三级苏维埃政府提出参加红军的要求。驻扎在乐万地区的琼崖红军第二独立师第三团，根据形势发展的需要和广大青年妇女的迫切要求，由团长王天骏、政治委员徐清夏等人特地向中共琼崖特委报告，请示在乐万地区成立娘子军连队。

不久，中共琼崖特委经过会议讨论，一致通过同意成立中国工农红军第二独立师女子军特务连，并在乐会县第二区的九曲江新村、星池、长仙，第四区的阳江，第五区的龙江、会山和万宁县的龙滚、山根等一带村庄张贴招募女兵的布告。布告大略写道：

"英雄的经过考验的乐会、万宁妇女们，拿起枪来，当红军去，和男人并肩战斗吧……"

琼崖红军第二独立师第三团招募女兵的布告张贴后，附近的青年妇女竞相报名参加红军，人数多达700余人。红军第三团领导人根据各乡、区苏维埃政权对申请人的鉴定意见逐个审查。因为参加女子军的要求条件是很严格的，对政治面貌、身体素质的要求都很高，最后挑选了90名优秀青年妇女组成女子军特务连，后来又发展到120人。

5月1日上午，中国工农红军第二独立师第三团女子军特务连成立大会在乐会县第四区文市内园村隆重举行。女子军特务连编序如下：

连长：庞琼花

指导员：王时香

传令兵：符业兰 王振兰

一排长：冯增敏

副排长：李昌香

旗兵：冯增忠

二排长：庞学莲

副排长：王增梅

旗 兵：贾国花

三排长：黄敦英

副排长：曹家英

旗兵：黄成轩

司号兵：符 明

医务员：王开媛

庶务长：林觉熊

膳食员：谢式梅

女子军特务连连长庞琼花生于1911年，乐会县阳江镇岭下村人。1928年参加社会主义青年团，后在团乐会县委工作，1930年参加红军，在红军第三团一营二连当战士。1931年3月任乐会县赤色女子军连连长，同年5月调任红军第二独立师第三团女子军特务连连长。

女子军特务连连长庞琼花、指导员王时香头剪短发，戴列宁帽，穿着蓝色粗布做的大襟衣，长裤，扎腰带，挎短枪；排长以下指挥员们穿大襟衣，短裤，绑腿，系子弹带，背长枪，腰间挂一个椰子壳水壶，背一顶竹笠，竹笠上写着“女子军”字样，肩上挂有白布制成的袖章，也写上“女子军”3个字。女兵们参加红军后，扬眉吐气，昂首挺胸，精神抖擞，飒爽英姿。

这天天气晴朗，当一轮红日在东方冉冉升起的时候，乐会县第四区文市内园村的红军操场上已经人山人海了。操场的一侧搭起一个临时主席台，台上高悬着中国工农红军第二独立师第三团女子特务连成立大会的醒目横幅，正中挂着中国共产党镰刀锤子图案红旗，四周围挂满了彩色旗子，迎风招展。参加大会的有劳动童子团、少年先锋队、农民赤卫队和苏区群众10000余人。

红军第三团全体官兵也参加了庆祝大会。红军独立师师长王文宇、政治委员郑大礼等人特地从母瑞山赶来祝贺。

大会由乐万县苏维埃主席符良清主持，第三团团长王天骏授旗。

当带着女子军袖标，全副武装的女子军特务连战士排着整齐的队伍进入会场，列队在主席台前接受检阅时，她们个个英姿飒爽、精神抖擞，使参加大会的观众立即欢呼沸腾起来，赞美之声不绝于耳：

“哎呀，好威武呀，多么像男子汉喽！”

“嘿嘿！‘古有花木兰，今有娘子军。’”一位读书人赞美说。

“古代的花木兰怎么讲？”站在读书人身后的一名青年问道。

“那是我国南北朝时候，有一名叫花木兰的女子女扮男装、替父从军的故事。”读书人接着解释说。

“哎！依我看哪，更像那唐朝平阳公主率领的娘子军啊！”另一位白发苍苍的老大爷继续讲起来，“说的是唐朝时候，唐高祖李渊有个女儿叫作平阳公主，武艺相当了得，嫁给柴绍。她率领一批女兵镇守在山西平定县东部的苇泽关，该关位于山西、河北要冲，地居山腰，十分险要，有‘三晋门户’之称。平阳公主率兵屡败来犯之敌，威名大起，时人誉称为‘娘子军’。”

“好咧！‘娘子军’，这名称太亮了！太美妙了。”大家听了娘子军的故事，都异口同声地称赞起来。

在人们的啧啧赞誉声中，女子军特务连连长庞琼花迈着矫健的步伐走上主席台，向红三团团长王天骏致敬军礼，然后庄严地接过女子军连旗帜。

这是一面长五尺、宽三尺六的红色底子的军旗，右上角缀饰着一颗白色五角星，五角星内镶着黄色锤子与镰刀的交叉图案，旗帜上写着“中国工农红军第二独立师第三团女子军特务连”字样，如扇形散开，旗杆上头饰银白枪尖和黄色飘穗，在阳光的照耀下显得分外醒目。

紧接着，女子军特务连指导员王时香代表全连战士在大会上表决心，她紧握右手拳头，举过头顶，对着军旗宣誓。全连战士也握拳举手宣誓道：

“坚决服从命令，遵守革命纪律，为党的事业，为人民的利益，我愿意奋斗到底，英勇作战，带头与敌人作你死我活的斗争……”

宣誓罢，女子军特务连连长庞琼花、指导员王时香带领女战士们迈着整齐的步伐，通过大会主席台前，接受新任红军独立第二师师长王文宇、政委郑大礼和第三团团长王天骏、政委徐清夏等人的检阅。

庆祝大会结束后，农民戏班表演了《妇女当红军》的节目，有个演员表演了一段名叫《参加革命求解放》的琼剧独唱：

听我演唱姊妹姨，妇女生活真惨凄。
受人欺压几千年，乌云滚滚不见天。
出生就被看不起，从小到大给人欺。
婚事由父母主持，卖给老翁当三姨。
有的嫁花脸歪嘴，有的做三妾四妻。
丈夫行横蛮专制，对待如猪狗一体。
众姐妹，嫁这样人谁愿意？听天由命不由己。
照我看，封建礼教不破除，女人难有好日子。
跳河上吊处处是，女人苦楚不能比。
依我意，跟共产党闹革命，实行平等靠自己。
众姐妹，积极行动不迟疑，解脱枷锁靠自己。
参加革命求解放，争取过美好日子。

这个唱罢那个又登场，唱了一段《提高地位靠自己》的民歌：

旧社会黑暗无比，妇女出生无名字。
不叫转男叫转姑，只叫奷大或奷二。
有人叫奷厌奷腻，妇女地位比地低。
封建陋习更恶毒，女孩出嫁不由己。
买卖婚姻遭凌迟，妇女一生受歧视。

在家庭也受凌欺，含着黄连过日子。

妇女赶快组织起，参加夜校学政治。

学习文化学国事，闹革命高举红旗。

打倒土豪分田地，保卫家乡建苏区。

团结起来求解放，男女平等要争取。

认清前途不畏惧，提高地位靠自己。

农民戏班演唱的戏文既给人以饱满的精神享受，又能够激越荡涤人们的心灵，同时也反映了革命者解放全琼崖苦难同胞的志向与抱负，深受红军战士和民众的欢迎。

琼戏表演一直演出到午后才结束。

女子军特务连成立之后，立即投入到紧张的训练之中，每天天不亮，女兵们就在操场上进行跑步、射击、格斗等简单的军事操典。

女兵们操练结束后，坐在草坪上稍息，早上初升的太阳光线照射在她们红润的脸庞上，增添了几分俏丽，更显得英姿勃勃了。

那边操场上的男兵看见女兵们沐浴在明媚的阳光里，分外俊俏，不禁脱口唱起歌来：

万泉河水清又清，送妹当红军。

妹打白匪闹革命，带上哥的心。

……

女兵们听见那边传来歌声，知道这是一首流行在琼崖苏区的民歌，不过被男兵们改编过来，却也不错。于是，她们也应和歌调唱道：

三月春风吹椰林，送郎当红军。

你打白匪闹革命，带上妹的心。

……

歌声此起彼落，你传我唱，这歌声啊，久久地在万泉河畔的上空回荡着、传播着……

稍后，师部派女教官王少梅来指导训练。女兵们不怕艰难，不怕吃苦，在烈日暴晒下摔、打、爬、滚，苦练杀敌本领；在风雨中练习跑步行军，毫无怨言。不久，她们就担负起执勤和战斗任务，当时师部给她们的任务主要是站岗放哨，保卫机关，看守犯人，必要时配合红军主力作战。

琼崖红军第二独立师第三团女子军特务连成立的消息，像一阵风传开了，很快引起了敌人的注意，特别是国民党乐万地区民团“剿共”总指挥陈贵苑，对此更是恨之入骨，咬牙切齿，狂妄地说什么一定要抓住女子军连长当压寨夫人。

这年6月，陈贵苑带领数百名民团进驻中原镇，中原镇距离乐会苏区约20里，进驻之后，陈贵苑伺机进犯乐会县以西的第四区革命根据地。他立即命令民团中队长陈传美带领侦探人员，前往苏区乐会县第四区娘子军驻地刺探情报。

陈贵苑是乐会县乐城人，曾入黄埔军校习武，毕业后出任乐会县民团总指挥，乡民背地里骂其为“南霸天”。这家伙生得身粗体肥，行动笨重，相貌狰狞，须眉如戟，鹰目鹳鼻，眉现杀气，眼露凶光，蓄有一刷短髭，既自负又狂妄。

1928年，陈贵苑曾把冯增敏等革命者关进乐城监狱残酷迫害。娘子军成立后，冯增敏等参加了娘子军，并担任了第一排排长职务。他闻报后更是恨恨连声，妄想除之而后快。

陈贵苑肥胖的身上罩着一件缁色细丝料云纱绸缎长马大褂，大褂绸面上印有暗泥金色圆形百寿图案，脚穿过膝长马靴，踱着方步，在大厅堂中不停地走来走去。他的右手拇指与食指及中指中间夹着一柄用犀牛角装饰的精致烟斗，时不时地吸了一口浓烟，然后慢慢地喷出来，烟雾满室旋转缭绕，须臾才渐渐地散去。

不久，搞刺探情报的陈传美回来了，只见他眉飞色舞，绘声绘色地对陈贵苑说：“报告总指挥，我亲眼看见‘娘子军’啦，那模样儿靓水喽。哎呀！个个如花似玉，仿佛天上的仙女降凡一般，可惜呀，是一朵朵带刺儿的玫瑰花，摘不得……摘不得啊！”

这家伙挤眉弄眼，一边兴高采烈地说，一边吃吃地淫笑着……

还不待陈传美说完，陈贵苑当下“嘿嘿嘿”地冷笑起来，说道：“臭娘们，什么‘娘子军’，我陈某人偏要进剿！告诉弟兄们，传我的命令，谁抓到这些娘们儿的，就赏给谁做老婆！”

“是！是！遵命。”中队长陈传美唯唯诺诺、点头哈腰地退出去了。

6月中旬，乐会县“剿共”总指挥陈贵苑带领几百名国民党地方军开进乐会县中原墟驻扎，准备向革命根据地“进剿”。

陈贵苑进驻中原墟之后，狂妄自大，口出大言，说什么“誓要将乐会县共产党及其红军剿灭干净，赶尽杀绝！”接着还经常派出中队长陈传美带领兵马到附近苏区抢粮、抓人、拉夫、奸淫妇女，无恶不作，人民群众恨透了这帮家伙。

话分两头。且说留守在乐万苏区的琼崖红军独立师第三团团长王天骏、政治委员冯甲得到情报之后，为了解除对苏区的威胁，狠狠地打击这伙敌人的嚣张气焰，收拾这个反动透顶的家伙，给人民群众报仇解恨，三团召开了连级以上干部会议，决定采取“诱敌深入、关门打狗”的战术。

王团长说：“我们红三团决定引诱陈贵苑进入乐会苏区予以歼灭，女子军负责正面阻击，诱敌深入。因此扬言要把部队开到万宁去打和乐墟，只留下赤卫队看家，诱使敌人来进犯苏区，然后在九曲江南岸拦路伏击，红三营正面堵截，娘子军迂回包抄，将这股敌人歼灭掉！”

布置完毕，政委冯甲补充说：“匪首陈贵苑是个反共多年的老手，此人既狠毒又愚蠢，哼！这家伙是赶着牛车拉大粪——送死。我们这一仗打得好不好，影响很大。同志们一定要严守伏击纪律，节约弹药，给他来个一网打尽。”停了停，又用诙谐的口气说，“咱们这回捏着敌人鼻子把他牵出来，可不能让他这个‘南霸天’穿兔子鞋——溜了！”

大家听罢冯政委幽默风趣的话语，都被逗乐了。

会后，红三团的干部围住娘子军连长庞琼花等，对她们开玩笑地说：“你们娘子军要上阵了，平常比赛操练、唱歌，总是你们胜，这回打仗，我们比比看吧！”

庞琼花也毫不示弱地说：“好吧！侬在战场上见，谁还怕你们咧！”

政委又个别叮嘱庞琼花和王时香，问她们有什么问题？她们都不约而同地回答："没问题，训练了几个月的兵，同志们早就憋足了劲准备打仗咧！"

娘子军连接受了诱敌任务后，庞琼花和王时香匆匆赶回连队传达作战任务。庞琼花一回到驻地，一排长冯增敏、副排长李昌香和二排长庞学莲等人围了上来，悄悄地打探消息："琼花姐，有好消息吗？"

庞琼花故意白了她们一眼说："嗨！看把你们急的，这回有的是仗打嘞！"

娘子军们一听说有仗打了，顿时热闹起来，有的送还老百姓的东西，有的用椰子油擦拭枪支，炊事员则忙着准备饭团。

第二天，红军第三团和赤卫队佯装向万宁县撤退，故意大张旗鼓，大造声势，大白天行军离开乐会县苏区向万宁县境内进发，到达加任村后就地隐藏，可是当晚又神不知鬼不觉地开拔回来，埋伏在陈贵苑"进剿"苏区的必经之道沙帽岭的山林之中。

沙帽岭也叫三矛岭，是通往九曲江南岸的一个小山头，江北岸是白区，山下就是苏区的红色操场，前面是赤内乡的一片村庄。

入夜，女兵们一口气走了15里路，赶到预定地点设伏诱敌。

大家静悄悄地埋伏在山坡上，没有人说话，宁静得一点儿声音都没有，只有夜风吹拂得椰树羽叶发出飒飒的响声。

庞琼花和王时香分别到各排去巡视，黑夜里感觉到姑娘们的精神饱满，斗志昂扬，很是欣慰。

第二天天刚亮，九曲江仿佛从睡眼蒙眬中醒过来了，江面上漂浮着乳白色的晨雾，一行蓑衣鹭沿着江畔盘旋，然后隐没入碧绿的椰林竹丛中。江边的村庄飘动着袅袅炊烟，一切都显得那样平静，那样安详……突然，安谧的村子里响起了一阵紧似一阵的"咣咣咣"敲锣声响，继而又是闹哄哄的人唤马嘶声影影绰绰地传来。娘子军们听见远处传来的声音，知道敌人要出动了，都做好了战斗的准备。

"同志们，敌人出动了，大家做好战斗准备！"连长庞琼花下达了命令。

敌人果然上钩了。

原来，乐会县敌"剿共"总指挥陈贵苑听了部下报告说，红军主力已经向万宁县境内进发去攻打和乐墟，只留下娘子军保卫苏区根据地，防守空虚。

陈贵苑被红军主力撤退的假象迷惑了，当下一听，按捺不住心中的狂喜，认为偷袭时机已到，便于当月 16 日早上，集中乐会县兵连和民甲、北山等地民团 200 多号人马，由他和中队长陈传美亲自带领窜犯苏区，兵分两路沿着中原墟通往苏区的必经之路——沙帽岭大摇大摆地走来。

渐渐地，一长列穿着绿色国民党军服的县兵连和穿黑色便服的民团走进了娘子军的视野。大家忘记了疲劳，埋伏在阵地上，紧握着枪杆瞄向敌人，手都握出汗来了。娘子军们目不转睛地盯着，心里默默地数着敌人的数量："一、五、十、二十、五十、一百……一百五十……二百……二百五十……"

"嘿！嘿！还有一条大鱼哩！"娘子军连长庞琼花，忽见敌军行列中出现了一个戴大盖帽的胖子，心里一阵狂喜，暗暗说道："决不能让这个罪大恶极的坏蛋溜掉！"

她立即命令埋伏在前面的小股部队按照计策引诱敌人上钩。

"军（敌人）来了！""军（敌人）来了！"

埋伏在前面引诱敌人的女兵一边假装"逃跑"的样子，一边慌里慌张地向敌人"砰砰訇訇""扑扑簌簌"地打了几枪，然后故意慌慌张张地扯着嗓音连续叫喊：

"匪军进犯苏区了，快跑吧！"

"乡亲们快跑啊！匪军进剿啦！"

继而又是乱嚷又是胡乱放枪，佯装败退。

陈贵苑果然中计，他侧耳听了一会儿，都是些女子的惊慌声音，便喜出望外地狂呼："弟兄们，都是女的，抓共产婆哟！给我冲，女子军个个漂亮，谁抓到就送给谁做老婆呀！"

匪兵们一听，顿时来了精神，蜂拥而上，得意忘形地狂呼乱叫道："总爷发话啦！谁抓到就给谁做老婆呀！嘿嘿！"说毕蜂拥而上，不顾一切地向前冲去。

等到敌军进入沙帽岭下的红色操场这片开阔地时，眼见得全部落入了红军第三团第三营的包围圈中，红三营的阵地上爆发出密集的枪声，只听得"噼噼啪啪"的步枪、机枪声响成一片。这时，娘子军一排长冯增敏发现灌木丛里有一个民团号兵，便扑上去将这名号兵俘虏了。连长庞琼花下命令："快吹撤退号！"号兵不肯，冯增敏右手握着短枪，左手迅速按上梭子，张着机头，黑洞洞的枪口对着他说："快！一、二……"还数不到三位数，该号兵吓得发抖怕死了，只好有气无力地吹起了"撤退号"。

慌做一团的民团听到"撤退号"，以为是陈团总叫吹的号，慌慌张张地往后撤退。于是，敌人的前队冲乱了后队，队伍纷乱杂沓，溃不成军，仿佛无头苍蝇似的满山遍野乱逃乱窜，只顾各自逃命。有的拼命往回逃命，有的向山野里狂奔乱窜，好似一群乱了窝的蜂子，又如一伙被追打的耗子，更像那些乱飞乱撞的蝗虫……

庞琼花望见民团乱了阵脚，大声喊道："全连散开，包抄敌人，冲锋！"于是，立刻命令司号兵符明吹起了冲锋号。雄壮嘹亮的冲锋号"嗒嗒嗒""嘀嘀"地吹响起来了，撑旗兵梁华国举起了娘子军连旗，使劲地挥舞摆动着，高声喊道："姐妹们！冲啊！奋勇杀敌呀！"女兵们迅速从两侧翼包围过来，红军营的战士们也从正面压过去。霎时间，四方八面都响起了枪声、号声和喊杀声，山鸣谷应，地动山摇，吓得那些昏头昏脑的敌人魂飞天外，魄散九霄，真个是人人惊心，个个丧胆；登时里，你也逃，我也走，四处逃窜，只恨爹妈生短了两条腿。

一排长冯增敏见状，带领一排娘子军边追边喊："站住！再跑就开枪了！"

"你们被包围了，跑不了啦！"敌兵眼见跑不了，吓得两腿一软，就势跪在地上双手举起来，连声哀求道："我投降，我缴枪，不要杀我！"

正当冯增敏把俘虏和枪支交给后面的战士之际，突然发现那个头戴大盖帽的胖子带着十几名驳壳枪手，慌慌张张地向红色操场左边的小丘陵跑去。

冯增敏大喝一声："'南霸天'！看你往哪儿跑！"喝罢，带领一排女兵追赶过去。

民团拥簇着"南霸天"陈贵苑跑了一程子路，气喘吁吁的，乍一听见喝叫声，惊慌得不得了。当他瞥见后面有女兵追赶而来时，慌忙卧伏在小土堆后面顽抗，举枪向娘子军射击，子弹"嗤嗤嗤"地从娘子军的头顶上飞过，打得不远处灌木"沙沙沙"作响。但她们毫无畏惧，继续向前进！向前进！趁着敌人火力减弱的间隙，冯增敏发现土堆后面是一片矮树林，决定从那里偷袭。于是，她叫副排长李昌香原地坚持诱敌，自己带领一班女兵匍匐绕过去。恰在这时，红军第三营部分男兵也悄悄地绕过来，他们与女兵们会合在一起，突然出现在敌人的背后，大声喝道："缴枪不杀！举起手来！"

"红军宽待俘虏！"

"不要让匪团总'南霸天'陈贵苑跑掉了！"

匪团丁被这突如其来的一声猛喝，早已吓得屁滚尿流，魂飞魄散，乃作鸟兽散，慌乱之间，有的吓得哆哆嗦嗦地双膝跪在地上缴了枪械，有的闭着眼睛滚下了土堆，慌不择路地钻进旁边的小树林里，两手发抖，作鸵鸟状把脑袋埋在乱草堆中，真是丑态百出，令人发笑。

此时，红军战士也从四面八方包围上来，敌人眼见得已是走投无路，便乖乖地举手投降了。可是清理俘虏时，唯独不见那个胖子。冯增敏立即带领娘子军搜索小树林，果然瞧见一个面目可憎的肥胖家伙，正在慌张地脱下军装裤子，但是还没脱下来，他上身只穿一件白衬衣，连帽子也丢了，样子很是狼狈。

冯增敏走上去用枪指着这家伙，大喝道："不许动，举起手来！"

那个家伙垂头丧气，瞧着黑洞洞的枪口，无可奈何地举起了颤抖的双手。

"枪哪里去了！"

"我没有枪，我是伙夫。"

"这家伙肥得像头猪，肯定是那个戴大盖帽的胖子。"冯增敏心里说着，当场审问别的俘虏，一个俘虏吞吞吐吐地说：

"他……他就是我们的总指挥。"

"哼！陈贵苑！'南霸天'你跑不了啦！"冯增敏用手枪指着这家伙喝道。

这个自称为伙夫的国民党乐会县"剿共"总指挥陈贵苑顿时吓得脸色苍白，瘫倒了下去，像一条癞皮狗似的躺在地上，不肯起来。

冯增敏喝道："你也有今天！记得吗？是你带兵杀害了我家亲哥哥，并把我这个弱女子关进监狱残酷迫害，这血海深仇我一辈子也忘不了，血债要用血来还，我一定要报仇！"说罢用脚狠狠地踢了一下。

娘子军战士闻讯围过来，有的用枪指着叫骂，有的也跟着踢这条癞皮狗，直至这家伙自动爬了起来，随即被娘子军反剪着双手捆了，然后押解到红军第三团团部。

这一仗，打死敌人70多名，俘敌30余人，其中有乐万剿共总指挥陈贵苑和中队长陈传美等，缴获枪支100多条，子弹2000多发。

归途中，战士们押送着像斗败公鸡般的“南霸天”陈贵苑和他的驳壳枪班，走在队伍的前面。

红色娘子军女兵们兴高采烈，昂首阔步，吹着胜利的号子，齐声唱着《红色娘子军连歌》：

向前进！向前进！

战士的责任重，妇女要翻身。

古有花木兰，替父去从军；

今有娘子军，扛枪为人民。

向前进！向前进！

战士的责任重，妇女要翻身。

……

这正是：巾帼不输须眉汉，扛枪百战胜豪强。

第三十五篇

贪生怕死严鸿蛟叛变　冒险犯难李硕勋喋血

话说琼崖红军在中共琼崖特委书记冯白驹的领导下，琼崖革命事业不断取得新的发展。这年秋，也就是1931年8月，中国共产党两广军委书记李硕勋冒险犯难，只身来到琼崖。可是万万没有想到，香港的国民党特务机关已将他的行踪透露给琼崖警备司令部，所以，李硕勋的前脚刚踏上海南岛，后脚就跟来了盯梢的叛徒和暗探。

你道这叛徒是谁？前篇已经提及曾担任中共海口市委书记的严鸿蛟被捕后，贪生怕死，叛变革命，变节投敌，供出了党的地下组织，当上了国民党琼崖侦探队队长。

那么，严鸿蛟是何许人也？

严鸿蛟是琼山东营区罗陈村人，因其伪装进步，投机革命，1926年4月成立海口市工会党支部时，他是党支部成员之一。1928年8月，黄学增到海口市整顿党组织，由严鸿蛟担任海口市委书记。1929年2月，因违反地下秘密工作组织原则，在一次公开集会上不慎暴露了身份。同月13日的一天深夜，敌人派兵悄悄开进市郊严鸿蛟的家乡大同、大鼓地区，在途中逮捕了严鸿蛟，并将严氏住宅包围起来。严鸿蛟经不起敌人的严刑拷打，变节叛变，供出了中共琼崖特委和海口市委机关驻地，一处在海口市进兴街43号，一处在府城西门外街吴宅。蔡部于2月19日派兵突然包围，捕获了陈大机、黄朝麟、云昌江等特委、市委领导成员及机关干部共1三人。接着，由严鸿蛟带路，在海府地区追捕革命群众与工作人员，使中共琼崖特委和海口市委遭到严重的破坏。由于严鸿蛟破坏中共琼崖党组织有功，后来当上国民党琼崖侦探队队长，专事带着敌人侦查和抓捕革命人员。

由于中共琼崖特委、海口市委机关惨遭到破坏，不少领导人先后被杀害。严鸿蛟还出主意说："海南的共产党组织遭到摧残后，中共两广省委不日必将派重要人员来琼，要张网以待，加紧侦察，特别要注意盘查来海口的外地人。"

1931年4月，由于中共特科负责人顾顺章被捕叛变，上海等地的党组织遭受严重破坏，在这种情况下，王明离开上海前往莫斯科，上海成立了以博古为首的六人临时政治局。1931年春，中共决定派李硕勋去中央革命根据地任红七军政委，5月离沪赴港，准备到苏区开展工作，但因长途奔波，劳累过度，患了严重的胃病，便在香港治疗。正在这时，中共广东省军委书记蔡和森在香港被捕牺牲，广东急需干部，电告中央，于是中央任命李硕勋为中共广东省委军委书记。那时，广东省委机关设在香港，他召开干部会议，研究当时广东东江和琼崖两块较大的革命根据地如何坚持开展游击战争的问题。会后，李硕勋决定到海南岛去了解情况，指导工作。有的同志担心他不会讲广东话，更听不懂海南话，而在海南岛又没有任何社会关系作掩护，到那里去搞秘密工作，开展武装斗争，是非常危险的。但他以党的利益为重，不顾个人安危，坚决听从组织的安排，赴汤蹈火，万死不辞，表现出一位共产党员坚强的组织纪律性。

7月，李硕勋的夫人赵君陶带着3岁的儿子由上海前往香港，一家人共度了段难得的、短暂而温馨的日子。8月，李硕勋便动身往海南岛去了。

李硕勋，又名开灼、叔薰、李陶，1903年生，四川省庆符县人。1921年春考入四川省立第一中学读书，参加学生运动，结识了吴玉章等人，开始接触马克思主义，从事革命活动。后因遭军阀通缉，于次年去北京入弘达学院就读。1923年进入国共合办的上海大学社会科学系学习，并加入青年团。在上海大学，他先后听过瞿秋白、蔡和森、恽代英、张太雷等著名共产党人的讲课，系统地接受马克思列宁主义教育，决心走革命道路。1924年参加中国共产党，党组织分配他负责青年学生运动。1926年7月当选为全国学生总会负责人。同年冬，任共青团湖北省委书记。1927年8月担任第四军第25师政治部主任。大革命失败后，李硕勋参加了南昌起义，并担任起义军第25师党代表兼政治部主任。8月上旬，国民党军反扑南昌，起义部队撤走。李硕勋和周士第率领队伍作为后卫且战且退，掩护前委领导人周恩来、朱德、贺龙、叶挺、刘伯承、聂荣臻、郭沫若等撤离险境。起义部队一路南下，经瑞金、会昌等地进入广东大埔县，在三河坝阻击敌人。后又转战江西，在信丰县朱德派李硕勋到上海去找党中央，汇报南昌起义部队的近况。他到上海后迅速与党中央取得联系，并留在上海工作。1929年先后担任中共江苏省委秘书长、中共浙江省委组织部长、省委代书记、上海沪西区委书记、中央军委委员、江苏省委军委书记、江南省委军委书记等职务。1931年夏，中央军委派李硕勋南下，准备调任红七军政委，后来转入广东担任中共两广军委书记。

8月7日，李硕勋不顾个人安危，只身到达海口，上岸后住在海口市得胜沙中民旅店（一说是侨安旅店），该旅店在当时较上档次。李硕勋住下后等待和琼崖特委联系。当时，国民党琼崖侦探队队长严鸿蛟经常带领便衣警察在海府地区的港口以及街道巡逻，凡是发现有可疑的人就逮捕。李硕勋上岸后的第四天上午，为了开展工作和联络关系，他走出旅店来到街上，不料被严鸿蛟发现，由于李硕勋不会海南话，很容易引起敌人的格外注意，加上说的是一口四川口音，遂引起了敌人的怀疑。接着，又有一个名叫戴德贵的叛徒直接指认出卖李硕勋，严鸿蛟欣喜若狂，忙叫手下侦察人员继续跟踪盯梢，他自己跑去琼崖警备司令部报告。

严鸿蛟喜冲冲地直接赶到琼崖警备司令部门口，急着要往里面窜去，却被门岗架枪挡住。他急得直跺脚，说道："鄙人有重要情报面见陈司令，勿得延误大事哩！"

哨兵看见此人生得滑头滑脑，朝天鼻、斗鸡眼、乌鸦嘴，便鄙夷地说："你是何等人？如此无礼，有乜事也得等待通报嘛！"正在这时，海军陆战队指挥官陈籍从外面回来，一眼就认出争吵的人是严鸿蛟，便问道："严队长有乜事？做成这副猴急相呢？"

严鸿蛟扭头一见陈籍，喜之不胜，一双獐子眼顿时来了光，忙附在陈籍的耳根边说了一通，陈籍一听是盯梢上共党头目，喜出望外，忙拉着严氏进入内室面见琼崖第四舰队司令兼琼崖“剿匪”司令陈策。

陈策身穿白色海军将官服，正端坐在办公桌前查阅“剿共”材料，此时瞥见其弟陈籍带严鸿蛟走进来，便抬眼问道：“有乜事？”

“陈司令，有大……大喜的……事喽。”严鸿蛟原本有口吃毛病，心下一急起来就更加说不清楚了。

陈策一见他这般的熊伯笨相，马上来了气，粗短的脖子鼓胀起来，圆盘脸上两只眼睛环睁，怒声喝骂道：“有乜喜事？有屁就放，有话就说！这样结巴的半天也说不上个所以然来。嗯！快点说出来？”

严鸿蛟瞧见陈司令发了火，心里又急又惊，越发说不上话来，憋得满脸通红，停了片刻，乃结结巴巴地说：“有……有……有大事，快去抓……抓共……共党头目哟……”

“他妈的，抓什么共党头目，琼崖共党头目杨学哲、熊侠不是被我们杀了吗？还有王文明不是在母瑞山病死了吗？现在仅剩下一个冯白驹，这毛头小子眼前闹共潮挺厉害，但我看他一时半会儿也成不了大气候嘛。”陈策道。

“大哥！这姓严的刚才对我说了，他的手下正在跟踪一位从香港来的共党大头目。”陈籍说道。

“好！好！既有这等事情，尔等赶快派出军警抓捕！不可让其溜掉了。否则，你俩提着脑袋来给我交差！”陈策喜极之余，立即下达抓捕令。

陈籍听毕，即刻带着军警随同严鸿蛟抓捕李硕勋去了。

再说李硕勋从中民旅店出来之后，他身穿灰白色上衣，深灰色裤子，脚上穿着黑色皮鞋，腋下挟着一把洋红色油纸雨伞，独自走在海口市得胜沙街头上，希望能与海南党组织地下工作人员接上头。但走了大半天时间，仍然不见有关人员出现。他踯躅街头，望着得胜沙街道两旁建有一排排、一幢幢带有浓郁南洋风情的骑楼群，还有拜占庭式、哥特式等建筑物出神。由于海南风物迥异，语言不通，人地两生，使李硕勋感到仿佛来到了一个异域他乡，陌生境地，举目无亲，顿然使他生出一种莫名的孤独无助之感。

这时，天气骤然起了变化，平地刮起了一阵阵疾遽的旋风，卷起街道上一股一股的尘土、纸绡和鸡毛等轻浮物团团地盘旋地飞舞起来，旋即冲进街道的死胡同或旮旯巷子里去，在挡住去路后又返回原处打滚、翻腾、盘旋，而后滚向另一处空场地飘然而去。街上的行人见了，纷纷走开躲避。

李硕勋一时来不及躲开，旋风卷起的尘埃等杂物盖头盖脑地扑过来，头上的礼帽被卷得飞起来，西式衣服的下摆也被风刮得“呜啦呜啦”作响。他只好背过身子顶住狂风，任其扑打，待到旋风消失之后，再去街道尽头寻找那只丢失了的礼帽。

俄顷，天空更加阴沉，铁块般的乌云从四面合来，直向海口上空猛地压迫过来。又过了一刻钟，天空也更阴暗，风也刮得愈加厉害了。再过了一刻时间，大雨像一道道幕墙般泼下来，先从大海那边飘洒过来，其后朝海口方向像盆倾瓢泼般倾注过去，霎时间都笼罩在秋风秋雨之中。李硕勋撑开了洋红色油纸雨伞，宛若雨中盛开的一朵鲜红色的花朵。他撑着伞顶风冒雨往回行走，感到海南的风雨来得紧。回到旅店，李硕勋收起雨伞，习惯地观察了街上的动静，但见风雨之中，行人寥寥，家家闭户，人人匿踪。谁知雨幕之中已有几个鬼鬼祟祟的影子在附近晃动。直到此时，他仍然不知道国民党琼崖当局已经向他张开黑色罗网，正在准备抓捕呢。

李硕勋返身回到旅店房间，正想脱掉大衣稍息，忽地客房门外响起“咚咚咚”的敲击门板声响，一阵紧似一阵。紧接着，外边也吼叫起来：“快开门，警察要清查客房！”

“内面有人吗？快开门！”

“再不开门就要撞啦！”

李硕勋感到情况不妙，迅速处理好机密文件和接头名单，然后静定自若地打开了房门，只见一群面目狰狞的军警冲进来，恶声恶气地喝道：“喂！你是干什么的？”

“经商的。”李硕勋神色自若地回答。

“有证件吗？”严鸿蛟瞪着一双贼眼，滴溜溜地打量了李硕勋片刻，问道。

“有。”李硕勋平静地掏出证件交给严鸿蛟检查。

严鸿蛟接过证件，仔细地检视了一遍，看不出有什么破绽，便向陈籍耳边嘀咕了几句。

“给我搜查，决不能放过一丁点儿可疑之处！如有疏忽，放过共党分子，看我非要你们的脑袋不可！”陈籍板着黑青脸说道。

“是，长官。”士兵们一听便动手翻腾起来。

在搜查不出证件的情况下，敌人便搜去了他的全部行李和现金。

“你们究竟要干吗？凭什么随便搜查商民的行李？这是非法的！”李硕勋见敌人没有足够证据证明他的真实身份，便高声责问道。

“把他带走！”陈籍喝道。

不由分说，李硕勋就被海南的国民党警备司令陈策派出其弟陈籍亲自带领的军警带走了。

他先被关押在国民党海口市警察局，审讯后，傍晚再押到府城监狱里拘禁，敌人给他上了一副很重的脚镣。在府城监狱，李硕勋和陈加清关在一起。陈加清不会讲普通话，就用手比画地问他：“你吃饭了没有？”李硕勋只是摇了摇头，表示还没有吃饭。

当时的囚徒是自己做饭，陈加清就动手煮稀饭，饭煮好后，没有菜，就用盐巴下饭给李硕勋吃了。

李硕勋吃完饭，和陈加清同睡一个囚铺上。第二天，府城监狱党支部决定派党员史立法和李硕勋联系，因为史立法会讲普通话。史立法和李硕勋联系后，得知李硕勋是广东省委派到琼崖来指导武装斗争的领导人。次日晚上，敌人将他关在另一间牢房里，每天还是和陈加清一起煮饭吃。难友们尽量让他吃饱饭。陈加清与李硕勋等难友相处的时间虽短，但彼此之间已经建立了革命的友谊。

李硕勋鼓励难友们坚持斗争，经常在吃饭时对难友们说：“忍受艰难困苦，自由就会到来。”在他的鼓励下，监狱中的斗争更加广泛开展了起来。先是发动党员利用策反过来的 10 多名狱卒，随时了解李硕勋的状况，并借站岗的机会，往外送情报。然后，监狱支部书记冯尔芳曾用密写的方法给中共琼山县委写信，将李硕勋被捕的情况通报出去，并请求设法从速营救。但由于当时环境恶劣，监狱外的党组织处境也非常艰难，而琼崖红军则活动在母瑞山、六连岭一带，根本无法搭救李硕勋。

敌人抓捕到李硕勋后，陈策和其弟陈籍等人千方百计想从他的嘴里得到共产党的机密。因而三番五次进行审讯。

陈策审问道："你贵姓？叫什么名字？据实招来！嗯。"

李硕勋答道："本人姓李，单取个陶字。"

"何处籍贯？何类职业？"

"余乃四川宜宾人氏。自由职业者。"

"有否同伙人等？此来琼崖所为何事？有何公干？"

"余单人而来，想购买琼崖沉香等药材。"

"什么想购买沉香等药材，全是胡编乱造。哼！想蒙混过去吗？"陈策喝道，"带人上来，让他们辨识一下这位先生到底是生意人？还是共党头目？"

戴德贵一带上来，就感到胆战心惊，底气不足。这家伙獐头鼠目，神色惊慌地先向坐在案桌上的陈策鞠了一躬，尔后两个绿豆贼眼珠子骨碌碌地转动着，并死死地盯住李硕勋，嗫嗫嚅嚅地说："他……他就是新任广东省委军事委员会书记李硕勋。"

陈策一见说面前这位自称是生意人的，就是大名鼎鼎的广东省军委书记李硕勋时，大喜过望，说道："对不起，李先生，实在对不起，要让你吃点苦头啦！嘿嘿！"

"哼！从哪儿跑出来的一条疯疯癫癫的癞皮狗，乱咬乱攀！"李硕勋两眼射出两道愤怒的光芒，威严地逼视着戴德贵，凌厉如剑，凛凛不可侵犯，好像一下子戳穿了这条癞皮狗的身心，直吓得这家伙浑身颤抖，哆嗦不已。

"李硕勋，你抵赖不了啦！赶快招供了吧。"陈策得意扬扬地说。

"我叫李陶，一名共产党员。"李硕勋说道。

国民党琼崖当局再审讯时，李硕勋一口咬定："我是共产党员李陶。"

当时李硕勋并未透露自己的真实身份，以致敌人对他刑讯时不择手段，不是用木棍狠打，就是拳打脚踢，或者干脆用铁丝绑起来吊在半空中，通宵达旦地折磨着。

有一次，国民党琼山县长陈明栋和警察局长冯尔珍亲自出马，陈明栋先用好言好语慰抚一番不见效果后，再让冯尔珍指挥狱卒对李硕勋动用大刑。

刽子手拿起通红的铁板往他背上烫去，只听得“嗤”的一声，背上冒腾起一股股青蓝色的烟雾，李硕勋疼得昏死过去了。那股呛人的烤焦肉味直呛入陈明栋的鼻孔，呛激得这帮凶神恶煞咳喘不已，涕泪直流。

“泼水！”冯尔珍止住了咳喘，疯狂地吼叫着。

狱卒提起一桶冷水朝李硕勋的头上泼去。

稍会儿，李硕勋被冷水泼醒，睁开眼睛，冷冷地怒视着这伙刽子手。

“你到底还硬不硬？”冯尔珍厉声问道。

“我们共产党人是用特殊材料做成的，不是一二种或几种刑具就可以使我变节，就是拿出你们全部的刑具来也休想使我屈服！”李硕勋冷眼望着陈明栋和冯尔珍，讥诮地笑着说。

“哼！我就不相信你的骨头是用钢铁铸成的，来人，给我狠狠地打！我倒要看看是他的骨头硬还是我的铁棍硬！”警察局长冯尔珍气哼哼地咆哮着。

“那就来吧，只要我哼叫一声都不是共产党员！”李硕勋哈哈大笑，笑声震得站在两旁的刽子手身上发麻，心里发慌。

“哟！听口气，可真是条好汉啦！”琼山县长陈明栋听了李硕勋的话，也气得直翻白眼，撕下假斯文的面具，连声叫道，“大刑侍候！看他还硬不硬？”

冯尔珍急了，叫骂狱卒道：“愣着干什么？还不给我上！”

几个彪形大汉随手操起刑棍，用尽力气狠劲地乱打在李硕勋的身上、大腿上，顿时起了一条条血痕。李硕勋口吐鲜血，昏迷过去。

尽管敌人对他百般严刑拷打，使他皮开肉绽、体无完肤，两条腿骨还被打断了，李硕勋也没有呻吟一声，更没有泄露党的秘密。每次遭受酷刑后，狱中的难友们都会过来查问他的伤情，李硕勋则乐观地鼓励大家：“要革命，就不要害怕艰难，就不要害怕死亡。我们一定要加倍努力奋斗，真理是扑不灭的，尤其是革命真理更是扼杀不完的。黑暗终究要过去，胜利将会到来！”他知道自己的时间不多了，便不放过每一次与同志们在一起的机会，讲革命形势，宣传革命道理，鼓舞难友们与国民党反动派做不屈不挠的斗争。后来，监狱中的这 40 多名共产党员，没有一个人叛变革命，屈膝降敌。

国民党琼崖当局采用酷刑对待李硕勋，除了感到黔驴技穷之外，别无所获，于是便想杀害他。陈策与国民党琼崖当局商议后，将李硕勋的情况电呈给在广州的第一集团军总司令陈济棠，请其审核办理。

李硕勋受刑之后，很少吃饭，只是喝水。监狱党支部的同志看到他受刑过重，曾设法通过地下党组织买药品为他治疗。史立法经常向他转达同志们的慰问，他总是安慰大家说："不要紧，请大家放心。"尽管他受伤很重，但仍不忘记革命工作，他鼓励难友们坚持斗争，争取革命胜利，他经常对大家说："继续奋斗，前途是光明的。"为了让他尽快恢复健康，史立法曾多次通过探监亲人买糕点给他吃。他知道国民党反动派一定会杀害他，便在监狱中写下了两封遗书，一封给妻子赵君陶，遗书中说：

陶：

余在琼已直认不讳，日内恐即将判决，余亦即将与你们长别。在前方，在后方，日死若干人，余其中之一耳。死后勿为我过悲，惟望善育吾儿。你宜设法送之返家中，你亦努力谋自立为要。死后尸总会收的，绝不许来，千嘱万嘱。

勋

9月4日

另一封遗书是给柯麟医生的妻子陈志英，遗书说道：

英姐：

我本不识你，但我曾知你同我的妻子是朋友，故特寄一函存你处托转她。我死不必念，务望代安慰她！！！并望托人照她回家去！！！要她向肥兄处要数百元作路费回家（川），根本把儿子安顿为要。

勋托

9月4日

遗书写好后，李硕勋即通过可靠的人送出监外。两个星期后，李硕勋遗书才从邮局寄到香港柯麟和陈志英手里。他们迅即向中共广东省委书记章汉夫汇报情况，要其派出人员到海口营救李硕勋。随后把遗书转交给赵君陶。赵得到李硕勋的遗书，马上写报告给党中央指示，要尽力营救。但还来不及准备，李硕勋已经遇害。

1931年9月4日，广东陈济棠回复电令，要琼崖国民党当局就地枪决李硕勋。5日清晨5时许，海口市东校场上天色尚未发亮，已是人影晃动。东校场自明清以来就是阴森恐怖的刑场。

这天晨间，凶神恶煞般的狱卒打开监牢，拿来一只箩筐进来。但见遍体鳞伤、气息奄奄的李硕勋躺在地板上，被打断腿骨的小腿歪向一边，正昏昏沉沉地睡着。敌人见状用枪刺捅醒了他，几个狱卒七手八脚地抬起他的身子，再将腿骨已被打断的李硕勋塞进箩筐，抬到东校场刑场准备将其杀害。在敌人扣动扳机之前，李硕勋高呼口号，敌人一阵排枪劈头盖脸射击，霎时子弹笼罩了箩筐。这个怀着“我不入地狱谁入地狱，我不流血谁流血”的献身精神，为苦难的同胞传递火种的马克思主义信徒，在炼狱般的大墙内熬过了23个日夜之后，用自己殷红的一腔热血在青草欲滴的地上画了3个大写的惊叹号，在后来人的心中点燃了一堆不熄的篝火……

李硕勋英勇就义一段时间后，其妻子赵君陶才在国民党出版的《民国日报》上看到丈夫被杀害的消息，她将这段消息剪下来，珍藏了几十年，一直到她离开人世。她生前还写了《题硕勋遗照》诗：

英姿栩栩肖生前，出入龙潭虎穴间。

不悲未竟平生志，红旗染有公血鲜。

1951年，李硕勋的遗书发表在第十二期的《新观察》上，朱德、郭沫若、聂荣臻以及李硕勋的老战友周士第等也在那期杂志上发表了题词。

朱德在李硕勋的遗书上题跋：

硕勋同志临死不屈，从容就义，是人民的坚强战士、党的优秀党员。

他对革命的功绩，永垂不朽！

郭沫若在烈士遗书上题写道：

五星红旗是无数志士的鲜血染成的。硕勋同志的血在里面煊耀着，拜读遗书，从容就义，慷慨临刑的精神活跃于纸上，使千百代见之，亦当肃然生敬。这是中国人民革命成功的左券，是训育后代的不朽教材。

聂荣臻为李硕勋烈士题词：

李硕勋同志永远活在我们心中。永记革命先烈，倍增革命感情。

周士第的题词是：

义举南昌，战赣粤闽，分途找党，话别天心。

白区工作，奋不顾身，牢狱不屈，遗书义深。

公等鲜血，解放人民，忠心浩气，永耀不泯。

遗志未竟，吾辈仔肩，革命必胜，公可安眠。

1962年6月，李硕勋早年的老师吴玉章所赋的《悼念李硕勋烈士》一诗曰：

锦城初识羡英华，有志男儿爱国家。

北伐从军趋武汉，南征转战别流沙。

几行墨迹明心迹，万顷浪花涌血花。

遗骨琼州何处觅，喜看红日照天涯。

1981年9月，党和政府在李硕勋就义的地方树了一座烈士半身雕像，高一点二米，在用花岗岩雕成的雕像基座正面，镌刻着邓小平亲笔题写的大字：李硕勋烈士永垂不朽！

1986年，琼山县人民政府又在烈士牺牲的地方，建立一座李硕勋纪念亭，占地面积约1300平方米，请时任国家副主席王震题写亭匾，供人瞻仰。

后人王镇宁赋诗一首《谒李硕勋烈士雕像》曰：

为国捐躯赫战功，英雄形象气如虹。

烈士碧血凝琼岛，黎汉人民世代崇。

琼山市党史办原主任王万江赋得《望江东》词一首赞颂曰：

边陲南疆云水怒，隔海见，琼崖路。

军务在身驭轮渡。挽狂澜，心有数。

登岸遭遇敌魔捉。胸豁亮，将敌诉。

狱中遗书盼雁鸷。铿锵骨，谱诗赋。

这便是：头颅换得金星五，满地红旗众手擎。

第三十六篇

摆鸿门宴保安团设计　破连环计陆战队用谋

话说国民党海军第四舰队司令兼琼崖警备司令陈策杀害了来琼崖指导工作的广东省军委书记李硕勋之后，分兵驻防海府、嘉积和三亚等地，准备进剿活动在母瑞山及六连岭一带的琼崖苏区和工农红军。紧接着，陈策为了扩大实力，又借口中国海军过去没有相应建立陆战队，在战斗中缺少陆战能力为由，坚决主张加强陆战队，占据要地，以助海军之进攻，因而再把海军陆战队由原来的两个团扩编为四个团的兵力。

第四舰队海军陆战队扩编之后，陈策决定仍让族弟陈哲担任陆战队总指挥。此事为其胞弟陈籍所悉，心里很是不服气，可又不好直接向大哥提出，担心受陈策训斥，于是，他便将此事告诉父亲陈文均，父亲对陈策说：“陆战队的权柄得由可靠的人来把握，我看就叫你亲弟弟当总指挥官好了。”

陈策听毕不同意，说道：“陈哲也可靠，又是侬同村宗亲兄弟，他带兵刚打败了吴道南，懂得战略战术，而且威信很高，还是让他继续当总指挥比较合适。”

陈文均见儿子不同意，怒不可遏，声色俱厉地反驳道：“人常言：‘打熊打虎亲兄弟，上阵杀敌父子兵。’他虽可靠也与你不是同肠同肚一母生的，你不用亲肠亲肚兄弟要用谁？”稍歇片刻，父亲缓了缓气，又用几近挖苦的口吻骂：“咦！一只手伸入裤子，摸不到两个肚哩。”

陈策皱眉苦脸，轻声说：“爸，军事非儿戏，用兵不当，奖赏不明，是要打败仗的。”

陈文均一听便火了，吼道：“哼，不管怎么说，‘卖酒不卖坊，让钱不让权’。陆战队总指挥官非给你弟弟担任不可！”

陈策仍是不依：“那不行！”

陈文均看到说不动儿子，觉得很丢脸，原本就通红的脸气得红里发紫，发狠地叫道：“好呀！你不同意让亲兄弟当总指挥官，我今天就死在这儿了。”说罢，起身就要拿脑袋朝墙壁上撞，做出寻死觅活的样子。

陈策知道父亲的秉性太过于刚硬，怕他真的闹出事来，而自己又是个孝子，又经妻子梁少芝从旁规劝，他才依顺了父亲，便违心地任命其弟陈籍为海军陆战队总指挥。陈哲得知内情后，提出辞职。陈策找来陈哲好言安慰一番，尔后听任陈哲带着妻子梁秋华离琼，住进广州东山客栈，后来在广东谋取个参议的闲职。

陈籍担任广东海防舰队陆战队总指挥官之后，将总指挥部移设在府城旧镇台衙门，准备进剿中共琼崖苏区和红军。但由于陈籍年轻气盛，且军务未甚经心，悉由陆战队副团长郑兰鹤代行。

郑兰鹤率领海军陆战队分驻在澄迈县的福山、大云，临高县的皇桐、岭苍，定安县的黄竹、乌坡、枫木，乐会县的阳江和万宁县的六连岭等地疯狂“围剿”红军，并多次与共产党领导的红军作战，最后被红军和农民赤卫队包围攻击，费尽心机才得以逃出重围，损失不小。

1930 年 5 月，陈济棠任命陈策为琼崖区专员兼“剿匪”司令。

陈策上任后匆匆带着参谋长陈鼎返回琼崖，同时检阅了海军陆战队第一团的军容。当他在府城东校场上看到海军陆战队衣服不整、武器陈旧、步伐不齐时，气得把弟弟陈籍狠狠地臭骂了一通，使得陈籍窝了一肚子火，无处发泄。

1931 年初，琼崖“剿匪”军事行动在陈策的布置下，虽然使苏区和红军受到损失，但是也使海军舰队军饷中断从而使“剿匪”行动宣告失败。因此，陈籍派兵去海口博爱南路的海口市商会摊派军饷。

海口市商会是个肥差，经济收入一直较好。陈籍由于剿共军事开支剧增，便要求海口市商会多出军饷，并开定了一笔大数目字，又进行了威胁。海口市商会副会长何位川系乐会县人，海口市永利公司老板，他为了维护商人利益和安定人心，代表商会出面交涉未果，遂上书广东省政府指控陈籍，使得陈氏怀恨在心。

陈策发誓一定要把陈铭枢赶出广东去。但陈铭枢也不示弱，极力扩充自己的实力，建立保安团部队。当他接到海口市商会副会长何位川的控告书后，借口海南防军薄弱，遂命令广东省保安部队第一团黄固部、第二团樊宗迟部渡海过琼崖，黄部驻防海口、樊团驻防定安、澄迈、临高等地。其他琼东、乐会、琼山、文昌、万宁等地则由海军陆战队驻守。保安团初抵海口，器械是“洋”的，较为精良，军服都是崭新的，趾高气扬。而陆战队穿的是旧军装，用的是旧武器，相形见绌。为了避免陆战队与保安团发生冲突，陈籍遂将海口部分驻军拉往琼山府衙驻扎，以防意外。

1 月 26 日，陈策派参谋长陈鼎与樊宗迟到澄迈县金江镇商定分别派队出击剿共。会后，陆战队与保安团分兵在文昌、澄迈、临高等地一致行动。但是，两方的部队在驻防、粮饷等方面互相摩擦不断，几至动武。5 月中旬，陈策把陈铭枢撵走，继而取消保安团，命令樊宗迟团于 15 日正式编入海军陆战队第二团，黄固部第三营改编为海军特务营。同时，又委任陈策兼任琼崖“剿匪”司令等职务。此时的陈策已集琼崖的党、政、军权于一身，权势炙手可热了。

且说保安团黄固、樊宗迟两人得到通知收编的命令，心里非常不服气，只是佯装遵命而蓄谋反抗。一天，黄、樊两人怀着极度愤懑的心情，来到一家酒肆寻欢拥艳，狎妓饮酒，借以缓解压抑心头的不快情绪。

这家酒肆位于环海路，既热闹又清静，是保安团官兵常来光顾的地方，黄固、樊宗迟二人是这家酒肆里的常客。当他们各自拥着一名美艳的女人一踏进酒肆时，即被堂倌引进二楼上的雅座，殷勤招待。黄、樊在两名美女的浅斟缓酌劝饮下，连灌下数杯，不觉色迷心醉，左拥右抱，耳鬓厮磨，玉软香温。尔后又想到将被陆战队收编，乃引发出腹中许多牢骚话来。

一个说：“唉！咱保安团过海来琼崖，这样不费一枪一弹，就被陆战队收编吗？”

另一个说：“我的老弟，有什么法子呢，俗话说：‘来龙压不过地老虎’哩！”

"我的哥儿，咱保安团装备精良，兵力强硬，难道说就这样束手待缚，白白地让陆战队收编吗？"

"哎呀！兄弟，你得等待我思考一下法子，真叫人心有所不甘啊！"

"好，好，我再等等，你赶快想办法出一出这口恶气！"

黄固、樊宗迟二人你一言我一语地说着，又各自斟了一回酒，微有醉意。一个又是说："我有一计，未知可行否？"

"计将安出？"另一个急不可待地问道。

"摆鸿门宴！"

"行！摆鸿门宴。如果陈籍肯来赴宴，咱就在宴会上擒而杀之；若不肯赴宴，咱就说他毫无诚意，拒绝收编！好，妙计！就这么办吧。"

黄固、樊宗迟回到保安团团部后，即给海军陆战队总指挥官陈籍送去请柬，假意邀请他到海口召开联席会议，洽谈军队改编问题。

再说陈籍接到保安团黄、樊两团长的请柬，沉吟半晌，犹豫不决，乃与参谋长王固商量。王固认为事有可疑，不可赴宴。陈籍又把请柬递给副团长郑兰鹤等阅看，并征求他们的意见："你们看这事怎么办？"

郑兰鹤说："千万不要去，那是'鸿门宴'。"

"为什么？"

"在谈判中，你如果不协从，他们必扣你作人质。"

陈籍听从了劝告，决定拒绝赴宴。一名少尉军官听不明白，问道："也叫作'鸿门宴'，侬不识得古诀哩。"

陈籍解释说："那是古代楚汉相争天下的故事。说的是汉高祖刘邦攻占秦国都城咸阳之后，派兵驻守函谷关。不久，西楚霸王项羽也率领大军攻入秦地，进驻西安东北的鸿门，准备灭掉刘邦。楚强汉弱，刘邦带着谋士张良和武将樊哙等人硬着头皮至鸿门会见项羽。宴会上，项羽的谋士范增叫项庄舞剑，欲乘机刺杀刘邦，项羽的叔父项伯也拔剑起舞，常以身子护住刘邦，使项庄无法下手。张良窥见情形紧张，忙借故解手，示意樊哙带剑执盾撞入宴会，使刘邦始得乘隙逃脱险境。后来，人们常用'鸿门宴'来代指加害于客人的宴会。"

“啊！原来如此。”少尉军官听罢陈总指挥的解释，明白了“鸿门宴”的意思，大声说道：“我们不要上保安团的当！”

“对，我们决不轻易上保安团的当！”郑兰鹤又建议道，“咱们要从速备战，以防保安团借口出兵来个突然袭击。”

陈籍听从建议，派郑兰鹤带领部分士兵赶到府城北郊筑一道临时战壕，又派王茀林率部扼守府城北面一带。布置完毕，随即起草了一份电报交给文书陈其兰，叫他立即给策兄发报。不久，陈策从广州发回电报，指示“海军陆战队要做好战备，倘若双方相安无事，就以野外训练为由掩盖真相；如是保安团要进攻，就要坚决给予回击，消灭他们！”

却说黄固、樊宗迟因见陆战队总指挥官陈籍拒绝赴宴，知道自己的计谋已被识破，遂以陆战队不愿合作联防为借口，于5月27日凌晨派兵外出安营扎寨，设置路卡，封锁海府路，向海军陆战队展开扇形包围。

次日拂晓，黄固、樊宗迟下令保安团发起攻势，以一个营及机炮各一个连兵力从陆战队连长王茀林扼守的阵地进攻。战斗一打响，就消灭了陆战队的部分士兵，突破防线，逼近府城陆战队指挥部驻地，情况极为危急。在兵力对比上，保安团人马2000多人，比陆战队多一倍以上，武器装备也远比陆战队优越；可是在战斗力比较之下，经过正规军事训练的陆战队，战术有方，战斗力强，因而双方的战斗进行得相当激烈。

陈籍和参谋长王固正在指挥部研究作战方案，忽听报告城北一带战斗激烈，且保安团已突破前沿阵地，正向陆战队指挥部逼近。陈籍听到报告，心里一咯噔，忙丢下手中的作战方案，“登登登”地虎步蹿出指挥部，奔向枪声最激烈的地方去坐镇指挥。一到府城北郊，但见保安团凭借着优良武器，枪弹齐放，犹如狂风暴雨般倾泻过来，打得陆战队士兵抬不起头来。战壕边、沙包旁，横七竖八地躺着许多身穿海军衣衫的陆战队士兵。陈籍一看情势危急，找到防守此地的陆战队连长王茀林，叫他无论如何要顶住，否则提脑袋来见。

王茀林满脸尘土，一身硝烟，那件海军装内衫已被战火烧破多处，露出结实的肌肉来。他听罢陈籍的严厉命令，不敢怠慢，带领陆战队拼死拼活地战斗，一次又一次地把进攻的保安团打退。

保安团攻城受到挫折，使黄固和樊宗迟大为恼怒，他们狗急跳墙，决定孤注一掷，利用海口市商会作为经济后盾，组织起敢死队，宣布每个敢死队员先赏光洋 15 圆，打入府城占领海军陆战队总指挥部后，再大加犒赏，并且放假三天，任其娱乐宴饮。在保安团长官的煽动下，竟有 200 多人挺身而出，情愿舍身效力。

情报人员探悉此事后向陈籍报告，陈籍听后恨恨连声，骂道："他妈的！混账东西，海口商会竟敢出钱犒赏保安团组织敢死队，姓何的胆敢为虎作伥，助纣为虐，实在是可恶极了，且看我如何收拾他……"随后，他指挥士兵们抬来两挺水龙重机枪封锁重要街道路口，又布置轻机枪在小巷、房顶上安装射击点，然后派人往嘉积搬取救兵去了。

当天下午，保安团向陆战队阵地进行了炮火轰击，只见炮弹像冰雹般从天上砸下来，准确无误地落在陆战队的阵地上接二连三地爆炸开来，霎时间，陆战队阵地上火花闪烁，弹片乱飞，硝烟弥漫，将来不及躲藏的陆战队官兵炸得血肉横飞，惨不忍睹，生者退入城中，死者变成炮灰。紧跟着，保安团又向府城连连发炮轰击，"轰轰轰"的爆炸声，先像高山倾倒似的，后像凶猛的台风袭击一般，呼啸咆哮，致使城北车站附近房子多处毁坏。炮火刚一停歇，保安团在前线指挥翁照垣的率领下，吹响了进攻号角，200 多名敢死队员携带枪支、手榴弹、炸药包等以及爬城工具，"呼呼啦啦"地冲锋上来了。

陈籍胸前挂着望远镜，手提盒子枪，满面涨红，眼里布满血丝。

他望见呼呼冲上来的保安团敢死队，乃大声地对陆战队士兵们用海南话吼叫道："给我打，狠狠地打这些不识死是乜做的东西！"伏在城上的陆战队官兵们也一齐应道："打呀，打死这些狗娘养的崽仔！"随着一阵喊杀声浪，陆战队一阵枪弹齐发下去，在弹雨喷射下，眼见冲在最前面的保安团敢死队倒下一大片，没有被打死的也像倒退的潮水一般连滚带爬着回去了。

夕阳西下，枪声暂时停息，但见暮云横空，落霞散绮，昏鸦寻队，宿鸟归林。陈籍下令陆战队严守城头，防止保安团偷袭。他站在城头高处，借助落霞夕辉，双手举起望远镜观察保安团的动静。足足望了半个时辰，他眼睛一亮，心头狂喜，眼见得保安团阵地上稀稀落落的，东一堆，西一伙，估计保安团正在开膳。趁此机会，陈籍急速传令炮兵开炮轰击。随着“轰轰轰”的几声炮响，敌群中顿时腾起数道烟柱，直冲上半空，当场击毙保安团官兵数十人，剩下的惊魂未定，抱头四处逃跑。

保安团虽然受损失，但是实力还是比较强。第二天一早，黄固、樊宗迟和翁照垣等人重整旗鼓，饱餐一顿以后，又来个倾巢出动。在凌厉的号角声和喊杀声中，又杀气腾腾地反扑过来。保安团穿着米黄色的军服，刀枪锃亮，煞是威风，加上敢死队为前驱，一下子攻下了府城附近的许多居民点。陈籍意识到这样相持下去，陆战队的粮食、弹药和辎重等供应都成问题，因此，几次去电向大哥陈策报告情况，催促援兵。陈策得到告急电报，即令参谋长陈鼎带领两个陆战营兵力，用军舰急运往琼崖，然后在文昌县铺前港登陆，迅速向海口急进，抄其后路。陆战队与留守在海口市的樊宗迟部保安团一部发生战斗，并将其击败。与此同时，驻扎嘉积的陆战队第二营王运华部也连夜急行军，当天赶到府城增援。陈籍看到两路援兵相继赶到，顿增勇气，随即率领部队出城与援军合兵一处，布成钳形阵势向保安团猛烈反攻。

正在坐镇指挥的保安团第一团团长黄固和第二团团长樊宗迟得报说，陆战队二路援兵已经赶到，并攻击海口，断其退路。二人惊慌失措，慌忙下令撤退，回救海口。但此时军心已涣散，一经移动，即溃不成军，争相逃命。黄、樊二人弹压不住，看到败局已定，不由得长长地嗟叹数声，各自逃生去了。余下的残兵败将也奔向海口港，争相搭船出逃，上不了船的均被陆战队收容改编。至此，陈籍大获全胜。陆战队虽然获胜，损失也不轻。

陈籍望着一行行排列在一起的陆战队士兵和无辜平民的尸体，咬牙切齿地痛骂保安团造孽，痛恨之余，又迁怒于海口商会副会长何位川，叫骂道:“哼！姓何的，老子今天就枪毙他！出一出这口恶气，解一解心头之恨！”说毕，马上派人潜入海甸岛，将何位川逮捕枪决于海口。

此事被在广州的蔡廷锴知道了，他早年在海南时与何位川曾是好友，现在惊悉噩耗，特地为何先生题写了墓志铭，称何位川被杀是“奸人”所为，死于无辜。

却说国民党海军第四舰队司令兼琼崖警备司令陈策吞并了驻琼保安部队

黄固、樊宗迟两团人马之后，正春风得意，做着“海南王”的长治久安迷梦之际。哪知道好景不长，“二陈”联手的蜜月过不了多久，陈策也与陈济棠发生了不可调和的矛盾，最终导致军事火并。

1931年11月18日，粤方国民党第四次代表大会在广州召开，孙科任主席。在大会行将结束时，由于广东地方派势力与孙科的“太子派”分裂，因此在大会上大出打手，闹得一塌糊涂。

陈济棠决定借此机会对孙科发难，继而赶走孙科，达到独霸广东的目的，因而四处煽动反对孙科。

12月上旬，孙科又利用快要取消的广州国民政府会议，取得大多数委员的支持，违背陈济棠的意志，通过决议划分琼崖为特别行政区，直属国府管辖，理由是琼崖“比较不易受军事影响，是为三民主义之试验场”。这一提案，不但分割了陈济棠独霸广东的地盘，而且使陈策的海军系统进一步摆脱了陈济棠的控制。

1932年孙科已赴南京担任国民政府行政院长，在他的授意下，陈策等人散布舆论，说是海军指挥权应归属中枢，听命中央，以示不愿接受陈济棠的处理。陈济棠针对陈策的企图，也据理力争说：“广州国府取消后，广东海军军饷既由广东供给，理应归属第一集团军。”争来争去，相持了三四个月之久，后来，蒋介石为了稳住陈济棠，故而同意了他的要求。

4月下旬，陈策以事前未经西南军政委员会同意为由，奋起抗争，命令“中山”“飞鹰”等舰开往海口，与陈籍的陆战队相结合，实行独立反抗。

5月3日，上层指责陈策在海军吃空额、偷运鸦片、走私盐巴，毫无军纪等。陈策拍案而起，进行争辩，但陈济棠置之不理，强行将海军总司令部划入第一集团管辖，免去陈策的职务，由邓龙光为海军司令。海军按照陈策的命令进行总戒严，反对接收，遂与陆军发生了冲突。陈策又命令停泊在省河的各舰开往黄埔集中，然后部分开赴唐家湾，部分开往琼崖。陈策则以治病为由转赴香港，将海军的指挥权交给盟弟陈庆云。陈济棠见陈策不服管制，为取得中央支持，忙向回到南京的国民党上层报告。为了拉拢广东势力，国民党上层支持陈济棠。这样一来，陈济棠更加有恃无恐，打着中央的大旗，名正言顺地讨伐陈策的海军。他派香汉屏、陈汉光两部往南开进，以备攻击琼崖。

陈策则针锋相对，宣布在海口设立海军行营，同时通电反对陈济棠强迫改编海军。陈济棠再次主持西南军委员会开会，准备讨伐陈策。他委任陈章甫为琼崖公署委员。

6月中旬，陈章甫去雷州指挥进攻海南岛，空军邓粤铭率第一大队飞机10架配合，7月7日，粤军缪培南、陈汉光部继续向南推进，并与陈籍部海军发生激战。继而陈济棠派广东空军中队长丁纪徐率机狂轰滥炸停泊在海口港的陈策部海军行营的"飞鹰""福安"两舰。

"飞鹰"舰是刚从外国进口不久，吨位大、钢板厚、火力强、性能较先进，却被广东空军中队长丁纪徐架机轰炸，中了几颗炸弹后沉没，大部分官兵葬身鱼腹，舰长潘文治跳水生还。"飞鹰"舰被炸沉之后，舆论大哗，海外华侨纷纷致电陈济棠，谴责其自伤国力。

广东海军危在旦夕，驻扎在琼崖的海军陆战队4个团7000多人都有全军覆没的危险，陈策心急如焚，他多么希望有人出面调停啊！

7月10日，蔡廷锴同意出面调停，决定支持陈策的琼崖海军陆战队及"中山""海琛""福安"三舰去闽编入第十九路军，琼崖由陈济棠派陈汉光接防，所逃港各舰艇交第一集团军。这个折中处理的方案，使陈策、陈济棠都表示同意。自此，陈籍指挥的驻琼崖的海军陆战队，分散编入或补充到第十九路军的各个部队。陈籍和郑兰鹤分别任第十九路军司令部参谋。后来，陈籍被调到中央军事参议院任少校咨议，郑兰鹤任第十九路军补充团上校团长。

此后，风云一时的琼崖海军陆战队便烟消云散了。

这便是：互相斗狠狗咬狗，全无相让狼斗狼。

第三十七篇

陈汉光过海围剿红军　王文宇下山血战白匪

陈汉光，广东省防城县（今属广西）人，初在桂系李易标部队中当兵，后入黄埔军校第二期受训，历任国民革命军连长、营长、团长，第六十六军一六零师师长、第四十四师警备旅长。转后投靠国民革命军第一集团军总司令、号称“岭南王”的陈济棠。陈汉光与陈济棠认了宗亲，两人遂以叔侄相称，得到器重后担任该集团军独立第一旅中将旅长职务。

陈汉光身材高大，四方脸、络腮胡，两道浓眉下有一双露着凶光的大眼睛。他 40 岁左右，年富力强，且精力充足。

根据广东省南区绥靖公署军务处林廷华搜集琼崖苏区和红军方面的情报称: 琼崖红军王文宇部独立师兵力有 3 个团，计 2000 余人; 武器多系旧式步枪，没有重型机关枪。只有几挺手提冲锋枪，手榴弹也很少。各县、区、乡的赤卫队人多枪少。红军分别部署在琼山县羊山地区、定安县的母瑞山地区和万宁县的六连岭，以及乐会的阳江一带。琼崖苏维埃政府驻扎在琼东县的平坦、烟塘等地。以上区域均为山林茂密、山岭绵亘地带，大部队兵力均难以展开与运动。根据以上情报，陈汉光决定对红军采取“分兵个别围攻而歼灭之”的战略。即运用速战速决的战术，对红军实施第一阶段的“围剿”。

在第一阶段“围剿”作战部署中，以营为战术单位，而警卫旅所属的营、连、排长等多为追随陈氏的传令兵、马弁提拔起来的，所以他的命令可以直接下达到基层作战单位，可收到行动迅速适应战机“速战速决”的效果。他只要看着地图，就用名片下达作战命令，指挥部队向琼崖苏区和红军的根据地全面展开攻势。

其兵力部署如下：

一、第一团团长陈玉光率领第一营莫福如部、第二营班德卿部和第三营陈廷辉部向母瑞山地区搜索前进；

二、第二团团长何宝书率领第一营叶百顺部、第二营韦卓升部向羊山搜索前进；

三、第二团第一营张国成部、第三团第二营陈汉英部向平坦村搜索前进；

四、第三团团长彭智芳部第三营严建部向烟塘搜索前进；

五、第三团余部则驻扎在大路镇作为预备部队，存储粮弹，以备急需之用。

陈汉光分拨已定，各路人马杀气腾腾地向琼崖革命根据地“围剿”而去。

且说琼崖红军方面，当时除各县、区、乡苏维埃政府直接所属的地方赤卫队以外，正规武装就是中国工农红军第二独立师。面对敌人的悍然来犯，广大红军战士无不义愤填膺，皆欲与敌人血战到底。中共琼崖特委书记冯白驹迅速召开紧急会议。会上他要求各个根据地军民英勇抗击敌人的“围剿”，保卫根据地，保卫苏维埃政权。

当时，琼崖红军分别驻扎在琼东县第四区、乐会县的平坦、万宁县的六连岭、定安县的母瑞山、澄迈县的羊山和琼山县的第十九区等一带。琼崖特委、琼崖苏维埃政府和红军第二独立师师部，以及红军第一团300余人则驻在琼东县第四区。

8月1日早晨，陈汉光部第二团何宝书部八九百人首先向羊山苏区发起进攻。羊山苏区位于琼山、澄迈两县交界，有琼崖红军独立师第二团许丁光部600余人以及赤卫队、女子军、工农武装300多人驻守，距离海府最近，对敌人中心统治区域构成威胁也最大，故而首先受到敌人的攻击。陈汉光为了鼓舞士气，亲自到羊山北坡崖督战，同时为防止羊山的红军撤向西南面的儒郭山区，又调来该部第二团副团长何乐同率领团部直属队700多人围攻儒郭苏区。敌人凭借着优良装备，动用迫击炮开路，以密集的机关枪火力向红军阵地猛烈攻击。

这时，驻守在羊山苏区的红军第二团许丁光部和赤卫队、女子军、工农武装等依据有利地形，奋起还击，红军经过4个小时的激战，虽然也给予敌人予以打击，但终因敌我力量悬殊，伤亡惨重，大部分指战员伤亡殆尽，余下人员被迫撤往羊山一带纵深处据险坚守，后来在敌人多层包围、多路压迫之下，100多名战士在团长许丁光的带领下突出重围，向东路寻找特委和红军师部去了。

敌军攻占了羊山苏区根据地之后，陈汉光又于8月2日集中兵力，以该旅第一团陈玉光部为主力，以第二、第三团各一部计1600余人，兵分三路从定安县向琼东县平坦苏区发起疯狂进攻。

此时，中共琼崖特委、琼苏政府和红军独立师部驻地——琼东县第四区益平乡也受到敌军的威胁。琼崖特委书记冯白驹、琼苏政府主席陈骏业和红军师长王文宇等人都聚集在这里，情况十分危急。为了保卫琼崖特委机关和琼苏政府，师长王文宇立即组织部队英勇抵抗白军，战斗打得非常惨烈。敌军以飞机配合炮兵联合作战。敌机飞得很低，机翼几乎擦着树梢飞过，只见尾巴上掉下来一颗颗炸弹落在阵地上，火光一闪，几声巨响，红军战士被炸得血肉横飞，有的被炮火炸断了大腿或者断了手肩；有的被炸得血肉模糊，遍体鳞伤。接着敌人又用迫击炮轰击，一炮下来，落在工事里，“轰然”一响，连机枪带人被炸得人亡枪毁。打到最后终因敌强我弱，红军渐渐处于劣势。战至第三天，红军已死伤了几百人，有的阵地上一个活的都没有了。

在此种情况下，冯白驹召集特委成员符明经、王业熹、林树芹、陈玉侯等人研究对策，大家议论纷纷，认为目前敌强我弱，虽杀敌一千，却自伤八百，主张不宜死拼硬打，而是应当保存革命实力。

这时，冯白驹的脑海里浮现出当年国民党第十师蔡廷锴部来海南“剿共”时，王文明书记率领一部分党政机关转移到母瑞山坚持革命斗争的情景。于是说道：“当前形势危急，我们应当把琼崖特委和红军师部转移到定安县的母瑞山上去，为的就是保存琼崖革命火种，积蓄力量，以利再战啊！”大家经过一番争论，最后特委会议决定：“我们要重新上母瑞山坚持斗争。”

嗣后，琼崖特委机关、琼苏政府和红军师部及其红一团，女子军特务连等单位分别从琼东县第四区经牛探岭、苦瓜山向定安县境内的母瑞山根据地移动。

红军队伍沿着崎岖不平、蜿蜒曲折的山路悄悄地行进着。秋月斜照，银光如水，洒落下来照在战士们背着的枪刺上、大刀上，闪烁着耀眼的光芒，简直像一支滚滚的铁流在奔涌、在行进……

“向后传令，快！快跟上！”指挥员发出命令。

“快！跟上！”战士们互相传递着。

夜色掩盖下的山路模模糊糊的，为了争取时间和行军速度，他们手拉着手，心连着心，首尾相衔，紧张而有秩序地行进着。有人脚下踩了空，一个趔趄跌倒在地，立时被后面的人拉起来；有人撞在马的屁股上，被踢得龇牙咧嘴；也有人碰在伙夫的挑筐上发出“叮当”的响声……

当琼崖特委和琼苏政府等机关单位撤至定安县的马鞍岭时，被驻守这里的敌军发觉了，大批敌军追赶上来。为了掩护领导机关的安全，决定留下红军第一团第一营卢琼科部和女子军特务连阻击敌人，掩护特委机关和琼苏政府安全转移。

此时，女子军特务连干部也进行了调整，连长庞琼花调外任用，由一排长冯增敏接替；二排长庞学莲和三排长黄墩英调到师部军政学校学习，后来调任女子军特务第二连连长、指导员等职务，其缺由卢赛香、李昌香、曹家英继任。

红军独立师长王文宇、政治委员冯国卿命令：“红军第一营扼守大路；娘子军连在马鞍岭守住路口，坚决顶住敌人，没有命令，战至一人一枪一弹，也不准撤退！”

最后，王文宇又单独交代娘子军连：“要及时和师指挥所取得联系，情况紧急时要迅速报告。”

娘子军连新任连长冯增敏和指导员王时香听罢交代，立即向师长行了个庄严的军礼，响亮地回答：“明白了！”

入夜，初秋的明月高高地悬挂在半空中，月光泻下了银色流光，清晰地辉映在红军男战士们的脸庞上，显得更加坚毅与果敢。椰风轻轻地撩拨着娘子军战士们的鬓发，使得女兵愈加美丽动人。今晚，这些战士们就要用战斗来保卫苏维埃政权！就要用生命来保护革命根据地了！

次日，白匪军蜂拥上来了，红军第一营营长卢琼科大喊一声："战士们，白军上来啦，打啊！""打啊！狠狠地打这些白狗子啊！"战士们也大声回应着。霎时间，红军战士们的长短排枪一齐开火，子弹像骤雨般喷射过去，打得敌人死的死，滚的滚，逃的逃，败退下去。

过了一会儿，敌军重整旗鼓，以轻重机枪向红军阵地上射来，打得树林"噼噼啪啪"地作响，枝折叶飞，阵地上腾起团团浓烟。旋后白军又大喊大叫着猛攻上来了。红军营指战员们又全速投入了激烈的战斗。

红军营长卢琼科指挥营战士们迅速跃入工事，举枪射击，打死许多敌人，遏住了敌军的凶焰。刚过不久，敌军又集结着冲上来，比上回来得更加猛烈，而且搬来炮兵开炮狂轰滥炸，红军阵地上一片火海，工事都被炸平炸烂了，有的连工事都炸没了。

这时，敌军认为红军没有大炮掩护，机枪子弹有限，乃再次壮着胆子冲上来，并改变战术，三个一群五个一伙，以减少打击目标。红军战士看见敌人改变了战法，也以分散对分散的方法，分路出击，一次又一次的打退了敌人的进攻。

娘子军连的女兵们也和男战士一样，在连长冯增敏的指挥下，狠狠地打击敌人。但是，由于敌军装备精良，且有飞机大炮助战，使红军伤亡相当严重。她们作好了牺牲的准备，誓与敌人战斗到底，在每人留下一颗光荣弹后，即将所有的子弹全部集中到神枪手陈月娥手里，一枪一个，弹无虚发，打死打伤许多敌人。

不久，敌人发起第三轮进攻，娘子军连的防守眼看就要顶不住了。在这千钧一发的时刻，红军第二独立师师长王文宇不顾自身的安全，带着 4 名战士返回来同娘子军并肩作战，王师长亲自操起一挺机关枪，朝着疯狂冲上来的敌人狠狠扫射，打得冲在前头的白匪军倒下一大片，没被打死的又掉头溃退回去了。

娘子军连续打退了敌人的两次进攻之后，弹药差不多用光了，战士们用石头、木棍当武器和敌人拼，直到第四天，琼崖特委和苏维埃政府机关等单位已安全转移，而且阻击的目的已经达到，因此，决定留下一个班打掩护，其余的人员撤退。娘子军们都明白留下来意味着什么，但还是争着留下来，掩护别的战友撤退。争来争去，最后决定由二班长梁居梅带领着陈月娥、张泮英、张昌英、孙玉芳、许秋娘、许世蓉、欧继花、陈业花、陈俊娇等十人留下来。

但毕竟敌我力量悬殊，在弹药断绝的紧急情况下，班长梁居梅高喊着："姐妹们向我靠拢！人在阵地在！拿枪杆和敌人搏斗！"

经过激烈的战斗和肉搏，娘子军们全部牺牲在阵地上。残暴的敌人脱光她们的衣服，让不该暴露的部位裸露在光天化日之下……

紧接着，撤退到牛探岭的娘子军又被敌人包围，在与敌周旋并激战了两天之后，娘子军无法突围，牺牲过半，突围一些，被捕一些。后来，连长冯增敏等人经过六七天的艰苦辗转，撤退到母瑞山上与红军师长王文宇会师了。

红军撤走后，敌军第三团团长彭智芳率部攻占了平坦村，俘获了曾任琼崖苏维埃政府主席陈骏业。陈骏业被俘后变节投降，写了臭名昭著的"自白书"。陈汉光利用这个事实，亲自带着陈骏业巡游海南各县、区、乡、墟镇去进行反共宣传，企图瓦解红军战士和人民群众的斗志。

8月8日，敌军又集中了4个多营兵力，在飞机和大炮的配合下，向母瑞山革命根据地发起猖狂进攻，陈汉光还亲自到文曲墟坐镇指挥。红军则利用母瑞山的险要地势与白匪军展开了决战。敌军一个连进入伏击圈，即遭到红军的打击，消灭其大部，缴获迫击炮两门和一批武器弹药。其后，敌人又集中更为强大的兵力进攻，并以飞机大炮助阵。有的红军战士没有见过飞机，没有见过炸弹，见到空中一只怪物呼啸着俯冲下来，丢下一个个铁蛋，轰然作响，炸得人们血肉横飞，尸骨无存。继而以大炮狂轰滥炸，敌军终于突破了红军的防守阵地，攻入母瑞山革命根据地，疯狂烧杀掠劫，大肆破坏红军机械厂、红色医院、粮食加工厂和红军农场等基础设施，使特委、琼苏政府机关和直属单位失去场所而无法正常工作和活动了。

由于母瑞山根据地被敌人占领，物资抢劫一空，粮食奇缺，无法坚守下去，于是特委、琼府机关在红军师部以及红一团的护送下从母瑞山转移到东安的乌榄湾、合水湾森林地带继续坚持斗争。

8月15日，陈汉光接到密报得知琼崖特委、琼苏政府机关和红军师部撤到东安之后，马上调集4个营1500多人马从四面八方向红军围攻过来。琼崖特委书记冯白驹、琼苏政府委员长符明经、秘书长王业熹和红军师长王文宇、政委冯国卿、参谋长郭天亭等人率部于乌榄湾西南面与来犯之敌作战，甚是激烈，红军无法阻挡敌人的猖狂进攻，乃决定从三十六总岭方向突破重围。但由于双方处于短兵相接状态，突围时敌方火力太猛，红军指战员接二连三地中弹倒地，或落入水中溺死。这样，红军伤亡人数激增，损失惨重。冯白驹、符明经、王业熹只得带领琼崖特委、琼府机关和警卫连100多人边打边撤退，然后返回母瑞山。

再说王文宇、冯国卿、郭天亭等率领红军独立第二师师部和红一团的余部撤回到牛探岭一带。但在转移过程中又遭到敌人的围追堵击而受到损失，于是再返回母瑞山与冯白驹会合。

母瑞山是个地势险要去处，山陡林密，群峰起伏，拱卫着这座革命的摇篮。冯白驹、符明经和王文宇、冯国卿等人再次在母瑞山上会合后，红军立即据守各条山路及隘口，严阵以待。

9月，敌军警卫旅长陈汉光、副旅长黄国梁和参谋长吕承文再次调集各团兵力和警卫队、民团等，把母瑞山层层包围起来，并在四周围修筑碉堡、岗楼、工事等军事设施，企图封锁与困死红军和共产党人。同时，敌人为了断绝人民群众对红军的支援与接济，大力推行保甲制度，强迫群众移民并村，迁移到堡垒式的中心村子里，使母瑞山周围广大地区变成“无人村”。他们还采取“剿抚兼施”的政策，把被俘后投敌变节的陈骏业拉来进行宣传，妄图从政治上瓦解在山上坚持斗争的人们。

陈骏业，又名陈百良，系琼东县烟塘镇梅岭村人，出身于富农家庭，学生时代曾参与过传播新文化活动，后赴上海南方大学读书。在学校中，他接受了各种社会思潮的影响，形成了反动的政治观点以及唯我主义的人生观。他曾经著文宣扬埋头读书、不问政治的观点，在琼崖知识青年中引起各种不同反响。这些论点遭到杨善集和一些进步知识分子的抨击，特别是对其所宣扬的改良主义和无政府主义及“政治危险论”等错误观点进行了批判。

1926年，陈骏业从上海回琼后，正值国共合作，国民革命风暴席卷琼崖，他善于窥伺方向，趁着革命的潮流，参加国民党琼东县党部工作，担任国民党琼东县党部常委职务，并凭着投机取巧的本领，当上了琼东县中学校长。在学生面前，他伪装进步，假意支持学生革命活动。那时各地发生了“择师”学潮，嘉积市省立十三中学校长张韬被驱逐。陈骏业看到学生运动声势浩大，认为时机已到，有利可图，便四处活动，代表琼东县国民党党部登台讲演，言辞激烈，遭到当时琼崖《民国日报》主编吴国鼎的抨击，而他却由此捞取了支持学生运动的美名。由于他表面上异常激进，琼崖“4·22”政变后，国民党把他列为主要抓捕对象，他只好跟随共产党撤退到农村，不久加入了共产党。1929年，陈骏业凭着当时已经取得的声望，担任中共定安县委书记，继任琼崖清理逆产委员会主任。后来跟随王文明走上了母瑞山。1930年王文明病逝后，鉴于陈骏业当时的地位，组织上指定他暂时代理琼崖苏维埃政府主席职务。8月，在全琼工农兵第二次代表大会上，陈骏业当选为主席。迨至1931年初，在反“富农路线”中，因陈骏业出身富农家庭，加上工作消极，毫无建树，被解除了第二届琼崖苏维埃主席职务，由符明经代理。3月18日，琼苏第三次工农兵代表大会，正式选举符明经为琼苏政府委员长。

此时的陈骏业阴怀疑忌，借口身体有病，滞留在家，他被捕后经不住考验，在陈汉光的诱惑下叛变了革命，投入敌人营垒。陈骏业为了表示自己和共产党彻底决裂，在敌人看押期间，写下了臭名昭著的“自白书”。陈汉光大为赞赏，题名为《琼崖共党首领之自述》，并亲自作序，广为印发。尤为可恶的是，陈骏业尽其所知，将中共琼崖党组织系统、重要干部、党的策略、红军实力及分布，乃至交通线联络点等情况全盘报告敌人，使琼崖党组织遭受重大损失。陈骏业叛变后，陈济棠封他为“广州国民特别感化院院长”，以其作为样板，经常利用他原在共产党里的地位，进行反共宣传和策反工作，策动革命队伍里一些意志不坚定的人叛变或脱节革命。

敌人在玩弄政治手段的同时，又对母瑞山实行军事进攻。激战不分日夜地持续了十几天，白军无法攻下母瑞山，但也无撤退的打算，战斗还要残酷地延续下去。在敌军的重重围困之下，冯白驹、王文宇等率领红军在山上与敌人边作战边周旋了一段时间后，因匪军分片搜山，轮番进攻，红军伤亡愈来愈大，粮弹也愈来愈缺，处境极为困难。

在这危急关头，冯白驹主持召开了特委紧急会议，参加会议的人员有琼崖特委书记冯白驹、琼崖苏维埃政府委员长符明经、秘书长王业熹、红军独立师长王文宇、政治委员冯国卿、参谋长郭天亭、琼崖特委共青团书记冯裕深等人。

会上研究了当前的情况与对策后认为：敌人竭其全力来围攻我们，目的在于与我决战。如果我们全部长期死守母瑞山，就是再守一个时期，再消灭一些敌人，只要这样孤立困战，最后必陷于绝境。因而决定由王文宇、冯国卿率领红军主力突围，分散敌人的注意力，击破敌人企图把我们围困在母瑞山上彻底消灭的阴谋。

接受突围任务后，红军师长王文宇、政委冯国卿于9月20日夜晚带领红军队伍摸黑下山，同行的还有女子军特务连。指战员们冒着霏霏秋雨，顶着瑟瑟秋风，一路上跋山涉水，分成四路冲出敌人3个团的五层封锁线，向南部方向转移。当部队突围来到万泉河下游双滩渡口时，由于连日大雨，万泉河上游河水暴涨，因此防守双滩渡口的敌军较为大意，放松了警惕。

王文宇乘机率部渡河去乐会县的中平仔、文魁岭一带与红军第三团王德春余部，以及娘子军第二连黄敦英、庞学莲部会合。

不久，敌人发觉母瑞山上红军主力已经突围，陈汉光立即抽调两个营兵力追击红军，在母瑞山南端的文魁岭、南排岭、云连岭、龙角岭、排山岭一带与红军主力遭遇发生激战，使红军损失惨重，伤亡殆尽，再也无力对抗强敌了，于是便转入山林深处同敌人周旋，在坚持了2个月左右之后，因弹粮两绝，大部牺牲或者失散，全师几近覆没。

且说娘子军被包围在山岭上与敌军周旋并激战了两天，结果无法突围，牺牲过半。如女子军第一连指导员王时香、连长冯增敏、第二连连长黄墩英、指导员庞学莲和琼崖妇女干部庞琼花、蒙汉强、王学英、林尤新等均被俘，后被送广州国民特别感化院囚禁。冯增敏被监禁5年，出狱后又找到党组织，继续革命；指导员庞学莲出狱后，嫁给良民百姓，过上平淡的生活。这是后话。

再说琼崖红军第二独立师师长王文宇和参谋长郭天亭率部经与敌军血战数月，身边仅存10余名战士，突围后向白水磜转移，半途中又遭到白匪军的伏击，郭天亭身受重伤，被捕牺牲。王文宇在遭到伏击时腿部也中弹受伤，但他仍然坚持战斗，当冲出敌人的包围圈时，身边只有警卫员王信了。他们在山林里躲藏了一段时间，待敌撤退时，才于夜间潜回琼东县第四区长尾堋村的一间破屋子里。长尾堋村经过敌人的洗劫已空无一人，荒凉得很。王文宇经过匝月转战，体力消耗很大，加上腿部受伤，已被折磨得形销骨立，两颊瘦削，满腮胡子，长发披肩，衣服也被荆棘划破了，衣不蔽体。此时已是隆冬时节，两人又饿又冷，王文宇便派警卫员王信到附近寻找食物。王信连夜潜回老家，经不住老母和长兄的劝说，竟连夜去向敌人自首，出卖了王文宇。

陈汉光得到这个消息，连夜派第三团团长彭智芳带兵随同王信一起去抓捕王文宇。哪知王文宇派王信寻找食物，等待了一段时间，仍不见返回。他心下生疑，为防不测，便离开了长尾堋村，隐蔽在山林探视动静。果然不出所料，他借着朦胧的月色望见王信归来时，还有一队黑乎乎的人影紧随其后，便急忙转移到别处。敌人袭击长尾堋村破屋扑空后，便层层包围了长尾堋村一带。次日晨间，敌旅长陈汉光抵长尾堋村，亲自出马督促通山搜查未获。

原来，王文宇躲避过白匪军的搜山之后，又费尽周折，潜爬到龙山碉堡附近的小山，乘着夜色沿着小溪潜出敌人的防线，来到山佳寮村附近的山林里躲藏，准备夜间再摸黑转移到六连岭根据地。由于他几天没有进食，身上又中弹负伤，昼夜高速度奔走加之伤口流血过多，已是筋疲力尽，在山林里昏厥过去，结果被搜山的敌人发现掳去了。

陈汉光抓获琼崖红军第二独立师师长王文宇之后，欣喜若狂，连续燃放了几天的鞭炮“庆祝剿匪胜利”。他认为大功告成，乃电告陈济棠报捷。继而将王文宇押上囚车送往府城监狱，严加监守。

一天，陈汉光带着旅部参谋兼海南话翻译官林荟材提审王文宇，当问到姓名、籍贯、职务及是否中共党员等时，王文宇未予回答。

陈汉光问：“王文宇，你是不是照实招供？”

“我是一名红军战士，为革命而生，为革命而死，招什么供？”

“你可以拒绝回答，但会有人替你答复的。”陈汉光说毕便向监狱长挥一下手：“带上来，让她们指认指认吧！”

不大一会儿，监狱长令几个狱警带着两名变节的女囚犯出来。

陈汉光用广东话问道：“这个人你们认识吗？”

翻译官林荟材马上用海南话翻译一番：“旅座问你们，认识这个人吗？”

“你们指认了，免你们死罪，若不指认出来，也同他一起枪毙！”陈汉光眼中露出凶光，恶狠狠地恐吓道，“你们到底想死还是想活？哼！”

林荟材又用海南话翻译一番。

变节的囚犯吓得软瘫在一旁，口里嚅嚅地颤动着，片时才支支吾吾地说：“他……他是……是我们的师……师长。”

王文宇侧目而视，怒骂道：“软骨头！无耻！”

“王文宇，你还有什么可说？”陈汉光得意扬扬地问道。

王文宇昂头哈哈大笑，毫不惧色，反守为攻，嘲弄着道：“既然如此，我是师长，你是旅长，那么你作为下级，就应当由我来审你：陈汉光，你为什么要来琼崖镇压革命？”

陈说：“你是共匪，我是国军，你没这个资格……”

王文宇义正词严地反驳道：“真正没有资格审判的才是你们，因为你们违背了人民的利益，违背了孙中山先生的新三民主义政策！将来人民一定会审判你们的！”

陈汉光被王文宇嘲弄和驳斥一阵，又羞又恼，只好喝令将王文宇押下去。

1933年1月5日上午10点钟光景，两行白匪军荷枪实弹监押着王文宇游街进行“示众”。王文宇骑在一匹枣红色马上，手上戴着镣铐，胸前背后都挂着一块木牌子，牌上用毛笔写着“匪首王文宇”的字样，“示众”的队伍一条街接一条街地走游着。王文宇昂首挺胸，每过一处，他都向拥挤在街道两旁的群众点头致意，表现了一个共产党人视死如归的高尚品质。

在监狱中，开始敌人企图用大摆酒席、设宴招待以及美人计等手段，诱降王文宇。

一天晚上，陈汉光大摆宴席招待王文宇，并请来部下团长和许多社会名流陪席，其中还有几名妖艳的美女作陪。

陈汉光手拿着一只高脚杯，斟了满满的一杯法兰西白葡萄酒，走到王文宇跟前，干笑着说："王师长，你受委屈了，兄弟敬你一杯酒，权当赔罪啦！来，干杯！"

王文宇白了他一眼，愤愤地说道："陈汉光，你少来这一套吧！"

"王先生，莫要敬酒不吃吃罚酒。你是明白人，可知道顽固到底的后果是不堪设想的啊！"

"那又怎么样？大不了一死耳！共产党人为革命、为自己的理想而死，比起你们这些害人的恶魔来说，强得多了！"王文宇轻蔑地看了陈汉光一眼，厉声说道，"告诉你，我们共产党人是杀不尽、斩不绝的！"

"我要惩罚你！"陈汉光歇斯底里地喊道。

"哼！你们疯狂，你们残暴，但最终是难以逃脱人民的惩罚！"王文宇反驳道。

当敌人嘲笑红军的挫折和王文宇被俘时，王文宇正气凛然地怒斥群妖："一个共产党员为革命牺牲，死无所憾！"

"嘿嘿！你们共产党人就喜欢假设与想象。现在又如何了呢？一如你们朱毛所率领的'共匪'队伍，不就是被蒋委员长派遣的几十万大军'围剿'得东躲西藏、溃不成军吗？"陈汉光脸上带着讥诮的口吻说，"当然，话又说回来了，如果真是那样的话，琼崖的历史又将改写喽，只能是另作别论啦！"

陈汉光的话刚说完，宴席上立即爆发出一阵"哈哈哈"的狂笑声。

王文宇听了特别刺耳，乃愤怒地呵斥道："陈汉光！请你不要高兴得过早，最后的笑声是属于人民大众的。总有一天人民大众会把你们这帮妖魔推上历史的审判台，受到严正的公审与惩罚！"说罢，他高声叫道，"送我回监牢，我要把这牢底坐穿！"

陈汉光见一计未成，又施一计，只见他朝副官嘀咕了一会，副官点头哈腰，退了出去。不大一会儿，身后跟进一位光彩照人的美艳少妇，袅袅婷婷地走近。

王文宇转脸一睇，但见这美妇姿容秀丽，云髻高拥，面如出水芙蓉，腰似迎风杨柳；俏眼含春，含情脉脉，樱口半开，瓠犀微启。更有一双纤纤玉手，丰若有余，柔若无骨，真个是如仙葩美玉一般。

那妖艳女子见王文宇睇了她一眼，误以为王文宇心旌荡动，赶快斟了一杯红葡萄酒，缓缓款步走了过来，娇滴滴地对王文宇说：“王师长，你受委屈啦！”说毕，举起酒杯向王文宇表示尊敬。

当晚，在陈汉光的指使下，那位妖艳女子奉命来到王文宇的囚室，妄想进行一番美色引诱。

你道那艳妇如何打扮？只见她着一袭月白色紧身旗袍，脚穿一双黑色高跟鞋，走起路来一步三摇的，愈显得双峰高耸，曲线分明，臀部高翘。当她走到王文宇跟前时，伸出一双玉手抚摸着王文宇瘦削的脸颊，假装同情地说：“王师长，他们不该这般对待你啊！”

王文宇转过脸，冷冷地说：“请你不必为我鸣冤叫屈，我很好的。”

“王师长，妹子敬重你一表人才，一条好汉，一位伟岸男子汉呀！”美妇口吐莲花，又偎近王文宇，尔后瞅准时机，趁着王没防备，乘势托起他的手往她高挺的乳峰上放去……

王文宇识破了妖艳女子的阴谋，喝道：“请你放自重一点，无耻……”

妖艳女子惊恐地缩回手来，但仍厚着脸皮说：“王师长，妹子敬重你是一位顶天立地的英雄好汉啊！”

“住口！妄想用美人计，没门！回去告诉陈汉光，他们看错了人了！”

“人生一世，草木一春，不过是贪图个人生快活。王师长，妹子真的弄不明白，你们共产党人为什么会有那般不怕苦不怕死的精神呢？”

“这般道理，你是弄不明白的，也许永远不会明白的！”王文宇义正词严地说，“滚回去吧，不需要你在这里啰唆了！”

“呀！”妖艳女子被惊吓得尖叫了一声，然后畏畏缩缩地退出了囚室，口里还是不停地嘟囔着：“我……我……真的不明白……这些共产党人就这么不怕死……”

敌人在对王文宇施展美人计碰壁之后，又对他施加残暴的酷刑。

在阴森潮湿的刑讯室里，4 个彪形大汉把王文宇按在地，反手把他捆绑在柱子上，然后用一块木板平放在齐膝弯曲处的大腿上，把两条大腿连同木板绑紧。两个狱卒一个一边用棍子扛王文宇的小腿往上顶，不断地在下面垫高砖块，叫作“生坐老虎凳”。

“王文宇，你肯不肯与我们合作？”长着满腮胡须，一脸横肉，生有两只鼓暴眼的军法处长梁述庵操着破锣似的嗓音问道。

“你们这些混蛋！只能摧毁我的肉体，决不能动摇我的信仰！”王文宇愤然地说道。

“加刑！”军法处长咆哮起来。

两个粗壮的狱卒闻声过来添加砖块，砖头越垫越高，膝盖似乎要折断了，王文宇全身抽搐，痛楚万端，仿佛五脏六腑都要被掏出来，冰冷的汗珠湿透了全身，疼痛使得他昏死过去了。

“泼水！”随着军法处长梁述庵的喝叫声，又有两名狱兵提来两桶冷水，劈头盖脸地朝王文宇头上身上倾泼过去，过了一会儿，王文宇又苏醒过来，睁着满是怒火的眼睛怒视着敌人。

“你到底还硬不硬？”又是一声破锣般的叫喊。

“共产党人死都不怕！还怕这点玩意儿吗？”

“哼，灌辣椒水！”

“是！”两名凶神恶煞的打手拿过一条铁管撬开王文宇的嘴巴，另一名端来一脸盆浓度辣椒水，再用漏斗将辣椒水顺着铁管灌进王文宇嘴里，呛得他不住地咳嗽起来，鼻涕、泪水直涌而出。

接着，敌军法处长连声吼叫：“烙铁板！”又有两名赤膊的刽子手跑过来，将一块巴掌大小的铁块烧得通红通红，狠狠地按在王文宇的屁股和背部，随着“滋滋滋”的几声，立时冒出一团烟雾以及一阵难闻的烧焦味，疼得他“啊”的惨叫起来，立时昏死，不省人事了。

敌人虽然用灌辣椒水与烙铁板等酷刑来折磨王文宇，但都无法令他屈服。

陈汉光气急败坏，亲自提审王文宇，还带来国民党《中央日报》、广州《国华报》和琼崖《民国日报》等几家报社的记者。

陈汉光骄横自负地说：“王文宇，请考虑你此时此地的处境，你承认不承认共产党已经失败了，只要你在报上发表声明，说明共产主义在琼崖已遭到破坏，我马上可以放你，甚至给你官做……”

王文宇没等陈汉光把话讲完，就满腔怒火地严词驳斥道：“陈汉光，闭住你的狗嘴！共产党和共产党领导的红军火种，正在全琼崖熊熊燃烧；共产主义正在人民心中扎根发芽，屠刀吓不倒我们共产党人！胜利一定是属于我们的！”

“你……你别这样死心眼儿，蚂蚁还惜命，何况人哩。”陈汉光被王文宇批驳得张口结舌，目瞪口呆，语无伦次，结结巴巴半天也说不出话来，“哼！这……这真是赤化透顶了……无……无可救药啦！”提审失败之后，陈济棠电令将王文宇就地处决。

1933年7月，敌人将王文宇押赴刑场。一路上，他向沿途的群众点头告别，继而慷慨激昂地朗诵起革命先烈夏明翰的一首诗歌来：

带镣长街行，告别众乡亲。

砍头不要紧，只要主义真。

杀了夏明翰，还有后来人。

在刑场上，王文宇大义凛然，视死如归，面对行刑队刽子手黑洞洞的枪口，坦然自若，毫无惧色，高喊革命口号，高唱《国际歌》，慷慨就义。时年34岁。

新中国成立后，澄迈县人民政府为缅怀王文宇烈士，于1958年秋修建了“王文宇烈士纪念碑”，以志纪念。并将烈士的家乡北雁乡改名为“文宇乡”（今为文儒），表示永久的怀念。

这正是：志士义愤拒诱降，英雄慷慨上刑场。

第三十八篇

母瑞山上红军受围困　定安城内白匪设毒谋

话说就在王文宇、冯国卿率领红军主力冒雨突围的那个夜晚，琼崖特委书记冯白驹和琼苏主席符明经、秘书长王业熹、共青团琼崖特委负责人冯裕深等人站在山头上，倾听着红军主力突围方向传来炒爆豆般密集的枪炮声，眺望着远处那拖着长长的红尾巴的曳光弹飞舞，他们的心弦绷得紧紧的，都在为突围的红军指战员的安危担忧！

第二天，天刚麻麻亮，下起雨来，迷迷茫茫的一派朦胧景象。冯白驹率领留守在母瑞山坚持斗争的领导机关的警卫连共100多人，冒着雨幕继续往母瑞山腹地撤退。日近中午时分，雨过天晴，太阳从厚厚的云层中探出脸来，温暖的阳光普照大地。山林间，只见一缕缕光线从密密匝匝的枝叶罅隙间照射下来，网织成无数个大大小小的美丽光影图案，点缀在深山老林中行走的战士们身上，斑斑驳驳的，美妙极了。

山脚已听不到枪炮声了，四野静悄悄的，母瑞山像一位慈祥的老母亲疲倦了，她要睡了。冯白驹和他的战友们仿佛依偎在慈母的怀抱里，享受着温柔母爱，好让那极度疲惫的身心尽快恢复力量。

第三天，冯白驹和符明经、王业熹等人爬上一处山峰，站在巨大的石头上，极目远眺，但见处处椰林成荫，高大猗郁的亚热带植物摇动着它那娇媚的枝叶，银光闪闪的万泉河匆匆地向东奔流，稻田绿如绒毡，林间村庄微露，美丽的海南岛，此时却看不到放牧的牛羊，望不见耕作的农民。

"嗒……嗒……嗒……"

突然远方传来一阵机关枪声，接着又传来密集的手榴弹爆炸声。

“那不是乐会吗？我们主力部队突围的方向呀！”冯白驹说着，用手指着远方。大家都朝他手指的方向望去，听见枪声更加激烈了，而且南面也传来了断断续续的枪声。

“莫不是队伍被敌人冲散了？”王业熹担心地说。

“你怎么尽往坏处想呀？”符明经放下遮阳光的手说道。

那时，即使是事实，大家也不愿往坏处想。冯白驹和留在母瑞山坚持斗争的100多人都把希望寄托在突围部队身上，祈愿他们早日送来好消息，他们就是这样盼望着，盼望着……

5天过去了，10天又过去了……每天的太阳照常从东山升起，又被西山衔去。冯白驹和同志们不知道多少次站在山巅上眺望、盼望、企望着，眼见得山岗、田野、村庄、河流也越来越模糊不清、暗淡无光了。母瑞山像负伤的村姑，凄然地偎依着五指山。周围的一切好像与冯白驹他们一样在悬念着突围的红军，思念远去的战友们……

这时，枪声又在山脚的村庄里响起来了。冯白驹拿着望远镜望去，一个村接着一个村腾起滚滚浓烟，大火喷向天空，一栋栋茅屋在烟火中倒塌。大地在燃烧，愤怒、仇恨的火焰在冯白驹的胸膛中熊熊燃烧着。

躺着看书的符明经与正在写日记的王业熹，以及替战士们缝补衣服的冯白驹妻子王惠周和红军炊事员李月凤等站起来，朝冯白驹指点的方向望去，只见山脚下、村庄旁、大路上，一队队的敌军用刺刀威逼着一群群扶老携幼的老乡，离开他们祖祖辈辈繁衍生息的家园。敌人在辱骂殴打村民，妇女和孩子们在啼哭喊叫。

看到这些，大家的心都碎了，攥紧拳头。一位排长和急性子战士吴天贵跑到冯白驹面前，后面还跟着一群战士，纷纷举着枪吵嚷着，要求冯白驹下命令，让他们下山去与敌人拼命。

冯白驹和符明经严肃地制止大家，耐心地解释说：“我们是领导机关，我们留在山上不是怕死逃命，而是要保存力量，领导全海南的革命，我们不能跟敌人一拼了事啊！”冯白驹望着愤怒的战士，十分理解他们的心情。此时，他只能劝他们各回原位，严密注意敌人的动静。战士们跺着脚散开了，眼前的忍耐，对大家来说都是非常痛苦的。

主力部队离开母瑞山快3个月了，冯白驹和山上的人还没有得到一点确切的消息，连随同红军主力突围给山上弄粮食的三爹也未回母瑞山，冯白驹和同志们心里十分焦急。

这些日子里，大批敌人在母瑞山穿林攀山进行搜索，又是鸣枪又是叫喊。由于冯白驹和大家都熟悉这里的每一条山沟、每一块岩石、每一条小路和那不见天日的莽莽密林深处，拖着敌人忽而山前忽而山后地打转转、捉迷藏。

有一天，大家分散隐蔽，冯白驹和符明经、王惠周、吴天贵和警卫员环忠等人躲藏在一个山洞里。洞子很狭窄，洞的周围长满密密麻麻的野藤竹子。这藤竹子简直就像野藤般满山满岭地疯长乱窜，互相交缠，形成一张又一张巨大的藤竹网，竹节上互生着喜鹊爪般的竹枝，枝上一簇簇翠绿色叶子，密密匝匝，遮天蔽日，成为山上动物们的保护网，而现在却成了战士们的天然藏身地。藤竹网下的山洞里阴暗潮湿，息集了一团一团黑色的花脚蚊子，闻到人腥味就黑乎乎扑来，嗡嗡声响如打锣，它叮咬在人的身上吮吸血液，脸上和手脚等裸露部分被叮得一个疙瘩连着一个疙瘩，奇痒难受，只要用手一拍，满手掌都是拍死的蚊子和斑斑腥血。由于天气闷热，吴天贵等人袒开衣襟，默默地忍受着蚊虫的侵扰。同时探听着敌人的搜山动静。

大家听到被搅动的藤竹丛发出“沙沙沙”的声响，由远而近，继而一阵阵脚步声清晰可辨。吴天贵和环忠守在洞口的藤萝后面，朝外窥探着，手中紧握着驳壳枪，食指扣在扳机上，屏息静观。他们看见一股敌人挥动砍刀往藤竹网上砍来砍去，好半天也砍不出一条野径来。许久之后才砍向山洞的方向过来。他俩心里十分焦急，几乎要动作起来。冯白驹连忙打着手势要大家镇定冷静，不到最后关头不轻易暴露目标。

稍会儿，只见走在前面开路的敌人挥刀砍山藤竹网时，那藤竹大多是被扭曲压弯，刀一砍断竹身忽然反弹起来，伤及后边搜山敌人的脸颊上，血流满脸，疼得“哇哇”嗷叫着。搜山的敌人见状，恐惧地退走。另一股搜山的敌人撞上了马蜂窝，马蜂乱飞乱舞，嗡嗡成阵，直吓得敌兵抱头鼠窜而去。

大家刚松了一口气，又发现有两个敌兵爬了上来，距离洞口只有几步远了。吴天贵已经把枪伸向洞口，做好战斗的准备。冯白驹急忙向他示意：“敌人不发觉洞口，就不准开枪。”

谁料这两个敌兵竟然在石洞顶上坐下来休息，不住地喘着粗气。

一个说：“哎！累死啦，整天在山上瞎转转，哪有共匪的影子呢。”

另一个说：“共匪神出鬼没的，来无影去无踪，个个都像孙悟空似的，说变就变。”

“共匪都是不怕死的，钻进这深山老林里躲起来了。”

“可不是吗，躲藏在这样的鬼地方，不是病死，就是困死，或者饿死啊！”

“我看用不了多久，‘共匪’就会自行消失！”

又是一阵皮鞋声响，接着是一声呵斥：“你们怎么坐下来啦？混蛋！是来剿匪，还是来歇息的？”

“报告营长，听说这里山头硬……很硬哩。”一个士兵刚说了一句，就被敌营长“叭”地掴了一个耳光，骂道：“混蛋东西，什么山头硬不硬的，哼……”

另一士兵抢过话茬：“是呀！长官，这儿山头的确硬呢，我们搜山时不是被藤竹弹伤，就是撞上马蜂窝，你说倒霉不倒霉呦。”

敌营长一听说撞上马蜂窝，不禁毛骨悚然，但也得虚张声势：“不准胡说，马上给我搜，共匪的师长都被人家抓到了。现在共匪首领冯白驹就躲藏在这山上。你们都是笨蛋，连匪兵也不给我抓到一个……”

敌军胡乱搜了一阵便走开了。

“什么？敌人抓到了王师长！”冯白驹听了刚才敌营长说的那句话，心里顿时紧缩起来。

等到敌人走了，冯白驹把敌人的话告诉了符明经，符明经连连摇头，不愿意相信这是真的……

傍晚，母瑞山又恢复了原来的寂静。冯白驹和大家走出山洞，与躲藏在他处的同志们在约定的地点集合，布置好警戒，女同志动手做饭，其他人有的擦枪，有的干点别的。王惠周和李月凤是最忙碌的人，打柴、挑水、淘米、挖野菜，还要用芭蕉叶把锅灶围起来，以免火光暴露。冯白驹和几个干部凑过来帮忙。

雨后的山林里，火可不容易生着。湿漉漉的柴草，尽是冒出刺鼻呛喉的白烟，就是不起火苗，李月凤、王惠周两位年轻女子，一边一个趴在地上，曲着身子，把头伸向三块石头架着的铁锅底，鼓着嘴巴呼呼地猛吹，火吹着了，她们也被浓烟熏得泪流满面。

饭做好了，炊事员李月凤要大家拿出椰子壳碗，一个挨一个地分饭。分到最后，锅底儿朝天了，她和王惠周用勺子刮下锅巴，加点水勉强应付。

夜间的森林里没有一点亮光，四周黑黝黝的，恍如钻在锅底下。附近不时传来几声凄厉的猫头鹰的啼叫，令人毛骨悚然。在敌人的严密封锁和围困下，母瑞山上的红军无法与山下的群众联系，因而山上的生活极端艰苦。

首先是缺乏粮食。冯白驹带领着 100 多人在山上没有吃过一顿饱饭，有时十几天都吃不上一碗稀粥，只好用野毛丹、山竹果、野葡萄、山橄榄、木奶果等野果来充饥。后来，野果摘光了，就以鸟食果腹，鸟儿能吃的野果，他们就摘来吃，这类野果吃光了，他们就挖山上的野菜，有一种野菜叫野茼蒿、安南菜，是海南山区常生的野菜。这种野菜有半尺多高，形状极像蚕豆叶，茎软叶嫩，吃起来感觉有一种特殊的气味，可口之极。大家每天摘它，顿顿吃它，还给这种野菜起了个名字——“革命菜”。

“革命菜”和别的野菜很快就挖光了，他们又以山芭蕉心为食。这山野芭蕉心虽能吃，但性寒，人吃多了会拉肚子，许多战士都因吃芭蕉心得了腹泻痢疾，缺医少药而病死。冯白驹看到这种情况，劝大家不要吃太多山芭蕉心。于是，大家改为凡是软嫩的树叶都摘下来放在嘴里咀嚼，如果感觉不苦涩的就咽下肚子里；没有盐巴，大家就动手用加冬树叶烧焦当盐巴，但这种盐巴不能久食。

一天晚上，月亮升起来了，银光般的月光从树梢映射下来，洒落在做晚饭的王惠周、李月凤和李爱花等几位女兵的脸庞上，显得格外的皎洁。战士们围在灶火旁边轻声哼唱着琼戏曲调。就在这时，山脚又响起了密集的枪声，划破了母瑞山的夜空。冯白驹和山上的人都紧张起来，以为是敌人发现了他们做饭的火光，便命令大家分散做好战斗准备。待到下半夜，枪声逐渐稀落，最后复归于宁静。

这时，山洞边传来了“悉悉”的轻微脚步声，而且愈来愈近，守在洞口的战士警惕起来，尔后一个箭步冲出去将来人逮住。

来人在黑暗中气喘吁吁地说：“不要误会！是自家人哪。”

“快说，你是谁？”

“我是三爹啊！”

“啊！三爹。”冯白驹如释重负，紧张的情绪烟消云散。

大家仔细一看，原来是总务三爹突破敌人的层层防线，背着满满的一袋粮食上山来了。

“啊！三爹，你辛苦了。”

“三爹，我们可把你盼回来啦！”大家叫嚷着。

三爹一进山洞就一头栽倒在地上，手中还握着短枪。冯白驹把他抱起来，只觉得他全身软绵绵的，发现他的左手被敌人打伤。大家一起把三爹抬进树林的茅棚里，王惠周给他包扎伤口，喂他喝了点水，让他的身体倚着岩石。冯白驹迫不及待地向三爹问起独立师长王文宇和政委冯国卿率领红军主力部队突围的情况。

三爹不答话，只是用手捂着脸，泣不成声，一行行伤心的泪水从指缝间透出来。

冯白驹太熟悉这个刚强的铁汉子了，有道是“男儿有泪不轻弹，只是不到伤心处”。多少年来生活多么艰难，环境多么恶劣，还没看见他哭过一次呢。

山上的人们都簇拥在三爹的周围，等待着最不幸的消息。过了好一阵子，三爹才用悲痛而低沉的声音叙述起红军主力突围受敌人围追堵截，最后绝大部分战士牺牲，部分人员被打散，师长王文宇和政委冯国卿都壮烈牺牲的经过。

“啊！”冯白驹和大家都低下了头，一阵难以忍受的沉默与悲伤在心头奔涌，有人在低声啜泣，有人抬头凝视着夜空中被一块块乌云遮住的月亮……

原来，红军独立师政委冯国卿带队突围时被敌人打散了，他带着一小部潜回家乡，并发动村中父老和广大群众坚持斗争。他鼓励说，现在我们突围出来是为了保存革命力量，发动群众继续支持革命；红军独立师虽然受到严重损失，但我们还有力量，革命的火种已经播遍全琼崖，是不会被敌人扑灭的，工农革命一定会成功的。父老们劝他暂且躲藏一下，避敌凶焰。冯国卿拿出驳壳枪坚定地说："我带这支东西，怎能躲避敌人？只要有时机，我就要消灭他们！"

1933年5月，正值夏稻开镰的时节，冯国卿带领一小队红军路过章宏坡时，遇上老百姓在田中收割早稻。群众看到他们，争相回家拿来糯米饭款待他们。为了躲避敌人的视线，他们住到南面青龙沟边的山林里。由于频繁地活动，当地民团有所警觉，暗中加强了戒备。一天早晨，雨过天晴，冯国卿和两名战士走出山林，将被雨水淋湿的被褥放在树枝上晾晒，不料民团头子冯应昌带了5名团丁暗伏在附近丛林里，当下向冯国卿他们开枪射击，两名战士受伤，冯国卿壮烈牺牲。

却说琼崖特委机关、琼苏政府及警卫连在母瑞山上坚持了一段时间后，大部分人员因为饥饿或者得病而死亡，仅剩下几十人了。冯白驹、符明经、王业熹等人商量后，先后选派三批红军小组下山，但皆无音讯。其中还包括冯白驹的亲弟弟冯裕深。最后再派琼崖苏维埃政府经济委员会主任冯建亚、红军行营副指挥李汉等带领第四批同志下山，仍然如石沉大海，失去联系。就这样，在母瑞山上仅仅剩下冯白驹、符明经、王业熹、刘天佑等四名干部和战士林茂松、吴天贵、环忠、林天德等20名战士，还有冯白驹夫人王惠周以及炊事员李月凤两名女性，共有26个人。

秋冬之际，霏霏淫雨整日地下着，母瑞山上到不到一块干燥的地方，冯白驹他们在饥寒交迫中坚持斗争。时间长了，他们身上的衣服成了打结连着的布条条，恰似俗话说的"串得钱不包得米"。大部分人的肩膀露在外面，有的光腚。王惠周和李月凤更是为难，只穿着裤衩。个个身上冻得发青发紫。有什么办法呀！只能像远古时代的祖先那样，摘树叶、剥树皮连接在一起，披在身上。男的披挂树皮像古代骑士的盔甲，女的穿起树叶衣就是名副其实的"百叶裙"了。大家穿着树皮衣或树叶衣来回走路，发出"沙沙"的响声，好像一群穿山甲。不！更似我国古代伟大诗人屈原讴歌的那一群精灵、不屈不挠的"山鬼"。

冯白驹率领着26人在母瑞山上坚持斗争，这时的他只有29岁，但是由于战火硝烟的熏烤，使他显得有些疲惫和憔悴，好像一下子衰老了许多。那张方型脸上颧骨突出，鼻梁也更加隆起，眼窝也更加凹陷下去了，眼睛显得大而深邃。此时，为了鼓舞大家的斗志，冯白驹还诙谐地说："敌人把我们关进了母瑞山这座炼丹炉里，我们都像孙大圣一样炼就火眼金睛，钢身铁骨，待来日冲破太上老君的炼丹炉，我们的神通就更加广大啦！我们也要像孙悟空一样，大闹天宫，舞动千钧棒，将那旧世界打它个稀巴烂！把天皇玉帝统统赶下地狱，换上人民大众来当家做主人！"

一席话，说得大家都"哈哈哈"大笑起来了。

那时，尽管野菜充饥粮，鹑衣遮身体，王业熹却一直带着竹笛子，战斗最紧张的时候，也不肯把它丢掉。而冯白驹和爱人王惠周则是喜欢哼上两三句琼戏。

王惠周出生于琼山县，生得娟秀，粗识诗书，比较喜爱琼戏，早年参加红军，是琼崖红色革命的五朵金花之一。1931年她与冯白驹结婚后，成为冯的得力贤内助。

早在1929年成立红军剧团时，冯白驹就写过一个琼剧小品《双朵红》，并且亲自粉墨登台，表演大受欢迎。

此刻，王业熹吹起笛子，那悠扬悦耳的笛声从笛洞内流淌出来，时而似流淌的泉水，叮咚作响；时而像奔流的涛声，汹涌澎湃；时而如奔腾的骏马，蹄声得得，曼妙极了。

随着婉转悠扬的笛声，冯白驹和王惠周双双唱开了琼戏《双朵红》。

符明经也连忙拿起竹棒敲击椰壳当作击乐……

他们在母瑞山上坚持斗争，苦中作乐，保持着高度的革命乐观主义精神。

话分两头。且说海南岛中部有座定安古城，自从国民党第一集团军警卫旅陈汉光部"剿匪"司令部移设在这里以后，每天都有被打散的或受伤被俘的男女红军战士，被他们押解到城里来。这些红军衣衫褴褛，形销骨立，负伤的战士走过的路上常有血迹。在临时作为"剿匪司令部"行辕的县衙门的高墙大院里，经常传出严刑拷打的惨叫声，还有敌人杀人取乐的狞笑声。敌人简直把定安古城变成了一座大监狱。

一个深秋的下午，秋风飒飒，落叶乱舞，定安城里突然实行戒严，“剿匪”司令部的全体官兵倾巢出动，列队到城门口像是迎候什么人。只见一支人数不多的军乐队在队伍前面吹吹打打，演奏迎宾曲；国民党第一集团军警卫旅旅长陈汉光全副戎装，昂头挺胸，走在队伍的前面，乌黑锃亮的长筒马靴踩在石板路上发出“咯咯咯”的声响，得意扬扬地看着参谋长指挥队伍演练迎宾动作。

不大一会儿，远处公路上扬起了尘埃，只见一辆像屎壳郎一样的黑色轿车，在随后几辆军车的护送下，出现在人们的视线里。副官们脸上露出喜色，轻声报告说：“来了！来了！”

轿车越来越近了，终于在欢迎队伍的前面戛然停住，车门开处，从车内钻出一个瘦长身材的人来。只见他身穿黑色云香绸缎长衫，头戴瓜皮小帽，手持文明棍，挂一架金丝眼镜，在西斜的阳光残照下，金丝眼镜下闪烁着一双小眼睛，忽悠忽悠地闪着幽光，使得他那张瘦巴巴黄蜡蜡的脸上没有一丝血色，活像是一具刚从坟墓里抬出来的僵尸。

接着军乐声大作。陈汉光急忙跑步上前，双脚“咔嚓”一碰，地行了个军礼，大声说：“维周叔，欢迎您老莅临琼崖视察与督导！”

这个老古董就是陈济棠的大哥陈维周。

他在陈济棠的军队里虽然没有担任什么职务，但是一个摇羽毛扇的人物。他自诩“孔夫子挎刀——文武双全”，不但给陈济棠出谋划策，还充当陈济棠的特使，经常奔走于广州和南京之间，成了蒋介石的座上客。因为陈汉光和陈济棠认了同宗，陈汉光自居晚辈，所以这样称呼他。

陈维周瞥见陈汉光如此隆重地欢迎，只轻轻地咳了两声，慢条斯理对陈汉光说：“将士们辛苦啦！”接着就以阴阳家的眼光，举眼扫视了一下定安城外的山川，称赞道：“想不到这海外琼州，到处郁郁葱葱，真乃是藏龙卧虎之地也！”

“维周叔，您别小看定安古城，这里还辗转相传着元朝文宗皇帝流落的掌故呢。”陈汉光也赶紧附庸风雅地说。

“这个我知道。”陈维周捋了捋胡须，故作高深地说，“那是元朝文宗皇帝的故事。1321 年，元朝发生了帝位之争，文宗孛儿只斤图帖睦尔是元朝武宗海山的次子，文宗就是因为蒙古族朝廷内部争权夺利而被流放来琼州的。在定安县时，文宗与当地峒主王官很要好，经常在一处评说大事。王官对文宗因内争而贬谪琼州的遭遇深表同情，并从生活与精神上给予支持鼓励，使文宗大为感动。后来文宗被召回大都，几年后当上皇帝，改元‘天历’。次年将定安县升格为南建州。后来因知州王官的儿子王廷金叛乱。从此废州建县，取名定安县，就是取乎‘平定叛乱始得安宁’之意。汉光侄，为叔这次特意来到定安县，也是希望贤侄迅速清剿赤匪危患，境地安定，黎庶安宁为盼啊！”

“好！好！维周叔的深意我顿悟啰，愚侄定要尽力‘清剿’共党赤匪，抚境安民！”陈汉光说毕，便请陈维周检阅部队。

陈汉光陪同陈维周检阅完毕，一同乘车来到了“剿匪”司令部，待洗了脸，喝了茶，就前去参加欢迎宴会。

他们走过一条警卫森严的通道，来到一间灯火辉煌的大厅。大厅里摆了 20 多桌酒席，席旁早已坐满了一个个凶眉恶眼的军官和穿着长袍马褂的缙绅。陈维周和陈汉光一踏进大厅，宾客们“哗”的一声都站了起来。陈维周安步入席后，对众人拱了拱手，这才坐了下来。

陈汉光高高地举起酒盅，大声说道：“今天，维周叔不辞劳苦，代表陈总司令跨海前来我旅视察，海南偏僻之地，无物孝敬，就让我们用胜利的枪声来欢迎他老人家吧！”

大厅里鸦雀无声。陈汉光陡地把脸一变，厉声喊道：“军法处长！”

“有！”一个佩少校军衔的军官疾步走了出来。

陈汉光满脸杀气地下令说：“我命令你，把捉到的 100 多名共军俘虏立即枪决！”

“是！”军法处长梁述庵快步走出大厅，翻身上马，飞驰而去。

随后一阵密集而凄厉的枪声响起来。

枪声中，陈汉光向陈维周敬酒。陈维周捋着八字胡须，连声称赞道：“英雄！英雄！好！我就干了这一杯！”

军官们跟着端起酒杯，狂呼乱叫地杯盏交错，仿佛群魔闹腾，狂妄至极。

一杯酒下肚，陈维周站了起来，清了清喉咙，开始了他的训话：“诸位，自从你们跨海南征，我就经常夜观天象，但见南海之上，将星明亮，恶煞星微暗，我就对你们的总司令说，你们此次出征，一定旗开得胜……”这个老古董三句不离本行，满脑子封建迷信思想，借着今天这个酒宴又大大地卖弄一番。他越说越高兴，“果然不久就传来消息，你们一战羊山歼敌一个团，二战母瑞山杀得琼崖共党全军覆没，杀掉红军师长。这真乃天赐之福也！”

说到这里，陈维周提高了声音：“陈总司令为了慰勉诸位的劳绩，特地让我前来犒军，并告诉诸位，待海南岛匪患平定以后，一定论功行赏。这次我带来一点犒劳物资，明天就分发给全体官兵，希望诸位再接再厉，务期肃清残敌！”

陈维周的话刚一结束，大厅里就响起了“感谢陈总司令！”“感谢陈老先生！”“干杯！”的欢呼声。军官们都高兴得手舞足蹈，大块吃肉，大碗喝酒，酒到半酣，都争着夸耀自己的战功。

宴会结束后，陈汉光亲自搀扶着陈维周回到住处。陈维周因为多喝了几杯，微微有些醉意，一进屋就躺到安乐椅上了。勤务兵连忙给他递来用香水浸过的毛巾擦脸，并给他打扇子扇凉。

陈汉光笑着说：“维周叔，今天您老破例喝了三大杯，真赏脸啊！”陈维周得意扬扬，笑眯眯地说：“心里高兴嘛！一来因为你们打了胜仗；二来还有机密的大喜事哩！”他用眼睛看了一下勤务兵。

“下去！”陈汉光手一挥，那个勤务兵悄悄地退出去了。

陈维周微微欠了欠身子，神情诡秘地低声说：“汉光侄，你坐下，这机密的大喜事呀，你知道是什么吗？”

“不知道。”陈汉光瞪大一双好奇的眼睛。

陈维周故意卖关子：“我给你说了，你一定会很高兴。这话说起来就长喽！你知道你叔我对阴阳地理、麻衣相法素有研究，人称‘陈半仙’。我早就给你叔祖母找了个好风水地。哎！今年五月呀，我和一帮朋友到花县的那个大闹清朝的太平天国天王洪秀全的故乡去了一趟，看了看洪家的祖坟。你猜猜这一看，看出了什么门道？”

陈汉光傻呆呆地瞪着眼睛，迷惑不解地轻轻摇了摇头。

“你说洪秀全为什么能当上天王？原来他家祖坟葬在‘活龙口’上，只可惜葬高了一些。咳！如果下移数十尺，便正在‘穴’上啦，那洪秀全就是真龙天子，不会只有半壁江山了……”

“啊，真可惜！”陈维周自说自叹息，“从花县回来，我和你济棠叔就盘算着如何把这块风水宝地弄到手。初时洪姓子孙说啥也不肯卖。后来通过各种关系，好说歹说，又花了大价钱，总算把‘活龙口’买到手了。于是我马上就把你叔祖母从广西移来，葬在龙穴上……”

“哎呀！这下可太好啦！我们陈家要出真龙天子啦！”陈汉光一听，顿有感悟，高兴得忘乎所以地喊起来。

陈维周把手指放在嘴上“嘘”了两声：“小声点！这可是绝对机密的大事。这事在你出兵之前就办好了，因怕你顾前不顾后，泄露出去，所以在广州没有告诉你。”陈维周显得神秘兮兮的样子，“你叔祖母葬下以后，我和你济棠叔暗地商量，要争天下，就必须打倒蒋介石。可是蒋介石是个心狠手毒的家伙，如今已在南京登上了统领党军的宝座。他一直对我们不放心，不久前他要调我们的部队到江西去剿共。我和你济棠叔一商量，发现这是一个‘借刀杀人’的诡计，不能上当。于是，立即把你们调到海南岛……”

“啊！我说呢，总司令咋匆匆忙忙派我们到海南来……”

“要和蒋介石争天下，就不能不准备好退身之地。这海南岛北望雷州，孤悬海外，物产丰富，民风强悍，历来是藏龙卧虎之地，必须苦心经营。”

陈汉光如有所悟，乍呼呼地叫道：“我懂了，我完全懂了！”

陈维周高兴地拍了拍陈汉光的肩膀说：“懂得就好！你说海南岛剿匪什么时候才能大功告成？”

陈汉光胸膛一挺，胸脯一拍，信心十足地保证道：“海南残匪3个月内定可彻底剿灭！”

“好，好！我就盼望着这句话……”陈维周拿起金竹水烟筒“嘟嘟嘟”地抽了几口水烟，尔后慢悠悠吐出几团烟雾，不紧不慢地说：“你们这次出征海南，是打了大胜仗，还杀了琼崖共军独立师长王文宇和政委冯国卿，功勋赫赫哩！可是，共产党的琼崖特委书记冯白驹，到今天还没有逮捕归案呀……”陈维周显出很不放心的样子。

陈汉光放声大笑说：“维周叔，您老放心好啦！俗话说‘鸟无翅膀不飞’。现在我把他的羽翼都剪除了，他能有什么作为呢？”

“不！”陈维周截断了他的话头，板起了脸孔教训说，“汉光侄，你太大意了。古诀有道：‘打不垮的邹元洪，割不尽的韭菜花。’你可曾听说过琼岛上流传着一句话吗？叫什么‘唐朝出了个打不死的程咬金，如今海南出了个打不垮的冯白驹’啊！”

陈汉光听罢，“嚯”地站了起来，骄横地冷笑道：“谁说冯白驹打不垮！现今不是被我打垮了吗？哈哈！哈哈哈！”

“不！汉光侄，你听我说——”陈维周的声音更加严厉了，“民国16年海南‘4·22’清党够厉害了吧，全岛杀了大批共党分子，可是没有捉到冯白驹。他从容地在海口化装逃出去，没有几个月工夫就在琼山县重新恢复了共党组织，还建立起一支相当大的武装队伍。民国17年蔡廷锴带兵来到海南，把红匪全打垮了，可是蔡廷锴一走，冯白驹又搞出了几千人的队伍来……”陈维周胆战心惊地说，“冯白驹的可怕之处，正是他的这种死不服输的精神和善于死灰复燃的本领啊！这一次如果抓不到他，你们辛辛苦苦打赢了的仗，恐怕又是白打啦！你济棠叔放心不下啊！才叫我到海南岛来看一看的。”

“维周叔，您老放心好啦！我已悬出重赏，缉拿他归案。我有确凿的证据，他已跟着红军从母瑞山突围，现在肯定在哪里躲藏起来了。”

“你的确凿证据是什么？”陈维周不以为然地摇了摇头。

“您老等一等。”陈汉光喊秘书取来一个文件夹，呈给陈维周，“您老看看这个就明白啦！”

陈维周打开文件夹，看到一张用毛边纸写的布告，布告的题目是《告别母瑞山父老书》，下面署名是“冯白驹”。他拿眼扫了一下，嘿嘿地冷笑了起来：“真是一个鬼花招！”

“鬼花招？”陈汉光感到莫名其妙。

“你不是喜欢证据吗？让你看看我的证据吧！”陈维周提高了声音，向门外喊道：“李副官，把他带上来！”

不一会儿，一个农民打扮的汉子被带了进来。陈维周傲然笑道：“他是冯白驹的联络员，在琼山县接头时被我们捉到，现在已经自首反正了。你去问问他吧。”

陈汉光知道自己受骗了，一股无名火直冲脑门。他急步上前抓住那人的衣襟，怒吼道：“你说！冯白驹现在在哪里？”

“几天前他还在母瑞山云崖顶。”

“妈的，他还在母瑞山，却要搞《告别母瑞山父老书》干什么？”陈汉光抓起茶几上的《告别母瑞山父老书》朝那人摔过去。

那人不慌不忙从地上捡了起来，脸上堆起谄媚的笑容，点头哈腰地解释说：“这是冯白驹使的一个障眼法。红军突围的时候，他没有跟着走，而是带着中共琼崖特委和琼苏政府机关及少数警卫人员留在山上。他为了遮人耳目，就搞了这个东西……”

陈维周一边听一边评论说：“他不跟着红军突围，是怕被一网打尽，这说明他高人一招的见识；他敢于在重重包围之中，只带着少数警卫人员和我们周旋，这说明他有过人的胆量。冯白驹是个危险的敌人啊！”

陈汉光知道上了冯白驹的当，气得七窍冒烟，暴跳如雷，吼叫道：“老子立刻上山去把他抓来！”

“别急！别急！还有一计。”陈维周先让陈汉光冷静下来。

“计将安出？”陈汉光一听说还有计策，急匆匆地问道。

“别急！别急！我自有安排。”

这时，李副官走了过来，对陈维周说：“守备团王团长已经回来了。您要不要马上见他？”

“快！快叫他进来！”

稍一会儿，从门外走进来一个矮胖身材的军官，风尘仆仆的样子。他向陈维周敬了一个军礼，报告说：“冯白驹的父亲已经抓到了。”

“好！这太好了！让弟兄们好酒好饭侍候他，我自有妙用。”陈维周轻轻摇着鹅毛扇，不紧不慢地对陈汉光说：“我叫你别急嘛，要抓冯白驹只有智擒……智擒！懂吗？”说毕，用嘴凑近他的耳朵，如此这般说了一番。

“好主意！好主意！您老真是足智多谋，我看比那三国时的诸葛亮还高出一筹。”

陈维周更加得意，喜洋洋地拿起那支随身携带的光滑锃亮的金竹水烟筒来，“咕嘟咕嘟”地又抽了一袋水烟，之后气定神闲地躺到安乐椅上，仰起头来在烟雾缭绕中眯起了双眼……

再说正当陈汉光与陈维周密谋毒计，准备让张小三引路上山活捉冯白驹的时候，潜伏在云崖顶上的冯白驹正扳着指头计算日子，等待张小三归来。

自从红军主力被迫分散突围以来，他们和外界完全失去了联系。冯白驹曾派出几批人马秘密下山去探听消息，可是都像断了线的风筝一样，一去就没有消息了。眼看秋尽冬临，天气逐渐冷了下来，战士们衣衫单薄，到了夜里，愈加感到寒风侵袭，冷气袭人，加上粮食早已吃光，日子越过越艰难。

这天晚上，月色惨白，秋风萧萧，冯白驹站在云顶崖的大枫树下，远望那笼罩着一层轻纱似的莽莽群山。此刻，他正凝神深思。在他的周围，有他的弟弟冯裕深和一群身背短枪和大刀的战士，他们大多数都穿得很单薄，又脏又破，有的衣袖上还有一块块干了的暗褐色的血迹。因为夜来风冷，有的人把双臂抱在胸前，有的人蹲在地上瑟缩着身子，大家都不约而同地把目光投向山崖下那条曲曲折折、隐没在乱草丛中的崎岖山路出神。

冯裕深慢慢走到哥哥的身旁，十分忧虑地说：“张小三已经下山半个多月了，会不会出事呢？”

“这很难说。”冯白驹回过头来，看了弟弟一眼，似有所悟。

“我们最难的是离开了群众，吃没吃的，穿没穿的，而外面的情况又不了解，我们派几批人下山以后的去向也不清楚。”

冯白驹点了点头，没有吭声。

“我们不能老是蹲在这里不动，是不是先到上村苗胞那里去找老乡，了解点情况，顺便弄得粮食和盐巴。”冯裕深焦躁不安地走动着。他是个急性子，这些天在云顶崖躲藏，已经憋得难受极了。

冯白驹想了想，说：“也好！不用去太多的人，我和你、林茂松3个人去就行啦。”

说走就走，当下他们3个人下了云顶崖，翻山越岭，前往位于母瑞山腹地的上村。这母瑞山中只有3个小村子，叫上村、中村、下村，原住着苗族同胞和一些移民，山里交通不便，只有一条隐没在丛林中的羊肠小道，通往山外。

他们没想到在这同时，一个连的白军在叛徒张小三的带引下，正沿着这条羊肠小道摸进山来。当冯白驹他们来到上村的时候，白军已经进入了下村。

在上村，冯白驹他们看到遍地都是残垣断壁，大榕树上挂着一个个死尸，饿狗瞪着绿幽幽的双眼在树下徘徊。活着的人都被白匪军赶下山去了。他们在瓦砾堆里翻寻了半天，找到了一些老乡来不及带走的粮食和食盐。

这时，明月从乌云中露出半边脸孔，异常皎洁。冯白驹偶然抬头见到村口贴着一张告示，便走近前去，借着月光仔细观看，那是陈汉光派人张贴的告示，上面赫然写着：

母瑞山剿匪战斗中，匪首琼崖特委书记冯白驹，漏网脱逃，为将其捉拿归案，特布告下列赏格：凡知此人下落前来报信协助将其捕获者，赏银五千；凡将其活捉或者击毙经明验尸首无误者，赏银一万；凡知情不报或故意窝藏者，以通匪论罪，杀无赦！

下面还开列了冯白驹的年纪、籍贯、相貌特征。

看完告示，冯白驹望着冯裕深和林茂松微微笑道：“我的脑袋又涨价啦。大革命失败时黄镇球为买我的脑袋，出价一千；现在陈汉光出了一万，由此看来，他真够大方哟！”

“呸！”冯裕深轻蔑地吐了一口唾沫，一把将告示撕了下来，踩在脚下。

他们离开上村往回走的时候，白军已穿过中村，逼近上村了。

将近午夜时分，冯白驹他们回到了云顶崖。这云顶崖果然名不虚传，是一个异常险峻的山崖，它背靠幽深的三十六洞，前端是笔陡的崖壁，只有一条蜿蜒的小路从崖顶通到崖下，山路的两旁都是一片半人高的茅草丛和灌木林，一阵山风吹来，高高低低的草丛和林木发出“哗哗啦啦”的响声，令人毛骨悚然。

冯白驹他们回到崖顶不久，白匪军也随后到了崖下，只听得红军哨兵大声喝道："谁？"

"我——张小三！"随着声音，一条黑影窜到了崖顶。大家听说张小三回来了，都从草棚里走了出来。

冯白驹劈头就问："啊！你回来啦，山下情况怎么样？山口还有敌人封锁吗？"

张小三神色显得十分慌张，叹了一声，垂头丧气地说："别提啦！完了！一切都完了……"

大家听了，心里都凉了半截，正想详细询问时，突然听到山崖下响起了杂乱的脚步声。

"站住！"哨兵喊声刚落，只听得"砰"的一声枪响，哨兵"哎呀"地惨叫一声，仆倒在地。大家一齐惊喊道："不好了！敌人进山了！"

冯白驹怒瞪双眼逼视着张小三，大声喝问道："张小三！这是怎么回事？"张小三把脸一变，阴险地说："实说告诉你吧，一切全完了！陈旅长让我告诉你，只要你肯出山投诚，可保荐你到政府里去做官……"

"叛徒！可耻的叛徒！"随着冯白驹的一声怒喝，手中的枪响了，叛徒张小三仆倒在地。紧接着，"噼里啪啦"的密集枪声便从周围响了起来。

虽然事变来得非常突然，但是在白色恐怖下生活惯了，有着丰富的应变经验的冯白驹毫不惊慌。他处决了叛徒之后，马上冲到大枫树下，贴着树干，沉着地察看情况，只见大约一个连的国民党兵，正沿着蜿蜒的山路朝他们冲过来，距离他们只有200多米了。

冯白驹根据敌情，果断地下达命令："警卫一班和我留下，阻止敌人，其余的人迅速撤退到二号营地！"

大家怎么也不让冯白驹留下！冯白驹厉声地说："执行命令！快撤！"

事临危急，大家只好按照命令迅速向"三十六洞"撤退。但冯裕深只走了几步，就往路旁的杂树丛一闪，等大家走了过去，又跃回到哥哥的身边。冯白驹见弟弟又折回来，正要发脾气，但见到敌人已经靠近了，便迅速地指挥留下来的战士占领有利地形，向敌人射击。他们在暗处，敌人在明处，“叭”“叭”“叭”几枪就撂倒了二三个敌人。后边的敌人听到枪声，“哗”的一声都往草丛里钻，然后朝崖顶上打枪壮胆。

双方打了一阵枪，敌人首先停止了射击。只听得路旁草丛里“悉索”作响，一个头戴大盖帽的敌军官爬了过来，瓮声瓮气地说：“把那个老家伙推到前面去，让他喊话。”

一个嘶哑的声音答应了一声：“是！”

接着，有人大喊：“别打啦！别打啦！别打着你们冯白驹的老爹！”说着，一个老人从草丛里被踉跄推到了小路上。冯裕深看了浑身一震，脱口而出喊了一声：“爹！”

这一声喊，比最权威的命令还有效。霎时间，警卫战士们都停止了射击。

白军连长高兴得蹿到老人的身后，对老人家说：“快！快叫你儿子放下武器投降！”

刹那间，两军相对阵前，突然静了下来，只听得阵阵山风吹得林海“哗哗啦啦”作响。

从父亲出现的一刹那起，冯白驹的心就受到强烈的冲击。他知道敌人是用刺刀逼着父亲前来劝降的。他父亲是个石匠，曾参加过一个专和官府作对的“三点会”，学到一身好武艺。他秉性耿直，宁折不弯，是不会按敌人的意旨行事的。在这种情况下，敌人免不了要下毒手！冯白驹急得握枪的手直冒汗。但是，他深深懂得，越是紧张的时刻，越是要沉着镇定。因此，在他刚毅的脸上除了眉毛微微跳动了几下外，看不出别的表情变化来。

白军连长见老人不肯开口，就低声向趴在路旁草丛中那个戴大盖帽的军官请示，然后大声宣布：“冯白驹，你听着，现在守备团王团长给你们训话！”

守备团长是王定华，江西人，系西江陆海军讲武堂毕业，后在驻粤桂军中服务，参加过岑春煊、陆荣廷等人组织的护国军，后来追随陈炯明入闽作战，任粤军第一军少校营长。孙中山先生南下广东护法，令粤军从福建回师援粤，王定华任粤军第一军中校副团长、上校团长。后随陈炯明叛变革命，反对孙中山先生，率部协同其他叛军将回师勤王的粤军第二军许崇智部打败，使孙中山先生孤军无援，被逼离粤去沪。王定华因功升任叛军第一军林虎部独立第一旅少将旅长，他和叛军师长黄任寰、黄兴业并称“三黄散”，在广东革命政府国民革命军的二次东征中恶斗何应钦，险俘蒋介石。最后也被打败，改编入粤军任独立团团长，后随陈济棠部第一集团军警卫旅旅长陈汉光部过琼剿共。

王定华趴在路旁草丛里，装腔作势地说：“冯先生，你已经被国军包围起来啦！今日阵前相见，兄弟有良言相劝，你们的红军独立师已被国军全部消灭，现在只剩下你们几十个人流窜在母瑞山的荒野莽林之中，将来是何种结局，不说自明。陈旅长有言：先生如肯弃暗投明，政府将以琼崖副专员之职相委；如若不从，令尊就在我们手里，我们将如何处理，你可想而知。难道你就忍心看他在你眼前血溅魂灭吗？……”

正当敌团长自鸣得意发表长篇劝降词，站在他前面的冯白驹的父亲越听越生气，浓眉下一双大眼睛喷出灼人的火焰。他冷不防地辗转身子，猛地对敌团长吐了一口唾沫，大声骂道：“放你的狗屁！我决不连累自己的儿子去做那猪狗不如的事！我跟你拼了！”冯白驹听了父亲的话，激动得热血沸腾。他正想说话，只见父亲已一头向敌守备团长猛撞过去，把个敌团长撞得“哇哇”直叫。

白军连长赶紧把老人拉了起来，掏出手枪就要射击。冯裕深头皮都发了麻，想冲过去把父亲抢过来。冯白驹连忙把他按住，小声地说：“沉着点，不能过去！”

这时，只见王定华摆了摆手，示意连长把枪放下，听到对面冯白驹斩钉截铁地说：“团长先生，你们在战场上得不到的东西，想在一个受苦受难的老人身上得到，只能是痴心妄想！你们想抓我还是多派一些部队来吧。不要为难他老人家了。”

老人家听了儿子的声音，高兴得老泪纵横，连说：“好！白驹，有骨气！”

王团长见劝降这一招不灵，连忙命令连长带着两个士兵，架着冯白驹的父亲，沿着山路往崖顶上冲。白军士兵们连呼带喊着：“活捉冯白驹！”“别让他跑掉啊！”

警卫战士们看到这般光景，登时傻了眼，开枪吧，怕伤着冯白驹的父亲；不开枪吧，敌人很快就要冲上来了，怎么办？大家都急出了一身冷汗。

冯白驹的父亲也着了急，他大声呼喊道："孩子们，你们怎么还不打？不要怕伤着我，朝我这里打呀！"

老人的呼唤，就像猛虎在悲啸；又像一头发了怒的狮子，大声喝道："白驹，还愣什么！你手软了吗？"

冯白驹望了望被白军士兵架着拼命挣扎的父亲，咬了咬牙，命令神枪手林茂松和吴天贵说："打！瞄准后面的敌人打！"

"叭""叭"几声清脆的枪声过后，冯白驹父亲身边的两个白军士兵倒下了。接着又是一阵密集的枪声，山路上的国民党兵纷纷倒毙。

冯裕深大声喊道："爹！快跑过来呀！"老人家踉踉跄跄向前跑了几步，突然一个趔趄，向前倒下去。

"啊！……"冯白驹兄弟一齐惊叫起来。敌人暂时被压住了。冯白驹为了保存革命力量，顾不得许多。他把心一横，果断下命令："撤！快撤到二号营地！"

冯裕深见父亲生死不明，哪里还肯撤。他发了疯似的喊着："不！我不走，我不走！"

冯白驹对身边的警卫战士厉声命令说："快！把他拖下去！"

你道冯白驹的父亲能逃脱得了吗？原来冯父运熙见到架着他往前冲的两个国民党士兵被打倒了，便拔腿向前跑。这时躲在草丛里的白军连长急忙举枪瞄准，王团长又把连长的枪口拨开了，说道："不要莽撞，鱼饵没了怎么钓鱼？快把他拖住！"

敌连长听毕一个鲤鱼打挺，猛扑过去，双手将老人的膝盖一抱，把他摔倒在地，然后拖进了茅草深处。

接着王团长手枪一挥，大喊："追！别让冯白驹跑了！"

守备团士兵们战战兢兢地爬上了云顶崖，只见冯白驹他们已经跑到了前面山路拐角处。他们急忙往前追，山路一转弯，只见一片莽莽苍苍的原始森林，不见了冯白驹的踪影。白军连长拿着手枪，逼着士兵们走进原始森林里搜索，但见森林里藤缠葛绕，黑黢黢阴森森的，黄獐叫，猫头鹰啼，令人毛骨悚然。士兵们提着胆子，像无头苍蝇一样，在“迷魂阵”里瞎碰乱撞，一无所获，只好折回云顶崖。

“冯白驹他们逃到哪里去啦？”王团长急问。

“报告团长，冯白驹钻进了‘三十六洞’，根本没办法找到他。他利用险要的地形，处处设伏，弟兄们在明处，他在暗处，随时挨打。如不赶快撤出来，那伤亡就更大了……”白军连长心惊胆战地说。

“混蛋！你们眼睁睁地让冯白驹跑了，回去怎么交差！”王团长也知道，这时候发脾气没什么用，出于无奈，只好下令：“撤！”士兵们听到“撤”字，便一窝蜂似的冲进了冯白驹他们住的茅棚，东翻翻，西找找，想捞点“外快”。可是翻了半天，茅棚里除了破衣烂衫旧棉被外，什么也没有。士兵们骂骂咧咧地走出了茅草棚，抬起了那些被打死的敌军尸体，准备下山，没想到遭到团长的一顿臭骂：“他妈的，把死尸扔下，给我把茅草棚烧了！”可是当士兵们举起火把走向茅棚时，他的眼珠子一转，又喊：“且慢！把茅棚里的衣服、被褥和剩下的粮食，统统捆起来搬下山去！”

“团长，要这点破烂东西干什么？”白军连长感到迷惑不解。

王团长心情郁闷，把手一挥，说道：“你懂个屁！快捆！抓不到冯白驹，没有一点缴获，回去怎么交差？”

“哦！哦！……”白军连长似乎恍然大悟。

王定华回到定安县“剿匪”司令部后，让士兵们把破衣服扔在院子里，正要硬着头皮进屋去报告这次抓捕失败的经过，陈汉光已从屋里走了出来。

“人呢？冯白驹在哪里？”

“报……报告旅长，母瑞山真是鬼地方，到处是悬崖、陡壁，还……还有原始森林，像个‘迷魂阵’。”王定华额头上冒着冷汗，舌头也不那么灵便了。

“绕了半天弯子，吞吞吐吐的，到底冯白驹抓到了没有？”

“冯白驹，他，他……跑了……”

“跑了……”陈汉光不听犹可，一听就火冒三丈，破口大骂：“饭桶！眼看就要落网的鱼，又叫你给放跑了。”他看到士兵们抬回来的那些旧衣破裤包，更加怒不可遏。走过去狠狠地踢一脚破衣服，怒吼道："我要的是冯白驹，你们却把这些破烂东西抬回来干什么？废物！还不快给我扔出去！""这……"王团长一时语塞。

士兵们按照陈汉光的命令，正要扔掉衣服。一直站在旁边冷眼观望的陈维周这时候开了腔："慢！"他走上前去看了看那些破衣服，认真地查问："你们把他们的衣服、被褥都弄回来了吗？"

"都弄来了，一点点儿也不剩，他们光着身子逃跑的。"王定华赶紧立正回答，"我要让他们饿死、冻死在深山老林里！"

陈维周一边听一边点着头，慢悠悠地说："嗯，这次偷袭没抓到冯白驹，确实是一大憾事。但依我看，王团长还是有见识的。"他咕嘟咕嘟抽了一袋水烟，接着说，"我研究过母瑞山的地理，这母瑞山方圆300多里，到处是密不透风的热带丛林，幽深的山沟，派大部队进剿不行，派飞机轰炸也只是像往大海里投几块石头。现在冯白驹已逃进了密林深处，很难再找到他，唯一的对策是围困。"他用脚踢了踢破衣服，继续说道，"这些破衣烂裤旧被子，虽然分文不值，但却是冯白驹他们在山上生存下去必不可少的东西。现在冯白驹他们在山上，吃的东西没有了；穿的、盖的东西也没有，眼看冬天就要到了，岂不闻山上的天气就像猴子脸——一天十八变吗？时而风，时而雨，时而冷，这还不冻死、饿死他们！所以我说王团长还有点小聪明哩。"

陈汉光想了想这话确实有道理，就恭维地说："维周叔，还是您老见多识广，老谋深算。"他回过头来命令参谋长吕承文，"继续加强对母瑞山的封锁，不准放一个人上山，也不准放一个人下山，把靠近山区的村子统统烧掉，村里的老百姓统统搬到平原地区居住，造成一个'无人区'。"

陈维周捋了捋稀疏的胡须说道："你还要派点小分队进山，转一转，放几枪，派飞机撒撒宣传单，进行'攻心战'，使他们的队伍在无法忍受的困境中发生分化，或者下山投降，或者贸然出山自投罗网。"

"对！对！就在母瑞山口设下圈套，专等他们来自投罗网。"

见到此情景，王定华那颗紧绷的心，这下子才刚刚落了地。他轻轻地吁了一口气，掏出手帕擦了擦头上沁出的冷汗珠。

且说冯白驹等人逃出敌人的圈套后，一连几天在母瑞山上东躲西藏，好容易摆脱敌人的纠缠，最后来到一处山洞内宿脚。虽是脱了险，但炊事员身上携带的火柴等取火工具却丢失了。

没有火种，大家面临着过原始人茹毛饮血的生活了，怎么办？冯白驹苦笑着说："看来，我们要想办法学'燧人氏'钻木取火啦。"

"何谓'燧人氏'？"大家不解地问。

"关于'燧人氏'钻木取火的传说，据《韩非子·五蠹》记载：上古之世，人民少而禽兽众，人民不胜禽兽虫蛇……民食果蔬蚌蛤，腥臊恶臭而伤害腹胃，民多疾病。有圣人作钻燧取火，以化腥臊，而民悦之，使王天下，号之'燧人氏'。"冯白驹解释说，"在我国的神话传说当中，伏羲氏取的是天火，而大地上的火种则是'燧人'大神。"

"咦，听说黎族人会'钻木取火'。"

"目前除了黎族人个别能够'钻木取火'之外，大多数已经失传了。"冯白驹说道。

"我早年在黎垌地区活动，曾向黎族兄弟学习绝技，懂得'钻木取火'技术。"三爹说。

"好啊！"大家不约而同地叫嚷起来了。

次日，三爹找来一块中平木条，这中平木质不软不硬，粗细适中，是钻木取火的最佳材料。接着又找来一支硬杂木用刀具削制成下端略尖、如圆锥状的钻杆，还找来一些枯草、树叶等容易燃烧的柴草。尔后又叫环忠寻一些干透了的苔藓，以及易燃的绒芯、木棉絮和芭蕉纤维丝等作为引燃物。一切准备就绪后，再在中平木钻板上做凹槽，把钻杆放进去，双手用力地搓动着钻杆，环忠在一旁不断加进去干苔藓、绒芯、木棉絮和芭蕉纤维丝之类的易燃物。只见三爹一边用力地转动着钻杆，一边低下头轻轻用嘴吹着，渐渐地，随着速度的加速，中平木凹槽里已经开始冒出蓝幽幽的轻烟，环忠在旁边努着嘴巴用力吹气，不大一会儿，一股火苗燃烧起来了。

冯白驹看见钻木取火成功，心头一阵狂喜，叫道："我们是新的'燧人氏'，取火成功喽！成功喽！"

大家也跟着叫嚷起来："钻木取火成功了！"

有了火种，就有了生存下去的条件。

冯白驹和战友们在母瑞山上坚持革命斗争，克服了常人难以想象的困难，保存了革命的火种，使琼崖革命斗争得以延续下去。后人有一首词赞曰：

菁榕衣，餐野菜，卧丛林，

魔魅瘟神频袭。

阵垒自森森，险突重重围。

终保星星火种，伏骨耀红暾。

陈汉光原指望躲藏在母瑞山上的共产党人耐不住饥寒，发生分化，或下山投降，或冒险自投罗网……可是左等右等就是没有等到。他曾多次派遣小分队进山搜查，派飞机低空侦察，可就是没见到一星点儿共匪的踪影……

这期间回到广州的陈维周又多次来电催问追捕冯白驹的情况，催得陈汉光坐立不安。他不相信冯白驹在没吃没穿的情况下能够熬过多雨的秋季和寒冷的冬季这两个季节；他也不相信世界上会真的有鲁滨孙那样的人物，况且英国女小说家《鲁滨孙漂流记》书里的鲁滨孙之所以能够在荒无人烟的孤岛上活下去，全靠他从沉船里搬回大量的物资。而冯白驹连仅有的几件破烂衣裳、被褥都被抄走了；鲁滨孙只养活一个人，而冯白驹却养活了几十人啊！两相对比，在这样的情况下他们怎么能生存下去呢！想来想去，他断定冯白驹他们一定早已饿死在山上了，于是他把这个主观的臆断当作既成事实向上报告，并同时向报界公布。

这样，陈汉光又把围困母瑞山的部队撤走了，只留下民团在山哑口把守，他的"剿匪"司令部也由定安古城搬回海口市，准备进入五指山腹地去抚黎了。

这个新情况被机灵的林茂松探知，他立即报告了冯白驹。冯白驹即时召集大家开会，他兴奋地说："我们在山上已经熬了六七个月了，现在可以下山啦！"

大家听了都很高兴，连声说："这下子可好咧，我们要下山啦！"

但是，下山后到哪里去呢？红军被打散了，各地党组织被摧残了，到哪里去找立足点呢？大家一时又犯了难。最后只听得女炊事员李月凤说："到我家乡琼山县新兴乡（今属澄迈县）去吧！那里是个半山区，离母瑞山又不远，可进可退，万一情况发生恶化，我们还可以返回母瑞山。”

大家听罢，都觉得这个意见不错，大家望了望这个被誉为“琼崖红色革命五朵金花”之一的李月凤，只见这个圆脸蛋白皮肤的美丽姑娘，经过这段艰苦生活，已经变得面黄肌瘦，脸长嘴尖，简直像个老太婆了。大家看了，心里都感到一阵阵莫名的酸楚。

冯白驹考虑，他上母瑞山之前，曾经在澄迈县工作过一段时间，对那里的情况较为熟悉，而李月凤又是琼山县飞地到澄迈县那边的人，她家乡那里也有山林可以隐蔽。于是决定下山后到澄迈县去，并选定在除夕之夜动身下山。

到了旧历除夕夜那天晚上，天黑得像锅底，当千家万户在“噼里啪啦”的鞭炮声中，全家老少围坐在餐桌边吃团圆年饭的时候，20 多个黑影子从母瑞山的最高峰静悄悄地摸下山来。因为把守各处关口哨卡的民团团丁都回家吃年饭去了。冯白驹他们没有受到什么盘查便溜下山来，经过两个夜晚的行程，终于穿越敌人的重重封锁线，于半夜 12 点钟左右到了李月凤的家乡新兴墟。为防不测，冯白驹让大家躲藏在附近一个小山包的树林里，只叫李月凤先行回家去看看动静再说。此时此刻，李月凤心情很激动，她用手指轻轻地梳理一下自己凌乱的长发，然后在黑暗中回过头来朝战友们默默地点了点头，便满怀信心地进村去了。

李月凤的家乡新兴乡是琼山县的一块飞地，地处澄迈县境内。冯白驹和他的战友们躲藏在附近小山包的树林里，也满怀希望地等待李月凤进村后找到当地的党组织。可是，大家从夜里等到白天，从日出又等到日落，直至黄昏时分，仍不见李月凤的身影。

“糟糕！出事啦！”冯白驹的脑际间陡然掠过一种不祥之兆。为了防止意外，冯白驹安排三爹和环忠留在原地等候李月凤，其余人转移到深山隐蔽。第二日近中午，冯白驹等人听到从那个村庄方向传来了几声枪响，大家顿时紧张起来，把枪握在手中，随时准备对付意外情况，并且耐心地等待三爹他们回来。

至晚，只见两个人在暮霭的掩护下一先一后回到了冯白驹他们隐蔽的深山，然后发出接头暗号。“咕咕咕”，那边学着几声鹧鸪叫声，这边也回应了几声暮鸟归林的欢悦啼鸣。暗号对上了，大家一拥而上握着三爹和环忠的手，迫不及待地问起枪声响起的原因和李月凤的情况。

环忠一见同志们追问李月凤的情况，禁不住失声痛哭起来。

“怎么啦，快说吧！”

“呜呜呜”，环忠哭得更加伤心。

大家见环忠哭得伤心的样子，也不追问他了，转而问起三爹来。

“是这样的。”三爹拭掉眼泪说道，“就在晌午时，我和环忠忽然听到村子里一片吵吵嚷嚷的声音，感到诧异，我连忙爬上一棵大树上朝村子里望去，只见一伙敌军把李月凤五花大绑，正推推拉拉地向村外走。李月凤满身是血，快要被推到我们隐蔽的树林时，李月凤一下子倒在地上叫骂起来，任凭敌人怎么拉扯，怎么毒打，她再也不肯向前走一步了。她放声大骂：‘匪徒们，你们杀吧，你们妄想要我出卖革命！休想，你们做梦去吧，即使杀了我，革命也一定会胜利的！’李月凤的声音很大，不用说，她是有意让隐蔽在树林里的同志们听见后转移的。”

“我赶快从大树上溜下来，把看到的一切告诉了环忠，他压抑不住满腔的怒火，正要拿枪朝敌人开火，我赶忙拦住并缴下他的枪。我也强按住怒火，继续观察敌情。得知敌人对李月凤无计可施后，就残酷地将她杀害了。事后，环忠对我气愤难平，直向我发火。我只好向他开导说：‘你以为我怕敌人吗？不，不是，我并不是怕敌人！不过，你试想一下，就是我们开枪撂倒几个敌人，也救不了李月凤同志，而我们大伙也就会暴露给敌人了，那就更加糟糕啦。”

“李月凤是怎样被敌人抓捕的？”

“听说是被村中的坏分子高密，把她抓走的。”

听完三爹的讲述，大家都感到悲痛，然后摘下了树皮帽子，全体肃立，默默地悼念这位曾与大家患难与共的好同志、红军女战士、党的好女儿李月凤。

李月凤牺牲后，使他们对山下的情况无法了解，于是大家便到老百姓遗弃的山地里寻找些番薯生吃充饥，借以果腹，随后由冯白驹带领着再返回母瑞山。

自行动失败后，他们认识到：在确定行动方向时，不能见山不见人。新兴地区虽然是个半山区，有许多小丘陵可以隐蔽，可是那里我们党的工作没有基础，自然就无法立住脚跟。究竟应该到哪里去才好呢？大家一时都拿不定主意。

这正是：浴血苦战八个月，革命摇篮母瑞山。

第三十九篇

将计就计冯白驹突围　以诈使诈陈汉光抚黎

话说1933年农历大年刚刚过去，春风就早早地来到了母瑞山，但见山上春光蔼蔼，晓色融融，草木开始返青了。应时的山花在温暖和煦的春风中次第绽放，红的、粉的、白的争奇斗艳；黄的、紫的、蓝的姹紫嫣红。花儿都在迎着春风摇曳着明媚的笑靥，向人们传递着春天的到来。可以听得见深山老林中鸟儿们快活的嘤嘤鸣叫声了，这些婉转悦耳的鸟声在山林溪涧中回响着，使沉寂幽静的深山顿时热闹起来。啊！春天使母瑞山又披上了新装，给母瑞山平添了无限魅力与盎然诗意，也给坚持在母瑞山上斗争的人们带来了清新的气息和无穷的勇气。

春风骀荡，春日迷离，幽禽争鸣，绿枝连理。一群群画眉鸟振翅飞跃在山林之间，其中有一只七彩斑斓的鹦哥鸟，引吭高歌，呼朋引伴，领着一群褐黄色的画眉鸟在古木参天、乱藤缠绕的林间飞来跃去，婉转歌喉，令人心旷神怡。

冯白驹和符明经、王业熹等人聚在一棵百年大榕树下，他们仰起头望着那虬龙般的枝杈互相穿插，直指苍穹，展现出勃勃的生命力。他们置身于母瑞山的怀抱之中，感受到大自然的神奇魔力，兼之谛听禽鸟啼鸣声，心情格外舒畅，情绪分外兴奋。大家相互吟诗论词，从我国古代爱国诗人屈原的《离骚》《天问》《九歌》《国殇》，谈论到唐代诗人李白、杜甫、白居易的诗歌，他们谈得相当入巷，兴味盎然，全然忘却了身处在卓绝的艰苦环境之中。

冯白驹在上海大夏大学预科读书时，就特别喜爱鲁迅先生的小说、诗歌和杂文，对那一篇篇脍炙人口的华美诗章，更是背得滚瓜烂熟。他随口吟诵起鲁迅的《无题》诗：

（一）

万家墨面没蒿莱，敢有歌吟动地哀。

心事浩渺连宇宙，于无声处听惊雷。

（二）

灵台无计逃神矢，风雨如磐暗故园。

寓意寒星全不察，我以我血荐轩辕。

冯白驹吟毕，心情愉悦，心绪舒展开来，他长长地吁了一口气，尔后朝符明经笑了笑。

符明经心领神会，乃用平仄韵律抑扬顿挫地吟唱起白居易的诗歌来：

离离原上草，一岁一枯荣。

野火烧不尽，春风吹又生。

远芳侵古道，晴翠接荒城。

又送王孙去，萋萋满别情。

冯白驹听了兴趣勃勃地说："呵！这是唐代大诗人白居易那首千古绝唱《赋得古原草送别》，好个'野火烧不尽，春风吹又生'。不过，我们要将这首诗改成《母瑞山野火》，好让这扑不灭的革命火种又燃旺起来。"说罢吟道：

莽莽母瑞山，敌困我自强。

野火烧不尽，春风吹又生。

"好哇！改得好。蛮有现实意义。"大家一面称赞一面鼓起掌来。

接着，王业熹也吟起杜甫的《春夜喜雨》诗：

好雨知时节，当春乃发生。

随风潜入夜，润物细无声。

……

冯白驹感悟到古人诗词里的深远意蕴与深刻含义，更加兴奋。他回味着诗意，联想到当前琼崖的革命斗争正如严冬过后，春天的潇潇细雨就在夜间悄悄地随风而降，无声无息地滋润着万物。现在琼崖人民正需要党组织引导他们的革命斗争，是啊！我们该下山了……

当晚，皓月当空，银辉透过树梢，斜照征衣。冯白驹召集符明经、王业熹、刘天佑等几个干部聚首，他们分析与判断了琼崖革命斗争形势和自身所处的环境，认为在山上和敌人兜圈子，不仅生活越来越困难，而且长期同人民群众隔绝，这样下去不利于琼岛革命的恢复与发展。设身处地，就敌人方面的感觉判断，他们见到红军损失惨重，以为红军再也不能复苏了，因而对红军的搜剿会有所放松。而隐蔽在人民群众中的党团员、红军战士和革命分子，一定会盼望着我们回去重新组织他们从事新的革命斗争。大家都感觉下山的时机趋于成熟了，于是，他们决定寻找机会突围下山，寻找各县党组织和被打散的红军，把母瑞山上保存的革命火种撒播到群众中去，使琼崖革命烈火再次熊熊燃烧起来。

可是，当讨论究竟到哪里去时，大家都面面相觑，默然无语，因为该讲的意见早都讲了几遍：往东去六连岭吧，那里的情况和母瑞山差不多，是敌人重点封锁地区，去那里还不如留在原地；往西往南吧，那里工作基础薄弱，千万不能再重复上一次的错误行动；往北呢，海府地区是陈汉光的“剿匪”司令部所在地，那里军警林立，鹰犬满街，特务横行，更是去不得。最后，大家都眼巴巴地望着冯白驹，希望他能拿出个好主意，因为他在以前的历次争论中，都还没有系统地发表过意见呢。这时，只见他静静地倾听着大家的意见，在心里暗暗地进行分析与比较。

今晚的月光特别明亮，月华如水般流泻在冯白驹的脸上，照见他的面庞虽然瘦得吓人，可那两只深深下陷的眼睛，在月光的映照下显得格外明亮，格外清澈，好像里面蕴藏着一种神秘的光源。这时候，他终于开口了，话语不多，却是那样的斩钉截铁、铿锵有力：“我的意见，还是回琼山去好！”

“回琼山？不会是痴人说梦吧！”大家听了都倒抽一口冷气，不相信这个意见会从冯白驹的口里说出来。

冯白驹瞧见大家疑虑重重，便摆出他为什么主张回琼山的道理：“琼山虽然离海府很近，更是敌人重点控制的地区，白色恐怖比较严重，那里也没有什么大山可以躲藏，又没有要点可守。可是，那里有拥护革命的千千万万的人民群众啊！还有许多被打散隐蔽起来的革命同志。同志们！大家还记得1927年‘4·22’事变吧，那时候，琼山县的白色恐怖也像现在一样严重，我从海口逃出来之后，还不是老乡们把我藏起来吗？还不是在他们的帮助下很快就恢复了党组织、发展革命力量吗？同志们呀！在成千上万的群众中，藏我们这二十几个人还不容易吗？这就叫作‘山不藏人人藏人’啊！”

“‘山不藏人人藏人’！是这个道理！这是个大道理！”大家经过仔细琢磨之后，不约而同地叫嚷起来。

冯白驹又问了一句：“同志们！你们想一想，难道‘牛大能压得死虱子’？”大家争相应道：“哪能呢！”

“对啊！‘牛大不能压死虱’这句古老的通俗话里有道理哩哇！”时序交替，斗转星移，又是一年清明时节，冯白驹等人经过慎重考虑，认为琼山是革命老区，群众基础比较好，自己生长在那里，又在那里工作过多年，各方面情况都比较熟悉，就目前的情况来看，到那里去是比较合适的。冯白驹的这个意见立即得到大家的一致赞同。

一天夜晚，冯白驹亲自带着林茂松到母瑞山垭口去侦察，做好突围前的行动准备。他们借着星月交辉的亮光，爬过一道道山梁，涉过一条条溪涧，悄悄地来到山垭口。那里周围都是陡峭的绝壁，唯有一条羊肠小道逼逼仄仄可通山外。在绝壁出口处远远望去，一盏小马灯恰似鬼火一般在夜色朦胧中摇曳闪烁。

林茂松用手肘碰了碰冯白驹，压低声音说：“那里有小鬼把着关。”“再爬到跟前去看看。”冯白驹示意道。

两个人一前一后悄悄地溜下了悬崖，贴着山垭口的石壁，像壁虎一样向前爬行着。正爬间，林茂松一脚踩空，险些掉下去，冯白驹赶紧用右脚勾住林茂松，随即一把抓住才没有掉下去。稍待片刻，他们又继续往前爬行，当爬到距离敌人越来越近时，放眼辨别，只见两个留分头穿黑香云纱的民团团丁，蹲在茅棚下面一边喝酒，一边说着话儿，他们究竟说些什么，听不清楚。林茂松又向前挪了挪身子，这一挪动发出了“沙沙沙”的声音，这是他穿在身上的树皮衣发出的响声。蹲在茅棚灯下喝酒的一个团丁，放下了酒杯，竖起耳朵细听了一会儿，转后对他的同伴说："我好像听到了什么声音来着？"

另一个团丁也放下酒杯，侧耳听了听，并伸出脑袋往外面去望了望，而后哈哈地笑着说："老兄，你怎么这样胆子小，真是活见鬼哩！"

"老弟呀！你有所不知啊！我最害怕到这鬼地方来放哨的。去年国军与共军在这里打一场恶仗，双方为了争夺这个山垭口，也不知道拼死了多少人哟，死人都把这里的山垭口给填满了。以后遇到有阴雨天或闷热的夜晚，这里就常常听到'吱吱呀呀'的孤魂野鬼的悲啼声，和一闪一闪的鬼火……"

"你真会瞎编！你看见鬼是什么样子？"

"见过。不瞒你说，有天晚上我和老四来这里上哨。不大一会儿，他拉大便去了，哨位里只剩下我一个人。那时候，山垭口忽然刮起了一阵旋转的怪风，吹得小马灯忽闪忽闪的，接着又听到像刚才那样的'沙沙沙'的声响。我以为是什么野货来了，急忙提起马灯一照，哎呀！这一照倒不打紧，看见一个鬼怪影子紧紧地粘贴在石壁上，它的头发散披到双肩下面，就像骷髅头似的，两只眼睛是两个黑洞洞，洞里面闪着幽幽的绿光，穿的是黑乎乎硬邦邦像铁甲一样的衣服。当时吓得我丧魂失魄，扭头就跑。幸亏老四出恭回来，才把我强行抱住。我们回头来再用灯光照了照刚才的那块石壁，哇！那鬼怪已经隐退去了。"

"兴许是你的心情紧张，眼花缭乱啦，看走眼了吧？"

"不！我看得千真万确的，现在想起来还心里发毛，身上发抖呢……"

"好啦，好啦，你别说啦，你再说连我也不敢在这里待了。"

……

说者无心，听者有意。冯白驹听了两个民团哨兵的谈话，又好气又好笑，旋即灵机一动，计上心来："他们怕鬼，我们何不将计就计，装神弄鬼吓唬他们，趁此机会突围下山……"他用胳膊捅了捅林茂松的臀部，示意往回走。

回到了宿营地后，冯白驹苦思冥想着突围计策，仍不得要领。这一夜，他刚躺下就迷迷糊糊地睡着了，并做了一个奇怪的梦：他梦见童年时代与伙伴们在乡场上玩捉迷藏游戏，正玩得起劲，忽见山野地有一闪一闪的鬼火……

冯白驹惊醒过来，回想起梦中情景，心里暗自发笑，说道："嗨！有一绝妙计策了。我们何不将计就计，用牛眼星（萤火虫的俗名）粘贴在身上装神弄鬼，吓跑敌人哨兵，随后突围下山呢？"

他这样想着，第二天马上命令大家每人晚上去捉150只萤火虫回来，说是自有妙用。可是大伙儿都莫名其妙，都只当他是说着玩儿呢，都不肯动手。

冯白驹见大伙儿不动手，就真的发火了，他严厉地说道："这是军令！"

"啊哈！捉牛眼星也算是军令，古今奇谈。"三爹觉得好生奇怪，嘴上嘟哝道。

"这是冯同志的锦囊妙计，天机不可泄露啊！依我看还是请大家动手去捉牛眼星去吧。"符明经猜测冯白驹是别有用意。

"不管怎么说，你们一定要在清明节前给我捉够萤火虫，我自有妙用，恕不奉告！"冯白驹仍然一脸严肃地命令道。

4月里的一个傍晚，天色刚断黑，忽地淋淋沥沥下起雨来，山中传来了野兽的嗥嚎声，令人毛骨悚然。冯白驹让大伙儿用树叶把萤火虫包起来，然后带领着20多人再次告别母瑞山。大家循着小道依次摸黑下山，很快就来到山垭口。

你道他们是怎样来着？

原来，守卫山垭口哨卡的还是那两个团丁。他们蹲在哨棚里躲雨，小马灯挂在风雨中晃晃悠悠闪动着昏弱的光线。团丁愣呆呆地望着潇潇天雨中黑乎乎的山影，耳畔听着"吱吱吱"的虫鸣声，其间还时不时夹杂着走兽的嗥嚎，以及凄厉的夜猫子的啼叫声，阴森可怖。他俩谁也不敢讲话，心里头一直在发毛。

将近半夜时分，浓云密布，阴风惨惨，山垭口里又传来一阵"沙沙沙"的声音。两个团丁提心吊胆地四下里张望着，但见一群影影绰绰的鬼怪影子，闪烁着亮幽幽忽闪闪的磷光，径直朝他俩颠颠悠悠蹦蹦跳跳的跃动着蹿过来。

"不好……不好啦！"哪怕"鬼"的团丁张口结舌地叫起来，"又……又来啦！鬼呀……鬼又来啦！"简直是吓得灵魂出窍，拔腿就跑。

另一个团丁大着胆子，举起马灯一照，也"哎呀！"地大喊一声，手中的马灯摔了下来。他果真见到了一群“鬼”，而更加吓人的是在这些“鬼”的身上，都有一闪一闪的幽蓝鬼火磷光……两个团丁边跑边喊：“鬼来啦！鬼来啦！”后面哨位的团丁们听到了叫喊声，也亲眼见到一群鬼火幽幽晃晃地从远处飘飘荡荡而来，也都吓得心胆俱落，犹如掉了魂儿似的争相逃跑了……

冯白驹带着25人趁势冲过哨卡，就让大家把树叶包中的萤火虫全部撒出，由林茂松带领在前面开路，沿着一条干涸的小河沟突围下山去了。

那哨卡上的两个团丁逃进村里，嘴中还大声喊叫“有鬼”，一时惊动了村中聚众赌博的民团兵丁，他们听着两人添油加醋地乱讲了一通，皆相顾失色。

众团丁的嘈杂声惊醒了正在抱女人酣睡的民团团总，他听了述说后，哪里肯相信？生气地掴了团丁几个耳光，就亲自出去察看。他带着团丁走出村外，瞥见一大群一大群的萤火虫，闪烁着青幽幽绿闪闪的光，在原野里随风飘荡。可是当走到跟前时却什么也没有见到。

敌团总气得揪着那两个团丁的耳朵挥刀刮掉，其后掼在地上大骂道：“他妈的混蛋家伙，真是活见鬼！你们给我说说‘鬼’在哪里？谎报军情，我饶不了你们！”

两个团丁疼得杀猪般嚎叫着，手捂着两只流血的没有耳轮的耳根，但仍然赌咒地说确实见到了“鬼”，还把“鬼”的形象复述了一遍。

民团总斜愣着绿豆眼珠子，转动一下，忽有所思，醒悟过来，跺着脚叫道：“那是什么‘鬼’呀！分明是母瑞山上的‘野人’冯白驹等下山了。快！快叫巡逻队出动，封锁各条路口……”

可是已经来不及了，冯白驹一行人已经走出好远好远了……

且说冯白驹在母瑞山上将计就计、装神弄鬼吓跑封锁山垭口哨卡的敌人哨兵后，一行人突围下山，扬长而去。他抬头仰望着茫茫星空，只见北斗星横挂在北方，斗柄正指向东方。冯白驹略懂天文知识，能从北斗七星的斗柄指向方位辨认出东西南北方向。他带领着大家朝海口至嘉积的方向的公路前进，旋后沿公路朝北方走去，潜越过敌人的重重封锁线。一路上，大家忍饥挨饿，拖着疲惫的身子走了两个更次，待到晨鸡破晓时分，实在走不动了，便在定安县金鸡岭一带隐蔽下来休息。待到天明一看，睡觉的地方是一片新坟地，这是敌人不久前对人民“清剿”时杀害的无辜群众。

这天正好是清明节，一大早，满山遍野都是上坟扫墓的人们，其中有几家妇女来到新坟前大放悲声，哭得死去活来。冯白驹等人非常同情群众的不幸，但是为了不暴露目标，便迅速地躲藏于低矮的灌木丛中，直等到太阳西下，天也将暝，他们才绕道行走，第三天晚上才回到冯白驹的家乡——云龙长泰村。

长泰村外边小山包前面长有一大片茂密猗郁的海棠树林，海棠树躯干硕大伟岸，几人合抱不拢。树皮犹如松鳞，裂纹却似铜钱，皱纹凸鼓起大小方圆不等。海棠树枝干撑起巨大的绿色罗盖，枝繁叶茂，郁郁葱葱，枝头缀满白灿灿如雪花般的簇簇海棠花，散发出淡淡的清香，沁人心脾。海棠树林亦为长泰村人争得一方清凉世界。冯白驹把大家带到海棠林丛中藏好之后，深深地呼吸一口家乡那充满海棠花馨香的清新空气，才带着三爹一起摸进村去，准备看看动静再说。

冯白驹踏着朦胧的月色映照的田间小径朝村里走去。村子里静悄悄的，既听不到人声，也闻不到犬吠声，只见得那些明明灭灭的萤火虫在村野外流动着。到得村来，还依稀看见许多房屋被烧成废墟。他心里想：“不知道我们家怎么样了呢……”

他不知不觉中加快了脚步。

啊！快到了，快到了，他用手揉了揉眼睛，借着惨淡的月光向前张望着：糟了！他家那幢高大的石头房子不见了，他的心一下子绷得紧紧的。

冯白驹的父亲冯运熙是一名石匠，年轻时练过武功，有一身好力气，又有一手好手艺。他除了帮人打石挣钱养家糊口外，还给子孙留下了一座高大的石头房屋。这座房子由许许多多的花岗岩石块砌成，每一块石头都打磨得平平整整，上面雕刻着花纹，简直是石雕艺术品。

如今石头房子没有了，母亲又在哪里呢？难道……冯白驹迅速向前走去，只见他家那间小厨房还在。他仔细地观察了一番：厨房门没有加锁，是从里面闩着的，房前小路上的草地被踩得平平的。根据这些迹象判断，厨房里住有人！他的心略微放宽一些，便走上前去轻轻地敲门。

“笃！笃！笃！”敲门声虽然很轻，但在寂静的夜里，却显得异常的清晰。

敲了好久门，没有人来。这是怎么回事呢？他转念一想：在这充满白色恐怖的黑夜里，谁人不害怕三更半夜的敲门声呢！他心里暗想，说不定这敲门声已经把妈妈吓得缩成一团了。他不再敲门了，而是转到小窗口跟前，压低嗓子喊道：“妈妈！快开门呀！妈妈！我是白驹！我是白驹啊！”他叫了半天门，仍旧没有回应，便迅速爬过了小横屋，进入厨房，只闻得一股番薯香味溢入鼻蕾，诱人食欲。他揭开锅盖，正好有一锅煮着的番薯熟食，也不管它是猪吃的还是什么的，抓起来就往嘴里塞。

这时，才听得后屋的门“吱呀”一声打开了，一线微弱的光影射了进来，只见一个骨瘦如柴的老妇人探出半截身躯，哆哆嗦嗦地问道：“你……你是谁呀！是人还是鬼呀？不要恐吓着老身啊！”

啊！是妈妈的声音！冯白驹高兴得差一点喊起来，热泪像断了线的珍珠般扑簌簌地掉下来。

“阿妈，我是白驹呀！难道你连我都认不出来吗？”冯白驹说，“阿妈你再仔细看看呀！我真的是你儿子白驹啊！是刚刚从母瑞山回来的。”

“啊呀！我家白驹早就出门去了，你不要骗我啊！”老人看了一会儿，见到来者披头散发，面黄肌瘦，她迟疑了一会儿，赶忙矢口否认。

“阿妈，我……是我呀……”冯白驹说着用双手拢了一下披肩的长头发，把脸庞伸向母亲面前，“阿妈，你认真地辨别一下是不是你的儿子呀！”

老人见说就撑起手中的海棠油灯盏，上上下下，前前后后地仔细端详了一会儿，好久才把颤抖的手扶在冯白驹被蓬乱的长发遮掩的肩膀上，一串串晶莹的泪珠从老人深深凹陷的眼窝中奔涌出来。

“孩子……好孩子……你回来了，可真的是你回来了！”她抽泣着说，“反动派说你们被……不……我不相信，我想着你们一定会回来的。”

真是一场乱离后，骨肉难相认啊！老妈妈屏息静听了一会儿，始得相信这是真的，乃高兴地悄声喊起来：“啊！是我的白驹。我的儿子真的回来了！”母子俩流离之后相见，恍如隔世一场，冯母悲喜交集，只觉得眼前一黑，往后倒去。

冯白驹连忙上前扶住母亲，亲切地说：“阿妈，山里无吃无穿，折磨了将近一年之久，才变成了这个模样儿了，使你老人家连自家儿子都认不出来啦！”

稍待片刻，老妈妈逐渐清醒过来，她睁开了老花眼端详着儿子，见到冯白驹身穿树皮衣，人瘦得像山猴子，哎！人不人鬼不鬼的，但那双手还是温热的……这才抱着他，抽抽噎噎地哭起来，边哭边骂道：“陈汉光这千刀万剐的凶神恶煞，魔鬼当道，把人折磨成什么样子呀！”

冯白驹用手帮着妈妈拭擦眼泪，安慰她说：“妈妈，你别哭啦！我这不是好好地回来了吗？”

劫后余生，母子重逢，有多少话儿要说呀！母亲一把鼻涕一把眼泪地告诉冯白驹，他父亲还被关在定安县监狱里，民团三天两头来家里打探冯白驹回来没有……

冯白驹心里惦记着村外海棠树林的同志们，怕他们等待时间长了，带来意外麻烦，便对母亲说：“妈妈，有话咱们往后慢慢再说，村外还有我们20多个同志，他们还空着肚子在等着我呢。家里有吃的东西没有？”

“还有一些地瓜和米。”母亲连忙回答。

“那好！你快做饭，做好后找几个可靠的乡亲送到山里来，我们在海棠树林那里等着。妈，我现在先回去啦！”

老妈妈把儿子送出了门口，转身回来就急急忙忙地生火做饭。不一会儿，又敲开侄儿冯裕林的门，把他叫了起来，挑着热气腾腾的地瓜稀饭送到山包前的海棠树林那里。她自己也跟随在后面。

饥饿、疲惫已极的战士们闻到了地瓜饭散发出阵阵香喷喷的味道，立即活跃起来，他们已经几个月没有吃过一粒米、一颗盐巴，现在端起饭碗来，旺盛的食欲刺激得他们的双手直颤抖，三两下一碗稀饭就吞下肚子了。老妈妈见此情景，连说：“慢点，慢点，把你们饿的，真可怜啊！”她一边给战士们盛饭，一边借着月光，仔细地端详着每一个人，嘴里喃喃地说：“你们的头发也该理一理，衣服应该换一换啦！”

冯裕林自告奋勇地说：“明天我来给大家理发！”

天亮后，老妈妈把早饭做好，就牵了一头牛到村边放牧。她两眼紧盯着村口那条大路，就像冯白驹小时在摇篮里睡觉，她守护在旁边赶苍蝇、打蚊子、驱猫狗一样。她想，一定要让山里的孩子们在妈妈的怀里睡个安稳觉，决不能让白狗子靠近他们的身边。

太阳刚钻出一竹竿高，冯裕林和村里几个党员就挑着稀饭，抱着衣服，拿着剃刀和剪子上山包来了。他们招呼战士们吃完了饭，就给大家换衣服、理发。

冯白驹一边理发，一边问起一年来家乡的情况，同时打听琼山县委活动的消息。冯裕林说："县委好像还在，有人在演丰海边见到过刘秋菊，可是我们去找，却又找不到……"

蹲在旁边等待理发的林茂松一听到刘秋菊的名字，就激动得跳了起来，他充满信心地说："只要刘秋菊真的在那里，我就有办法把他们找到咧！"冯白驹也高兴地说："那好！你休息一两天后，等体力恢复后就动身去琼山县找他们吧。"两天之后，林茂松戴着一顶古坡斗笠，腰间挂着几串铜钱，装扮成牛贩子自个儿出发了。

林茂松回到琼山后，到处探访和查找刘秋菊的行踪，几经曲折，终于在演丰红树林一带海边找到了刘秋菊。

原来刘秋菊他们从母瑞山潜回琼山之后，在白色恐怖的情势下继续坚持革命斗争。有一次，她和几个工作人员在迈联村活动，不慎被奸细发觉，20多名反动团丁追捕他们。刘秋菊掩护其他人员撤走后，自己在后面巧妙应付。敌人已经逼近了，她急中生智，看到不远处有位抱婴儿的农妇，便大大方方走过去打招呼，并接过农妇手中的婴儿。那农妇认得刘秋菊，见到后边又有追兵，忙会意地点点头。刘秋菊接过婴儿后，当下在婴儿的屁股蛋上拧了把，婴儿随即"哇"地闹起来，两只小腿乱蹬。刘秋菊口中哼着儿歌，哄着婴儿，然后若无其事地撩起衣襟假装母亲给婴儿喂奶的样子。这时，敌人已经追到她跟前，以为是给婴儿喂奶的农妇，喝问道："你看见几个人走过去了吗？"她手指着相反的方向，支应敌人走了。

又有一次，刘秋菊在塔乡活动，被反动民团发现后遭到追捕。当时正是插秧的繁忙季节，田间有许多妇女在田间插秧。刘秋菊机敏地跑进田里，脱下身上的黑衫踩进泥田里，一边插秧一边和妇女们说说笑笑，仿佛没事一般。当敌人追过来时，只见刘秋菊身上穿的是士蓝布衫，手里正熟练地插着秧呢。敌人呵斥道："刚才有一个穿黑衣衫的女人跑往哪里去？"刘秋菊不慌不忙地向西指了指说："跑到那边去了。"敌人跑开了。刘秋菊就是这样凭着个人的机智和群众的掩护，神出鬼没地活动在敌人的鼻子底下而安然无恙，因此，她的故事越传越神，越传越奇了，说她是一位智勇双全、两手能使枪的飞墙走壁式的巾帼女侠。

转眼间一个月时间过去了。这天，林茂松风尘仆仆地赶了回来。他向冯白驹报告说："我费了许多周折，才找到了琼山县委书记黎民（李黎明），还有县委委员刘秋菊、朱运泽、冯安全、王月波、李汉、吴任江等6位同志在演丰一带活动。他们听说我们下了山，都很高兴，马上就要来这里会面。"

"他们什么时候来？"冯白驹也很高兴，迫不及待地问道。

"两天后的下半夜就来。他们目标大，敌人正在追捕他们，只能夜间行动。"林茂松回答。

两天时间过去了，到了下半夜，果然见到了中共琼山县书记李黎民带领县委的刘秋菊、冯安全、朱运泽、李独清4位同志前来与冯白驹他们会面。

黎民对当地情况非常熟悉，他向冯白驹汇报了琼文县委的情况后，请示说："冯同志，下一步的棋子怎么个走法，请你指示！"

冯白驹从母瑞山突围下来后，考虑到眼前最紧迫的问题是与上级党组织联络上。因此，他找到中共琼崖特委委员欧照汉，经过一番筹备，立即派出欧照汉去香港与广东省委联络。

6月，冯白驹、符明经、王业熹等人在琼山县塔市乡茂山村召开了中共琼崖特委临时会议，琼山县委的同志也参加了会议。

这次会议总结了琼崖革命失败的教训，研究如何重建党的各级组织和恢复发展红军队伍开展武装斗争，把全岛革命推向新高潮。会议认为：琼崖目前的环境虽然险恶，但是人民群众对革命的要求仍然强烈，只要我们深入发动群众、依靠群众，才能取得人民群众的拥护和支持，就一定能迎来新的革命高潮。

会议确定当前的中心任务是一方面尽快与上级党组织取得联系，另一方面分头到各地寻找失散的同志，恢复党的组织和红军的队伍，开展武装斗争。

会议作出四条决定：

一、把20名武装同志组成4个小组，分散到全岛各县去分开活动，采取白天埋伏在山中，夜间出来活动，查找有否存在同志，进行恢复工作，并找机会打击反动派，同时各党组织又要取得密切联系，哪里有机会就集中突击和分散活动来打击敌人。

二、一些干部和同志利用各种职业，分配到琼西各县去，发展新区工作。

三、我们特委在短期内仅存冯白驹一人，配合琼山县二、三区几位同志在琼山进行活动，恢复工作。

四、在进行恢复工作过程中，应注意在群众中组织地方武装，看具体情况以村或联村为单位，组织班、排、连，在必要时也可以调动参加打击国民党区乡反动武装的战斗。

这年下半年，中共琼崖特委派冯安全、符明经、王业熹、李汉等人到琼岛西部去开展地下工作，发展党组织，并设法联系潜伏在西区一带活动的张开泰、林诗耀等人，但没有联系上。后来，他们在感恩县新村找到地下党员林克泽，传达特委指示，筹备成立南区临时特委，任务是以尖峰岭为根据地。当时，王业熹以经营木屐职业为掩护，在感恩县城一带进行秘密活动。冯安全则住在昌江县新街圩张光祥家的裁缝店里，以做裁缝工为掩护，秘密开展工作。冯安全曾在昌江县立第二小学校见过时任小学教师的马白山，但那时还不知道他是共产党员，所以不敢接上关系。

且说国民党第一集团军警卫旅陈汉光被委为琼崖抚黎公署专员之后，为实现其“抚黎”大计，遂将围剿母瑞山的部队撤出，仅留下民团防守关卡，封锁路口，防止群众上山接济冯白驹等人。他自己则率警卫营陈济南部人马，随行携着娇妻宠妾和10岁的儿子，于1933年底进入黎苗聚居区的五指山腹地巡视考察。先抵岭门（即今琼中县弯岭镇）、营根，继上五指山麓的水满峒，经毛栈于12月2日下到番阳峒。

此时，自以为“剿共”有功，屡受上峰嘉奖的陈汉光趾高气扬，骄横跋扈，所到之处，强迫地方官府或者缙绅殷勤招待。当陈氏一行迤逦进入番阳峒时，想不到当地的侾黎人竟敢向他鸣枪警告，并且悍然派出黎兵堵住路口，不让其过境。这件事使他暴跳如雷、怒不可遏，立即传令前头部队架起多门迫击炮轰击堵路的侾黎兵和侾黎人的村寨。一时间，把全峒的侾黎人都轰跑了。

你道侾黎人为何堵截陈汉光，掀起一场大风波？

原来番阳峒是杞黎世代聚居之地。20 世纪 30 代初属于定安县黎峒大总管王政和管辖。19 世纪末，番阳峒南边毗邻的三平峒（今乐东县三平镇）的侾黎人有几户人家依靠亲戚带引，先后迁入番阳定居。他们见到番阳地广肥沃，水源充足，生活好过，便回去将这种情况告诉亲朋好友，结果搬迁到番阳的侾黎人逐日增多。初时，这些迁来的侾黎仅分散杂居在杞黎人的村寨里，转后，来人渐多，便结寨聚居。侾黎的生产技术比较先进，人也勤劳，过不了多久，就占去了峒内傍偎昌化江南岸的大片河谷地带。侾黎人口日益增多，遂反客为主，不断地与当地杞黎人发生争夺土地的现象。因此，从 20 世纪初起，侾黎与杞黎之间就连续发生冲突械斗事件。侾黎有一位头人叫刘上托，别名那用，他原是乐东县三平镇头塘抱隆村人，清末跟随父亲迁入番阳定居。此人生得牛高马大，勇武过人，能骑善射，有勇有略，杞黎人以《三国演义》人物中“南蛮孟获”号之。他在侾黎中威信很高。侾黎群众夸赞他能跨一步打一门粉枪，开弓能百发百中。有一次，有几十名官兵晚间集合在一个坪台上，正在计议准备布置屠杀侾黎人。他得到消息后，独自一人潜近台下举起猎枪向台上打去，并绕着坪台跨一步打一枪。台上官兵大乱，以为被侾黎人包围，乃惊慌失措，逃之夭夭。自后，刘上托的声名大噪。他常常统率侾黎民众扰袭杞黎人，并攻打村寨，焚烧房屋，赶走杞黎人。

杞黎头人原本是本峒世袭峒长王琼荣，针对侾黎人的骚扰、袭击，他组织所属杞黎群众起来抵抗。故而侾、杞黎人双方的村寨都围起木栅，日夜站岗放哨，如临大敌。双方的人员出外生产劳动时，也互相驱赶追杀，成了冤家仇敌。

杞黎人不甘失败，多次向外请兵援助，先是请保亭营王维昌、红毛大峒主王建邦等出兵援助，但是，都制服不了刘上托。后来，杞黎人竟到汉区请来陈籍的海军陆战队一营官兵助战。这些官兵穿着海军的白衣白裤，黎人呼之为“白爷军”。“白爷军”的武器装备也不怎么好，连粗大的山麻竹都打不穿，弹头含在竹管中。侼黎人发现后，认为只要多着几件麻衣便不怕对方了。一次，海军陆战队包围攻打侼黎村时，其营长站起来指挥作战，当时刚好暴露在刘上托的枪口下，即被火药枪打死了。营长既已毙命，余众无心恋战，自然混乱，随即撤走了。刘上托打败了王琼荣请来的“白爷军”后，声威大振，更加肆意欺负杞黎人了，连本地大总管王政和也不放在眼里。

再说陈汉光巡行到达五指山麓水满峒后，事先通令沿途黎人总管要做好迎接准备，大总管王政和便传令番阳各峒，杞黎峒长王琼荣立刻组织杞黎群众修路架桥，备好畜禽恭候，唯恐不周。而刘上托接到传令后，竟是不屑一顾，定要与来人较量一番。刘氏一向脚步不跨出峒境，哪晓得陈汉光是何许人也？所以又以为是杞黎玩弄计谋，又要请“客兵”来袭击他们。于是，他不仅不布置迎接，反而组织侼黎兵布阵迎战。刘上托家住在空八村渡口，是昌化江北岸进入南岸（侼黎多住在南岸）唯一的通道。他们严加把守，砍来树木搬来石块堵塞在通道上，四周挖好陷阱，里插涂有“见血封喉”树毒汁的竹签，路口上架起火药枪与弓弩，大有严阵以待之势。

这天中午，陈汉光率部进入昌化江北岸的番阳境内，他在毛组村稍事休息，让先头部队进至毛域村。王政和一路陪伴陈汉光，在毛组村就听说侼黎堵路之事，大为惊愕，骂道：“这个‘南蛮孟获’要误事喽。”骂罢，随即带上几名随从，策马去看个究竟？

王政和骑着快马来到毛域村涉水渡河，仔细一看，果然是通路被堵塞了。只见伏在路上的大群侼黎男子汉，手持粉枪和弓弩瞄准着他，叱道：“你是何人，敢来惹事？”随同的几名从员大声应道：“不得无礼，这是王大总管！”继而耐心地解释缘由，但得到的回答却是：“我们是奉刘头人之命来堵路的，不准任何‘客人’过来！”嗣后，堵路人齐声叱令王总管立即回去，否则将不留情面。

王政和看到疏通解说已无济于事，便勒马往回走，没走几步，堵路者便向对岸鸣枪警告，王政和飞马回村，将亲眼所见报告给陈汉光。陈氏一听，不由得暴跳如雷，高声怒骂道："岂有此理！狗胆包天！把他们铲平！"即传令部队开炮轰击。

前头部队接令后，决定在靠河的毛岭岗上架炮。当士兵劈草平地安装大炮时，那些不知大炮为何物的侾黎兵，以为是对方有人死了要抬上山去挖坑埋葬，都聚集一处争着观看，毫无戒备。过一会儿，只听得对岸轰然巨响，成排成排的炮弹呼啸飞来，打得空八村渡口火球闪闪，烟雾腾空，山鸣谷应，震得侾黎兵连眼睛也睁不开了。到这个时候，堵路者才领略到来者不善，便一溜烟儿地逃跑了。当时有一颗炮弹正好落在刘上托的村边炸响，正在屋内喝醉了酒的刘上托竟以为是自己人开的枪，迷迷糊糊地说："我……我说过，没有我的命令不准开枪！你……你们为什么开枪！"

他的话还没说完，一排炮弹又落在村里爆炸，气浪震得屋内的碗具"叮叮当当"作响，他的腿部也被弹片削去一块皮肉，鲜血直流，疼得直咧嘴叫嚷。

紧接着，许多草屋谷柜都着了火，熊熊的火焰借助着风势，"噼噼啪啪"乱响。恰在这时，堵路的侾黎兵仓皇逃回，一瞥见刘头人的大腿上血流不止，都骇得心惊胆落，面面相觑，以为灭族大祸就要临头了。喽啰们慌忙扶起刘上托爬上马背，拥簇着刘上托和他的妻妾等人南渡昌化江，逃往乐东三平乡去了。之后，侾黎民众也扶老携幼争先恐后地弃家往外逃避。

陈汉光接到报告后，这才渡河进入番阳峒的中心地区。王政和考虑到侾黎住在昌化江南畔一带，刚在抗命，为安全起见，建议陈氏到番阳峒什茂村王琼荣家住宿。什茂村坐落在番阳峒的南陲近大山处，离昌化江约2华里。陈汉光却不以为然，轻蔑地说："我有的是飞机大炮，侾黎人有什么可怕？我就是要住进刘上托的村寨去！"当天，他在刘上托的大草房旁拉起帐篷同妻儿住宿，部属则分散在空八、坤步两村住宿。

当日黄昏，邻近侾黎村的一些杞黎群众，纷纷窜入侾黎村寨抢粮食、牲畜、家禽以及家具杂物等。陈汉光接报派兵看守侾黎所有7个村寨，制止杞黎的抢劫行为，并将各村所有牛、鸡、鸭等禽畜都集中到空八村保管。牛有好几十头，鸡、鸭关满几个谷仓。

当夜，山月如钩，山风轰鸣，陈汉光以诈使诈，想学三国时诸葛亮渡泸水七擒孟获的故事，进行“抚黎”。于是便连夜修书一封派人带到三平去面交刘上托，说明是为安抚黎民而来的，他还自诩爱民如子，说是白天发生的炮击事件纯属误会，叫刘尽快率众归来，不予追究。

却说刘上托跑到三平后，后来听到多位头人陈述，方才知道陈汉光是当今全琼“剿共”和“抚黎”要人，兵强马壮，枪利炮猛，大为后悔。正在懊丧之际，忽接陈氏手谕，便与众人商议，大家认为去见陈汉光虽有危险，但为了广大侾黎群众能返回家园，繁衍生息，不得不冒险回去。翌晨，刘上托怀着惴惴不安的心情骑马归来。陈汉光为了表示礼贤下士，乃亲自出村寨相迎。刘见陈氏态度诚恳，言辞温和，很快就消除了紧张的心理，遂滚鞍下马，跪在地上请求饶罪。陈氏假装大度，伸手扶起，然后好言慰抚一番，把个“南蛮孟获”收拾得服服帖帖的。他回到家里，看到陈氏的部队不仅不骚扰群众，还派兵看守村寨，保住侾黎的财物免遭损失，乃大为动容，又跪在地上，再三向陈汉光道谢。是日，刘上托亲自返回三平，先把一批侾黎召回。过后所有外逃者都全部返回家园。当他们到空八村认领各自的财物时，都感动得涕零。至此，一场风波才告平息。

陈汉光安抚好侾黎后，在番阳峒召开“抚黎”群众大会，除通知番阳峒所有群众参加外，还通知附近万冲、毛道、毛贵、通什等地的大小头目和部分群众代表前来参加。各个村寨都派人带来礼物，或挑白米，或牵牛羊，或抬肥猪，或捉鸡鸭，或送各种珍奇土特产品等。

这天寒流刚过，气候转暖，“抚黎”群众大会会场设在空八村南边的大榕树下。天一大亮，各村寨的黎族、苗族扶老带幼而来，几乎是倾村出动。那些年轻妇女都特意打扮一番，列队进入会场，士兵们手执剪刀把男人的长发、鬃髻剪掉，还给大多数人惠发一份礼物：青壮年男人发给万金油一盒、毛巾一条或火柴一包；年轻女人发给丝绸一扎或线团或钢针一包；老人或小孩则发给糖果、饼干之类；给个别有姿色的年轻妇女则多发一两件。因人数过多，榕树底下容纳不下，部分群众站立在邻近刚收过稻的旱田里。

陈汉光全副戎装，腰间挂着“军人魂”短剑，身板笔直，在王政和、王琼荣和刘上托等的陪同下，步行来到会场。他装腔作势讲话，由一名叫王致兴的黎人用黎话作翻译。他先作反动宣传，向与会者宣布了所谓约法五章：一、不做“匪”；二、不窝“匪”；三、不济“匪”；四、不通“匪”；五、见“匪”要报。

接着，他叙及五指山区的落后风俗习惯等，表示要为改变山区的落后面貌而努力。还号召到会者要加强民族团结、发展生产。当时，番阳、毛道一带有部分群众信奉基督教，他告诫群众不要信奉洋教，要相信科学。

会后，陈汉光命令部队开枪开炮，以示威风。众人顺着他的手势望去，只听得耳畔传来几阵轰响，已见村外的山头上腾起一柱柱黑烟，直上云天。众人皆目瞪口呆，直冒冷汗。继而，天空上又飞来两架飞机，恍若两只铁鸟，在人们的头顶上盘盘然，轰轰然。众人不知彼为何物，以好奇之心引颈仰望，都惊骇得不得了。刘上托哪里见过这般东西，大惊道：“这何来的怪物？”

陈汉光趁机哄骗说：“不是怪物，这是天神！谁人不听国民政府训话，就要受天神的惩罚哩！”

“哦……哦……对……天神……”众人听毕“哦哦”连声。

话犹未了，忽见天上那两只怪物翅膀一斜，尾巴一摆，随之从身上掉下一连串黑乎乎的东西，只听得一阵阵天崩地裂的爆炸声响，所有受弹之处尽为一片火海，烈焰腾腾。

陈汉光转身问刘上托：“看见了吧！你的鸟枪弓箭厉害？还是我的飞机大炮厉害？”

“南蛮孟获”一听，慌忙跪下连声说：“大人恕罪！……误会！小的不知天高地厚，再不敢造次啦！”

陈汉光高声说道：“谅你们这伙区区黎众，何能称雄？你看，声势日炽的琼崖共党与赤军已被国军统统地剿灭，消弥赤祸只不过是时间问题而已……”

之后，陈汉光又叫部下一连几个晚间放映无声电影，借以吹嘘国民党政府倡导所谓的先进科学技术，以及提倡新生活运动等。

1934 年 10 月，陈汉光警卫旅的第二团奉命调离琼崖。稍后，第一、二团和旅部也陆续离开海南。

第一集团警卫旅陈汉光部离开琼崖之后，国民党军队仅留下独立团王定华部驻防。这时期，国民党在海南的军事力量显得薄弱多了。

这正是：乌云压城城更坚，抽刀断水水更急。

第四十篇

孤胆英雄林茂松闯险　双枪女将刘秋菊扬威

话说 1934 年初夏的一天，烈日高照，暑气逼人。冯白驹和妻子王惠周，革命同志王白伦、朱运泽以及黎民与他妻子王爱珠等人在琼山县咸来乡进行宣传活动，之后在一片小山林里歇息。

这时，王惠周和王爱珠正打洋伞遮着炎热的阳光，偏巧被一个在山丘处的放牛娃看见了，他不知道是什么人，便回去向咸来乡民团报告，民团团长符气三当即派团丁前来包围他们。王爱珠首先被敌人发现，她想把敌人引开，不料被敌人开枪打伤了，倒在灌木丛外面。隐伏在山林里的林天德看见了，他急得冲杀出去，举枪击毙了两名哨兵，然后把王爱珠背进灌木林里来。

这一下可惹大祸了，敌人听见枪声追赶上来，又见到被击毙的两名团丁，便把小山林包围起来，并向灌木丛林里胡乱开枪，子弹打得林子里的枝叶乱飞。有一排子弹打到冯白驹隐蔽的地方，打中了王惠周的大腿，鲜血直流。警卫员环忠要背她走，她拒绝说："不行！你们马上突围出去，不要为我而连累了大家！"

冯白驹要背她走，她仍是不肯："冯，你们快跑吧！我在这里顶着！"

敌人的枪声越来越密集，叫嚷声也越来越凶："捉活的！捉活的！不要让共匪逃跑了！"敌人边喊叫边追赶上来了。环忠和林天德强行拉着冯白驹朝山后冲出去。林天德挥动驳壳枪来个左右开弓，一连打死几个追兵，余下都吓得不敢再追了。

当冯白驹他们突出重围之后，王惠周则一个人趴在灌木林里吸引敌人，她的手枪子弹打光了，敌人冲上来要抓捕她，她顺势抱住一个敌人，拉开手榴弹的弦线后反手插在敌兵的背后，旋即猛力把敌人按倒在地，“轰”的一声巨响，与敌人同归于尽了。

王惠周牺牲后，冯白驹心里很难过：在白色恐怖的环境里，无论多么险恶，她都陪伴在他的身边；在母瑞山8个多月的艰难日子，不管有多么苦难，她都能坚持下来，无怨无悔。想起她那柔美外表，铮铮铁骨，冯白驹肃然生起敬重之情，又禁不住伤心落泪。

是年冬，冯白驹决定派交通员陈玉清到上海寻找党中央。他将亲笔写的《关于琼崖革命斗争的情况》汇报材料交给陈玉清，嘱咐他面交中央领导人。内容抄录如下：

中央：

特委和省委在1932年4月间发生一次来往后，继因特委肃反工作的影响，交通同志发生问题，迟迟没有交通同志到省委去。接着陈汉光过琼，便开始更残酷地向琼崖苏区红军“围剿”进攻，特委被困于山上，同时和各县党断绝关系，因此便迟迟无办法派交通到省去，不久虽找得交通同志派去，但又接不着省委，后找得过去在香港做过工作的同志到港去。敌围困中，特委派特派员欧照汉同志在琼，又接得省委通信处，便和交通员同志到省委去，不幸在广州湾被捕，省委回来的通信处又失却效用。特委数次写信和派人到港去找省委不着，因此一直到现在还不得到省委接头。

特委在1932年开始被敌人围困于山中，直到1933年4月才从冒险中迁出琼文界来。在特委被困的时期，特委和各县党都断绝关系，特委失去领导各县党工作的作用。因此在这时期中，各县党除琼文、乐万两县党保存独立的工作外，余者均无形中解体，使琼崖党在这次敌人的“围困”进攻中，遭受到空前未有的大损失。

自特委迁出琼文后，才开始收拾和重去布置全琼的工作，现在各县工作都在继续去收拾和整理中，并且开始展现出新的工作局面，但特委失掉省委的领导，并且对于现时党的工作路线缺乏充分了解，致对领导琼崖工作颇受影响。

现在无办法与省委接头建立组织上的关系当中，特别是迫在琼崖客观工作的要求的领导上在无办法中派育清同志（即陈玉清）到上海去利用他过去和沪上同志相识的关系设法和中央接头，如中央接得该同志后，即介绍到省委去，由省委派该同志再回来，如中央一时不能介绍他到省委去，可由中央给特委关于现时党的政治任务、工作的策略路线以及目前国际、中国革命斗争情形详细的指示，请该同志带回来，借特委得以领导琼崖工作的借镜，并指示回中央通信处及接头处，以便特委派人到中央详细报告琼崖一切情形，讨论和接受中央关于今后工作的指示。

特委本身在这次残酷的斗争过程中，除因肃反工作的关系及斗争中牺牲者外，仅存白驹、育才（王白伦）二同志，特委出琼文后，在工作关系上虽补充执委符明经同志（在斗争中仅存他一人），及提拔黎民、运泽二同志共5人担任工作，但一般说是缺乏强健的组织，而且部分同志事实上太不能担当得特委的工作。

特委的通信处由玉清同志面述，该同志到时希接洽，并迅速派该同志返回。

此致

布礼

琼崖特委：白驹签

且说冯白驹派交通员陈玉清到上海寻找党中央后，便在琼山县塔市乡茂山村主持召开了中共琼崖特委临时会议，布置工作，并指示刘秋菊、林茂松、王月波组织琼山县文南区委，由刘秋菊担任区委书记，林茂松任组织委员，王月波任宣传委员。文南区辖云龙、岭脚、旧州、潭口、玉仙一带。

林茂松，原名绍定，行三，琼山县云龙乡西鲁村人。1913年出生在一个贫苦农家，早年给财主放牛，16岁时由村中党支部的丁仕福、丁才禄介绍参加革命，入伍后不久随冯白驹当勤务兵。林茂松年轻英俊，生得浓眉大眼，阔面秀颜，相貌堂堂，威风凛凛。他勇敢善战，胆大心细，枪法高超，能百步穿杨，震慑敌胆，系琼崖游击队的五虎将之一。

刘秋菊，琼山县福云村人，生于1899年，出身于贫苦农民家庭。幼年时父母不幸双亡，她跟随唯一的姐姐给地主家干活，尝尽人间的辛酸苦辣。16

岁那年，她嫁给歧山村的一位贫苦盐民郑正义为妻。后因生活艰苦，不久丈夫病逝。她孤苦伶仃地在死亡线上苦苦挣扎，长年累月靠做盐工过活。艰难困苦的生活锻炼了她坚强的性格和意志，铸就了独立生活的毅力。1926 年大革命的风暴席卷琼崖，刘秋菊参加了农民协会，并当选为农协会员。从此，她积极投入到这场火热的斗争中去，后入平民学校学习，进步很快。在斗争中始终站在运动的前列。1927 年“4・12”事件发生，国民党右派把枪口转向共产党人和革命群众，白色恐怖遍及全岛。就在革命处于低潮的时候，刘秋菊毅然参加农民赤卫队，日夜巡逻、放哨、送信、带路，接洽和联络革命同志，由于工作出色，经林克泽介绍加入了中国共产党。之后，刘秋菊工作更加积极了，她和男同志一起，按照党组织的布置，先后参与了破坏公路、桥梁和割断电线，以及送情报、当向导等工作，每次都出色地完成党交给她的任务。

有一次，刘秋菊奉命联络失散在各地的同志。当走村串户向云龙进发时，途中遇到一队荷枪实弹的团丁迎面而来，她发觉不妙，拔脚就跑，凭借山林的掩护拐入附近的一个村庄。但团丁们仍紧追不舍。刘秋菊情急智生，躲进乡亲的房子里，然后梳理一下散乱的头发，戴上竹笠，从容不迫地走出来。当她看到村口的舂米廊里有几个妇女正忙碌地舂米时，她忽地计上心来，接过木杵一边舂米，一边与她们拉家常，有说有笑的。待团丁们追上来后，在村子里转来转去，没有发现可疑形迹，只好悻悻地离去。

另有一次，正好是农历元宵，刘秋菊和林克泽等几人在潭康村陈爱农家里过“小年”，陈家的母亲杀了一只鹅和一头小猪款待大家。天快亮了，突然村子被敌人的清乡队包围了，大家即分成 4 个小组突围，唯独发现少了刘秋菊，大家都以为她被捕了，可是到了下午 4 点钟，她却安然无恙地回来了。原来，她发觉情况紧急，便随机应变，扛犁牵牛同群众一起到田地里犁田，机智地躲过了敌人的搜捕。

在演丰地区进行革命活动时，她曾多次在敌人追捕下，随机应变，巧扮婴母，佯装犁田，舂米避敌，化险为夷。她机智勇敢逃脱敌人追捕的故事在民间广为流传，被誉为“飞墙走壁”的女英雄。

刘秋菊生得朴实无华，左脸颊上长有一颗小红痣。曾被左翼作家、海南著名诗人征军以《小红痣》为题，塑造了一个反抗封建礼教，不甘忍受压迫和剥削，投身革命斗争，又在革命斗争中屡建奇功的海南妇女形象。

同年夏，刘秋菊被捕入狱，在监狱中，不管敌人怎样毒打、威吓、引诱，她始终不向敌人屈服投降，保持着革命者的高尚气节。1930年夏，党组织想方设法营救她出狱，获得自由。出狱后，她又英勇地投入新的革命斗争之中。

7月的一天晚上，刘秋菊和神枪手林茂松在执行任务时，被国民党民团围困在一个山谷里。敌人有100多名，而他们仅有两把枪和几颗手榴弹，敌众我寡，十分危急。林茂松和刘秋菊沉着应战，他们利用山地的复杂地形，那边投一弹，这边打一枪，打死打伤了许多敌人。敌人一时摸不清虚实，又不知道共党究竟有多少人马，因而不敢轻易前进，战斗一直坚持到夜晚。刘秋菊对林茂松说："我们集中火力专打敌人一路，造成敌人错觉，然后找缺口突围。"刘秋菊和林茂松用仅有的一点子弹和手榴弹，向敌人发动猛烈的攻势。敌人乱成一团，盲目开枪，互相火并，枪声大作。刘秋菊和林茂松趁着夜色掩护，向敌人枪声稀落的方向悄悄地冲出去。次日敌人才发觉上当，惊呼："刘秋菊又飞走了。"

8月12日，母瑞山召开琼崖苏维埃第二次代表大会，刘秋菊出席了会议，并当选为琼苏政府委员。12月的一天晚上，刘秋菊奉命随琼山县经济委员会委员冯安全前往琼山县第七区美龙洞给红二团带路，越过敌人重重封锁线，顺利地从潭口渡过南渡江。战士们虽经长途行军，但士气旺盛，毫无倦意，一过江立即与前来阻击的云龙民团展开战斗，击毙反动民团团长吴熙洲，打死团丁20多名，并缴获一批枪支弹药。刘秋菊在参战中也缴获新式手枪一支。从此，刘秋菊的威名便在琼崖群众中传播开来。

1932年，国民党陈汉光部进驻琼崖，大举清剿革命根据地，红军受到严重损失，一些动摇分子相继投敌，如琼山红军干部冯大同叛变后，充当博布民团队长，经常带领团丁侵扰苏区、鱼肉人民。红军决定除掉这条毒蛇。这个任务便落在刘秋菊的肩膀上。

根据情报，冯大同经常在博布至三江公路沿线活动。为了具体勘察地形，掌握准确情况，刘秋菊亲自前往侦察，部署战斗。一个盛夏的傍晚，刘秋菊和吴任江率领短枪队林茂松、陈英、林天德等人，前往公路边的树林里埋伏。

两天过去了，仍然没有动静。有些同志等急了，刘秋菊便分析情况，做好耐心坚持的思想工作。到了第三天中午，果然有一大队民团从博布朝三江方向走来。刘秋菊兴奋地对大家说："敌人来了，准备战斗！"待敌人一进入火力网时，短枪队的手枪射击声和手榴弹爆炸声响成一片，敌人纷纷中弹倒下，余下的四处逃命。这时，林茂松盯住叛徒紧紧地追过去，冯大同吓得仓皇逃窜，只恨自己未生双翅，不能飞上天空，逃得性命。林茂松一直追了两里多路，一扣枪机，轰然一声，叛徒冯大同立即仆倒在地，魂入冥乡了。

在对敌斗争中，刘秋菊和林茂松为革命出生入死，扬威疆场，并在革命斗争之中结下了深厚的友谊。

时间过得真快，转瞬间又到1936年的夏季。这年5月，中共琼崖特委在琼山县演丰乡锦山村召开特委第五次扩大会议。会议的主要内容是进一步充实健全特委的领导机构。自琼崖党的第四次代表大会以来，特委的情况发生了很大的变化，绝大多数特委委员已经牺牲，在当前琼崖革命斗争任务十分繁重的情况下，特委本身急需充实和加强领导力量。会议经过酝酿和讨论，选举了新的中共琼崖特委领导机构，兹录如下：

特委书记：冯白驹

组织部长：王白伦

宣传部长：黄魂

委员：冯白驹、王白伦、黄魂、萧焕辉、黄一清、陈根（符和益）。

会议的另一重要内容就是讨论成立全琼崖统一的武装斗争指挥机关问题。随着琼崖武装斗争的恢复和发展，急需有一个统一的坚强的红军战斗指挥机关，以便加强红军的组织领导，进一步发展游击战争。经过研究，会议决定成立琼崖红军游击队司令部，下设7个支队，兹录如下：

红军游击司令：朱运泽

政治委员：王白伦

第一支队长：朱运泽（兼）

第二支队长：林天德

第三支队长：王永信

第四支队长：陈美深

第五支队长：陈英

第六支队长：林天贵

第七支队长：黄大猷

有一次，红军举行驳壳枪解析装置技术比赛，年轻选手林茂松也参加了比赛表演。赛前，刘秋菊主动找到林茂松，一见面就说："你思想紧张吗？"林茂松一时不知道如何回答才好，急得满脸通红，结结巴巴地说："没……没有啊！"刘秋菊瞟了他一眼，笑着说道："脸都红了，还说没有呢。"

这话不说犹可，一说就更糟糕了，只见林茂松的脸红得更厉害了，而且有些窘迫，不知所措地解释说："我……我对比赛不紧张，只是你来了，才有点……"说罢，林茂松"嘿嘿"地傻笑着。

"怕什么！我又不是母老虎嘛，不会把你吃掉的。我们是同志、是朋友，不过有点特殊罢了。"刘秋菊望着他那腼腆的傻样儿，爽朗地笑了。

"对！'特……殊'"林茂松心说，刘秋菊却打断了他的思路，问道："明早的比赛表演，你的思想准备得怎么样啦？"

"差不多了。""差不多不行，要有百分之百的把握。"刘秋菊说罢，当场进行手枪解析装置预演给他看，并用手帕蒙住他的眼睛。在预演时，不知是思想紧张？还是其他原因，一个小零件弄丢在地上，他摸来摸去，老是摸不着。刘秋菊看见了动身走过去，伸手捡起来放回到原处，不知怎的，林茂松正好退步踩住她的手指。他猛地一退步，身子失去平衡，一个趔趄倒在刘秋菊的怀里……

刘秋菊不防这一着，只是说道："林茂松犯规，罚你重演……"

"是！遵命。"

翌日早晨，风和日暖，惠风和爽。操场上早已站满了围观的群众，足有数百人之多。冯白驹、刘秋菊等琼崖特委领导端坐在裁判台上。20多名选手在热烈的掌声中进入操场，有红军"五虎将"之称的林茂松、黄大猷、林天德、林天贵、傅烈军等人出场时，鼓掌声和欢呼声响成一片。

比赛开始了，林茂松第一个出场。

只见他英姿焕发，龙骧虎步挺身出列，举手向大家敬礼，然后双手接过一个装置驳壳枪的黑布袋，伸手拿出零件，敏捷熟练地解析该枪的30多个零件，继后又准确无误地将零件组装完毕，荣获比赛第一名。当冯白驹代表红军司令部颁奖时，半认真半开玩笑地对刘秋菊与林茂松说："嘿！嘿！真是严师出高徒啊！"

刘秋菊伸手紧握着林茂松的手，激动地说："我祝贺你成功！"

"这里有你倾注的一份心血哩！"林茂松语中含话，情意深深地答道。

然而，他们之间虽然心心相印，但是谁也不肯表白爱慕之情。

刘秋菊觉得自己是个寡妇，年龄又比林茂松大15岁，简直不敢冒昧追求，便把心事放一放，让他提出来才说；而林茂松却觉得刘秋菊是领导同志，又是个大名鼎鼎的巾帼英雄，担心自己配不上，只好把此事拖一拖，等待她提出来，自己照办就是了。

不久，刘秋菊一头扎入到各地扩大红军建立政权的繁重工作中去了，而林茂松也为战事四处奔忙。

真是无巧不成书。这年，林茂松率部到琼山县咸来乡美桐村驻营时，患病掉队了。驻扎在附近的冯白驹及新婚夫人曾惠予知道后，便偕同刘秋菊前去看望，并交代刘秋菊留下好好照顾林茂松。刘秋菊留下后悉心照顾，亲自为他做饭菜、煮草药、洗衣服、端沏盆，守候在床前体贴照顾，使他的病情好转很快。待林茂松能翻身下床时，刘秋菊时常扶着他散步，讲故事，两人的心贴得更紧了。终于有一天，林茂松深情难抑地冒出一句话："你比药物更有效力，人到病除……你嫁给我吧！"

刘秋菊听罢疑虑散释，但没有马上回答，她心里自问："林茂松是年轻人，他能够同自己这个寡妇做终身夫妻吗？"

晚上，她与林茂松肩并肩地在一起散步，默默地踏着海边的椰林小路向前走去。

沉默了一会儿，还是刘秋菊开了腔："你了解我的情况吗？"

"你的情况我非常清楚。"林茂松便把刘秋菊的身世说了一遍。

突然，刘秋菊背过脸去，泪水夺眶而出，然后两手捂着脸，一直朝山坡下面跑去。

林茂松被这突如其来的变化惊呆了，随后也跟着一个劲儿地追赶过去，不停地喊着：“停一停！”

当他追到山坡下面时，只见刘秋菊抱住一棵椰子树哭了。

林茂松见状连忙赔礼说：“刘姐，是我……我对不起你呀！我配不上……”

刘秋菊则伤心地说：“我才不配呢！我年龄比你大三个五，又是个寡妇啊！”

林茂松坦率地说：“年龄大点算什么？爱情可以冲破年龄界限嘛！冯同志告诉我，马克思娶燕妮时就是冲破年龄上的禁区，燕妮比马克思大好几岁；孙中山先生比宋庆龄大20多岁，可是他们都成为非常恩爱的伴侣呢！”

刘秋菊直冲冲地说：“人家都是尚未出嫁的姑娘，可我是死了丈夫的老寡妇啊！”

林茂松说：“刘姐，你别伤心，我同情你的遭遇，我偏爱你这样的寡妇。”

刘秋菊睁大眼睛，不解地反问道：“这是为什么？”

林茂松理直气壮地说：“为了爱情，我爱你的为人，忠于党和人民，为了爱情，我愿意奉献出青春。我跟随冯白驹同志当警卫员的时候，经常听到冯同志讲述鲁迅先生的著作，他还告诉我，鲁迅先生在《祝福》一书里的主人翁祥林嫂也是个寡妇，可她却得到贺老六的爱情。鲁迅先生的书使我得到启发，现在我做贺老六，你做祥林嫂，好不好？”

刘秋菊直来直去地说：“我不懂得什么祥林嫂和贺老六，只要咱俩能够做夫妻就行了。”林茂松听罢，情不自禁地张开双臂将刘秋菊紧紧地抱在怀中，颤声说：“咱俩在一起，能够快乐的……一定能够的……”

当年夏天，在咸来乡美桐村一间矮小的草屋里，林茂松决定与刘秋菊结婚，他们向冯白驹同志递交结婚申请书，特委和部队领导机关批准了他俩的婚事，并由冯白驹和夫人曾惠予主持，举行了简单的婚礼。

大家都半开玩笑半是赞慕：“哎呀，人家假夫妻却变成真夫妻啦，真个是惺惺相惜，英雄爱英雄啊！”

群众也啧啧称赞道：“好啊！他俩真是天作之合呐，一个是威震敌胆的伟汉子，一个是飞墙走壁的女英雄！”

在婚礼上，冯白驹和曾惠予双双举起一杯茶，以茶代酒说：“祝贺你们相亲相爱，在革命的道路上永不回头。干杯！”

新婚之夜，林茂松和刘秋菊谈了很久，也想了很多，从他们痛苦的身世想到革命后的幸福，再谈到他俩迟到的爱情；继而又想到他们结为夫妻之后，决不辜负党的教导，不负老百姓的期望，要把爱情变成为无穷无尽的力量，为革命多做贡献……

有一天，林茂松和刘秋菊跟随部队出发，路过林家云龙乡西鲁村时，他们乘此机会请假回家探望乡亲，林茂松首先拜访了他非常敬佩的丁英杰老师，并介绍说刘秋菊是他的爱人。丁老师听后表示赞扬，说道：“据说你是有名的神枪手，能否表演看看？”

“好啊！请选靶子吧。”

“别急，咱们到外边走走再说。”

“好吧！”林茂松说罢，拉着刘秋菊跟随丁老师一起来到外面。

他们来到村前的大榕树下，丁老师听见树上有“咕咕咕”鸟叫声，抬头看见2只斑鸠鸟栖宿在树枝上，距离地面10多米高，便对林茂松说：“有了，靶子就是树顶端上的2只鸟，怎么样？”

“好！”林茂松说罢，手枪一扬，只听得“叭叭”二声，前面地上落下2只斑鸠鸟。

丁老师见状大为惊叹，喝彩道：“啊！端的了得，神枪手，真神！果然名不虚传！”

林茂松说：“不是夸海口，就是电话线也能一枪一条断哩。”

刘秋菊也说：“我们路过敌占区，看见敌人的电话线，只叫他花两颗子弹，很快地打断了，不给敌人顺利通话的便宜呢。”

“好样的，真了不起！”丁老师称赞道。

过了一段时间，林茂松和刘秋菊夫妻双双报名参加了驳壳枪班，偷袭文昌县锦山的一个敌人赌场，又一次施展了他俩的机智与勇敢。

这次活动是由琼崖工农红军游击队第五支队长陈英带领，全班5名男子化装成赌徒混进了赌场，刘秋菊化装成小贩提着糖篮子进去。可是情况发生了变化，敌人兵多戒严，一时动手不得。一会儿，敌人发现这些“赌友”脸孔陌生，就尖声叫起来：“不好！有共产党混进来啦！”接着，敌营长急忙吹响哨子，大声命令：“关门！抓捕共产分子！”敌兵们一听说有共产党，都乱哄哄地拎起枪来。

说时迟，那时快，林茂松迅速从腰间拔出短枪，抛手“叭”的一响，客厅里的照明油灯立时被打灭了，顿时，客厅一片混乱。陈英等4人立即从后院猪栏里跑出去，紧接着，林茂松也跨步跃过一米五高的围墙脱险。刘秋菊却机智地把丢在地上的一捆甘蔗拾起来抱在怀里，然后挤着从正门出去，边走边说：“先生，侬是卖糖糕和甘蔗的，让侬出去吧！”两个哨兵信以为真，便让她走了。刘秋菊一躲身就“飞”到指定的榕树下与林茂松等人会合。这时，背后传来“活捉共产婆”的喝令声，伴随着“砰砰”的枪声，似乎是为他们送行。

1936年秋，琼崖特委派遣林茂松和刘秋菊前往陵水和崖县一带恢复党组织工作。起初，他们住在莺歌海一带的海边，以收卖旧银首饰器皿作为掩护，白天挑着货担，走家串户地吆喝着，暗地里寻找失散到各地的地下党员，并以崖城东关林克辉家的裁缝店为联络点进行工作。继后，他们还到达崖县角头为立脚点，以酿酒为业作掩护进行秘密革命活动，经过一段艰苦深入的工作，终于找到了何赤等当地党员，并通过何赤等人动员吴秉明等人出来从事革命活动。陈英才任“后援会”主任，在崖城地区具有民族气节的师生都纷纷报名参加了“后援会”。

1937年“7·7”事变后，刘秋菊、林茂松在崖城地区指示陈英才、黎茂萱、林庆墀、郑望曾等人，以崖县中学党支部为核心成立“抗日救国后援会”，另在崖城第一高级中学、第五高级小学成立读报会、抗日后援会，并在各村庄组织打猎会、兄弟互助会等。

在刘秋菊等人的深入发动和指导下，恢复和发展了一批党的基层组织与党员。越年春，刘秋菊和林茂松在水南地区的高山村主持召开了一次工作会议，与会者有陈英才、黎茂萱、何赤、何绍尧、吴秉明、陈国风、陈世德、郑绍岳等人，会议布置了三项工作：一、搜集枪支弹药，积蓄力量；二、发展党员扩大党组织；三、开展抗日统战宣传工作。

当时，崖县民间歌手孙恢尧编唱了一首《抗日救亡》歌，歌词为：

日本鬼子犯我境，侵略我国怀野心。
垂涎我地大物博，思占领为他殖民。
思占领为他殖民，抢掠剥皮多由他；
自甲午年打败我，国耻层层将百年；
国耻层层百年久，作尽痛痕给咱孵，
朝鲜占作他属国，台湾割为他版图。
又欲占东北四省，野心膨胀把人欺。
东北四省犹嫌少，交涉总不肯退兵；
二十六年的七七，卢沟桥边起祸变。
卢沟桥边起祸变，恃着他的武器精；
北平天津皆失守，上海同时陷相沿。
失陷天津与上海，南京后来也遭祸；
相继陷沿海各省，也受他的烧与杀。

……

嗣后，随着琼崖国共两党团结合作，共同抗日的形势到来，刘秋菊和林茂松等人相继奉调回琼崖特委工作。刘秋菊担任琼崖特委妇女部部长一职，林茂松则在独立队担任军事指挥员。

这正是：真情俊郎迷女杰，巾帼英豪名声扬。

第四十一篇

日寇侵华全国共救亡　国共合作琼岛同扶危

话说1936年底，冯白驹从华侨带回的国外报纸上，第一次看到了中国共产党中央委员会公布的《为抗日救国告全体同胞书》即《八一宣言》和有关“西安事变”的报道，这才得知党中央正在为争取第二次国共合作，共同抗日而努力。冯白驹如获至宝，细读《八一宣言》，拍案击节，连声叫好。

1937年春节来临之际，中共海口市委工作委员会正式成立，琼崖特委通知林克泽、林诗耀和仆周等人共同负责市委工作。工委的主要任务是在广大的工人、学生和群众中宣传《八一宣言》，号召一切爱国的人们有钱出钱、有力出力，扩大抗日统一战线力量，加强特委和省委、特委和各县党组织的联系工作，以便开展对敌斗争。

这年上半年，琼崖特委再次派交通员陈玉清到香港寻找失去联络多年的上级党组织，几经周折，终于与设在香港的中共南方临时工作委员会（简称南委）接上关系。

之后，冯白驹为了能够亲自聆听上级领导的指示精神，乃冒着生命危险，化装成商人，带着一名随身人员渡海到达香港，于6月间找到了中共中央南方工作委员会书记薛尚实。

薛尚实高兴地对时在香港的中央派驻广州八路军办事处主任云广英说：“冯白驹同志从海南来到香港同我们联系了，你是琼崖人，对海南的情况比我们熟悉，加上你懂得海南话，最好你也同他会一面，直接用海南话向他传达中央关于抗日民族统一战线的方针、政策，那就更好了。”

云广英说："冯白驹同志我已久闻其名，但没有机会同他接触，这次能与他会面攀谈，那也是很难得的机会啊！"

云广英谱名云昌旭，字亮初，又名云清，化名林秀先，文昌县人。1924年考入广州广雅学院读书，参加反帝反封建斗争，1927年转赴马来西亚及新加坡等地谋生。1929年回国参加张运镒、邓小平、韦拔群领导的广西百色起义，1930年加入中国共产党，曾任红军团政委、军政治部组织部长、特科学校政治部主任教员等职。参加过第三、四、五次反"围剿"，后随军参加二万五千里长征。到达陕北后，任红军大学政治部组织科长。抗日战争爆发后，任八路军驻广州办事处主任。

第二天上午，薛尚实约好冯白驹在九龙尔敦道一个码头与云广英会面，冯白驹手拿两份香港报纸作为接头暗号。云广英会见了冯白驹后，便转到一艘开茶楼的游船上边喝茶边谈话。冯白驹用海南话向云广英汇报了海南革命情况，并讲述了与上级失去联络后苦苦寻找的经历……

云广英还向冯白驹传达了中共中央关于抗日民族统一战线的方针、政策等，尔后又询及琼崖革命的一些具体情况。

冯白驹如实地向云广英作了汇报，然后坚定地说："我们在琼崖多年来对敌斗争的过程中，什么样的困难都经受过了，由于有了党的领导，全体同志都团结得很好，并与群众有了密切的关系，得到广大人民的支持，任何困难都能克服。现时最主要的问题是能尽快与党中央取得联系。在党中央的正确领导下，我坚信有长期革命斗争传统的海南人民与我们共同奋斗，只要坚持到底，革命一定能够胜利，党交给我们的任务是一定能够完成的。"

云广英听了冯白驹的话，很是感动，最后他鼓励冯白驹，要为解救家乡父老的苦难、为琼崖革命作出新的贡献。他们座谈了两个小时就分手了。

随后，中共南委书记薛尚实听取了琼崖情况的汇报，再向冯白驹详细地介绍了当前全国抗日救亡运动的形势，并系统传达了中共中央瓦窑堡会议精神和会议确定的抗日民族统一战线的策略方针，指示琼崖特委结合当前形势，为在琼崖建立抗日民族统一战线而努力。他解释了《八一宣言》的精神实质，做了有关如何进行抗日民族统一战线在海南实现，为团结全岛人民抗击日本帝国主义的侵略而进行新的斗争的指示。

薛尚实说："中国共产党为国共合作发表了宣言，并给国民党三中全会发去电报，电文中提出著名的五项要求和四项保证。"接着，他把《中共中央给中国国民党三中全会电》递给冯白驹，要求他好好学习和领会电文的内容与精神。

冯白驹看到五项要求和四项保证内容是：

（一）停止一切内战，集中国力，一致对外；

（二）言论、集会、结社之自由，释放一切政治犯；

（三）召集各党、各派、各界、各军的代表会议，集中全国人才，共同救国；

（四）迅速完成对日抗战之一切准备工作；

（五）改善人民生活。

电文明确表示，如果国民党三中全会将这五项要求定为国策，中国共产党为了达到全国一致抗日的目的，愿意作出如下四项保证：

（一）在全国范围停止推翻国民政府之武装暴动方针；

（二）苏维埃政府改名为中华民国特区政府，红军改名为国民革命军，直接受南京中央政府与军事委员会之指导；

（三）在特区政府区域内实行普选的彻底的民主制度；

（四）停止没收地主土地之政策，坚决执行抗日民族统一战线之共同纲领。

冯白驹看完《中共中央给国民党三中全会电》后，心里头虽然长长地舒了一口气，但眼光却闪动不定，表示疑虑。

南委领导似乎猜出了冯白驹心中的疑虑，解释道："中央提出五项要求和四项保证，是中国共产党在民族危机深重的新形势下在政策上的重大转变啊！"

稍歇片刻，他又继续说："中央这样做，是需要有很大的政治勇气的。记得毛主席在政治局常委会讨论时说过：'此电发表，各方面看法是不同的：托派必说我们投降，左派怕我们上当。然而在政治上是可以说明的，是可以表示我们真正抗日团结御侮的决心的。'"

嗣后，薛尚实一再告诫冯白驹，在斗争中要提高警惕，不要轻易下山露面，以防止红军被国民党吃掉。

冯白驹返回海南后，召集琼崖特委开会讨论，会上他们回顾了几年来反"围剿"斗争的经验教训以及军民英勇奋战的历史，接着分析了当时全国及全琼的斗争形势。当会议讨论到《八一宣言》时，一开始众人都议论纷纷，绝大多数人对《八一宣言》表示不理解，人们的思想一时转不过弯来。他们认为对国民党反动派只能斗争，不能团结，内战已经打了10年了，我们有多少同志在反动派的屠刀下牺牲了生命，担心再来一个1927年的"4·12"，因此，他们说要抗日，只有依靠共产党。

冯白驹耐心地向大家做思想工作，说明党的统一战线的深远意义。他指出："眼前的阶级斗争要服从民族斗争，要从中华民族这个根本利益出发，小局要服从全局。我们要牢记党的纪律，少数服从多数，下级服从上级，全党服从中央，党中央和毛主席做出的决定是正确的，每一个共产党员都要无条件地贯彻执行。"他还指出："我们对待国民党人也要做分析，国民党中也有左、中、右，我们要团结一切可以团结的力量，共同抗日，将日本侵略者赶出中国去！"

继而，琼崖特委立即向全岛发表了《关于国共两党在琼崖停止内战团结抗日的呼吁书》，呼吁书首先向国民党提出停止内战、团结抗日的呼吁，号召一切愿意抗日的人们团结起来，有钱出钱，有力出力，建立抗日武装，组织抗日救亡运动。呼吁书最后大声疾呼："希望琼崖国民党最高当局立即停止内战，组织全岛的抗日统一战线，发动神圣的民族自卫战争，抵抗日本帝国主义的进攻，保卫中国、保卫琼崖，恢复中国的领土主权，拯救全国人民于水深火热之中……"

之后，琼崖特委又根据党中央《八一宣言》中的正确主张，向国民党琼崖最高当局提出了要求停止内战、停止进攻苏区和红军、实现国共两党团结抗日的合理要求。

此时，国民党驻琼部队独立第四团王定华部奉调离开琼崖，由独立第九旅李江部接防，旋后鉴于琼崖兵力薄弱，遂由第四路军余汉谋部、第六十二军张达部、第一五二师陈章部过琼协防，共同守卫海南岛。

全国掀起了全面抗战的热潮，形势一派大好，国共两党又开始走向第二次团结合作的道路。

与此同时，孤悬海外的海南岛也掀起了抗日救亡运动。先是琼崖特委在海口创办了《救亡旬报》，每10天出一期，公开向党外群众宣传党的抗日主张，为促进抗日民族统一战线的形成而大声疾呼。冯白驹等人经常为这些报刊撰稿。继后中共海口市委也办起《救亡呼声》杂志，发表宣传抗日文章。

为了更进一步地推动广大民众的抗日热潮，琼崖特委又在海口市新兴街开办了一家“大众书店”，书店既卖书又是秘密联络站。店里出售的大部分都是进步报刊和书籍。报刊有《新华日报》《大众哲学》《新生》《永生》《生活》《世界知识》等。书籍有俄罗斯作家托尔斯泰的《战争与和平》《复活》《安娜·卡列尼娜》《普希金诗集》；苏联作家法捷耶夫的《青年近卫军》《毁灭》，绥拉菲摩维奇的《铁流》《鲁滨孙漂流记》；德国诗人海涅和歌德的《浮士德》；美国作家斯托夫人的《汤姆叔叔的小屋》；法国作家雨果的《悲惨世界》《巴黎圣母院》，左拉的《萌芽》，司汤达的《红与黑》，英国作家尼契切的小说《牛虻》，还有古希腊神话《一千零一夜》《但丁神话》等。

1938年，昌江县小学也相继成立了教师抗敌会，潜伏在此地的共产党员王业熹与马秋江、赵光炬、林超常等人也出刊了《战垒》杂志，宣扬抗日救亡的道理。

这年秋后，中共琼崖特别委员会也发表了《团结抗日保卫琼崖》，号召各阶层人士联合起来，建立广泛的抗日民族统一战线。

《团结抗日保卫琼崖》大略写道：

琼崖国民党最高当局诸公：

琼崖形势危急矣！鉴于海内连天烽火，遍地寇氛，我中华民族惨遭有史以来之灾难，人民倍受灭绝人性之屠杀，若不奋起抗争，则岌岌可危也！我等蒿目忧世，五内俱焚，特致书于诸公，以及有良知之士，呼请停止内战，一致对外，国共两党密切合作，共赴国难，力挽危局，则国家之有救，民族之有望焉！古人有言：“螳螂捕蝉，黄雀在后。”倘若琼崖当局执迷不悟，一意孤行，对外妥协，对内战争，亡国之期，则不远矣！唯有万众一心，坚持长期抗战之国策，奋斗到底，则中华民族不会亡！中国必定取得最后胜利！

我琼崖特委及工农红军，情愿与琼崖最高当局，以及琼崖军民一道，为捍卫国家领土完整，誓本一贯精神，竭诚尽力，虽尸山血河，也在所不计耳！望诸公与我琼崖特委暨红军武装力量共同抗日，保卫琼崖！保护桑梓！则国家之幸甚！人民之幸甚！琼崖之幸甚！

中共琼崖特别委员会

中华民国二十七年八月

同年9月，国民党琼崖当局出于全琼抗日形势所迫，在六十二军所在地——府城开办“琼崖自卫工作人员养成所”，名为培养抗日军事人才，实则想收罗琼籍国民党失业军人和社会青年而为己用。

当时，中共琼崖特委为了对付国民党的片面抗战路线及其企图削弱和消灭共产党的阴谋，决定选派部分青年党员如张刚、文谦受、吴以丰、史柏龄等人报考养成所，学习军事技能，为抗战服务。

国民党第六十二军军长兼广东省第九区（琼崖）行政督察专员张达、师长陈章和师管区司令杨永仁等经常来养成所训话。他们虽然也对学员讲一些抗日的道理，但更多的是攻击共产党。如陈章在一次训话中就说：“现在要抓紧收集民间枪支，积极筹备粮食，组织抗日自卫团，加强我们的力量。这些工作如果我们不抓紧，‘八字脚’（指共产党，因‘共’字下半部是个‘八’字）就会抢先去做。”还说，“今后发展党员（指国民党员）要谨慎，政治上要认真审查，以防止‘八字脚’混进来。”

此外，一五二师还在大英山办了一个学兵班，为连队培养士兵骨干。

却说1938年底，参加淞沪抗战的上海保安总团吉章简部参谋长王毅返回琼崖，充任广东省保安第十一团团长，驻防陵水县城一带，该部一个连驻守新村港。一天，有一艘敌舰驶来停在港外海面，随即派出汽艇一只，深入港内，先用机关枪向岸上扫射示威，然后在港里探测海水深浅。岸上驻军以为日军登陆了，仓皇逃跑，居民也纷纷跟着逃走。王毅听到报告后，慌忙下令撤退，带领全团人马向保亭县一带逃遁。一时间，秩序大乱，人心惶惶，纷纷逃难。

日舰在新村港探测海况任务完成后，即启航离去。没有多久，民众看到没有动静，也陆续归来。约一星期后，王毅探知敌人确实已经离去，才大摇大摆地率部回到陵水县城。一回驻地，他便授意时任陵水县县长王雄和第三区区长陈平和等人捏造事实，谎报军情，宣扬王毅率领部队击退日寇，守土有功，强迫民众捐款赶制锦旗，购买生猪、毛巾等日用品慰劳该军，并召开庆功会，为其歌功颂德，其后他又将开会情形以及劳军锦旗等物品拍摄成图片，随附信件邮寄给由南京迁到湖南湘潭的步兵学校当教育长的胞兄王俊，转告国民党中央请奖。王俊接到信件和照片后，异常高兴，立即交与步兵学校各教官互相传阅，王俊还夸耀其胞弟王毅在琼崖的战功，由此可见一斑耳，王氏兄弟为官之脸皮竟然厚黑至此而不知耻羞！

不久，王毅竟由冒功而升迁，由上校团长晋升为保安第五旅少将旅长兼任琼崖守备副司令。此事一经传出，媒体哗然，民众嗤之以鼻，一时引为笑柄。

这正是：初见抗日端倪现，始识王氏计较高。

第四十二篇

开谈判黎民会林序东　背信义张达捕冯白驹

话说1937年7月，冯白驹又亲自转赴香港找到中共驻港办事处主任廖承志等请求指示。廖承志告诉他："目前全国形势起了变化，'7·7'卢沟桥事变之后，日军开始对中国发动了全面的侵略战争，我党中央已经向中国国民党军事委员长蒋介石提出国共两党重新合作、共同抵抗日本侵略者的主张。中国国民党方面将红军改编为'八路军'，南方游击队改编为'新四军'，准备开赴前线作战。

中央指示：琼崖特委服从大局，主动向琼崖国民党最高当局写信，表示我们的诚心，主张国共两党团结合作、共同抗日的意愿。"

听取了廖承志转达党中央的指示后，冯白驹返回海南，主动给国民党驻琼崖的第六十二军军长兼第九区行政督察专员张达和一五二师师长陈章写信。信中大略写道：

琼崖最高当局、张军长、陈师长阁下：

日倭猖狂犯吾东北四省，以及华北广大地区，继而寻衅卢沟桥，发动全面侵华战争。日入侵我国土，戮我人民，眼下烧杀掳劫，四下起火，八下冒烟，致使饥民遍野，斗斛万钱，荡析流离，人烟冥寂，阴风惨惨，冤魂沉沉，见所未见，闻所未闻，屈子问天，覃生痛哭，我等闻之悲感交乘，五内俱焚。现在寇入奥堂，沉陆之忧，悬于眉睫。而今琼崖亦警信迭闻，一日三惊，危在旦夕，人心惶惶，不可终日。有鉴于此，本党愿意与国民政府真诚合作，共同抗击日寇，保家卫国，以尽军人之职也。望琼崖最高当局勿以舍近而求远，弃易而求难，使得四方疑怪，百姓怨望。古人有云：“宁进一寸死，毋退一尺生。”我等投袂请缨，愿率众与日寇血战，决一雌雄，有进尺，无退寸，胜负得失，听诸天数。

回想当年，国共两党真诚合作东征北伐而推翻封建军阀统治，使中华民族觉醒起来，为国家复兴而努力。中山先生之三民主义，乃为中国今日所需，本党当为其实现而彻底奋斗。本人也愿意为三民主义而奋斗终生。

冯白驹

中华民国二十六年八月五日

中共琼崖特委书记冯白驹主动给琼崖国民党最高当局及驻琼六十二军军长张达写信，提出琼崖国共双方应该以民族利益为重，停止一切内战，并表示愿意在团结抗日的前提下将红军改编，还建议双方为此派出代表进行谈判。此外，还要求在报纸上公开答复。

张达，原名长途，字豫达，广东省东莞城博厚人，家境清贫，幼时失学。后在塾师钟辉处操茶、扫地，得免费读书。钟辉对张达极为器重，以女儿许之。辛亥革命前，张达考入广东陆军小学，后入保定军校第六期步兵科深造。毕业后回粤，先参加讨袁运动，后参加东征、北伐诸战役。从排长、连长升至营长。1928年任三十二团团长，继后在香翰屏部任旅长、副师长等职。1931年陈济棠主粤，将第八路军改为第一集团军，原属扩编为3个军。张达先后担任第四、第五师师长。九一八事变后，率师进驻广东惠阳、东莞、宝安3县，兼任虎门要塞司令。1934年率部参加第五次“围剿”中央苏区和红军；1936年参加“两广事变”，升任第六十二军中将副军长，1937年继任军长，同年9月兼任广东省第九区（琼崖）行政督察专员兼琼崖守备司令和保安司令等职务。

当时，在琼崖警备司令部担任秘书长的蔡凤翻，得悉冯白驹合作抗日之事，极力阻止道：“当抗日战争初起，共党首领毛泽东宣布愿意与国民党合作，共同抗日，提出四项诺言，军委会乃收编为十八集团军。今琼崖共党头子冯白驹亦出谋收编，其如出一辙也。”

蔡凤翻字乐天，万宁县北坡保定村人，清末廪生，民国初年进入广东法政学堂，毕业后历任澄迈、仁化等县县长职务，现为琼崖警备司令部秘书长职务。因此极力劝说保安第五旅少将旅长王毅。

王毅听了，不以为然。

之后，文昌人许登闻将冯白驹的意图向王毅、杨永仁等人介绍，并请2人向张达间关说项。

蔡凤翻知道后，亦向张达说："冯白驹部众，经多年痛剿，所剩无几，若准予收编，则向之潜伏者、自首者，势必招致，方能成军，是无异于吹已烬之灰也。"

张达道："本欲利用冯部熟悉地形，为我军将来游击战之助而已。"

蔡又说："古人云'贼性难改'。倘若改编而复叛，日寇在前，冯部在后，将之若何？"

张达听罢哂笑道："当不至于如此吧！"事过了数天，张达经与王毅、杨永仁等人商讨，乃让该军一五二师师长陈章在《琼崖民国日报》上公开答复，同意谈判。并叫冯白驹派出代表前来府城接洽。

再说在琼山县演丰乡的中共琼崖特委驻地一间农家庭院里，冯白驹、王白伦、黄魂等人正在焦急地等待着我方谈判代表黎民的到来。

这话还得从头说起。

原来，国民党琼崖当局在报纸上公开答复冯白驹的致信，表示同意谈判之后，起初，冯白驹鉴于黄魂能说会道，且是特委委员，对革命无限忠诚，决定派黄魂作为我方代表跟国民党当局进行谈判。但是，后来由于特委另有任务需要黄魂去执行，因而特委决定另行委派时任乐万县委书记黎民，作为我方谈判代表。

黎民，原名李黎明，琼山县红旗乡福坡村人，1927年参加农民运动，后参与武装斗争，转后潜赴泰国，曾任中共暹罗总工会秘书，后来被泰方驱逐出境，返回香港。不久应冯白驹要求返海南做互济会工作，并担任中共琼山县委委员、宣传部长、琼山县委书记，1937年担任乐万县委书记。

黎民接到琼崖特委书记冯白驹的一道紧急通知后，便日夜兼程从乐万县第四区赶回琼崖特委驻地琼山县演丰乡，在一个农民家庭院里，会见了正在焦急地等待他到来的冯白驹、王白伦和黄魂等人。

一见面，冯白驹就开门见山地说："黎民同志，特委决定派你去和国民党琼崖当局谈判。"

黎民一听，觉得心里没底，便说："老冯同志，我虽说当了几年的县委书记，但一向都是明刀明枪地干；如今要我坐在桌子前面与国民党谈判，好比大姑娘坐花轿——头一回咧。没有这方面的经验呀！"

"对呀！对于和国民党谈判，我们谁也没有经验。可这是新形势下我们必须掌握的一种斗争手段。岂不闻古人云：'三寸舌贤于十万兵'吗，去吧，特委已经决定了。"冯白驹用亲切而又严肃的眼神望着黎民说道。

在冯白驹的鼓励下，黎民忐忑不安的心情开始平静下来，心里对自己说："是呀！什么事不都是学的吗？坐着谈判难道比扛枪还要难？即使难也要闯啊！"想到这里，他大声答应道："好吧，我去！"旋而一想，又说道："哟，不行，我不会讲官话呀！"

冯白驹见到黎民因不会讲官话而发急的样子，笑着拍拍他的肩膀，鼓励说道："那不要紧的，讲海南话也能谈，他们会有海南话翻译的。"说罢，拉着黎民坐下来，然后详细地交待了谈判中必须坚持的立场、方针、政策，以及我方的各项条件。

黎民凝神地听着，心里充实起来。忽然又想起了一个问题，忙问："老冯同志，要是他们问起我们有多少武装，应该怎样回答呢？总不能把我们只有几十人的底细告诉他们吧！"

"对，我们不能实说，你应当对他们说，我们现在有几百人好了。"

"行，我见机行事，随机应变，决不辱使命！"黎民站起来保证说。

第二天，黎民独自一人出发了。他先到海口找到中共海口市工委书记林克泽，向林了解了一些情况，然后便来到府城国民党第六十二军第一五二师师部驻地。

第一五二师师部设在府城东门的一座大庙堂里，门前站着二道岗哨。黎民来到师部门口，睨视着大门两旁的岗哨，掏出随身带来的介绍信，大声说道："我是琼崖共产党谈判代表，来找你们陈章师长。"

一个卫兵上下打量了黎民一番，然后走进去通报。过一会儿，这名卫兵出来领着黎民走到师部政训处。

片时，只见政训处主任林序东身着笔挺的军服，戴着一副墨镜，从里间大摇大摆地走出来，自我介绍一番，接着说是遵照上面交代出面来接待琼崖中共方面的谈判代表。

黎民也自我介绍说："我叫黎民，是中国共产党琼崖特别委员会方面的谈判代表。"

"哦，哦，好……好嘛。我……我们欢迎！"林序东一时紧张，语无伦次地说道，然后伸出手来跟黎民握手。

黎民说："林主任，本人是代表琼崖共产党方面来跟你们谈判关于琼崖国共合作共同抗日的，希望得到你的关照和欢迎啊！"

"这个……这个……本人当然，当然欢迎嘛！"

"那么，陈师长应该来与我方代表谈谈嘛！""陈师长很忙……很忙……抽不了身哪……"

"林主任，陈师长在报纸上发表声明，既然同意琼崖国共两党双方派出代表来府城谈判，虽说平时怎么样忙，但现在总应该抽出时间来会见一下，也算是表示诚意吧！"黎民说着，又将来意复述一遍。

林序东听完之后，不阴不阳地说："师长有事，他交代由我负责谈判的事。这样吧，你先休息一下，咱们下午再谈吧。"

到了下午3时，国共双方举行了第一轮谈判。在会谈中，黎民首先阐明琼崖特委坚决执行中共中央关于停止内战、一致对外的方针的态度，并表明共产党人积极要求参加抗日的愿望。林序东歪着头，手里玩弄着那支权当记录的派克钢笔，漫不经心地瞧着共方代表，不时地装模作样点点头。

黎民瞥了林序东一眼，一口气提出了琼崖特委关于改编红军的几个条件：

第一，停止进攻红军，停止逮捕我党人员；

第二，红军改编为抗日部队；

第三，改编后保持红军独立性，不与国民党军队混编；

第四，红军改编后，有单独的防区，不与国民党军队混驻在一起；

第五，红军改编后，当局要一视同仁，按时发饷、发粮、发被服及其他军需物品；

第六，给红军补充枪支弹药和各种装备；

第七，红军是琼崖人民的子弟兵，暂在琼崖抗日卫国，当局不得以任何借口将红军调离琼崖。

“你们究竟有多少人呀？是集中还是分散？”林序东突然问道。

“有三四百人。有集中、也有分散。”黎民不假思索地说，然后反问道：“怎么？林主任对这个问题很感兴趣吗？”

“哦，是的。不……不……随便问问……随便问问……”林序东打着哈哈，极力掩饰其内心的失态。

黎民睇见林序东失态的样子，便紧跟着追问：“那么，贵方对我们所提出的条件有何想法，恳请林主任谈谈看法。”

“这个嘛，唔……唔……兄弟我得先呈报上峰再说。”林序东一听共方代表要他谈谈看法，连忙推辞，继而丢下一句：“你得先等等再说。”

第一天谈判后，黎民整整等了一天时间，等到第三天上午，林序东才出来继续谈判。刚坐定，林序东就说：“我把你们的条件向师长汇报了，陈师长说，你们的抗日愿望是好的。不过，要让冯白驹先把队伍带出来，让我们知道你们有多少人，情况如何，然后再谈改编问题。”

黎民“霍”地站起来，正色反驳道：“哪有未曾经过谈判就要我们把队伍拉出来的道理？这办不到！看来你们并没有把我们作为谈判的一方，而是随意把不合理的方案强加于人，我对你们的诚意表示怀疑！”

“话不能这样说。”林序东看到对方神色，狡猾地辩解：“你们不先出来，我们不知道你们的确实人数，难以谈条件嘛。”

“有多少人的问题，头一天我不是讲过了吗？”黎民理直气壮地说，“企图用这个问题把谈判撇在一边，这不过是你们的借口而已。请注意！我们是来谈判的，不是投降乞求你们的。”

于是，黎民与林序东各自代表国共两方，争论了一个上午。最后，黎民郑重声明：“谈判条件成熟，双方签订协议，有了安全保证后我们才出来接受改编。这一点是大前提，我们是不会让步的。”

林序东一时语塞，无言以对。黎民接着又说："像目前这样，双方很难继续谈下去了。我得回去将情况向上级报告，你也等一等吧。"

当天下午，黎民从府城赶往琼山县演丰乡。一直走了 20 多公里的路程，于当天晚上见到了冯白驹等人，并将谈判情况作了汇报。琼崖特委即于次日上午开会研究对策，决定再让黎民去府城进行第二轮谈判。同时，冯白驹也从演丰乡迁到塔市乡，为的是及时掌握中途谈判的情况，便于领导谈判桌上与国民党当局作斗争。

黎民返回到府城之后，又与国民党一五二师政训处主任林序东重开谈判。一开始，黎民再次重申我党中央关于"停止内战，一致对外"的方针是坚定不移的，对建立抗日民族统一战线的态度是诚恳的。只有先谈条件签过协定后，红军才能出来接受改编。为了国家和民族的利益，我们愿意同当局继续谈判，随时等待着当局改变无理要求的通知。

林序东听了抬起眼皮，嘴角露出一丝冷笑，讥讽说："你们的观点还是不变呐！"

"对！这是大前提，如果连这一点也得不到保证的话，那我们之间还有什么好谈的呢？"面对讥讽，黎民义正词严地回敬道。

"你们知道不知道？有人控告你们抢劫，扰乱社会治安！"林序东气急败坏，一拍桌子威胁道，"如果你们再迟迟不出来，对于民众的控告，我们是不会置之不理的！"

黎民一听见这种无中生有的诬蔑行为，气愤地站了起来，严正地声明道："这纯粹是造谣诬蔑，我们共产党和共产党领导的军队向来秋毫无犯，谁人不知？哪个不晓？如果真的有抢劫行为，那只能是土匪干的，与我们毫无关系。希望当局不要张冠李戴，血口喷人！"

林序东"嘿嘿"地冷笑几声，威胁说："反正我们有言在先，以后再控告，我们将不客气！"

"如果你们不顾国家民族的利益，以各种借口向我们进攻，那我们将被迫自卫还击。发生内战的后果，你们要完全负责。"

双方唇枪舌剑，争持不下，第二轮谈判又搁浅了。

却说冯白驹为了方便指导谈判工作，决定亲临海口附近之琼山县塔市乡演村坐镇指挥。

10月25日，冯白驹与妻子曾惠予从琼山县演丰乡来到该地，住进了塔市乡演村老屋主张琼兰家。冯白驹的妻子曾惠予正患严重的疟疾，时冷时热，不大方便行走，只好让张琼兰的母亲张阿婆来照顾。张阿婆的两个女儿都是共产党员，大女张琼兰、二女张阿二都已经出嫁，但次女张阿二的丈夫却是个游手好闲、吃喝玩乐之徒，因而夫妻长年失和，张阿二一气之下便回到娘家生活。阿二的丈夫见老婆回娘家居住，不免起了怀疑之心，他疑心老婆已经与别的男人好上了，因此便暗中盯梢。

真是事有凑巧，刚好这天晚上，冯白驹和曾惠予夫妇俩住进了老阿婆的家里，熄灯后，夫妻俩悄悄地说着话儿。孰料隔墙有耳，张阿二的丈夫也盯梢到了丈母娘家，准备捉奸。当他看见有个陌生的男人在岳母家里，又隐隐约约听见房间里传出男女轻轻的说话声时，不由得疑窦顿生，以为老婆与情夫勾搭成奸，便冒冒失失地跑回到塔市乡公所带来几名团丁来抓奸夫。塔市乡的团丁听说要抓奸，便急匆匆地跟随在阿二丈夫的后面，连夜走了几十里的路赶到演村。

此时，东方天边已经露出鱼肚白，晨星闪烁着疲倦的眼睛，即将隐去。几阵秋风灌进小庭院，吹得院里的树叶“沙沙沙”作响。老阿婆打开了屋门去厨房准备早饭，大门虚掩着。

当张阿二的丈夫糊里糊涂带着团丁赶到丈母家时，看见房门尚未上闩，一伙人趁势窜了进来，一抬眼睇见房间正巧有一男一女正在酣睡。

团丁们见状，用枪指着大声喝道：“不许动！”

“快抓住奸夫淫妇喽！”

冯白驹和曾惠予在睡梦中被惊醒，他本想抽枪，但来不及反抗，就被团丁们抓捕了。阿二的丈夫原以为带着团丁来抓奸夫，却不料认错了人。唉！哪知道这混账东西抓奸不成反而惹出一场大事来！

“啊！冯白驹！”这时团丁中有人认得冯白驹的，而且知道冯是琼崖共产党的首领，又是国民党琼崖当局曾经悬赏捉拿的重要人物。

“他真的是冯白驹吗？”团丁小头目见他们轻而易举地抓捕到了琼崖共产党首领冯白驹，喜出望外，但仍将信将疑地问那人道。

“队长，保证错不了！他真的是冯白驹！”团丁一时按捺不住内心的兴奋，拍着胸脯指天发誓似的说道。

他们意外地抓获冯白驹，团丁们都乐得心花怒放、手舞足蹈起来，忙将冯白驹夫妇捆了个结实，然后押解到塔山乡公所，再转送府城监禁。

国民党琼崖当局要人张达、陈章、王毅、杨永仁和陈炜章等人听说团丁们抓到琼崖共产党首领冯白驹，真有喜从天降之感。对于这个意外的收获，又惊又喜：国民党历年动用大兵围剿而不能捕获的琼崖共党首领冯白驹，却被几个团丁轻易地捉到，能不惊吗？而这回抓住冯白驹，便可以此为压力，逼使中共琼崖特委让步，以获取谈判桌上得不到的东西，能不喜吗？

于是，张达、陈章、王毅和陈炜章等人决定直接对冯白驹进行审讯，同时还威逼冯白驹早年在琼山中学时期的老校长王政和其他老师“陪审”，妄图逼使王政等人以校长、老师的名义劝说冯白驹向国民党悔过自新，把红军队伍带下山来，把武器交出来，以换取一官半职。

冯白驹身陷囹圄，被关押在琼山县监狱里的一间单独囚室，并被铸上脚镣手锁，使他完全失去了人身自由。

这天，张达带着陈章、王毅、陈炜章等人来到琼山县监狱，亲自审讯冯白驹。张达一看见冯白驹身上罩着灰蓝色囚衣，忙假装表示歉意说：“对不起冯先生，让你受委屈了。”

接着，他便施展劝降和利诱伎俩，然后劝说冯白驹投降国民政府，放弃对抗情绪，谋取高官厚禄。

冯白驹听毕，微笑道：“国共两党合作抗日可以，但是若要差强人意，叫本人放弃共产主义信仰，那是万万办不到的。”

张达又说：“冯先生相貌堂堂，一表人才，应该寻求一个出路，何必自讨苦吃呢？”

冯白驹正色告诉他们说道：“这事你们就无法理解了。告诉你吧：你们国民党谋取的只是为了少数人的利益，为一己之私而不顾天下苍生之痛苦；

而我们共产党人谋求的则是为了大多数的人民群众翻身解放的事业。所以我作为共产党的一员，吃一点苦又算得了什么！”

对此，被迫参加“陪审”的王政等人理解冯白驹所从事的事业，故而都不吱声。

张达、陈章等一计不成，又施一计，只好叫王毅、陈炜章等人出马劝降。

王毅身材干瘦，个子不高，皮肤黝黑，身穿土黄色军官服，佩戴陆军少将衔，正神气活现地坐在张达的左下首参加审讯。当他听到张司令示意他去劝降冯白驹时，心里不由怔了一下：冯白驹是在琼崖国共两党军队对垒的老对手；又是国军在多年的剿共中绞尽脑汁、费尽心机梦想剿捕而得不到的人。今日面对这位已成为阶下囚的大名鼎鼎的琼崖共产党首领冯白驹，真可说是喜不自胜了。他慢慢地站直身子，调整一下复杂的心态，然后踱着方步来到冯白驹的跟前，装腔作势地用海南话说：“冯先生受委屈了。”

冯白驹昂着头回应一句：“只要为了国家民族的利益，以及促进国共两党团结抗日，我个人受点委屈算不了什么！”

“对呀！国家利益至上，冯先生之抱负，鄙人钦佩。”王毅说着，又干咳一声，继续说道，“张司令请来冯先生，正是共商国是呀！只要悔过自新、改弦更张，放弃共产主义信仰，服从三民主义，政府当虚位以待。”

“什么？要我放弃共产主义信仰？除非太阳从西边出来，办不到！”

“冯先生，你在致函张司令时，其中不是有过冯先生本人所讲的也愿意为‘三民主义而奋斗终生’之话语吗？现在怎能出尔反尔，自食其言，言而无信呢？”

“嗬！嗬！你们理解错啦！我说的是孙中山先生的‘联俄、联共、扶助农工’的新三民主义政策；不是你们‘阉割’过的旧三民主义。两码事不能混为一谈。”

“嗯……嗯……”王毅理屈词穷，一时语塞，两只手下意识地揉搓起来，不作声了。

张达、陈章等无计可施，只得亲自出面，对冯白驹威逼利诱道：“你把武装带下山，向国军投诚，悔过自新，可以委任要职；要是这样强硬下来，恐怕性命难保，随时都可以就地处决。”

冯白驹听罢，轻蔑地一笑，说道：“现在国难当头，需要的是‘兄弟阋于墙，共御外敌’。如果你们胆敢冒天下之大无韪，破坏国共团结抗战的政策，那就会受到国人的鄙视和处罚！”

且说中共琼崖特委得悉并证实冯白驹被捕的消息后，为了使工作正常运行，推举王白伦代理特委书记一职。此时，正在府城与国民党琼崖当局谈判的黎民，获悉冯白驹在琼山县塔市乡被国民党当局逮捕的经过，因事出突然，事态严重，乃受琼崖特委代理书记王白伦的紧急通知，来到琼崖国民党行政专员公署，想找张达进行交涉。但张氏推说有要事在身，拒而不见，只让专员公署秘书主任郑润康出来接待黎民。

黎民质问郑润康：“我们同一五二师关于改编的谈判正在进行，你们却把琼崖共产党领导人冯白驹抓起来，卑鄙手段竟至于此，令人齿寒。你们这是什么意思？”

“哦！这个事嘛，是下面抓的，冯白驹是下面的人抓了送上来的。”郑润康听见对方的严词质问，一时无话可说，便照实话说了一番。

“下面抓了，那么你们必须马上释放冯白驹，俾使琼崖国共双方的谈判顺利进行！”

“这个……这个……事关重大，啊！对不起。冯是个重要人物，张司令和琼崖行政专署都无权处理。我们已将情况呈报给上峰了，只有上峰批准了才能释放。”郑润康如实地说。

黎民考虑到多讲也没有用，便提出去探望冯白驹。在得到他们的答应之后，他来到琼山监狱办公室，被狱警引去面见冯白驹。

冯白驹单独住一间囚室，虽然没有受到审讯，却与外面的消息断绝，心里好不忧烦。当黎民来到监狱与他见面，欢喜至极。

黎民告诉冯白驹说：“特委对你以及狱中的同志都很关心，已经专门派人去广东向省委汇报，请省委迅速上报党中央，希望通过党中央出面与国民党上层军政要员进行交涉，以便让你和狱中同志早日获得释放，恢复自由。”

接着，黎民又将特委派其同张达交涉的过程，以及特委准备营救他的诸多情况，都一一向冯白驹做了汇报。

探狱后，黎民返回到琼崖特委驻地琼山县演丰乡，向中共琼崖特委临时代理书记王白伦汇报情况，转后再返回乐万县复任县委书记去了。

这便是：谈判才始风浪起，怎料又见起祸端。

第四十三篇

广州吃紧张达离琼崖　海南危急王毅代专员

话说冯白驹拒绝张达、王毅等人的威逼利诱之后，国民党琼山县长陈炜章、文昌县党部书记张泰信等人阴风邪火，主张以“土匪头子”的罪名处决冯白驹。张达、陈章等人却不同意，说是琼崖各界人士和群众都知道冯白驹是共产党的首领，杀掉了会影响大局。

冯白驹身陷囹圄，不顾个人安危在监狱中坚持原则，运用党的民族抗日统一战线与国民党进行斗争，重申中国共产党关于建立“以国共合作为基础的抗日民族统一战线”的主张，并在狱中分别写信给国民党第六十二军军长兼琼崖警备司令张达和第一五二师师长陈章，揭露他们破坏团结抗日的罪行。信中还表示：只要国民党琼崖当局保证停止内战，真诚地谈判解决琼崖国共两党团结抗日的问题，琼崖红军愿意接受改编，开往前线，抵抗日寇，共赴国难。

在狱中，冯白驹除了与国民党琼崖当局进行有理有节的斗争之外，还指导琼山监狱里的政治犯开展工作。当时，琼山监狱中关押着许多共产党员和进步人士，这些共产党员在中共海口市工委的直接领导下成立了狱中秘密党支部，由张开泰任支部书记，符哥洛、林诗润等为支部委员。冯白驹刚入监狱，狱中党支部决定派符哥洛寻找机会与冯白驹进行联系，汇报斗争情况。

一次，符哥洛利用放风的时机与冯白驹联系上并向他汇报情况。又有一次，符哥洛告诉冯白驹说，国民党琼山县政警队队长吴克之和他都是广东燕塘军校的老同学，吴比较同情革命，倾向进步，彼此关系密切，是个可靠的内线人员。冯白驹指示符哥洛要争取吴克之过来。

有一天，琼山县政警队来琼山监狱检查工作。符哥洛趁便做吴克之的争取工作，并让吴想方设法保护和营救冯白驹。吴克之坚定地对符说：“冯白驹同志是琼崖特委的主要领导人，保护他的安全责无旁贷。我坚决完成任务，愿意接受党组织对我的严格考验。”

吴克之还提出一个营救冯白驹的行动方案，即如果敌人下毒手，他就率领一部分政警队士兵保护冯白驹越狱逃走。这个方案获得狱中党支部和冯白驹的同意。

且说冯白驹被国民党琼崖当局逮捕之后，琼崖特委工作咱是停滞。王白伦挺身而出，为了取得上级党委对海南工作的指示，他冒着生命危险，只身乘帆船渡海到香港寻找中共南方局负责人，请求指示。南方局遂委任王白伦为琼崖特委代理书记职务。待返回琼崖后，王白伦认真执行南方局的指示，担当起主持琼崖特委的日常工作，王白伦和其他同志研究后，决定向中共中央和中共南方局领导写信，报告冯白驹被捕一事。并且请求上级与国民党广东当局和蒋介石交涉释放冯白驹。

与此同时，中共琼崖特委又利用各种媒介，将国民党琼崖当局非法逮捕冯白驹的真相公之于众，提出抗议，责问当局：“时下国共合作，一致抗日，八路军在全国各大城市都设立了办事处，国民党琼崖当局为什么还逮捕冯白驹？”继后，海口市进步人士徐爰之、邱秉衡、郑昌运、陈铭祥等人上书给国民党琼崖当局，要求无条件释放冯白驹和其他在押政治犯。之后，海外华侨、港澳同胞也纷纷写信、打电报或发表谈话，要求琼崖当局以民族利益为重，立即释放冯白驹以及一切政治犯，恢复国共谈判局面，共商抗日大计。而后海府地区的工人、农民、学生等各界群众举行示威，强烈抗议国民党琼崖当局置国家民族大义于不顾，破坏国共谈判，破坏抗日统一战线，要求立即释放冯白驹等人。

鉴于全国抗日斗争的形势不断高涨，全民族团结抗战的潮流汹涌澎湃，历史潮流不可抗拒，国民党琼崖当局只好派人与冯白驹恢复谈判。冯白驹提出不能与我个人谈判，只能与中共琼崖特委对等谈判。为此，冯白驹提出应先行将其妻子曾惠予释放，国民党琼崖当局表示同意。当曾惠予出狱时，冯白驹把一封信交给她，嘱咐她转交给琼崖特委。出狱后，曾惠予辗转找到特委代理书记王白伦，将冯白驹的信交给了他。

中共中央接到琼崖特委关于冯白驹被国民党琼崖当局非法逮捕的报告后，便采取了营救措施，迫于压力，蒋介石遂于1937年11月，下令国民党琼崖当局无条件释放冯白驹。

冯白驹出狱时，向狱中党支部书记张开泰和委员符哥洛、林诗润等人告别，他说："经过我党与国民党琼崖当局交涉，彼方已经无条件地释放了我，现特地来向大家告别。由此看来，琼崖局势可能向好的方面发展，你们不久也会被释放。如果他们不释放你们，我出去以后再与他们交涉。"说罢向大家挥手告别，昂着头走出了琼山县监狱。

冯白驹出狱的当天，国民党琼山县长陈炜章带着他去琼崖警备司令部面见张达，就琼崖国共两党重开谈判、共同合作抗日的问题进行交涉。张达听毕，表示愿意合作抗日，但要冯白驹回去后，赶紧派出代表到府城继续谈判关于红军改编的问题。

这时，中共南方工作委员会给中共琼崖特委发出指示信，指示信肯定了琼崖特委提出的"动员全琼人民，组织武装保卫琼崖"的行动口号是正确的，并认为"这在粉碎日寇南侵政策与策动全面抗战的形势上有着极其重要的伟大意义"。指示信就我国由国内战争走向抗日民族战争的转折过程中强调指出，在新的历史时期，我们党的任务应该是"实现民主，争取抗战的胜利"。指示信中明确指出：要根据党中央提出的抗日救国十大纲领，在抗日民族统一战线，尤其抗战中琼崖的重要地位，党在抗战中的核心作用，群众工作的策略、路线等方面去实施和完成抗战胜利的任务。指示信对与国民党琼崖当局谈判问题作出了"我们不要提出太高的条件，只要保持我们加强与组织上的独立与抗战的立场，即尽可以和他们合作。不过同时要注意到驻扎地区的选择，以便很快的扩大我们的武装力量，总之，我们的让步是有限度的。那就是按照毛泽东的在苏区与红军的问题上共产党领导的保持，在国共两党的关系上，共产党独立性与自主性的保持。超过这个限度是不许可的"的重要指示。

1938年1月，中共琼崖特委改派冯白驹为全权代表，前往府城同国民党琼崖当局重开谈判。谈判一开始，就围绕着红军改编后独立自主等问题展开争论。国民党方面代表杨永仁、吕承文提出把红军改为第六十二军一五二师的一个特务营，直接受他们的领导，企图把红军“溶化”掉。冯白驹则坚持独立自主的原则，主张把红军改编为琼崖抗日自卫部队，并要求改编后政治上、组织上独立自主。因此，双方争论激烈，谈判仍因国民党琼崖当局一味坚持其意见而毫无进展。

当年9月，琼崖特委选派林克泽和符公才到延安学习，冯白驹趁着谈判的间歇，亲自前往广州八路军办事处汇报琼崖谈判的情况时，顺便带着林、符二人到达广州，当面交给党的组织关系并呈送给中共广东省委书记张文彬，后由张文彬将林、符两人转交给八路军交通站转送往延安学习。

再说冯白驹到达广州之后，在八路军驻广州办事处找到了云广英主任和廖承志，向他汇报了自己与琼崖国民党当局谈判的情况。

廖承志听完了汇报，指示道：“谈判改编队伍的根本问题，是要达到我们政治上、组织上独立自由的原则与要求，这个问题达不到，根本没有谈判的可能。”

冯白驹还向廖承志请示谈判改编部队的问题，得到上级的指示后，冯白驹又从广州返回琼崖，再次住进了海口市新兴街的“大众书店”。大众书店是中共地下党设在海府地区的一个秘密联络点，主要任务是接送上级派来琼崖工作的人员以及接洽进步人士，由中共海口市工委派员专门负责。在这里，冯白驹经人介绍，认识了刚从广东回到琼崖，时在广东省民众抗日自卫团第十四统率区（琼崖）司令部政训室工作的中共秘密党员祝菊芬。祝菊芬是文昌县人，早年参加革命工作，后赴广东进入军政培训班受训，结业后在广东做抗日组织工作，后回琼崖在广东省民众抗日自卫团第十四统率区司令杨永仁手下工作。冯祝两人一见如故，十分高兴，冯白驹一再表示欢迎他回到海南共同参加抗日工作，保卫家乡。

国民党琼崖最高当局大员张达、陈章、王毅、杨永仁、王维名、吕承文等人集中会商，讨论如何改编琼崖工农红军的问题。

会上，张达首先讲述了国家形势之危险：从上海淞沪抗战讲到国民党首都南京的陷落；又从日军大举进攻临时首都武汉讲到日舰进犯广东南澳岛，企图侵占南粤这个抗日大后方……

正说话间，忽见机要参谋行色匆忙地走进来，连声说道："广东余司令拍来紧急电报！……紧急电报！"他跌跌撞撞地来到张达跟前，忙从卷宗里抽出一份电文呈交给张达，报告道："报告司令，余总来电，……请军座过眼！"

张达接过电报一看，只见电文大略写道：

琼崖张军长：

侵华日军第二十一军安藤利吉部趁中秋之夜，已在大亚湾之稔山、澳头、霞涌等地登陆。现敌寇长驱直入，陷淡水、攻惠州，兵锋逼近省垣，广州危在旦夕。望兄等接电之日，即行率兵回救省城，勿使吾抗日大后广东陷于敌寇之手，俾使国民政府临时首都武汉遭受两面夹击也。情势危急！切盼！切盼！

第十二集团军总司令：余汉谋

即日电

张达阅罢电文，大吃一惊，当即对在座的众将们感叹说："侵粤日军已经在大亚湾登陆，省城广州危在旦夕，余总司令要我部迅速发兵回广州，兵家云：'救兵如救火'，当刻不容缓啊！"说罢休止了会议，当即下令让一五二师师长陈章做好分期分批地撤离琼崖的准备。

临行前，张达找来时任广东省保安第五旅长兼琼崖守备副司令王毅说明琼崖形势，让其临时代理琼崖军政事务。

接着，张达以私章交给时任琼崖行政公署秘书长蔡凤翩，叮嘱道："收编冯白驹所部一事，须云振中、王毅会商后方可电请。"

蔡凤翩心想："云振中北去广东未归，而王毅则欲利用冯白驹，决意收编，自己决难阻止。"旋想至此，遂以私章交还给张长官。

继后，一五二师陈章分三批撤离，第一批由第四五六旅长邓琦昌率部先行，第二批为四五四旅梁荣球部，最后一批为张达带着军部随员连忙离开琼崖。

第六十二军仓促离琼，临走前，暂时以王毅代理琼崖警备司令兼广东省第九区行政督察专员职务。王毅接任之后，在琼崖之各将领皆以为王氏资望卑浅，成绩平平，忽接上头命令，要归属他的节制，心中都免不了生出愤然的情绪来，便从旁撺掇，暗生嫌隙。

王毅，字任之，谱名钦隽，生于1900年，海南澄迈县北雁桐排村人。祖父王标系清代贡生，曾任肇庆府高明县儒学正堂。其父王培栽，逊清贡生，钦援五品官衔，曾授钦州学正、英德县儒学，后任过黑旗军刘永福军门之幕僚；母汪氏，育有6子2女，长兄王钦寅，留学美国，系海南最早的留美学生之一，曾任少将参议官；次兄王钦宣，例贡生，早年游学南洋，后经商越南；三兄王钦安，广东省法政大学毕业，曾任琼崖警备司令部上校参议；四兄王俊，谱名钦宠，字达天，留学日本士官学校，曾任中央陆军步兵学校教育长，第十二集团军副总司令兼第四战区长官部中将参谋长等职。王毅排行第六，因五兄早年夭折，忌讳五六连续，故被诸兄称为七弟。

王毅幼承家学，勤奋努力，高中毕业后考入西江讲武学校，后入黄埔军校第二期工兵科受训。参加过东征、北伐等战争，历任排、连、营长等职务。后选派赴日本士官学校工兵科修学，回国后担任陆军工兵学校教官，不久调入南昌行营军委会侍从室任副官。转后调上海保安总团吉章简部任上校参谋长，配合上海市公安总局蔡劲军部两个警察总队龙骧、王雄部参加过“8·13”上海抗战，上海失守后返回广东，担任广东省保安第十一团上校团长，继升保安第五旅少将旅长。广州陷落前夕，张达仓促离琼，由王毅接替琼崖警备司令，兼代理琼崖行政督察专员、保安司令等职务。

王毅接任琼崖警备司令，兼代理琼崖行政督察专员、琼崖保安司令之后，大权在握，炙手可热，官运亨通，颇有得意之色。

然而，从这年的下半年起，日本侵略者已把矛头指向琼崖，经常派飞机和军舰来海南岛进行骚扰，使他感到焦躁不安，心里头不时地掠过这样一道阴影：今日之势，长此下去，联共抗日则共产党兴，拒共抗日则国民党灭。唉！以后不亡于日，即亡于共也，如何是好？王毅两相比较，考虑再三，然后整了整军帽，掸了掸军大衣的下摆，心下倏地一亮，两眼放光，忽然想起了古人所说的“为渊驱鱼，为丛驱雀”的谋略，心中一阵狂喜，乃自言自语道：“这是一个大理，为今之计，不若将冯白驹之部众改编后，驱赶其上前方与日本军队斗他个你死我活，为国军出力；或者是鱼死网破，借日本人之手除掉共党势力，此中奥策，岂不妙哉？”

至此，王毅心里颇觉轻松多了。他叫来琼崖行政公署秘书王伦如为其拟好琼崖国共两党团结合作共同抗日的草稿，留待备用。王伦如是定安县雷鸣人，与王毅认了同宗，办事小心谨慎，成为亲信。当下他帮助王毅草拟好稿件，经与王毅过目，得到许可之后放置在抽屉里，以备不时之需。

这时候，恰好来了一位不邀之客，此人名叫王集吾，乃海南定安县雷鸣乡长排溪村人。王先生曾在清末年间（己酉科）考取拔贡，官封琼州通判。辛亥革命推翻清朝封建制度，他弃官归里，先后考进广东警官学校、广东优级师范学校读书。1920 年王集吾出任海丰县长，很得陈炯明的赏识。后来陈氏叛变孙中山先生，继而炮打总统府，广东政局动荡，他乃弃官还乡。同年底被琼崖公路局聘为秘书。尔后又辞去秘书一职，回乡创办定安中学，主持教务工作。其间支持定安农民运动，举行抗租抗税，赶走反动县长黄梦麟。1928 年被过琼的国民党第十师师长蔡廷锴委为万宁县长。王集吾在任期内特别注意保护中共党组织与人员。1929 年任琼山县长，与国民党海战队陈籍部发生矛盾，被逼去职，转后去大陆担任福州工务局长。1933 年经琼籍万宁乡人、时任粤海关监督翁桂清之助，先后出任广东省海丰县及福建省连县县长之职，直到抗日战争爆发，王集吾先生与琼崖共产党取得联系后，毅然辞去县长之职，返琼积极从事抗日宣传活动。

王集吾先生时年已经 63 岁了，须发皆白，胡须飘逸，大有仙风道骨之姿态。

王毅虽然不认识此老，但久闻大名。于是不敢怠慢，快步从里间走出来。他一眼瞥见王老先生身着长衫，鹤发童颜，胸前长须飘拂，气概不凡，慌忙延阶迎迓。礼毕，王集吾与王毅聊了一些闲话，随即转入正题：“王司令，请允许老朽打扰一下，‘无事不登三宝殿’，想必你也清楚老朽此行的来意吧？”

“晚生着实不知道老前辈所想何事？所为何干？公耶私耶？请直话直说吧！”

“老朽不为私事，只是想请王司令为琼崖 300 万人民办点万世无朽之事，这样，也不愧对老朽的后半生喽。”

“那就请老先生开启尊口，晚生能够帮得上忙的，定然尽心尽力。”

王集吾习惯地用手指梳理着胸前飘逸的长须，尔后慢吞吞地说：“我想冒昧地向王司令进献一言：关于琼崖国共两党团结合作、共同抗击日本侵略者，保家卫国的大问题。”

王毅从其言词当中，隐隐察觉到此老之行，乃是为琼崖共产党冯白驹做说客来了。因而顺势试探地说道：“鄙人也有此意，但又担忧琼崖共产党冯白驹部凭借着政府改编之合法身份，肆意扩张其势力，一时控制不了，因而犹豫不决，乃至迟迟其行哩。未知老前辈有何见教于晚辈耶？”

“王司令此言差矣！日寇已经打上依琼崖的家门口来了，凭着你手中的这点人马能够抵抗得了吗？依老朽看来，只有国共两党紧密团结，共同抗击日寇，中国才不会灭亡，琼崖才不会丢失。反之则不然啊！”

“这……”王毅欲言又止，脸露难色。

“这有何难！只有琼崖国共两党联合抗击暴日，赶走了外敌，剩下的是两党国内争端的问题了。”王集吾愈说愈激动，不停地掀起飘拂胸前的长须，“致以国内争端问题，那又是另作别论啦。这里有一个人心向背的问题，古人有言：‘得民心者得天下，失民心者失天下’，又言：‘水可载舟也可覆舟’啊！例如清朝王朝失去民心，先总理就利用清朝统治者这一缺点，发起辛亥革命，推翻了封建制度，建立了中华民国政府。其功业何其伟哉！”

王毅点点头，又听王集吾说下去：“民国15年，国共两党紧密合作，团结一致，兴师北伐，打败了北洋军阀，不外也是顺应了历史潮流。现在时势也是国共两党团结抗日则中国存，国共两党分裂则被日本人乘虚而入，中国有可能灭亡。因此，明眼人都清楚这一点。希望王司令做个明白人。”

“这点鄙人清楚哩。”王毅道。

王集吾见说到点子上，又进而诘问：“王司令，琼崖国共两党不是已经展开谈判了吗，为什么又中止了呢？”

王毅一时语塞，支支吾吾地说：“这个……这个……我们正在准备着手恢复谈判。只是与琼崖共党方面谈不拢呀！”

“为什么？”

“他们要自行其是，不服从政府统一政令军令。还有……”王毅欲言又止。

“还有什么？”王集吾追问道。

“还有他们不愿意编入本部的一个特务营，故而争执不下，因此暂且停止谈判，以待机宜。”

“你们这样做，明明是企图成心要吃掉人家。”王集吾听着，情绪有点激动地说，“现在的情势不是存心着你吃掉我，我吃掉你的事，而是国共两党开诚布公地坐下来洽谈妥当，然后与琼崖共产党冯白驹所部紧密团结合作，共赴国难，刻不容缓！你试着想一想，国防军第六十二军撤离琼崖之后，琼崖驻防的兵马已不足3000人马了，这点兵力无异于杯水车薪，何能与日军相抗拒哉？又何以保卫整个海南岛？这岂不是自欺欺人吗？请王司令再三思虑为是，这是万世之伟功也，不可因一念之差，失去机会，铸成历史之大错矣！”

“那当然！那当然！”王毅诺诺连声，“容待我思虑成熟，陈说利害与众人听听，方可做出决定。”临末，又对王集吾先生说，请你转告中共琼崖特委与冯白驹前来海府与琼崖最高当局重启谈判，定然做出令老先生满意的举动。

“好！老朽静候佳音！”王集吾说到这里，适可而止，乃起身告辞而去。

王集吾走了之后，王毅立时陷入了冥思苦想之中，久久不得要领，至为懊恼之极，延俄数夕不语。

这正是：抗倭既怕虎凶恶，联共又惧龙腾云。

第四十四篇

国共合作搞统一战线　云龙改编成抗日一家

自1938年下半年起，日本侵略者的矛头已经指向琼崖，经常有日本海军航空母舰驶来太平洋海域游弋，其舰载飞机从航空母舰上起飞轰炸海府地区，还有海军驱逐舰窜犯到榆林、三亚等地海域逞凶，战争的阴云已经笼罩在海南岛的上空，形势非常紧张。

新任琼崖警备司令兼代理行政专员王毅上任伊始，就碰上日本飞机轰炸和敌舰骚扰的紧张局势，使他愁眉不展，既忧虑自己兵力单薄，又担心与琼崖红军联合抗日后尾大丢不掉。唉！正所谓“前惧龙，后怕虎”呀……

就在这时，冯白驹作为中共琼崖方面的谈判代表，亲自来到府城与王毅、杨永仁、吕承文等人进行谈判。在谈判过程中，琼崖共产党方面就单单冯白驹一个人；国民党方面的代表则有广东省民众抗日自卫团第十四统率区司令杨永仁、参谋长吕承文及一二名随员。

一俟落座，杨永仁便打哼哼地说：“贵党能够捐弃前嫌，不计宿怨，力主抗日，共赴国难，这叫作‘兄弟阋于墙，同御外侮’啊！本人甚为钦佩。”

“日军侵华，陆沉之忧，悬于眉睫，中华民族正处于生死存亡之关头，古人说得好：‘国家兴亡，匹夫有责。’更何况于本党乎！”冯白驹严肃地说。

“是啊！救国救乡，保卫琼崖，作为军人应是恪守天职。应该的，应该的……”杨永仁虚文浮礼，才话入正题。稍顿半晌，杨永仁后发制人，想探究冯白驹的口气：“冯先生，此次琼崖国共两党重启谈判，未知贵方所想如何？”

冯白驹明白此公的用意，成竹在胸地开谈道：“大敌当前，国家有难，琼崖国共两党理应携手并肩，捍卫国家，捍卫民族，共赴国难，共同御侮，虑难匡济，当有同心，琼崖抗战才能取得胜利。如果我们‘阋墙煮豆’，无异于兄弟手足动干戈，这只是分散抗日力量，使‘亲者痛，仇者快’啊！”

“那是的……那是的……”杨永仁语气一变：“不过，琼崖红军游击队应当改编为国军的一个营，听候琼崖最高当局的节制……”

“不行……”谈判一开始，双方围绕着琼崖红军游击队改编后的独立自主等问题，进行了激烈的争论。国民党琼崖当局还是提出要把琼崖红军游击队改编为驻琼国民党部队属下的一个特务营，企图把红军“溶化”掉。但冯白驹则遵照中共南方临时工作委员会关于“坚持政治上组织上的独立性”和“坚持在琼崖的抗战”的指示，始终坚持中国共产党在抗日民族统一战线中的独立自主的原则，毫无退让，谈判依然没有进展。

针对王毅的海南守备军事力量薄弱，急需找共产党合作的时机，冯白驹便直接面见王毅。

一见面，王毅忙不打迭地招呼冯白驹坐下，还亲自递烟敬茶，满脸堆笑，打趣道：“冯先生为抗战奔走呼号，辛苦了。”

“那没什么，能够为国家出力，为民族的生死存亡而奔走呼号，本人就是再苦再累也是值得的，王司令，你说对吗？”

“对，对！当然对！王某相当佩服冯先生为国家为民族分忧，为琼岛民众忧心如焚的爱国爱乡的情怀和精神啊！”

“王司令，国家有难，凡是有良心的中国人都会自觉行动起来，把拯救国家与民族生存当作自己的一份责任来担当啊！”

“哲人有言：‘人应先爱其国，后爱其乡。’爱国爱乡，原是炎黄子孙的本色嘛。”王毅也为冯白驹的爱国情怀所感染，声调尽量放得平缓一些。

“本人非常赞赏王司令‘爱国爱乡’这句话。我今日亲自前来会晤，就是想与王司令共同商讨‘团结抗日、保家卫国’的事情啊！”

冯白驹见一步进一步，紧紧地抓住这句话当作切入点，逼使王毅把谈话的内容放到正事上来。

“冯先生，请你开诚布公地谈一谈贵党的主张和想法吧！”王毅说道。

"好！那么就先谈谈我党的主张和政治观点！"冯白驹端起茶杯，呷了一口铁观音茶，润了润喉咙，尔后侃侃而谈，"我党一贯的政治观点是大敌当前，国共应当团结起来，共同向外，古人说得好'兄弟阋于墙，共御外敌'。国共两党虽然存在许许多多说不清的恩恩怨怨，但是却好比是两个兄弟，他们之间有共同的认识，也有不同的看法，这是客观道理，亦是事物的两面性。但是一旦外族入侵，兄弟俩就会摈弃前嫌，消除积怨，共同御辱。也只有这样，家国就不会灭亡于外人之手，这是一个浅显的道理。如今日本人已经打到我们海南的大门口来了，难道说，我们国共两党还要继续纷争做无所谓的争斗，做那种'螳螂捕蝉，黄雀在后'的傻事而拱手让敌人轻而易举地打进海南，将我们灭亡掉吗？这是不可能的！所以，我党主张国共两党联起手来，共同对付中华民族的共同敌人——日本侵略者，直至将侵略者打败，赶出琼崖去！赶出中国去！只有这样才能使中国不至于亡国灭种，才能使中华民族立于不败之地啊！"

王毅听罢，心里头很佩服共产党人以大局为重的抗日主张，但是他侧头一想，又担心琼崖共产党借此机会发展壮大成为内患，将来与国民党争夺江山，因而又不安起来了。接着，他故作矜持之状，脸上不轻易地显露出半点儿内心的不安情绪与神色，默不作声。

冯白驹瞅见王毅不吭一声，窥破了他的心思，抓住其心理防线的弱点，转过话题，反守为攻，一连串地逼问道："王司令，难道贵军兵力薄弱，又不想与我们诚心合作，一旦日寇进犯登陆海南岛，单凭所部这一丁点儿的军事力量，怎能挡得住如狼似虎的日寇呢？守土失责，又将如何面对海南300万人民？这'千古罪人'之名又如何担当得起呢？"

"这……哎……"王毅哑然失语，一时回答不上来。许久才慢吞吞地搪塞说，"这……这……这事鄙人也已经考虑过了，确实是责任重大……"

接着，冯白驹便正告王毅应该正视琼崖眼前的紧迫形势，认真做好国共两党的谈判工作，尽快搞好琼崖的抗日民族统一战线，争取有充分的时间来对付云诡波谲的战争风云。

在与冯白驹的接触当中，王毅也感受到共产党人为了国家的存亡而不计前嫌的度量与诚恳精神，自后其态度和言行来了个180度的转变，时常在公开的演讲场所宣称："我们为什么要奋起抗日？是为了保住琼崖！为了保卫国土！为了驱逐日寇出中国！"

王毅还用大量活生生的事实，揭露日本侵略者占领我国东三省后，继续向华北、华东、华中以及华南大举侵犯，妄图吞并整个中国，把中国变成它的殖民地的狼子野心。并提出要抗战就不要分什么党派，要联合友党友军一致对外。因此，他多次在有线广播讲话中强调："屈服必亡，唯战能存。"指出"唯战能存"，是全琼崖抗战的基本方针，希望全琼崖将士坚持自战自给的方法，坚持自力更生。他还说，大敌当前，大家要统一意志，都应该有充分的认识，枕戈待旦，忠心抗战。嗣后，还宣讲了抗日救亡的5条措施：

一、组织宣传队，宣传扩大统一战线工作，争取各阶层人士、海外侨胞的同情与支持；组织海府地区的群众开展抗日救亡活动，号召"有钱者出钱、有力者出力、有械者出械"。

二、加紧在海府地区设立防空措施，并命令秀英炮台和府城的东门、南门等驻军加紧对空驻防，保护人民生命财产安全。

三、宣传群众坚壁清野，积蓄粮食，坚持抗日。

四、要求各地筹集枪支，组织和加强民兵武装，加强巡逻防奸、防特等工作。

五、严格检查县、区领导，发现有"消极抗战者撤、贪污行为者撤、不称职者撤"等等。

继后，王毅又指令将这5条措施印成传单，由宣传队员带着传单到海南岛各市县散发宣传。

冯白驹耳闻目睹王毅确实起了变化，前后判若两人，于是又找到王毅要求抓紧时间谈判。

王毅满口答应道："好吧！我再让杨副司令跟你谈谈合作的条款，希望洽谈成功，合作愉快。"

冯白驹微笑说："我也希望琼崖国共两党真诚合作，共同开创抗战新局面……"

"好的，一言为定！"王毅借势转圜，伸出手来与冯白驹握了一下。

“君子一言，驷马难追！”冯白驹握手说道。

越日，冯白驹与杨永仁重新开谈。

“冯先生，本人根据上峰指示，贵方只能改编为一个连吧！”

“不行，一个连兵力太少，就目前我军的实力来说，足以组编为一个大队人数哩。”

杨永仁沉思片刻，瞧着冯白驹那坚毅的神色，说道：“好吧，姑且同意冯先生的意见，将你们的红军游击队改编为一个大队，就按照一个营的规格编制为300多号人，按月发放军饷吧！”

待到人数、军饷、被服等项落实后，接下来便是军队的政治归属和军官人选的问题了。

冯白驹这回拿眼睛瞪着杨永仁问道：“改编后的队伍怎么称呼？”

杨永仁巴眨着眼皮，随口说道：“依敝人之见，就叫作‘广东民众自卫团第十四统率区游击队’吧！”

“这样的番号倒是可以的，不过本人提议增加两个字。”冯白驹思索了一会儿，补充说。

“哪两个字？”

“独立。”

“不行！”杨永仁挪动着肥重的身躯，不耐烦地说道，“贵方红军游击队既然已经收编为我方民众自卫团第十四统区统辖，那就是国民革命军的一部分了。你们何必还要‘独立’二字，这样岂不是多此一举？”

“杨司令，你可贵人多忘事啦，既然是国民革命军，也就是同属国民政府和延安特别行政区双重领导，增加‘独立’二字，不正是体现与突出这一点吗？”

冯白驹保持着有礼、有节、有原则的态度与之争辩着。

杨永仁听了，心想：“何必与其计较呢，再增加‘独立’二字又有什么了不起！”于是顺便开口：“‘独立’二字可以向上峰呈报批复。但改编后的军官人选理应是国共两党一家一半。”

“哦！这个我同意，不过副职由你们选派，正职交给我们。”

“这个提法必须经过王司令拍板定夺。”杨永仁说着，忽有所悟，顿了半晌，又补充了一句：“咳！还有一条险些儿忘掉啦！”

“还有什么？”

“还不就是你们的政治委员制度嘛，国共两党合作了，这个制度就不能再搞罗。”

“好吧，我方同意取消政治委员制度。”冯白驹口里说着，心里却想着：“哼！为了坚持抗日民族统一战线的政策，我们暂且作了让步。俗话说：魔高一尺，道高一丈。你不让我们搞政治委员制度，那么我们就改为政训室，党的工作也由公开转为秘密，各支部均由司书或文化教员兼做支部书记的工作。”

说到此处，双方的谈判基本上达成了一致，于是决定各自酝酿人选备案，择期再行讨论。

经过几天的谈判，琼崖国共两党终于在10月22日达成共同合作的协议，杨永仁和冯白驹分别代表双方在协议书上签名。

琼崖国共两党达成的协议主要内容如下：

一、琼崖国共两党合作宗旨，是为了共同抗日；

二、琼崖红军改编为“广东民众抗日自卫团第十四区独立队”（简称琼崖抗日独立总队），在政治上、组织上保持独立自主；

三、独立队为一个大队建制，下辖三个中队，冯白驹任独立队队长，独立队和三个中队的副职均由国民党选派，但须经共产党同意；

四、独立队部设政训处（或室），设正副主任各一名，由共产党选派；

五、国民党按一个营的编制，每月发给独立队军饷8000元。协议文稿由琼崖国共双方最高领导人认可后，再由冯白驹和杨永仁代表双方签署。

自此，琼崖以国共两党合作为基础的抗日民族统一战线遂正式形成了。

琼崖国共两党双方谈判达成协议后，冯白驹万分高兴。于是，他立刻赶路返回中共琼崖特委驻地，向新上任中共琼崖特委书记林李明汇报去了。

林李明听了冯白驹关于琼崖国共两党谈判成功的汇报后，既兴奋又担忧。兴奋的是，经过将近一年的断断断续续的谈判，如今终于实现了；担忧的是，按照协议规定将红军游击队按一个大队300多人枪的建制，编成3个中队和1

个特务小队。但是目前红军游击队仅有五六十人，怎么办呢？

冯白驹提议道："我们何不号召各县县委动员群众，开展'有钱出钱，有枪出枪'的抗日献枪活动；同时还可以动员进步青年和选拔地方武装中的优秀分子参加红军嘛。俗话说：'竖起招兵旗，不怕没有吃兵粮的人。'"

林李明一听，觉得这是个好办法，高兴地拍着冯白驹的肩膀，大声称赞道："老冯，你这提议特好，是个好主意呀！"

不出一个月，在中共琼崖特委的发动下，各县输送红军人员急速扩大到300多人，枪支也收集近300条。儋县县委在这次动员工作中做得较为出色，组织的人员和枪支最多，全县收集200多条枪，动员200多名进步青年编成两个中队，参加改编。按照琼崖国共两党的谈判协议规定人员满额后，番号定为"广东民众自卫团第十四统率区独立队"，简称为"琼崖抗日独立总队"。其编序如下：

独立队队长：冯白驹

副队长：马白山、刘振汉（国民党派来）

政训主任：张兴

政训员：黎民

独立队副官：陈玉清、谢李森

医官：林国柱、叶连芳

行政书记：黄振亚

司书：陈克邱

特务队长：冯振强

一中队长：黄大猷

副中队长：符荣鼎（国民党派，中共地下党员）

一小队长：黄云

二小队长：林天德

三小队长：陈求光

特务长：苏曙光

二中队长：黄天辅

副中队长：陈卓（国民党派来）

特务长：符载质

司书：林豪

一小队长：王永信

二小队长：王力征

三小队长：王治民

特务长：符载质

三中队长：张缵薪

副中队长：吴定中（国民党派来）

司书：莫逊

一小队长：朱运泽

二小队长：许克夫

三小队长：欧邦禹

特务长：李香

琼崖抗日独立总队编序完成后，决定在琼山县云龙墟召开成立大会。

过了几天，国民党琼崖警备司令王毅派人送来改编之后的国民革命军服装。大家一眼瞥见浅灰色圆筒帽子上的蓝底白色十二角星很扎眼，心里觉得很别扭，不由得愤懑起来。这个说着："我们的红五星帽徽不见啦！要这白狗子的青天白日帽徽干吗？"那个骂道："这是哪路货呀！分明是狗牙嘛。"

有人叫喊："我们是红军改编啊！为什么一定要强制我们戴上国民党的青天白日狗牙帽徽呢？"

有人竟然忍不住地哭着一把扯下圆筒帽子上的国民党十二角星掼在地上，气呼呼地说："我宁愿接受处分，也不戴这狗牙帽子了！"

"哼！依我看来，这帽子不是一顶紧箍咒吗？就好比是西天如来佛给孙悟空戴的紧箍咒一样。啊！动不动就叫唐僧念咒语来限制我们的行动自由哩。"

"奇怪！我们的队伍改编来改编去，竟然把'红军'改编成'白军'啦。心里头觉得很别扭，真是感到窝囊呀！"

大伙儿只顾着你一句我一句地说着气恼话、风凉话和挖苦话，却不料冯白驹已步至他们身旁，听得一清二楚，但他并没有训斥战士们。其实，他又何尝舍得把共产党领导的红军八角帽子上的红五星帽徽摘下来，换上国民党的青天白日圆筒帽呢？从1927年至1937年的10年内战，他的部队一直是在同戴这种帽子的国民党军队作战啊！有多少战友倒在他们的枪口之下，死于战火之中，而国民党又屠杀了我们多少同志啊！仅在琼崖牺牲的就有李爱春、陈玉婵、陈安国、杨善集、陈永芹、冯平、符节、许侠夫、黄昌炜、陈秋辅、孙成达、黄学增、官天民、杨学哲、熊侠、李硕勋、王惠周、王克礼等优秀同志；还有难以胜数的战士和群众死于他们的枪口之下。现在一下子要脱下红军帽，换上昨天还是敌人的帽子，战士们在心理上一时肯定接受不了，在感情上自然转不过弯来的。

冯白驹心里明白："改编军队，改变番号，只不过是个形式上的问题，红军仍然是中国共产党绝对领导下的人民军队嘛！"

想到这里，他极力克制住自己的感情，向战士们高声说："同志们，你们的话我都听到了，我非常理解你们此时此刻的心情。虽然这顶帽子上的帽徽是'白'的，可是我们的心还是'红'的啊！同志们，为了国共团结合作抗日救国，我们暂时告别红军帽吧！"

稍后，他又郑重地告诉大家："现在已经是国共两党合作抗日的时候了，时期不同啊！同志们，记得我们党第一次与国民党合作时期，不是也戴着国民革命军这种青天白日帽徽去打倒北洋封建军阀的吗？而今国共第二次合作了，仍然戴着这种青天白日帽徽去打败中华民族的共同敌人——穷凶极恶的日本帝国主义侵略者！你们自己说说，哪有什么不好呢？"

"冯同志，不知怎的？我心里头总感觉帽子上的青天白日帽徽很刺眼，心里怪不舒服啊！你对此是否作点解释？"一位年纪较大的老战士向冯白驹请教说。

"这个问题问得好！也就是同志们心中郁结的疙瘩，很有代表性……"

冯白驹一边说一边让大家坐在草地上，慢慢地解释说："同志们呐！我何尝不是这样想呢？但是为了国家不被日本侵略者灭亡掉，为了中华民族的生存，我们需要忍辱负重啊！党中央和毛主席希望我们善于利用国共合作的合法条件，大胆地放手发动群众，壮大我们的军事武装力量，相机建立抗日根据地，巩固和发展琼崖革命武装，以及地方组织，岂不是给我们予以便利了吗？”

“这样，我们学一学《西游记》一书中写的孙悟空钻进铁扇公主的肚子里大闹一场，逼其借芭蕉扇去灭掉火焰山，日后好取经嘛！”说毕，冯白驹带头把别着青天白日徽的圆筒帽戴在头上，又把脱下来的红军帽子郑重地珍藏起来。随后命令道：“现在换帽子！”“哎！还是党中央和毛主席高瞻远瞩啊！”战士们的思想通了，随着一声命令，一齐“刷”地摘下了伴随他们10年之久的红军八角帽子，而后戴上了国民革命军的青天白日徽的圆筒帽子。

1938年12月5日上午9时，天高云淡，艳阳高照，秋风飒飒，琼崖抗日独立总队改编大会在云龙墟六月婆庙隆重举行。独立队全体官兵身穿清一色的浅灰色粗布中山服军服、头戴圆筒帽、打绑腿、背钢枪，排成三列横队，由36名游击队员编成短枪队，站在这支队伍的最前面，精神抖擞，威武雄壮。他们在独立队司仪官吴克之指挥下，迈着整齐矫健的步伐，跨步进入六月婆庙前面宽阔的庙场上，接受国民党琼崖当局最高军政长官的检阅。

“喂！大家唱一唱电影《风云儿女》中的主题歌《义勇军进行曲》好不好？”司仪官吴克之说。

“好！好！”独立队官兵异口同声地答道。

吴克之立即挥动手势，指挥大家唱起来：

起来！不愿做奴隶的人们！

把我们的血肉，筑成我们新的长城；

中华民族到了最危险的时候，

每个人被迫着发出最后的吼声，

起来！起来！起来！

我们万众一心，冒着敌人的炮火，前进！

冒着敌人的炮火，前进！

前进！前进！

这是田汉作词、聂耳谱曲的《义勇军进行曲》，歌词雄壮威武、旋律优美豪迈，震撼人心，久久地在云龙墟六月婆庙上空回响着……

参加云龙改编的有国民党琼崖警备司令兼代理琼崖行政专员、保安司令王毅，广东民众抗日自卫团第十四统率区司令员杨永仁，琼崖守备副司令王维名，参谋长吕承文和琼崖区游击司令兼琼山县长云振中等人。他们在冯白驹的陪同下，骑着马从府城出来到云龙墟，检阅琼崖抗日独立总队。

大会由琼崖警备司令兼广东第九区（琼崖）行政督察专员公署代专员、保安司令王毅宣布"广东民众抗日自卫团第十四区独立队"成立，并宣布授予冯白驹中校军衔的命令：

"兹委任冯白驹为广东民众抗日自卫团第十四区独立队中校队长。此令。中华民国二十六年十月五日。"

王毅下令罢，又亲手向冯白驹授予国民革命军青天白日满地红军旗，以及关防印鉴等，然后发表讲话。

各位朋友、各位父老乡亲：

今天是广东民众抗日自卫团第十四统率区（琼崖）独立队成立的日子，鄙人作为琼崖最高军政长官，很高兴地前来参加成立大会，并为检阅这支队伍而感到荣幸与光彩。为什么呢？因为蒋委员长先前在庐山会议上就曾经号召："如果战端一开，就是地无分南北，人无分老幼，无论何人，皆有守土抗战之责任……"本长官是遵照蒋委员长的钧旨，适时改编中共琼崖红军游击队为"广东民众抗日自卫团第十四区独立队"，实现琼崖国共两党合作、团结抗日的新局面。

值此国难当头、民族存亡、人民遭殃之际，我们如果不奋起抗日，那还能对得起琼崖300万人民吗？对得起我们的祖宗先人吗？那是肯定对不起的。试想一想，凡是有血性的中国人，谁人愿意当亡奴，做对不起国家、对不起人民、对不起祖宗、对不起中华民族的事情呢？

乡亲们！日本军队已经逼近琼崖，打到侬家的门口了，我们就是要拿起刀枪来进行卫国战争，用我们的血肉来与日寇拼搏到底。现在国共合作、共同抗日的局势已经形成，琼崖最高当局也不甘落后，现将琼崖红军改编为"广东民众抗日自卫团第十四区独立队"，开赴前线，抗日救国，共赴国难，保家卫乡啊！

王毅讲完话，便走下台来与冯白驹、马白山等人握手，尔后谈论抗日救国、保卫琼崖的大事。

跟着，冯白驹也代表独立队全体指战员讲话，他声如洪钟地说道：

琼崖各位军事首长、各位党政领导，各位乡绅名流、父老乡亲们：

你们好！首先让我代表广东民众抗日自卫团第十四统经区独立队全体指战员向大家问好！并代表全体将士向各位支持和帮助独立队的先生们致以真诚的问候！

今天，是我们琼崖工农红军接受改编为‘广东民众抗日自卫团第十四统率区独立队’的大好日子。值此之际，本人再次向大家致以热烈的祝贺和亲切的致礼！

现在，日本军阀发动全面的侵华战争，妄图吞并中国、亡我民族、灭我华夏子孙、摧毁具有五千年历史的中华文明古国。在此国难当头、人民生死攸关之际，凡有血性之中国人都理应担负起保家卫国、救国救乡之责任，勇敢地拿起刀枪来与胆敢进犯的日本强盗血战到底，为国家争一口气，为民族增一分光，亦为我们的子孙后人留下一份不屈不挠的民族抗争精神啊！

父老乡亲们，古人有言："国家兴亡，匹夫有责。"日本人已侵占了广东，琼崖已到了最危险的时刻，我们要团结一致，同仇敌忾，共同对付我们中华民族的共同敌人——日本帝国主义者，将他们彻底赶回去！

最后，他表示决不辜负全琼崖300万同胞的希望和重托："誓死抗日，保卫琼崖！"

云龙改编这天，云龙墟街头巷尾挤满了前来参加庆祝大会的群众和各界人士，以及海外侨胞。人们送来的衣服、毛巾、米糍以及牛、羊、猪肉等慰劳品，堆积如山；群众还送来写着"抗日先锋""人民先驱""人民救星""人民子弟兵"等字样的锦旗和彩匾，挂满会场的四周，予以祝贺，寄予厚望。会场上人山人海，万头攒动，鞭炮齐鸣，锣鼓喧天。那响彻云霄的唢呐声、口号声、欢呼声此起彼落，真个是热闹非凡。

接着，舞狮开始了，但见两只憨态可掬的狮子，时而摇头晃脑，时而腾挪跳跃，时而翻着筋斗，欢乐快活地舞动起来。少顷，舞狮健儿随着铿锵有力的锣鼓节奏声响，踏着鼓点来到琼崖警备司令王毅跟前，忽地从张开盆大的口里吐出一条横披彩锦，王毅接过一看，上书“保卫琼崖”，很是高兴，带头鼓起掌来。继而，舞狮健儿又欢快地来到冯白驹面前，向冯赠送“保家卫国”的彩旗。观众见了，欢声雷动喊着口号：

“保卫全中国！保卫海南岛！”

“中国必胜！日本必败！”

“国共两党合作，团结抵抗日寇！”

“中国不会亡，中华民族不会亡！”

“全民族团结起来，坚决与日本帝国主义战斗到底！”

“日本侵略者从中国滚出去！”

云龙墟的口号声变成了愤怒声，愤怒声又变成了怒吼声，响彻云霄。而后，军乐队奏起了《全国总动员》的曲子。

随着乐队的演奏，独立队战士们也激昂地唱起周钢鸣作词、孙慎作曲的《救亡进行曲》：

工农兵学商，
一齐来救亡，
拿起我们的铁锤刀枪，
走出工厂、田庄、课堂，
到前线去吧，
走上民族解放的战场！
脚步合着脚步，
肩膀扣着肩膀，
我们的队伍广大强壮，
全世界被压迫兄弟的斗争，
是朝着一个方向。
千万人的声音高呼着反抗，
千万人的歌声为革命斗争而歌唱。

我们要建设大众的国防，

大家武装起来；

打倒汉奸走狗，枪口朝外向！

要收复失地，打倒日本帝国主义，

把旧世界的强盗杀光！

嗣后，不知是谁带头唱起了在抗日战争期间流行的南宋抗金英雄岳飞的《满江红》歌曲，全场的人们也跟着唱起来：

怒发冲冠，凭栏处，潇潇雨歇。

抬望眼，仰天长啸，壮怀激烈。

三十功名尘与土，八千里路云和月。

莫等闲，白了少年头，空悲切。

靖康耻，犹未雪；臣子恨，何时灭？

驾长车，踏破贺兰山缺。

壮志饥餐胡虏肉，笑谈渴饮匈奴血。

待从头，收拾旧山河，朝天阙。

这是一首悲壮激昂、气壮山河、激励人心的歌词，千百年来，它体现了人们强烈要求收复国土的雄心壮志的迫切心情。这首在抗日战争时期被赋予新的意义的爱国主义诗歌，像惊雷、像春潮、像怒吼的江河大海，在人们的口中唱着，唱着，一直唱到人们的心里，又从心里喷发出来……

大家一边唱一边流泪，抬头望着祖国大片美好的河山沦落入敌寇之手，狼烟四起，不禁悲从中来，不少人竟然失声痛哭起来。

琼崖抗日独立总队官兵们抗日志高，英雄气壮，迈着整齐雄壮的步伐以分列式接受检阅之后，冯白驹带领琼崖抗日独立总队官兵们健步来到云龙墟外几十米远的地方进行实弹射击表演，并接受王毅等人的观摩。

“请吧，王司令！”冯白驹手指着一棵大榕树底下说。

只见那棵大榕树上吊着十多个椰子果和玻璃瓶子，他用惊疑的目光望着这一景象。

“射击表演开始。”随着副队长马白山一声令下，短枪队列里走出林茂松和吴天贵两名神枪手来，他们俩拔枪在手，右手一扬，一阵蓝烟飘起，枪声便“乒乒乓乓”响开了，只见大榕树底下吊着的十多个椰子果已经被打掉了好几个。旁边围观的人们立即发出一阵热烈的鼓掌声，还有不少人情不自禁地喊道：“好枪法！打得好，打得真准啊！”

紧接着，符烈军、黄大猷、王天德、朱运泽、黎德华等人也先后走出队列，一个接着一个地打下了吊在榕树上的一个个椰子果。末了，他们又转身向另一棵树枝上挂着的玻璃瓶子射击。一时间，耳闻得枪声和瓶子破碎声以及人们的鼓掌声、喝彩声响成一片。

“共军个个神勇无比，百步穿杨，弹无虚发，如此厉害，如果让他们在前头打日本鬼子，倒是有点利用价值，如若转掉枪口与国军对垒，那真乃是党国的心腹之患啊！”王毅看了独立队的射击表演，心里暗暗吃了一惊，怀着一种异常复杂的心情在心里说道。

临行前，冯白驹把他送到路口，诚恳地问道：“王司令，你检阅我们的部队有何感想？”

“哦哦，这个……这个，很好，很好，本司令甚感满意！”王毅苦笑了一下，摊开两手答道。

冯白驹趁机进一步追问：“王司令，今后我们这支队伍的粮饷如何解决？”

“那好办！政府统一解决。”王毅说毕，又补充了一句：“但是，按一个大队编制，政府最多只发给你们500人的粮饷，多了就不行啦！”

“500人粮饷该是多少？”冯白驹追问道。

“那就8000块大洋吧！500人够用啦。”王毅被追问得不好声气地说。

却说云龙改编之后，冯白驹为了壮大声势，派人将琼崖抗日独立总队的布告遍贴各地。原文照录如下：

广东民众抗日自卫团第十四区独立队布告

（布告到差视事及成立日期）

现奉广东民众抗日自卫团十四区统率委员会办事处编字第一号委任令：

兹委冯白驹为广东民众抗日自卫团第十四区独立队中校队长。此令等因；奉此，遵于11月25日到差视事，12月5日组织成立队部，除呈报暨分行外，合行布告，仰众知照。

此布

自卫团独立队长：冯白驹

中华民国二十七年十二月九日

琼崖抗日独立总队成立后，大队部和第三中队驻扎在云龙墟；第一中队驻在附近的儒万村，第三中队则驻在多能村。事后，冯白驹率领琼崖抗日独立总队的全体官兵迅速投入紧张的政治教育和军事训练之中，枕戈待旦，随时做好战备。

琼崖抗日独立总队的政治教育主要包括学习中国共产党的抗日民族统一战线政策、学习毛泽东的《论持久战》等著作，由冯白驹和黎民等负责。军事训练的一般基本操作则由刘振汉负责，其他主要内容以进行单兵到班、排、连的队列训练和技术战术的训练为基础，进行游击战的演习等，特别是注重伏击战和破击战的实兵演习。在军政训练期间，独立队到驻地附近农村宣传发动群众，助民劳动，密切军民关系，加强军民团结等。

每天天未亮，独立队的战士们在军事干部和教官的带领下，在练兵场上积极进行单兵刺杀、徒手搏斗和实弹射击训练；或者由领队带到河边打野外、练习急行军等等。在短短的几个月军事政治训练当中，战士们不但在政治上提高了觉悟，而且政策水平也大大地提高了，尤其是在作战能力等军事素质上更是得到进一步的加强。他们铁骨铮铮，精神饱满，士气旺盛，生龙活虎，苦练着杀敌本领，立志以武报国，时刻准备投入到那场神圣的保家卫国、拯救全民族空前灾难的反侵略战争中去。

这正是：河山破碎谁收拾，一彪雄师出云龙。